풍경 속의 빈 곳

풍경 속의 빈 곳

김수이 평론집

문학동네

책머리에

시는 요약되지 않는다. 풍경이 요약되지 않는 것과 마찬가지이다. 우리의 삶에서 한없이 깊고 넓은 것, 본질적인 것들은 모두 요약되지 않는다. 생과 죽음, 존재와 부재, 사랑과 이별, 상처와 혼돈 등 언어를 무력하게 만드는 것들은 수없이 많다. 사실 우리가 무엇을 요약할 수 있을까? 우리가 경험하고 기억하고 느끼고 사유하는 모든 것들은 서서히 변형되고 소실된다. 풍경이 일정한 거리를 벗어나면 하나의 점으로 소실되어 가는 것과 같다. 그럼에도 시인들은—여기서 '그럼에도'에 유의하자. 시인들은 '그리고'나 '그러므로'가 아닌, '그러나'와 '그럼에도'에서 시작한다. 앞의 세계와 분리되는 이 접속부사들이 바로 시인이 자기의 목소리를 내는 지점, 즉 새로운 시가 출현하는 지점이다—자신이 본 풍경을 요약하고자 한다. 그 풍경은 생의 풍경이자 죽음의 풍경이고, 주체의 내부의 풍경이자 타자와 세계의 굴절된 풍경이다. 이 모든 풍경은 '생의 풍경'이라는 하나의 궁극적인 풍경으로 수렴된다.

시인은 생의 무질서와 상처를 하나의 풍경으로 바꾸는 자이다. 그 '바꾸어진 지평선'(김수영)이, 또한 이 바꾸어진 지평선에서 다시 시작하는 삶이 바로 그의 시이다. 또한 시의 존재 의미이다. 시인은 자신이 체험한 보이지 않는 생의 실재(實在)를 하나의 풍경으로 바꾸면서, 이미 자신의 시 속에서 보상받는다. 존재의 상처를, 타자의 부재를, 마침내 생 자체를…… 시인은 자신이 창조한 풍경의 최초의 향유자이며 수혜자이다. 그는 풍경을 창조하면서 세계와 소통하고, 자신이 창조한 풍경과 다시 소통한다. 그리고 그 풍경을 통해 타자들과 소통하기를 원한다. 시인은 언어 자체가 아니라, 언어로 빚은 풍경으로 타자들에게 다가가는 것이다. 그 타자들 가운데 비평가는 이렇게 말을 걸어오는 시의 풍경을 주의 깊게 듣고, 시인이 번역한 생의 풍경을 또다른 풍경으로 번역한다. 비평가는 중역(重譯)의 운명을 벗어날 수 없지만, 그 중역의 과정에서 풍경과 풍경의 빈 곳을 더듬어 새로운 풍경을 창조한다. 이를 통해 시의 풍경은 겹겹의 수많은 갈피를 가진 끝없는 소통의 현장이 된다.

그러나 풍경 속에는 언제나 빈 곳이 있다. 빈 곳은 풍경의 결여가 아니라 오히려 충만을 돕는다. 때문에 시인은 풍경 속의 빈 곳을 채우는 것이 아니라, 자주 비어있는 자체로 드러낸다. 풍경과 함께 풍경 속의 빈 곳을 더듬는 비평가의 시선 역시 그 빈 곳으로 인해 활기를 얻는다.

풍경이 요약되지 않는 것은 풍경이 이처럼 무한한 소통의 현장이기 때문이다. 풍경은 정지해 있는 듯 보이지만, 결코 정지해 있지 않다. 풍경의 안에서 일어나는 작고 숨가쁜 움직임들은 풍경의 외부에 있을 때에는 보이지 않는다. 풍경 속의 빈 곳 또한 마찬가지다. 풍경의 안으로 걸어들어가 풍경의 곳곳을 남김없이 걸어다니는 자만이 풍경의 살아 있는 현장을 목도할 수 있다. 이 비평집은 그러한 살아 있는 현장을 목도한, 혹은 목도하기를 원했던 열망의 기록이다. 열망의 속성이 그러하듯, 속은 뜨거웠으되 밖으로 드러난 것은 미미하고 보잘것없다.

이 비평집의 1부에는 오늘날 서정시가 처해 있는 운명과 미래의 방향에 대한 생각을 담은 글들을 모았다. '오래된 것이 새로운 것이다'라는 역설적인 명제를 전제로 한 1부의 글들은 전통 서정과 종래의 자연의 미학으로부터 오늘의 시가 계승해야 할 미덕을 통찰하고, 화해로운 동일성의 서정이 비동일성과 부정적인 동일성의 서정으로 변모하고 있는 현실을 진단했다. 동세대의 시인들이 서로 다른 시간대를 사는 '비동시적 시간의 공존 현상'과, 자연의 전체성이 일정한 '거리'와 '순간' 속에서만 경험되는 현상을 그 대표적인 사례로 탐구했다. '나무'와 '바다'를 주제로 한 두 편의 글에서는 서정성의 역사적인 변모 과정을 추적해보았다.

2부에는 몸, 사랑, 죽음, 자아, 폐허, 탈주 등을 핵심어로 한 주제비평을 실었다. 동일한 대상에 대해 다른 시각을 지닌 시인들을 한 지면에서 만나는 것은 우리 시의 다양한 풍경들과 그 풍경들의 소통의 장면을 목도할 수 있는 즐거운 경험이었다. 최승호, 김기택, 정희성, 이성부, 김정환, 김승희, 최승자, 김명리, 한영옥, 이윤학, 권혁웅, 유종인 등의 시인들이 그 기쁨을 선사해주었다.

3부에는 독립적인 시인론을 모아놓았다. 최하림, 김명인, 강은교, 박서원, 정인섭, 이문재, 윤제림, 이수명, 유하, 안도현, 김철식 등의 시인들은 현재 우리 시단에서 활발하게 활동하고 있는 시인들로, 세대와 시적 지향성, 형상화 방식과 시어의 질감 등에 있어 다양한 편차를 보여준다. 이들의 시에 대한 개별적인 탐색은 현재 우리 시단의 깊이와 넓이를 탐색하는 데 밑거름이 되었다.

4부에는 주제비평의 형식으로 씌어진 계간평들과 구효서의 작품세계에 대한 소설론을 실었다. 하나로 모아지기는 힘들지만, 우리 문학에 대한 다양한 관심의 편린들을 이 부분에 욕심껏 보관해놓았다.

두번째 평론집을 묶으며 마음은 첫 평론집보다 오히려 무겁다. 내가 빚어낸 소통의 풍경들이 제대로 된 것인지, 혹 빠르게 일별할 가치조차 없는 것은 아닌지 두려울 뿐이다. 그러나 이것 또한 내가 쌓아온 마음과 시간의 퇴적물이니 기꺼이 끌어안을 수밖에는 없다.

십여 년간을 지도해주신, 이제 세 달 후면 정년퇴임을 하시는 박이도 교수님께 이 책이 작은 선물이 되었으면 한다. 김재홍 교수님과 김종회 교수님께도 이 자리를 빌려 평소의 배려에 감사를 드린다. 또한, 어려운 상황에서도 선뜻 출간을 허락하고 정성을 다해 책을 만들어준 문학동네 식구들에게도 진심으로 감사의 인사를 드린다.

이 책이 작으나마 의미가 있다면, 오늘에 이르기까지 내가 누렸던 모든 것은 다 부모님의 다함없는 은혜와 공덕에 따른 것이었다. 이루 말할 수 없는 마음을 다해 큰절을 올린다.

2002년 11월 겨울의 초입에
김수이

차례

제3부

1부

오래된 것과 새로운 것
— 전통 서정의 새로운 흐름에 대하여

1. 다시, 서정이란 무엇인가?

'시의 새로운 서정성'이라는 주제는 많은 의문부호로 시작될 필연성을 안고 있다. 서정은 명확히 정의할 수 없는 대상이며, 인간의 내밀한 영역에 관계하는 서정이 새롭게 혁신될 수 있는지도 의문인 까닭이다. 그러나 이해할 수 없는 것들을 수락하고 내면화하는 것은 인간이 자연스럽게 체화해온 삶의 방식이다. 삶과 죽음, 시간과 타자, 세계와 운명 등의 '미지(未知)'는 해독되지 않은 채로 인간의 일부가 되어 있다. 삶의 주체인 인간은 완전히 이해할 수 없는 것을 자신의 일부로 받아들이고, 심지어 능숙하게 '사용'하며 살아간다. 이러한 아이러니의 목록 가운데 하나인 서정은 시대를 초월한 '지속'과 시대에 상응하는 '변화'의 이중적인 속성을 지닌다. 서정은 존재와 세계의 미묘한 관계가 집약된 가장 미세한 결정(結晶)이며, 지금도 계속 만들어지고 있는 다채로운 결정이다. 우리 시대의 새로운 서정성의 정체를 파악하기 위해서는 인간의 보편적인 본성에 기초한 서정의 지속적인 측면과, 이 시대가 촉발한 서정의 변화의 측면을 두루 성찰해야 한다.

한 편의 서정시가 시대와 사회를 넘어 빛을 발하는 한편, 서정시라는 장르의 외장(外裝)과 내용물이 시대에 따라 변하는 현상은 서정의 근본적인 속성에 기인한다. 단적으로 말해서, 서정이란 역사적이면서도 초역사적인 것, 개인적이면서도 보편적인 것, 익숙하면서도 낯선 것, 오래되었으면서도 새로운 것이다. 서정은 두 얼굴을 가진 야누스, 그것도 여러 쌍의 두 얼굴을 가진 야누스에 비유될 수 있다. 서정의 다채로운 얼굴은 시간의 무화를 꿈꾸면서 시간에 의해 풍화되고 새롭게 생성된다. 서정의 얼굴은 시간을 견디면서도 시간에 따라 변화하는 인간의 얼굴을 닮아 있다. 시간을 견딘다는 것은 주체의 내부에 있는 '동일성의 지속'을 뜻하며, 시간에 따라 변한다는 것은 주체의 내부를 변화시키는 '타자성의 유입'을 의미한다. 새로운 서정은 주체가 세계를 장악한 결과인 동일성과 외부 세계가 침투한 흔적인 타자성의 조율에 의해 형성된다. 주체의 동일성을 위협하는 이질적인 감각과 새로운 사유가 새로운 서정을 움트게 하는 것이다. 종래의 서정시에서 이 이질성은 주체의 내면에 흡수되어 주체의 동일성을 강화하는 데 기여했으며, 그 영향력 또한 크지 않았다. 그러나 최근의 시에서 주체의 외부에서 유입된 타자성은 주체의 동일성을 위협하고 재편성하며, 서정적 주체의 동일성도 이전과는 다른 방식으로 확보되게 된다. 우리 시대의 서정적 주체는 타자성의 한가운데서 타자와 분열된 채로 같은 처지에 놓이는 '부정적인 동일성'[1]을 체험한다.

---

1) 동일성의 체험은 주체와 대상의 긍정적인 일치와 부정적인 일치로 나눌 수 있다. 서정 장르를 자아와 세계의 조화로 보는 조동일이나, 서정의 본질을 '동일성의 미학'으로 해명하는 김준오는 동일성의 체험을 주체와 대상의 긍정적인 일치로 규정한다. 이는 두 사람의 독특한 관점이라기보다는, 수천 년간 서정시가 암묵적으로 지켜온 미학적인 규범에 주석을 단 것이라고 할 수 있다. 그러나 현대시에 와서 주체와 대상의 긍정적인 일치는 실질적으로 어려우며 시의 중심담론에서도 점차 밀려나고 있다. 지금 문제는 주체와 대상의 분열과 소

주체와 타자의 부정적 동일화는 "나와 타자는 서로 단절되어 있다. 그런데 우리는 똑같이 부서져 있다"는 진술로 요약된다. 주체의 동일성은 자기 자신이나 타자와의 행복한 화합이 아닌, 불행의 공유라는 동병상련의 인식을 통해 확보된다. 이 동일화는 소통이 단절된 상태의 동일화, 즉 현장에서의 교감이 아닌 격리된 상태에서 상상력에 의해 달성되는 동일화이다.

이제 서정시는 '거리의 서정적 결핍' 보다는 오히려 '거리의 서정적 과잉'인 분열을 통해 탄생한다. 거리의 서정적 결핍이 시적 주체와 세계를 밀착시킨다면, 거리의 서정적 과잉은 서로를 밀어내게 한다. 오늘날 시인은 세계를 완전히 흡수할 수 없으며, 전존재를 걸고 세계 속에 투신할 수도 없다. 시인과 외부 세계는 치명적으로 어긋나 있다. 기묘하게도 거리의 과잉은 세계가 넓어진 탓이 아니라, 세계가 좁아진 까닭에 발생한다. 인간과 물질과 문학이 넘쳐나는데도, 정작 '인간' 과 '물질' 과 '문학' 은 귀해져가는 현실을 생각해보라. 전체의 밀도가 높아질수록 개체 사이의 거리는 멀어지고, 현상이 범람할수록 본질은 실종되는 기이한 현상이 일어나고 있지 않은가. 세계의 '안' 은 복잡해지면서 좁아지고, '밖' 은 밀려나면서 더욱 넓어진다. 세계는 축소되는데 존재 사이의 거리는 멀어지고, 존재들은 단절된 상태에서만 서로 동류임을 확인한다. 예전의 서정적 주체가 누렸던 자아와 세계의 일체감은 이제 모두가 파편화된 존재라는 '사실 확인' 의 차원으로 축소된다. 동일성의 붕괴를 견디고, 타자와 내가 똑같이 부서진 존재임을 인식하는 것이 서정적 주체의 새로운 동일성의 내용이 된 것이다. 주체의 동일성을 위협하는 것들에 끊임없이 저항함으로써 간신히 주체가 되는 주체! 이 시대의 서정적 주체는 이렇게 위태롭고 비극적인 상황에 놓여 있다.

외이며, 그 부서지고 깨어진 시적 현실에 대한 주체의 복잡하고 모순된 반응이다. 시적 주체는 부정적인 현실과 대립하지만, 그것이 곧 자신의 내면의 풍경이라는 발견에 이르면서 쓸쓸한 '부정적 동일화' 에 이르게 된다. 이것은 고도기술문명의 현대사회에서 시인이 누릴 수 있는 거의 유일한 동일화의 체험이라고 할 수 있다.

최근의 시에서 서정의 변화는 본질적으로는 서정적인 것과 근대적인 것의 갈등에 기인한다. 근대적인 것은 서정적인 것의 속성을 변화시키면서 전통 서정의 미학에 균열을 가한다. 전통 서정의 미학이 자아와 세계의 합일을 지향하는 동일성의 미학으로 압축된다면, 대상과 세계의 불신에 기반한 현대 예술은 주체와 대상의 분열을 포착하는 타자성의 미학으로 수렴된다. 현대사회에서 자아와 세계의 근원적인 합일이 불가능하다고 보는 타자성의 미학은 정교한 시스템이 인간을 통제하는 현실에서 동일성의 실현은 환상에 불과하다고 본다. 서정적 가치가 동경하는 신화적 아우라와 근대가 추구하는 기술적 비전은 정반대의 지점에 있으며, 그 사이에는 화해하기 힘든 간극이 가로놓여 있다. 현실적인 시각에서 볼 때도 기계와 실체 없는 이미지로 뒤덮인 근대의 제국에 물기를 머금은 서정의 꽃이 피어날 땅은 많지 않아 보인다.

　이런 상황에서 서정/서정성/서정시는 많은 질문에 둘러싸인다. 분열된 세계에서 분열된 언어로 진실하고 아름다운 시를 쓰는 일은 가능한가? 존재의 내면을 말살하려는 현실 세계와 존재의 내면에서 싹트는 서정은 어떻게 화해할 수 있는가? 자연의 시대의 산물인 전통 서정은 전자 정보시대의 치밀한 통제망을 어떻게 헤쳐나갈 수 있는가? 시의 위상이 점차 옹색해지는 현실에서 이런 물음은 서정의 존립 기반을 위협하는 또 하나의 칼이 된다. 이제 시는 '잘 빚어진 자아의 노래'가 아닌 '부서진 타자의 노래'를 불러야 할 운명에 처한 것이다. 기계-신(神)이 지배하는 현대사회에서 '잘 빚어진 자아'는 신화나 허구의 땅에 유배된 지 오래이며, 인간은 자기 자신에게도 낯선 타자가 되어버렸다. 자아와 세계의 서정적 일체화는 더이상 불가능하거나, 가능하다 해도 무의미하게 느껴질 뿐이다. 이에 따라 메마른 현실에서 씁쓸한 서정의 즙액을 추출하는 아이러니가 시의 발생적 지반이 되고 있으며, 그 생즙의 쓴맛을 달콤함으로 느끼는 서글픈 쾌락의 관습이 형성되고 있다. 황폐한 세계에 수분을 빼앗긴 서정시 전반에 이런 현상이 확산되고 있는 것은 우려할 만한 일이다. 특히 전통 서정이 뿌리내릴 자리가 위축되어가는 것은 서정시 자체의 존립 문제와도 직결되는 중요한 사안이다. 그런데, 과연 이것이 사태의 전부일까? 전통 서정이 새롭게 거듭나는 장면들은 어디에서도 발견되지 않는 것일까? 서정의 새로운 혁신은 오래된 것의 바탕과 쇄신이 없이는 불가능한 것이 아닐까?

2. 서정적 주체의 모호한 정체성과 '개인/시인'으로 존재하기

최근 젊은 시인들은 앞 세대와의 미학적 차이를 통해 시인으로서의 정체성을 형성한다.[2] 전통과 모더니티 양자 모두에 일정한 거리를 둔 시인들은 하나의 선명한 범주로 묶이지 않는다. 이들은 한 편의 시에서도 단일하지 않은 서정적 주체를 내세우며, 자연과 세계와의 합일보다는 균열된 현실과 내면을 형상화하는 데 주력한다. 전통을 고수하거나 전위적인 실험을 행하지도 않으며, 자연에 귀의하거나 도시의 일상에 편입되지도 않는다. 이들은 자연과 인공, 전통과 현대, 본질적인 세계와 조각난 현실 사이의 모호한 지점에 위치해 있다. 이곳이 바로 이 시대의 보편적인 삶의 공간이기 때문이다. 시인들의 모호한 존재 지점은 현실에 예속되지 않으면서 이탈하지도 않는 시적 태도와 의식으로 표출된다. 독립적인 단독자로서 세계 속에 최대한 존재하고자 하는 시인들은 세계 밖으로 도피하거나 섣불리 화해하지 않으며, 자율적인 미학의 영토를 개척하지도 않는다. 이들의 시적 목표는 세계를 자아의 내부에 전유하는 몰입의 경지도, 경쾌하고 현란한 미적 유희도 아니다. 단적으로 말해 이들은 내적 지향에 있어서는 동일성의 미학을, 현실을 포착하는 데는 타자성의 미학을

---

2) 우리 시의 새로운 서정성이라는 포괄적인 주제를 다루기 위해서는 불가피하게 논의의 대상을 축소해야 한다. 이 글은 전통 서정과 친화력을 보이면서도 그 변주를 시도한 젊은 시인들로 논의 대상을 한정하기로 한다.

취하는 이중적인 태도를 보여준다. 근원에 대한 따뜻한 꿈을 간직한 채 싸늘한 현실을 차분히 응시하고, 시적 열망과 시적 현실의 간극을 직시하면서 감싸안으려 하는 것은 오늘의 젊은 시인들이 지닌 상반되는 두 개의 열정이다.

  동일성과 타자성의 미학은 이분법적 구분이지만, 서정의 토대와 새로운 맥락을 잘 드러내기에 상술될 필요가 있다. 두 미학은 모두 주체와 대상의 '관계'에 의해 서정의 속성을 규정한다. 자아와 세계의 신화적 일체감을 추구하는 동일성의 미학은 서정이 동일화의 순간에 자연스럽게 '유출(流出)된다'고 보며, 현대사회의 분열 상황에 주목하는 타자성의 미학은 찢겨진 자아와 세계의 틈으로 서정이 폭발하듯 '분출(噴出)한다'고 본다. 자아와 세계의 근원적 일치를 노래하는 동일성의 미학은 상응(correspondence)과 일치(harmony)의 행복한 의식에 도달하고, 자아와 세계의 분열을 증언하는 타자성의 미학은 찢겨진 파토스(pathos)와 불행한 의식으로 귀결된다. 두 미학의 차이는 은유와 환유의 원리와도 설명될 수 있다. 주체와 대상의 마법적인 일치를 지향하는 은유는 동일성의 미학과 상통하고, 세계의 파편들 사이를 옮겨다니면서 현실의 분열을 드러내는 환유는 타자성의 미학과 궤를 같이 한다. 이로 인해 은유의 원리는 긍정/조화의 세계관과 공감의 서정으로 전환되며, 환유의 원리는 부정/위반/해체의 세계관과 반서정의 미학으로 변주된다.

  부정의 사유인 타자성의 미학은 신화시대의 마법적 유산인 동일성의 미학을 시대에 뒤떨어진 유물로 취급한다. 그도 그럴 것이 자연의 신비로운 아우라는 상실되었고, 인간은 갖가지 억압과 상실 속에 놓여 있으며, 눅눅한 일상은 싱그러운 서정의 정원을 황폐화시키고 있다. 동일성의 미학의 유효기간이 끝났다고 말할 만한 근거는 현실적으로 충분한 것이다. 이를 반증하듯, 최근의 시인들은 '거리의 단축(shortening of distance)'이 아닌, '거리의 확대'와 '거리의 파탄' 속에서 시를 쓴다.[3]

  이제 동일성의 서정은 아무렇게나 헝클어진 자아와 세계의 닮은꼴을 발견하는 방식으로(만) 실현된다. 권력과 기계-신 앞에 일사불란하게 도열한 비루한 세계는 시인들의 염오의 대상이지만, 불순한 세계를 그들 역시 알게 모르게 복사하고 있는 것이다. 세계와 시인은 부정적인 측면에서 동일화되며, 서로 단절된 채로 동일화된다. 세계에 대한 시인의 부정적인 일체감은 친화력이 아닌 거부감으로 이어져, 그러한 세계와 자신을 다시 부정하도록 만든다. 이러한 부정적 동일화의 뚜렷한 예의 하나를 우리는 배용제의 시에서 발견할 수 있다.

> 밤새 고양이가 할퀴고 간 쓰레기 봉투 안,
> 내가 헝크러진 채 쏟아진다
> 몇 장의 고지서이거나 구겨진 낙서 조각으로
> 또는 삼키지 못한 음식물 찌꺼기가 되어
> 역겨운 냄새를 풀풀 날리고 있다
> 그것은 살이 뜯긴 앙상한 과거이거나
> 버려진 기억의 나,
>
> ─「꿈은 또하나의 쓰레기 봉투이다」[4] 중에서

  서정적 주체는 세계라는 "쓰레기 봉투 안"에 아무렇게나 "쏟아져" 썩어가는 오물과 등가화된다. 온갖 것이 뒤섞인 쓰레기더미로 환치된 '나'는 복수를 가장한 단수이며, 부패중인 자아의 다발은 주체의 내적 차이를 상실한 지 오래이다. 배용제는 파멸과 죽음으로 가득 찬 세계에서 인

---

3) 모더니즘과 포스트모더니즘은 이를 굴절과 해체의 미학으로 변용하여 미적 자율성의 기반으로 삼았지만 결과는 그다지 성공적이지 못했다. "근대를 향한 미적 응전이 실효를 거두지 못하자 자해를 통하여 새로움을 찾아야 하는 상황에 처하게 되었고 그래서 현대시는 스스로 보인 온갖 부정의 언어를, 난폭한 언어늘로 궁극적으로 근대를 닮아가게 되었다"(구모룡, 「시와 시선 II」, 『신생』, 2000년 겨울호, 139쪽)는 주장은, 모더니즘의 자기 해체의 미학을 단순화한 면이 있음에도 적잖은 타당성을 지닌다.
4) 배용제, 『삼류극장에서의 한때』, 민음사, 1997.

간에게 허락된 것은 더 지독하게 파멸할 수 있는 자유뿐이라고 말한다. "나는 본래의 길을 가지 않는다"(「폭주, 그 황홀한 파멸」)는 '저항적'인 문장은 '진정한 생'의 '봉투'에서 "헝크러진 채 쏟아진" 자들의 생의 슬로건에 해당한다. 한마디로, 배용제의 시는 '본래의 길'을 가지 않는/못하는 자의 아픈 비명이자, 그 길에 대한 열망의 우회적인 표현이라고 할 수 있다. 그는 세계와 자아의 부정적인 공통점을 응시하면서도 여전히 본래적 세계에 대한 갈망을 버리지 않는다. 세계와 자아의 '부정적인 동일화'는 파탄과 허무주의를 견제하는 자의식(이 자의식마저 버릴 때, 주체는 완전히 파멸하게 된다), 생에 대한 열정과 같은 뿌리에서 자라나는 것이기 때문이다.

배용제처럼 세계와 자아의 '부정적인 동일화'를 모던한 어법으로 형상화하는 것은 최근 시의 보편적인 흐름에 속한다. 그렇다면, 전통 서정에 친화력을 지닌 시인들은 이 문제를 어떻게 형상화하고 있을까? 이문재는 배용제와 동일한 주제를 다루면서도 다른 언어와 자의식을 선보인다.

> 그림자 길어져 지구 너머로 떨어지다가
> 일순 어둠이 된다
> 초승달 아래 나 혼자 남아
> 내 안을 들여다보는데
> 마음 밖으로 나간 마음들
> 돌아오지 않는다
> 내 안의 또다른 나였던 마음들
> 아침은 멀리 있고
> 나는 내가 그립다
>
> —「마음의 오지」[5] 중에서

5) 이문재, 『마음의 오지』, 문학동네, 1999.

서정 시인은 자신을 전유하면서 망각한 몰아의 상태를 열망한다. 그리고 그 가능성이 자신의 내부에 있음을 믿는다. 이런 점에서 "내가 그립다"고 말하는 '나'는 서정적 주체의 전통적 범주에는 미치지 못하는 미달형의 주체이다. "내 안의 또다른 나였던 마음들"을 들여다보는 반성적 자아 역시 전통 서정의 기율보다는 모더니즘의 영향을 흡수하고 있다. 전통 서정의 현재적 변용은 이처럼 본래의 자아를 꿈꾸는 복수화된 서정적 주체의 등장과, 동일성의 미학과 타자성의 미학의 혼융으로 나타난다. "내 안의 또다른 나였던 마음들"과 '나를 그리워하는 나'는 자기 동일성의 열망을 간직한 채 고통받고 있는 자아이며, 동일성과 타자성이 혼재된 자아이다. 분열된 채 뒤엉킨 여러 개의 자아는 본래의 자신을 그리워하면서 자신과 같은 처지의 존재를 발견한다. 그것은 인간과 문명에 의해 살해당한 '자연'이다. 따라서 이문재에게 '나'를 그리워하는 일은 자연의 부활을 꿈꾸는 일과 같은 일이 되며, 그는 '자연의 장례'를 통해 인간과 자연, 자아와 세계의 끊어진 핏줄을 이으려 한다.

저 낙엽들은 뿌리로 내려가 실뿌리를 만나지 못하고 매립지로 실려가겠지요, 그런데 어디 낙엽만 그런 걸까요, 이번 가을만 그런 걸까요, 뿌리로, 흙으로 돌아가지 못하는 나무의 전생, 혹은 후생들이 찬비 내리는 보도 블록에 착, 달라붙어 있습니다
농업박물관 앞, 깨진 보도 블록 한 장을 들어내고 작은 낙엽 한 장을 집어넣어주었습니다, 작은 장례였던 것이지요, 그리고 지금 당신의 이름을 부르는 것인데, 나는, 여기가 어딘지를 모르겠습니다, 모르겠는 것입니다
―「농업박물관 소식―거리에 낙엽」[6] 중에서

전통 서성은 자연의 유기적인 질서를 원전으로 한다. 동일성의 미학이

---

6) 앞의 책.

추구하는 자아와 세계의 진정한 합일은 자연이라는 자족적인 생명 공동체를 전제로 한 것이다. 그러나 안타깝게도 그 장려하고 신성한 세계는 붕괴되었다. 끔찍한 붕괴의 현장은 바로 내가 밟고 있는 '보도 블록 밑'에 있다. 이문재는 문명이 자연을 살해해 암매장한 현장에 낙엽을 묻으며 "작은 장례"를 치른다. 깊은 연민과 작은 생태적 실천이 어우러진 이 의식은 자연의 초토(焦土)인 도시에서 '나'의 무기력함을 확인하는 결과를 낳는다. 난감한 시인은 "나는, 여기가 어딘지를 모르겠습니다, 모르겠는 것입니다"라고 비탄에 젖어 중얼거린다. 스스로를 "도시-자본주의-근대의 사생아"라고 칭하는 이문재는 문명사적 위기와 인간의 실존, 시쓰기를 하나의 문제로 연결한다. 그에게 이 문제를 푸는 열쇠는 '개인으로 존재하기'이다. 개인으로 존재하기란, 고도기술사회의 통제에 종속되지 않고 독자적으로 존재한다는 뜻이며, 시적 사유의 영원한 원천인 '자아'를 지켜낸다는 의미이다. 이문재에게 개인으로 존재하는 것은 시인으로 존재하기 위한 절대적인 조건이며, 인간으로 존재할 수 있는 최소한의 조건이 된다.

> 나는 '개인'이기 위하여, 개인을 옹호하기 위하여 시를 쓴다. 개인은 그냥 주어지지 않는다. 선천이나 선험이 아니다. 끊임없는 자의식, 즉 깨어 있음만이 개인을 가능케 한다. 나에게 시쓰기는 개인으로 존재하기와 같은 말이다.
> ──「미래와의 불화」(시인이 쓰는 시 이야기)[7] 중에서

개인으로 존재하려는 시인은 공동체의 정서와 신화적 세계의 비전을 노래하던 전통 시인과 구별되며, 역사의 목소리를 웅변하던 공인(公人)으로서의 시인과도 차이를 갖는다. 실체와 진실이 조작되는 사회에서 개

---

7) 앞의 책, 101~102쪽.

인의 존재성을 확보한다는 것은 권력과 체계에 대한 항거를 전제로 한다. '개인'은 기술제국의 노예로 전락해가는 인간에게 남은 마지막 보루이며, 자유로운 상상력이 싹틀 수 있는 최소한의 생장 조건이다. 기술제국의 목표는 인간의 지배에 있는 까닭에 개인의 수호는 '기계-사회'에 대한 '인간-자연'의 마지막 저항선이 된다. 사실, 우리 시대의 시인들은 독립된 개인으로서의 존재 증명을 위해 시를 쓴다고 해도 과언이 아니다. 독자적인 정체성을 지닌 '개인'은 최근의 소설이 즐겨 다루는 소외된 '사적(私的) 인간'과는 다른, 강인하고 주체적인 '단독자'를 뜻한다. 공동체의 위력이 사라진 자본주의의 거리를 배회하는 개인/시인은 자연의 마술적인 힘과 역사적 위엄은 잃어버렸으되, '개인'이 됨으로써 우리 사회의 억압된 열망을 반증한다. 개인/시인이 사회 전체를 대변하는 기묘한 효과는 개인의 영역이 폐기되는 현대사회의 특수한 정황에 기인한다. 개인/시인은 진정한 자신을 잃어버린 소외된 개인들을 단절된 상태에서(연대한 상태가 아닌) 대표한다. 이 점과 관련해, 현대사회의 고독한 개인들과 세계의 관계에 대한 옥타비오 파스의 통찰에 귀를 기울여봄 직하다. 파스는 현대시의 과제가 부서진 세계와 단절된 존재들 속에 있다고 말한다.

오늘날 우리는 세계 속에 외롭게 있지 않다. 왜냐하면, 세계가 없기 때문이다. 각각의 장소는 같은 장소이며, 천지 사방은 아무것도 아닌 장소들뿐이다. '나'가 '너'로 바뀌는 것—모든 시적 이미지를 포괄하는 이미지—은 먼저 세계가 다시 나타나기 전에는 결코 이루어질 수 없다. 시적 상상력은 현존을 발명하는 것이 아니라 발견하는 것이다. 파편과 분산 속에서 세계의 이미지를 발견하는 것, 하나 속에서 타자를 인지하는 것은 언어에게 은유의 능력을 되놀려주는 일이 될 것이다. 즉, 언어로 하여금 타인들에게 현존을 부여하게 하는 일이 될 것이다. 시란 타인들을 찾는 것이며, 타자성을 발견하는 것이다.[8]

구체적인 삶을 회복한다는 것은 삶과 죽음이라는 짝을 재결합시키는 것을 의미한다. 그것은 타자 속에서 나를, 나 속에서 너를 재정복하며, 그렇게 해서 분산되어 있는 파편들 속에서 세계의 모습을 다시 발견하는 것을 뜻한다.[9)]

세계가 사라졌다는 것은 존재의 가치와 삶의 아름다움이 파괴된 무차별적인 상황을 뜻한다. 여기에서 벗어나기 위해서는 '나'와 '너'가 하나가 되고, 언어가 은유의 능력을 회복하며, 세계가 재출현하는 과정이 필요하다. 그 열쇠는 타자(성)의 발견과 수용에 있다. 세계의 사라짐과 재출현은 주체와 타자, 언어와 실재, 존재와 세계의 관계에 따라 결정된다. 사라진 세계가 재출현하기 위해서는 시인의 고된 노동과 싸움이 필요하다. 본래 하나였던 것의 끊어진 선을 잇고, 타자와 진정으로 만나는 길을 찾는 존재는 바로 시인이다. 이문재가 온전한 '개인/시인'으로 존재하고자 하는 것은 이러한 고투의 한 방법이다. 최근의 시에 나타난 동일성의 미학과 타자성의 미학의 혼용 현상 역시 주체와 타자가 서로를 재발견하여 새로운 세계를 창조하려는 노력의 일환이라고 볼 수 있다. 현대 사회의 폭력적인 질서 속에서 시인은 스스로에게 동일자이자 타자로서 합일과 분열을 반복하며 시를 쓴다. 그에게 시는 고투의 현장에서 쓰는 치열한 '존재하기'의 기록이다. 인간의 내면을 무한히 확장하려는 서정성과 인간의 내부를 치밀하게 제어하려는 근대성의 피할 수 없는 접전이 벌어지는 것도 바로 이 부근이다.

---

8) 옥타비오 파스, 김홍근 · 김은중 역, 『활과 리라』, 솔, 1998, 339~340쪽.
9) 위의 책, 351쪽.

3. '오래된 것이 새로운 것이다'

　'개인'으로 존재하고자 하는 시인들은 자신의 기원을 찾고 기억하는 일에 몰두한다. 기원을 투명하게 밝히려는 것은 존재의 정체성을 유지하려는 욕망의 산물이다. 시인들은 현대사회가 만들어놓은 인식의 지도를 거부하고 자유로운 비행을 시도한다. 그들은 현실에서 사라져가는 세계를 복원하며, 심지어 존재한 적이 없는 세계를 탐사하기도 한다. '시간의 선(線) 흩뜨리기'는 근대 세계 전체를 부정하고 그로부터 벗어나는 저공비행에 비유될 수 있다. 시인들은 근대의 체계가 통제하는 현실의 고도보다 낮게 날면서 부당하게 잊혀진 세계를 찾아나선다. 잃어버린 세계를 탐사하는 일은 시간을 거스르는 '회귀의 여행'의 형태를 띤다. 그중 유년시절로 거슬러올라간 김수영은 어둑침침한 주술적 세계와 그 속에서 살찌워진 자신의 내면과 재회한다.

　나보다 먼저 집에 와 있는 저 그림자들. 울타리 넘어 내가 잠든 장지문을 단숨에 열고 들어와 밤마다 내 숨결을 훔치고 간다. 보이지 않는 것을 잃어버릴 때의 무서움. 이불을 덮고 누운 턱이며 목 뺨 언저리를 핥는 숨결에 오금이 저릴 무렵, 내 몸은 가볍게 저 밤하늘로 올라가 내 집이며 우물이며 산 너머 동네를 내려다볼 것 같은데…… 사철나무 울타리 아래 묻힌 우리집 고양이 살찐이와, 할머니가 돌아가시자 집을 나가버린 살찐이 새끼들과, 산 너무 어디엔가 뿌려진 할머니의 육신도 찾을 것만 같은데……

　사람들은 알고 있을까. 내 눈은 할머니 눈을 닮았고, 이마는 할아버지를, 발가락은 꼭 증소할아버지처럼 멀어져 있다는 걸. 내 눈동자 또한 밤마다 하늘을 향해 칠흑같이 열려간다는 것을.

　　　　　　　　　　　　　　　　　　　　　　— 「밤의 이야기」[10] 전문

기계문명의 통제에서 비껴나 김수영은 전설처럼 아득한 유년기로 잠행한다. 그녀에게 과거는 낡은 책이 아니라 자아의 근원이 기록된 텍스트이다. 그 텍스트는 눈동자와 발가락 등 그녀 자신의 몸이다. 김수영은 기억의 텍스트인 자신의 몸에서 오늘의 시대가 상실한 것을 반추하고, 조용히 지속되는 과거의 시간을 만난다.[11] 현대사회에서 공동체의 과거는 그것을 내면의 힘으로 지속시키는 몇몇 개인의 기억 속에 저장된다. 첨단 기계문명의 시대에, 주술이 살아 숨쉬던 과거의 세계는 개인/시인의 기억력과 감각의 힘으로 보존된다. 시인들은 근대가 말살한 전통의 폐허에서 건져올린 기억들을 시로 지은 '시간의 박물관'에 보존하며, 박물관의 공간과 현실의 공간을 하나로 연결시킨다. 문태준에게 이 두 공간은 같은 곳인데, 기묘하게도 그 형상은 '빈집'이다.

> 이 방은 이물스럽다 저녁이 이울고
> 구석서부터 물오르는 소리들의 구근
> 장판 걷혀진 구들장으로 불기둥이
> 혹 지나간다 흔적은 얼마나 관능적인가
> 까마귀가 내려앉은 부적 위를 지나,
> 퉁퉁한 거미 문설주 저켠으로 금줄을 친다
> 처마 밑 망태까지 차올라
> 밤새 둥근 알을 낳는 닭의 難産
> 낡고 해져 이 집 흙담처럼 기울어도
> 검은 가죽나무에 터 잡는 마음 다잡으면
> 빈집은 화려하다 소리들의 구근을 씹을수록

---

10) 김수영, 『오랜 밤 이야기』, 창작과비평사, 2000.
11) 이는 근대세계에 적응하지 못한 자의 회고적 취향과는 거리가 있다. 전통을 생활세계의 구체적 체험으로 경험하고 형상화하는 것과, 시인의 내적 지향이 투영된 관념의 풍경으로 시화하는 것 사이에는 분명한 차이가 있다.

아, 떠나간 자의 파란만장함

— 「빈집 3」[12] 전문

몰락한 농촌의 '빈집'은 전통적인 농경사회의 생활 풍습을 고스란히 전시하고 있다. "구들장으로 불기둥이 훅 지나간" '흔적', "퉁퉁한 거미 문설주", 닭이 알을 낳던 "처마 밑 망태", 낡은 '흙담', '검은 가죽나무' 등은 과거의 삶의 실상을 생생히 보여준다. 폐가가 된 농촌의 '빈집'은 전통적인 삶의 흔적과 현재의 모순적인 실상이 뒤얽혀 있는 곳이다. "떠나간 자의 파란만장함"으로 가득 찬 '화려한 빈집'은 스러져가는 전통의 박물관이자 근대의 거친 폭력이 자행된 현장이다. 버려진 물건만 즐비할 뿐 사람이 살지 않는 '빈집'은, 농촌의 폐가를 넘어 정주(定住)의 의미를 상실한 우리 시대의 집으로 확대 해석된다. 문태준은 전통과 근대가 부딪치는 지점을 '이물스러운' 토속적인 정서로 형상화하면서 이면의 고통을 깊이 드러낸다. 1970년생의 젊은 시인이 전통의 정서를 짙은 생활세계의 감각으로 체화하고 있는 것은 흔한 일이 아니다. 문태준은 서정적인 것과 근대적인 것이 부딪치는 삶의 현장을 가장 낡은 정서로 기록하는 젊은 시인의 한 사람이다. 하지만 그가 직조하는 언어와 비유 원리는 결코 낡지 않은데, "구석서부터 물오르는 소리들의 구근"과 같은 표현은 감각과 추상이 긴밀하게 결합된 고도의 이미지를 선보이고 있다.

문태준이 현실의 고통이 배어 있는 토속의 서정을 그린다면, 또다른 1970년생 시인 김선우는 전통 생활세계에서 몸으로 상속된 여성의 의식세계를 형상화한다. 주술적 관능과 예민한 자의식, 상처와 치유의 욕망이 범벅된 김선우의 시는 어둠과 빛이 함께 물들어 있어 묘한 비애감을 자아낸다.

---

12) 문태준, 『수런거리는 뒤란』, 창작과비평사, 2000.

그녀를 지날 때 할머니는 합장을 하곤 했다. 어린 내가 천식을 앓을 때에도 그녀에게 데리고 가곤 했다. 정한 물과 숨결로 우리 손주 낫게 해줍소. 그러면 나무는 쏴아, 쏴아아 소금내 나는 바람을 일으키며 내 목덜미를 만져주곤 하였다.

오래된 은행나무. 노란 은행잎이 꽃비 내리는 나무 아래 할머니가 오줌을 누고 계셨다. 반가워 달려가니 머리가 하얀 할머니는 엄마로 변해 있었다. 참 이상한 꿈길이지. 오줌 방울에 젖은, 반짝거리는 은행잎이 대관령 고갯마루로 날아오르고 있었다.

죽었다고, 시름시름 앓더니 어느 날 벼락을 맞았다고 했다. 그 땅에 새 길이 포장될 거라고, 길이 나면 땅값이 오를 거라고 은근히 힘주어 한 사내가 말하였다.

이상도 하지, 자살이란 말이 떠오른 건. 꿈 없는 길, 인간에 절망한 그녀의 자살 의지가 낙뢰를 불러들였는지도 몰라. 부러진 가지, 그녀가 매달았던 열매 속에서 피 흘리는 엄마들이 걸어나왔다.

대관령을 넘으며 내가 꾼 낮꿈은 엄마가 나를 가질 때 꾸었다는 태몽과 닮아 있었지만, 오래된 은행나무, 그녀를 몸 삼아 산보하던 따뜻한 허공의 틈새로 절룩거리며 걸어오는 늙은 오후가 보였다. 순식간에 늙어버린 대기의 주름살 속으로 반짝거리며 사라져가는 태앗적 내가 보였다.

　　　　　　　　　　　　　　　　—「어미木의 자살 1」[13] 전문

"오래된 은행나무"인 '어미木'은 모든 "피 흘리는 엄마들"의 신앙이며

---

13) 김선우, 『내 혀가 입 속에 갇혀 있길 거부한다면』, 창작과비평사, 2000.

의지처이다. 대지에 뿌리를 박고 오랜 생명력을 이어온 '어미木'은 여성들의 삶의 역사와 유구한 여성성을 상징한다. 이 시에서 김선우는 낙뢰를 맞은 '어미木'이 자살한 것이라고 진술한다. '어미木'은 전통 사회에서는 봉건적 억압으로 인해 "피 흘렸"으며, 근대사회에서는 "새 길이 포장되"면 "땅값이 오를 거"라는 "꿈 없는 길, 인간에 절망"해 '자살'했다는 것이다. '어미木의 자살'은 남성과 물질 중심의 근대사회에 가하는 여성의 항거와 자연의 분노를 상징한다. 김선우는 이 항거와 분노를 "오래된 은행나무, 그녀를 몸 삼아 산보하던 따뜻한 허공의 틈새"와 "순식간에 늙어버린 대기의 주름살 속"에 새겨놓는다. 그녀 역시 한 사람의 여성으로서 이 땅의 여성들의 뼈아픈 삶을 기억하고자 하는 것이다. 여성의 역사는 수많은 여성의 몸을 상속받은 그녀의 몸에 그대로 농축되어 있다. "순식간에 늙어버리"고 "사라져가는 태앗적 내가 보이"는 시간의 축약이 일어나는 것은 이 때문이다.

김선우의 시에는 선연한 핏빛 울음과 "이상스레 차분한 적멸, 같은 것"(「아나고의 하품」)이 공존한다. 그녀의 시는 늙은 고목과 오래된 우물 같은 것에서 태어났으면서도, 현재의 삶을 꿰뚫는 날카로움을 지니고 있다. 김선우는 한 그루 나무에서 나무의 역사를 보고, 하나의 몸에서 몸의 역사를 읽어낸다. 홧홧한 열기와 수줍은 관능이 배인 김선우의 시는 존재와 삶의 오랜 비밀을 추적하면서 역사화되지 않은 역사—예컨대, 여성의 몸과 의식의 역사 등—의 심연에 직관의 그물을 펼친다. 늙고 낡은 것이 그녀의 시에서 새롭고 신선한 것으로 바뀌는 것은 이러한 비법에 의해서이다. 오래된 것, 오래 침묵해온 것을 현재에 부활시킴으로써 김선우는 익숙하면서도 독특한 새로움을 만들어낸다.

먼 길을 돌아, 이제 우리는 '오래된 것이 새로운 것이다'라는 역설을 말할 수 있는 지점에 이르렀다. 과거의 유산은 기억의 연금술사인 시인에 의해 새롭게 부활하며 시간의 묵은 때를 벗는다. 시인들은 잃어버린 것, 늙은/낡은 것, 은폐된 것에 대해 '기억의 의무'를 수행하면서 우리의 세계가 파괴한 것들을 되살린다. 그들은 '시간과 존재의 신비'를 부정하는 현재의 세계를 향해 인간이 도달해야 할 곳은 미래에 창조되는 것이 아니라, 먼 과거부터 이미 존재해온 것이라고 말한다. 과거는 유효기간이 지난 폐기물이 아니라, 발견하는 자의 시선에 의해 새롭게 태어나는 역동적인 세계라는 것이다. 우리의 존재와 삶의 근원을 이루고 있는 그 세계는, 이문재 식으로 말하면 시인이 '개인'으로 존재할 수 있는 세계이며, 김수영의 감성적 직관에 의하면 내가 나의 조상들과 우주와 한 핏줄로 숨쉬는 세계이고, 문태준이 그린 풍경으로는 근대의 귀퉁이에 스산하게 방치된 전통적 생활세계이며, 김선우가 발설한 바로는 여성의 몸을 통해 생생하게 계승되었으나 지금은 고갈된 오랜 여성성의 세계이다. 이 세계들은 근대의 표면에서 지워지면서 역으로 낯선 것이 되었고, 미래의 세상이 숙고해야 할 가능성의 가치로 이월되면서 더욱 아름다운 빛을 내뿜고 있다. 과거에는 존재했으나 현재에는 없는, 그러나 미래에는 회복되어야 할 가치들은 시인들에게는 버릴 수 없는 꿈이며 목표이다. 오래되었으나 아직 완성되지 않은 그 세계는 여전히 찬란하고 매혹적인 빛을 내뿜고 있다.

근대의 망각의 전략에 대항해 '오래된 것'을 기억하는 일은 현재의 결여와 미래의 지향을 성찰하는 정신의 작업이 된다. 인간이 소멸에 저항하는 방법은 기억 외에는 달리 없으며, 시의 진정한 내용물은 "아름답고 오랜 거기"에 대한 간절한 기억으로 이루어진다. 그것은 실재했던 것일 수도, 처음부터 존재하지 않았던 것일 수도 있다. 그러나 실재했든 하지 않았든, 도달하고픈 세계에 대한 기억은 타자와 세계에 대해 자신을 '서정적 주체'로 정립한 시인에게는 내면의 가장 견고한 버팀목이 된다. 실재하지 않았던 세계에 대한 상상이거나 자신이 만든 간절한 열망일지라도, 시인들의 기억은 거대한 시간의 두께와 내면의 실재성을 획득하면서 이미 하나의 거대한 역사를 이루고 있다. 오래된 것을 간직하는 것, 지나간 시간을 현재형으로 사는 것, 없는 것을 소유하는 것은 서정적 주체가 지닌 특별한 능력이자 독특한 삶의 방식이다. 이 능력에 의해 시인들은 가장 오래되었으면서도 새로운 존재로 세계 속에 자리하며, 인간의 내면의 역사를 기술하는 위업을 달성한다.

4. 전통 서정의 새로운 영토

새로운 서정은 사유와 미학의 모험을 감행하는 창조적 소수에 의해 성취된다. 전통의 변용이든 첨단의 실험이든 모든 형태의 새로움은 창조하고 발견하는 자의 몫이다. '시적인 것'은 언제 어디에나 있는 에테르 상태의 가능성이자 발견의 대상[14]이라는 황지우의 말처럼, '서정적인 것'은 세계에 가득 차 있는 무형의 물질과도 같다. 독특한 미학적 장비와 섬세한 시선을 가진 시인만이 이 신비한 물질을 한 편의 시로 빚어낼 수 있다. 아이러니컬하게도, 시의 창조에는 파괴와 부정이 중요한 비중을 차지한다. 바타이유가 말했듯이, "시는 파멸에 의한 창조를 가장 극명하게 드러내는"[15] 영역이다. 시의 창조적 원천이 파멸인 것은 시가 타락한 세상을 부정하고 그 세계를 새롭게 창조하려는 치열한 정신의 산물이기 때문이다. 최근 젊은 시인들의 시에 나타난 동일성의 미학과 타자성의 미학의 혼용 현상 및 '부정적인 동일화' 현상은 시가 본질적으로 수행해온

---

14) 황지우, 『사람과 사람 사이의 신호』, 한마당, 1986, 13~17, 217~234쪽 참조.
15) "가장 덜 타락한 형태로 그리고 가장 덜 지성화된 형태로 활용되는 시는 소모의 동의어로 간주될 수 있다. 사실 시는 파멸에 의한 창조를 가장 극명하게 드러내주는 것이다. 따라서 시의 의미는 '희생'의 의미와 이웃한다. (……) 시는 표현 기능을 떠맡는 사람의 삶을 담보로 잡는다. 시적 소모는 시인으로 하여금 가장 기만적인 형태의 행위, 비참함, 절망과 현기증 또는 분노 외에는 아무것도 줄 수 없는 일관성 없는 환영을 추구하게 한다. 종종 시인은 오직 자신의 파멸을 위해서만 단어들을 사용할 수 있을 뿐이며, 오물이 삶에서 배척받듯이 사회로부터 철저히 배척받는 운명을 선택하느냐 아니면 저속하고 피상적인 욕구들에 만족하는 평범한 삶을 선택하느냐, 둘 중 하나를 선택해야 한다." 조르주 바타이유, 조한경 역, 『저주의 몫』, 문학동네, 2000.

'파멸에 의한 창조'의 현대적 변용이라고 할 수 있다.

가뜩이나 모호한 실재인 서정에 대해 또하나의 모호한 정의를 덧붙이면 이렇다. 서정은 역사적인 두께를 지닌 인간의 의식과 감각의 산물인 동시에 그것을 초월하려는 의지의 산물이며, 그 다채로운 긴장관계의 화합물이다. 새로운 서정은 두 요소가 어떻게 화합하는가 혹은 어긋나는가에 따라 다른 양상으로 나타난다. 우리는 전통 서정에 친화력을 지닌 젊은 시인들에게서 '오래된 것이 새로운 것이다'라는 역설을 추출해낼 수 있었다. 이 역설은 오래된 것이 오래된 것으로 존재할 수 없는 현세계의 비극을 반증하는 것이기도 하다. 오래된 것이 오래됨의 권위를 누릴 수 없다는 것은 무슨 의미인가? 역사적으로 형성된 오랜 삶의 감각이 상실되고, 당대의 경계를 뛰어넘는 궁극의 지향들이 사라지며, 지난 시간이 한낱 '죽은 나무'로 취급된다는 것을 의미하는 것이 아니겠는가? 기억에 의지해 오래된 세계를 현재에 살고 미래의 지향성으로 열어 놓는 시인들은 오래된 것의 지속과 부활이 미래의 희망임을 믿는다. 또한 자아와 세계가 그림처럼 일치하는 전통적인 동일성의 미학이 더이상 힘을 가질 수 없음을 안다.

돌이켜보건대, 20세기에 한국사회에서 일어난 일은 전통과 근대가 주체와 타자의 위치를 맞바꾼 것이었다. 한 세기가 지나기도 전에 전통은 근대에게 주인의 자리를 내주고 근대의 타자가 되었다. 그 와중에 전통 서정시의 토대인 동일성의 지반이 흔들린 것은 당연한 결과였다. 소통과 화해의 동일성은 힘을 잃고, '부서진 자아·부서진 타자·부서진 세계'로 요약되는 부정적인 동일성이 부상하게 된 것이다. 더불어, 오래된 것은 새로운 것들이 넘치는 세계에서 진정으로 '새로운 것'이 되었다. 오래된 것을 기억하는 시인들은 이 세계에 뚫린 '시간의 구멍'을 들여다보면서 잃어버린 것을 되찾고 현재와 미래를 수정하고자 한다. 이문재가 추구하는 '개인/시인'의 존재론과 김수영의 주술적인 상상력, 문태준의 토속적인 감수성, 김선우의 비애에 찬 여성성의 세계는 그 구멍을 메울

34

훌륭한 재료로 우리 앞에 주어져 있다.

　끝으로, 옥타비오 파스의 말을 한 번 더 인용하자. "인간이 자기 자신 너머로 가고자 하는 초월이라면, 시는 그 계속적인 초월하기의, 그 끊임없는 상상하기의 가장 순수한 기호이다. 인간은 이미지인데, 왜냐하면 자기 자신을 초월하기 때문이다."[16] 전통 서정이 지키고자 하는 '오래된 것'의 실체는 인간이 자신과 현 세계를 초월하기 위해 상정한 오래된 이미지라고 할 수 있다. 이 오래된 이미지야말로 인간이 최선을 다해 소유해야 할, 그리고 도달해야 할 세계의 밑그림일 것이다. 그 오래된 세계를 현재의 삶 속에 부활시키려는 시인들의 노력은 아름답고 소중하다. 새로운 서정이란, 이 세계와 자기 자신을 넘어서는 시인들에 의해 열릴 '오래된 미지(未知/美地)'이기 때문이다.

---

16) 옥타비오 파스, 앞의 책, 370쪽

시간의 원근법과 잔여물

─ 최근 시에 나타난 시간의 여러 층위

1. 다양한 시간들의 공존

　우리 시대의 자연과 문명은 화합이 아닌 일차원적인 '합성'의 상태에 있다. 자연과 문명이 기계 인간처럼 합성된 세계에서 오늘의 시인들은 어디에 속해 있어야 할까? 시간이 제 운명을 다하기도 전에 미래가 급습해 과거의 생성 속도를 빠르게 하는 시대에 시인들은 어떤 시간을 살아야 할까? 근대 초기에 뛰어난 선각자들이 간파했듯이, 우리는 '근원의 키메라'(니체)가 죽임을 당하고, 자족적 유기체인 자연이 무너져 '반자연의 미학'(보들레르)이 예술의 모토가 되었으며, 아우라를 상실한 산업 사회에 저항하는 '소외된 세계의 재소외'(아도르노)를 통해 진정성에 이르는 기묘한 세계에 살고 있다. 근대는 처음부터 '자연'과 '과거'를 낡고 무용한 것으로 취급했다. 근대의 터전은 파괴된 자연 위에 마련되었고, 근대의 정당성은 미래의 환상을 통해 확보되었다. 그러나 근대에 대한 반성이 가속화되고 있는 지금에도 자연과 과거는 여전히 부정해야 할 대상으로 치부된다. 다시 찾고 싶은 아름다운 세계이지만, 분별없이 그리워해서는 안 되는 것. 문명과 현재를 성찰할 수 있는 좋은 거울이지만, 망각의 도피처가 될 가능성을 안고 있는 것. 자연과 과거에 대한 선입관은 이제 어느 정도 고정된 느낌마저 든다. 그러나 차원이 다를 뿐 문명과 현재 역시 우리에게는 또다른 부정의 대상이다. 인간의 본성을 억압하는 문명과, 인간을 분절하고 소외시키는 시간을 계속 승인할 수는 없는 까닭이다. 근대세계는 시간과 공간을 동시에 분리함으로써 존재를 이중으로 분열시켜왔다. 오늘날 시인들이 끊임없이 근원을 갈구하는 것은, 근대문명이 선천적으로 '근원의 결핍'을 안고 있는 강박의 문명이기 때문이다.

시공간의 분할과 합성이 근대세계의 중요한 특징임을 감안할 때, 최근 젊은 시인들의 시에서 '비동시적인 시간의 공존현상'이 나타나는 것은 흥미롭다. 거창하게 말하면, 이는 우리 사회에서 진행되는 근대의 단계를 시사하는 현상으로도 볼 수 있다. 젊은 시인들이 그리는 다양한 시간은 마치 시간의 역사적 단면을 한 곳에 펼쳐놓은 듯한 인상을 준다. 이질적인 가치가 범람하는 시대에 젊은 시인들은 사실상 하나의 시대감각으로 통합될 수 없다. 이들의 시에 다양한 시간이 혼존하는 것은 자연스러운 결과인 셈이다. 비동시적 시간의 공존은 두 가지 배경을 통해 설명될 수 있다. 첫째, 근대의 가속도가 몇 세대를 압축할 정도에 이르러 그 중첩이 젊은 시인들의 시에 반영되기 시작했다는 것. 역사적으로 전개된 시간이 한 지점에 집결하는 이러한 현상은 세계의 변화속도가 빨라지면서 앞으로 더 심화될 것이다. 둘째, 90년대 이후 문학의 다원화로 우리 시가 다양한 시간의 스펙트럼을 갖게 되었다는 것. 시간의 스펙트럼은 시간의 차원을 넘어 시인의 세계관과 감각 및 가치의 다양성을 포괄한다. 시인들은 이제 자신이 존재할 시간을 '선택'함으로써 시적 지향과 미학적 입지를 드러내게 된 것이다.

이런 관점에서 박형준, 전남진, 이원의 최근 시들은 젊은 시인들의 다채로운 시간 유형을 보여주는 좋은 사례가 된다. 어린 시절과 전설 속의 시간이 살아 숨쉬는 박형준의 『물속까지 잎사귀가 피어 있다』(2002), 일상적인 현재의 시간이 빽빽이 꽂혀 있는 전남진의 『나는 궁금하다』(2002), 해체되고 가공된 미래의 시간이 스멀거리는 이원의 『야후!의 강물에 천 개의 달이 뜬다』(2001)는 현재 우리 시가 소유한 폭넓은 시간의 스펙트럼을 보여준다. 세 시인들은 안주할 수 있는 진정한 시간이 사라진 세계에서 각기 다른 시간에 편입된 삶의 풍경을 그리면서, 현재 우리 시의 기본 코드인 자연과 문명, 생활세계와 바깥세계, 과거와 현재와 미래를 개성적인 방식으로 조합해낸다. 이들의 시가 한 곳에 모여 있는 풍경은 하나의 거대한 '시간의 박물관'을 형성하면서 우리로 하여금 그 속으로 풍성한 시간여행을 떠나게 해준다.

2. 오래된 시간의 성(城) — 박형준

지금 우리 시단에는 과거 어느 때보다 미학적인 열망이 번성하고 있다. 경험적 현실과 일상의 감각보다 자연과 내면을 우위에 두는 시인들은 아름답고 미묘한 시세계를 빚어낸다. 각기 성향은 다르지만, 장석남 · 나희덕 · 박형준 · 안도현 · 고두현 · 고창환 · 문태준 · 권혁웅 · 김선우 등의 시인이 여기에 속한다고 볼 수 있다. 이들은 굳은 감각의 각질을 벗겨 새살이 돋게 하는 '감각의 박피술'이나, 기억의 내용물을 훼손하지 않고 그대로 보존하는 '기억의 응고술'을 활용한다. 이처럼 미적인 것에 대한 갈망이 최근 시의 한 경향이 된 것은 주목해야 할 사안이다. 여기에 관해서는 비판적인 시각이 좀더 우세한 듯하다. "초월적 순결에 감염"되어 "반성 없이 비만해져가는 우리 시단의 지나친 서정화 경향"을 질책하고(김승희), "삶의 경험적 실감보다는 섬세한 상상적 미감을 줄곧

택하"는 시인들의 태도와 "우리 시에 만연해 있는 자연 과잉, 유년(기억) 편향에 대한 근원적이고 비판적인 검토"를 제안하는(유성호) 것은 대표적인 경우이다. 진지한 성찰과 비판정신이 돋보이는 이 견해들은 문제의 본질을 날카롭게 간파하면서 경청할 만한 방향성을 제시한다. 그러나 자연과 과거의 시간이 갖는 시적 의미에 대해서는 더 숙고해볼 여지가 있다.

우선, 자연의 미학이 중심 담론이 된 근본적인 이유를 생각할 필요가 있다. 그 이유는 무엇보다 현실적인 배경에 있다. 근본적인 변화의 가능성이 없는 현실 속에서 시인들은 '미적인 것'을 하나의 출구로 인식하게 되었다. 현실의 공허함에서 촉발된 미학적 열망은 자연과 과거의 삶에 대한 그리움과 연결되며, 이때 문학적 진정성은 현실적·윤리적 규범이 아닌 미학적 규범이 된다. 오늘날의 시인에게 요구되는 것이 창조적인 반미학의 정신이나 불합리한 세계에 대한 현실대응력인 것은 분명하지만, 자연을 노래하는 일이 반드시 이에 위배되는 것은 아니다. 대문자로서의 자연은 문명과 현재의 경험된 과거이자 시인이 꿈꾸는 당위적 미래이기 때문이다. 과거형이나 미래형으로만 존재하는 세계가 시인의 의식속에서 재구성될 때, 기억과 상상의 행위는 현재를 극복하고 자아를 회복하는 하나의 미학적 실천이 된다. 이는 자연을 노래하는 모든 시들의 정당성을 주장하려는 소치가 아니다. 우리 시대의 자연이 처해 있는 특이한 상황을 고려해야 한다는 의미이다. 우리 시대 '자연의 미학'은 자연의 실물이 이미 파괴되었기에, 그 자체로 '반자연의 미학'의 성격을 띠게 된다. 자연이 곧 반자연이 되는 역설은 아름다운 자연을 노래하거나 황폐한 자연을 노래하거나에 관계없이 똑같이 발생한다. 이 시대에 진정으로 자연을 노래한다는 것은 이 역설의 운명을 껴안는 일이며, 매 순간 기억 속의 자연과 현재의 자연 사이에 있는 격차를 고통스럽게 확인하는 일이 된다. 문제는 미(美)에 도취되거나 자연을 미학화하는 일 자체에 있지 않으며, 시인이 이 역설의 운명을 얼마나 성실하게 감당하는가에 있다. 이 성실성이 아름다운 시어나 초월적인 시간을 배제하지 않는 것은 물론이다. 더불어 중요한 것은 한 편의 시에서 자연과 과거가 어떤 문맥에서 소환되고, 그 재문맥화에 따른 잔여물이 무엇인가 하는 점이다. 이러한 항목들이 얼마나 깊이 인식되고 있는가에 따라 그 시에 대한 평가는 달라지게 될 것이다. 자연을 노래하는 시들의 문제점을 경계하는 일도 중요하지만, 그 배후와 맥락을 꼼꼼히 따져보는 일이 선행되어야 하는 이유는 여기에 있다.

이런 맥락에서, 박형준이 최근에 펴낸 시집 『물속까지 잎사귀가 피어 있다』(창작과비평사, 2002)는 '자연의 미학'을 전면에 내세운 문제적인 텍스트로 떠오른다. 소멸의 문제를 깊이 천착해온 박형준은 지나간 시간들을 현재에 불러들여 서로 접목시키며, 의식 속의 자연의 풍경을 공들여 묘사한다. 그는 '시간의 주술사'처럼 "기억이 없는 곳"(「城에서 1」)까지 손길을 뻗쳐 '시간의 성(城)'을 축조한다. 이 성에는 해당화와 백동백이 흐드러지게 피어 있고, 능구렁이의 울음소리가 들리며, 노망든 할머니가 〈남묘호랑갱이요〉를 중얼거리고, 팔순의 어머니가 아들에게 가슴을 찢어야 삶이 보인다고 가르친다. 시간의 성은 박형준의 울창한 '내면의 성(城)'으로, 그의 내면에 존재하는 여러 시간들로 이루어져 있다. 이 시간들은 그의 내부에서 서로 뒤섞여 저마다의 생을 지속한다. 시집 『물속까지 잎사귀가 피어 있다』는 박형준의 내면의 풍경을 부조한 음화(陰畵)이며, 그 스스로 행한 정신분석의 기록이라고 할 수 있다. 그 내면의 풍경은 거의 예외 없이 자연의 사물을 빌려 묘사된다.

박형준의 내면 밑바닥에는 생에 대한 난감함과 존재적 불안이 도사리고 있다. 그는 생보다 오히려 죽음을 두려워하지 않으며 마음을 다해 자신의 소멸을 희구한다. 이를테면, 그에게 '죽음'은 "무릎에 얼굴을 파묻고/활짝 핀 모란꽃 옆에서/졸음에 빠져들며/자신을 잊어가는 것"(「자취」)처럼 평화롭고 따뜻한 일이다. 그가 원하는 소멸을 몽환적으로 서술한 이 구절은 죽음이란 자기 망각이며 존재 육탈이라고 말한다. 박형준에게 생의 난감함은 존재한다는 사실과 자신에 대한 멈출 수 없는 자의식에서 연유한다. 시집 전체에 걸쳐 등장하는 '뱀'과 '속' '구멍' '심연'의 이미지는 존재의 고통과 끊임없이 내파(內破)하는 그의 의식의 지향성을 보여준다. 박형준의 내면에는 아무리 허물을 벗어도 육탈할 수 없는 '뱀'이 있고, "우물에 먹혀 영원히 함께 죽고 싶었"(「城에서 1999」)던 소멸에의 갈망이 있다. 그러나 목이 잘린 채 강물에 버려져도 '뱀'은 "흘러서 흘러서/내 얼굴로 돌아오"(「내 얼굴로 돌아오다」)고, '나'는 결코 내가 원하는 깊은 내부에 이르지 못한다. "심연에 내려가려면,/날개가 있어야 하"(「폭풍의 날개」)는 까닭이다.

> 심연을 잃고
> 물 밖에 떨어진 잎사귀
> 그게 나다,
> 도망은 끝난 지 오래다
>
> ─「폭풍의 날개」 중에서

박형준은 "도망은 끝난 지 오래"인 생의 현실에 발이 묶여 있다. 생과 자신에게서 도망할 수 없는, "심연을 잃"은 그에게 도달해야 할 다른 생의 공간은 없다. 남은 것은 흘러가거나 한 곳에 고여 있는 시간이며, 이것을 견디는 자신이다. 박형준이 자주 사용하는 '멀리' '건너가는' '떠나는' 등의 공간을 전제한 어휘들은 실제로는 시간의 감각을 진술한다. '~이었습니다' '~였던 것이었습니다' '~고 있었다' '~인 것이다' '~라네' 등의 과거형 어미가 자주 활용되는 것도 그의 주된 경험공간이 지금의 여기가 아니라는 점을 반증한다. 박형준에게 자아와 세계의 분열은 시간의 형태로 드러난다. 그는 이 분열을 '옛 세계와 새 세계의 충돌'이라고 이름 붙이는데, 홍수에 떠내려온 '살모사'와 '물고기'의 관계는 그가 생각하는 이 세계와 현실의 구도를 우화적으로 보여준다.

(……나무뿌리에 걸린 물고기가 살모사의 입 속으로 들어가자, 그 순간, 지상에는 새로운 이미지가 만들어졌다. 처절하며 철저한 후회―옛 세계를 삼킨 새 세계의.)

　　홍수에 떠밀려 하류로 휩쓸려온 얼룩동사리와
　　살모사의, 이질적인 두 세계의 충돌.
　　살모사의 목구멍 속에서,
　　죽은 순간까지 후회하는―아아아아아아아아아아
　　영원히 입이 다물어지지 않는 비명 소리가 터져나온다.

―「城에서 1999」 중에서

　'성(城)'에 관한 연작의 하나인 이 시는 위태로운 실존과 존재의 운명을 비극적인 아이러니로 묘파한다. 익사의 위기 속에서도 먹이를 삼킬 생각에 즐거운 살모사, 그 살모사에게 잡아먹히다 살모사의 혀를 깨물어 같이 죽음에 이르는 얼룩동사리는 서로의 외부이면서 내부이다. 서로를 삼키는 구멍(심연)이면서 구멍의 바깥이다. "옛 세계를 삼킨 새 세계"는 이러한 형상을 취하고 있다. 과거와 현재, 근원과 현실, 자아의 내부와 외부는 표면상 흡수·통합의 관계에 있으나, 속으로는 "아아아……"의 비명 소리가 끊이지 않는 대립의 관계에 있다. "이질적인 두 세계의 충돌"은 "처절하며 철저한 후회"를 남기고 양자의 몰락으로 끝이 난다. 이 결말에는 현실에 대한 박형준의 부정적인 진단이 개입되어 있다. 그렇다면 박형준은 죽음의 위기에서도 먹이를 탐하는 살모사일까, 잡아먹히는 순간 살모사의 혀를 깨무는 얼룩동사리일까, 혹은 둘 다 죽은 후에 "홀로 전생의 기억을"(같은 시) 떠올리는 나무뿌리일까?

　박형준이 이 모두라는 것을 짐작하기는 어렵지 않다. '뱀'이 그의 자아의 변신체(變身體)라는 것은 앞에서 보았거니와, 이 시집은 '뱀'과 '얼룩동사리'와 '나무뿌리' 등의 변주된 자아의 이미지들로 가득하다. '뱀'의 상징성은 그와 어머니와의 관계에서도 확인된다. "여러 개로 분

리되어 허공을 날아다니며/눈이 된 어머니를 녹여 먹"(「애야, 밖에 눈이
온단다」)으며 자란 그는 성인이 되어서는 어머니의 사랑에 속수무책으
로 결박(?)당한다(그러고 보니, 살모사는 새끼가 어미를 잡아먹고 크는 동
물이다). 동시에 박형준은 "죽음의 공포를 이겨내기 위해 자신의 이름을
외고 있"(「城에서 1999」)는 '얼룩동사리'이다. "개뚝지, 개미고기, 구구
라기, 구구락지, 구구리, (……) 쭉저거리, 쭉제기, 참복찌, 후구락지"
(같은 시) 등 한 페이지가 넘게 이어지는 이름들은 반복과 차이가 결합된
언어의 주술을 통해 자아의 정체성을 확보하려는 노력을 보여준다. 이때
의 박형준은 "남묘호랑갱이요"(「나비」)를 외우며 나비가 되고 싶은 소원
을 비는 할머니와 다르지 않다. 박형준이 유년기의 설화적 세계를 복원
하는 것은 자기 정체성 확인의 의지에서 비롯되며, 자연의 사물은 그 은
밀한 상징으로 기능한다.

　이 모든 일들이 일어나는 장소는 '성(城)'이다. 카프카의 성을 닮은
박형준의 '성'에는 단절과 죽음, 일상의 황량함과 독신자의 비애가 쌓여
있다. 박형준의 성은 "친근한 영혼은 모두 내 곁을 떠나"가버린(「봄밤의
경적」), 오직 "한 사람만이 들어갈 수 있"(「동지」)는 고립된 실존의 공간
이다. 성과 존재는 흡사 살모사와 얼룩동사리와 같은 관계를 맺고 있다.
고독한 존재 K는 자신만의 성에 갇혀 있지만, 놀랍게도 "城은 언제나, K
의 내부에 있었다"(「城에서 1995」). 이 지점에서 박형준의 '내부와 외부
의 변증법'은 새로운 단계에 돌입한다. 성과 존재가 서로의 내부이며 외
부이기에 존재를 둘러싼 공간적 정황은 크게 변한다. 이제 '구멍'은 존
재를 무화시키는 심연이 아니라, 존재를 살아 있게 하는 '숨통'이 된다.
'묘지의 구멍들'이 영혼의 숨통으로 화하는 다음의 시는 아름답고 따스
한 장면을 연출한다.

　새집은 나무의 숨통이다.
　겨울강 밑에 떠다니는 물고기들이

뚫어놓은 구멍들, 묘지의 구멍들,

다 영혼이 숨을 잘 쉬기 위해 그런 것이다.

(……)

나는 산이 부화시키고 있는 알,

숨겨진 무덤들과

그 밑으로 펼쳐진 조그만 강을 아득하게 바라본다.

그리고 나무에 기대어

하늘로 뻗어 올라가는 길을 더듬는다.

밤이 되면 성은 기다란 몸을 추슬러

푸른빛을 섞은 뱀이 되어

나무 위로 올라간다.

—「城에서 1」 중에서

    삶의 도처에 뚫려 있는 구멍들은 존재의 소멸이 아닌 생성에 기여한다. 존재의 공간적 등가물인 '성'이 생명을 지닌 대리물인 '뱀'으로 변하는 순간에 시인의 실존적 자아와 원초적 자아는 하나가 된다. '성'이 '뱀'이 되어 올라간 '나무 위'는 박형준이 "발자국을 낳고 싶"은 곳이며, "아이를 낳고 싶"은 '달'로 가는 중간 경유지이다(「봄밤」). 이번 시집에서 박형준이 그리는 자아의 드라마는 일단 여기에서 완성된다. 박형준이 인식하는 이질적인 두 세계(과거와 현재, 자연과 문명)의 충돌은 얼룩동사리의 대립쌍인 '뱀'과 존재의 등가물인 '성(城)'의 합일, 그리고 죽음의 심연에서 생명의 숨통으로 화한 '구멍' 이미지의 변주를 통해 발전적으로 해소된다. '성→뱀→나무'로 표상된 '고립된 공간→죽음의 동물적 이미지→생명의 식물적 이미지'의 전이도 시인의 의식의 상승과정을 보여준다. 이는 박형준이 이번 시집에서 이룬 중요한 성과라고 할 수 있다. 한 가지 문제로 남는 것은 박형준이 표출하는 미의식의 속성에 있다. 어느 날 그는 길에서 발견한 예쁜 '헝겊'이 그것을 집는 순간 '뱀꼬리'로 변하자, "이제는 집을 수도 발을 뗄 수도 없는 붉은 헝겊이 내게는 美의 전부였음을 안다"(「능구렁이 울음소리」)고 토로한다. 실체와 착시 사이에 존재하는 이 거리가 그의 미의식이 발생하는 자리라면, 이는 다분히 현실적인 문제를 유발하게 된다. 그의 말처럼 미의 실제 내용은 대부분 자아의 주관적인 상상이나 환상으로 채워진다. 그러나 아름다움이 대상과의 관계가 아닌 자아의 착시로 발생하게 될 때, 박형준이 애써 이룬 화합은 단순한 '봉합'으로 그칠 가능성이 크다. 이 경우 그는 시간이 초래한 자아의 분산도, 과거와 현재, 자연과 문명의 균열도 감당하지 못한 채 자기 반복의 '주술'에 빠질 위험이 있으며, 근래에 '자연의 미학'을 노래한 시들이 받고 있는 비판 또한 면할 수 없게 될 것이다.

"내게는/뒷면에 유황칠이 돼 있는/그런 오래된 말이 있다" "나는 밤마다 미열에 시달리며/손톱 끝으로 불을 벗겨내는 환영에 빠져" 있다(「열망」). 박형준은 새 시집에서 이렇게 적고 있다. 이 환영은 뜨겁고 고통스러운 것임에 틀림없다. 그러나 진정한 시의 탄생을 위해서는 환영의 고통이 아닌, "설움으로 까맣게 타서 죽는"(「거미」) 실물(實物)의 고통이 필요함을 박형준은 잊지 말아야 할 것이다.

3. 가난과 일상의 고통을 그러안은 현재의 시간 ─ 전남진

전남진의 첫 시집 『나는 궁금하다』(문학동네, 2002)가 속한 시간은 현재이다. 이 시집에서 지나온 과거는 일정한 필연성 아래 현재 속에 삼투된다. 전남진 시의 지배적 시간이 현재인 것은 시의 수제와 관련이 있다. 그는 소시민의 기계적인 일상과 하층민의 힘겨운 생존에 관심을 기울이면서 이를 자기 성찰의 계기로 끌어올린다. 전남진이 소유한 리얼리즘의 시정신은 우리 시에서 오랜 전통을 가진 것이지만, 최근 들어 적잖이 약화된 탓에 상대적인 개성을 부여받는다. 현실의 문제에 아픈 각성을 보여주는 전남진의 시에는 삶의 도처에서 만날 수 있는 평범한 인물들이 등장한다. 프레스공장에서 손가락이 잘려 과일장수가 된 후배 원인호, 하루 종일 길에서 전단을 돌리는 할머니, 값싼 가요테이프를 파는 리어카 노인, 차에 치여 죽은 노점상, 학대받는 외국인 노동자, 실업자, 걸인 등은 지난 연대에 우리 시가 뜨겁게 노래하던 소외된 사람들이다. 구호는 사라졌으나 모순은 항존하는 현실에서 전남진은 인간적인 연민과 애정으로 이들에게 다가선다.

시집의 표제작인 「나는 궁금하다」는 "아크릴 상자 칸칸 애벌레처럼 채워진 넥타이를 하루 종일 만지작거리는 아주머니가 하루에 몇 개를 파는지"로 시작해 안흥찐빵, 얼룩 지우는 약, 조잡한 장난감 등을 파는 길거리 상인들의 안부를 묻는다. 이 시가 평면적인 나열에 그친 아쉬움이 있다면, 같은 계열의 시 「과일을 피우는 팔」은 과일장수와 손님, 좌판의 과일이 어우러져 하나의 유기적인 풍경을 만들어낸다.

북새통 속에서 그는 과일을 판다
한쪽 손이 항상 주머니 속에 있지만
그 속이 비어 있는 사실을 모르는 사람은 없다
과일을 봉지에 담고 거스름돈을 건네주는
그의 남은 팔이
어떤 전쟁과 관계가 있다고
고백하지 않은 추측이 좌판에서 과일을 고르면
그제서야 제 속의 맛을 스스로 익혀내듯
과일은 나무에서 방금 떨어진 싱싱한 열매가 된다
　　　　　　　　　　　　　　　—「과일을 피우는 팔」 중에서

팔리는 순간 "나무에서 방금 떨어진 싱싱한 열매가 되"는 '과일'은 사는 사람의 손길과 파는 사람의 '비어 있는' 팔에서 동시에 살아난다. 이 작디작은 무언의 소통은 소외된 사람들과 교류하는 전남진만의 소박한 방법이다. 전남진은 가진 것 없는 사람들의 삶을 그릴 때는 비판적인 관찰자가 되지만, 자신의 삶을 서술할 때는 일상의 무기력한 소시민으로 돌아온다. 출퇴근의 살인적인 반복 속에서 그는 "아름다운 저항을 위해 부동의 자세로 투항하는 것일 뿐/결코 내가 섰던 자리를 잊어버린 것이 아니다"(「가로수를 심는 노인」)라고 스스로를 다잡아보지만, 저항은 그렇게 간단치가 않다. 몇푼의 돈으로 환원되는 일상의 노역은 그를 원하지 않은 삶으로 몰아가고, 현실은 언제나 그보다 더 '위대하다'. 안온한 시간에 중독된 그에게는 필요한 것을 구하기 위해 일하는 월요일보다는 마약 같은 일요일이 훨씬 더 '위대하다'.

> 그래도 나는 생각한다. 내 일생이 이렇듯 일요일에 마약처럼 취했다가
> 손을 부들부들 떨며 약을 구하기 위해 월요일에 손을 내밀어
> 가련한 얼굴로 또한 며칠을 버티게 되더라도, 일요일은 내게 위대하였
> 다고.
>
> —「월요일은 슬프다」 중에서

일요일의 위대함을 숭배하는 노동자는 전(前) 시대의 문학에 형상화된, 불합리한 노동현실의 개혁을 위해 투쟁하는 노동자와는 다른 곳에 있다. 그런 관점에서 보면, 이 시는 패배의식에 물든 자의 병적 독백에 불과하다. 그러나 일요일의 희망 하나로 지루한 평일의 노동을 견디는 사람이라면, 누구든 이 시의 절절한 리얼리티에 공감할 것이다. 전남진은 명철한 통찰력을 지닌 지식인의 눈이 아닌, 평범한 생활감각을 지닌 일상인의 눈으로 현실을 이야기한다. 그의 시는 현실을 산문적으로 기록하면서 긴장이 풀어지기도 하지만, 첫 시집을 내는 시인이 가질 법한 포

즈나 자기과잉에서 비껴나 있는데, 이것은 이러한 소박한 시정신에 연유한다. 현실과 일상의 삶을 그린 전남진의 시편들은 창조적인 상상력보다는 사실의 기록과 해석에 치중한다. 이를테면, "공중에 정지하기 위해 양 날개를 젓고 있을 때, 2001년 4월 한국의 공식 실업자수는 260만 명이었다. 매일 그 할머니 먹다 남은 밥알을 말려 새들에게 던지고 있을 때, 나는 그 곁을 지나 회사로 출근했다. (……) 새의 부리에 밥알이 꽂힐 때 일본 역사교과서는 수정됐다"(「지나간 사실은 사실이 아니다」)와 같은 방식이다. 이런 단순어법의 시에서는 현실의 부정성을 강하게 환기하는 극적 효과나, 부정적인 현실 속의 자기 자신을 반추함으로써 생기는 페이소스가 감소된다. 반면, '나' 는 이 도시의 매연과 직장 노예제와 가난에 의해 '타살' 되었다고 주장하는 시 「유언」은 비극적인 섬뜩함을 안겨 준다. "아내여, 기억하라// 나는 타살되었으므로 나는 보상되어야 한다는 것을. 당신과 우리의 딸과 또다시 태어날 한 아이를 위해 나는 반드시 타살이어야 한다는 것을"!(「유언」) 유언을 가정한 이 외침에는 오늘을 사는 소시민의 현실이 아프게 각인되어 있다.

도시에서 산다는 것은 서서히 타살되는 일이지만, '내' 가 타살의 피해자인 것만은 아니다. '나' 역시 타살에 가담하고 있는 살해 용의자이다. 사실, 모든 사람이 용의자이다. 도시의 시민들은 광포한 문명에 타살되면서 동시에 "동사한 알코올 마약 중독자 포개진 나체의 시신처럼/무.심.코. 서로를…… 겨누고 있"는 것이다(「비석」). 시집의 1, 2부에 황량한 도시의 삶을 건조하게 기술한 시들이 배치되어 있는데 비해, 3, 4부에는 섬세한 감수성을 노래한 서정적인 시들이 실려 있다. 어린 시절 고향에서의 삶과 청년기의 사랑을 다룬 시들은 가난의 생활사와 개인적인 상처의 내력을 비애의 어조로 노래한다. 유년의 기억은 "리어카로 오일장을 다니는 부모님"(「어린 시절」)과 친척들, 이웃들의 가난했던 삶에 집중되어 있다. 전남진의 시에서 가진 것 없는 사람들의 고달픈 삶이 부각된 데는 오랜 연원이 있었던 것이다. 가난은 그에게 과거로부터 계속된,

그러나 늘 현재형으로 존재하는 삶의 난관이며 사건이다. 그에게 현실을 살아간다는 것은 가난이라는 난관과의 끊임없는 싸움의 과정을 의미한다.

전남진의 첫 시집에서 외적 지향과 내적 지향은 다른 색채를 보인다. 비판적 현실 인식을 내세운 시들과 내면의 감성을 그린 시들 사이에는 느낌의 차이가 뚜렷하다. 현실을 다룬 시들에서 그가 주체와 관찰자 사이를 머뭇거리며 오가고 있다면, 자신의 내면을 고백한 시들에서는 호소력 있는 개성적인 세계를 만들어내고 있다. 둘 사이의 긴밀한 소통은 앞으로 전남진의 과제로 남는데, 시의 감동은 이중 후자에서 더 진하게 우러나고 있다. "시간이 흐른다는 것은 슬퍼도 슬프다고 말하지 않는 마음/안과 밖, 경계 사라진 한없이 넓은 마음에/그리움이라 해도 좋을 것들을 그 하나를 잃어버리고/혼자 돌아와 눕는 내 마지막 집이여"(「마지막 집」)와 같은 구절은 시간의 흐름을 마음의 넓이로 바꾸는 자의 내면의 유로(流路)를 아름답게 서술한다. 신인 전남진이 산문적인 현실과 서정적인 지향 사이의 간극을 어떻게 메워갈지 계속 지켜볼 일이다.

4. 미래보다 앞질러 흐르는 미래의 시간 ─ 이원

이원은 첫번째 시집 『그들이 지구를 지배했을 때』(문학과지성사, 1996)에서 "우주의 모든 것은 몸이 시간이다"(「몸과 공기」)라고 정의한 바 있다. 신의 영역을 파괴한 첨단문명을 다룬 시에서 원초적인 몸의 담론과 시간 의식을 읽게 되는 것은 이채로운 일이다. 이원은 "캄캄한 한가운데로 시간의 커서가 내려가고 있다"(「PC─서시」)거나 "시간은 더 깊게 비어간다"(「밥그릇과 그림자 사이」)는 등의 진술을 통해, 시간의 새로운 양태를 서술해왔다. 전자문명시대의 시간의 운명을 묵시록적인 어조로 시화하면서 시간을 미래의 삶에서 새롭게 정의해야 할 가장 시급한 대상으로 인식해 온 것이다. 시간은 인간이 경험하는 실존의 가장 기본조건이며, 앞으로 전혀 새로운 시간이 인간을 지배하게 될 것이기 때문이다.

비단 시간에 대해서만이 아니다. 이원의 시는 전자문명시대의 수많은 존재와 개념에 대해 새로운 정의를 발표하는 담화문과도 같다. 이 담화문의 주제는 나, 인간, 몸, 시간, 공간, 꿈, 거울, 달, 사막 등 대부분 인문학적 탐구의 대상이 되는 질료들이다. 전자문명이 재영토화한 것들이 인간과 인간적인 삶의 조건이라는 점은 역으로 이 문명의 지향점을 엿보게 한다. 인간을 해체하여 완전히 새로 구성하는 것, 인간을 지배하는 완벽한 여건을 갖추는 것이 그것이다. 이원은 첫 시집 이후 오 년 만에 출간한 『야후!의 강물에 천 개의 달이 뜬다』(문학과지성사, 2001)에서 전자문명의 실체를 본격적으로 해부한다. 이원의 시는 아직은 초기 단계인 디지털 환경의 전면적인 확장 프로그램이 시행되는 미래의 상황을 가정하며 씌어진다. 인간의 삶을 완전히 점령한 미래의 전자문명을 시의 대상으로 삼는 것이다. 그 미래는 이미 우리의 현재 안에 부분적으로 들어와 있으며, 이원의 시에는 이 부분적인 경험이 전면적인 경험으로 확대되는 실감의 상상력, 첨단문명의 실체를 앞질러 간파하는 인지능력이 중요한 뼈대가 된다. 감성보다는 논리에 의지하는 이원의 시는 인식의 폭과 예측의 정확성에 따라 다르게 평가될 소지를 안고 있다. 미래보다 더 빠르게 미래의 시간을 살아야 하는 것, 이것은 이원의 시가 껴안고 있는 아이러니컬한 운명이다.

시집 『야후!의 강물에 천 개의 달이 뜬다』는 제목 안에 불교의 전언을 담고 있다. "야후!의 강물에 천 개의 달이 뜬다"는 이 제목은 진리가 온 세상에 가득하다는 뜻의 "달이 천 개의 강에 비친다(月印於千江)"는 경구를 패러디하면서 전자문명 시대의 허상을 꼬집는다. 불가의 비유에서 세상의 모든 강이 진리를 차별없이 현시한다면, 전자문명의 수원(水原)인 '야후!의 강물'은 수많은 환영으로 실재를 왜곡한다. 이미지가 실재를 압도하는 전자문명 시대에 인간에게 가장 중요한 실재는 다름아닌

'나' 자신일 터이다. 이원의 시가 '나'를 주어로 한 거대한 진술체계를 이루는 것은 이 때문이다. '나'의 실종은 미래의 인간이 겪게 될 최대의 위기이며, 이에 따라 이원의 시에서 반영의 매체인 '달'과 '거울'은 반영 능력을 상실한 상태로 그려진다. "사막의 달은 차고 환해 내가 들여다봐도 내가 나오지 않는 거울이야"(「거울 속에서 낙타는 어디까지 갔을까」), "내 앞까지 온 길은 거울 앞에서/접촉 불량 회로처럼 끊어졌다"(「모니터, 캔산소, 거울」), "전면의 대형 거울은/늘 넘기지도 못하는 텅 빈 무덤을 삼키는 중이다"(「인체를 위한 접속 코드 1」) 등.

'내'가 증발한 문명의 공간을 이원은 '전자 사막'과 '미로'라고 부른다. 그 사막과 미로 속을 '나'는 내용물이 증발된 상태로 끝없이 떠돌아야만 한다. 이는 새로운 형태의 '유목'(이광호)이라기보다는 미로 속을 헤매는 무기력한 '방황'에 가깝다. '전자 사막'은 백화점, 대형 할인매장, 심야버스, 컴퓨터, 휴일, 출근, 외출, 연애 등 시간과 공간, 행위 등의 다양한 형태로 '나'를 둘러싸고 있다. 그러나 모래의 실체조차 없는 사막에서 '나'는 어디에도 뿌리내릴 곳이 없다. 흥미로운 것은 "뿌리가 없다는 사실을 인정한 날 밤부터 잠이 오기 시작했다"(「실크 로드」)는 사실이다. "나는 어디에서도 접속 가능한"(같은 시) 기계이자 프로그램이며, 모니터 앞에서 손가락 하나로 세계를 파괴하고 창조하는 전능한 주체(?)이다. 뿌리 따위 필요 없는 것이다.

> 나는 세계를 연속 클릭한다
> 클릭 한 번에 한 세계가 무너지고
> 한 세계가 일어선다
>   (……)
> 나는 그러나 어디에 있는가
> 나는 나를 찾아 차례대로 클릭한다
> 광기 영화 인도 그리고 **나**………**나**두고

……**나**오는…**나**홀로 소송……**또나**(주)…

나누고 싶은 이야기……지구와 **나**…………

—「나는 클릭한다 고로 나는 존재한다」 중에서

그러나 '나'는 나 자신만은 클릭할 수도 창조할 수도 없는 무능한 주체이다. "나를 가동시키는 플러그가 어디로/꽂혀 있는지 알지도 못하"(「서부극, 냉장고, 플러그」)니, 이미 주체의 자격을 상실해버린 주체인 것이다. 진정한 주체는 나를 가동시키는 플러그와 플러그의 본체인 시스템이며, 그 실체는 눈에 보이지조차 않는다. 전자 사막의 "사람들은 허공이라는 시스템에 연결되어"(「콘센트에 관한 명상」) 헛것의 삶을 살며, 자신을 관리하는 프로그램이 오작동할 때에만 어눌하고 짤막한 탄식을 내뱉는다. "아 그것은 날마다 빠른 속도로 생겨나요. 우리는……그것에 갇혀가고 있어요………그것이 가리키는 방향에……우리는 잘 길들여져 있어요"(「사이보그 2—정비용 데이터 A」). 따라서 전자 사막에 거주하는 인간의 최후는 다음과 같이 장식될 가능성이 짙다.

—「시간에 관한 짧은 노트 2」 중에서

이원은 두번째 시집 『야후!의 강물에 천 개의 달이 뜬다』를 통해 미래를 앞질러 사는 예지력을 발휘한다. 사실 이원만큼 전자문명의 실체와 폐해를 집중적으로 통찰해온 시인은 많지 않다. 인간과 자아에 대한 오랜 믿음을 바탕으로 베일에 싸인 미래를 성찰하는 이원의 시는 곧 우리가 경험할 세계에 관해 많은 시사점을 제공해준다. 그러나 주체의 죽음을 예감하는 이원의 시들이 우울한 전망에 치우쳐 있는 것도 부정할 수 없는 사실이다. 새로운 시대의 인간은 그에 맞는 새로운 존재방식을 창조하고, 다양한 저항의 선들을 만들어 '인간'을 지켜나갈 것이기 때문이다. 이 점을 고려하지 않는다면 인간의 미래를 노래하는 이원의 시는 자칫 단순 논법에 빠질 위험이 있다. 이원이 행하는 미래의 현실에 대한 예측은 그 자체로 의미 있고 중요한 작업이다. 여기에 인간의 내적 저항의 기제에 대한 성찰을 아우를 때, 이원의 시는 더욱 풍부한 탄력을 지니게 될 것이다.

5. 각각의 시간 뒤에 남는 것

근대문명이 촉발한 비동시적 시간의 공존 현상은 현재 젊은 시인들의 시를 중심으로 뚜렷이 확산되고 있다. 같은 시간을 사는 시인들이 다른 시간대에 편입되어 있는 현상은 단순한 심리적 편향성을 넘어 존재와 삶의 방식의 문제로 직결된다. 이제 우리 시는 주제와 유형, 기법의 다양성을 넘어 다양한 시간을 사는 법을 터득하게 되었다고 할 수 있다. 어떤 시간을 사는가가 한 시인의 시와 삶을 결정짓는 중요한 요인이 된 것이다. 지금까지 시인들이 도시와 농촌, 산과 바다, 집과 거리 등 특정 공간을 통해 시적 지향을 분명히 했다면, 이제는 시간을 선택함으로써 시의 정체성을 결정하게 되었다.

박형준 · 전남진 · 이원은 자신의 시에 각기 과거 · 현재 · 미래의 시계를 장착해두고 있다. 먼저, '자연의 미학'을 신뢰하는 박형준에게 과거는 자신의 정체성을 형성한 근원의 시간으로 각인되어 있다. 박형준은 현실에서 위태로운 실존에 처할 때 과거를 불러들임으로써 자아의 균형을 유지한다. 더 정확히 말하면, 과거는 사라지지 않고 그의 내면에서 현재형으로 지속된다. 박형준의 내면의 성(城)은 이 시간들의 균열과 충돌이 일어나는 혼돈의 성이며, 그의 시적 성패는 이 균열과 충돌을 얼마나 감당하는가에 따라 좌우되게 된다. 박형준의 최근 시들은 부분적으로 성공을 거두고 있으나, 내부적으로는 적잖은 실패의 위험을 안고 있다. 앞으로 박형준은 시간과 자의식의 균형을 유지하는 일에 각별히 유의해야 할 것이다. 한편, 현재의 시간에 충실하는 전남진의 시는 세계의 리얼리즘적 재현에 목표를 둔다. 그는 가난과 소외, 노예적 일상이라는 현재형의 문제를 부단히 끌어안으면서 가진 것 없는 사람들의 삶의 실상을 그리는 데 주력한다. 단조로운 서술과 나열, 군더더기에 불과한 비문들을 걷어내고 현실과 서정 사이의 긴밀성을 더 확보한다면, 전남진의 시는 일상적 리얼리즘의 영역 확대에 기여하게 될 것이다. 소외된 사람들의 삶에 대한 관찰자적 입장과 자신에 대한 연민의 시선을 조절하는 작업도 전남진에게는 과제로 남는다. 미래의 시간을 앞질러 살아내는 이원은 전자문명이 새롭게 코드화할 인간과 세계의 자화상을 그린다. 이원이 묘사한 것처럼, 모든 실재와 본질적인 의미를 휘발시키고 말 전자문명은 이미 현실화되기 시작한 우리의 두려운 미래이다. 가장 우려되는 것은, 그 세계가 실체와 시간이 지워진 허상의 세계가 될 가능성이 크다는 점이다. 이는 결과적으로 인간의 본질과 인간 주체의 몰락을 가져오게 될 것이다. 그러나 인간의 반성 능력은 다양한 저항기제를 만들어내어 그 몰락을 지연시키고 차단할 것이 분명하다. 이것이 비록 희망의 차원일지라도, 이원은 이 점에 대한 성찰을 다음 시세계에 덧붙일 필요가 있다. 미래의 시간은 시간의 낯선 변형을 얼마나 슬기롭게 극복하는가에 따라 다른 형태로 흐르게 될 것이기 때문이다.

다양한 시간들의 공존은 우리 시의 새로운 존재방식으로 확산되고 있다. 자신이 거주할 공간을 선택하는 것이 아니라 시간을 선택하는 것, 자신의 정체성을 형성하고 있는 시간을 발견하고 배양하는 것은 획기적이고도 자연스러운 일이 되었다. 시가 인간 내면의 존재방식에 관여하는 가장 예민한 형식이라면, 이제 시세계의 중심은 시간에 집중되고 있다고 해도 지나치지 않다. 앞으로 우리 시는 시간의 흐름과 축적을 동시에 병행하면서 더 넓고 다양한 세계를 열어나갈 것이기 때문이다.

거대한 물, 지속되는 신화
— 현대시에 나타난 '바다'의 상상력

1. 바다! 우주와 역사와 내면의 거울

바슐라르 식으로 말하면, 바다는 두께를 지닌 '무거운 물'이며 포효하는 '난폭한 물'이다. 인간이 경험할 수 있는 가장 거대한 물인 바다는 물의 속성과 물질성이 가장 극대화된 실체이자 공간이다. 가령, "물이 운명의 한 타입(un type de destin)이며, 그것도 유동하는 이미지의 공허한 운명, 미완성된 꿈의 공허한 운명이 아닌 존재의 실체를 끊임없이 변모시키는 근원적 운명"[1]이라고 할 때, 바다는 '존재의 실체를 끊임없이 변모시키는 근원적 운명'을 현시하는 가장 압도적인 존재라고 할 수 있다. 이이리니컬히게도 인긴은 유힌힌 공긴인 바다에서 '본질'과 '잉뭔'이라

---

1) 가스통 바슐라르, 이가림 역, 『물과 꿈』, 문예출판사, 1980, 13쪽.

는 무한의 영역을 경험한다. 바다 앞에서 인간은 바다 외부의 유한이 아닌, 바다 내부의 무한을 본다. 바다가 신성한 우주의 질서가 현현되는 장소, 혹은 미지의 세계가 열리는 신비로운 통로로 인식되는 것은 이러한 내적 필연성에 의한다.

바다는 물로 이루어져 있음에도, 물의 물질성을 넘어선다. 바다는 '거대한 물'인 동시에 액체 상태의 출렁이는 '대지'이다. 바다는 신(神)이 소유한 또하나의 경작지이며, 수많은 생명체들이 삶을 일구는 노동의 현장이다. 육지에서처럼 바다에서도 삶과 죽음은 운명적으로 공존하며, 액체의 대지인 바다에서 이질적인 것들의 교류는 훨씬 부드럽게 일어난다. 삶과 죽음, 유한과 무한, 시원(始原)과 미래, 개방과 고립, 탈주와 차단은 바다 속에서 서로 스미고 뒤섞여 하나의 몸을 이룬다. 이 혼융의 대지에서 인간은 갈 수 있는 '길'과 갈 수 없는 '사막'을 동시에 경험한다. 대지는 그 열림의 정도에 의해 '길'과 '사막'의 양극의 영토로 분화된다. 길과 사막은 고체성의 대지인 육지에서는 따로 존재하지만(때로는 길이 사막이 되고, 사막이 길이 된다), 액체성의 대지인 바다에서는 하나로 통합된다. 끊임없이 해안에 부딪치는 파도의 무용한 행위는 바다가 지닌 개방/고립, 탈주/차단, 길/사막의 이중적 속성을 선명한 풍경으로 가시화한다. 끊임없이 밀려오고 밀려가는 파도는 정확히 행위와 정지, 유위와 무위의 중간지점에 속해 있다. 파도란, 바다 스스로 자신의 이중적인 본성을 설명하는 지칠 줄 모르는 내면의 발화인 것이다.

바다는 존재의 근원적인 운명을 보여주는 거울이자, 우주의 거대한 모형이며, 삶의 역설을 담은 살아 있는 실체이다. 바다의 상징성은 사회·역사적인 차원까지 두루 포괄한다. 현대시에 나타난 '바다'의 계보학과 유형학을 기술할 때, 우리가 처음 만나는 '바다'는 근대 초창기의 최남선의 「해에게서 소년에게」[2]에 형상화된 역사적 의미의 바다이다. '바다'

---

2) 『소년』 창간호, 1908. 11.

를 시적 주체로 삼은 이 시는 근대 문명의 힘찬 쇄도를 바다의 역동성을 빌려 표현하면서 소박하게나마 근대의 비전을 제시했다. 바다는 새로운 문명이 유입되는 통로이자 그 경이로운 힘의 상징으로 차용되었다. 근대 문명의 표상인 '바다'는 김기림에 오면, 근대적 지식인의 내면 풍경으로 변용된다. "아모도 그에게 수심을 일러준 일이 없기에/힌 나비는 도모지 바다가 무섭지 않다/(……)/청무우밭인가 해서 나려갔다가는/어린 날개가 물결에 저러서/공주처럼 지쳐서 도라온다"[3]는 가련한 내면의 읊조림은 신문명에 대한 식민지 지식인들의 동경과 상처를 생생히 보여 준다. 바다가 현저히 개인의 내적 공간으로 화한 것은 낭만적인 서정에 매료된 시인들에 의해서였다. 고결하고 강인한 정신을 추구한 유치환이 "이것은 소리 없는 아우성/저 푸른 해원(海源)을 향하야 흔드는/영원한 노스탈쟈의 손수건"[4] 아래서 낭만적 이상의 황홀과 좌절을 경험한 곳은 바다였고, 일제 말기에 청년 서정주가 "오— 어지러운 心臟의 무게우에 풀닙처럼 훗날리는 머리칼을 달고/이리도 괴로운 나는 어찌 끝끝내 바다에 그득해야 하는가"[5]라고 걷잡을 수 없는 절망을 쏟아부은 곳도 바다였다. 또 박재삼이 "우리가 살았다 해도 그 많은 때는 죽은 사람과 산 사람이 숨소리를 나누고 있는 반짝이는 봄바다와도 같은 저승 어디쯤에 호젓이 밀린 섬이 되어 있는 것이 아닌 것가"[6]라고 삶과 죽음의 혼연일체를 노래한 장소 역시 바다였다.

현대시에 나타난 바다의 상상력의 계보와 유형을 기술할 때, 여기까지는 서막에 불과하다. 근대 초기에 형상화된 '바다'의 상징성, 즉 근대적 경험 공간과 개인의 내밀한 내면 공간, 삶과 죽음을 아우르는 우주적 공간 등의 의미들은 최근의 시에까지 계승된다. 물과 대지의 속성을 함께

---

3) 김기림, 「바다의 나비」, 『여성』, 1939. 4.

4) 유치환, 「깃발」, 『조선문단』, 1936. 1.

5) 서정주, 「바다」, 『화사집』, 1941.

6) 박재삼, 「봄바다에서」, 『춘향이 마음』, 신구문화사, 1962.

지닌 바다는 우리 시에 보편적인 삶의 공간으로 자리잡으면서 몇 가지 유형의 상징성을 획득해왔다. 특히 근래의 시단에서 문충성, 최승호, 김명인, 송재학, 송수권 등의 중견 시인들은 바다를 시세계의 중요한 모티브로 형상화하고 있다. 사실, 시를 유형화하는 작업은 시의 속성상 위험한 시도가 되게 마련이다. 바다의 상징성을 분류하는 작업 또한 예외는 아니다. 그러나 유형학의 소임은 유형을 확립하는 데 있는 것이 아니라, 유형을 작품 분석의 방편으로 활용하는 데 있다. 이 명제를 다섯 시인들의 시에 나타난 바다의 상징성을 살펴보면서 재확인해보기로 하자.

2. 근대적 삶의 공간 — 문충성의 '제주 바다'와 최승호의 '시화호'

문충성에게 바다는 우주의 숨결이 흐르는 신화적인 공간이자, 제주의 수난이 농축된 역사적인 공간이다. 1978년에 첫 시집 『제주 바다』를 출간한 문충성은 『섬에서 부른 마지막 노래』(1981), 『방아깨비의 꿈』(1990), 『바닷가에서 보낸 한 철』(1997), 『허공』(2001) 등 총 열 권의 시집을 통해 왕성한 시작 활동을 보여주었다. 제주 토박이인 문충성은 삼십 년 가까운 세월 동안 한결같이 제주 역사와 제주 사람들의 삶을 노래해 왔다. 분단 역사의 비극적 상처인 4·3 제주민중항쟁, 근대의 파행성이 제주도에 가한 상처들, 자본주의가 촉발한 부정적인 삶의 변화들을 성실하게 그린 문충성의 시는 가히 제주 역사의 산 기록이라고 할 만하다. 마치 제주에 헌사하기 위해 씌어진 듯한 문충성의 시에서 '바다'는 가장 중요한 상징의 하나이다. 문충성의 바다는 제주의 과거와 현재를 비추는 거울이며, 뼈아픈 역사가 보존되어 있는 슬픈 유적이다. 현재의 거울이자 과거의 유적인 이 바다를 들여다보노라면, 제주의 역사를 한꺼번에 소환해놓고 근대의 공과를 심문하는 준엄한 목소리를 만나게 된다.

친구여, 저무는 겨울 제주 바다에 와서 보아라
끼룩끼룩 갈매기떼 날던 바다는 없다
　(……)
고기도 게도 조개도 고둥도 없다
바다 가득 쳐들어오던 여몽연합군 전선들
무시로 코와 귀 베어가던 왜구들 전선들
조선 왕조 때 유배오던 돛배들
이재수난 때 떠다니던 프랑스 군함들
日帝 식민지 시대 內鮮一體 제주—오사카 오가던 연락선들
6·25 때 군인들 태우고 떠나던 L S T
피난민 태운 배들 피난민들
하나도 안 보인다
역사여 어디에 있느냐
　(……)
일터를 없앤다고 아우성치는
해녀들 눈물 속에
매립되는 탑동 바닷가만 두 눈 가득 보인다
　　　　　　　　　　　　—「塔洞 매립지에서」[7] 중에서

제주시 바닷가 우리들 꿈의 터전이던
탑동이 매립되면서
우리들 유년의 꿈도 매립되어버렸다
　(……)
해녀도 없고
갈매기도 없고

---

7) 문충성, 『방아깨비의 꿈』, 문학과지성사, 1990.

게도 고등도 없는 바다
쏟아지는 오물이나 흘러드는 바다
그 시커먼 물결 밀물지는
썰물 없는 바다를 바라볼 뿐

　　　　　　—「다시 塔洞 매립지에서」[8] 중에서

'탑동 매립지'는 단순히 '바다'를 메워 육지로 만든 곳이 아니다. 이
곳은 현재의 삶의 터전과 유구한 역사를 매립한 참담한 현장이다. 오랑
캐를 물리친 탑이 있어 '탑동'이라 부르는 이곳은 몽고의 침략과 임진왜
란, 유배의 역사, 근대 초기의 서구와 일본의 침략, 한국전쟁 등 일련의
비극적인 역사가 새겨진 유적지이다. 그리고 지금은 해녀들이 생계를 유
지하는 노동의 장소이다. 따라서 탑동을 매립한 것은 역사를 훼손하고
해녀들의 삶의 터전을 빼앗은 '약탈'의 행위이며, 바다에서 자란 "우리
들 유년의 꿈"을 매장하고 "쏟아지는 오물이나 흘러드는 바다"를 만든
파괴의 행위가 된다. 이러한 탑동 매립의 최종적인 배후 세력은 근대적
가치관과 자본주의이다. 폭력적인 근대와 천민 자본주의는 천년 이상 섬
사람들을 약탈해온 오랑캐들과 조금도 다를 것이 없으며, 탑동의 바다를
완전히 사라지게 한 가장 악랄한 침입자에 속한다.

　근대 자본주의는 제주가 겪어온 침입과 수탈의 역사를 매립과 오염의
역사로 바꾸었다. 문충성의 시적 보고서는 제주에 가해진 새로운 형태의
수난에 초점을 맞춘다. 침입과 수탈이 섬사람들의 대량 학살로 이어지기
도 했지만, 이는 제주섬과 제주 사람들의 본질을 훼손시키지는 못했었
다. 그러나 근대가 자행한 매립과 오염은 제주도와 사람들의 본질을 변
형시키면서 죽음의 문화를 살포한다. 제주의 본질이 파괴되는 현장을 들
여다보자. 문충성은 자연과 인심이 관광산업에 오염되고, 어부들의 생업

---

8) 문충성, 『설문대할망』, 문학과지성사, 1993.

이 값싼 중국 생선에 의해 위협받는 장면을 생생히 묘사한다. "가난한 섬이니깐/관광호텔, 비행기, 자동차, 고스톱, 컴퓨터도 살지 않았다/이제 제주 섬엔 모든 것이 산다(……)제주 섬의 三無는 '도둑, 거지, 대문 없다'에서/'전철, 기차, 케이블 카 없다'가 되어간다"(「제주 섬엔 까치가 살지 않았다」)⁹⁾, "바닷가에서 나는 보았네 죽은 물새떼/게, 고둥, 톳, 말미잘, 새우들 시커멓게 죽어/(……)자꾸만/건너오는 고기잡이 중국 배들뿐/중국산 우럭, 갈치, 옥도미까지 어시장 진열대 채우고 싸구려/바다 냄새 눈시울 뜨겁게 하네"(「바람 부는 날 바람 따라」).¹⁰⁾

"전철, 기차, 케이블 카"외에 "모든 것이 사"는 제주, "싸구려 바다 냄새"가 진동하는 제주는 근대와 자본주의의 기율에 지배받고 있다. 이 황폐한 풍경은 식민지 시대의 지식인에게 '청무우밭'처럼 보였던 바다의 오늘의 실상을 적나라하게 보여준다. 이를 용인할 수 없는 문충성은 제주 역사의 신화적 복원을 통해 제주의 정기와 섬사람들의 본성을 회복하고자 한다.

> 설문대할망은 눈물 한 방울로
> 이 세상 삶과 죽음의 깊이 찾아냈네
> 수평선은 제주섬 사람들 이때부터 풀풀풀
> 풀어주고 제주섬에 가둬놓고
> 삶과 죽음의 가시밭 세상 만들어냈느니
> 제주섬은 가난과 한숨에 흔들리고 날마다
> 흔들리는 제주섬 지키는 설문대할망은
> 제주섬 사람들 수천 년 살아온
> 전설이 되고 바람이 되고 영욕이 되고

---

9) 문충성, 『바닷가에서 보낸 한 철』, 문학과지성사, 1997.
10) 위의 책.

이어도를 꿈꾸는 꿈이 되고 노래가 되고

— 「설문대할망」[11] 중에서

제주의 토박이 신화에 등장하는 거녀(巨女)인 설문대할망은 삭막했던 제주 섬에 갖가지 식물과 동물을 살게 했고, 오백 명의 아들을 낳아 온갖 고생을 하며 키웠으며, 바다에 빠져 죽어 제주를 지키는 수호신이 되었다. 설문대할망은 척박한 삶을 이겨낸 제주 사람들의 정신적 표상이고, '전설'과 '바람'과 '영욕'과 '이어도'와 '노래'로 대표되는 제주인들의 공동체 의식의 상징이다. 문충성은 설문대할망을 시에 부활시켜 제주의 역사와 강인한 삶의 의지를 복원하고자 한다. 문충성에게 '바다'는 근대적 삶의 양식이 제주를 침입한 비극적인 현장이자, 제주의 정신적 표상인 설문대할망이 숨쉬는 신화적 공간으로서의 이중적인 의미를 지닌다. 근대세계에 신화를 맞세우는 문충성의 시작업은 바다라는 역사적이며 초역사적인 공간에서 절망과 극복을 거듭하며 지속된다.

문충성이 신화세계에 대한 지향을 바탕으로 근대적 생활공간인 '바다'를 그려낸다면, 최승호는 철저히 근대인의 입장에서 근대의 폐허로서의 '바다'를 진술한다. 문충성에게 태어나고 자란 삶의 터전인 '제주 바다'가 있다면, 최승호에게는 그 자신도 야합하여 인공적으로 변형시킨 바다 '시화호'가 있다. 문충성은 제주 바다가 처한 현실을 슬퍼하고, 최승호는 시화호를 탄생시킨 자신의 죄상을 고발한다. 최승호는 바다를 막아 만든 죽음의 '시화호'가 추악한 근대인들의 범죄 현장이며, 그 범죄자의 하나인 자신이 '처형'되어야 할 형장이라고 생각한다.

무력감에서도 악취는 난다. 산 송장들, 시화호 바닥에 누워 공장 폐수와 부패한 관료들의 숙변을 먹는 산 송장들, 이것은 그로테스크한 나라의 풍

11) 문충성, 『설문대할망』, 문학과지성사, 1993.

경인가. 시화호라는 거대한 변기를 만드느라 엄청난 돈을 배설했다.

달마는 시화호에 오지 않는다. 시화호에 달이 뜬다. 누가 시화호를 죽였는가? 누가 죽은 시화호를 딸처럼 부둥켜안고 먼 바다로 걸어나가며 울겠는가.

나는 무력한 사람이다. 절망의 벙어리, 그래도 세금은 낸다. 세금으로 시화호를 죽였다. 살인청부자?

내가 시화호의 살인청부자였다. 나를 처형해다오. 달 뜨는 시화호에 십자가를 세우고 거기 나를 못 박아다오. 아니면 눈 푸른 달마를 십자가에 못 박아 피 흘리게 하든지.

　　　　　　　　　　　　　　—「누가 시화호를 죽였는가」[12] 중에서

　최승호는 썩은 시화호의 운명을 달마의 일화에 빗대어 이야기한다. 어느 날 '달마'는 바닷가 마을을 지나가다 '대충'이라는 바닷속 이무기가 썩는 냄새 때문에 사람들이 마을을 떠나는 것을 목격한다. 그것을 본 달마는 육신을 벗어두고 바다에 들어가 대충을 먼 바다에 버리고 돌아온다. 그런데 자신의 육신이 사라진 걸 발견하고는 누군가 벗어둔 흉측한 육체를 대신 뒤집어쓰고 떠난다. 달마는 썩은 괴물의 몸과 자신의 몸을 바꿈으로써 바다와 인간을 구원한 것이다. 그렇다면 지금 썩어가는 시화호를 위해 자신의 몸을 던질 사람은 누구일까? 최승호는 "세금으로 시화호를 죽"인 '살인청부자'인 자신을 '처형'하든가, "아니면 눈 푸른 달마를 십자가에 못 박아 피 흘리게 하"라고 말한다. '처형'이란 자연을 파괴한 대가로 인간들이 치러야 될 희생을 의미한다. 죽어가는 자연을 되살리기 위해 희생하지 않으면, 우리 시대의 인간은 결국 자연과 함께 죽게

---

12) 최승호, 『그로테스크』, 민음사, 1999.

될 것이다. 한편, '눈 푸른 달마'는 서구에서 들어온 근대문명을 상징한다. '눈 푸른 달마'를 십자가에 못 박아야 한다는 것은 근대문명의 패러다임을 근본적으로 바꾸지 않고는 '시화호'로 압축된 죽음의 현실을 개선할 수 없음을 뜻한다. '시화호'는 근대적 발상과 욕망이 탄생시킨 괴물이며, 그것도 썩어가는 시체 상태의 괴물이다. 이 시체를 함부로 유기한 자는 물질과 욕망의 포로가 된 근대인인 우리 자신이다.

최승호는 시화호를 통해 인간에 의해 '감금된 바다' '바다의 본성을 박탈당한 바다'를 그린다. 이는 앞서 문충성이 그린 '매립'과 '오염'의 바다보다 더 심각하게 훼손된 바다이다. 두 시인은 바다를 죽게 한 행위의 주체를 파악하는 데 있어서도 약간의 차이를 보인다. 문충성은 제주 바다를 오염시킨 자본주의의 현실과 그릇된 제도가 가해자라고 생각하며, 최승호는 자신을 비롯한 우리 모두가 근대의 파괴 행위에 가담한 가해자라고 본다. 이러한 입장의 차이는 문충성과 최승호의 구체적인 삶의 현실에서 연유한다고 볼 수 있다. 하지만 제주의 구체적인 실상에 주목하고 있는 문충성에 비해 최승호가 좀더 근대의 실상과 문제점을 보편적인 담론으로 형상화해내고 있다고 할 수 있다. 최승호가 그린 '송장' 더미와 '거대한 변기'로 화한 바다보다 더 끔찍한 근대의 얼굴을 상상하기는 쉽지 않으며, 바다를 죽음에 이르게 한 것은 바로 우리 자신이기 때문이다.

3. 적막한 내면의 공간―김명인의 '궁륭의 바다'와 송재학의 '등대가 있는 바다'

김명인의 '바다'는 그의 내면에 펼쳐져 있는 드넓은 '궁륭'의 다른 이름이다. 이 내면의 궁륭에는 어린 시절부터 현재까지의 시간이 축적되어 있고, 삶의 애환과 고독한 실존이 숨쉬고 있다. 궁륭은 김명인이 시에서 즐겨 창조하는 질문들의 보관소이기도 하다. 김명인의 시들은 삶과 존재의 풀리지 않는 문제들에 대한 수많은 질문들로 이루어져 있다. 그의 시를 읽다보면 궁극적인 대답이 불가능하지만, 바로 그 이유로 인해 깊은 비애로 단련된 실존적 물음들을 만나게 된다. 이 질문들은 반드시 의문문의 형식을 띠고 있지 않으며 다양한 방식으로 진술된다. 갖가지 형태의 질문들에 불현듯 존재의 허를 찔린 당혹감, 단지 질문을 받았을 뿐인데 대답까지 함께 듣고 있는 듯한 착각, 김명인의 시를 읽는다는 것은 이러한 긴장된 경험의 연속이라고 할 수 있다.

경북 울진 태생인 김명인에게 '바다'는 일찍이 고달픈 생계의 공간으로 각인되었다. 거친 삶의 공간인 바다는 사람들에게 그에 걸맞는 내면을 부여했다. "퐁퐁 뚫어진 그물을 기"워 고기를 잡는 '아저씨'는 "시시각각 달라지는 속의 바다를 다스리"(「바다 및 일기」)[13]며 살았고, 어머니가 장사를 떠나면 어린 '나'는 "제 몸 가득 흰 거품 부풀려 먼 수평선 바라보아도/해종일 바람 불고 파도 그치지 않아서/송천동, 신뜻 발자국 지워지며 끝없던 모래벌"(「머나먼 곳 스와니 · 1」)[14]을 배회하며 외로움을 달랬으며, "뻘밭 비스듬히 구겨박혀 배들 두어 척/시름대 꺾어지게 저기 누군가 깃발 흔들어도/돌아나갈 포구도 보이쟎는/법성포"는 자신도 모르게 "갇힌 바다의 쓸쓸한 얼굴"(「법성포 부근」)[15]을 가지게 되었다. 김명인은 바로 이 외롭고 쓸쓸한 바다에서 내면의 거대한 '궁륭'을 소유하게 된다.

> 11월 한 달은 매일처럼 저물녘에
> 바다가 궁륭인 듯 휘어놓은 부둣가를 배회하였다
> 놀던 아이들 흩어져가고 몇 척 빈 배들만
> 삐걱이며 서로의 이물을 맞비빌 때
> (……)

---

13) 김명인, 『동두천』, 문학과지성사, 1979.
14) 김명인, 『머나먼 곳 스와니』, 문학과지성사, 1988.
15) 위의 책.

저무는 수평선을 바라보면
우리가 서로의 포로처럼 남루하기만 한 시절,
11월 한 달은 매일처럼 저물녘에
바다가 궁륭인 듯 휘어놓은 부둣가를 배회하였다

—「浮虜記」[16) 중에서

　남루한 어린 시절의 바다가 '궁륭'으로 변하는 일은 어떻게 가능할까? 이 마법과도 같은 변화는 시인의 내면의 연금술을 통해 이루어진다. 김명인의 연금술의 재료는 11월의 스산함과 저물녘의 어둠, 삐걱이는 빈 배 몇 척, "포로처럼 남루하기만 한 시절" 등의 쓸쓸하고 퇴락한 것들이다. 보잘것없는 재료들은 그의 끝없는 '배회'의 수고로운 과정을 통해 거대한 '궁륭'으로 화한다. 어둠에 잠긴 부둣가의 휘어진 곡선은 그곳에서 한 시절을 보낸 시인의 쓸쓸한 내면의 곡선과 닮아 있다. 이 두 개의 곡선이 일치하는 순간, 음산한 바다는 은밀한 비밀이 가득한 '궁륭'으로 화하게 된다. 김명인은 이 연금술의 순간을 십 년이 지난 후에 다시 이렇게 묘사한다. "땅거미 지면 달빛 아래 바닷속 묵은 길들이 빛난다"!(「부활」)[17) '바닷가'에서 '바닷속'까지 이어진 '궁륭'을 가로지르는 빛나는 '묵은 길들'이 의하는 것이란 무엇일까? 그것은 모든 존재가 마지막으로 마주치게 되는 죽음의 길이며, 또 다른 삶의 길이 아닐까?

죽음은 때로 섬을 집어삼키려 파도치며 밀려온다
석 자 세 치 물고기들 섬 가까이
배회할 것이다, 물 밑을
아는 사람은 우리 중 아무도 없다
물 속으로 가라앉는 사자의 어록을 들추려고

---

16) 앞의 책.
17) 김명인, 『바닷가의 장례』, 문학과지성사, 1997.

더이상 애쓰지 말자, 다만 해안선 가득 부서지는
황홀한 파도의 띠를 두르고

서천 저편으로 옮겨진다는, 질펀한
석양으로 깎여서 천천히 비워지는

—「바닷가의 장례」[18] 중에서

세찬 혀를 들어 전신을 핥는
파도에 내맡긴 해안 바위, 저렇게 물보라로도
씻어버릴 수 없는 죄업은 전생에
겹쳐 입은 내 허물일까.
난생 태몽들 수없이 엎드린 자갈밭 다 걸어가
마침내 육지 끊긴 자리, 거기서부터 펼쳐지는
비로소 환한 물길,
거친 바다를 본다

—「고래」[19] 중에서

바다의 궁륭에는 죽음에 관한 "사자의 어록"이 감추어져 있고, 모든
죄업과 결별한 지점에서 시작되는 삶의 "환한 물길"이 펼쳐져 있다. 바
닷속 깊이 잠자는 "죽음은 때로 섬을 집어삼키려 파도 치며 밀려오"지
만, 살아 있는 존재들은 아직 "사자의 어록을 들"출 필요가 없다. 존재는
죽음의 위협을 받으면서도 여전히 삶의 안쪽에 속해 있기 때문이다. 이
점에서 김명인이 치르는 '바닷가의 장례'는 관념적인 차원에서 행해지
는 존재의 내면의 장례라고 할 수 있다. 하나의 내면에서 다른 내면으로
비상하는 존재의 내적 죽음을 김명인은 바다의 "환한 물길"을 통해 형상

18) 앞의 책.
19) 김명인, 『길의 침묵』, 문학과지성사, 1999.

화하고 있는 것이다. 환한 물길의 바다는 존재의 극한 지대로 들어가는 드넓은 통로를 의미한다. 이처럼 김명인의 시에서 바다는 어린 시절부터 축적된 삶의 감각이 보존되고, 수많은 실존의 물음이 넘실거리며, 삶의 섬세한 길들을 지나 마침내는 죽음과 마주하게 하는, 그리하여 죽음 너머의 삶까지를 엿보게 하는 드넓은 공간으로 나타난다. 바다는 김명인의 내면의 기원이자 내면 자체로서 확고한 위치를 차지하고 있는 것이다.

김명인과 마찬가지로, 송재학의 '바다'도 깊고 어두운 내면의 빛깔로 채색되어 있다. 송재학이 마주한 '저녁 바다'는 "낡은 배들과 죽음조차 돌아와/물을 채우"(「저녁 바다」)[20]고 있고, "어두운 수평선을 지배하던/집광등"의 "너무 환한 빛"은 "마치 죽은 자가 들고 있는 등불인 양 나의 긴 해안에 켜져" 있다(「죽은 이들도 바라보는 바다」).[21] 송재학의 바다는 김명인보다도 더 하강적인 이미지와 음울한 정조를 표출한다. 심지어 "밝음과 어둠이 같은 느낌인 바다"처럼 명암조차 구별되지 않는 상태로 그려진다. 바다는 송재학이 지녔던 욕망들이 "붙들려" 반사되는, "세계가 하나의 거울인 곳"이며, "죽은 사람"이 묻히고 "낯선 이가 살았던 어둠"이 드리워져 있는 곳이다. 송재학은 이 거대한 거울에 자신의 모습을 끊임없이 비추어본다.

등대가 보이는 커브를 돌아설 때 사람이나 길을 따라 왔던 욕망들은 세계가 하나의 거울인 곳에 붙들렸다 왜 푸른빛인지 의문이나 수사마저 햇빛에 섞이고 마는 그곳이 금방 낯선 것은 어쩔 수 없다 밝음과 어둠이 같은 느낌인 바다

(……)

---

20) 송재학, 『얼음시집』, 문학과지성사, 1988.
21) 송재학, 『푸른 빛과 싸우다』, 문학과지성사, 1994.

돛이 넓은 배를 찾으려고 등대에 올라가면 그 어둔 곳의 바다가 갑자기 검은 비단처럼 고즈넉해지고 누군가가 불빛을 보내고 그의 항로와 내 부끄러움을 빗대거나…… 죽은 사람이 바다 기슭에 묻힐 때 붉은 구덩이와 흰 모래를 거쳐 마침내 둥근 지붕 생기고 그 아래 파도와 이어지는 것들…… 혼자 낡은 차의 전조등 켜고 텅 빈 국도를 따라가면 고요를 이끌고 가는 어둠의 집의 굴뚝이 보인다. 낯선 이가 살았던 어둠, 왜 그는 등대를 혹은 푸른빛을 떠나지 못하는가

　　　　　　　　—「푸른 빛과 싸우다 1— 등대가 있는 바다」[22] 중에서

　죽음의 빛깔인 푸른빛으로 물들어 있는 바다, 한 점 등대가 비추고 있는 바다는 그대로 송재학의 내면의 풍경이 된다. 그가 '등대를 혹은 푸른빛을 떠나지 못하는" 이유는 자명하다. 등대와 푸른빛의 바다가 바로 그의 본질적인 자아의 구체적 이미지인 까닭이다.

　깊이 있는 내면 공간인 김명인과 송재학의 '바다' 는 문득 바슐라르의 명문을 떠올리게 한다. 두 시인의 바다는 동요하고 포효하는 물보다는, 세계를 반영하고 주체를 사유하게 하는 물인 '샘' 에 가깝다. 바다와 내면을 동일화하는 이들에게 바다는 세계의 사물들 중 자신을 가장 잘 드러내는 이미지가 된다. 따라서 "자신의 이미지 속에서보다도 더 자기 자신을 생각할 수 있는 곳이 어디이겠는가? (……) 반영하는 세계는 잠잠함의 정복인 것이다. 정지밖에는 요구하지 않으며, 또 몽상의 태도밖에는 필요하지 않는 숭고한 창조여, 거기서는 움직이지 않은 채 보다 길게 몽상하면 할수록 더욱더 세계가 드러나보이게 되는 것을 알게 되리라!"[23]는 바슐라르의 말은 김명인과 송재학의 '바다' 에 대한 멋진 주석이 된다. 자신의 내면에 대한 사유를 통해 "더욱 더 세계가 드러나보이게 되는

---

22) 앞의 책.
23) 가스통 바슐라르, 앞의 책, 44쪽.

것을 알게 되"는 것, 두 시인의 바다의 상상력은 이 지점에서 은밀하게 만난다.

4. 우주의 숨결이 흐르는 곳—송수권의 '만다라의 바다'

송수권의 '바다'는 생성의 기운이 넘치는 우주적 열기에 휩싸여 있다. 이 열기는 밝고 따뜻한 것이 아니라, 오히려 어둡고 음울한 것을 통해 발생한다. 상생하는 양극의 기운이 부딪쳐 일으키는 불꽃을 통해 송수권의 '바다'는 역동적인 에너지를 획득한다.

> 여덟 발 높이 들고
> 도선장이 딸린 대장간
> 녹이 슨 모루 위에서
> 한 놈이 쇠망치를 휘두르고 있다
> 바다를 물고 바닷속 깊이 식어가는 닻
> 가장 어두운 곳을 향하여
> 다시 쳐내고 싶다
> 저 불꽃.
> ―「가장 어두운 곳을 향하여 ―어느 날의 녹동 항구」[24] 중에서

"바다를 물고 바닷속 깊이 식어가는 닻/가장 어두운 곳을 향하여/다시 쳐내고 싶다/저 불꽃"이라고 노래하는 송수권은 마치 우주의 대장장이와 같은 모습을 하고 있다. 그가 휘두르는 생성의 '쇠망치'에 기운을 불어넣어주는 풀무는 "서해 뻘을 적시는 노을"이다. 바다를 물들인 황혼

---

24) 송수권, 『꿈꾸는 섬』, 문학과지성사, 1983.

속에서 우주의 '대역사(大役事)'가 이루어지는 장엄한 장면은 '만다라'의 경지를 방불케 한다.

> 너는 서해 뻘을 적시는 노을 속에
> 서 본 적이 있는가
> 망망 뻘밭 속을 헤집고 바지락을 캐는 여인들
> 한쪽 귀로는 내소사의 범종 소리를 듣고
> 한쪽 귀로는 선운사의 쇠북 소리를 듣는다
> 만 권의 책을 쌓아 올렸다는 채석강 절벽
> 파도는 다시 그 만 권의 책을 풀어 흘려
> 뻘밭 위에 책장을 한 장씩 넘긴다
> 이곳에서 황혼이야말로 大役事를 이루는 시간
> 가슴 뜨거운 불꽃을 사방으로 던져
> 내소사 대웅보전의 넉살문 연꽃 몇 송이도
> 활짝 만개한다
> 회나무 가지를 치고 오르는 청동까치 한 마리도
> 만다라와 같은 불립문자로 탄다
>
> ─「大役事」[25] 중에서

송수권에 의하면, 햇빛이 밝아오는 아침보다는 어슴푸레한 "황혼이야말로 大役事를 이루는 시간"이다. 황혼의 저무는 빛이 바닷물과 어우러져 만드는 "뜨거운 불꽃"은 사라지는 소멸의 마지막 빛인 동시에 새로운 생성의 첫 빛이 된다. 이 도저한 작열의 순간은 "만다라와 같은 불립문자로 타"면서 우주의 섭리가 어떻게 현현되는가를 보여준다. 하강과 상승, 물과 불, 어둠과 빛이 부딪치는 정점의 순간은 우주의 삼라만상이 보

---

25) 송수권, 『수저통에 비치는 저녁 노을』, 시와시학사, 1998.

습을 바꾸는 시간이며, 우주의 생성의 리듬이 최고조에 달하는 시간이다.

　지금까지 우리는 다섯 시인의 시를 통해 우리 시에 나타난 '바다'의 상상력의 세 가지 유형을 살펴보았다. 문충성과 최승호가 그린 근대의 경험 공간으로서의 바다에서는 생명에 대한 폭력과 물질 숭배로 점철된 근대가 인간과 자연에 가한 상처를 고통스럽게 확인할 수 있었고, 김명인과 송재학이 깊은 울림을 지닌 내면 공간으로 형상화한 바다에서는 인간의 내면에 존재하는 미세한 기미와 풍경을 목격할 수 있었다. 송수권이 포착한 우주의 만다라가 펼쳐지는 생성의 장인 바다에서는 세속과 현실의 질서를 뛰어넘는 신성한 아우라를 만날 수 있었다. 다섯 시인의 시에 나타난 '바다'의 상징성과 상상력이 이 세 유형으로 정확히 구분되는 것은 아니며, 세 유형의 바다의 상상력이 우리 시에 나타난 '바다'의 전모를 말해주는 것도 아니다. 그러나 적어도 우리는 이러한 유형화의 작업을 통해 우리 시에서 '바다'가 다양하고 풍성한 삶의 공간으로서의 의미를 확보해왔음을 확인하게 되었다. 비판과 사유, 몽상과 상상, 현실과 초월, 과거와 현재, 개인과 역사가 두루 공존해온 '바다'는 앞으로도 우리 시에서 중요한 영토로서의 지위를 누리게 될 것이다. 돌이켜보면, 인간을 포함해 모든 생명체가 연원한 곳은 본래 바다였다. 이제는 돌아갈 수 없는 그 최초의 대지를 향한 꿈은 우리가 속한 세계의 현재 및 미래와 긴밀히 맞물려 있을 수밖에 없다. 우리 시가 계속 '바다'에 관심을 가져야 하는 이유는 인간과 삶의 근원적인 문제와 직결되어 있는 것이다.

한 그루의 위엄

— 현대시에 나타난 '나무' 이미지

1. 한 그루의 위엄

현대시의 주요 이미지들은 생각만큼 그렇게 현대적이지는 않다. 현대인의 삶이 도시와 문화적 일상으로 재편되었지만, 현대시의 이미지는 여전히 자연 현상과 자연물에 많은 부분을 의존하고 있다. 꽃, 새, 나무, 바람, 해, 달, 별, 산, 강 등은 고전시가뿐 아니라 현대시에서도 여전히 중요한 지위를 누리고 있다. 물론 이러한 이미지들이 빚어내는 풍경과 의미는 예전과는 다른 차원으로 변모했다. 자연의 모습 자체가 달라졌고, 현대인의 삶에서 자연이 차지하는 의미도 근본적으로 변화했다. 한 가지 변함없는 사실은 시는 당대의 해설을 곁들인 자연의 선명한 프린트라는 점이다. 따라서 시에 나타난 자연의 이미지의 계보를 작성한다면, 시의 시대적 변화와 함께 자연에 대한 인식의 변화를 파악할 수 있게 된다. 자연의 역사적 변화는 시에 형상화된 자연의 이미지들에 그대로 반영되어 있기 때문이다.

자연의 이미지 중 대표적인 것의 하나는 '나무'이다. 뿌리내림의 부동성과 성장하는 수직의 운동성을 함께 지닌 나무는 오랫동안 매력적인 성찰의 대상이 되어왔다. 또한 순환하는 자연의 섭리를 대변하는 존재이자 강인한 생명력의 상징으로 시인들의 마음을 사로잡아왔다. 나무는 다른 자연물들과 마찬가지로 인간의 시선에 의해 다양한 의미로 변주되어온 것이다. 지상과 천상을 잇는 신화 시대의 거대한 우주수(宇宙樹)에서 현대인의 고립된 자아의 표상에 이르기까지 나무가 지닌 의미의 스펙트럼은 매우 넓다. 하늘을 향해 무성한 혹은 앙상한 팔을 흔들고 있는 나무는 고독한 인간의 자화상처럼 보이며, 시의 본질과 시인의 존재적 표상으로 느껴지기도 한다. 홀로 한 곳에서 땅 속과 하늘을 향해 뻗어나가는 나무는 존재의 확산을 추구하는 고독한 단독자의 모습을 완벽하게 가시화한다. 이 고독한 존재는 부동과 역동, 소멸과 생성, 우주와 내면을 두루 소유하고 있을 뿐만 아니라, 신성한 위엄마저 지니고 있다. 위엄이란 내면의 깊이와 정신의 높이에서 우러나는 것이다. 인간이 나무에게 느끼는 매혹의 요체는 이 겸허한 위엄에 있다고 해도 지나치지 않다. 겸허한 위엄은 인간과 문학이 갖추어야 할 미덕이자, 절대 잃어버리지 말아야 할 미(美)/덕(德)이다.

오늘날 나무는 도시라는 인공의 영토에서 자연을 현시하는 최후의 자연물로 남아 있다. 한 그루의 나무가 자연을 대변하는 상징적인 기호가 된 것이다. 적어도 근대적 생활 세계인 도시에서는 그러하다. 20세기의 백 년 동안 이러한 변화는 시 속에서 나무의 이미지를 어떻게 바꾸어왔을까? 자못 궁금해지는 흥미로운 탐구의 대상이 아닐 수 없다.

2. 고독한 자아와 예민한 자의식의 표상

우리 시에서 근대적인 '나무'의 이미지를 처음 선보인 시인은 이상이라고 할 수 있다. 이상이 그린 나무의 풍경은 너무 독특해서 마치 비밀스러운 뜻이 담긴 상징화(象徵畵)를 보는 느낌이 들게 한다. 이상의 나무는 특별한 이름이 없는 보통명사로서의 '꽃나무'이다. '꽃나무'는 무명의 존재가 아닌 보편적인 개념으로서의 꽃나무, 플라톤 식으로 말하면 상상 속의 이데아의 차원에 속한 꽃나무라고 할 수 있다.

> 벌판한복판에 꽃나무하나가있소. 近處에는 꽃나무가 하나도없소 꽃나무는 제가생각하는 꽃나무를 熱心으로 생각하는 것처럼 熱心으로 꽃을 피워가지고 섰소 꽃나무는 제가생각하는 꽃나무에게갈수없소 나는 막달아났소 한꽃나무를爲하여 그러는것처럼 나는참그런 이상스러운흉내를 내었소.
>
> — 「꽃나무」(1933. 7)[1] 전문

꽃나무의 본질을 구현하고 있는 '꽃나무'는 "벌판한복판에" 홀로 서 있다. 텅 빈 벌판에 단 한 그루의 꽃나무가 서 있는 풍경은 이 시가 현실보다는 비현실, 구체성보다는 관념의 영역에 속해 있음을 보여준다. 이상의 내면에서 조형된 순수한 이미지의 풍경은 풍경의 주체인 이상을 곧바로 풍경의 외부가 되게 만든다. 이상은 텅 빈 벌판에 홀로 서 있는 "제가생각하는 꽃나무에게갈수없"는 '꽃나무'이자, 그것을 보고 "막달아나"는 꽃나무의 타자이다. '꽃나무'는 이상이 넓은 벌판에 고립된 자아(좁은 밀실이 아닌)를 표상하기 위해 만든 하나의 기호라고 할 수 있다. 꽃나무라는 기존의 언어로 표현되었을 뿐, 이상의 '꽃나무'는 언어보다 더 유연한 이미지의 상태로 현존한다. 고독한 자아의 표상인 '꽃나무'는 "제가생각하는 꽃나무를 熱心으로 생각하는 것처럼 熱心으로 꽃을 피워가지고 서" 있다. 그러나 이 꽃은 향기를 낼 수도 없고 만질 수도 없는,

---

1) 이승훈 엮음, 『이상문학전집 1—시』, 문학사상사, 1989, 183쪽.

내면의 영상으로만 존재하는 꽃이다. 관념의 꽃나무가 피운 관념의 꽃들이 만발한 풍경은 자신의 내부를 고독하게 응시하는 이상의 내면 풍경을 보여준다. 풍경의 기원인 이상은 자신이 창조한 풍경 앞에서 "막달아나는" "참그런 이상스러운흉내를 내"며 자기 자신과의 불화(不和)를 견디고 있는 것이다. 그러나 이것이 '흉내'의 차원이라는 점은 이상의 '꽃나무'가 지닌 한계를 보여준다. 꽃나무는 이상이 완전히 속할 수도, 벗어날 수도 없는 그의 내면의 잠정적인 상태를 상징하는 것이다.

이상의 '꽃나무'가 보이지 않는 관념적인 실재(實在)라면, 박목월의 '늙은 나무'는 현실의 구체적인 실체(實體)이다. 두 시인 모두 고독한 내면을 나무의 이미지로 형상화하는데, 이상이 풍경의 창조자이자 타자인 데 비해 박목월은 풍경의 발견자의 위치에 있다.

유성에서 조치원으로 가는 어느 들판에 우두커니 서 있는, 한 그루 늙은 나무를 만났다. 수도승일까. 묵중하게 서 있었다.

다음날 조치원에서 공주로 가는 어느 가난한 마을 어구에 그들은 떼를 지어 몰려 있었다. 멍청하게 몰려 있는 그들은 어설픈 과객일까. 몹시 추워 보였다.

공주에서 온양으로 우회하는 뒷길 어느 산마루에 그들은 멀리 서 있었다. 하늘 문을 지키는 파수병일까. 외로워 보였다.

온양에서 서울로 돌아오자 놀랍게도 그들은 이미 내 안에 뿌리를 펴고 있었다. 묵중한 그들의, 침울한 그들의, 아아 고독한 모습. 그후로 나는 뽑아낼 수 없는 몇 그루의 나무를 기르게 되었다.

—「나무」[2] 전문

"유성에서 조치원으로 가는 어느 들판에 우두커니 서 있는, 한 그루 늙

---

2) 박목월 시선집, 『나그네』, 미래사, 1999.

은 나무", "공주에서 온양으로 우회하는 뒷길 어느 산마루에" 서 있는 '그들' 은 춥고 외로워 보이는 실제의 나무들이다. 이러한 현실의 풍경은 시인의 내적 풍경으로 바뀌면서 시선의 내향화를 유발한다. 이상의 「꽃나무」가 보이지 않는 내면을 관념적인 풍경으로 환치한 것과는 정반대의 방향이다. 박목월은 평온한 상태에서 차창 밖으로 보이는 나무들을 묵묵히 바라본다. 그리고 집으로 돌아온 뒤 "놀랍게도 그들은 이미 내 안에 뿌리를 펴고 있었"음을 발견하며, "뽑아낼 수 없는 몇 그루의 나무를 기르게 되었다"고 고백한다. '묵중한' '침울한' '고독한' 나무들이 그의 내면에 자라기 시작한 것이다. 박목월은 이를 발견의 과정으로 그려내지만, 나무들에게는 처음부터 그의 내면이 투영되어 있었다. "묵중하게 서 있었다" "멍청하게 몰려 있는" "몹시 추워 보였다" "외로워 보였다" 등의 묘사에는 외로운 자아를 투사한 흔적이 선명히 나타난다. 박목월의 '나무' 는 실제의 나무와 내면의 나무가 '고독' 이라는 동일한 정서로 만나는 지점에서 탄생하며, 그 속에는 실존의 고뇌에 휩싸인 존재의 모습이 쓸쓸하게 각인되어 있다.

황지우의 '나무' 역시 그 자신의 내면의 투사체인데, 이는 폭발적인 열정과 신경증에 가까운 자의식을 지닌 모습으로 형상화된다. 황지우의 '나무' 는 예민한 자의식을 양분 삼아 팽창하듯 자라며, 뜨거운 열정과 허무의 이중성을 내장하고 있다.

1) 나무는 억세고, 거칠다
   기분 나쁘다 나무는, 원색적이다
   나무는 굶주려 있다
   부르터지도록 나무는 공기, 먼지, 소음, 냄새,
   흙을 빨아먹는다
   타는 갈망이 나무를 푸르게, 푸르게 한다
   푸른 나무는 나무의 色이다.

잠시, 나무는 精神이 든다

                              —「나무는 단단하다」[3] 중에서

2) 자기 온몸으로 나무는 나무가 된다

   자기 온몸으로 헐벗고 零下 十三度

   零下 二十度 地上에

   온몸을 뿌리박고 대가리 쳐들고

   (……)

   零上으로 零上 五度 零上 十三度 地上으로

   밀고 간다, 막 밀고 올라간다

   온몸이 으스러지도록

   으스러지도록 부르터지면서

   터지면서 자기의 뜨거운 혀로 싹을 내밀고

   천천히, 서서히, 문득, 푸른 잎이 되고

   푸르른 사월 하늘 들이받으면서

   나무는 자기의 온몸으로 나무가 된다

   아아, 마침내, 끝끝내

   꽃피는 나무는 자기 몸으로

   꽃피는 나무이다

                        —「겨울 – 나무로부터 봄 – 나무에로」[4] 중에서

3) 11월의 나무는, 난감한 사람이

   머리를 득득 긁는 모습을 하고 있다

   아, 이 생이 마구 가렵다

   (……)

---

3) 황지우, 『겨울 – 나무로부터 봄–나무에로』, 민음사, 1985.
4) 위의 책.

내가 나를 받아들이지 못하고 있다

11월의 나무는

그렇게 자기를 받아들이지 못하고 있다

— 「11월의 나무」[5] 중에서

위 시의 '나무'들은 1)정신과 2)몸과 3)감정을 지닌 존재들이다. 황지우의 내적 지향성과 현재적 상황을 표현하는 이 나무들은 1)푸르게 살아 있는 정신, 2)전력을 다해 실천하고 투쟁하는 온몸의 몸, 3)수긍할 수 없는 자기 부정의 감정을 지닌 존재로 설명될 수 있다. 1), 2)의 시와 3)의 시 사이에 십여 년의 시간차가 있는 점을 생각하면, 황지우의 '나무' 이미지는 시세계의 변화에 따라 바뀌어왔음을 알 수 있다. 지적인 통찰력과 투사의 정신을 겸비한 80년대의 황지우가 영하의 땅을 뚫고 온몸으로 꽃피는 '푸르른 사월의 나무'였다면, 현실 사회주의의 붕괴로 젊은 날의 신념이 무너진 90년대의 황지우는 머리를 득득 긁는 피폐한 '11월의 나무'인 것이다.

3. 탈아(脫我)와 초시간/무시간성의 매개체

서정주는 천년의 향기가 나는 '참나무 토막'에 대한 신비한 이야기를 들려준다. '침향(沈香)'으로 지칭되는 참나무의 향기는 수백 년의 세월과 그 후손을 생각하는 사람들의 마음이 빚은 은은한 작품이다. 산골물과 바닷물이 만나는 곳에 가라앉혀놓은 참나무 토막에는 자기 자신을 기쁘게 망각한 사람들의 따뜻한 염원이 스며 있다. '넣는 이와 꺼내 쓰는 사람 사이의 數百 數千年은 이 沈香 내음새 꼬옥 그대로 바짝 가까이 그

---

5) 황지우, 『어느 날 나는 흐린 酒店에 앉아 있을 거다』, 문학과지성사, 1998.

리운 것일 뿐, 따뜻할 것도, 아득할 것도, 너절할 것도, 허전할 것도 없"
는 이 경지는 초시간적이며 초자아적인 아름다운 장면을 연출한다.

沈香을 만들려는 이들은, 山골 물이 바다를 만나러 흘러내려가다가 바
로 따악 그 바닷물과 만나는 언저리에 굵직 굵직한 참나무 토막들을 잠거
넣어 둡니다. 沈香은, 물론 꽤 오랜 세월이 지난 뒤에, 이 잠근 참나무 토
막들을 다시 건져 말려서 빠개어 쓰는 겁니다만, 아무리 짧아도 2~3百年
은 水底에 가라앉아 있은 것이라야 香내가 제대로 나기 비롯한다 합니다.
千年쯤씩 잠긴 것은 냄새가 더 좋굽시요.
  그러니, 질마재 사람들이 沈香을 만들려고 참나무 토막들을 하나씩 하
나씩 들어내다가 陸水와 潮流가 合水치는 속에 집어넣고 있는 것은 自己
들이나 自己들 아들딸이나 손자손녀들이 건져서 쓰려는 게 아니고, 훨씬
더 먼 未來의 누군지 눈에 보이지도 않는 後代들을 위해섭니다. 그래서
이것은 넣는 이와 꺼내 쓰는 사람 사이의 數百 數千年은이 沈香 내음새
꼬옥 그대로 바짝 가까이 그리운 것일 뿐, 따뜻할 것도, 아득할 것도, 너절
할 것도, 허전할 것도 없읍니다.

—「침향」(1974. 7)⁶⁾ 전문

  천년 동안 바닷물 속에서 향기를 품게 될 '참나무 토막'은 질마재 사
람들의 무욕(無慾)의 삶의 자세를 농축하고 있다. 서정주가 유년시절 고
향의 추억 속에서 건져올린 '참나무 토막'에는 시간의 경계를 초월한 탈
아(脫我)적이며 이타적인 삶의 지향성이 스며 있다. 수백 년 후에 햇빛을
볼 이 나무토막에서 그윽한 침향이 우러나게 될 것은 자명한 이치이다.
  장석남의 시 「살구를 따고」는 서정주의 「침향」에 대한 응답처럼 느껴
지는 시이다. 장석남은 수백 년 전의 조상들이 넣어놓은 '침향'을 건져

---

6) 서정주, 『미당 서정주시전집 1』, 민음사, 1983, 309쪽.

올리는 대신, 살구나무에 올라 '살구'를 딴다. 살구나무 위에서 그는 오랜 세월과 자연의 신비가 농축된 그윽한 침향을 음미한다. 서정주의 '침향'은 장석남이 오른 살구나무에 와서는 "이 세상에서는 가장 오랜 듯한" "나뭇가지들의 흐느낌 소리", 살구의 "이쁘디이쁜 빛깔"과 "그 속의 노랫소리, 행렬, 별자리"로 화해 있다.

> 살구나무에 올라
> 살구를 따며
> 어쩌면 이 세상에 나와서 내가 가져본 가장 아름다운,
> 살구에게 다가가 부드럽게 손아귀를 펴는 내 손길이
> 내 것이 아닐지도 모른다는 생각으로
> 나무 위의 한결 높다란 저녁을 맞네
> 더이상 손닿는 데 없어서
> 더듬어 다른 가지로 옮겨가면서 듣게 되는,
> 이 세상에서는 가장 오랜 듯한, 내 무게로 인한
> 나뭇가지들의 흐느낌 소리 같은 것은, 어떤
> 지혜의 말소리는 아닌가
> 귀담아들어본다네
> 살구를 따서 쥐고는 그 이쁘디이쁜 빛깔을 잠시 바라보며
> 살구씨 속의 아름다운 방을 생각하고
> 또 그 속의 노랫소리, 행렬, 별자리를 밟아서
> 사다리로 다시 돌아와 땅에 닿았을 때 나는
> 이 세상을 다시 시작하고 있는 것은 아닌가?
>
> —「살구를 따고」[7] 중에서

'살구나무'는 시인에게 한 개의 살구가 열리기까지 자연이 지나온 운

---

7) 장석남, 『왼쪽 가슴 아래께에 온 통증』, 창작과비평사, 2001.

행의 과정을 보여준다. 살구나무는 겨우 키 높이만큼의 허공으로 시인을 데려가지만, 그 허공은 현실의 시간과 법칙이 한순간에 증발된 무시간성의 공간이다. 그러나 이 무시간성 속에는 인간의 계량적 시간으로는 헤아릴 수 없는 오랜 시간이 녹아 있다. 자연과 우주의 시계로만 잴 수 있는 이 시간에 장석남이 올라 있는 살구나무는 신성한 자연의 제단으로 화한다. 살구나무는 현실과 시간을 초월해 자연과 우주로 진입하는, 장석남이 "가져본 가장 아름다운" 통로인 것이다.

무욕과 무시간성 / 초시간성의 매개체로서의 '나무'의 세계는 자아를 잠시 망각한 상태에서 도달할 수 있는 곳이다. 이때 시인의 자아는 엷게 희석되고, 신비한 색채를 지닌 나무는 감흥과 동화(同化)의 대상이 된다. 나희덕의 시에서도 이러한 장면을 발견할 수 있는데, 나희덕은 수천 가지 빛깔의 꽃을 피운 '복숭아나무'에 오래오래 마음의 눈을 맞춘다.

> 너무도 여러 겹의 마음을 가진
> 그 복숭아나무 곁으로
> 나는 왠지 가까이 가고 싶지 않았습니다
> 흰꽃과 분홍꽃을 나란히 피우고 서 있는 그 나무는 아마
> 사람이 앉지 못할 그늘을 가졌을 거라고
> 멀리로 멀리로만 지나쳤을 뿐입니다
> 흰꽃과 분홍꽃 사이에 수천의 빛깔이 있다는 것을
> 나는 그 나무를 보고 멀리서 알았습니다
> 눈부셔 눈부셔 알았습니다
> 피우고 싶은 꽃빛이 너무 많은 그 나무는
> 그래서 외로웠을 것이지만 외로운 줄도 몰랐을 것입니다
> 그 여러겹의 마음을 읽는 데 참 오래 걸렸습니다
> —「그 복숭아나무 곁으로」[8] 중에서

"너무도 여러 겹의 마음을 가진" '복숭아나무'는 "흰꽃과 분홍꽃 사이에 수천의 빛깔"을 지니고 있다. "흰꽃과 분홍꽃"의 두 빛깔이 인간의 단순한 분별력을 의미한다면, 그 사이의 "수천의 빛깔"은 인간의 눈으로는 알아보기 힘든 자연과 삶의 가없는 비의(秘意)를 상징한다. 처음에 단순한 분별력으로만 복숭아나무를 대했던 시인은 점차 복숭아나무가 수많은 빛깔로 현시한 자연과 삶의 비밀을 읽어내는 데 몰두한다. 어느새 그녀는 복숭아나무의 "여러겹의 마음을 읽"어내게 되며, 그 여러 겹의 마음은 이미 그녀 자신의 마음과 구분되지 않는다. 무수한 빛깔의 꽃을 피운 '복숭아나무'와 시인 사이의 거리는 잠시나마 흔적 없이 소멸해버린다. 나희덕이 복숭아나무를 통해 도달하는 세계 역시 자아의 즐거운 망각과 시간의 해체가 이루어지는 곳이다. 자연의 권력과 위엄을 지닌 '나무'들은 이처럼 그 추종자인 시인들을 빈틈없는 내적 충만의 상태로 인도한다.

4. 사회 · 역사적 정의와 올바른 삶의 모형

현대시에서 자연물의 이미지는 본질과 실존, 현실과 이상, 사회와 역사 등의 여러 층위에서 두루 활용되지만, 그중에서도 나무는 다양한 의미층을 확보한 대표적인 이미지로 자리잡고 있다. 나무는 특히 수직의 운동성과 강인한 생명력으로 인해 진정한 삶의 전범으로서, 앞서 살펴본 초시간적인 의미와 상반되는 역사적인 의미망 또한 획득하고 있다.

치열한 현실인식과 지식인의 양심을 대변하는 김수영은 나무의 이미지를 변주한 '거대한 뿌리'로 자신의 지향점을 표출한다. '歷史는 아무리/더러운 歷史라도 좋다/진창은 아무리 더러운 진창이라도 좋다/나에게 놋주발보다도 더 쨍쨍 울리는 追憶이/있는 한 人間은 영원하고 사

---

8) 나희덕, 『어두워진다는 것』, 창작과비평사, 2001.

랑도 그렇다"고 부르짖는 그는, "더러운 역사" "더러운 진창"의 이 땅에
'거대한 뿌리'를 내림으로써 자신의 역사적 책무를 다할 것을 선언한다.

요강, 망건, 장죽, 種苗商, 장전, 구리개 약방, 신전,
피혁점, 곰보, 애꾸, 애 못 낳는 여자, 無識쟁이,
이 모든 無數한 反動이 좋다
이 땅에 발을 붙이기 위해서는
— 第三人道橋의 물 속에 박은 鐵筋기둥도 내가 내 땅에
박는 거대한 뿌리에 비하면 좀벌레의 솜털
내가 내 땅에 박는 거대한 뿌리에 비하면

奇怪映畫의 맘모스를 연상시키는
까치도 까마귀도 응접을 못하는 시꺼먼 가지를 가진
나도 감히 想像을 못하는 거대한 거대한 뿌리에 비하면……
                    —「거대한 뿌리」(1964. 2. 3)[9] 중에서

"내가 내 땅에 박는 거대한 뿌리"는 치욕의 역사를 준열한 정신과 민
중적 세계관으로 끌어안은 과정이며 결과이다. 그 뿌리의 거대함은 김수
영이 지닌 활화산 같은 역사 인식에서 비롯되며, 역사와 현실의 땅이 더
러울수록 그가 박는 뿌리는 더 거대해진다. 이 거대한 뿌리에서 자라날
줄기와 잎이 비수처럼 푸르를 것이라는 예감은 이 시가 지닌 탄탄한 전
망을 읽어내게 한다. 더러운 역사는 시인의 정신의 뿌리를 거쳐 정화되
고, 진정한 역사의 '거대한 나무'로 성장하게 될 것이기 때문이다. 실상
김수영의 이러한 지향성을 담아낼 이미지로는 '나무'가 가장 적격이다.
진창이나 사막에서도 양분을 빨아올려 장엄하게 성장하는 존재는 '나

9) 김수영, 『김수영전집 1— 시』, 민음사, 1981.

무' 외에는 달리 없다. 우리 시사에서도 나무의 위엄이 김수영의 「거대
한 뿌리」에서처럼 돋보인 적은 많지 않았다.

시대는 다르지만 역사적 상황은 비슷했던 80년대에 김남주 시인도 '나
무'를 빌어 역사적인 신념을 노래한다. '평등의 나무'라고 명명된 나무
는 김남주가 갈망하는 세계의 중심에서 자랄 나무이며, 그 세계를 위해
싸우는 '칼'과 '피'가 될 나무이다. '평등의 나무'는 현실의 땅에서 자라
는 동시에 김남주의 몸과 마음에서 자라난다.

> 토지여
> 나는 심는다 그대 살찐 가슴 위에 언덕 위에
> 골짜기의 평화 능선 위에 나는 심는다
> 평등의 나무를
>
> (……)
> 물결처럼 포개지는 그대 잠자리 위에
> 투석기의 돌 옛 무기 위에
> 파헤쳐 그대 가슴 위에 심장 위에 나는 놓는다
> 나의 칼 나의 피를
>
> 오 평등이여 평등의 나무여.
>
> —「나의 칼 나의 피」(1988)[10] 중에서

보다 우회적으로 형상화되고 있지만, 신경림의 시 「나무 1」에서도 '나
무'는 올바른 삶의 지향성을 담은 훌륭한 거울의 역할을 한다. 흥미로운
점은 신경림이 크고 반듯한 나무가 아닌 부러지고 볼품없는 나무에서 삶

---

10) 김남주, 『김남주 옥중시전집 1— 저 창살에 햇살이』, 창작과비평사, 1992.

의 정의와 진실을 발견한다는 것이다. 그는 나무 자체의 모양과 크기보다는 그 궁극적 결실인 '열매'에 관심을 갖는다.

> 나무를 길러본 사람만이 안다
> 반듯하게 잘 자란 나무는
> 제대로 열매를 맺지 못한다는 것을
> 너무 잘나고 큰 나무는
> 제 치레하느라 오히려
> 좋은 열매를 갖지 못한다는 것을
> 한 군데쯤 부러졌거나 가지를 친 나무에
> 또는 못나고 볼품없이 자란 나무에
> 보다 실하고
> 단단한 열매가 맺힌다는 것을
>
> —「나무 1」[11] 중에서

신경림은 "한 군데쯤 부러졌거나" "못나고 볼품없이 자란 나무에/보다 실하고 단단한 열매가 맺힌다"고 말하면서, 역사와 사회와 개인의 삶도 이런 법칙에 의해 움직이는 것이라고 귀띔한다. '나무'는 시련과 실패에 대한 위안과 미래의 희망을 전하는 메신저이다. 부러지고 볼품없는 나무에서 신경림이 찾아낸 역설적인 삶의 법칙은 과거와 현재와 미래를 잇는 든든한 끈으로 다가온다.

5. '나무'와 삶의 길

현대시의 '나무' 이미지를 1) 고독한 자아의 예민한 자의식의 표상, 2) 탈

---

11) 신경림, 『길』, 창작과비평사, 1990.

아와 초시간/무시간성의 매개체, 3)사회역사적 정의와 올바른 삶의 모형이라는 세 유형으로 모두 설명할 수는 없다. 이 글에서는 의도적으로 '나무'를 일반적인 의미에서 다룬 시들을 배제했으며, '나무'가 단순한 배경이나 감정의 매개체로 활용된 경우도 대상에서 제외하였다. 하지만 그 외에도 이 세 유형에 포괄되지 않는 시인의 작품들은 많다. 나무에서 모성의 이미지를 발견한 박라연은 "제 키를 낮춘 만큼/탐스럽게 열리는 여자의 아이를 위해" "온몸을 슬프게 구부리고만 있는" '사과나무'에 희생적인 '어머니'를 투영하며(「겨울 사과나무를 위하여」, 『생밤 까주는 사람』, 문학과지성사, 1993), 시인 정양이 "깨끗하고 곱고 쓸쓸한 풍류객"이라고 명명한 박남준은 '쓰러진 나무'를 지나온 삶의 길과 동일시하며 새로운 길의 방향을 묻는다. "나무가 쓰러지며 지워버린 한평생 저 허공중의 길과 내가 한때 쓰러졌다 여긴 이 길 위에서 나의 오늘을 물어본다" (「미루나무가 쓰러진 길」, 『다만 흘러가는 것들을 듣는다』, 문학동네, 2000). 나무가 지닌 생명력의 충일성을 노래한 고재종의 시도 따로 하나의 항목을 마련해야 할 대상이다. 고재종은 "땅심의 배려로, 산 가지는 어느 여린 것 하나라도 어떤 댓바람에도 꺾이지 않는 당참을 보여주는" '겨울 감나무'(「나무 속엔 물관이 있다」, 『그때 휘파람새가 울었다』, 시와시학사, 2001)를 세밀하게 묘사하면서 나무가 주는 감동의 실체를 해명한다.

현대시에서 '나무' 이미지는 자연과 인간의 밀접한 길항 속에서 다양한 의미로 분화되어 왔다. 그 풍경은 자연의 본성에 순연하게 일치하기도 했고, 때로는 현대사회에서 어두운 빛깔로 착색된 인간의 고독한 내면을 보여주기도 했다. '나무'는 사회 역사적인 차원에서 말없이 가르침을 주는 스승이나 거울의 역할을 하기도 했다. 인간이 이 땅에 처음으로 발을 디딘 태초의 시간부터 인간과 함께 해온 나무는 앞으로도 변함없이 삶의 믿음직한 동반자로서의 역할을 할 것이 틀림없다. 이는 미래의 당위이자 소망으로, 디지털 문화로 지칭되는 첨단 문명이 가속화될수록 나무가 인간에게 주는 위안과 힘은 더욱 귀한 덕목으로 여겨지게 될 것이다. 나무가 없는 인간의 삶과 문명이란 소멸과 죽음을 의미하기 때문이다. 나무 한 그루의 생명력과 위엄은 인간과 문학이 지닌 생명력과 위엄으로부터 결코 분리될 수 없다.

'거리'와 '순간' 속에 존재하는 자연
― 나희덕, 장석남의 시에 나타난 자연의 경험과 상상력

1. 자연, 인간, 인간(중심)주의

　지금 우리의 세계에서 자연보다 더 훼손되지 않은 것은 자연을 노래하는 인간의 순연한 마음일 것이다. 첨단의 세기에도 빛을 발하는 자연의 서정은 인간이 꿈꾸는 것이 얼마나 오래된 것인가를 돌아보게 한다. 서정의 보물창고인 자연은 '체험'과 '실감'에서 '기억'과 '그리움'의 소유로 등기 이전중이지만, 여전히 현대시의 풍요로운 원천이 되고 있다. 서정은 인간의 미적 직관의 가장 실한 열매로 마치 홀씨식물처럼 번식한다. 따라서 서정의 새로운 씨앗이 어디에서 싹틀지는 짐작하기 어려운데, 주관적이면서도 보편적인 서정은 사회·역사적으로도 끊임없이 변화하기 때문이다.

　최근 시에 나타난 자연의 서정은 시가 변화의 유혹에 앞서 근원의 동일성을 갈망하는 장르임을 절감하게 한다. 자연의 섭리와 인간의 삶의 원리를 등가화하는 전통적 사유는 인간 능력의 한계를 매순간 갱신하는 현대사회에서도 강한 힘을 발휘한다. 이러한 특징은 최근 몇몇 시인들의 시에서 뚜렷이 확인되는데, 본래의 뜻이 "스스로 그러함"인 자연(自然)은 인위적인 타자의 질서에 지배되는 현실에서 "샘물이며 갈증인"(정현종) 존재로 시인들을 더 깊이 매료시키고 있다. 인간이 존재와 삶의 본질을 갈구할수록 마주하게 되는 것은 "스스로 그러한" 자연의 세계이며, "스스로 그러한" 존재적 충만이야말로 인간이 추구하는 궁극의 소망인 까닭이다.

우리 시에서 자연은 다시 한번 시단의 중심으로 복귀할 채비를 서두르고 있다. 앞으로의 시에서 자연은 그 자체로, 그리고 현실의 대립적이며 대안적 세계로 더 큰 비중을 차지하게 될 것이다. 자연은 실체와 상징, 섭리와 현상, 과거의 기억과 미래의 소망의 차원에서 인간의 삶과 깊은 연관을 맺고 있다. 오늘의 인간은 문명과 자연을 동시에 염원하는 기묘한 증상을 앓고 있으며, 이는 인간의 내적 분열의 근원을 형성하고 있다. 종전의 현대시에서 자연은 텍스트보다는 참고문헌의 역할을 수행했다. 수많은 시가 자연을 노래해 왔지만, 자연은 핵심적인 주제보다는 소재나 배경, 이미지나 수사의 면에서 활용되는 측면이 강했다. 자연의 섭리를 통찰하고 인간을 변화시키기보다는 인간의 시선으로 자연을 해석하고 수용하는 일에 몰두했던 것이다. 이 같은 인간(중심주의)적인 시선은 현대에 대한 반성적 사유의 골자가 된다. 하지만 인간의 주체적인 시선은 자연의 수용에 없어서는 안 될 부분이다. 인간에게 자연은 무색투명의 사물로 존재할 수도, 전지전능의 초월자로 군림할 수도 없다. 인간의 내면세계는 세계에 대한 개입과 해석을 바탕으로 형성되며, 인간의 시선은 사물과 초월자의 두 지점을 오가며 세계에 대한 다채로운 해석의 그래프를 만든다. 이 그래프는 인간의 사유와 미적 감성, 상상력과 개성이라는 자와 연필에 의해 그려진다.

인간의 시선과 인간 중심주의의 시선은 분명히 구별되어야 할 개념이다. 두 시각의 차이는 '인간적인' 이라는 말의 긍정적인 의미와 부정적인 의미로 대별될 수 있다. '인간다움' 을 지향하는 인간주의와 '인간 우선' 을 고집하는 인간중심주의는 출발과 지향점이 엄연히 다르다. 현대사회의 문제점은 '인간다움' 을 버리고 '인간 우선' 을 앞세운 데서 비롯되었다. 자연은 인간중심주의의 폐단으로 인해 황폐화된 것이지, 인간주의로 인해 고갈된 것은 아니다. 자연이 현재와 미래세계의 운명을 가름하는 핵심적인 화두가 될 이유는 명백하다. 실상 '자연' 은 현대시의 가장 중요한 화두는 아니며, 최근의 대략 이십 년 동안에도 우리 시는 일상과 욕망, 죽음이 범벅된 세계에서 해체된 자아와 낯선 타자에게 관심을 기울여왔다. 일상의 세부를 관찰하고(황인숙, 이진명, 정끝별, 이선영 등), 현실의 '바깥' 을 찾아 환상과 무의식의 영토를 넘나들었으며(김혜순, 박서원, 이수명, 김참, 김경후 등), 욕망에 끝없이 탐착(貪着)하는 문명사회와 현대인의 피폐한 내부를 해부하였고(최승호, 황지우, 김승희, 김기택, 이문재, 유하, 함성호, 성기완 등), 죽음을 탐구함으로써 존재와 삶의 본질에 접근하고자 했다(기형도, 남진우, 이윤학, 윤의섭, 배용제, 김철식 등). 물론, 다른 한편에서는 미려한 자연의 서정을 꾸준히 추구해왔다(정호승, 김용택, 고재종, 안도현, 문인수, 이정록, 장석남, 나희덕, 이홍섭, 유승도 등). 이 외에도 생명과 생태 환경에 대한 천착, 몸과 여성에 대한 각성과 활발한 개진, 사회의 모순에 대한 비판적 인식 등도 뚜렷한 흐름을 이어왔다.

최근의 시에서 '자연' 의 담론이 활발해지는 것은 반서정적 현실에 대한 위기감과 자연에 대한 열망이 극대화되고 있기 때문이다. 오늘날, 자연을 노래하는 시인들은 그 자신이 자연의 일부임에도, '자연이 되고 싶다' 는 아이러니컬한 욕망에 시달린다. 눈앞의 자연과 상상의 자연, 현재의 자연과 기억 속의 자연을 오가며 시인들은 빛나는 순간의 명멸을 경험한다. 이전까지 자연에 관한 시들이 비판과 각성에 치중했다면, 지금은 자연의 본질에 대한 탐구에 몰두하는 경향이 강하다. 이러한 흐름은 이전의 시에서도 계속 이어져왔지만, 지금은 그 소박한 지류가 중심 줄기로 떠오르고 있다는 점에서 주목을 요한다. 현대라는 시대가 자연에 가한 외적인 손상보다는, 내부 깊숙한 곳에서 거대한 생명의 풍차를 돌리는 자연의 육체와 영혼을 응시하는 일이 시의 중심 문제로 떠오르고 있는 것이다. 그중에서도 나희덕과 장석남이 최근에 발표한 시들은 오늘날 자연과 시의 관계에 대해 단적인 예를 제시해 준다. '거리'와 '순간' 속에 존재하는 자연이 그것이다. 이제 자연은 어느 정도의 거리(공간)와 짧은 순간(시간) 속에서 체험되는 간헐적인 존재로 변화하고 있는 것이다.

2. 풍경과의 거리, 어둠의 존재론 ─ 나희덕

나희덕은 자연의 냄새가 배어 있는 시인이다. 인위의 때가 묻지 않은, 자연의 마음과 자연의 언어를 구하는 나희덕의 노력은 첫 시집 『뿌리에게』(1991)에서 『그 말이 잎을 물들였다』(1994), 『그곳이 멀지 않다』(1997)를 거쳐, 최근 발간된 『어두워진다는 것』(창작과비평사, 2001)에 이르기까지 고르게 나타나 있다. 나희덕은 자연물을 소재로 취하면서도 배후에는 삶의 고통과 존재론적 번민을 깊숙이 깔아둔다. 그녀는, 무릇 시인이란 "너무나 짜서 맑아진／너무 오래 달여서 서늘해진／고통의 즙액만을 알아차리는／감식안"(「어떤 항아리」)을 갖추어야 한다고 생각한다. 세 번째 시집 『그곳이 멀지 않다』에서 나희덕은 "고통의 즙액만을 알아차리는" 삶의 '감식안'이 자연의 비의를 발견하는 눈과 다른 것이 아님을 말한 바 있다. 존재의 내부에 압축된 삶의 내용물이 '고통의 즙액'이라면, 생명체의 내부에 압축된 자연의 내용물은 "은밀하게 익혀가"야 할 생명의 "붉은 즙액"(「포도밭처럼」)이다. 그러나 삶에서 "너무나 짜서 맑아진／너무 오래 달여서 서늘해진／고통의 즙액"을 추출하기가 어려운 것처럼 열매를 가득 채울 생명의 즙액을 만드는 일도 쉽지 않다. 나희덕에게 삶의 결핍은 자연의 결핍과 하나가 되어 아무것도 없는 '텅 빈 손'으로 이미지화된다.

> 더운 피가 도는 짐승의 등을
> 이 손으로 쓰다듬어본 게 얼마나 오래 되었는지
> 이 손으로 대체 무얼 만지고 살아왔는지
> 손의 마지막 기억을 찾아
> 나는 사리스카 숲 속을 오래도록 헤매었다
> ─「손의 마지막 기억」 중에서

> 저 멀리 야트막한 포도밭의 평화,
> 아직 내 몸이 가지에 매달려 있는 것만 같아
> 사라진 손으로 사라진 몸을 더듬어본다
> 은밀하게 익혀가고 싶은 게 있었던 것처럼
> ─「포도밭처럼」 중에서

지금 시인에게 "더운 피가 도는 짐승의 등을" 쓰다듬어본 기억은 남아 있지 않다. 그 기억은 따뜻한 사랑이 담긴 삶의 기억이며, 그녀의 몸이 한 개의 '포도알'과 구분되지 않던 자연의 기억이다. 두 가지 기억의 부재는 "이 손으로 대체 무얼 만지고 살아왔는지"라는 자탄을 낳는다. 시인은 "손의 마지막 기억을 찾아" "사리스카 숲 속을 오래도록 헤매"지만, 탐색은 방황으로 그친다. 이 탐색은 "사라진 손으로 사라진 몸을 더듬"는 '결여의 결여' '없음의 없음'을 확인하는 일로 귀결된다. '없음'(사라진 손)으로 '없음'(사라진 몸)을 구하는 일이란, 이중의 무(無) 속에서 팽팽한 내면의 긴장을 견디는 일에 다름아니다. 나희덕이 견디고 있는 두 개의 '없음'은 감각과 실체, 인간과 자연, 존재와 본질 등의 동시적인 증발 상태이다. 자연의 순수한 육체성, 존재의 본성과 일치하는 자연의 본질을 찾는 나희덕의 여정은 순탄하지 않다. 나희덕은 한 가지 선택을 하는데, 그것은 실체와 본질로서의 자연에 가까이 가지 않는 것, 갈 수 있음에도 "가지 않"는 적극적인 거절을 행하는 것이다.

> 나 그곳에 가지 않았다
> 태백 금대산 어느 시냇가에 앉아
> 조금만 더 올라가면
> 남한강의 발원지가 있다는 말을 듣고도
> 나 그곳에 가지 않았다
>
> (……)
>
> 끝내 가지 않아야
> 세상의 물이란 물, 그
> 발원에 대해 생각할 수 있을 것 같기에,
> 흐리고 사나운 물을 만나도
> 그 첫 순결함을 믿을 수 있을 것 같기에,
>
> ─「발원을 향해」 중에서

'발원지'란 "끝내 가지 않아야"만 "그 첫 순결함"으로 남을 수 있다는 생각 속에는 나희덕의 자연에 대한 순정한 믿음이 들어 있다. 실체를 확인하지 않는 대신 그것을 믿음으로 채우는 방식은 신비주의와 맥이 닿는 것이며, 자연에 대한 나희덕에게 자연의 본질이란 상상의 영역에 자리하는 것이지만, 여기에는 자연에 대한 나희덕의 따뜻한 시선이 스며 있다. 궁극의 지점을 은은한 거리를 두고 바라보는 것, 순연한 믿음과 상상 속에 그 대상을 완벽하게 보존하는 것은 어떤 면에서는 모든 시인이 갈망하는 삶의 방식일 터이다. 실체를 확인하고 쉽게 망각하기보다는, 믿음과 상상의 힘으로 그 세계를 지속시키는 노력은 리얼리즘의 차원을 넘어선 진실의 영역을 구현한다. 이것은 자연의 입장에서도, 자연의 일부인 인간의 입장에서도 가장 바람직한 방법일 수 있다. 자연에 대한 '결여의 거리'를 그 본질을 위한 '보존의 거리'로 바꾼 나희덕은 조심스러운 행보를 계속한다. 시집 『어두워진다는 것』에서 이는 "가까이 가고 싶지" 않아 "멀리로 멀리로만 지나치"고(「그 복숭아나무 곁으로」), "오래도록 서성거리"며(「새를 삼킨 나무」), "자꾸만 눈부셔 뒷걸음치"는(「돌로 된 잎사귀」) 우회의 행위로 나타난다. 모든 자연의 존재는 빛이 아닌 어둠 속에서 더 잘 드러난다는 그녀의 말은 이러한 '거리 두기' 방식의 존재론적 표현에 해당한다. 사실, 어떻게 존재가 어둠 속에서 더 잘 드러날 수 있겠는가? 어둠은 존재의 외형을 지우고, 그 현존을 일시적으로 소멸하게 만든다. 따라서 나희덕이 어둠 속에서 보는 것은 존재의 외형이나 현존이 아니라, 그 깊은 본질이며 실체이다. '발원지'에 가지 않고 그 순결한 원형을 짐작하는 것처럼, 어둠 속에서 존재의 "뼈와 살"(「어두워진다는 것」)을 마음으로 더듬어 그 실체에 닿는 것이다.

　외물(外物)의 구체성보다 본질의 아우라에 마음을 주는 이러한 방식은 나무 한 그루를 바라보는 시선에도 그대로 나타난다.

　　너무도 여러 겹의 마음을 가진
　　그 복숭아나무 곁으로
　　나는 왠지 가까이 가고 싶지 않았습니다
　　흰꽃과 분홍꽃을 나란히 피우고 서 있는 그 나무는 아마
　　사람이 앉지 못할 그늘을 가졌을 거라고
　　멀리로 멀리로만 지나쳤을 뿐입니다
　　흰꽃과 분홍꽃 사이에 수천의 빛깔이 있다는 것을
　　나는 그 나무를 보고 멀리서 알았습니다

눈부셔 눈부셔 알았습니다

—「그 복숭아나무 곁으로」 중에서

시인은 왜 '복숭아나무'에 가까이 가지 않는가? 그 나무가 "너무도 여러 겹의 마음"과 "사람이 앉지 못할 그늘을 가졌을 거"라는 짐작 때문이다. 그 겹겹의 마음과 정갈한 그늘을 사람의 미망으로는 범접할 수 없다고 생각하기 때문이다. 하지만 신기하게도 나희덕은 "멀리로 멀리로만 지나치"면서도 "흰꽃과 분홍꽃 사이에 수천의 빛깔이 있다는 것"을 알아낸다. 단 두 개의 빛깔 사이에서 탄생한 '수천의 빛깔'은 색으로 현현된 나무의 본질이며, 그 나무를 통해 발산되는 신비스러운 자연의 아우라이다. 나희덕은 꼭 그만큼의 거리를 두고 자연의 풍경을 바라본다. 아주 오래 전 그 풍경 속으로 걸어들어간 적도 있었으나, 그 결과는 아픈 회한으로 남았다.

미안합니다
무릉계에 가고 말았습니다
무릉 속의 폐허를,
사라진 이파리들을 보고 말았습니다
아주 오래 전 일이지요
(……)
그 빛나던 이파리들은 이미 제 것이 아닙니다

—「흙 속의 풍경」 중에서

'무릉계'는 전설적인 낙원의 이름이자 구체적인 지명이다. 거기에 간 그녀는 보아서는 안 될 "무릉 속의 폐허를/사라진 이파리들을 보고 만"다. 이로 인해 그녀가 보았던 "빛나던 이파리들"과 그 기억마저도 함께 훼손된다. 상실감에 젖은 그녀는 자꾸만 "미안합니다"라고 말하면서 잃어버린 풍경에 대한 유감을 우회적으로 표현한다. 다가가면 사라지고, 저만치에서만 빛을 발하는 자연 앞에서 나희덕은 온유한 견자(見者)의 시선을 갖추어나간다. 이 시선은 일찌감치 그녀가 유년 시절에 체득한 것이기도 하다. 어린 그녀는 "깊은 우물 속에서 전갈의 붉은 심장이/깜박깜박 울던 초여름밤", "파도와 함께 밤하늘을 다 읽어버리"는 (「일곱 살 때의 독서」) 행복을 누렸다. 그러나 유년의 충만한 자연의 경험은 삶에서 쉽사리 재연되지 않는다. 현재의 나희덕은 자연에 일정한 거리를 두고 있고, 현실에서도 고통의 강도만큼 떨어져나와 있다. 그녀의 존재론적 번민이 커지는 것은 이 이중의 거리를 한꺼번에 자각할 때이다. 그녀의 몸과 마음에는 자연과 현실로부터 떨어져나온 흔적이 남아 있어, 그녀는 "나는 무엇으로부터 찢겨진 몸일까"라고 아프게 자문하는 것이다. "유난히 엷고 어룽진 쪽을" "텃밭에 나가 귀퉁이가 찢어진 열무잎에도 대보고/그 위에 앉은 흰누에나방의 날개에도 대보고/햇빛 좋은 오후 걸레를 삶아 널면서/펄럭이며 말라가는 그 헝겊조각에도 대보"지만, 자신이 찢겨져 나온 원래의 몸체를 찾을 수는 없다. 그녀가 어둠에 의지하고 그 안에 머물고 싶어하는 이유는 여기에 있다. 어둠에 싸인 나무(자연) 앞에서 환한 빛(이성)은 필요치 않으며, 반대로 감각과 내면 세계는 한정없이 깊어진다.

　　가슴 붉은 새 한 마리가
　　휙, 내 앞을 지나 숲으로 들어간다
　　저녁 하늘에 선명하게 남은
　　붉은빛, 그 빛을 따라
　　방금 그 새가 앉은 나무에게로 걸어간다
　　분명히 날아오른 기척이 없었는데
　　조심스레 다가가 올려다보니
　　새가 사라졌다

아, 검은 입으로 새를 삼킨 나무

새의 눈동자만 같은
붉고 마른 열매
부리로 제 옆구리를 콕콕 쪼는 소리
낮게 우는 나뭇가지들

그 새─나무 그늘에 아무리 앉아 있어도
끝내 나를 삼켜주지는 않고
어둠만 어둠만 밀려와
닫혀진 문 앞에서 나 오래도록 서성거리고

　　　　　　　　　　　　　　　─「새를 삼킨 나무」전문

　　나희덕은 자연의 "닫혀진 문 앞에서" "오래도록 서성거"릴 뿐, 그 속에
감추어진 실체가 사라질까봐 끝내 다가서지 못한다. 혹은 그곳에 가는
길을 알면서도 가지 않는다. 자연을 닮은 시인인 나희덕은 이런 방식으
로 자연 대 인간의 관계학과 자신의 존재론을 완성한다. 자연의 품에
'새'처럼 삼켜지고 싶지만 끝내 이방인으로 남을 수밖에 없는 것은 나희
덕이 통찰하는, 자신을 포함한 현대인의 슬픈 운명이다. 시집 『어두워진
다는 것』을 흠뻑 물들인 '어둠'은 이 운명에 대한 나희덕의 예민하고도
풍부한 주석이라고 할 수 있다. 역설적이게도 이 '어둠'은 그녀와, 이 시
대를 사는 자연과 분리된 존재들의 내면을 따뜻하게 위로해준다. 나희덕
의 '어둠'은 실체를 지우는 것이 아니라, 오히려 실체를 보존하고 신비
롭게 감싸는 것이기 때문이다. 우리 시대의 자연과 인간의 관계를 하나
의 미학으로 승화시킨 나희덕의 '어둠의 존재론'은 이처럼 화해로운 의
미로 귀결된다. 하지만 이 어둠은 자연과 인간, 대상과 주체의 접촉 가능
한 거리를 소멸시킨다는 점에서 일정한 한계를 드러낸다. 이 한계가 나

희덕 개인에게 한정되는 것이라기보다는 자연과 인간, 자연과 문명을 분리시킨 우리 시대의 한계라는 점은 함께 언급되어야 할 사항이다.

3. 자연과 생의 풍경이 일치하는 순간—장석남

나희덕에게 자연이 저만치에 있어 아름다운 것, 숨겨진 본질을 상상할 때 더 풍요로워지는 것이라면, 장석남에게 자연은 감흥을 일으키는 자연과 현실 너머에 있는 비밀스러운 세계를 의미하는 것이라고 할 수 있다. 연한 수채화의 분위기를 지닌 장석남의 시에서 자연은 낭만적이며 상징적인 색채를 띠고 있다. 장석남이 보잘것없는 삶으로부터 "저 새떼들이 나를 메고 어디론가 가리라"(「새떼들에게로의 망명」, 『새떼들에게로의 망명』, 문학과지성사, 1991)고 노래할 때, 다시 그 쓸쓸한 삶을 "울음 없이 젖은 눈"(「새의 자취」, 『젖은 눈』, 솔, 1998)으로 바라볼 때, 그의 시에서는 낭만적인 향취가 짙게 우러난다. 자신이 '속한 곳'과 '속하고 싶은 곳' 사이에서 비탄에 젖는 것은 낭만주의자들의 오랜 관습이다. 한편, 장석남은 자연을 통하지 않고서는 현실세계와 거의 접촉하지 않는다. 자연은 그를 매혹하는 대상이자, 삶과 우주의 신비가 아로새겨진 은밀한 상징이다. 이 세계의 질서보다 자연의 질서를 우위에 두는 장석남은 그 풍성한 비의를 읽어냄으로써 삶의 허약한 틈을 메우고자 한다. 그는 비밀과 상징으로 가득 찬 자연의 언어를 해독하는 자이며, 그 상징의 숲을 배회하는 여행자이다.

장석남에게 의미 있는 삶의 목록은 충족보다는 '허기'이며, 거대한 것보다는 '작은 것', 세월보다는 시간, 더 정확히는 '순간'이다. 허기는 유년의 가난과 성년의 황량한 삶의 공통분모이면서, 그가 느끼는 삶 자체의 빈곤감을 뜻한다. 단적으로 말해, 장석남은 삶 전체의 변화와 상승에는 큰 관심을 갖지 않는다. 그는 애초에 그것이 불가능하다고 생각하거나, 존재는 각기 자신의 삶의 빛나는 순간 속에서 일시적으로 삶의 본질에 도달하는 것이라고 믿는다. 그에게 이 순간은 대체로 자연과의 교감을 통해 획득된다. 장석남의 네번째 시집인 『왼쪽 가슴 아래께에 온 통증』(창작과비평사, 2001)에는 이러한 교감이 곳곳에 스며 있다. 장석남은 주변의 자연물을 통해 수시로 미의 본질과 세계의 신성한 비의에 도달한다. "뜰에 나와서 / 저녁을 밝히"는 한 송이 분꽃으로 "저녁을 이해"하고(「분꽃이 피었다」), "지그시 눈감고 / 여전히 되새김질하는 어미 소의 표정 / 속에"서 "우리 가야 할 곳 / 우리 나온 곳"을 찾아내며(「갓난 송아지가 젖 먹을 때 다른 젖으로 바꿔 물며 들이받는 힘」), 마당에 핀 '살구꽃'에서 "더는 알 수 없는 빛도 스며서는 / 손 닿지 않는 데가 결리"는 신비한 마력과 "神과 神의 얼굴"을 마주 대한다. 이런 그는 단지 "죽은 꽃나무를 뽑아낸 일"만으로도 가슴 빽빽한 통증을 느낀다(「왼쪽 가슴 아래께에 온 통증」).

시 「해남 들에 노을 들어 노을 본다」는 장석남에게 자연이 스며드는 방식과, 그와 자연이 하나가 되는 정점의 순간을 아름답게 묘사한다. 그가 생애 처음으로 본 해남 들의 '노을'이 그를 어디로 데려가는지를 보자.

이 세상에 나서 처음으로 / 해남 들 가운데를 지나다가 / 들판 끝에 노을이 들어 / 어찌할 수 없이 / 서서 노을 본다 / 노을 속의 새 본다 / 새는 / 내게로 오던 새도 아닌데 / 내게로 왔고 / 노을은 / 나를 떠메러 온 노을도 아닌데 / 나를 떠메고 그러고도 한참을 더 저문다 / 우리가 지금 이승을 이승이라고 부를 수 있는 것은 / 저 노을 탓이다 / 이제는 이승을 이승이라고 부르지 말자고 / 중얼거리며 / 조금씩 조금씩 저문다 / 해남 들에 노을이 들어 문득 / 여러날 몫의 저녁을 한꺼번에 맞는다 / 모두 모여서 가지런히 / 잦아드는 저것으로 / 할 수 있는 일이란 / 가슴속까지 잡아당겨보는 일이다 / 어쩌다가 이곳까지 내밀어진 생의 파란 발목들을 / 덮어보는 일이다 / 그렇게 한번 덮어보는 것뿐이다 / 내게 온 노을도 아닌데 / 해남 들에 뜬 노을 / 저

수천만 평의 무게로 내게로 와서 / 내 뒤의 긴 그림자까지를 떠메고 / 잠긴다 / (잠긴다는 것은 자고로 저런 것이다) / 잠긴다

—「해남 들에 노을 들어 노을 본다」 전문

'노을'은 이승과 저승의 경계를 허물고, 고달픈 삶과 아름다운 자연의 경계를 허문다. "여러 날 몫의 저녁을 한꺼번에 맞는" 시간의 압축을 유발하기도 한다. 장석남은 그 노을을 "가슴속까지 잡아당겨" "생의 파란 발목들을 덮"는다. 이름 없는 어느 저녁의 노을빛으로 생의 상처를 감싸는 시인은 자연의 내부와 외부에 동시에 서 있다. 장석남의 시에서 자연은 시적 주체를 흡수하고 동화하지만, 거리의 소멸을 촉발하지는 않는다. 장석남은 자연과 일정한 거리를 유지하면서 동일화에 이른다. 이러한 특징은 특히 시집 『왼쪽 가슴 아래께에 온 통증』에서 해설과 평가의 어투를 사용하여 대상과의 거리를 유지하는 것으로 나타난다. '~것이다' '~라고 했다' '~(하)곤 했네' '~아닌가' '~라고 해 두자' 등의 종결형은 물러앉으면서 개입하는 시인의 독특한 입지점을 표출한다. 미당의 어법을 연상하게 하는 이 어투는 일정한 거리감 속에 시의 감흥을 더 곡진하게 하는 효과를 낸다.

처음 듣는 가락으로 바람들은 와서
처마의 풍경소리는 뜰을 넘쳐 일부가
뼛속으로도 스민다
헝클어진 뼈들도
우두둑우두둑 가지런해지고자 한다

(……)

그러한 여러 가락 속에 앉아서 또는 서서 우리는

가슴에서 돌고 있는 것들을 들여다보는 것이다
가슴에 돌고 있는 것이 혹 지나온 시간의
돌부리를 차고 온 아픔들은 아닌가

—「蓮잎 같은 발자국」 중에서

'바람'은 "처음 듣는 가락으로" 와서 "뼛속으로도 스미"고 "헝클어진 뼈들도/ 우두둑우두둑 가지런하"게 만든다. 그 속에서 우리가 해야 할 일이란 "가슴에서 돌고 있는 것들을 들여다보는 것"이다. 바람이 불어와 뼈에 스밀 때, 정작 우리의 가슴에서 휘도는 것은 삶의 아픔이며 회한이다. 이때 바람은 닫혀진 내면을 열어주는 열쇠와 같고, 자연의 현상은 시인의 내면에 들어와 그 내부의 것들을 깨우는 활기찬 손길이 된다. 그 속에서 시인은 단순히 응답하는 것이 아니라, 자연을 통해 자신의 내면의 알 수 없는 소리들을 듣는다.

잠시 흔들다 가는 바람
무엇의 오랜 갈증을 흔들다 지나가는 바람인가
건너 산은 건너오다 섬진강 물위에 머물렀고
운조루 툇마루에 앉아서
앉아서, 내가 운조루와 함께 또한 생각하는 것은 무엇인가
생각만으로는 도저히 안 되어서
그대로 땅바닥에 이마를 대고
무슨 소린가를 지르고 싶은
이 적요의 이음새들을
어찌해야 할지

—「운조루 소견」 중에서

장석남은 자연의 '적요'에 그대로 침잠하지 않으며, "무슨 소린가를

지르고 싶은" 내면의 충동으로 "적요의 이음새들"을 메운다. 이 등성듬성한 혹은 촘촘한 개입으로 인해 장석남의 시는 아름다운 풍경화나 단조로운 독백의 차원을 벗어난다. 장석남 시의 독특한 울림은 자연의 '적요'에 인간의 소리인 '적요의 이음새들'을 잘 맞추어넣은 데서 나오는 것이라고 할 수 있다.

　장석남은 오랫동안 머문 추억의 영토에서도 많이 떠나와 있고, "외로운 줄은 알았어도/알았어도/다시 외로운"(「자화상」, 『젖은 눈』), '적막'에 "잠겨…… 自己까지를 없애"(「봄빛 근처」, 『젖은 눈』)던 비애의 시절로부터도 웬만큼 비껴나 있다. 그는 이제 예전의 맑고 차가운 자연의 이미지에 따뜻한 온기를 불어넣으려 한다. 이전의 장석남이 새와 달과 별, 감꽃과 무인도 등에게 아스라한 슬픔을 느끼며 뒤로 물러나 앉아 있었다면, 지금의 장석남은 그 비애의 베일을 들어올리고 풍경의 한가운데로 걸어들어가고 있다. 자신이 풍경의 일부가 되어 풍경 속에서 움직이고 풍경을 조금씩 옮겨놓기도 하면서 말이다. 이런 그에게 자연은 일방적인 몰입과 동화의 대상으로 존재하지 않는다. 그는 풍경에 가담하여 자연의 섭리를 체화하고, 그 속에서 각별한 생의 순간들을 맞이한다. 자연의 풍경과 생의 풍경이 넘나드는 이 행복한 교류는 아주 짧은 순간에 이루어진다. 장석남의 자연의 미학이 정점에 이르는 것은 바로 이때이다.

　　살구나무에 올라
　　살구를 따며
　　어쩌면 이 세상에 나와서 내가 가져본 가장 아름다운,
　　살구에게 다가가 부드럽게 손아귀를 펴는 내 손길이
　　내 것이 아닐지도 모른다는 생각으로
　　나무 위의 한결 높다란 저녁을 맞네
　　더이상 손닿는 데 없어서
　　더듬어 다른 가지로 옮겨가면서 듣게 되는,

이 세상에서는 가장 오랜 듯한, 내 무게로 인한

나뭇가지들의 흐느낌 소리 같은 것은, 어떤

지혜의 말소리는 아닌가

귀담아들어본다네

살구를 따서 쥐고는 그 이쁘디이쁜 빛깔을 잠시 바라보며

살구씨 속의 아름다운 방을 생각하고

또 그 속의 노랫소리, 행렬, 별자리를 밟아서

사다리로 다시 돌아와 땅에 닿았을 때 나는

이 세상을 다시 시작하고 있는 것은 아닌가?

내 서른여섯 살은 그저 지나간 어느 저녁

살구를 한 두어 되 따서는

들여다보았다고 기록해두는 수밖에는 없네

　　　　　　　　　　　　　　　　—「살구를 따고」 중에서

　이 시에 그려진 풍경의 이면은 따뜻하고 아름답다. 살구나무의 가지에
는 "이 세상에서는 가장 오랜 듯한" "지혜의 말소리"가 스며 있고, 살구
한 알에는 "살구씨 속의 아름다운 방"과 "그 속의 노랫소리, 행렬, 별자
리"들이 빼곡히 들어차 있다. 씨앗 하나에서 우주를 보는 것은 시인들의
오래된 능력이지만, 한 그루 살구나무에 올라 우주의 운행을 읽는 장석
남의 눈은 상상력과 내면의 비옥함을 보여준다. 장석남은 이 한순간으로
자신의 서른여섯 해의 생을 망라하며, 자연의 풍경은 그대로 그의 생의
풍경으로 전이된다.

　시집 『왼쪽 가슴 아래께에 온 통증』에는 이러한 일치의 순간이 곳곳에
들어 있다. 어린이집에 아이를 데리러 갔다가 뜰에 있는 모과나무에서
"성욕 없이 平生 만날 수 있는 女子"와 자신의 "老年을 훔쳐보고/아이
걸리어 모과나무로 걸어들어가"는 순간과(「겨울 모과나무」), 배를 밀어
물위로 띄어보낸 뒤 "내 안으로 들어오는 배" "아무 소리 없이 밀려들어

오는 배"(「배를 밀며」)를 느끼는 순간, "바위 위에 팥배나무의 하얀 꽃잎들이 앉아 있"는 정경을 통해 "바위 속이 훤히 들여다보이"는 순간(「길」) 등이 그것이다. 하지만 합일할 수 없는 순간 또한 적지 않다. 너무 눈부신 자연의 빛 앞에서는 완전한 일치는 오히려 불가능하다. "마침 감들이 빨간 빛들을 해가지고서는 / (……) / 가을 햇빛 같은 걸 / 부지런히 제 안에 들여놓고들 있습디다요 / 그 안에 같이 섞여들어가고 싶습디다만 / 햇빛이 너무 밝아서요 / 햇빛이 너무나 밝아서는 어려웠어요"(「나주」), "이렇게 맑은 날은 / 나 아주 조금만 존재해야 하리 / (……) / 차라리 / 너의 속이 되어서 너의 속이 되어서 / 아주 속이 되어서 없고 싶구나"(「나무 속의 방」)와 같은 고백은 아름다움 앞에서의 절망을 드러낸다.

장석남은 생래적으로 자연의 체질을 지닌 시인이다. 그는 자연 그대로의 작은 섬에서 자랐고, 도시에서도 자연의 기억과 감각으로 살아간다. 문명에 적응한(?) '최후의 자연인'인지도 모르는 그가 계속 자연을 응시하며 간혹 드문 일치의 순간에 이르는 것은, 그가 갈 수 있는 몇 안 되는 길 가운데 하나이다. 앞으로도 장석남은 도시에 속한 채 자연을 편애하는 곤혹스러운 길을 가야 할 것이다. 그는 문명에 적응할 수도 적응하지 않을 수도 없으며, 자연에 완전히 매혹될 수도 매혹되지 않을 수도 없다. 이는 비단 장석남만이 감당해야 하는 미래의 운명은 아니며, 자연을 노래하는 우리 시의 미래도 이 아이러니의 운명을 어떻게 극복하는가에 따라 결정되게 될 것이다.

4. 다시, 자연과 인간

자연은 여러 가지 차원의 의미를 지니고 있다. 농식물과 바위, 구름, 흙 등의 자연물, 생명체의 삶의 조건으로서의 생태 환경, 인공의 대립 의미로서의 야생과 야만, 생명의 현상과 본질, 인간 존재의 근원적 실재 등 그 층위는 다양하다. 시에서 이 영역은 분리되기도 하고 서로 뒤섞이기도 한다. 의미상으로는 변별이 가능하지만, 실제 자연 속에서 이들은 구분될 수 없는 유기체로 존재한다. 자연의 아름다운 풍경을 예찬하는 시의 경우, 단편적인 풍경의 나열에 그친 경우가 아니라면, 그 풍경의 이면에는 자연물의 조화와 생명의 신비와 우주의 섭리가 깃들이게 된다. 또 인간의 존재에 대한 질문과 현대문명에 대한 반성, 생태 환경에 대한 비판도 개입되게 된다. 결국 중요한 것은 시인의 시선과 미적 거리이며, 이에 따라 시에서의 자연의 내용과 미적 형식도 결정되는 것이다.

나희덕과 장석남을 통해 최근 시의 흐름을 모두 판단할 수는 없지만, 자연의 서정에 관한 한 이들이 중요한 위상을 차지하는 것은 부정하기 어려운 사실이다. 그 동안 자연을 노래한 시인들은 자연의 예찬과 동일화의 서정을 확보하는 데 치중했다. 그러나 이들은 이 시대의 자연과 인간의 관계를 탐사하면서 새로운 미학을 창출하며, 이는 우리 시대의 자연의 서정이 처한 상황을 단적으로 보여준다. 부분적인 혹은 상상적인 동일화와 교감만이 가능한 세계 속에서 시인은 끊임없이 자연과의 끊어진 고리를 이어나가야 한다. 아니, 정확히 말하면 그 끊어진 상태를 인정하면서 남은 가능성을 탐색해야 한다. 이 탐색이 자연의 회복을 통해 인간 자체의 회복으로 이어져야 하는 것은 말할 것이 없다.

나희덕은 삶의 소소한 갈등과 근원적인 고통을 껴안으면서 자연의 빛나는 본질에 대한 믿음을 표출한다. 이 믿음은 대체로 상상에 기반하고 있지만, 의도적인 거리를 통해 본질의 신비를 간직하려는 그녀의 생각은 인간과 세계에 대한 아름다운 믿음을 기반에 두고 있다. 나희덕에게 자연은 존재와 생의 심화학습의 장과도 같다. 그 학습의 결과, 그녀는 자연/인간/세계를 보존하고 구원하는 요건이 적절한 미적 거리임을 보여준다. 하지만 나희덕이 천착하는 이 미적 거리는 자칫 외부에서의 관조의 차원으로 떨어질 위험을 안고 있다. 끊임없는 발견이 동반되지 않는다면 이 거리는 그녀의 시를 단조롭고 피로하게 만들 것이기 때문이다.

장석남은 자연과 자아의 유기적 결합에 많은 관심을 기울인다. 그는 자신을 매혹하는 자연의 풍경 속으로 들어가기를 원하고, 더불어 그 풍경이 자신의 내부에 번지기를 원한다. 이 소망은 그에게는 하나의 능력으로까지 화해 있는데, 그는 나무나 꽃, 돌, 노을, 강 등 낱낱의 자연물에서 어김없이 자연의 비밀스러운 열쇠 구멍을 찾아낸다. 문제는 이 문을 열 수 있는 시간이 극히 짧은 순간에 한정되어 있다는 데 있다. 자연과 분리된 현대사회와 그 일원인 장석남의 자의식이 이 열림을 가로막고 있기 때문이다. 장석남은 주체가 휘발된 감흥의 서정에 탐닉하기보다는 자연과 그의 내면이 순간적으로나마 교류하는 쪽을 택한다. 이 교류와 대화는 현재 그의 시에서 현실화된 면보다는 가능성의 측면으로 더 많이 남아 있다. 어쩌면 장석남이 성취하는 자연과의 아름다운 교류는 우리 시대 인간과 자연의 진정한 만남의 마지막 가능성인지도 모른다. 장석남의 시는 이 '빈약한' 가능성을 끌어안은 채 현실에서 비껴나 있다는 비판을 견디며, 자연의 빛과 생의 빛이 함께 하는 명멸(明滅)의 길을 계속 가야 할 것이다.

2부

몸의 현상학의 두 유형
― 최승호, 김기택의 시세계

1. 기계, 인간, 천사의 몸

현대 사회를 가리켜 "기계가 천사가 된 사회"라고 말한 아도르노는 초월적 실재가 금속성의 물질로 현현되는 현 문명의 특징을 명쾌하게 간파한다. 막대한 기술력을 지닌 금속 문명의 시대에 천사는 더이상 비현실적인 관념으로 존재하지 않는다. 더불어 눈처럼 하얀 살과 따뜻한 미소를 지닌 인간적인 천사에 대한 상상력 또한 힘을 잃었다. 현대의 천사는 차갑게 빛나는 합금의 피부와 정교한 내부 구조를 지녔고, 강력한 엔진까지 장착하고 있다. 기계의 몸으로 육화한 현대의 천사는 휘황한 상품의 천국에서 일어나 인간의 손을 잡는다. 인간은 '기계 천사'의 헌신적인 수호 속에서 꿈 같은 삶을 구가하고, 기계 천사는 최첨단의 실험실에서 날마다 새로운 모습으로 탄생한다. 시간을 압축하고 공간을 이동시키는 자동차와 비행기, 무한대의 지식과 환상을 제공해주는 컴퓨터, 어디에 있든 '당신'의 목소리를 들려주는 휴대폰, 신이 새긴 생명의 지도를 해석해준 유전자 기술, 몸의 형태를 원하는 대로 리메이킹해주는 첨단 기구들…… 이들을 두고 인간의 소원을 이루어주는 '천사'가 아니면 달리 무엇이라고 부를 수 있을까? 심지어는 인류를 파멸에서 구해줄 상상의 구세주마저도 기계 천사의 모습으로 예감된다. 영화 속을 누비는 터미네이터, 로보캅 등의 정의의 전사/천사들! 이 미래의 기계 천사들은 시간과 공간, 생명의 한계를 가로지르며 사악한 무리에게서 인류를 구원한다.

　기계와 천사의 비약적인 일치는 천사의 하강이 아닌 기계의 눈부신 비상에 의해 이루어졌다. 이제 '기계'는 기계 자체를 넘어 근대의 메커니즘을 총칭하는 하나의 메타포가 된다. 한낱 물질인 기계가 초월적인 천사를 흡수 통합한 근대의 '합병 프로젝트'는 경이로운 성과를 달성했다. 기계는 많은 분야에서 천사의 소임을 훌륭히 해낼 뿐만 아니라, 단지 0과 1의 조합만으로 천사의 텍스트(자연과 우주의 비밀)를 빠르게 번역해낸다. 여기서 0은 곧 무(無)이며 1은 유(有)의 최초의 형태임을 환기하면, 기계의 언어가 매우 원형적이며 철학적이기까지 하다는 점을 생각하게 된다. 자연과 우주는 무와 유, 부재와 존재의 끝없는 교차 속에 지속되며, 이를 옮겨 쓴 기계의 언어는 무의식적으로 그것과 닮은꼴을 갖게 된 것이라고 볼 수 있다. 그러나 근대의 인간이 신의 영역을 넘본 대가는 엄청난 재앙으로 되돌아오고 있다. 기계가 천사가 되기 위해 사용한 에너지원은 바로 '인간'이었으며, 기계가 천사임을 증명한 실험대상 또한 인간이었기 때문이다. 기계와 천사는 모두 인간을 변형하여 창조한, 인간의 확장 파일에 해당한다. 기계는 인간의 몸을 극대화 혹은 극소화시킨 결과물이며, 천사는 인간 정신의 궁극적 표상이다. 현대사회에서 기계가 천사를 대체함으로써 훼손된 것은 다름아닌 인간 자신이다. 천사란 인간 내부에 스며 있는 신성한 가능성인바, 이 가능성을 기계가 점유함으로써 인간은 저 아름다운 시원의 낙원으로부터 더욱 멀어지게 된 것이다.

　근대의 완성과 몰락이 함께 거론되는 지금, 몸의 담론은 근대가 상실한 것에 대한 탄식을 담고 있다. 몸은 근대가 새겨넣은 갖가지 상처와 얼룩을 지우고 날것과 풋것의 상태로 돌아가고 싶어한다. 오염된 몸은 피로감과 분노에 휩싸인 상태에서 다시 기계의 지배를 받는다. 기계가 천사의 탈을 쓰고 인간의 몸과 영혼을 삼킨 메피스토펠레스임이 드러난 지금, 유린당한 인간의 귀환이 일어나는 것은 필연적이다. 몸의 담론은 바로 이 유린과 귀환, 싸움의 생생한 현장으로 존재하며, 인간은 이 현장에서 자신이 곧 '기계의 창조주'라는 치명적인 딜레마와 마주한다. 기계에 대해 인간은 배반당한 창조주이자 침입당한 기원이다. 창조주인 인간이 피조물인 기계에 맞서 벌이는 탈환의 싸움이 몸의 담론의 주된 내용을 이루고 있는 것이다. 기계, 기계적인 사고와 이데올로기, 인간이 만든 반(反)생명적이며 반인간적인 것들과의 싸움!

근대의 첫 세기를 통과하며 우리 문학이 몸의 영토에서 경험한 것은 몸의 현상학이 내면의 형이상학을 압도하거나 적어도 두 영역이 등가화되는 지각 변동의 사건이었다. 물질이 관념을 집어삼킨 시대에 인간의 물질적 현존(몸)에 관심을 갖는 것은 이중의 의미를 지닌다. 몸은 인간 본성의 탈환이 시작되는 지점이면서, 인간이 하나의 사물이 되었음을 보여주는 역사적 현장이기 때문이다. 몸은 이성과 정신에 의해 억압당하면서도 이성적 주체인 근대의 인간을 지배하고 있다. 몸과 마음, 우주적 리듬이 어우러진 행복한 실존을 되찾는 것이 몸의 담론의 지향점이라면, 그 몸을 통해 이를 말살하고 은폐해온 것은 근대의 교활한 전략이었다. 때문에 몸에 관해 사유하는 것은 근대 밖으로 탈주하는 동시에 근대의 중심으로 진입하는 일이 된다. 몸의 현상학이 내면의 형이상학을 압도하는 자리는 이미 근대의 내부에 마련되어 있었던 것이다. 몸을 둘러싼 문학의 소임은 대략 두 가지로 압축된다. 하나는 근대가 작동시킨 몸의 코드를 정밀하게 해독하는 것, 또하나는 그 코드에 휘말리시 않으면서 행복한 몸의 실존을 찾아가는 것. 기원의 상태로 돌아가려는 열망과 훼손된 현재 사이의 거리는 시 속에서 혹독한 절망, 간극을 메우려는 강렬한 파토스, 비판과 풍자 등의 형태로 다양하게 표출된다. 몸에 관한 시들은 '몸을 어떤 존재로 파악하는가'와 '먹고 자고 말하고 움직이고 감각하고 배설하고 섹스하고 아이를 낳는 몸의 기능들 중 무엇에 중점을 두는가'에 따라 달라지게 된다. 그 가운데 이 글은 '먹는/배설하는 몸'(최승호)과 그 변형으로서의 '빨아들이는/토하는 몸'(김기택)을 주시하고자 한다. 식욕과 배설은 몸의 가장 원초적인 욕망이며 행위이지만, 기계와 자본이 지배하는 현대문명은 몸이 지닌 식욕과 배설의 생리마저 변형시키고 재창조(?)했다. 최승호와 김기택은 각각 식욕과 배설, 흡수와 구토의 몸을 통해 현대문명과 자본주의의 중심부를 가로지른다. 일찍이 근대의 이단아 카프카는, "내가 머릿속에 갖고 있는 무시무시한 세계! 파괴시키지 않으면서 어떻게 그 세계를, 그리고 나를 해방시킬 수 있을까?"라고 억압된 내면의 광기를 표출한 바 있다. 이 문장은 '머릿속'만이 '몸 속'으로 바뀐 상태에서 지금 몸의 담론 위에 새롭게 떠오른다. "내가 몸 속에 갖고 있는 무시무시한 세계! 파괴시키지 않으면서 어떻게 그 세계를, 그리고 나를 해방시킬 수 있을까?" 최승호와 김기택은 몸 속의 흉측하고 잡다한 내용물을 꺼내는 일에서부터 그 모험의 발걸음을 시작한다.

2. '식욕'과 '배설'의 몸 ─ 최승호

최승호는 몸에 관해 최초로 본격적인 문제 제기를 한 시인이다. 최승호에게 '몸'은 살인적인 허기에 시달리는 아귀와 같다. 아귀의 몸은 우리 시대의 인간과 기계의 참모습, 자본주의 사회의 실체를 은유한다. 전설 속에 등장하는 만물의 참모습을 비추는 거울처럼 최승호의 눈은 존재의 이면을 꿰뚫는다. 이 그로테스크한 만화경의 주인공인 몸, 먹어도 배가 부르지 않는, 먹을수록 허기가 지는 아귀의 이름은 '욕망'이며 '헛것'이다. 또는 '구멍'과 '허구렁', '부패한 늪'과 '무덤'이다. 최승호는 이를

'똥주머니'와 '변기'라는 경멸적인 별칭으로 부르기를 즐겨한다. 최승호의 시에서 몸의 여러 별칭들은 서로 유사성의 관계에 있다. 이들은 환유의 연쇄작용이 아닌, 은유의 동화과정을 거쳐 만들어졌다. 지금까지 최승호가 출간한 『대설주의보』(1982)에서 『그로테스크』(1999)에 이르는 총 아홉 권의 시집은 '몸'에 관한 은유의 거대한 집적물이라고 할 수 있다. 여기에는 헛것의 몸의 다양한 변신(變身)들이 등장하며, 몸의 생물적인 차원과 존재론적 차원, 사회 · 문명적인 차원, 종교적인 차원들이 하나의 사슬을 형성하고 있다.

이를테면 창녀의 몸과 자동판매기, 모든 것을 상품화한 자본주의 사회는 같은 형태의 몸이다. 이들은 욕망의 투입(in-put)과 산출(out-put), 증식과 소비가 끊임없이 일어나는 기관이라는 점에서 외형만 다를 뿐, 본질적으로 같다. "고무호스가/ 창녀의 방광에서 뺀 尿道처럼/ 물통에 매달려 종이컵에 뜨신 물 붓는/ 자동판매기"(「바퀴벌레 一家」)에서 보듯, 창녀의 요도와 자동판매기의 고무호스는 동일한 기능을 한다. 입구와 출구가 차례로 연결된 욕망의 기관은 먹는 행위와 배설이 반복되는 긴 회로이다. 물통의 물은 자동판매기의 호스를 거쳐 다시 사람의 입 속으로 들어가고, "유방이 여섯 개 달린 매음녀 젖을 빨듯이" 사람들은 자동판매기의 음료를 마신다(「자동판매기와의 이별」). 놀랍게도, 몸이 먹고 배설하는 내용물은 모두 '몸'이다. 내가 먹은 것은 다른 몸이며, 그 몸은 "죽음으로 나를 살리는 나의 異類衆生"들이다. "털투성이 내 둥그런 배"는 다른 몸들이 매장된 "무덤"이며, "죽은 짐승들을 뜯어먹"고 산 '나'는 "그 밥값을" 역시 "죽음으로 갚아야 한다"(「대머리 독수리 2」).

끊임없이 먹고 배설하는 기관인 몸에서 식욕과 배설은 동일한 행위가 된다. 이 몸은 놀라운 자기 증식력과 재생산과정에 의해 끝없이 재충전되는 자본주의 사회를 상징한다. 자본주의 사회의 가장 중요하고 유일한 내용물/배설물은 상품이다. 상품의 생산과 소비는 먹고 배설하는 몸의 시스템을 그대로 따른다. 몸은 먹은 것을 축적하지 못하고 배설하며 잉여를 만든다. 몸의 잉여가 냄새나고 더러운 똥이라면, 자본의 잉여는 쓰레기이다. 배설이 지닌 한 가지 미덕은 몸에게 다시 욕망을 불러일으킨다는 점이다. 똥을 배설한 몸은 다시 음식을 먹고, 쓰레기를 배설한 자본주의는 더 많은 상품을 소비한다. 최승호는 배설물과 배설물을 만들어내는 몸을 구분하지 않는다. 그에게 '몸'은 곧 '똥'이기 때문이다.

> 나는 부서지며 흘러내리는 덩어리,
> 찐득하게 뭉쳐져 흘러내리지만
> 중심은 없다
> 작게는 조각들로 뭉쳐진 채
> 크게는 엄청난 한 덩어리를 이루면서
> 끌어모으고, 덧붙이고, 부풀리려 애쓰지만
> 그 욕망에도 중심은 없다
> 나는 중심 없는 덩어리,
> 모든 조각들이 우수수 흩어져버릴
> 그날을 향해 미끄러져내려간다
> 더러운 흔적을 남기면서
> 보이지 않는 밑바닥을 향해 꿈틀대면서
> ―「지루하게 해체중인 인생」 중에서

중심 없는 욕망의 덩어리인 '똥/몸'은 "더러운 흔적을 남기"고 "보이지 않는 밑바닥"으로 추락한다. 쓰레기를 양산하는 자본주의 사회도 같은 길을 간다. 인간의 몸과 자본주의 사회의 야합은 시 「공장지대」에서 충격적으로 형상화된다. "무뇌아를 낳고 보니 산모는/몸 안에 공장지대가 들어선 느낌이다./젖을 짜면 흘러내리는 허연 폐수와/아이 배꼽에 매달린 비닐끈들/저 굴뚝들과 나는 간통한 게 분명해!" 이 시의 충격은 아이의 출산이 상품의 생산과 '배설'로 환원되는 실제 정황에 기인한다.

116

신성한 출산 행위마저도 '먹는/배설하는 몸'의 시스템에 정복당했음을 이 시는 실제 증거를 들어 보여주는 것이다.

최승호는 몸을 헛것의 욕망을 먹고 배설하는 구멍으로 파악하면서 세 가지 방향성을 탐색한다. 1) 먹는/배설하는 몸의 지독한 욕망의 순환 고리를 절대 끊을 수 없다는 것. 이것은 동일한 구조로 증식하는 자본주의 체제를 타파할 수 없다는 절망으로 직결된다. "지옥밥을 먹는 종신형 개미들"이 떠받치는 "이 제도는 완벽하다. 어떻게 해도 그 세상은 바꿀 수가 없다"(「쇠사슬을 차고 춤을 추도다」)는 전면 부정은 시집 『세속도시의 즐거움』(1990)에서 절정을 이루고 있다. 2) 먹는/배설하는 몸 속에 있는 '빈 구멍'이야말로 존재와 세계의 근원임을 직시하는 것. 이때 허(虛)와 무(無), 공(空)은 존재와 세계의 실상으로서 적극적인 의미를 얻으며, 식욕과 배설·죽음은 몸의 전락이 아닌 영혼의 승화로 새롭게 해석된다. "모든 음식은 자기희생적이라는 점에서 성스러"우며 "나의 것이 본래 아무것도 없었음을 깨"닫는(「감자」) 시인은 "육신의 회저(懷疽)로써/가벼워지는 영혼의 향기"(「담쟁이덩굴에 휩싸인 불도저」)를 맡는다. 이러한 생각은 시집 『눈사람』(1996)에서 영혼처럼 가벼운 몸인 '눈사람'을 통해 구체화된다. 3) 먹는/배설하는 몸에 깃든 자연의 섭리를 읽어내고 그 파괴된 섭리를 회복하고자 하는 것. 이러한 지향성은 인간에 의해 멸종된 동식물과 오염된 자연에 대한 생태학적 고찰로 이어지게 된다. 『반딧불 보호구역』(1995)이 이 계열의 대표적인 시집이며, 생태시선집 『코뿔소는 죽지 않는다』(2000)에는 생명 파괴의 현실을 고발하는 생태시들이 집약되어 있다.

최승호의 시에서 세 방향성은 서로 부딪치기도 하면서 함께 전개된다. 예를 들면, 2)와 3)의 허와 공의 그릇인 몸과 생명 파괴의 현실을 직시하는 몸은 1) 욕망의 도구적 기관인 몸과는 많은 차이를 드러내며, 1)의 현실 진단은 2)의 내적 지향점과 3)의 현실적 방법론으로 나아갔으나, 2)와 3)이 1)을 변화시키는 단계에는 아직 이르지 못하고 있다. 최승호는 1)

완벽한 절망, 2) 내적 초월, 3) 실천적 각성이라는 삼각형의 세 꼭지점을 오가며 혼돈의 사유를 펼친다. 특히, 시집『그로테스크』(1999)에서 세 꼭지점은 따로 존재하면서도 뒤섞여 있다. 세 개의 사유가 화합을 이루기란 쉽지 않은 일이지만, 최승호는 균형을 확보하지 못한 채 머뭇거리면서 시의 응집력이 약해진 느낌을 준다. 시집『그로테스크』에 나타난 세 개의 방향성을 살펴보자.

1) 지상의
　구토물 곁에
　내가 있었다.
　등에 달린 가짜 날개에서
　쓰레기 썩는 냄새가 났다.
                         ―「구토물을 먹는 아침」 중에서

2) 어느 날 몸뚱이에
　담을 수 있는 것이
　아무것도 없다는 사실이 눈부시다.
                         ―「뙤약볕」 중에서

3) 시화호라는 거대한 변기를 만드느라 엄청난 돈을 배설했다.
                         ―「누가 시화호를 죽였는가」 중에서

'먹고 배설하는 몸'을 소유한 존재는 부패의 냄새를 풍기며, "엄청난 돈을 배설"한 자본주의 문명은 상상을 초월하는 "거대한 변기를 만"든다. 끊임없이 부패와 죽음을 유발하는 먹는/배설하는 몸으로부터 식욕과 배설의 사슬을 끊어줄 수 있는 것은 단 하나, '죽음'이다. 죽어 텅 비어버린 몸을 통해 최승호는 근원적인 해방을 꿈꾼다.

포도주병의 코르크 마개들,

맨홀 뚜껑들,

저수지의 수문(水門)들.

나는 내면의 비밀스런 한 구멍을 뚫음으로써 온 우주가 쏟아져들어오는 문 열림의 시간을 기다려왔다. 그러나 그 구멍은 늘 고집스런 마개로 막혀 있는 느낌이었다. 집중의 힘으로 마개를 볼 수는 있었으나 뽑을 수는 없었다. 마개는 다름아닌 고집스런 나였던 것이다. '마개를 뽑지 마라!' 그 소리는 겁먹은 나의 목소리이면서 동시에 마왕의 목소리이기도 했다.

마개를 뽑지 않아도 결국 죽음이 마개를 뽑아버릴 것이다. 문 열림의 시간, 마왕도 물러나고, 포도주처럼 열린 저수시처럼 나는 쏟아질 것이다. 그때는 웅크렸던 내면이 한없이 펼쳐져서 모든 별을 싸안는 어두운 보자기가 될까. 찢어진 보자기, 밑빠진 보자기, 구멍밖에는 아무것도 없는 보자기, 내면이라고 하기엔 면도 없고 안도 없고 바닥도 없는…….

— 「마개」 중에서

'먹는/배설하는' 긴 구멍인 몸은 '마개'가 없지만, 내면은 견고한 마개로 닫혀 있다. 그 마개는 "고집스런 나", 아집에 사로잡힌 자아이다. 텅 빈 몸이 허망을 일깨운다면, 감금된 내면은 절망을 직시하게 만든다. 기묘하게도 몸이 소유한 유일한 내용물은 꽉 닫힌 내면이다. 죽는 순간에야 비로소 몸은 이 유일한 내용물인 '내면'을 쏟아놓게 될 것이다. 죽음이 내면에 구멍을 뚫는 시간은 "온 우주가 쏟아져들어오는 문 열림의 시간"이며, "내면이 한없이 펼쳐져서 모든 별을 싸안는" 시간이다. 그 순간 자아는 우주를 향해 자유롭게 흘러나갈 것이며, 죽는 순간만이 해방인 아이러니는 실현될 것이다. 이처럼 최승호에게는 몸과 자아의 해방도 쏟아짐, 즉 '배설'의 형태로 이루어진다.

(……)맑은 날에도 몸은 쇄락하지가 않다. 뭐랄까, 잡(雜)의 끈적거리는 반죽덩어리들이 내 안에서 부풀어오르는 느낌. 오직, 오! 똥만이 몸뚱이에 반죽되지 않고 퀴퀴한 아집을 벗어나 제 길을 흘러가나보다. 해묵은 몸, 오래된 늪, 수염이 골풀처럼 자라고…… 우울과 더불어 불어나는 측은지심. 뭉게구름 한 덩어리가 내 지난날이라고 말해본다. 모든 날이 지난날인 그날, 그때가 되면, 허공의 쇄락에 이를 수 있는 것인지.

　　　　　　　　　　　　　　　　　　—「멍게와 뭉게구름」 중에서

식욕과 배설의 사슬에서 벗어나 환히 비워지기 위해서는 몸은 '쇄락(碎落)'과 죽음의 길을 가야 한다. 살아 있는 동안 몸은 "잡(雜)의 끈적거리는 반죽덩어리들"로 계속 "부풀어오르"고, 아이러니컬하게도 오직 "똥만이 몸뚱이에 반죽되지 않고 퀴퀴한 아집을 벗어나 제 길을 흘러"간다. 최승호는 잡스러운 욕망의 발효와 부패가 진행되는 몸을 부정함으로써 "허공의 쇄락에 이르"고자 한다. 허공의 쇄락이란 헛것의 구멍인 몸이 흔적도 없이 해체되고, '허공'이라는 무형의 실재(?)조차 무화되는 지점이다. 이는 최승호가 분명히 인식하고 있듯이 죽음 이후의 세계이거나 도저한 관념의 영역이어서, 여기에 이르면 그가 오랜 시간 쌓아온 '몸의 현상학'은 더이상 진전되기 어려워진다. 이 지점은 고대 동양의 사유와 현대성을 접목시켜 새로운 '몸의 형이상학'을 구축할 수 있는 출발점이기도 하다. 하지만 최승호가 바라는 것처럼 근대문명이 야기한 '몸의 죽음'이 존재의 본질을 회복하는 초월적인 죽음으로 비상하기란 매우 요원한 일이다. 앞으로 최승호는 이 두 죽음을 동일시하려는 성급한 욕망에 사로잡히지 않도록 스스로를 경계해야 할 것이다. 한편, 『그로테스크』의 맨 끝에는 「이것은 죽음의 목록이 아니다」라는 시가 눈길을 끈다. "수달 멧돼지 오소리 너구리 고라니 멧밭쥐 다람쥐 관박쥐 검은댕기해오라기"로 시작되는 이 시는 멸종되었거나 멸종 위기에 처한 동식물의 이름을 장장 다섯 페이지에 걸쳐 열거한다. 지구상에서 사라져가는 수많은 '몸'들이 이처럼 죽음의 목록을 이루고 있는 것은 분명하다. 하지만 부정의 사유만으로 죽음의 몸에서 죽음을 제거할 수는 없다. 내면의 해방으로서의 죽음과 파괴된 자연의 죽음, '몸의 부정'으로서의 죽음과 '부정된 몸'의 죽음, 이 두 개의 죽음을 명확히 구분하는 일이 최승호에게는 중요한 과제로 남아 있다.

3. '흡수'와 '구토'의 몸— 김기택

최승호와 마찬가지로 김기택도 '먹는/배설하는 몸'을 시적 탐구의 출발점으로 삼았다. 김기택은 일상의 도처에서 필사적으로 먹고 배설하는 수많은 몸을 발견한다. 최승호가 먹는/배설하는 몸을 통해 자본주의의 증식 체계를 은유하면서 문명 비판과 욕망의 부정으로 나아갔다면, 김기택은 일상의 욕망에 길들여진 몸의 상태를 사실적으로 묘파한다. 최승호의 먹는/배설하는 몸은 끈적거리며 한없이 부풀어오르지만, 김기택의 먹는/배설하는 몸은 기진해 있고 점점 딱딱해져간다. 최승호가 포착하는 몸이 악착같고 집요한 데 비해, 김기택이 주시하는 몸은 부주의하며 무력하기까지 하다. 최승호는 욕망과 야합하여 욕망 그 자체가 되어버린 몸을, 김기택은 욕망에 정복당하여 고통받는 유약한 몸을 이 시대의 몸의 존재방식이자 형태로 파악하는 것이다. 비유하자면, 최승호에게 몸은 욕망이 번식하는 숙주이며, 김기택에게 몸은 욕망이 휩쓸고 지나가는 경유지이다. 욕망의 숙주는 속이 빈 강장동물의 형상을, 욕망의 경유지는 황폐한 사막의 모습을 하고 있다.

먼저, 김기택은 식욕의 집요함과 환각적인 속성에 주목한다. "거품을 물고 떨며 죽을 때까지 그칠 줄 모르는/아아 황홀하고 불안한 식욕" (「쥐」)과 "죽은 살이 타는" 달콤한 "환각의 맛과 냄새" (「먹자골목을 지나며」)에 사로잡힌 몸은 불쾌감과 연민을 자아낸다. 식욕은 몸만 갖고 있는 것이 아니다. 마음 또한 식욕의 본능을 지니고 있다. 마음은 "내장이 소화시킨 것을 먹고 자라야 하"며, "먹지 않으면 몸뚱어리처럼 굶어죽는"다(「마음아, 네가 쉴 곳은 내 안에 없다」). 김기택의 시에서 '배설하는 몸'은 '먹는 몸'보다 더 다양하게 나타난다. "거친 시멘트를 똥으로 바꾸"는 바퀴벌레(「바퀴벌레는 진화중」), "오줌이 마려우면 아무 육체 속에나 정액을 쏟아붓"는 연쇄 살인자(「연쇄 살인 용의자」), "한 무더기의 웃음"을 흘리는 "헤벌어진 입"(「너무 웃으면 얼굴이 찌그러진다」), "태어나자마자/몸에서 울음부터 꺼내"는 아기와 "평생 동안 부지런히" "말들을 뱉어"내는 사람들(「뱀」)······ 이들은 모두 배설을 통해 자신의 존재를 증명한다. 이 엄청난 배설의 행위들은 왜 계속되는가? 김기택의 설명에 의하면,

> 그렇게 쉬지 않고 난폭한 힘을 배설하지 않는다면
> 끝내는 자신의 열기에 못 견뎌 뇌는 녹고
> 심장은 타고야 말 것이다
>
> —「뱀」 중에서

몸 속에는 뇌를 녹이고 심장을 태우는 '난폭한 힘'이 있기 때문이다. '난폭한 힘'은 생명체 안에서 자연발생적으로 자라는 죽음의 기운이다. 죽음을 피하기 위해 몸은 "쉬지 않고 난폭한 힘을 배설"해야 한다. 몸에서 발생하는 가장 두려운 사건인 죽음은 쭈글쭈글한 주름과 쇠약해지는 뼈와 내장, 노화하는 세포들로 가시화된다. 김기택은 자신의 몸 안에 죽음이 들어 있음을 얼굴 속의 해골을 만지며 느낀다. "눈이 피곤하고 침침하여 두 손으로 잠시 얼굴을 가리"자 "손바닥 가득 해골이 만져진"다. "차갑고 무뚝뚝하고 무엇에도 무관심한 그 물체" "내 얼굴이 생기기 전부터 있었음직한 그 튼튼한 폐허"(「얼굴」)는 바로 죽음이다. 김기택에게 '배설'의 행위는 내부의 죽음에 맞서 몸이 벌이는 저항의 성격을 지닌

다. 몸은 내부의 죽음을 배설함으로써 생명을 지속한다. 하지만 연쇄 살인자의 경우처럼, 다른 몸을 타깃으로 삼는 배설은 죽음을 부른다. 몸은 똥과 정액과 웃음과 울음과 말의 배설에 그치지 않고, 자신의 몸 안에 깃든 새로운 생명마저 사정없이 '배설'한다.

(……) 꼬여 있는 줄 알았던 탯줄이 제일 먼저 끊어졌고 다음엔 반쯤 자라다 만 손가락이 지워졌다 머리보다 작은 몸뚱이에서 가늘게 돋아 오그라든 팔과 다리가 뒤이어 아주 천천히 냄새나는 양수로 변했다
— 「태아의 잠 2」 중에서

팔딱팔딱 숨쉬며 살아 있던 태아는 수술실에서 "냄새나는 양수", 즉 배설물로 변한다. 불운한 태아는 탄생을 경험하기도 전에 죽음을 경험한다. 김기택이 예리한 관찰의 메스를 들이대는 것은 이처럼 본래의 생명력과 독자성을 빼앗긴 몸들이다. '먹는/배설하는' 자연적인 활성(活性)을 박탈당한 몸들은 위축되어 있거나 아프며, 광기를 내뿜거나 불구의 상태에 있다. 먹는/배설하는 몸은 정상적인 기능을 잃은 후 '굶는 몸'과 '빨아들이는 몸' '토하는 몸'으로 변형된다. 김기택의 시에서 '굶는 몸'은 기아에 허덕이는 아프리카 아이들로 대변되며, '빨아들이는 몸'은 자본주의의 노예가 된 사람들을 통해 실감나게 묘사된다. '토하는 몸'은 병든 노인, 술 취한 사람, 마비된 불구자, 과중한 스트레스에 시달리는 일상인 등의 다양한 모습으로 변주된다.

아이는 모래 위에 웅크리고 앉아 있다
살이란 살은 굶주림이 모두 발라먹은
지금은 생선 가시처럼 눈만 뜨고 있는
한줌의 아이
— 「사진 속의 한 아프리카 아이 2」 중에서

굶는 아이는 더이상 '몸'이 되지 못하고 '먹이'로 전락한다. 인용 부분에는 나와 있지 않지만, 생명이 꺼져가는 아이의 곁에는 사자 한 마리가 달콤한 식사의 때를 기다리고 있다. 참혹한 상황임에도, 굶는 몸은 시의 제목 그대로 '사진 속'의 풍경일 뿐이다. 여기에는 상상의 실감만이 스쳐 지나갈 뿐, 문명인의 현실과는 관계가 멀다. 문명인의 몸은 굶는 몸이 아니라, 반대로 '토하는 몸'이다. "찰진 분비물과 오물이 통로를 막아 바늘구멍처럼 좁아진 숨구멍으로" "결사적으로 숨을 쉬"는 노인(「바늘구멍 속의 폭풍」), "알코올에 녹다 만 김치와 콩나물 대가리"와 "뜨거운 욕지거리들"을 게워내는 "과음한 육체들"(「술 취한 사람」)은 우리들 현대인의 자화상이다. 현대의 폭력적인 일상에 길들여진 김기택 자신도 역시 '토하는 몸'을 소유하고 있다. 그런데 문제는 토하고 싶은데도 절대 토할 수 없는 현실의 정황에 있다.

> 머릿속에 꽉찬 말들이 흔들린다
> 아 하고 입을 벌리면
> 괴성이 되어 욕과 독설이 되어 쏟아져나올 것 같다
> 나는 굳게 입을 다물고 토사물 같은 말을 목젖으로 눌러버린다
> ──「귀에서 수화기가 떨어지지 않는다」중에서

> 힘이 들 때 짜증나고 피곤할 때 말을 쏟고 싶다 오랫동안 가슴을 방광처럼 탱탱하게 부풀려온 말들을 시원하게 쏟아내고 싶다 욕설을 흔적 없이 받아줄 거대한 허공을 또는 더러운 냄새나 치부를 깨끗하게 담아줄 한 칸막이의 허공을 찾고 싶다
> ──「중얼중얼중얼」중에서

이 시들이 증언하는 바에 의하면, 김기택에게 시(詩)는 몸을 비집고 나오는 '토사물'이자 그 토사물을 쏟아낼 수 있는 '한 칸막이의 허공'이

다. 현실의 메커니즘에 굴복한 일상인이 도저히 내뱉을 수 없는 "욕과 독설" "오랫동안 가슴을 방광처럼 탱탱하게 부풀려온 말들"이 폭발하여 그의 시가 된다. 그렇다면, 몸 속 내장에 꽉 차 오른 '토사물'의 원래 내용물은 무엇일까? 김기택은 세번째 시집 『사무원』(1999)에서 '토사물'이 형성되는 과정을 회화적인 광경으로 묘사한다.

이른 아침 6시부터 밤 10시까지 하루도 빠짐없이
그는 의자 고행을 했다고 한다.
(……)
그는 하루 종일 損益管理臺帳經과 資金收支心經 속의 숫자를 읊으며
철저히 고행업무 속에만 은둔하였다고 한다.
종소리 북소리 목탁 소리로 전화벨이 울리면
수화기에다 자금현황 매출원가 영업이익 재고자산 부실채권 등등을
청아하고 구성지게 염불했다고 한다.
끝없는 수행정진으로 머리는 점점 빠지고 배는 부풀고
커다란 머리와 몸집에 비해 팔다리는 턱없이 가늘어졌으며
오랜 음지의 수행으로 얼굴은 창백해졌지만
그는 매일 상사에게 굽실굽실 108배를 올렸다고 한다.
(……)
그의 책상 아래에는 여전히 다리가 여섯이었고
둘은 그의 다리 넷은 의자다리였지만
어느 둘이 그의 다리였는지는 알 수 없었다고 한다.

—「사무원」 중에서

'사무원'은 삼십 년을 하루같이 업무에 정진한다. 무한한 인내와 싱실로 일관된 그의 직장생활은 수도승의 고행과 다를 바 없다. 그가 행하는 고행은 '의자 고행'이다. 종교적 고행에 필적하는 '의자 고행'(생계 고

행)은 혹독한 시련으로 점철된다. 고행자는 모든 명령과 착취에 순응해 기계처럼 일하면서, 무비판과 무반성을 거쳐 삶의 의미의 망각과 자아의 상실에 이르러야 한다. 의자 고행을 완성(의자가 되는 것)하기 위해 전력 투구하는 사무원은 자본주의 사회의 소시민의 희화적 상징이다. 그의 몸 은 용량 무제한의 블랙홀처럼 모든 것을 '빨아들이는' 놀라운 흡인력을 발휘한다. 그러나 빨아들이기만 하고 배설하거나 토하지 않는 몸은 기이 한 형태로 변형된다. "머리는 점점 빠지고 배는 부풀고/커다란 머리와 몸집에 비해 팔다리는 턱없이 가늘어지"고 "얼굴은 창백해지"며, '공덕' 이 쌓일수록 몸은 더 슬프고 우스꽝스럽게 변신한다. 그리고 마침내 의자 와 한 몸이 된 사무원에게서 의자와 그를 구분하는 일은 불가능해진다.

김기택은 자본주의의 메커니즘이 인간의 몸을 사물화하는 현실을 기 지에 찬 시선으로 고발한다. 현대인의 '물아일체'는 옛 선조들과는 다른 방식으로 이루어진다. 생계 고행에 매진하는 몸은 "방과 마루에게 먼지 에게/매일 五體投地하듯 걸레질을 하"는 여자(「걸레질하는 여자」), 빽빽 한 전철 안에서 "밀고 밀리고 비틀리고 움츠린 끝에" "모두 사각기둥이 된" 승객들(「우리나라 전동차의 놀라운 적재효율」)에게서도 발견된다. 이 들은 어항 안에서 헛되이 유리벽을 빨고 있는, 온몸이 빨판으로 된 '낙 지'와 같은 족속이다.

젖 빠는 입처럼 작고 동그란 빨판들
주둥이를 들이대고 헛되이 유리벽을 빨고 있네
빨면 빨수록 유리벽은 더 세게 빨판들을 잡아당기네
　　　　　　　―「어항 유리벽에 붙어 있는 낙지들아」 중에서

맹렬하게 무언가를 '빨아들이는 몸'은 주체적으로 보이지만 실은 매 우 의존적이며 일차원적이다. 빨아들이는 것은 먹는 행위 중에서도 가장 원초적인 형태에 속한다. 어떤 대상을 맹렬히 빨아들이는 몸은 그 대상에 대한 극도의 의존과 집착으로 인해 섬뜩한 공포감을 자아낸다.

> 아이가 얼마나 오랫동안 못 먹었는지는 알 수 없다.
> 그 눈빛은 이젠 밥을 보고도 아무런 반응이 없다.
> 그러나 아이는 아직도 자라고 있다.
> 침과 코, 오줌과 똥을 만들기 위해
> 생명은 살과 피를 짜내고 골수를 캐내고 있다.
> 손톱과 머리카락의 성장이 멈추지 않도록
> 눈알을, 혀를, 뇌수를 마지막까지 빨아들이고 있다.
> ──「아이는 아직도 눈을 깜빡거리고 있다」 중에서

　시집 『바늘구멍 속의 폭풍』(1994)이 몸 안의 이물질을 '토하는 몸'을 주로 다룬다면, 『사무원』(1999)은 외부의 것을 필사적으로 '빨아들이는 몸'에 초점을 맞춘다. 이를테면, 아사 직전에 있는 아프리카 어린이의 '굶는 몸'은 죽어갈수록 더 지독하게 '빨아들이는 몸'이 된다. 죽는 순간까지도 자신의 살과 뇌수를 빨며 자라는 몸은 소름이 끼칠 정도인데, 이 끔찍함은 몸이 착취하는 대상이 바로 자기 자신이라는 점에 연유한다. 앞서 서술한, 사무원과 걸레질하는 여자와 전동차의 승객들도 일상의 무거운 억압을 흡수하면서 실제로는 '자기 자신'을 빨아들이고 있다. 스스로를 착취하는 사람들은 자신의 몸 속의 양분을 다 흡수한 뒤에는 결국 생명을 잃게 될 것이다. 한편, 시집 『사무원』에는 소모적인 자기살해의 몸과는 다른 종류의 '빨아들이는 몸'이 등장한다. 그것은 빨아들일수록 충만해지는 진정한 생명력을 지닌 몸이다.

> 아기는 있는 힘을 다하여 잔다. 부드럽고 기름진 잠을 한순간노 올리시 않는다. 젖처럼 깊이 빨아들인다. (……) 어둠 속에서 수액을 퍼올리는 뿌리와 같이, 잠은 고요하지만 있는 힘을 다하여 움직인다.

— 「아기는 있는 힘을 다하여 잔다」 중에서

고갈된 몸에서 충만한 몸으로의 급선회는 시인의 개인적인 삶과 관련
이 있는 듯하다. 잠자는 아가의 몸이 부드럽게 뿜어내는 순연한 생명력
은 감동적이기까지 하다. 아가의 몸에 오면 '말'의 풍경도 달라진다. "돌
지난 딸아이"의 "연한 말", "말랑말랑한 말들"(「말랑말랑한 말들을」)은
사무원인 시인의 몸 속에 토사물처럼 고인 말들과는 본질적으로 다르다.
이 가운데 김기택은 고행이 환희로 변하는 순간을 엿본다. "한없이 헐렁
헐렁하고 쭈글쭈글한"(저녁 6시 반, 헐렁헐렁하고 쭈글쭈글한) 시간에 몸
은 의자 고행을 마치고 일어서 '나체'와 '헐렁한 가죽'이 된다. 고행으
로 인해 몸은 상처입었지만, "고름이 터져나오던 자리마다/새로 어린
살이 붙"으면서 몸은 환한 생명의 빛을 회복하는 것이다.

상쾌한 남루.
창피까지 벗어버린 나체.
지저분한 개밥 찌꺼기에도
새롭게 도는 맑은 식욕.
고통 속으로 느릿느릿 새어나가
돌아오지 않는 마음들.
마음이 씻겨나간 자리에 남은
상처들. 헐렁한 가죽들.
시냇물이 온몸으로 퍼지며
상처를 간지럽게 더듬는다.
고름이 터져나오던 자리마다
새로 어린 살이 붙는다.

— 「苦行을 끝내다」 중에서

김기택의 치밀하고 냉철한 '몸의 현상학'은 진정한 생명력의 가능성을 탐사하는 중에 있다. 흡수와 구토를 되풀이하며 고행의 시간을 견뎌온 몸은 견딤의 극단에서 환희와 마주한다. 그렇다면, 진정 이 시대의 삶의 현실에서 몸이 감내해야 할 고행은 끝날 수 있는 것일까? 환희의 몸은 다시 구토와 고행의 몸으로 전락할 여지를 안고 있는 것은 아닐까? 김기택에게는 그 반복의 과정을 추적하여 자본주의 사회와 일상의 내압을 해체해야 할 임무가 남아 있다.

4. 현대사회와 몸의 균열을 메우기 위하여

최승호와 김기택은 식욕과 배설, 흡수와 구토의 몸을 통해 현대문명의 갖은 억압이 몸을 어떻게 훼손했는지를 보여준다. 먼저 최승호의 '식욕과 배설의 몸'은 욕망의 유입과 분출을 경험하는 몸이다. 이 몸은 자본주의라는 거대한 기계의 작은 기관으로서 다른 몸과 정교하게 연결되어 있다. 그러나 다른 기관에 의존하는 비독립적 기관인 몸은 욕망의 충족과 자기 실현에 이르지 못한다. 오로지 욕망을 먹고 배설하는 구멍에 불과한 몸은 이 세계에서 '생산'이라는 말 자체를 지워버린다. 배설의 몸은 똥과 노폐물을 분비할 뿐 어떠한 생산적인 잉여도 창출해내지 못한다. 텅 빈 몸으로 연결된 세계는 거대한 배설의 통로로 전락하며, 헛것의 구멍인 몸은 내부에 아무것도 쌓아두지 못하고 끊임없이 내용물을 배설한다. 배설과 식사, 식사와 배설을 반복하는 몸은 불가능한 헛것의 욕망에 의해 자꾸 부풀어오른다. 부패한 오물과 헛것의 가스로 팽창한 몸은 자아의 마개를 열고 '바깥'으로 탈주하기를 꿈꾼다. 그러나 몸이 바깥으로 나가기 위해서는 유일한 비상구인 죽음의 문을 통과해야 한다. 죽음만이 몸을 욕망의 거대한 회로에서 구출해낼 수 있다는 최승호의 시각은 자본주의 사회의 재생산 구조에 대한 절망적인 시각을 표출한다. 아무리

제동을 걸어도 그는 자본과 제도의 폭력적인 가속도를 제어할 수 없다고 생각한다. 단적으로 말해, 최승호에게 몸의 '바깥'은 이 세계에는 존재하지 않으며, 구원은 세계의 안에서는 이루어질 수 없다.

최승호에게 배설이 욕망의 분출인 것과는 달리, 김기택에서 배설은 몸이 이완된 상태에서 일어나는 억압의 해소 작용이다. 김기택은 아래로 유출하는 '배설의 몸' 대신 위로 분출하는 '구토의 몸'에 주목한다. 몸 속에 쌓인 갖가지 토사물을 쏟아놓는, 혹은 쏟아놓지 못해 병들고 딱딱해진 몸은 현대사회의 일상과 노동의 이면을 성찰하게 한다. 몇 푼의 월급을 위해 혹독한 고행을 행하는 몸은 한 번의 구토도 없이 계속 빨아들이기만 하는 몸, 기관의 차원을 넘어 하나의 사물이 된 몸이다. 모든 억압과 착취를 내면화한 몸은 결국은 자기 자신을 빨아들여 서서히 죽음에 이르게 된다. 김기택은 외적 억압에 의해 몰락하는 몸을 주시하는 한편, 문명과 인공의 통제에 대해 몸이 보이는 거부 반응을 면밀히 관찰한다. 그의 시에서 불구의 몸과 딱딱하고 뒤틀린 몸이 주류를 이루는 것은 이 때문이다. 그는 몸의 자각 증상을 치밀하게 관찰함으로써 깨어진 생명력 회복의 단초로 삼고자 한다.

몸의 현상학을 기술하는 일은 우리 시대의 삶의 방식과 문명의 본질을 통찰하는 일과 직결된다. 최승호와 김기택은 몸의 양상과 존재방식을 세밀하게 기술하면서 몸을 둘러싼 갖가지 억압을 타파하고자 한다. 최승호는 '허공의 쇄락'과 무의 열망으로 나아가면서 몸의 현상학 자체를 폐기하거나, 생태적 현실을 시화함으로써 문명적인 몸의 세계로 다시 회귀한다. 김기택은 현대사회의 몸의 사물화 현상 및 이를 거부하는 몸의 자연적 반응에 집중한다. 최승호가 몸과 자본주의를 구조적으로 동일시하여 우리 시대의 몸의 실체를 해부하고자 했다면, 김기택은 각각의 몸이 경험하는 개체적 현실에 관심을 기울인다. 최승호의 식욕과 배설의 몸, 김기택의 흡수와 구토의 몸은 현대사회에 대한 비판의 기능을 수행하면서 그 균열의 뿌리를 드러낸다. 이들은 섣부르게 몸이 지닌 신성한 생명력을 말하기보다는 몸이 처한 직접적인 현실을 꼼꼼히 탐색한다. 이들의 시에는 기계에 가까워지고 천사와는 멀어졌으나, 기계도 천사도 아닌 '인간의 몸'이 그려져 있는 것이다.

앞으로 최승호와 김기택은 몸이 지닌 다양한 속성을 보다 넓게 천착할 필요성을 안고 있다. 몸의 현상학이 사실의 비판과 관찰에 그친다면 평면성과 단순성을 면하기 어려울 것이다. 당분간 이들은 몸을 초월하거나 몸과 화해하려 하기보다는 몸의 여러 실상을 더 집요하게 탐구해야 할 것이다. 몸을 둘러싼 파괴적인 현실을 직시하면서 명료한 대안을 제시하려는 조급한 욕망 또한 다스릴 필요가 있다. 하지만 가장 중요한 문제는 몸의 현상학을 기술하는 것을 넘어 몸의 현상학의 미학적인 차원을 계발하는 일이라고 생각된다. 이를테면, 복원과 회복의 언어는 비판과 해체의 언어와 어떻게 다른가를 생각하면서 자신이 즐겨 쓰는 시의 언어의 질감을 되새겨볼 필요가 있다. 이 문제는 다음과 같은 질문으로 이어질 수 있다. 차갑고 날카로운 시와 따뜻하고 아름다운 시는 어디에서 만날 수 있을까? 진부한 대답일지는 모르지만, 따뜻함과 아름다움을 염두에 둘 때 차갑고 날카로운 시의 칼날은 더 예리한 빛을 발하게 될 것이다. 이 점을 잊지 않는다면, 최승호와 김기택이 구축한 몸의 현상학은 독특한 미학에 힘입어 한층 더 유현한 단계에 이르게 될 것이다.

텅 빈 내면에 들어 있는 것
— 권혁웅, 반칠환, 유종인의 시세계

1. 텅 빈 내면의 내용물

2001년 11월, 세 명의 젊은 시인이 나란히 첫 시집을 출간했다. 『황금나무 아래서』(문학세계사)의 권혁웅, 『뜰채로 죽은 별을 건지는 사랑』(시와시학사)의 반칠환, 『아껴 먹는 슬픔』(문학과지성사)의 유종인이 그들이다. 한결같이 서정적인 미감이 깃들인 제목의 세 시집은 실제로는 매우 다른 유형의 시를 선보인다. 권혁웅은 세계의 미학화를 시도하듯 현실을 섬세한 내면의 무늬로 직조하며, 반칠환은 유년의 농촌과 성년의 도시를 대비해 문명사적 성찰을 행하면서 이 시대가 상실한 삶의 덕목을 환기한다. 유종인은 억압당하고 있는 정신의 혼돈 상태를 광기에 찬 언술로 형상화한다. 유종인에게 시는 광기의 발화이자 그 치유책으로서의 주술의 언어이다. 가족사적 불행에 뿌리를 둔 유종인의 강박적인 죄의식은 자학과 자기 파괴의 수순을 밟으며, 현대인의 내면의 포르노그라피라

132

고 할 음울한 풍경을 그려 보인다.

상이한 세계를 지닌 세 시인은 내면 의식에서 흥미로운 유사성을 보여준다. 이들은 자신의 내면이 텅 비어 있거나, 이미 상실된 것 혹은 불순한 것으로 채워져 있다고 생각한다. 이런 까닭에 권혁웅은 온 마음의 안테나를 곤두세워 '부재의 주파수'(「파문」)를 찾고, 반칠환은 "나는 언제나 나를 멈추게 한 힘으로 다시 걷는다"(「나를 멈추게 하는 것들 ―속도에 대한 명상 13」)는 '정지의 보행법'을 개발하며, 유종인은 "껍질은 이제 가장 나중의 속"(「누룽지」)이고 "나는 텅 비어서만 미쳐버리는 영혼"(「저녁의 제비」)이라고 오열하면서 '전도된 내면의 현상학'을 기술한다. 이들의 첫 시집은 이렇듯 부재와 정지, 광기의 말들로 흘러넘친다. 텅 빈 공동에서 울려 나오는 저음, 거부와 부정의 어법은 이 말들이 지닌 공통의 육체이다.

첫 시집이란, 세계를 향한 시인의 가슴 설레고 불안한 첫 열변이라고 할 수 있다. 타인과 세계를 압도하고 싶은 시인은 첫 시집을 통해 비로소 자신만의 시적 논리를 마련한다. 시집 출간이라는 제도적이며 비시적(非詩的)인 관문을 통과함으로써 시인은 시의 독자적인 발화 공간을 갖게 된다. 이런 점에서 시인은 두 개의 얼굴을 지닌 존재이다. 시인의 내부에는 세계를 승인하지 않으려는 욕망과 세계의 승인을 받고 싶은 상반되는 욕망이 공존한다. 이 두 욕망이 충돌하는 최초의 무대가 시인의 첫 시집인 것이다. 권혁웅과 반칠환과 유종인은 첫 시집의 곳곳에서 이 열망의 흔적을 드러낸다. 고뇌에 찬 삶과 내면을 응시하는 세 시인은 고백하고 회의하는 자신의 내면이 텅 비어 있다고 말한다. 그러나 이 내용 없는 내면이야말로 이들의 시의 진정한 출처이며, 이미 수많은 의미들로 북적이고 있는 소통의 발화점이다. 따라서 이들의 '없음'의 말들은 역으로 '있음'을 피력하며, 암시적인 '있음'의 상태는 세 시인이 지닌 시적 비전 혹은 미래의 희망과 동의어가 된다. 권혁웅은 부재하는 '너'에 내한 '금빛 환상'과 기다림으로, 반칠환은 "뜰채로 죽은 별을 건지는" 순연한 사랑으로, 유종인은 자신의 적나라한 '끝'에 이르는 환멸의 힘으로 최선을 다해 '없음'에서 '있음'의 세계로 나아가려 한다. 이들의 첫 시집은 없음과 있음 사이에서, 내면과 세계 사이에서, 자신과 세계에 대한 사랑과 증오 사이에서 끊임없이 동요한다. 이렇게 이들은 자신의 첫 시집의 안에, 그리고 바깥에 있다.

2. '부재의 주파수'를 찾는 두 가지 방법 ─ 권혁웅

권혁웅의 『황금나무 아래서』의 첫 장을 펼치면, 빗물 속에 번지는 '부재의 파문'을 만나게 된다. 그 속에는 타인과 세계가 시인에게 일으킨 파동이 미세한 무늬로 흔들리고 있다. 수면에 퍼지는 물결을 가리키는 '파문(波紋)'과 '파문(波文)'은 사전적으로는 같은 뜻의 말이지만, 권혁웅의 시에서는 글자의 원 뜻을 회복해 상징적인 의미를 갖게 된다. 권혁웅의 시는 타인과 세계가 그의 내부에 일으킨 물결의 무늬(波紋)이자 그 문자적 기록(波文)인 것이다. 같으면서도 다른 의미를 지닌 문(紋)과 문(文)은 권혁웅 시의 존재방식을 간결하게 설명해준다. 마음의 무늬를 그려내는 언어, '문(紋)으로서의 문(文)'이 그것이다.

> 오래 전 사람의 소식이 궁금하다면
> 어느 집 좁은 처마 아래서 비를 그어보라, 파문
> 부재와 부재 사이에서 당신 발목 아래 피어나는
> 작은 동그라미를 바라보라
> (……)
> 동그라미와 동그라미 사이에 촘촘히 꽂히는
> 저 부재에 주파수를 맞춰보라
> 그러면 당신은 오래된 라디오처럼 잡음이 많은
> 그 사람의 목소리를 들을 수 있을 것이다, 파문

134

　권혁웅의 마음에 기록되는 무늬는 '부재'의 무늬이다. "어느 집 좁은
처마 아래서" 떨어지는 빗방울은 '당신'으로 대상화된 시인의 마음에
'없는' 무늬를 새긴다. 헤어진 사람과의 간격이 만든 "동그라미와 동그
라미 사이에 촘촘히 꽂히는 저 부재"들은 사실 시인의 내면에 관념으로
존재하는 것이다. 그렇다면 "그 사람의 목소리를 들을 수 있"는 '부재의
주파수'를 찾을 수 있는 방법은 무엇일까? 권혁웅은 두 가지의 답을 마
련한다. 하나는 시 「파문」의 속편 격인 「공무도하가」에 내놓은 해답. "그
때 세상은 통화중이었습니다/비가 나를 혼선된 길로, 다른 세상으로/데
려간 적이 있었어요"(「공무도하가」). 부재의 세계는 특정 주파수가 아닌
다른 세상과의 '혼선'을 통해 존재와 접속된다. '혼선'은 권혁웅이 자주
경험하는 실존의 상황이다. 그는 시집의 상당 부분을 이 존재적 '혼선'
을 묘사하는 데 할애한다. '혼선'은 그를 다른 세상과 접속하게 하면서
현실의 소통을 방해하는 이중의 역할을 한다. 이중 권혁웅에게 발생하는
것은 주로 부정적인 혼선의 상황이다. "손잡을 때마다 타인의 격정에 휘
말리는" 위태로운 소통, "내 삶의 알리바이가 여기에 없"는 내면의 증발
(「지문」), "꼬리에 꼬리를 문 채 세상 건너에서 돌아온 뱀들의 반짝임"으
로 상징된 비현실적인 욕망의 침입(「흰 뱀을 찾아서」), '겨우'인 '내'가
'여우'인 여성들에게 홀렸던 시간들(「여우 이야기」), "기다리는 이가 오
지 않는" '원형의 감옥'인, 욕망의 응집과 분산이 병존하는 생(生) ……
(「원형의 감옥 1」). 혼선의 목록은 심지어 아스팔트에 압착된 고양이의
시체에 "햇살의 이편과 저편이 솜털 속에서 섞이"(「봄은 고양이로다」)는
풍경까지도 아우른다. 자아와 타자, 이 세계와 다른 세계의 잦은 '혼선'
을 경험하면서 권혁웅은 역설적이게도 바로 자신이 부재중이라는 결론
에 이른다. 사실 다른 존재와 혼선된 자아를 독립적인 존재라고 말하기
는 어렵다. 권혁웅은 "내 집의 중심에는 내가 없다 아무에게도 없다"(「코

끼리」), "나는 요금별납처럼 살았어/내 자리 어디선가 조금씩 내가 빠져
나간 거지"(「왕십리」)라고 말하며 텅 빈 자아의 실상을 거침없이 토로한
다. 혹은 "나는 비유의 안쪽이 궁금했다" "비유의 바깥은 허공이다"(「커
튼이 쳐진 창문」)와 같이 실재와 본질의 내용은 무(無)라는 생각에 침잠
한다. 존재의 불확실성과 내면의 공백 상태는 권혁웅 시의 가장 중요한
주제이다. 그는 시집 전체에 단 한 개의 마침표도 찍지 않음으로써 존재
의 혼선을 겪는 내면의 정황을 암시적으로 표출한다.

　다른 세계와 교신하는 또하나의 통로는 '금빛 환상'(「황금나무 아래
서」)이다. 자연물 중 유독 '나무'에 애정을 표하는 권혁웅은 나무의 생육
과 결실을 내면의 외화(外化) 및 탄생과 동일시한다. 자연과 한 몸이 되
는 '금빛 환상'은 타자나 다른 세상과의 '혼선'과 달리 세계와의 따뜻한
화해를 유발한다. 권혁웅은 이 시간을 '화목제(和睦祭)의 시간'(「다시
황금나무 아래서」)이라고 부른다. 한 예로, "나의 내면은 저 산의 외면이
었으므로/도열한 자작나무처럼/나는 오래 배경이었"지만, "돌아보면
산은/제 안을 헐어 나무들을 내보내"는 '방생(放生)'(「출가하는 자작나
무」)을 행하는 중에 있다. 화목제의 시간은 주체의 시선의 변화를 통해
열리며, 자아의 유출은 이 지점에서 자아의 방생과 탄생으로 승화된다.

> 황금나무를 본다
> 저 나무는 세계수, 하늘을 향해 직립한 채
> 부채 모양의 금빛 葉片들을 쏟아낸다
> 나무가 이곳에 뿌리내린 것은 아주 오래 전이다
> 저 금빛 환상이 없었다면
> 우리는 여전히 나무 위에 집을 짓는 족속이었을까
>
> 　　　　　　　　　　　　—「황금나무 아래서」 중에서

> 지금은 황금의 알들이 머리 위에서

136

새롭게 쏟아져내리는 시간,

(……)

어둠과 빛을 섞어 새로운 알을 빚어내는

제의의 시간,

— 「다시, 황금나무 아래서」 중에서

　'황금나무'에 '황금의 알들'이 가득 열리는 때는 "어둠과 빛을 섞어 새로운 알을 빚어내는/제의의 시간"이다. 어둠과 빛, 나무와 시인이 하나가 되는 이 자연의 성회(聖會)는 이질적인 것들의 혼선을 '혼융'으로 바꾼다. 그 신성한 제단인 나무는 세계의 중심에서 다른 차원의 세계들을 소통시키는 '세계수(世界樹)'이다. 세계수로서의 '황금나무'는 시인에게 부재중이었던 내면을 되찾게 한다. 황금나무야말로 시인이 찾아 헤맨 '부재의 주파수'를 전송하는 안테나인 것이다. 나무와 하나가 되는 '금빛 환상'의 미적 순간은 "어둠과 빛을 섞어 새로운 알을 빚어내는" 탄생의 시간 속에서 실현된다. '금빛 환상'의 실제 내용물은 환상이 아닌 자연에 대한 통찰력과 외경심이며, 어둠과 빛을 '황금의 알'로 바꾸는 것은 자연의 생명체만이 지닌 놀라운 능력인 것이다.

　권혁웅의 현실적 자아가 분열된 세계에서 혼선에 시달리는 데 비해, 그의 자연적이고 우주적인 자아는 분열을 통합한 생명의 신비를 향유한다. 첫 시집 『황금나무 아래서』는 이 두 개의 자아가 공존하는 풍경을 보여준다. 그러나 세계의 전모를 내면에 새기려는 권혁웅의 미적 기획은 두 세계를 연결할 묘안을 찾지 못하고 일단락된다. 현실의 혼선을 배제한 자연과의 화해란 심정적인 차원에 머물 위험이 있다. 혼탁한 세상을 미의 저울로 측량하기 위해서, 아름다운 정점의 순간은 가능한, 또는 최대한 유보될 필요가 있다. 부재와 존재, 사아와 타자/세계, 헌실과 지연 사이에서 수많은 '나'들의 '혼선'은 계속되고, '금빛 환상'은 일시적으로만 실현되기 때문이다. 권혁웅의 첫 시집은 미학적 세계 인식과 현실

인식, 자아 의식 사이의 균형 확보를 중요한 과제로 남겨놓고 있다. 기지에 찬 아이디어가 때로 시적 울림을 갖지 못하고, 자아의 내력에 대한 진술이 자기 미학화의 혐의를 남긴 점도 아쉬운 부분이다. 앞으로 권혁웅에게는 빛나는 재능과 풍부한 감동 사이의 균열을 최소화할 의무가 남아 있다.

3. 소멸을 껴안는 '정지의 보행법'— 반칠환

　　반칠환의 첫 시집이 보여주는 유려한 필치에는 등단 십 년의 세월이 녹아 있다. 반칠환은 시골의 진짜 토박이만이 간직하고 있을 케케묵은 정서를 21세기 시단의 중심부로 이끌어낸다. 사라져가는 옛 습속의 '지킴이'를 자처하는 반칠환은 전통 생활세계의 본질과 해체의 과정을 능란한 입담으로 시화한다. 옛 시골의 정서와 이야기, 서정과 서사가 공존하는 반칠환의 첫 시집은 그대로 한 시대의 생활사이며 풍속화이다. 만일 반칠환이 여기에 안주했다면, 그의 시는 과거의 직선적인 재현이나 회고 취향의 복고주의라는 비판을 면치 못했을 것이다. 혹은 백석이나 서정주, 신경림이나 김용택의 아류에 머물렀다는 지적을 감수해야 했을 것이다. 그러나 반칠환은 과거의 재생에 머물지 않고, 과거와 현재를 발전적인 관계로 연관지으려 한다. 과거의 '죽은 별'보다는 죽은 별을 '건지는' 현재의 행위를 중시하며, 전통 생활세계를 재현하면서 동시에 더 큰 비중으로 현대문명을 성찰한다. 이처럼 반칠환의 첫 시집은 과거를 현재의 유용한 자산으로 활용하면서 추억에서 비판으로, 상실감에서 행위로 나아가는 중에 있다.

　　반칠환은 옛 시골의 생활 모습을 유년기의 체험을 통해 묘사한다. 순박한 마을 사람들, 가난한 일상의 삽화들, 가족의 내력 등이 어우러진 풍경은 '별'이 아직 살아 있던 시대의 것이지만, 늘 따뜻하고 정겹지만은 않다. 오히려 지독한 비애와 고통으로 얼룩져 있다. 그중 「어머니」 연작과

「아버지」 연작은 시인의 불행한 가족사와 모진 가난을 아프게 형상화한다.

> 풍으로 떨던 아버지, 나 하나도 슬프지 않았네
> 내 나이 다섯 살, 지팽이 짚은 아버지 허리춤 풀어주며
> 오줌 시중 들어도 나 하나도 가엾지 않았네
> (……)
> 어느 날 아버지, 잠자리 꼬리 밀짚 꿰어 시집 보내던 나를 불렀네
> 막내야, 산내끼 좀 가져다 다오―
> 고무신 꿴 아버지 댓돌 아래 나오시네
> 아부지, 산내끼 여기
> 가까스로 헛간으로 오신 아버지, 새끼줄로 목을 매시네
> 나 말리지 않았네
> 발버둥치던 아버지, 새끼줄이 끊어지자 청뜰에 떨어져 피투성이가 되
> 었네
> 나, 그제서야 앙 하고 울었네
> 아버지는 그후로 일 년을 더 사셨네
> ―「아버지 1」 중에서

> 칠십 년 산그늘이 이마를 적신다
> 버섯은 습생 음지식물
> 어머니, 온몸을 빌려 검버섯 재배하신다
> 뿌리지 않아도 날아오는 홀씨
> 주름진 핏줄마다 뿌리내린다
> 아무도 따거나 훔칠 수 없는 검버섯
> 어머니, 비로소 혼자만의 밭을 일구신나
> ―「어머니 5 ― 검버섯」 중에서

반칠환의 시는 일차적으로 체험적 리얼리즘이 주는 감동으로 독자를 압도한다. 다섯 살 난 아들에게 새끼줄을 가져오게 해 목을 매는 중풍 걸린 아버지, 멋모르고 보다가 아버지가 피투성이가 된 뒤에야 울음을 터뜨리는 아이. 상상이 소유할 수 없는 체험의 육체가 이토록 압도적인 예는 찾아보기 힘들 것이다. "어머니, 온몸을 빌려 검버섯 재배하신다"는 묘사도 비유를 넘어선 리얼리티의 감동을 전하고 있다.

가난하고 불행한 가족사는 정감 있고 해학적인 모습으로 그려지기도 한다. 식구들이 평상에 둘러앉아 양푼에 담긴 수제비를 "아이 내구어"하며 맛있게 먹고(「평상」), 선생님이 가정방문을 온 날 "기름때 묻은 사기 등잔이, 구멍 난 창호지가, 흙 쏟아지는 베름짝이, 쥐오줌에 쩌진 안방 천장이, 잡풀 돋는 헛간 지붕이 용용 죽겠지 눈 꿈쩍이며 선상님 나 여깃수 소릴 치"는 풍경(「가정 방문」)에는 가난의 체험이 유머러스하게 녹아 있다. 사람 냄새가 풀풀 나는 유년의 시골 생활은 도시로 편입하기 위한 이농(離農)에 의해 막을 내린다. 반칠환은 농촌의 해체를 '구렁이'의 목소리를 빌려 호기롭게 비판한다.

너 막내의 수염이 거뭇해지자 머리 큰 성들은 명절마다 수군거렸다. '도시로 가자!' 나는 찬피동물의 속성도 잊어버린 듯 머릿속이 뜨거워졌다. 필시 이 이농 계획은 나를 빼놓은 구상이 틀림없었다. 나는 아직까지도 도시의 아파트에 깃들여 사는 지킴이에 대해 들어본 적이 없다.

—「지킴이의 노래」중에서

'이농'은 농촌 공동체와 삶의 방식을 대대적으로 폐기하는 사회·역사적인 사건이다. 이런 와중에 뱀이 사람의 집을 돌보는 무속신앙의 순진한 아우라 따위는 존재할 자리가 없다. 반칠환은 유년에서 성년으로 진입하면서 과거와 현재를 갈라놓는 전통세계의 몰락을 경험한다. 이 단절은 반칠환의 내면에 거대한 구멍을 만든다. 반칠환은, 레비-스트로스의 용어를 빌리면 안정된 정체성을 지닌 '차가운 사회'에서 변화무쌍한 '뜨거운 사회'로의 강제 편입에 반발하고 있는, "찬피동물의 속성도 잊어버린 듯 머릿속이 뜨거워"진 한 마리의 '지킴이'라고 할 수 있다. 그 '지킴이의 노래'는 사라져가는 전통 세계에 대한 조곡(弔哭)이자, 텅 빈 추억의 구멍을 통해 울려나오는 반칠환의 서러운 내면의 소리이다.

자신의 의지와는 상관없이 "도시의 아파트에 깃들여 사는 지킴이"가 된 반칠환은 문명의 폭력과 광기를 고발한다. 그의 눈에 비친 도시는 저승길의 안내자인 '길앞잡이'가 매연에 중독되어 스스로 "차도에 뛰어드"는 자멸의 공간이며(「길앞잡이의 죽음을 애도함」), 머지않아 "아무런 소리도 들리지 않"게 될 죽음의 공간이다. 시집의 2, 3부는 이러한 비판적 성찰을 통한 인간 구원의 문제에 집중된다.

> 아무것도 이제는 없네
> 마지막까지 살아 있던 메아리는
> 누구의 울음이었을까
> 나는 뜰채로 죽은 별을 건지는 사람
> 두드려봐도 소리가 나지 않는 이 별을 건지려네
>
> —「노스트라다무스의 별」중에서

"뜰채로 죽은 별을 건지는 사람"인 '나'는 멸망 '이후'의 시간을 살고 있다. 그런데 죽은 별을 건지는 도구가 '뜰채'라니…… 별을 건지기에는 턱없이 무력하고 시대착오적이기까지 한 도구가 아닌가. 반칠환의 비판적 메시지가 전달과 설득을 넘어 마음의 울림이 되는 비밀은 여기에 있다. 그는 논리와 산술법을 초월한 시인의 마음으로 죽음의 문명을 극복하고자 한다. 그것은 '공룡알 화석'을 보며 "나는 믿는다 가장 큰 알이 가장 더디게 부화한다고/당신은 화석이라 부르지만 나는 알이라 부른다"(「공룡알 화석 1」)는 절박한 믿음을 갖는 것이며, "불온한 세상의 부적이 되고 싶"(「벼락을 기다리며」)은 갸륵한 희생 의지를 품는 것이다. 이 마음은 「속도에 대한 명상」 연작의 마지막 편에서 "나는 언제나 나를 멈추게 한 힘으로 다시 걷는다"(「나를 멈추게 하는 것들」)는 '정지의 보행법'으로 방법화된다. 혹은 "모두 떠나면 누가 이곳에 남아 씨 뿌리고 곡식 거둡니까", "모두 떠나고 나니 내가 살던 이곳이야말로 그리도 가고 싶어하던 그곳"(「갈 수 없는 그곳」)이라는, 남은 자의 절실한 깨달음으로 육화된다.

반칠환의 첫 시집은 추억과 비판, 전통과 문명, 화해와 분열의 경계에 서 있다. 선명히 돌출된 시간의 경계들은 반칠환 시의 지배적 풍경이자 이 시대의 문명의 풍경이기도 하다. 하지만 과거와 현재의 이분법을 제거하지 못한 반칠환의 시적 사유는 이 세계의 본질을 파헤치는 데는 미흡한 면을 드러낸다. 단절되었거나 단절된 듯이 보이는 현상의 이면에 있는 복잡한 관계들은 매우 정밀한 시선을 요구한다. 경계들은 끝없이 뒤섞이고 새로 만들어지며, 이러한 혼돈과 생성을 하나로 끌어안는 것은 현대시의 절박한 임무의 하나이다. 반칠환의 말처럼, '별'이 죽은 시대의 시는 자신을 멈추게 한 그 힘으로 앞으로 나아가야 한다. 과거를 현재의 오류를 수정하는 참고문헌으로 활용하는 차원을 넘어 현재 안에 축적된 과거의 실체를 직시하면서 과거와 현재와 미래의 살아 있는 관계를 규명해야 하는 것이다. 반칠환의 시는 미학적 성취가 과거의 기억을 다룬 작품들에 집중되어 있다는 점에서 주제와 미학의 균형에 대한 성찰의 필요성 또한 앞으로의 과제로 남겨두고 있다.

4. 죄의식 혹은 전도된 내면의 현상학 ― 유종인

누군가 전존재의 무게로 죄를 앓고 있다. 고통은 그의 실존의 내용물이며 무도한 지배자이다. 고통은 그를 서서히 죽이지만, 결코 완전히 죽이지는 않는다. 고통은 그를, 천천히, '아껴 먹는'다. 그는 천천히 고통에 먹히면서 또한 고통을 '아껴 먹'어야 한다. 아주 천천히 고통을 '아껴 먹는 슬픔'. 고통과 존재의 약육강식. 이것이 죄 많은 그가 치러야 하는 실존의 형벌이다.

이처럼 내면화된 존재의 고통은 이미 우리 시의 익숙한 풍경을 이루고 있다. 고통이라는 키워드를 검색하면, 헤아릴 수 없이 많은 시인들의 목록이 빠르게 작성된다. 고통을 존재의 춤으로 승화시킨 정현종, 존재와 생의 무의미라는 고통의 심연에서 괴로워했던 기형도, 두려움을 견디며 육체의 소멸에 맞선 김영무, 고통의 극한을 향해 자신을 부수며 질주하는 이윤학, 고통의 사제가 되어 생을 통과하려는 김철식 등 고통을 노래한 시인들은 세대와 유형을 넘어 매우 다양하다. 문학에서 오래 반복되어 온 이 고통의 담론을, 유종인은 첫 시집에서 자신의 방식으로 되풀이한다. 고통은 대체로 내면의 표출과 분출의 방식으로 표현되는데, 유종인은 아예 자신의 "속을 뒤집어" 보인다. 그런데 그 속에서 쏟아져나오는 건 놀랍게도 '꽃'이다. 그것도 "견딜 수 없는 구토"인 꽃!

뜨거움을 감출 수 없는 곳에서
나는 속을 뒤집었다, 밖이
안으로 들어왔다, 안은
밖으로 쏟아져나왔다 꽃은
견딜 수 없는 嘔吐다

—「팝콘」중에서

'구토의 꽃'은, "나의 손이 닿으면" "미지의 까마득한 어둠이 되"(「꽃을 위한 서시」)는 존재의 본질을 응축한 '꽃'과 유사하면서도 다르다. 이 꽃 역시 존재의 상징이지만, 그 내용은 순수한 결정(結晶)이 아닌 더러운 이물질이다. 김춘수의 꽃은 존재의 계시와 그 불가능을 묘사하지만,

텅 빈 내면에 들어 있는 것   143

유종인의 꽃은 존재의 폭로와 해체를 극화(劇化)한다. 유종인은 자신의 내부를 '뒤집어' 밑바닥에 억압된 무의식과 광기, 죄의식과 불우한 기억을 모조리 토해내고자 한다. 그의 시는 솟아나는 구토의 꽃들, 즉 억압된 내면의 우울한 다발이다. 꽃의 상징적인 의미는 미친 누이가 어머니의 무덤에 기어가 "마지막 꽃을 게우는"(「狂人日記 1―흰 뱀을 찾아서」) 행위에서도 확인된다. 유종인의 시에서 존재의 '마지막 꽃'은 광기와 울음의 형태로 '게워'진다.

> 사랑도 일종의 아름다운 정신병. 아마
> 오래 못 버티고 변두리 곳곳으로 달아나는
> 눈먼 여름의 황량한 탈출극. 모든 게
> 그립기 전까지 더운 얼굴에 겉늙은 탈 하나 쓰고
> 그래그래 고개 끄덕이며 혼자 울어봤으면……
> 뜨거운 울음소리만 한여름 소나기 끝에
> 그대 잠시 서성이는 그늘 밑 쇠불알만한 버섯으로
> 뽀얗게 솟아오르는 꽃과 다른 꽃 흉내!
>
> ―「風景 속의 入口」 중에서

사랑의 "황량한 탈출극" 끝에 터진 "뜨거운 울음소리"는 "뽀얗게 솟아오르는 꽃"이 된다. 또는 그가 '흉내' 내고 싶은 '다른 꽃'이 된다. 통절한 사연을 안고 죽은 어머니와 미친 누이를 둔 시인은 '뽀얀 꽃'과 '다른 꽃 흉내!' 사이에서 여러 개의 자아로 분열한다. "전 恒溫의 꿈을 버렸어요 어머니 전 변온동물이에요"(「狂人日記 5」)라는 시구는 이러한 자아의 분열상을 짧게 요약한다. 유종인은 "저녁 불빛이 오면/저는 천년 전으로 꽃 피러/가겠습니다"(「처마 밑에서」)라며 꿈에 젖는 몽환적 자아와, "그래 잡아먹은 어머니 맛이 어땠냐구요?/죽여줬죠. 정말, 죽여줬어요. 어머닌 내 영혼의 입맛이었어요"(「狂人日記 3」)라며 위악을 과장하는 윤

144

리적 자아, "내 안에서 썩고 있는 부처들, 어서어서/비워내느라, 똥이/
마렵다"(「엎질러진 물」)는 반성적인 자아 등으로 분화된다. 내면의 "마
지막 꽃을 게우는" 일이 자아의 본질인 불순물을 제거하기 위한 것이라
면, 위악의 포즈와 '똥'의 배설 역시 자아를 맑게 비우는 행위가 된다.

> 말씀이 지워진 부드럽고 하얀 성경책 화장지!
> 畏敬의 문 밖에서 누군가 나를
> 노크할 때마다 나는
> 아직 罪를 배설중입니다 다시
> 문을 두드려주곤 하였다
>
> ―「아껴 먹는 슬픔」 중에서

　유종인의 시에서 '꽃'과 '똥'은 동의어이다. 스스로 의미 있는 내용물
을 갖지 못했다고 믿는 유종인에게 내면은 '구토의 꽃'과 '배설의 똥'으
로 방출되어야 할 부정의 대상이다. "나는 텅 비어서만 미쳐버리는 영혼
이다"(「저녁의 제비」)라는 진술의 의미는 여기에서 명확해진다. 존재는
가치 있는 내용물을 갖지 못했기에 텅 비어 있고, 극심한 죄의식과 자학
에 사로잡힌 탓에 미쳐버릴 수밖에 없다. 비약과 문법적 일탈을 행하며
유종인이 파편적으로 그린 자화상을 존재의 드라마로 재구성하면 다음
과 같다. '나'는 "썩어가는 시간의 나무 사다리"(「사다리가 있는 풍경」)
위에서 "사랑이라고 부를 수도 없게 돼버"린(「너무 늦은 가을」), 아픈 '기
억'을 붙잡고 "정신미분열증으로 고생하던 청춘"이자(「정신병원으로부
터 온 편지」), "오직 환멸"에 의해서만 나락으로 "떨구"어질(「비 온 뒤」)
"악령 같은 아들"(「부려먹을 뱀이 없다 2」)이다!
　유종인의 시적 자아는 세계를 자아의 내부에 흡수하는 종래의 서정적
인 자아와는 전혀 다르다. 세계 속에 자아를 토해내기에 여념이 없는 유
종인은 자아의 내부와 외부의 위치를 역전시키려 한다. '구토의 꽃'과

'배설의 똥'은 밖으로 밀려난 그의 내면의 내용물이며, 이 감금된 내면을 밖으로 토해내는 행위는 억눌린 자아의 전복과 승화로 이어진다. 그 한편에서 유종인은 "바닥을 긁는, / 긁는 바닥의 마지막 비참을 나는 사랑한다"(「누룽지」)고 말한다. 그의 첫 시집 『아껴 먹는 슬픔』은 이 '마지막 비참'에 대한 열렬한 사랑의 기록이라고 할 수 있다. 여기에 그는 "떨어지는 곳이 모두 바닥은 아니다/열린/바닥이 끝없이 새떼들을 솟아오르게 한다"(「가을 하늘」)는 아름다운 희망을 덧붙인다. 하지만 그의 시는 "끝없이 새떼들을 솟아오르게 하"는 '열린 바닥'을 형상화하는 데까지는 이르지 못하고 있다. '열린 바닥'의 비밀은 어쩌면 유종인 스스로 미리 발설한 다음 시집의 주제인지도 모른다.

유종인을 포함해 젊은 시인들은 세계와의 성급한 화해에 못지않게 삶과 자신에 대한 가파른 적의를 경계해야 한다. 이 적의는 자신이 겪은 고통에 대한 분노 및 감상적인 연민과 한 덩어리로 뭉쳐 있는 경우가 많다. 절제되지 못한 감정의 곡예는 필연성이 부족한 형식의 일탈로 나타나기 쉽다. 유종인의 경우도 크게 예외는 아니라고 생각된다. 앞으로 유종인의 "아껴 먹는 슬픔"은 그의 고통스러운 기억을 향해서뿐만 아니라, 타자와 세계를 향해서도 섬세하게 작용해야 할 것이다. 그가 원하는 진정한 자아의 전복은 이 과정을 통과함으로써 중요한 전환점에 이르게 될 것이다. 외부가 뒤집힌 내부라면, 내부는 한번 더 뒤집힌 외부이기 때문이다.

사랑과 죽음
─ 최승자, 한영옥의 시에 나타난 죽음 의식

1. 내면화된 죽음, 죽음들……

　죽음에 관해 아직도 더 할 이야기가 남아 있을까? 살아서는 결코 닿을 수 없는 '미지(未知)'에 대해, 생의 종말에 단 한 번 마주칠 '불가지(不可知)'에 대해 더 상상할 여지가 남아 있을까? 생의 부정형으로서, 생의 종착점으로서, 존재의 필연적인 운명으로서, 시간이 집행하는 절대 권력으로서, 죽음은 이미 충분히 말해져왔다. 산 자들의 열광적인 해석은 죽음에 갖가지 의미와 절대적인 가치를 부여해왔다. 그리하여 압도적인, 너무나 압도적인 죽음! 죽음은 누구도 근접할 수 없는 위엄으로, 피할 수 없는 예정된 사건으로 존재 앞에 있다.

　죽음에 수많은 의미를 부여한 것은 압도적인 것을 저리하는 산 사들의 전략이다. 이것은 죽음이 아닌 생을 위한 전략이며 존재를 위한 전략이다. 그 결과 죽음은 생이 포용할 수 없는 것들을 무한히 흡수하는 블랙홀이 되었다. 생의 수많은 열망을 떠안은 죽음은 생을 무력화하는 동시에 탄력 있게 만든다. 죽음은 자생해온 것이라기보다는 존재와 생이 주입한 코드에 의해 번성해온 것이다. 그러나 죽음에 대한 수많은 해석이 곧 죽음을 해명하는 것은 아니다. 죽음은 결코 함락할 수 없는 성이나, 고통을 촉발하면서 분출하게 하는 '통곡의 벽'에 비유될 수 있다. 완벽하게 막힌 벽 앞에서는 아무 말도 할 수 없으며, 무슨 말이든 할 수 있다. 어떤 의미도 받아들여지지 않으며, 모든 의미가 수락된다. 죽음이 뿜어내는 도저한 침묵, 돌이킬 수 없는 소멸과 정지, 일체의 것을 무너뜨리는 허무는 무엇으로도 설명될 수 없으며, 또한 무엇으로든 설명될 수 있다.

죽음에 관한 무성한 말들은 결국 죽음에 이르지 못하고 생의 안쪽에 쌓인다. 산 자들은 죽음에 이르기 위해서가 아니라, 죽음을 통해 생에 이르기 위해 죽음을 이야기한다. '죽음을 기억하라(memento mori)' '죽음을 산다(「生」)' '죽음은 생의 일부이다' '죽음은 제2의 생이다' '죽음은 생에 의해 살해되었다' '죽음을 스스로 살게 하라' 등 이제는 익숙해지기까지 한 많은 전언들은 죽음에 감염된 생을 직설과 역설의 어법으로 드러낸다. 살아 있는 존재에게 죽음이 격렬한 두려움이며 매혹인 이유는 단순하다. 죽음이라는 절대의 영역이 존재의 유일한 최후이기 때문이다. 그러므로 여전히 중요한 것은 죽음이 아니라, 죽음을 통해 생을 이야기하는 것이다. 우리에게 가능한 것은 생을 이야기하는 것이며, 생을 이야기함으로써 마침내 죽음을 이야기할 수 있는 것이다. 생의 거울로서의 죽음에는 존재와 생의 심연이 다채롭게 투사되어 있으며, 생은 죽음을 통과하여 다시 생으로 복귀한다. 죽음을 통과한 생, 죽음의 지속으로서의 생, 죽음 이후의 생…… 이러한 생이 분명히 존재하며, 특히 오늘날 몇몇 여성시인들에게는 적잖이 그리고 치명적으로 존재한다.

죽음을 통과하면서 살아간다는 것은 무슨 의미일까? 무엇이 존재를 살아 있으면서 죽게 하고, 죽음 이후에도 다시 살(아갈 수밖에 없)게 하는 것일까? 몇몇 여성시인들에 의하면, 그것은 '사랑'이다. 사랑을 잃어버린 자가 바로 죽은 자이다. 이때 죽음은 감각과 정신과 영혼의 차원, 즉 존재의 내면에서 철저히 내향화된 형태로 발생한다. '내면의 죽음'을 거쳐 '죽음의 내면화'를 이룩한 존재는 상실된 내면의 공간에 죽음을 채워넣는다. 사랑을 대신해 존재를 점령한 죽음은 존재의 일부가 되어 존재의 운명을 지배한다. 이 운명은 지극히 참담하고 쓸쓸한 종류의 것이다. 그러나 죽음을 내면화한 이들은 말없이 이 참담함과 쓸쓸함을 견딘다. 마치 죽은 자들처럼 견딘다. 이것이 그들의 삶의 거의 유일한 내용이며 진실인 까닭이다.

2. 사랑의 상실과 죽음의 내적 현존―최승자

시인들이 탐구하는 죽음은 여러 층위에 걸쳐 있다. 육체의 생물학적 죽음에서 자아의 실존적인 죽음, 감각과 정신의 죽음, 시간과 세계의 죽음, 형이상학적인 관념의 죽음에 이르기까지 죽음의 종류와 범주는 매우 다양하다. 최근의 시들만으로도 우리는 쉽사리 죽음의 분류학이나 계보학을 작성할 수 있다. 기형도가『입 속의 검은 잎』(1990)에서 보여준 실존의 텅 빈 본질로서의 죽음, 이승하가『욥의 슬픔을 아시나요』(1991)와『폭력과 광기의 나날』(1993)에서 그린 자본주의가 인간에게 행한 대량학살, 남진우가『죽은 자들을 위한 기도』(1996)에서 형상화한 근대에 의해 축출된 타자의 죽음, 함성호가『성 타즈마할』(1998)에서 '카타콤바'로 칭한 현대문명의 파멸적 본성으로서의 죽음, 황지우가『어느 날 나는 흐린 주점에 앉아 있을 거다』(1998)에서 그린 "서서히 금이 가면서 점점/진흙에 가까워지"는 '폐인'의(「점점 진흙에 가까워지는 존재」) 정신적 죽음, 최승호가『모래인간』(2000) 등에서 적나라하게 묘사한 자연의 파멸과 생물의 멸종, 이윤학이『아픈 곳에 자꾸 손이 간다』(2000)에서 암시적으로 노래한 생의 해방구로서의 죽음, 김철식이『내 기억의 청동숲』

(2001)에서 드러낸 파괴적인 자기 살해의 욕망, 얼마 전 고인이 된 김영
무가 『가상현실』(2001)에서 처절한 고투의 기록으로 승화한 육체의 죽음
등, 죽음의 시적 사례들은 헤아릴 수 없이 많다. 죽음은 존재의 필연적인
운명이기에 모든 시인은 죽음의 문제에서 자유로울 수 없다. 시인은 삶
을 응시할 때 이미 죽음을 응시하고 있으며, 삶을 외면할 수 없듯이 죽음
을 외면할 수 없다.

　여성시인들이 형상화하는 죽음은 남성 시인들과는 차이를 보인다. 여
성이 지닌 육체적 조건이나 의식의 지향성, 사회적 환경 등이 원인이 되
었을 터이지만, 기묘하게도 많은 여성시인들에게 죽음은 '사랑'과 관련
되어 있다. 죽음은 사랑의 상실, 사랑의 파탄, 사랑하는 대상의 부재의
상황으로 그려진다. 여성시인들에게 죽음의 대립 개념은 삶이 아니라 사
랑이다. 죽음은 사랑의 부재인 동시에 사랑의 완성[1]을 의미한다. 사랑의
부재는 자아의 죽음을 유발하지만, 사랑의 완성은 자아의 죽음을 통해
이룩된다.[2] 이 두 가지 죽음의 의미는 전혀 다르다. 사랑의 부재로서의
죽음이 자아의 불행한 전락을 가져온다면, 사랑의 완성으로서의 죽음은

---

1) 이에 관해서는 김혜순의 글을 참조할 수 있다. "사랑하는 너는 영원히 내 것이 아니다.
나는 너에게 가서 나를 잃음으로써 사랑을 얻는다. 만약 나를 잃지 않는다면 나는 나에게서
떠나 나에게로 돌아오는 영원한 악순환에 빠진 존재가 되고 말 것이다. 나는 너에게로 가서
죽음으로써 나에게서 벗어난다. 그 고통스런 벗어남으로 나는 시인이란 이름을 얻는다"(김
혜순, 『여성이 글을 쓴다는 것은』, 문학동네, 2002, 139쪽.)
2) 자아의 행복한 소멸로서의 사랑의 완성에 대해서는 옥타비오 파스의 말을 경청할 만하
다. 파스가 말하는 사랑은 앞서 인용한 김혜순의 논지와 흡사한 면이 있다. 자아가 타자 속
에서 완벽하게 소멸되었다가 부활하는 파스의 사랑학은 서양의 주체론과 타자론의 한계를
모두 넘어 상생적이고 여성적인 관점에 닿아 있다. "사랑은 우리를 정지시키고, 자아로부터
빠져나오게 하며, 우리를 타인의 육체, 타인의 눈동자, 타인의 존재로 나아가게 한다. 자신
의 육체가 아닌 사랑하는 사람의 육체에서만, 너무나 타인인 그 사람의 인생에서만 우리는
진정한 자신이 될 수 있다. 이제 타인이란 없다. 이제 둘이란 없다. 가장 완벽하게 자신을
소외시키는 순간에, 가장 완벽하게 자기 존재를 회복할 수 있다. 이때 모든 것이 현존하며,
우리는 존재의 어둡고 숨겨진 이면을 본다." (옥타비오 파스, 김홍근 · 김은중 역, 『활과 리
라』, 솔, 1998, 177~178쪽.)

150

자아의 행복한 소멸을 유발한다. 사랑은 타자의 행복한 전유가 아닌 타자 안에서의 자아의 행복한 소멸로 완성되거나(최승자), 반대로 타자와 자아의 불행한 전락이라는 패배의 수순을 밟게 된다(한영옥). 만일 죽음의 성(性)을 나눌 수 있다면, 자아의 행복한 소멸로서의 사랑의 완성과 그 정점의 순간의 죽음은 '여성적인 죽음'이라고 명명할 수 있다.

최승자[3]는 사랑과 죽음에 관한 본격적인 탐구를 최초로 행한 여성시인이다. 최승자의 시는 치명적인 독성을 지닌 죽음의 담론이자 사랑의 담론으로 이루어져 있다. 그녀의 시에서 모든 주어와 서술어는 궁극적으로 사랑과 죽음으로 수렴된다. 하지만 사랑과 죽음에 의해 운용되는 최승자의 삶의 문장에서 진정한 주어인 '나'는 형식적인 위상만을 갖고 있다. 사랑을 잃은 '나'는 불행의 과잉 상태에 있으며, 불행한 과잉 속에서 역으로 "나는 아무것도 아니"기 때문이다. 아무것도 아닌 '나'는 '곰팡이'나 '오줌 자국' '천년 전에 죽은 시체'와 다를 것이 없다.

일찌기 나는 아무것도 아니었다.
마른 빵에 핀 곰팡이
벽에다 누고 또 눈 지린 오줌 자국
아직도 구더기에 뒤덮인 천년 전에 죽은 시체.

(……)

떨어지는 유성처럼 우리가

---

3) 90년대 이후로 우리 시단은 이전 시기에 활발히 활동한 중요한 시인들을 소홀히 하거나 잊고 있다. 기념비처럼 명성은 남아 있지만, 더이상 뚜렷하게 수복받지 못하는 시인들, 이를테면 이성복, 김광규, 문충성, 이하석, 박노해, 김신용, 백무산 등과 같은 시인들. 이들은 마치 완성된, 혹은 봉인된 텍스트처럼 논의 대상에서 점차 제외되어가는 느낌이 짙다. 최승자 역시 대표적인 경우라고 할 수 있다.

잠시 스쳐갈 때 그러므로,

나를 안다고 말하지 말라.

나는너를모른다 나는너를모른다.

너당신그대, 행복

너, 당신, 그대, 사랑

내가 살아 있다는 것

그것은 영원한 루머에 지나지 않는다.

— 「일찌기 나는」[4] 중에서

80년대를 풍미했던 이 시는 최승자 시의 대립 구도가 사랑과 죽음임을 분명히 보여준다. "일찌기 나는 아무것도 아니었다"라는 극단적인 자기 부정은 "너당신그대, 행복/너, 당신, 그대, 사랑"의 부재에서 촉발된다. '너당신그대'가 부재하므로 '나'는 부재한다. 사랑이 부재하므로 삶도 부재한다. 남은 것은 죽음과 '죽은 나'이며, "내가 살아 있다는 것/그것은 영원한 루머에 지나지 않는다"는, '나'를 둘러싼 확인 불가능의 루머이다. 이 루머의 주인공은 얼마나 가여운가? 루머가 된 실존보다 더 공허한 실존, 더 파멸적인 실존을 상상하기란 얼마나 어려운가? 사랑을 잃은 '나'는 증거 없는 '루머'의 상태로, 죽은 채로 실존한다. '나'에게 남은 일은 사랑의 부재와 죽음의 현존을, '루머'가 된 실존을 지속하는 일뿐이다. 문제는 죽음이 아니라 죽은 '나'와 죽은 삶의 '지속'인 것이다. 죽은 상태의 실존! 아이러니컬하게도 죽음은 살아 있는 존재의 안에 거

---

4) 최승자, 『이 시대의 사랑』, 문학과지성사, 1981.

주하며, 죽음의 현존인 '나'는 죽음의 삶을 고통스럽게 영위한다.

최승자에게 죽음의 실존은 크게 두 가지 형태로 나타난다. 하나는 "죽고 싶음의 절정에서 / 죽지 못하"고 "혹은 / 죽지 않"고 "시시하고 미미하고 지지하고 데데한 비극"(「비극」)을 끊임없이 견디는 것. 또 하나는 "네게로 가리 / (……) / 삶을 거머잡는 죽음처럼"(「네게로」)이나 "가리라 / (……) / 죽음으로 죽음을 벨 때까지"(「슬픈 기쁜 생일」)처럼 사랑과 죽음의 격정을 한없이 불태우는 것. 전자가 찌든 일상과 생의 무의미를 견디는 환멸의 여정이라면, 후자는 "다르게 사랑하는 법"(「올 여름의 인생 공부」)을 배우기 위한 열망의 여정이 된다.

나는 흘러가지 않았다.
열망과 허망을 버무려
나는 하루를 생산했고
일 년을 생산했고
죽음의 월부금을 꼬박꼬박 지불했다.
        ―「끊임없이 나를 찾는 전화 벨이 울리고」[5] 중에서

찔린 몸으로 지렁이처럼 기어서라도,
가고 싶다 네가 있는 곳으로,
너의 따뜻한 불빛 안으로 숨어들어가
다시 한번 최후로 찔리면서
한없이 오래 죽고 싶다.
        ―「청파동을 기억하는가」[6] 중에서

비루한 일상에 묶여 "죽음의 월부금을 꼬박꼬박 지불하"는 '나'는 죽

---

5) 최승자, 『즐거운 일기』, 문학과지성사, 1984.
6) 최승자, 『이 시대의 사랑』, 문학과지성사, 1981.

음의 납세자이며 죽음의 시민이다. '죽음의 월부금'은 박제된 일상을 영위하는 비용인 동시에, "한 시대의 썩은 음식물들"(「無題 2」, 『즐거운 일기』, 1984)을 처리하는 비용이기도 하다. 80년대라는 폭력적인 시대가 자행한 부패와 죽음, 그에 대한 침묵의 대가로 최승자가 지불해야 했던 고통은 이처럼 그녀의 시 속에 암호처럼 새겨져 있다. 최승자의 시에서 일상과 역사의 도처에 널린 죽음의 잔해는 훼손된 삶과 파행적인 세계의 끔찍함을 증언한다. 단적으로 말해, 최승자에게 죽음은 자신의 전존재를 투신할 타자와 세계가 사라진 상태라고 할 수 있다. 사랑의 대상은 소멸되고 사랑의 주체인 '나'만 남은 상태, 텅 빈 무기력한 실존! 이것이 바로 삶을 압도한 죽음의 내용물이다. 사랑의 대상이 부재하므로, 주체인 나도 없다. 나는 이미 죽었다. 이 죽음은 치명적임에도, 하찮고 무의미하다. 이 죽음은 죽은 나를 능욕하면서 계속 죽게 만든다. 그러나 진정한 죽음이란 이런 종류의 것이 아니다. 최승자에 의하면, 진짜 죽음은 "너의 따뜻한 불빛 안으로 숨어들어가/다시 한번 최후로 찔리면서/한없이 오래 죽"는 것, 치명적으로 행복하게 소멸하는 것이다. "너의 따뜻한 불빛 안"에서 "한없이 오래 죽"는 상상 속에는 절박함과 안온함이 함께 스며 있다. 이 간절하고 안락한 죽음은 최승자의 필생의 열망이라고 해도 지나치지 않다.

행복한 죽음은 상상적 열망일 뿐, 현실은 비참한 죽음으로 이어진다. 비참한 죽음을 견디는 시인은 세상에 대한 살해의 욕망을 품는다. 부정적인 세계와 일상에 대한 살해의 욕망은 세계와의 분리의 욕망에 다름 아니다. "이 세계를 나는 죽였다. 그리고// 나는 돌아섰다"(「죽음은 이미 달콤하지 않다」), "죽은 사람의 손톱 발톱 머리칼이/무덤 속에서 조금은 더 자라듯,/아직 완전히 죽지는 않았다./누워 있는 흐린 구름장들을 바라보면서/키 작은 여자는 낮은 창 곁에서/하루하루를 살해한다"(「下岸發 5」). 살해의 욕망은 마침내 자기 살해의 욕망으로 귀결된다. 최승자는 자기 살해의 주체를 '내'가 아닌 '너'로 상정함으로써 잃어버린 사랑의 보상과 '너' 안에서의 행복한 소멸을 달성하는 이중의 고리를 만든다. 죽음의 주체는 '나'이지만, 죽임의 주체는 '너'이다. 죽음을 욕망하는 것은 '나'이지만, 그 욕망을 채워줄 수 있는 것은 '너'이다. 역설적이게도 '나'의 자살은 '너'의 타살에 의해서만 가능하다.

가거라, 사랑인지 사람인지,
사랑한다는 것은 너를 위해 죽는 게 아니다.
사랑한다는 것은 너를 위해
살아, 기다리는 것이다.
다만 무참히 꺾여지기 위하여,

그리하여 어느 날 사랑이여,
내 몸을 분질러다오.
내 팔과 다리를 꺾어

네
꽃
병
에
꽂
아
다
오

—「그리하여 어느 날, 사랑이여」[7] 중에서

---

7) 최승자, 『즐거운 일기』.

타자 속에서의 자아의 소멸의 욕망은 그것을 가로막는 무력한 실존 때문에 처절한 복수극으로 화한다. "사랑한다는 것은 너를 위해 죽는 게 아니다. / 사랑한다는 것은 너를 위해 / 살아, 기다리는 것이다"라는 말 속에는 극한의 상처와 극한의 사랑이 함께 들어 있다. '내'가 허위의 실존을 견디며 "너를 위해/살아, 기다리는" 이유는 한 가지이다. "다만 무참히 꺾여지기 위하여"서이다. 이 혹독한 말들은 그러나, "네가 왔으면 좋겠다"(「너에게」, 『내 무덤, 푸르고』, 1993)는 단 한 문장을 위한 안타까운 수사(修辭)에 불과하다. 사랑이 완성되기 위해서는 반드시 사랑의 대상인 '너'가 필요하다. 더 정확히는, '너의 부재'가 필요하다. '너의 부재'를 끝없이 견디면서 사랑은 완성되어간다.

최승자의 죽음의 말들은 타자에 대한 기다림을 견디는 반어적 수사이자 내면의 독백이다. 최승자는 죽음의 실존을 견디기 위해 역으로 죽음의 전략을 구사한다. 사랑이 없는 삶을 삶으로 승인하기보다는 죽음을 공표하고 그 죽음을 고통스럽게 견디는 쪽이 낫다. 사랑의 부재를 '부음'으로 처리하는 최승자의 의식/무의식적 전략은 이렇게 탄생한다. 그러나 전략이란, 아무리 치밀해도 방법적 차원 이상의 것이 될 수 없다. 최승자는 '죽음의 전략' ─삶의 전략과 동의어이다─에서 '죽음의 육화' ─삶의 육화와 동의어이다─로 질적 도약을 도모한다. 여성인 자신의 몸에 대한 생생한 자각을 통해서이다.

여자들은 저마다의 몸 속에 모두 하나씩의 무덤을 갖고 있다.
죽음과 탄생이 땀 흘리는 곳,
(⋯⋯)
모든 것들이 태어나고 또 죽기 위해선
그 폐허의 사원과 굳어진 죽은 바다를 거쳐야만 한다.

---

8) 앞의 책.

붉은 달 아래 소리 없이 땀 흘리며
나는 거듭 낳을 것이다,
이 세계를
거대한 암흑덩어리를.

그리하여 내 태초의 남편아 받아라,
이 세계
이 거대한 핏덩어리를.

— 「昏睡」중에서

생명 탄생의 주체인 여성은 "몸 속에 모두 하나씩 무덤을 갖고 있"는 이중적인 존재이다. 삶과 죽음은 여성의 몸 안에 공존한다. 여성의 몸은 삶과 죽음의 공생 관계를 증명하는 훌륭한 증거물이다. 이 공존의 균형이 깨어지면 생명은 태어날 수 없다. 죽음의 힘을 빌리지 않고는, 죽음과 접촉하지 않고는 탄생은 이루어질 수 없다. 상실과 부재의 나락으로 떨어진 죽은 세계를 구원하는 비밀은 여기에 있다. 죽음과 탄생의 사이클을 맞추는 것이 그것이다. 여성인 '나'의 온몸으로 죽은 '너'를, 이 세계를 다시 낳는 것! "나는 거듭 낳을 것이다/이 세계를/거대한 암흑덩어리를", 그리하여 마침내 '내'가 세계의 새로운 탄생을 주관하는 것!

최승자의 사랑과 죽음의 드라마는 세계를 "거대한 암흑덩어리"에서 "거대한 핏덩어리"로 바꾸어놓는 지점에서 일차적으로 완결된다. 일차적이라는 표현이 필요한 것은 1990년대 후반에 이르면서 최승자의 시에 많은 변화가 일어났기 때문이다. 붉은 피가 넘어서는 '핏덩이리' 코 디시 태어난 세계는 죽음에서 삶의 사이클로 이동한 대신 신비주의적인 색채를 띠게 되었다. "수천 길 땅속에서 끌어낸/나의 신부, 그 몸에 빛이, 생기가 돌고, / 나의 잠자는 미녀, / 이제 그 눈을 떠라, / 나의 페르세포네, 나의 에우리디체, / 오 나의 신부, 나의 누이여, / 나의 말쿠르, / 나의 옹녀, 나의 따님"(「연인들 1 ― 빛의 혼인」).[9] 이 새로운 세계는 신화적인 생명력과 아우라를 복원하면서 미묘한 '빛'과 '생기'를 얻는 반면, 삶의 숨가쁜 호흡들을 놓쳐버리게 된다. 최승자는 죽음이 삶을 압도할 때 폭발적이고 강렬한 시들을 써낸 반면, '빛'과 '생기' '대지' '생명' 등의 삶의 양분을 흡수하면서 오히려 생생한 삶의 현장에서 멀어진다. 최승자가 오랫동안 천착해온 사랑과 죽음의 문제는 또다른 여성시인들을 통해 새로운 풍경으로 탄생하게 된다.

3. 사랑과 죽음의 부패 ― 한영옥

최승자는 사랑의 (영원한) 상실로 인한 죽음의 시간을 살았으나, 여전히 사랑과 타자에 대한 믿음을 간직하고 있다. 그녀의 시에서 세계는 죽음의 빛깔로 물들어 있지만, 이 죽음은 진정한 죽음을 방해하는 거짓 죽음들일 뿐 파국으로 치닫지는 않는다. 오히려 최승자는 사랑의 절대성에 대한 환상과 기다림을 소유한 까닭에 끝없는 절망의 특권(?)을 누릴 수 있었다. 무한한 절망과 이 절망으로 인한 죽음의 내적 현존이 그녀를 살게 한 것이다. 1980년대와 90년대 전반의 최승자가 허위의 죽음을 넘어 진정한 죽음에 이르고자 하였다면, 이후로 그녀는 진정한 죽음인 타자 속에서의 자아의 행복한 소멸을 계속 유보하게 된다. 『연인들』(1999)의 세계는 하나의 가능성으로 인정될 수 있지만, 이전의 시세계와의 단절감과 생경함을 노출한다. 이 생경함은 신화세계와 현실세계가 충분히 소통되지 못한 데 따른 부정적인 결과이다.

---

9) 최승자, 『연인들』, 문학동네, 1999.

여성의 근원적인 생명력에 매혹되면서 최승자의 시에서 죽음의 영향력은 현저하게 약화된다. 그러나 사랑과 죽음의 문제는 김승희, 김혜순, 박서원, 허수경, 최문자, 한영옥 등의 여성시인들에 의해 계속 탐구되어 왔다. 김승희와 김혜순, 박서원 등이 제도와 관습의 억압에 의한 여성(성)의 내적 죽음과 사랑의 기형성을 탐구한 데 비해, 허수경, 최문자, 한영옥 등은 보다 개인적인 차원에서 이 문제를 형상화한다. 제도적인 차원에서의 여성들의 내면의 죽음이 비교적 많이 논의된 데 비해, 여성의 실존적 차원의 죽음은 상대적으로 주목을 받지 못했다. 그 가운데 한영옥은 최승자와 비교적 유사하면서도 다른 시각을 보여준다.

죽은 사람의 손톱 발톱 머리칼이
무덤 속에서 조금은 더 자라듯,
아직 완전히 죽지는 않았다.
누워 있는 흐린 구름장들을 바라보면서
키 작은 여자는 낮은 창 곁에서
하루하루를 살해한다

—「下岸發 5」[10] 중에서

결국 모든 것은 이미 죽었으며

이미 죽은 몸에서 느리게 자라나는
손톱, 발톱, 머리카락이 역사라고
느리게 읽어가다가 이 구절에
몸이 꽉 끼이고 말았다
나는 시체에서 자라는, 지루하게 자라는

---

10) 최승자, 『내 무덤, 푸르고』, 문학과지성사, 1993.

손톱이야, 발톱이야……

자동적으로 재문맥화되는 순간

땅이 꺼질 듯 처량하였으나

이상하다, 곧 마음이 편해졌다

怏怏不樂이 희끄무레해졌다

아뜩하여 후다닥 깨어 앉은 밤,

아차 나는 그저 조금 자라는 머리칼이려니……

아무것도 두려워지지 않았다

아침을 기다린다, 그 모진 일과

당당하게 손잡을 것이다.

— 「이미 죽은 몸에서」[11] 전문

최승자와 한영옥은 자신의 실존을 죽은 시체의 몸에서 자라는 손톱이나 발톱, 머리칼과 같은 끔찍한 '여분'이라고 생각한다. 죽은 몸에서 일어나는 여분의 성장은 '살아 있는 죽음'과 '죽은 삶'의 현상이다. 이 두 현상은 구분되지 않으며, 최승자와 한영옥은 스스로를 살아 있는 죽음 혹은 죽은 삶의 소유자라고 생각한다. 이를 최승자는 죽음의 미달형으로, 한영옥은 죽음의 초과형으로 인식한다. 최승자는 완전한 죽음에 도달하기 위해 "하루하루를 살해하"고, 한영옥은 모든 것이 이미 죽은 후에도 혼자 "지루하게 자라"고 있다. 똑같이 죽음 이후를 살고 있지만, 최승자는 죽음의 완성을 향해 치닫고, 한영옥은 죽음 이후의 시간을 무용한 성장으로 소모한다. 최승자에게 진정한 죽음에 대한 꿈이 있다면, 한영옥에게는 죽음보다 지루한 삶의 악몽이 계속될 뿐이다. 죽음이 도저한 최후나 절정이 되지 못하고 죽음 자신의 잉여로 전락한 상태에서 죽음은 일말의 신비나 두려움도 함유하지 못한다. 한영옥은 죽음 이후를 사는

---

11) 한영옥, 『비천한 빠름이여』, 문학동네, 2001.

자신에게 차갑고 냉소적인 태도를 취한다. 최승자에게 최상의 진정성과 연결되어 있던 죽음은 한영옥에게 와서는 절대적이라고 믿었던 사랑의 변질된 형태인 '비천한'(「비천한 빠름이여」) 덩어리로 전락한다. 따라서 최승자가 타자 안에서의 행복한 소멸을 꿈꾸며 격렬한 죽음의 말들을 토해낸 것과는 달리, 한영옥은 사랑의 상실이 가져온 죽음을 있는 그대로 응시하고자 한다. 이 응시에 사랑과 타자에 대한 환상이 개입될 여지는 거의 없다. 한영옥은 부서진 것을 복원하기보다는 부서진 것의 실상을 정확히 인식하려 한다. '당신'의 필연성과 '사랑'의 절대성은 한영옥의 앞에서는 보기 좋게 모욕당한다.

> 꼭 당신이어야 할 까닭이 없이
> 지금 내게는 당신이지
> 나도 마침내 나일 필요는 없었지만
> 이렇듯 내게는 나이듯
> 이제 당신을 잡아두지 않으면
> 당신은 흩어져버릴 거야
> (……)
> 그러나 이제 더는 생각을 늘이지 못해
> 얇아진 생각은 끊어지고,
> 얇아지며 당신도 끊어질 테니까
> 그래서 꼭 당신일 까닭이 없이 당신이지
> 하얗게 꽃 진 자리 쳐다보며 당신을 묶고 있어
> 떨면서 떨면서 꽁꽁 묶고 있어
>
> —「규정」 중에서

> 벌써 사랑이 썩으며 걸어가네
> 벌써 걸음이 병들어 절룩거리네

그나마 더는 못 걷고 앙상한 수양버들 아래
수양버들 이파리 수북한 자리에 털썩 눕네
누운 키 커 보이더니 점점 줄어드네
병든 사랑은 아무도 돌볼 수가 없다네
돌볼수록 썩어가기 때문에
누구도 손대지 못하고 쳐다만 볼 뿐이네
졸아든 사랑, 거미줄 몇 가닥으로 남아 파들거리네
사랑이 몇 가닥 물질의, 물질적 팽창이었음을 보는
아아 늦은 저녁이여

—「벌써 사랑이」 중에서

"꼭 당신이어야 할 까닭이 없이"/지금 내게는 당신"이라는 것, 시간이 지나면 점차 "얇아지며 당신도 끊어질" 거라는 것, 그렇게 "벌써 사랑이 썩으며 걸어가"고 있다는 것, 한영옥은 '당신'과 '사랑'의 허약성에 대해 말하기를 주저하지 않는다. 최승자와 달리 한영옥은 타자 속에서 소멸할 수 없는 자아의 불행이 아닌, 타자의 소멸을 견뎌야 하는 자아의 비극성에 주목한다. 최승자에게 죽음은 늘 생으로의 복귀를 전제한 것이었지만, 한영옥에게는 죽음은 부패와 몰락의 긴 여정이다. 그런데 한영옥은 부패와 몰락을 견디는 일이야말로 생의 진정한 내용이라고 생각한다.

폐허를 이겨보자 하다가
결국 폐허로 걸어온 것이네
手順을 착착 밟아온 것이지
이렇게나 네가 바스라지다니
되짚으면 꿈부터 부스러기였지
모래들이 서걱이며 우리 몸에
들어차는 걸 모르지도 않았지

(……)

 '사랑의 사막'과 '사막의 사랑'은 달라

사막의 사랑은 사막을 용솟음치게 하지

사랑의 사막에선 들끓는 허연 독백이

창궐하며 으시시 일으키는 곰팡이밖에

아무것도 용솟음치지 못하지.

—「사랑의 사막」 중에서

내 그렇게도 바라던 당신이

잠시 머물다 가버린 텅 빈 당신이,

멍하니 쳐다보는 나의 몸 속에도

이미 나는 없습니다

우우우 당신과 나를 맴돌던 경멸이여

경멸을 털고 우리는 그곳으로 갔습니다

이제 꽃의 계절은 갔습니다만

팍팍한 치욕으로 마르는 이 시간

남김없이 잘 바스러질 때까지

무던히 견디며 寂滅을 꿈꾸렵니다

당신도 아닌 당신 그만 쿵쿵거리고.

—「이제 당신은, 아닙니다」 중에서

　　"폐허를 이기"기 위한 필사의 몸부림이었던 사랑은 "결국 폐허를 걸어"가는 정해진 '수순'을 밟는다. 폐허가 된 사랑의 자리에는 생의 '사막'이 펼쳐지고, "들끓는 허연 독백"과 "창궐하며 으시시 일으키는 곰팡이"가 가득하다. '사막의 사랑'과 구분되는 '사랑의 사막'이란 죽음 지체를 의미하며, 한영옥에게 죽음은 이처럼 삶의 본질로 깊이 육화되어 있다. 사랑의 대상인 타자와 사랑의 주체인 자아는 모두 시간의 흐름을 이기지 못하고 사막으로 변한다. 타자와 자아의 죽음 이후에도 죽음은 계속되고, 이는 '팍팍한 치욕으로 마르는' 삶의 시간이 된다. 이제 남은 길은 "남김없이 잘 바스러질 때까지 / 무던히 견디며 적멸을 꿈꾸"는 것이다. 죽음의 삶과 죽은 자아의 헛된 실존에서 온전히 벗어나는 길은 '적멸' 이외에는 없다. 적멸은 죽음과 유사 개념이 아닌 대립 개념이다. 혹은 '죽음의 완전한 죽음'이라는 아이러니컬한 상태를 뜻한다. 죽음 이후의 시간에 죽은 채로 성장하는 삶은 혹독한 부정의 대상이지만, 이 무의미한 삶은 존재가 지닌 "비천한 관성"(「비천한 빠름이여」)으로 인해 계속된다. 한영옥은 우리의 삶과 존재를 관통하고 있는 이 슬픈 진실을 가능한 그대로 진술하고자 한다. 여기에 탈출구나 새로운 삶의 전망을 운운할 여지는 별로 없다. 한영옥은 섣불리 희망과 완성을 꿈꾸기보다는 패배를 자인하는 쪽을 택하기 때문이다. 이 자인은 정직함의 다른 이름이며, 당분간 한영옥은 죽은 삶과 죽은 자아의 철저한 성찰을 계속할 것으로 보인다. 완전한 죽음에 도달해 보지 않고는 완전한 삶의 실체를 알 수 없는 것이 아니겠는가.

4. 죽음과 생의 치열한 공존

죽음은 독립된 실체도, 행위의 주체도 아니다. 죽음은 항상 누구의, 혹은 무엇의 죽음이다. 누구와 무엇을 주체로 하는 죽음은 많은 종류로 분화된다. 실제로 많은 시인들이 형상화하는 죽음의 내용과 형식은 분류가 불가능할 만큼 상이하고 다채롭다. 여성시인들, 특히 최승자와 한영옥에게 죽음은 사랑의 상실과 부재의 상태를 의미한다. 이런 공통점을 지녔음에도 두 시인이 사랑의 상실로서의 죽음에 반응하고 삶의 내부에 위치시키는 방식은 상당히 다르다.

최승자는 자아의 외부이자 도달해야 할 근원인 타자를 열망하고, 그 타자가 상실된 죽음의 세계에서의 탈출을 갈망한다. 근본적으로 최승자는 낭만주의자의 기질을 지니고 있다고 할 수 있다. 어쩌면 최승자에게 세계는 처음부터 비어 있었으며, 그 텅 빈 심연에 자신의 열망을 투영하여 혼자만의 사랑을 키운 것인지도 모른다. 존재하지 않는 대상을 향한 불가능한 사랑과 좌절은 최승자에게 이중의 딜레마를 안겨준다. 최승자는 '불가능한 사랑의 상실과 부재'라는 이중의 결핍을 '내면의 죽음'으로 대체함으로써 견뎌낸다. 이것이 최승자의 독특한 사랑법이자 존재방식인 것이다. 최승자는 삶의 도처에 산재한 죽음들을 넘어 진정한 죽음, 즉 타자 속에서의 행복한 소멸에 도달하고자 한다. 죽음의 실존 속에서 자아의 행복한 소멸은 지연되며, 최승자는 여성인 자신의 몸을 통해 타자와 세계를 다시 낳는 꿈을 꾼다. 이 재생의 기획이 신비주의적으로 경사되면서 최승자 특유의 시적 농도가 약화된 것은 안타까운 일이다. 하지만 최승자의 시는 사랑과 죽음, 죽음과 삶이 어떻게 대립하고 융화하며, 공격적인 격렬함이 어떻게 여성적인 것과 조우하는지를 보여준 선구적인 사례라는 점에서 큰 의미를 갖는다.

한영옥은 사랑의 상실로 인한 죽음 이후의 삶을 담담히 응시한다. 한영옥의 눈에 비치는 죽은 실존의 풍경은 삭막하다. 그녀는 사랑과 타자에 대한 최소한의 환상이나 기대도 갖지 않으려 한다. 사랑은 돌볼수록 썩는 것이고, '당신'은 삶의 우연과 무질서가 빚은 환영에 불과하기 때문이다. 사랑마저 부패하는 이 세계에서 타자는 얼마든지 다른 타자로 대체될 수 있다. 주체인 '나' 역시 마찬가지이다. '나'의 실존은 사랑과 타자의 힘을 빌려서도 고정되거나 의미화될 수 없는 황폐한 삶의 한 현상일 뿐이다. 자신의 실존을 '사랑의 사막'에서 일어나는 유동적인 현상의 하나로 인정하는 것은 쓸쓸한 일이다. 그러나 한영옥은 이 쓸쓸함을 최대한 정직하고 투명하게 응시한다. 이것이 그녀가 생각하는 생의 진실이기 때문이다. 우리의 생은 황폐한 죽음으로 가득 차 있다는 것, 존재한다는 것은 죽음 이후에 자라는 여분과 같은 것이라는 한영옥의 전언은 생에 대한 따뜻한 믿음을 상당 부분 폐기하게 만든다. 그러나 생이 아름답고 고귀한 것이어야 할 필연성은 어디에도 없다. 죽음에 대한 두려움이 불가해한 대상에 대한 몰이해에서 나온 것이듯, 생에 대한 많은 믿음들 역시 그릇된 오해와 상상의 소치일 수 있다. 그리하여 죽음은 생에 대한 오해를 제지하는 가장 견고한 저지선으로, 우리가 통과해온 많은 순간들의 치명적인 감각으로 우리 앞에, 또한 안에 있다. 많은 시인들이 수없이 죽음을 노래했고 또 노래해야 할 이유는 이것으로도 충분하다. 삶과 죽음의 치명적인 공존은 끝없이 계속될 것이기 때문이다.

자아! 시의 무한 에너지
─ 정희성, 이성부, 김영무의 시세계

1. 존재와 시의 마법

　멕시코의 뛰어난 시인이자 비평가인 옥타비오 파스는 "철학자, 기술자, 현자와 달리 마법사와 시인은 자신의 힘을 스스로에게서 추출한다"고 말한 바 있다. 자신의 힘을 스스로에게서 추출한다는 것은 정신의 완전한 독립성을 유지한다는 뜻이며, 파멸을 두려워하지 않는다는 의미이다. 모든 파멸은 세계 속에서의 파멸인 동시에 자기 안에서의 파멸이다. 파멸의 순간에 세계로부터 축출된 존재는 자기 자신으로부터도 버림받는다. 이 순서는 뒤바뀔 수도 있다. 그러나 파스의 표현처럼 "자신의 힘을 스스로에게서 추출하"는 존재는 이런 위험에서 자유롭거나 적어도 그것을 두려워하지 않는다. 마법사와 시인은 고립과 파멸의 위험을 감수하며 자신의 세계에 몰입한다. 몰입하면서 그들은 자신의 심연을 끊임없이 상상한다. 그 안에 진실의 근원이 있는 까닭이다. 보이지 않는 내면의 통로를 따라 그들은 존재와 우주의 비밀에 조금씩 접근한다. 마법사와 시인의 오랜 혈연관계는 이렇게 오늘날에도 은밀히 지속되고 있다.

자신의 힘을 스스로에게서 추출하는 존재는 고독하다. 그는 절대의 고독 가운데 환희와 고통을 함께 맛본다. 그에게 환희와 고통은 분리되지 않는다. 중요한 것은 그가 고독 속에서 느끼는 감정의 종류가 아니라, 고독의 깊이이며 농도이다. 더불어 절대의 고독을 내면화하는 삶의 자세이다. 삶의 에너지원이 바로 자신인 고독한 존재는 세계와의 불화 속에서도 쉽게 절망하지 않는다. 그는 세계보다 훨씬 왜소하지만 또한 거대하며, 세계가 무의미의 덩어리로 화할 때도 자신의 내부에서 에너지를 이끌어낼 줄 안다. 신화가 축출된 현대사회의 시인이 세계를 자신의 등가물로 전유하는 마법의 순간에 도달하는 것은 이런 방식에 의해서이다. 마법이란, 존재의 내적 에너지를 우주에 투영하는 일, 타락한 세계 앞에 잠긴 우주의 문을 열고 본래의 자아로 돌아가는 일이기 때문이다.

정희성, 이성부, 김영무는 본래의 자아가 현현하는 마법적 순간을 꿈꾸며 자신의 힘을 내부에서 추출한다. 자신이 처한 생의 조건 속에서 존재의 극한을 통과하며 시를 빚는 이들에게 자아와 세계의 동일성 확보라는 서정시의 전통적인 규율은 큰 힘을 갖지 못한다. 오히려 이들은 세계와의 거리를 확인하고 자신을 부정함으로써 서정의 숨결을 가다듬는다. 궁극적인 지향점은 세계가 아니라 자기 자신이며, 진정한 자아에 도달하기 위해서라면 고립과 단절조차도 두려운 대상이 아니다. 동의할 수 없는 현실에 대한 거절이 때로 자아의 적극적인 자기 폐쇄로 이어지는 것은 이 때문이다. 이들은 세계와 단절하려는 것이 아니라, 세계에 의존하지 않는 자아의 독립성을 증명하려 한다. 정희성, 이성부, 김영무는 단독자인 자아에서 출발해 그 자아로 되돌아간다. 이들의 새 시집에는 그들의 시의 무한 자원인 '자아'가 가득 숨쉬고 있다. 그 광경은 치열하면서도 고요하며, 자못 숙연함마저 느끼게 한다.

2. 닿을 수 없는, 그리운 자아—정희성

정희성은 「저문 강에 삽을 씻고」라는 한 편의 시로 한국시사에 선명한 화인을 남긴 시인이다. 이 화인은 정희성을 노동자의 삶을 가슴 시리게 묘파한 7, 80년대 민중시인의 대명사로 불리게 했다. 과작(寡作)으로도 정평이 나 있는 정희성은 1970년 동아일보 신춘문예에 「변신」으로 등단한 뒤 삼십여 년간 고작 네 권의 시집을 출간했다. 『답청』(1974), 『저문 강에 삽을 씻고』(1978), 『한 그리움이 다른 그리움에게』(1991), 『시를 찾아서』(2001) 등의 네 시집은 각기 한 시대를 대변할 만큼의 밀도를 지니고 있다. 첫 시집 『답청』에는 화려한 수사를 동반한 관념의 세계와 민중적 지향이 섞여 있고, 『저문 강에 삽을 씻고』에는 독재정치에 대한 분노와 항거의 의지가 들끓으며, 『한 그리움이 다른 그리움에게』에는 80년대를 통과하며 맛본 시대적 비탄이 어둡게 드리워져 있다. 최근 시집 『시를 찾아서』에는 자연 풍경의 간결한 묘사와 개인적인 감회가 주를 이룬다.

지금까지 정희성은 두 번이나 전 시대의 시세계와 결별을 선언했다. 먼저 그는 두번째 시집 『저문 강에 삽을 씻고』(1978)의 후기에서 "『답청』의 시세계를 부정하고 싶다"고 직접적으로 진술한 바 있다. 사회 모순에 대한 통렬한 자각이 현학적 수사에 치우친 초기시를 외면하게 했던 것이다. 두번째 분리의 의사 표시는 『시를 찾아서』에서 나타난다. 이 시집에서 정희성은 문학의 사회·역사적 책무에 회의를 표한다. "이제 내 시에 씌어진 / 봄이니 겨울이니 하는 말로 / 시대 상황을 연상치 마라 / 내 이미 세월을 잊은 지 오래 / 세상은 망해가는데 / 나는 사랑을 시작했네"(「봄소식」)라는 진술은 그의 문학적 선회를 분명히 보여준다. 실제로 정희성은 새 시집에서 내면과 자연에 관심을 집중한다. "흐르는 것이 물뿐이랴 / 우리가 저와 같아서 / 강변에 나가 삽을 씻으며 / 거기 슬픔도 퍼다 버린다"(「저문 강에 삽을 씻고」)는 건강한 비극성을 사랑하는 독자들에게는 아쉬운 일로 여겨질 것이다. 여기에 기나긴 침묵과 내핍의 시간은 그의 변화를 더욱 돌연한 것으로 느껴지게 한다. 그러나 정희성에게 부정은 그 자체로 시적 방법이자 지향성이 된다. 일찍이 그는 "누군가 또 부정하 겠지만/너는 부정을 위해 시를 쓴다"(「병상에서」,『답청』, 1974)고 쓴 바 있다. 정희성의 부정 정신은 결곡한 시적 정직성과 궤를 같이 해온 것 이다.

『시를 찾아서』에서 정희성이 먼저 부정하는 것은 "한때/민중의 좋은 벗이 되리라 다짐했던 나"(「갠지즈강」)이다. 삼십여 년 간 독재정치에 항 거하는 동안 그가 배운 것은 증오와 괴로움이었던 탓이다.

> 오십 평생 살아오는 동안
> 삼십 년이 넘게 군사독재 속에 지내오면서
> 너무나 많은 사람들을 증오하다보니
> 사람 꼴도 말이 아니고
> 이제는 내 자신도 미워져서
> 무엇보다 그것이 괴로워 견딜 수 없다고
> 신부님 앞에 가서 고백했더니
> 신부님이 집에 가서 주기도문 열 번을 외우라고 했다
>
> 그래서 나는 어린애 같은 마음이 되어
> 그냥 그대로 했다
>
> ─「첫 고백」 전문

나는 너무도 오랫동안 미움의 언어에 길들어왔다. 분노의 감정이 나를 지배하는 동안에만 시가 씌어졌고 증오의 대상이 내 앞에 모습을 드러낼 때만 마음이 움직였다. 그러나 나는 이제 새로운 길을 찾아나서고자 한 다. 나는 나의 말로부터 해방되고 싶고 가능하다면 나 자신으로부터도 해 방됐으면 싶다.

170

―「시인의 말― 시를 찾아나서며」 중에서

　미움의 언어를 얻고 시와 자신을 잃었으니, 시인으로서 모든 것을 잃었다고 해도 과언이 아니다. 시를 발표하지 않으면서까지 자신의 결기를 지켜온 정희성에게 이는 삶이 뿌리째 흔들린 절박한 사태였다. 삼십 년을 넘게 시를 쓴 중견 시인이 새삼스레 '시를 찾아서' 길을 떠난 데는 이런 절박함이 숨어 있었다. 이제 그는 "마음/한 켜 한 켜/쌓아올린/타지마할"로 "시의 집"을 삼고(「타지마할」), "때가 묻어/천지와 귀신을 감동시키지 못하는" 말 대신 '잡초'를 '꽃'이라 부르는 순결한 '말 한마디'(「민지의 꽃」)를 배우고자 한다. "세상의 소란이 나를 눈감게 하고/저 고요가 나를 눈뜨게 하"(「이른봄 저녁 무렵」)였다는 정희성은 파란의 시대에는 기꺼이 세상 속에 몸을 던졌고, 소란이 가득한 시대에는 세상에서 비껴나 내면의 순도를 지키려 한다. 그가 변한 것이라기보다는 현실세계의 하강이 그가 서 있는 위치를 다르게 보이도록 만든 것이다. 하지만 정희성이 변한 것 또한 부정할 수 없는 사실이다. 그는 더이상 밑바닥 서민들의 애환을 노래하지 않으며, 공동체의 운명과 미래의 삶에도 깊은 관심을 갖지 않는다. 내면과 자연에 몰입하기를 원하는 그는 자신의 새 출발에 '시를 찾아서'라는 본질적인 이정표를 얹어놓음으로써 과거의 시세계와 결별한다. 그의 말처럼 "시는 닿을 수 없는 그리움" "보고 싶어도 볼 수 없는 마음"(「詩를 찾아서」)인 까닭에 처음부터 불가능한 아이러니의 여정이 될 수밖에 없다. 이 '없음'의 에너지원이 그를 근원의 시와 자아에 닿을 수 있게/없게 할 것이지만, 그의 시적 변화가 남기는 아쉬움은 쉽게 지워지지 않는다. 우리의 현실에는 변한 것 못지않게 변하지 않은 것 또한 많으며, 타협을 거부하는 정희성의 완강한 자아가 천착해야 할 현실의 영토는 여전히 넓기 때문이다.

3. 자아, 존재의 아득한 고도(高度/苦道)—이성부

이성부의 『지리산』(2001)은 '산'의 이야기이기 전에 '사람'과 '삶'의 이야기이다. 이 시집의 이야기적 요소는 일차적으로 총 81편의 「내가 걷는 백두대간」 연작의 구성적 측면에서 나타나며, 여기에 시집 곳곳에 녹아 있는 역사적 인물들의 삽화가 톡톡한 역할을 한다. 지리산의 성실한 답사기인 이 시집은 지리산과 관련이 있는 인물들을 망라한다. 조선시대의 은일지사 남명선생, 자생풍수를 창안한 도선국사, 일제에 대항해 외롭게 싸운 하사마댁 도련님, 지리산 최후의 빨치산 정순덕, 남부군 사령관 이현상, 뱀사골에서 죽은 시인 고정희 등 등장인물의 시대와 사연은 다양하다. 그러나 『지리산』의 이야기성은 무엇보다 이성부의 개인적 삶과 시적 지향에 기인한다. '지리산'은 이성부가 추구하는 '산'의 이데아(idea)의 현실태이며, 그가 뿌리내리고 싶은 정신의 터전이다. 정신과 육체의 동행이 만들어낸 시집 『지리산』은 이성부가 산과 함께 한 삶의 굴곡을 고스란히 담고 있다. 『지리산』은 지리산과 운명을 함께 한 많은 사람들의 이야기이자, 산을 정신의 푯대로 삼은 시인 이성부의 삶의 이야기이다.

이성부에게 '산행'은 자아의 실상을 찾는 고행의 여정이다. 80년대 초반, 그는 폭압의 현실에서의 도피와 자학의 방편으로 산을 찾았다. 하지만 산의 성정에 매료되면서 이성부의 삶과 시는 확연히 달라지게 된다. 1962년에 문단에 나온 이성부는 「전라도」 「백제」 「벼」 등의 수작을 통해 살냄새가 짙게 배인 민중의 현실을 탁월하게 형상화하였다. 그러다가 '산'이라는 새로운 세계를 만나면서 시세계의 중심은 자아의 내부로 이동하며, 다섯번째 시집 『빈 산 뒤에 두고』(1989)를 기점으로 일인칭 '나'가 전면에 나서는 고백의 서정으로 변모하게 된다. "나에게서 빠져나와 나를 내려다보"(「화강암 3」, 『야간산행』)는 일에 몰두하게 된 이성부는 '나'의 실체를 확인하기 위해 부지런히 산에 오른다.

사람들 어디에서 와서

어디로 흘러가는지

산에 올라 산줄기 혹은 물줄기

바라보면 잘 보인다

빈 손바닥에 앉은 슬픔 같은 것들

바람소리 솔바람소리 같은 것들

사라져버리는 것들 그저 보인다

—「서시—산경표 공부」 중에서

아직도 세상의 일에 쩔쩔매는 내가

정신의 거품만 들먹거리는 내가

비로소 나를 본다

바람처럼 사라져가는 것들을 본다

—「소녀전사의 악양 청학이골—내가 걷는 백두대간 30」 중에서

 '산'은 시인에게 자아의 투명한 모습과 세상만물의 소멸의 이치를 보게 한다. 산은 진정한 자아에게로 이끌어주는 인도자이며, 존재와 우주의 비의를 가르쳐주는 스승이다. 산 속의 모든 자연물은 협동하듯 시인을 가르친다. '바위'는 '함묵(含默)'의 의미를 깨닫게 하고(「쇠통바위가 열린다」), '달'은 "사람들 마음속 지워지지 않는/눈물자국"을 느끼게 하며(「달뜨기재」), '깊은 골짜기'는 모든 사람의 외로움과 있는 그대로의 '나'를 들여다보게 한다(「한신골에서 나를 보다」). 이렇게 산은 자아와 삶을 돌아보게 해주는 동시에 앞으로 나아가게 한다.

 이성부에게 산을 오르는 것은 정신의 고도를 상승시키는 일이며, 산처럼 살다간 사람들을 기억하는 일이고, 자연의 섭리를 몸으로 배우는 일이다. 그의 표현에 의하면, "자유와 고독과 야성을 찾아가려는 행위"(「시인의 말—산 속으로 뻗은 시의 길」)이다. 한마디로 이성부의 '산행'은

삶의 '한 깨달음'을 구하는 사적(私的) 구도의 방편이며, "단단히 감싸 놓은 내 슬픔의 덩어리를/내가 짊어지고 가"(「뼈다귀들 나무 사이로」)는 고독한 여정이다. 산은 존재의 밀도와 고독이 극대화되는 공간이어서 존재에게 오직 자신의 힘에만 의지할 것을 요구한다. 산에서 존재는 그야말로 '존재하다'의 온전한 상태에 놓이게 된다. 이것은 산이 존재에게 허락하는 유일한 존재방식이다. 이성부의 『지리산』은 그 어려운 실행의 녹록치 않은 결과물로 우리 앞에 있다. 주제의 집중성과 연작의 규모에서도 이 시집은 근래에 보기 드문 성과를 보여준다. 그러나 연작은 짜임새에 앞서 작품 한 편 한 편의 완성도가 바탕이 되어야 한다. 군데군데 설명적 진술이 도드라지고 후반부로 갈수록 시적 긴장이 느슨해지는 것은 이 시집의 적잖은 약점이다. 또 한 가지 지적해야 할 점은 '산'이 현실의 대체공간과 역사적 상상 체험의 장소, 삶의 학교와 대자연의 성소로서의 모든 역할을 다하는 것이 바람직한 일만은 아니라는 점이다. 한 시인의 시에서 특정 사물이나 시공간이 절대화될수록 감수해야 할 위험은 커진다. '산'과 이성부의 관계도 마찬가지이다. '산'으로 응집된 정신의 고결한 높이를 추구하기 위해 현실의 '바닥'을 떠날 수는 없는 일이다. 이성부의 시가 출발한 지점이 바로 현실의 바닥이므로, 사태는 더욱 그러하다.

3. 고통받는 자아와 세계로부터의 탈출 — 김영무

김영무의 세번째 시집 『가상현실』(2001)은 죽음과 겨루는 자의 처절한 실존의 기록이며, 죽음마저 오염시킨 불순한 세계에 대한 생태학적 보고서이다. 이 시집에서 김영무는 자신에게 닥친 절대절명의 생의 사건을 현실 비판의 시적 상징으로 치환한다. 그가 앓고 있는 '암'은 시인의 생명을 위협하는 실존적 사건이자, 현대 자본주의 사회의 조직적 생리를 압축한 상징이다. 개인의 고통을 현실의 환부로 동화·확대하는 김영무의 의식은 존재들이 서로 반향하는 유추의 상상력에 기대고 있다. 이에 따라 『가상현실』에서는 시적 주체와 외물(外物)의 혼융이 자주 일어난다. 죽음과 투쟁하는 인간이 분열과 폐쇄가 아닌 조응의 사유를 펼쳐 보이는 것은 놀라운 일이다. 죽음과의 대면이란 절대의 공포 속으로 추락하는 일이어서, 존재가 비탄과 항의 이상의 대응을 하기는 쉽지 않은 까닭이다.

김영무는 자신과 같은 암환자를 "일급수 아니면 살지 못하는 산천어 열목어" "광야에서 외치는 오늘의 선지자"에 비유한다(「오늘의 예언자는」). 치명적인 고통을 앓는 암환자는 현대사회의 물질과 정신의 오염을 경고하는 표시등이다. '암'이 파탄의 현실을 집약한 실체이자 묵시록적 미래의 상징이라고 생각하는 시인은 '암'과 반대편에 있는 건강한 세계를 그리워한다. '울루루'라는 이름을 지닌, 생명력 넘치는 깨끗한 원시의 세계가 그것이다.

이제 일어나 내 너를 찾으러 가야 하리
호주 대륙 한복판, 아득한 지평선 너머 우뚝 솟아
삼 억 년 동안 펄떡펄떡 살아 있는 울루루
피 흘리는 간덩이
—「울루루 1」 중에서

세계에서 가장 큰 바위/산이자 호주 원주민들의 성소인 '울루루'는 아픈 시인에게 꿈과 희망으로 다가온다. '울루루'는 시인이 희구하는 거대한 생명력의 원천이며, 그 존재 자체로 부패한 자본주의에 대적하는 자연의 견고한 성벽이다. 이 '울루루'에 시인은 병든 현대사회에서 사는 인간의 잃어버린 과거와 당위적 미래를 함께 투영시킨다. "꿈틀대던 생명의 흰 점 기억들/미래의 기억 속 은빛 물고기떼들"(「퍼스, 2000년 새해」)이 유영하는 '울루루'의 세계는 생명의 펄떡임이 시간의 경계마저 지우는 곳, 활기 넘치는 생만이 가득한 곳이다.

'울루루'의 꿈의 이쪽에는 무거운 현실이 있다. 김영무는 자신을 위협하는 죽음을 냉정하게 직시한다. 시시각각의 실존이 죽음과 밀착되어 있는 상황에서 그는 죽음을 삶의 동반자와 새로운 탄생의 출발점으로 이해한다. "통증은 스스로 눈부신 발광체"라고 묘사하는 그는 고통의 "무지막지한 이 불길 속에/무슨 바늘 같은/새 생명이라도 하나 벼려낼 수 없을까"(「불꽃놀이」) 생각하며, "낳고 죽음이 함께 어울려 있는 것이/진짜 삶이지"(「게쎄마니에서」)라며 묵묵히 고개를 끄덕인다. 자신에게 닥친 죽음을 철저히 객관화하는 김영무의 모습은 지나치게 담담하기까지 하다. 그러나 이 담담함은 의식과 욕망의 압박이 느슨해진 상태의 '고요한 응시'를 모태로 한다. 너무 혹독한 것을 수락해야 하는 자의 자기 단련은 고요한 '정(靜)'의 상태로 귀결된다. 암으로 투병중인 자신의 삶을, "시간의 뿌리와 공간의 돌쩌귀가/뽑혀나간 너의 현실은 안과 밖 따로 없이/무한복제로 자가증식하는/아, 디지털 테크놀로지 최첨단"의 '가상현실'(「가상현실」)이라고 타자의 화법과 시대적 상징으로 전환하는 것은 내면의 평정 없이는 불가능한 일이다. 이러한 정(精)의 상태는 거친 동(動)의 절정에서 섬광과도 같은 삶의 비전을 보게 만든다. 그것은 자연 속에 깃들인 영원의 이미지로 현시된다.

> 출렁임의 절정
> 무너져내리기 직전, 파도와 파도 사이의
> 눈부신 고요와 아우성의
> 영원한 정수리
>
> ―「파도바위(Wave Rock)」 중에서

'정(靜)'의 지향성은 이번 시집에 자주 등장하는 '아기'의 이미지에서 보듯 퇴행의 욕구와도 맞닿아 있다. 김영무의 퇴행의 욕망은 순결한 자아에 대한 그리움과 죽음을 새로운 탄생의 표지로 바꾸려는 열망을 내용으로 한다. 시인이 죽음을 두고 '갓난 죽음' '늦둥이' 라고 부르는 것은 이를 증거한다. '갓난 죽음' 을 안고 가는 삶은 이제 더이상 죽음의 반대편에 서 있지 않다. 생각해보면, 우리의 삶이란 애초에 '갓난 죽음' 을 품에 안고 시작되는 것이 아니겠는가. 이를 간파하는 김영무의 시는 죽음을 포용한 생명의 원으로 둥글게 확산되어 읽는이의 가슴을 적신다.

아픈 몸을 가누며 끊임없이 자신의 내부에서 에너지를 퍼올리는 시인의 고투는 눈물겹고 장엄하다. 그것을 무력하게 지켜보아야 하는 우리는 그저 경건해질밖에는 다른 도리가 없다. 여기에 무슨 말을 덧붙일 수 있을 것인가.

부디, 시인 자신도 모르는 사이, '고통의 축세' 에 쓰인 "항아리 물들" 어느새 생명의 "포도주로 변해"(「수술」) 있기를, 그의 아픈 몸이 "새벽마다 새롭게 닦여 빛을 발하며/벌떡벌떡 힘"(「말」)을 내뿜게 되기를…… 그가 굳건히 지키고 있는 생명력 넘치는 '미래의 기억' 처럼, 저 살아 고동치는 '울루루' 처럼.

무음(無音)과 웃음과 광경, 세 개의 '바깥'
— 문인수, 김승희, 김정환의 시세계

1. '바깥'에 대한 탐문

시의 운명에 관한 질문으로 시작해보자. 시란, 가장 가까운 '안'에서 가장 먼 '바깥'을 탐색하는 운명을 타고난 존재가 아닐까? 인간의 가장 내적인 영토에 속하는 시는 역설적이게도 바깥에 도달할 가능성을 가장 많이 지니고 있는 것은 아닐까? 오래 전부터 동서의 지혜로운 선현들은 인간이 도달하고자 하는 궁극의 세계가 인간의 내부에 있다고 설파해왔다. 이 논법을 받아들인다면 위의 질문은 '그렇다'로 답해져야 한다. 시가 안에서 바깥에 이르는 통로라는 말은 또다른 증거에 의해 뒷받침된다. 시인들의 시선은 안으로 무한히 깊어지면서도 아득히 먼 곳을 향해 있다. 시인들의 눈에는 안과 바깥이 하나의 영상으로 맺힌다. 그들이 상반되는 양방향의 시선을 갖고 있거나, 이 세계의 안과 바깥이 다르면서도 같은 곳에 위치하는 까닭이다.

178

각기 확고한 시적 역량과 성과를 축적해온 문인수, 김승희, 김정환의 새 시집은 이러한 생각을 다시 한번 확인시켜준다. 이들은 각자 어떤 '바깥'을 지향하며, 그 과정에서 자신의 내부를 꼼꼼이 탐사한다. 세 시인은 각기 다른 빛깔과 향취를 지니고 있어 이들의 시를 한 자리에서 이야기하는 데는 사실 무리가 따른다. 문인수가 천착해온 맑고 투명한 전통 서정, 김승희가 감행해온 제도적 현실과의 지난한 싸움, 김정환이 투신해온 역사의 현장과 그에 수반된 고난은 서로에 대한 연관 관계를 거부하는 측면이 있다. 그러나 시가 추구하는 바깥은 그 다양성과 새로움으로 인해 의미를 갖는다. 세 시인의 시는 바깥의 풍경에 있어서는 차이를 드러내지만, 그곳을 향한 열정에 있어서는 적잖은 공통점을 갖고 있다. 이들이 각자의 '바깥'에 이르는 방식들, 문인수의 적요로운 자연의 여행, 김승희의 검은 폭소의 질주, 김정환의 파경과 광경을 응시하는 관조의 자세는 이 차이와 동일성을 한눈에 비교할 수 있게 해준다.

2. 무음(無音)의 난타—문인수

　아름답다, 절절하다, 치열하다 등의 수식어를 시에 붙일 때, 시가 오히려 그 말들을 팽팽히 살아나게 하는 경우가 있다. 이를테면, 윤동주의 「별 헤는 밤」은 '아름답다'를 따뜻하게 수식하고, 서정주의 「무슨 꽃으로 문지르는 가슴이기에 나는 이리도 살고 싶은가」는 '절절하다'의 의미를 한없이 증폭시키며, 김수영의 「거대한 뿌리」는 '치열하다'의 강도를 압도적으로 부각시킨다. 좋은 시들은 그 시를 수식하는 형용사들을 새벽에 돋아난 풀잎처럼 싱싱하게 만든다. 문인수의 시를 두고 '선연하다'고 말할 때도 이 형용사는 새삼 싱그러움을 발한다. 꽃들이 뚝뚝뚝 떨어지고, 물과 산과 어둠이 명치끝까지 밀려드는 문인수의 시는 선연하기 그지없는 풍광을 펼쳐 보인다.

문인수의 다섯번째·시집『동강의 높은 새』(2000)는 선연함과 낭자함의
한 극점에 이르러 있는 시집이다. 이 극점에서 문인수의 시는 고요하면
서도 격렬하다. 만일 '격렬한 고요'라는 말이 가능하다면, 시집『동강의
높은 새』는 그 생생한 예문에 해당한다. 문인수 자신의 표현을 빌리면,
이 시집에는 '삶의 궁기'(「자서」)가 곳곳에 흘러넘치며, '잘 삭은 고요'
(「서해」)가 녹진하게 배어 있다. 이국의 말로는 번역할 수 없는, 우리네
토박이의 정서와 갖가지 형용어(形容語)들이 실하게 살이 올라 있는 것
이다.

> 섬진강 가 동백 진 거 본다.
> 조금도 시들지 않은 채 동백 져 비린 거
> 아, 마구 내다버린 거 본다.
> 대가리째 뚝뚝 떨어져
> 낭자하구나.
> 나는 그러나 단 한 번 아파한 적 없구나.
> 이제 와 참 붉디붉다 내 청춘,
> 비명도 없이 흘러갔다.
>
> ─「동백」 전문

> 이 미친 향기의 북채는 어디 숨어 춤추나
>
> 매화 폭발 자욱한 그 아래를 봐라
>
> 뚝, 뚝, 뚝, 듣는 동백의 대가리들
> 선혈의 천둥
> 난타가 지나간다.
>
> ─「채와 북 사이, 동백 진다」 중에서

180

문인수의 시를 '격렬한 고요'의 시라고 표현하는 것은 수사의 차원만은 아니다. 격렬한 고요란 소리가 될 수 없으나 소리 외의 것은 더욱 될 수 없는 무음(無音)의 '난타'를 의미한다. 이는 실제보다 더 실제적인 허(虛)의 감각이며 상상의 울림이다. 동백꽃들이 떨어진 광경, 그 꽃들이 뿜어내는 자욱한 향기는 "선혈의 천둥/난타"가 되어 시인에게 육박해 온다. 광경의 난타, 향기의 난타는 침묵 속에 폭발하는 감흥의 난장(亂場)을 펼쳐놓는다. 이 난타의 고수(鼓手), "미친 향기의 북채"를 잡고 마구 두드려대는 타악(打樂)의 주인공은 누구인가? 이경호가 분석한 바와 같이, 그 주인공은 "땅에 떨어진 '동백의 대가리들'"(해설, 「'어리고 비린' 길의 풍경」)이다. 그리고 더 나아가서는 세상 속에 "숨어 춤추"는 시인의 마음과 삶이다. 그가 "내 청춘,/비명도 없이 흘러갔다"고 쓸 때, 땅 위를 질펀하게 뒤덮은 동백꽃들은 무음의 난타로 점철된 그의 청춘과 내면의 은유가 된다.

　이와 같은 집약적인 서정의 순간은 시인에게 대략 두 가지의 길을 열어놓는다. 하나는 자연과의 일체를 지향하며 자연을 삶의 원본으로 받드는 것이며, 다른 하나는 자신의 내면세계에 전혀 새로운 시간과 공간을 창조하는 것이다. 전자의 경우 시인은 자연의 순수한 원형을 찾아다니며 그 속에서 삶의 비의와 암호를 읽어내게 된다. 간략히 말해, 자아를 자연 속에 삼투시키는 방법이다. 후자에 속한 시인은 집약적인 서정의 순간을 자신의 내부로 돌려 '내적 지속'을 유지함으로써 은밀한 내면세계를 형성한다. 이 경우 자연은 시인에게 하나의 참고문헌이 되며, 주된 텍스트는 시인의 오랜 기억과 추억, 그 자신만의 각별한 경험과 상처가 된다. 이 경우 삼투되는 것은 자아가 아니라 오히려 외형상 훨씬 거대한 자연이다. 이런 분류 방식을 대입하면, 문인수의 시는 전자에 속하며, 이번 시집의 발생적 지반인 '여행'은 그가 자연의 깊은 중심으로 밍밍히는 과정이 된다.

칠십 리 하동포구 섬진강 길은,

아름다운 길은 無痛의 시간 속으로 들어간다.

구름 번쩍이는 산중턱 마을로 들어간다.

물앵두꽃 무더기 무더기 터져오르는 중이었다.

허물어져 가는 집이 몇 채,

그리고 그 노인부부 밭고랑 타고 앉아

섬광과 폭음 속으로 들어가는 중이었다.

훨훨훨 귀먹고 눈멀어가는 중이었다.

—「호암리」 전문

　섬진강의 아름다운 길은 그를 "무통의 시간"에 싸인 산중턱 마을로 인
도한다. 구름과 물앵두꽃과 무너져가는 집들이 전부인 이곳에는 "섬광
과 폭음"이 자연의 아우라처럼 드리워져 있다. 이곳은 인간의 감각과 시
간이 힘을 발휘할 수 없는 곳이다. 그런 탓에 이 마을에 사는 '노인부부'
가 "밭고랑 타고 앉아" "훨훨훨 귀먹고 눈멀어가는 중"인 것은 반드시 상
상의 일만은 아니다. 하지만 정작 "훨훨훨 귀먹고 눈멀어가는 중"에 있
는 것은 무엇보다 시인 자신이다. 그는 이 땅의 여행객이자 겸허한 순례
자로서 마음 깊이 자연에 귀의하는 중에 있다. 시인과 자연의 '내통'은
그의 발길이 닿는 곳이면 어디서나 일어난다. "아흔 굽이 길 구부려져 길
끊겨버린 느낌!" "내 속이 이제 구절리였으면 좋겠다"(「구절리」)는 염원
이나, "동강 높이 새 한 마리 떴다. //저, 마음에 뚫린 구멍, 꼭 그만하다
//산의 뿌리가 다 만져진다"(「동강이 높은 새」)는 합일의 절정은 이 시집
에서 자주 발견되는 풍경이다.

　문인수 시의 아름다움은 그가 자연에 몰입할수록 깊어지는 면을 보인
다. 「유등연지」의 참으로 예쁘고도 처연한 풍경, 「무덤」에서 삶이 죽음에
섞여드는 절묘한 광경, 「얼음새」에 그려진 겨울 연못의 "엷은 어둑살의
시린 느낌" 등은 절창의 경지를 엿보게 한다. 그러나 문인수가 늘 자연과

의 순연한 합일에 이르는 것은 아니다. 역마살이 낀 것처럼 여기저기를 헤매다니지만, 그가 원하는 곳은 늘 저 멀리 아득한 곳에 있다. 이를테면 "섬에 도착하면 또 섬이 없"고, "야생의 염소들만이 그 섬에 가 있"(「야생의 염소떼를 본다」)는 것이다. 문인수는 그 섬으로 가는 길을 쉽게 찾을 수 없다. 시집의 4부는 주로 이러한 어긋남과 괴리감을 형상화하는 데 바쳐진다. 시인의 내면의 갈등을 드러내면서 감정의 순간적인 노출에 기울어지는 경우가 많아짐에 따라, 자연히 시의 완성도에 흠이 생기게 된다. 「상사화」「유행가」「단청」「탑」 등의 시편은 이러한 아쉬움을 갖게 만든다.

2000년 김달진문학상 수상작이기도 한 시집 『동강의 높은 새』는 문인수의 시적 특장과 취약점을 함께 보여준다. 근래의 시단에서 문인수만큼 서정의 본질에 충실한 시인을 찾기는 쉽지 않다. 문인수의 시에는 순간 속에서 영원을 흡입하는 서정적 추동력과 그 속에서 세계를 획득한 자의 몰아의 기쁨이 실현되고 있다. 최근의 시에서 시간의 무화(無化)와 세계의 자아화로 압축되는 서정의 본령을 점유한 드문 예에 속하는 것이다. 우리 시대의 시가 대체로 산문적 현실과 파편화된 자아의 균열지대를 부유하고 있는 것을 생각할 때, 이는 매우 이례적인 경우이다. 문인수는 이 세계에 있는 것보다는 없는 것에, 다가오는 것보다는 사라지는 것에 애착을 가지면서 세계와 자아가 합치되는 귀한 순간에 도달한다. 하지만 드문 정점의 순간들 이외의 시간을 시화하는 데 있어서는 어려움을 겪는다. 이 부서진 시간들이야말로 삶의 대부분의 시간이라는 것을 환기하면, 문인수 시의 걸림돌은 분명해진다. 부서진 것을 받아들여 다른 형질의 육체를 빚는 것은 이 시대의 서정시가 개척해야 할 중요한 과제의 하나이다. 문인수의 다음 시집에서는 동화와 몰입의 서정에 균열과 견딤의 미학이 더해지기를 기대해본다.

3. 웃음의 테러—김승희

좋은 시인의 자질의 하나는 독특한 개성이다. 이 점에서 김승희는 일단 성공한 시인이다. 김승희 시의 독특함은 일차적으로는 천성적인 기질에서 연유한다. 김승희는 불(태양)과 어둠의 정령을 타고났으며, 원시의 야성과 샤먼의 광기를 지니고 있다. 이로 인해 김승희의 시는 '충돌'과 '폭발'을 중요한 시작 방법으로 삼는다. 그녀의 시가 격렬하게 부딪치고 분출하는 아수라의 정황을 연출하는 것은 실존의 딜레마와 현실의 모순에 따른다. 첫 시집 『태양미사』(1979)를 포함한 초기의 김승희는 삶과 죽음, 존재와 의미의 불화를 고뇌의 중심에 두었다. 이후 실존의 조건으로서의 한국사회의 현실에 눈을 돌리면서 김승희는 억압받는 여성과 불합리한 사회제도의 근원을 해부하기 시작한다. 네번째 시집 『달걀 속의 생』(1989)은 그 중요한 기폭제 역할을 한 시집으로,『어떻게 밖으로 나갈까』(1991),『세상에서 가장 무거운 싸움』(1995)에서 감행된 본격적인 '충돌과 폭발의 테러리즘'의 씨앗이 된 바 있다.

충돌과 폭발은 강한 마찰과 압력에서 생긴다. 김승희는 한국사회의 정치, 사회, 문화, 교육제도, 대중소비문화에 이르기까지 조작과 허위에 찌든 "당연과 물론의 세계"(「자서」,『세상에서 가장 무거운 싸움』)에 반발한다. 김승희의 거부와 항거는 현실의 뿌리를 파헤칠수록 거세어지며, 그녀는 이 혹독한 내압을 극복하기 위한 방책으로 무거움과 가벼움, 죽음과 삶, 분노와 성스러움, 고통과 웃음의 통합적 지양을 시도하게 된다. 일곱번째 시집 『빗자루를 타고 달리는 웃음』(2000)은 이 목록의 후자 쪽을 표방하면서 무겁고 음울한 실존을 감싸안으려 한다. 김승희가 밝힌 이 시집이 지향하는 "유쾌한 검은 폭소의 실존적 울림"(「후기」)이란, 고통을 희석시키는 웃음이 아닌 고통을 육화한 웃음의 반향을 의미한다.

이번 시집에서 김승희의 공략 대상은 '제국'의 세계이다. 한국사회는 국경 없는 수많은 제국의 지배하에 있다. 천민 자본주의의 제국, 광고와 소비와 욕망의 제국, 권위와 서열과 가짜 이데올로기의 제국, 남성의 제국, 결혼의 제국, 언어의 제국, 육체의 제국, 학교의 제국, 백인의 제국, 아메리카 제국, 맥도널드 제국 등 우리를 지배하는 제국의 종류는 너무도 많다. 김승희는 이 수많은 제국의 지배와 착취에 길들여진 사람들을 '노예'라고 부른다. 보이지 않는 권력에 '인간'과 '주체'를 몰수당하고 물컹물컹한 덩어리가 된 노예들은 그녀의 시에서 자주 '두부'라는 별칭으로 호명된다. 꽉 눌려 똑같은 판에 찍히는 '두부'는 냉장고 속의 부화할 수 없는 '달걀'과 함께 물화된 인간을 지칭하는 김승희만의 개성적인 비유이다. 이번 시집에서도 김승희는 "두부 같지 않은 두부, 두부가 아니고 싶은 두부, / 자신이 두부여서 불행한 두부에게는/처단 같은 죽음이 있"을 뿐인, "고고학이 없는, 미래도 기억도 없는, 한 판 두부"(「두부 학교」)의 불행한 운명을 노래한다.

판에 박힌 것을 거부하는 김승희는 '판'의 바깥과 판을 깨뜨리는 힘을 열망한다. 판의 바깥은 구체적으로는 다음과 같은 시공간에 존재한다. 학살당한 인디언 처녀가 자유롭게 "들의 한가운데로 날아가"는 "역사의 바깥"(「'다친 무릎'에서 시작된 인생」), "땅 위에선 국경선이 모두 지워지고/(……)/뱀의 뱃가죽에선 허물이 떨어져 승천이 돋아나"는 "'일상'이 ㄹ을 잃어버린 날"(「'일상'에서 ㄹ을 뺄 수만 있다면」), "기쁨에 날뛰며 춤의 탑을 짓"는, "거대한 피로의 한 탑을 깨"는, "달력이 끝나는 13월 13일의 대시간"(「대시간(大時間)」) 등의 시공간. 이 세계에서는 판 속의 '검은 폭소'가 탈주하는 환희의 웃음으로 바뀌며, 진정한 사랑과 웃음의 산맥이 융기한다.

탈주하는 사랑
탈주를 웃는 사랑
탈주조차를 잊어버리는 사랑
눈보라처럼 부응할 방향 자체가 없는 그런 사랑

반대로 달려가면서도 웃을 수 있는
즐거운 즐거워서 원기 왕성해지는
13월 13일만 같은 그런 사랑

—「13월 13일의 사랑」 중에서

불굴의 한 획으로
웃고 달려가는
잇달아 파고들며 웃고 달려가는
달아날수록 웃고 덤벼드는 뭉클뭉클한 천구의 산맥을 그린
걸레 수묵
후려치는 봉걸레
빗자루를 타고 달려가는
웃는 웃음
그 웃음의 산맥을 타고 달려가는
꿈틀대는 웃는 웃음

—「빗자루를 타고 달리는 웃음」 중에서

　'13월 13일'은 원래 운보 김기창 화백이 자루걸레로 그린 그림의 제목
이다. 김승희는 그 장쾌한 필치에서 '뭉클뭉클한' 삶의 애환이 웃음으로
승화되는 과정을 본다. 이 웃음은 "잇달아 파고들며 웃고 달려가는" "꿈
틀대는" 고통이 커질수록 증폭되는 웃음이다. 즉, 눈부신 생명력으로 가
득한 웃음이다. 이 웃음은 세계의 부정성에 대한 모독과 테러를 수행한
다. 김승희는 웃음의 질주를 통해 획일성의 제국에서 탈출해 자유의 벌
판으로 나아가고자 한다. 이때, 유쾌한 검은 폭소는 진정한 환희의 웃음
과 구별될 필요가 있다. 유쾌한 검은 폭소가 현실의 '안'을 향해 있다면,
진정한 환희의 웃음은 현실의 '바깥'에 속해 있다. 환희의 웃음은 폭소
의 공격성과 냉소를 갖지 않은, 오히려 그것을 무의미의 가루로 만드는

186

웃음이다. 이 웃음은 환희와 즐거움 자체로서 세계에 대한 위협적인 테러의 기능을 한다. 김승희의 '유쾌한 검은 폭소'는 환희의 미소로 나아갈 때 비로소 완성될 수 있는 것이다. 폭소나 실소가 대상에 대한 반응으로서의 배제의 웃음이라면, 환희의 미소는 주체의 안에서 생성된 울림이며 여유 있는 포괄의 웃음이다. 주체의 시선의 변화를 통해 세상을 움직이려는 김승희의 웃음의 동력학은 이 점을 염두에 두면서 전개되어야 할 것이다. 김승희가 꿈꾸는 달력 밖의 '13월 13일'의 세계는 필연적으로 초월과 연관된다. 이 초월은 현실의 수직적 상부가 아닌 수평적 외곽을 향한 것이며, 그 현실성의 유무보다는 현실에 대한 환기력으로 인해 의미를 갖는다. 시집『빗자루를 타고 달리는 웃음』에서 이 점은 충분히 드러나 있지 않은데, '빗자루를 타고 달리는 웃음'의 실감을 형상화하기보다는 그 정체를 설명하는 데 치우쳐 있는 까닭이다.

4. 파경과 광경―김정환

김정환은 현재 가장 활발한 저작 활동을 하는 문인의 한 사람이다. 그의 글쓰기 영역은 시, 소설, 비평, 문학이론, 미술평론, 역사 저술 등에 이르기까지 폭넓게 분포되어 있다. 김정환이 지닌 가히 폭발적인 글쓰기의 열정과 다채로운 관심사는 그가 1980년에 문단에 나온 이래 파란의 시대와 굴곡을 함께 하면서 전개되어왔다. 김정환은 민중적인 세계관을 견지한 시인 가운데 가장 형이상학적인 어법을 구사해왔는데, 이는 세계에 대한 그의 복합적인 질문의 방식과 관련이 있다. 지금까지 스무 권이 넘는 시집을 상재한 김정환은 최근 시집『해가 뜨다』(2000)에서 더욱 복잡하고 난해한 질문들을 제기한다. "무엇? 동반과 被농반의 시·공산 혼동, 아니면 제 몸에 구멍을 내는 질문들?/아니면, 질문의 구멍들?"(「바닷속sea-depth 2― 울음의 상자」)에서 보듯, 그의 질문은 이제 질문 자체까지를 표적으로 삼는다. 이 숱한 질문의 고리는 시 속에서 말의 흐름을 일부러 차단하는 쉼표들과, 수식어가 동시에 피수식어가 되는 비문에 가까운 문장들로 형식화된다. 그렇다면 김정환으로 하여금 자신의 질문을 끊임없이 검색하게 하는 과민한 자의식은 어디에서 유래하는 것일까? 그의 다소 난해한 설명은 이렇다.

생애를 닮은
미로의 중첩이
생애의 중첩으로 묻는다.
— 「바닷속sea-depth 3 — 아무도, 아무것도 없다」 중에서

'미로의 중첩'과 '생애의 중첩'은 단선적이지 않은 삶의 방향성과 함께 그가 투신했던 역사의 혼돈과 미망을 지칭한다. 김정환은 스스로 "모종의 세계관의 파경"을 선고하거니와, 신념과 투쟁으로 헤쳐온 과거의 역사는 불행하게도 현재의 역사에 의해 부정된다. 깨어진 거울은 지나온 삶과 역사의 파경, 시의 파경 등을 다각도로 상징한다. 역사는 자신의 몸 안에 합목적적인 법칙과 발전의 서사를 배태하고 있지 않았고, 그 역사를 비춘 시의 거울 속의 풍경 역시 모종의 착시였음이 확인되었다. 김정환은 세계의 '파경(破鏡)'을 선언하면서 아이러니컬하게도 '광경(光景)'을 시의 중심에 놓는다. 더 정확히는 그는 파경을 광경으로 전화(轉化)하는 도정 위에 있다. 역사의 주체에서 물러난 시선의 주체로서의 시인은 파경의 세계를 하나의 광경으로 응시함으로써 인식의 확산과 객관적 거리감을 확보하며, 파경의 역사를 넘어 광경의 역사를 새로 쓸 수 있는 지점에 이른다. 이번 시집에서 김정환이 집중적으로 탐색하는 것은 '파경의 광경화'로, 그 주된 광경은 지난 시대의 몰락과 그에 대한 새로운 해석을 내용으로 한다. 한 예로, 지난날 역사의 아름다운 지향점을 상징하던 '해'는 이제 무심하고 불온하며 냉혹한 형상으로 인화된다.

解産의 재탄생? 태양은 식전부터 선혈의 탯줄을 찬란한 빛물살로 풀며 뜬다. 피 비린 역사는 미래의 홍조로 전환될 뿐, 평면도 곡면도 없고 그 사이 잊혀질 수 없는 것들이 잊혀지는 이야기에 담긴 둥글고 붉은 망각의 外型처럼, 혹시 미래 전망과도 같이 뜬다. (……) 해가 내 젊은 날, 떴다. 최루탄과 백골단, 종로와 을지로, 코피 철철 흘리며 떴다. (……) 혈안의 눈동자. 그러나 수평선 위로 해는 언제나 뜬다. 언제나 모든 과거를 현재로 모든 현재를 미래로 모든 미래를 미래의 아름다움으로 만들며 뜬다. 지난한 문명의, 전망의, 장면의, 일순처럼. 영원은 적멸로 고요하지 않고 열화로 요란하지 않고 다만 시간을 넘어서는 광경의, 멀쩡함의 기적 같은 것. 영원의 감각적인 육체. 아름다움의 주소. 욕망의 전망. 보라 해가 뜨다. 발 디딜 곳 없는 희망의……

—「해가 뜨다」 중에서

'해'는 "잊혀질 수 없는 것들이 잊혀지는 이야기에 담긴 둥글고 붉은 망각의 외형" "욕망의 전망" "발 디딜 곳 없는 희망"으로 새롭게 규정된다. 고대부터 지금까지, "내 젊은 날"부터 오늘까지 변함없이 해는 "떴"지만, 그것은 '나'와 또 이 세계와 무관한 먼 곳의 '광경'일 뿐이다. 김정환은 역사의 정향성을 담지해온 또하나의 상징인 '길'에 대해서도 비판적인 해석을 가한다. "보이지 않는 차원에서 길은 완벽하다"(「길의 진리」)는 그의 진술은 긍정의 의미를 지니고 있음에도, 강한 불신의 의도를 감지하게 만든다. 결국, '파경의 광경화'의 과정에서 역사와 인간, 과거와 현재와 미래, 신념과 전망은 "사이와 사이만 남아 가시화하는/거울과 거울의 대면"(「다시, 그후」)의 상태에 있음이 확인된다. 이들은 서로를 반영하지 않으며 서로 개입하지도 않는다. 김정환은 "내 몸은 세상속으로 끝없이 펼쳐지고/무엇을 짓고 무엇을 허무느냐고/바람은 폐히 그후에 잉잉거린다"(「2000—3」)고 황량한 심경을 토로한다. 그러나,

눈이 내린다 무너질듯, 내 몸을 파묻지 않고 그 눈, 그 바깥에 네가 있다
눈이 내린다 말살하듯, 네 육체가 화려하다 그 눈 바깥에, 네가 있다
—「사랑 노래 2」중에서

"무너질듯" "말살하듯" "눈이 내리"는 광경의 바깥에는 "네가 있"다.
'눈'의 순결함으로도 닿을 수 없는 네가 있는 것이다. 정과리의 해석처
럼, '눈'은 눈(雪)과 눈(目)의 중의성을 내포하면서 '광경의 바깥'에 대
한 비전을 열어놓는다. 이 바깥의 세계에는 "나의, 역사의 모든 광경이
묻어나"는 장엄한 '음악'이 흘러 그를 위무하고 포용한다(「독재, 생애,
눈물, 광경, 음악」) 시집 『해가 뜨다』에서 중요한 기제로 등장하는 음악은
파경과 광경의 역사를 감싸안는 힘이자 그 아름다운 풍경으로 존재한다.
가시화될 수 없는 이 추상적인 음률의 풍경이야말로 김정환이 이번 시집
에서 도달한 드넓은 광경이며, 다시 그 광경의 바깥을 가리키는 지표라
고 할 수 있다. 이 지점에 이르러 파경의 역사 속에서 이야기된 '아버지'
의 죽음도 '그 넘어'를 기약할 수 있게 된다.

돌아온 것이 아냐. 우린 죽음과
처음의 역사를 응시하고 있다.
하느님보다 더 뒤에서
말씀의 등을 통찰하고 있다.

(얘야, 미안하다……) 그리고 파경의
가계가 보인다.
그 넘어도 보인다.

그러나 내가 느끼는 것은
모종의, 뒷골이 빠개지는

미래.
그것은 나의 뒷골이고
나의 미래다

이제 바람이 분다 비도
내릴 것이다.

그렇게 충만하였던 의미가
음악으로 충만하다.

— 「바닷속 sea-depth 4 — 문학의 變容」 중에서

파경의 삶과 역사를 광경의 이야기로 바꾸는 힘은 파경의 바깥에서
파경을 보는 더 넓고 깊이 있는 통찰력이다. "하느님보다 더 뒤에서/말
씀의 등을 통찰하"는 김정환의 시선은, '바깥'이란 다른 세계가 아닌
"모종의, 뒷골이 빠개지는/미래"에 속한 것이라고 이야기한다. 그는 미
래의 희망보다는 미래의 비극을 예고하며, 이미 예정된 파경을 다시 그
바깥에서 광경화할 수 있는 힘이 바로 우리의 삶과 역사를 이끌어갈 것
이라고 말한다. 이 세계관은 의심할 바 없이 비극적이지만, 자체 내에
이미 그 비극을 끌어안는 힘을 간직하고 있다.

시집 『해가 뜨다』는 김정환이 가장 자신을 의식한 상태에서 씌어졌으
면서도 또한 자신을 자유롭게 풀어놓은 흔적이 보이는 시집이다. 이 자
의식의 큰 파장 속에서 시들은 때때로 의미의 혼란과 착종 상태에 빠져
든다. 시집의 군데군데에 여과 없이 제시된 현학적인 언술과 단절의 맥
락은 안정된 시읽기를 방해하는 적잖은 요인이 된다. 우리 시단의 육중
한 좌표의 하나인 김정환이 이번 시집에서 선보인 '광경의 세계관'은 뚜
렷한 방향성이 없이 혼돈에 빠져 있는 우리의 시대와 문학에 큰 힘을 불
어넣는 것임에 분명하다. 이 작업을 계속 밀고나가 보다 유연한 시적 형

상을 보여준다면, 깊이 있고 독자적인 철학을 구축해나가는 우리 시단의 소수파 시인으로서의 김정환의 입지는 더욱 굳어지게 될 것이다.

폐허 위의 영혼들
— 박용하, 김명리, 이윤학의 시세계

1. 고갈의 문명/운명

　현대문명의 아이러니는 문명이 진행될수록 '폐허'를 상기시킨다는 점에 있다. 전쟁과 천재지변, 몰락한 역사의 잔해를 말하는 것이 아니다. 현대의 폐허는 강철과 투명 유리와 금속성의 재료로 이루어져 있다. 화려한 인공의 폐허는 '획일성'을 주제로 한 일종의 테마 공원과도 같다. 미려한 산의 능선과 울창한 숲의 무질서, 인간의 따스한 숨결은 '폐허의 기획'에 의해 무너지고 해체된다. 현대문명의 진정한 테마는 파괴와 죽음이라고 해도 과언이 아니다. 이미 낯익은 언술이 되었지만, 아름다운 자연과 인간의 영혼은 고갈되었고, 신성의 아우라는 흔적도 없이 사라져 버렸다. 여기에 인간은 지나간 삶의 기억과 낯선 사아 잎에서 다시 한번 박탈감에 젖는다. 인간은 이제 "나는 폐허다!"라고 선언해야 할 지점에 이른 것이다. 그러나 아무 일도 없다는 듯, 우리의 세계는 분노와 망각을 반복하는 가운데 지속된다. 폐허를 건설하는 수고로운 과정을 밟는 현대문명은 부서진 인간의 잔해로 더 튼튼한 옹벽을 만든다.

현대문명이 폐허의 문명인 또다른 이유는 폐허의 감각을 내면화한 점에 있다. 이 시대만큼 폐허가 일상의 삶과 존재의 내면에 깊이 각인된 시대는 없었다. 폐허는 보이지 않는 감옥처럼 존재의 내·외부를 둘러싸고 있어 수많은 탈출의 시도는 대부분 실패로 끝난다. 그 끝에서 다시 폐허는 지친 영혼에게 뿌리칠 수 없는 매혹으로 다가온다. 고통과 상처에 괴로워하면서도 동시에 탐닉하는 것은 현대인이 거의 무의식적으로 체화하고 있는 이중의 삶의 감각이다. 이 모순된 감각 속에서 현대인은 사막의 세계에 사는 법을 배우며, 폐허를 자신의 운명으로 받아들인다. 절망과 고독은 극한에 이를수록 기이한 황홀감을 동반하며, 고통받는 존재는 그 비극적 정당성으로 인해 세계보다 우월한 위치를 확보한다. 이 슬픈 황홀감과 우월감은 폐허 속의 존재를 지탱하는 어두운 힘이 되어준다. 폐허에 있음을 확인하는 순간, 존재는 비극적 쾌감과 불행한 의식에 매료되기 시작하는 것이다.

최근의 시에서 폐허의 영토는 더욱더 확장되는 추세에 있다. 추측컨대, 가장 비극적인 폐허의 삶을 살았던 시인의 한 사람은 기형도일 것이다. 그가 "정신의 모두를 폐허로 만들면서 주인을 기다려야 했"던 "포도밭 묘지"는 죽음과 결락으로 가득한 폐허의 땅이었다. 폐허의 언술은 이후 많은 시인들에게 빠르게 퍼져나간다. 송찬호는 이 세계를 먼지와 얼음으로 뒤덮인 "부재의 발생지"라고 부르며, 함성호는 "죽음의 장소이자 모든 환각과 약물의 성전"이라는 불명예스러운 수사로 압축한다. 김혜순은 자본주의적 삶의 공간이 "죽음의 모래들이 부서져 날리는 곳", "결코 건너갈 수 없는 각자의 궁창"으로 넘치는 곳이라고 말한다. 이 지독한 폐허에서 존재는 부패하는 "회저의 밤"(최승호)을 보내거나, "흐린 주점"에 앉아 술잔을 기울이는 "아름다운 폐인"(황지우)을 꿈꾸면서 무력하게 삶을 통과해야 한다. 폐허 위의 존재는 어떤 식으로든 수많은 종류의 몰락과 상실을 견뎌야 하는 것이다. 끊임없이, 무엇보다 홀로!

박용하, 김명리, 이윤학 등 세 시인도 황폐한 땅에 거주하는 폐허의 주민들이다. 하지만 이들이 폐허의 삶을 내면화하는 방식은 각기 다르다. '폐허의 멜랑콜리'라 이름 붙일 수 있는 도취적 낭만주의(박용하), 삶이란 적멸의 과정임을 '즐겁게' 받아들이려는 온유의 자세(김명리), 완전한 자기 소멸에 이르기 위한 정신의 단련(이윤학) 등이 그것이다. 더불어 이들은 현실의 폐허 너머에 있는 어떤 궁극의 지점을 꿈꾼다. 박용하는 잃어버린 "영혼의 북쪽"을 찾아 떠나며, 김명리는 지상의 온갖 새와 구름들과 함께 "황야의 텅 빈 새조롱"을 향해 날아가고, 이윤학은 지울 수 없는 '나'를 지우고 가야 할 "가보지 못한 별들"의 세계를 꿈꾼다. 그리하여 고립과 멸망을 두려워 않는 박용하는 '7번 국도'를 '질주'하고, 적요로움에 갈증을 느끼는 김명리는 수많은 '폐사지(廢寺地)'를 '순례'하며, 자신에게서 탈출하려는 이윤학은 죽음의 문턱에 있는 존재와 사물을 집요하게 '관찰'한다. 기이히게도 이들이 꿈꾸는 곳은 더 거대하고 완전한 폐허의 색채를 내뿜고 있다. 존재하지 않을 수도 있는 그곳, 때로 인식의 한계를 벗어나며 이 세계의 많은 것들이 부정된 그곳은 극도로 황량한 폐허의 형상을 하고 있다. 그렇다면, 폐허에서 폐허에 이르는 긴 여정이야말로 이 시대의 삶의 본질이 되어버린 것은 아닐까? 서로 다른 시 경향을 지닌 박용하, 김명리, 이윤학의 세 시인은 적어도 이 지점에서 하나로 만나고 있다.

2. 폐허의 멜랑콜리─박용하

박용하의 세번째 시집 『영혼의 북쪽』(1999)은 무/무한과 고립/고독, 자연과 영혼에 관한 시집이다. 그 보이지 않는 감미로운 목소리를 듣기 위해 박용하는 어디에서든 "몽상의 주파수"(「북쪽」)를 맞춘다. 첫 시집

『나무들은 폭포처럼 타오른다』(1991)에서 박용하는 이미 죽음의 문명에 맞서 생동하는 자연의 위력을 묘파한 바 있다. 이번 시집에서도 그는 문명의 광기를 비판하면서 남은 희망을 신비한 자연과 고독한 영혼에서 찾는다. 그에게 자연은 폐허의 인류가 숙독해야 할 가장 위대한 책이며, 따라서 "황금 잎사귀로 뒤덮인 자연의 경전"(「은행나무 도서관」)을 이해한 자만이 영혼의 적막과 풍요에 이를 수 있다. 자연 앞에 전존재로 선 박용하는 고독의 파토스를 안고 방랑의 속도로 세계를 질주한다. 그에게 방랑은 "전 세계의 오락화에 맞서 끝까지 사투"(시집 표지글)하는 일이며, 영혼의 진정한 안식처를 찾아가는 일이다. 그가 낯선 "길 위에 서면 / 무한 같은 게 덮쳐"와 "영원성을 저장하고 있는" 길들(「국도에의 초대」)을 보여준다. 그중에서도 '7번 국도'는 영혼이 안주할 수 있는 방향이 '북쪽'이라고 일러준다. 박용하에게 '북쪽'은 고독한 영혼의 처소이며, 존재의 원점이자 도달해야 할 극점이다. '북쪽'에는 그가 태어나고 자란 강원도의 바닷가가 있고, 그가 떠돌았던 쓸쓸한 이방의 땅이 있다. 춥고 눈이 많은 북쪽은, 한 줄기 외진 국도가 있어 방랑하는 영혼이 고독의 진액을 맛보기에 좋은 곳이다. '영혼의 북쪽'에 관해 이야기하는 박용하는 이미 '북쪽의 영혼'을 소유한 운명적인 방랑자이다. 그가 "내 인생은 7번 국도를 출발해 7번 국도로 돌아가는 거대한 추억의 궁륭이다"(「7번 국도」)라고 호언할 때, 여기에는 수사의 화려함과 함께 짙은 낭만성이 흐르고 있다.

　박용하는 북쪽을 향해 정처없는 여행을 떠난다. 여행지는 '7번 국도'의 추억의 공간을 비롯해 시애틀, 코펜하겐, 마추피추 등 지구의 곳곳, 나아가 '달 호텔'과 같은 외계의 공간에까지 이른다. '국도'의 감수성을 지닌 시인 박용하 여행의 열정과 목적을 다음과 같이 노래한다.

　밑창이 너덜너덜한 구두 한 켤레와 닳아 해어진 청바지 두 벌이 길을 핥고 있다. 왕국이란 게 그리 멀리 있지 않다. 언제나 발바닥에 달라붙어 있다. 내면에 달라붙어 여행하는 언어의 숨결처럼 이 세상 어디에도 속하지 않고 묶일 수도 없고 섞일 수도 없는 악마만큼이나 비밀이 넘쳐나는 고통의 왕국이 거기에 존재하느니라. 숨이 뇌수까지 꽉 들어차 터질 것 같은 대도시가 사랑스럽고 먹음직하듯 無에 달라붙어 숨쉬는 까마득한 발자국이야말로 나의 고립된 나라였느니라.

— 「내 인생의 마추픽추」 중에서

"언제나 발바닥에 달라붙어 있"는 '왕국'이란 그가 방랑하는 길 위의 왕국이다. "이 세상 어디에도 속하지 않고 묶일 수도 없고 섞일 수도 없는" 자만이 갈 수 있는 그곳은 무엇보다 "고통의 왕국"이다. 방랑이 세계에 대한 저항과 탈주가 될 때, 그 길은 고통과 시련으로 점철된다. 그러나 방랑은 '무(無)'의 탈환을 위한 정결하고도 신성한 여정이다. 박용하는 "無에 달라붙어 숨쉬는 까마득한 발자국" 때문에 떠나고, 무의 여정 속에서 그의 내면은 "고립된 나라"가 된다. 무 속의 고립은 현실과의 단절 및 존재의 무화의 욕망에서 비롯된다. 박용하가 "無의 귀족"(「억새」)을 꿈꾸며 "고립의 빌라"(「프랑크푸르트 북쪽」)에 머무는 것은 '무'가 자연의 본질이며 실체라고 믿기 때문이다. 그에게 '무'는 자연의 기원이자 원동력이며, 모든 변화의 원리이자 결과이다. 한마디로 '무'는 존재의 궁극적인 내용이다. 무 속에서 존재는 "더 이상 잃을 것도 더 이상 집착할 그 무엇도 없"(「억새」)는 평정을 누린다.

(……) 그런 어느 날 우/리는 놀랍게도 (……) 푸른 숨결을 온몸으/로 들이마시며 無에서 바스락거/리는 태양의 잎이 싹트는 소리를/듣는 것이다. (……) 한 그루 나/무에서 떨어지는 무의 발자국 소/리. 무의 파도 소리를 상상해보/라.

— 「동해의 영혼」 중에서

자연의 모든 존재는 무에서 싹튼다. "무의 발자국 소리" "무의 파도 소리"로 무의 실체를 현현하는 것이다. 예를 들면, "나무는 길 위에 있는 無限"(「촛불의 시간」)이고, "해변은 無의 피안"(「전망대」)이며, 마더 테레사의 주름진 얼굴은 성스러운 "無限이 흐르"(「남태평양」)는 장소이다. 신성한 무는 폐허의 문명과 정확히 반대되는 지점에 위치한다. "걸어다니는 폭력과 공해가" "거덜낸" '이 별'(「人魔」), "시체 소각장"이 된 '지구'(「20세기의 북쪽」)에서 사라진 것은 다름 아닌 무이며 무한이다. 또한 그 무에 이르고자 하는 영혼의 끝없는 고독이며, "天空은 무한을 먹고 파도는 우주의 척추에 스미"(「구월의 산책」)는 아름다운 교감의 시간이다. 그러나 박용하가 방랑의 끝에서 확인하는 것은 무의 황홀경이 아닌, 자아의 고립과 파탄이다. 이 시대와 문명을 호기롭게 해부한 장시 「20세기의 북쪽」에서 절망과 희망의 변증법을 역설하지만, 박용하는 근본적으로 고립의 파토스와 폐허의 멜랑콜리에 흠뻑 젖어 있다.

> 다가오지 마라, 나는 고립 위에 건설된 천국이다
> 끝끝내 어긋나는 질투, 나의 그리움은 끝이 났다
> 이제 탁자와 페치카, 시월의 바람만이 나를 구하리라
> ―「다시는 보스턴에 가지 않으리」 중에서

"나는 고립 위에 건설된 천국이다." 박용하의 『영혼의 북쪽』은 이 한 마디의 말에서 시작되고 나아가며 멈춘다. 고립은 그가 폐허의 문명에서 무한의 자연으로 질주하는 힘인 동시에 한계이다. 고립된 영혼은 아무리 거대한 열정을 품는다 해도 그것을 다시 자신의 내부에 쏟아부을 수밖에 없다. 한 그루 나무와 파도에서 '무의 피안'을 엿볼 때도 있지만, 박용하는 여전히 폐허 속을 홀로 방황하고 있다. 이로 인해 "고립 위에 건설된 천국"은 그 천국의 황량한 풍경과 함께 다시 폐허를 상기시킨다. 혼자만의 폐허에서 "탁자와 페치카, 시월의 바람만이 나를 구하리라"고 말하는

시인은 몇 개의 소품과 분위기에 의존하는 심약한 감상성마저 드러낸다. 이렇게 볼 때 박용하는 고립의 비극성과 폐허의 멜랑콜리에 도취된 차원을 넘어 지나치게 '중독'(「드라이브 명상」)되어 있는 것인지도 모른다. 시집의 도처에 등장하는 박용하 특유의 아포리즘도 과도한 수사와 비장감으로 인해 진정성이 약화된 느낌을 준다. "나는 젊어서 일찍 삶을 끝장내는 데 실패했다. 그것이 내 인생의 유일한 실패다"(「단편들」)와 같은 진술은 도발적인 통쾌함보다는 성급한 객기로 다가온다. 박용하는 우리 시대의 희귀한 음유시인의 한 사람으로, 자연과 영혼을 '숭배'하는 마지막 세대의 감수성을 노래한다. 그가 파탄과 고립의 유혹에 시달리는 것은 이 시대의 인간으로서 감수해야 할 고난의 한 부분이다. 그러나 바로 같은 이유에 의해 그는 냉정하게 스스로를 절제할 필요가 있다. 자기 소멸의 유혹을 경계하지 않는 폐허의 방랑은 폐허 속의 함몰로 귀결되기 쉬우며, 도취의 멜랑콜리란 극한의 도저함에 이른다 해도 감상성과 병적 징후를 벗어버리기 어렵다. 시에 대한 지나친 애정이 박용하에게 일종의 강박감으로 작용하고 있는 것이라면, 이 절제의 필요성은 더욱 커지게 된다.

3. 적멸의 끝에 있는 것―김명리

김명리는 절창(絶唱)과 무음(無音)의 사이에서 머뭇거린다. 절창의 미학과 무음의 적요에 한꺼번에 이끌리고 있는 탓이다. 그녀의 시에는 수북하게 만발한 풍경과 텅 빈 소멸의 공간이 공존한다. 이중 흐드러진 풍경은 자연에 속하며, 사라지고 무너진 것들은 주로 인간의 삶에 관계된다. "지천의 봄꽃들/수천 수만의 햇빛 알타리 녹아느는/서 음률"(「냇물」) 속에서 절창을 구하고, 그 아래 인간의 마을에 흩어진 폐허 속에서 무음의 의미를 깨닫는 것. 절창과 무음이 바뀌어도 무방할 이 삶의 탄주 속에서 김명리의 시는 씌어진다. 꽃향기 가득한 "봄밤, 더없이 깊어가는 운하"(「봄밤의 水門을 열다」)에 침잠하기도 하지만, 김명리는 황폐한 삶의 폐허에 더 마음을 기울인다. 부서진 삶의 잔해 속에서 소멸의 행로를 추적하고 그와 동행하는 것. 그녀가 누리는 '적멸의 즐거움'은 '풍경'이 '운동'의 한 과정임을 이해하는 가운데 얻어진다.

　김명리의 세번째 시집 『적멸의 즐거움』(1999)에는 폐허와 소진의 공간이 도처에 널려 있다. "마침내 폐기되는 서울 변두리"의 "부서진 집"(「배밭 속의 집」), "척산 앞바다의 빈 집들"(「빈 집」), "텅 빈 동네"(「對酌」), "사라진 폐사지 보원사"(「소리에 귀를 베이다」), "갈수기의 江岸 모랫벌"(「落日의 새」) 등 그녀의 발길이 닿는 장소는 대부분 흔적과 잔해로 뒤덮여 있다. 폐허의 배경이 되는 시간은 대개 노을 물드는 저녁이나 깊은 밤이며, 이 어둡고 한적한 폐허에서 김명리는 소멸의 진정한 이면을 본다.

텅 빈 불상좌대 위,
저 가득가득 옮겨앉는
햇빛부처, 바람부처, 빗물부처
오체투지로 기어오르는 갈대잎 덤불
밤 내린 장항리,
폐사지 자욱한 달빛 眞身舍利여!

—「적멸의 즐거움」 중에서

　절이 무너진 "폐사지"의 "텅 빈 불상좌대 위"에는 불상은 없지만, 부처는 헤아릴 수 없이 많다. 허물어진 불상을 대신하여 "햇빛부처, 바람부처, 빗물부처"들이 "가득가득 옮겨 앉"아 있기 때문이다. 일체의 삼라만상이 진여(眞如)의 그릇일진대, 무형 무위(無形無爲)의 햇빛과 바람이 부처의 반열에 오르는 것은 이상한 일이 아니다. 이렇게 보면 "오체투지로 기어오르는 갈대잎 덤불" 역시 구도자의 모습을 하고 있다. 폐허를 신성한 법당으로 바꾸는 김명리의 상상력은 "폐사지 자욱한 달빛 진신사리"에서 정점에 이른다. 어둠에 싸인 폐허의 절터는 "달빛 진신사리"를 통해 거룩한 사원으로 탈바꿈한다. 이 시에서 김명리는 소멸이 몰락이나 종말이 아닌 어떤 실현의 과정임을 보여준다. 적멸은 무위의 생성이며, 우주의 본성의 실현 과정인 것이다. 김명리가 말하는 적멸의 즐거움이란 이 거대한 깨달음의 즐거움을 의미한다. 김명리는 눈으로는 적멸의 이면을 보고, 귀로는 "염계의 악업을 씻어준다는/가릉빈가 한 쌍"의 울음과 "사람의 귓전에 꽃그늘로 드리우는 저 寂默"(「누가 내 등을 떠밀었나」)의 무음(無音)을 들으려 한다. 적멸의 끝, 무음의 지대에서 김명리가 발견하는 것은 뜻밖에도 너무도 어둡고 암울한 풍경이다.

> 그는
> 황야를 지키는 단 한 그루의 나무
> 거기 매달린 텅 빈 새조롱이다
> 해 지는 쪽으로
> 해 지는 쪽으로
> 새란 새들은 온갖 구름들은
> 그 조롱 속을 향하여 날아간다
> 세상의 온갖 열락, 세상의 온갖 모욕들이
> (……)
> 저토록 어둡고 텅 빈 새조롱을 향하여 날아가고 있다
> (……)
> 내 사랑! 그의 이름은 텅 빈 황야를 지키려는
> 헛된 드라마, 급전직하로 추락하는
> 이름 없는 詩다
>   —「새란 새들은 온갖 구름들은」 중에서

적멸의 끝에는 무엇이 있을까? 답은 간단하다. 아무것도 없다. 다만 "어둡고 텅 빈 새조롱"이 하나 매달려 있을 뿐이다. 이것을 모르는 세상의 존재들은 그 초라한 기착지를 향해 쉬임없이 "날아간다". 전 생애를 소진하여 다다른 "텅 빈 새조롱" 앞에서 지친 존재는 "급전직하로 추락하"고 만다. 이것 외에는 다른 도리가 없는 것이다. "어둡고 텅 빈 새조롱"은 존재의 허망하고 쓸쓸한 운명과, 어떠한 내용물로도 채울 수 없는 '삶'이라는 텅 빈 공동(空洞)을 상징한다. 삶의 본질이 이러하다면, 지극한 "사랑!"마저도 "텅 빈 황야를 지키려는 헛된 드라마"에 불과할 수밖에 없다. 그 속에서 존재는 "칠흑의 낭떠러지 아래,/제 몸을 벗어난 새 울음이/바닷가의 새장을 짓고 또 허무"(「일몰을 몰아오는 새」)는 무용의 고난을 반복하며 삶을 영위하는 것이다.

김명리가 적멸의 즐거움을 누리는 것은 풍경의 밖에서 적멸의 폐허를 순례하고 바라보는 자의 위치에 설 때이다. 그녀가 적멸을 자연의 순환 과정으로 이해하는 것은 외적 사물에 한정된다. 스스로 적멸의 주체가 될 때 김명리는 비애와 허무의 감정에 휩싸인다. 모든 것이 무화된 절대의 공간/완전한 폐허에 대한 '사유자'이기에 앞서, 김명리는 소멸의 운명을 감내해야 하는 개별자이기 때문이다. 그녀 역시 '텅 빈 새조롱'을 향해 날아가는 한 마리의 새인 것이다. 시집 『적멸의 즐거움』에 자주 등장하는 '새'는 이러한 정황을 잘 대변한다. "말라붙은 식도, 텅빈 내장"(「落日의 새」)을 지닌 "무거운 새"(「무거운 새」)는 소멸의 고통과 슬픔을 압축한 비극적인 상징이다. "신생과 훼멸의 신비"(「자서」)를 깨우치기 위해서는 먼저 소멸의 주체로서의 존재의 비애와 고통을 살아내야 한다.

시집 『적멸의 즐거움』(1999)은 첫 시집 『물 속의 아틀라스』(1988)에 이은 『물보다 낮은 집』(1991) 이후 십 년 만에 출간된 시집이다. 탐미적이면서도 건조한 초기의 시풍은 긴 시간차를 두고 불교적인 색채의 고아한 서정으로 변모되었다. 하지만 김명리의 울울하고 먹먹한 감정의 파랑을 끝까지 따라가기란 쉬운 일이 아니다. 절창을 구하는 수사가 때로 이미지와 시적 의미의 선명성을 흐리고 있는 것도 아쉬운 점의 하나이다. 절창이란 음과 음의 유려한 화합이지만, 그 사이사이에 수많은 무음의 공간을 거느리고 있다. 무음의 적요와 절창의 가락은 원래부터 하나의 뿌리에서 나오는 것이며, 김명리가 구하는 적멸의 즐거움은 '적멸'과 '즐거움'의 주체가 하나가 될 때 보다 유현한 경지에 이를 수 있을 것이다. 모쪼록 그녀의 시에 적요로움이 더 잘 배어들기를, 햇빛부처 바람부처 같은 것들이 더 유유히 노닐게 되기를 기대해본다.

4. 존재의 어두운 폐허 ─ 이윤학

이윤학의 시는 끔찍한 딜레마 속에서 태어난다. 전 생애에 걸친, '자기'라는 이름의 딜레마가 그것이다. 그에게 자신의 존재는 완전히 지우고 싶은 대상이면서 은거할 수 있는 유일한 장소이다. 자신이 거부하는 것 속에 머물러야 하는 비극은 치유할 수 없는 실존의 통증을 안겨준다. 이윤학의 의식은 "내 저주는, / 나를 다 태운 뒤에야 꺼지는 거"(「성환에서 1」)라는 극한의 자학과, "숨을 곳이란, 자기 자신의 / 끝없이 어두운 동굴밖에는 없"(「무사마귀떼에게 바침」)다는 쓰라린 자조의 영역에 걸쳐 있다. 그는 삶이 폐허라는 사실보다 그 폐허를 견디면서 사는 자신을 더 견딜 수 없어한다. 견딜 수 없으므로 그는 끊임없이 자신을 버린다. "삽날에 목이 찍히자" "머리통을 금방 버리"는 '뱀'처럼, 자기를 버리고 "쏜살같이 어딘가로 떠나"(「이미지」)고자 한다. 머리가 잘려 요동치는 뱀의 모습에서 이윤학이 보는 것은 환각과도 같은 희망의 비전(?)이다. 자아가 완전히 폐기되는 자기 파열의 극점이야말로 그가 도달하려는 삶의 지점이기 때문이다.

첫 시집 『먼지의 집』(1992)부터 일관되어온 이 '파멸의 드라마'는 네 번째 시집 『아픈 곳에 자꾸 손이 간다』(2000)에 이르러 더욱 견고한 형태

를 보여준다. 시는 짧아졌고, 어조는 더 단호해졌으며, 환멸은 더욱 깊어
졌다. "나는 내가 아니기를 / 얼마나 오랫동안 바라고 있었던가"(「눈보
라」)라고 자탄하는 이윤학은, 광기나 착란의 징후조차도 없이 스스로를
견딘다. 그 견딤의 사태는

> 냉방에 들어가 / 한 자루 칼이 된다. / 칼자루를 쥐고 떤다. //
> 긴장된 장판 위에 / 칼날을 세우고 선다. //
> 뻘겋게 달았을 당시, / 무수히 내리쳐진 / 망치에 대한 설렘
>
> —「칼끝」 중에서

과 같은 치열한 상황으로 전개된다. 마치 자신을 도려내는 듯한 이윤학
의 냉혹한 자의식은 이번 시집에서는 가슴 아픈 슬픔을 동반한다. 자신
에 관해 이야기할 때 그가 자주 사용하는 장치는 '거울'이다. "상처로 빛
나는 거울"(『나를 위해 울어주는 버드나무』, 15쪽)에는 이제 '눈물'이 더
해진다.

> 어디,
> 자신보다 더 불쌍한 인간이 또 있을까
>
> 눈물이 글썽거리는 눈동자
>
> 거울 속으로 문이 열리고, 그는
> 급히 거울 속에서 나와
> 눈물을 감춘다
>
> —「거울」 중에서

> 거울에 비친 그의 얼굴,

그것말고는 모두 환상이다
　　　　　—「겨울의 거울에 비친 창문 저편」 중에서

　　이윤학의 거울은 실체만을 반영한다. 더 정확히는 실체의 이면을 투시한다. 그의 내면의 일부인 이 거울은 진실을 드러내는 현현의 거울이다. 진실의 거울은 실체와 영상의 위상을 전복하면서 '환상'의 현실을 깨우쳐준다. 이윤학의 거울은 단순한 재현의 도구와는 다른, 실체가 살고 있는 투명한 공간이다. 존재의 진정한 모습은 거울의 밖이 아닌 안에 있다. 거울 속의 '그'는 "눈물이 글썽거리는 눈동자"를 갖고 있지만, 거울 밖으로 나올 때는 '급히' "눈물을 감춘다". 허위로 가득 찬 세계 앞에 자신을 은폐하기 위해서이다. 그렇다면 거울 속에 비친 이윤학의 진짜 얼굴은 무엇일까? 이 거울은 어떻게 신기한 마력을 발휘하는 것일까? 그 열쇠는 이윤학의 시에 자주 등장하는 벌레와 작은 동식물, 자잘한 사물들에 있다. 이윤학이 온 마음을 다해 바라보는 미물들은 그 자신의 투명한 '존재의 거울'이다. 그들은 대부분 상처와 죽음에 물들어 있고, 자신으로부터 헤어나지 못한다. 이윤학은 단지 그들을 관찰하는 데 머물지 않는다. 엄마 품에 안긴 아이가 엄마의 눈을 통해 "엄마가 보는 풍경을" "빨아먹는"(「봄」) 것처럼 그들의 시선을 흡입하고 공유한다. 거울 속으로 들어가 거울의 시선을 가지는 것, 이윤학의 관찰은 공감과 존재적 일치감으로 전이된다.

　　갖가지 '존재의 거울'은 이윤학의 앞에 수시로 출현한다. "일렬횡대로 파묻혀" 머리통이 잘리는 양배추(「양배추 수확」), "죽는 날까지 / 뱃속이 / 까맣게 타들어가도 / 누군가를 부르지 않는 해바라기"(「해바라기」), "삐걱거리다 버려질 운명을 타고난 / 녹슨 접는 의자"(「마을 회관, 접는 의자들」), "고개를 쑤셔박고 숨은 무사바귀네"(「무사바귀떼에 비침」) 등온 존재의 속내를 거침없이 드러내는 예리한 거울들이다. 이외에도 개미, 파리, 갑오징어, 돌멩이, 폐비닐, 썩은 연못 등 이윤학의 주위에는 눈물을 글썽이게 하는 부박한 '거울'들이 밀집해 있다. 이 거울들을 통해 이윤학은 자신이 바로 겁에 질린 시퍼런 양배추이고, 찢어지면서 속이 드러나는 무화과이며, 캄캄한 구멍 속에서 숨이 막힌 까치이고, 아스팔트 위에 납작하게 달라붙은 고양이의 시체임을 본다.

이윤학의 정밀한 시선은 각각의 존재가 자기만의 폐허로 가득 차 있는 실상을 해부한다. 이것은 너무도 처절한 진실일 터이지만, 그의 네번째 시집은 박형준이 해설에 가까운 발문에서 지적한 것처럼 자폐와 극단의 위험에 노출되어 있다. "너는 망했다, 너는 폐허다!"(「나를 위해 울어주는 버드나무」)라는 이윤학의 파탄적인 자기 규정은 이제 수정과 갱신을 필요로 한다. 이번 시집의 한켠에서 그는, "누군가에게 가는 길,/문을 여는 방법,/그것밖에 없음을"(「늙은 참나무 앞에 서서」)이라고 조심스럽게 이야기한다. 아픈 곳에 자꾸 손이 가는 것은 치유의 열망 때문이 아니겠는가. 얼마간 이윤학은 이 열망에 몸을 맡기고, 따뜻한 손이 이끄는 대로 따라가야 할 것이다. 대상에 대한 집중과 의미의 농축을 지향하는 이윤학의 시는 '사유하는 이미지즘'의 가능성을 엿보게 한다. 이번 시집에서 그 가능성은 겹겹으로 직조된 이미지와 상징으로 촘촘히 구현되고 있다.

3부

'눈(雪)'과 '빛'의 상상체계
― 최하림론

나는 배고프게 세계의 중심에 있습니다
나는 울고 있습니다
　　―「겨울이면 배고픈 까마귀들이」 중에서

1. 언어의 빛을 사용하는 법

　분명히 형체가 있는데 모호한 것! 한없이 떨고 있는데 고요한 것! 최하
림의 시는 이런 형태로 존재한다. 그의 시가 어떤 풍경을 세밀하게 묘사
할 때도, 드러나는 것은 풍경이 아니라 풍경의 잔상이며 효과이다. 이를
테면 최하림은 자신의 시공간에 직접조명이 아닌 간접조명을 설치해놓
고 있다. 그는 세계의 존재와 사물들이 직사광선 아래서는 오히려 형상
이 왜곡되고 색이 바랜다고 생각한다. 이 세계의 존재와 사물을 알맞게
비추기 위해 최하림이 사용하는 조명 기구는 '언어'이다. 사실 최하림을
포함해 모든 시인들은 언어 이외에 다른 장치를 갖고 있지 않다. 언어라
는 조명 기구의 속성과 사용법을 잘 파악하는 일이 시인에게 필수적인
것은 그것의 유일성 때문이다. 최하림은 가능한 한 부드러운 밝기로 이
조명을 사용한다. 이는 두 가지 이유에 기인하는데, 첫째는 언어라는 조

명 장치의 사용법을 완전히 알 수는 없기 때문이며, 둘째는 사용자조차 정확히 조절할 수 없는 언어의 빛이 오히려 대상의 실체를 훼손할 수 있기 때문이다. 이 난감함으로 인해 최하림은 다음과 같은 소망을 갖기에 이른다. "결코 우리로부터 분리되지 않고/합해지지도 않는 슬픈 것들아/오늘밤은 커튼을 내리고/램프를 켜고 네 푸른 질 속으로/들어가 너를 밝혀보아라"(「말에게」,『속이 보이는 심연으로』, 1991).

언어에 대한 최하림의 고민은 김춘수와 김종삼이 행한 작업의 연장선상에 있다. 특히 젊은 시절의 최하림은 언어와 시의 본질에 대해 각별한 문제의식을 갖고 있었다. 몽환적인 어조와 상징주의적 경향의 현란한 시어들은 거칠게나마 그러한 의식이 표출된 결과였다. 최하림은 역사의 파행과 현실의 폭력에 대해서도 깊이 있는 통찰을 행해왔다. 그가 지닌 인식의 폭은 첫 시집『우리들을 위하여』(1976)에서 네번째 시집『속이 보이는 심연으로』에 걸쳐 분명히 확인된다. 이후 칠 년의 시간차를 두고 펴낸 『굴참나무숲에서 아이들이 온다』(1998)를 기점으로 최하림의 관심은 '존재와 시간의 현상학'이라고 부를 수 있는 실존과 내면의 문제로 기울어진다.[1] 비교의 화법으로 말하면, 최하림은 김수영과 김춘수/김종삼의 사이에 있다고 할 수 있다. 이 사이의 거리는 적잖이 멀고, 또 생각보다 가깝다. 최하림 시의 특성이 하나의 선명한 어휘로 요약되기 힘든 이유는 여기에 있다. 언어에 대한 자의식과 세계의 미학적 천착을 중시하는 시와 현실 인식과 역사적 책무를 강조하는 시가 문학사적으로 분리되어 평가되는 동안, 최하림의 시는 어느 한쪽으로 명확히 분류되지 않는 중간지대로 여겨져왔다. 그러나 적어도『속이 보이는 심연으로』까지의 최

---

1) 1964년 조선일보에 시 「빈약한 올페의 회상」이 당선되어 작품 활동을 시작한 최하림은 지금까지『우리들을 위하여』(1976),『작은 마을에서』(1982),『겨울 깊은 물소리』(1988),『속이 보이는 심연으로』(1991),『굴참나무숲에서 아이들이 온다』(1998),『풍경 뒤의 풍경』(2001) 등 여섯 권의 시집을 출간했다. 이중『겨울 깊은 물소리』는 1999년문학동네에서 재출간된 판본을 텍스트로 하였다.

하림은 두 세계를 통합적으로 시화한 드문 경우에 속한다. 그 시기의 최하림은 통합적인 인식이 오히려 시적 태도의 애매함으로 이해되는 문학사적 차원의 불운을 겪은 셈이다.

시적 언술의 본질적인 차원을 생각할 때, 시는 대체로 두 가지 유형으로 나누어지게 된다. 하나는 자아와 세계를 해명하는 시이며, 다른 하나는 자신과 세계를 향해 질문을 던지는 시이다. 해명의 시는 감정과 체험의 고백, 세계의 비의를 담은 잠언과 경구, 선문답 유의 진술까지 다양한 유형을 포괄한다. 질문의 시는 세계에 대한 비판과 실험정신에서 존재의 본질에 대한 의문까지 많은 형태를 아우른다. 이런 관점에서 볼 때, 최하림의 시는 후자 쪽인 질문의 시에 속한다. 현실에 대한 비판적 성찰과 존재의 소실점인 절대 영역에 대한 사유를 병행해온 최하림은 시와 말에 대한 자의식을 통해 이 점을 분명히 해왔다. 형식적인 면에서도 최하림의 시에는 '시'와 '말'을 제목이나 제재로 한 시들이 많이 등장한다. 시의 주제가 의문형의 문장으로 압축된 경우가 많은 것도 같은 사례에 속한다.

최하림 시의 심층 화법으로서의 '질문'은 세계의 모순과 자아의 불안한 결핍에서 발생한다. "나는 배고프게 세계의 중심에 있습니다/나는 울고 있습니다"는 고백이 보여주듯, 세계의 중심에 빈 몸으로 서 있는 존재의 허기와 울음은 끝없는 질문을 유발한다. 최하림은 이 질문에 대답하기보다는 더 본질적인 깊이로 질문하기 위해 애쓴다. 질문은 최하림과 그의 시의 존재방식이며, 나아가 하나의 존재론적인 풍경이 된다. 그 질문의 풍경에는 자주 '눈(雪)'이 내리거나 '빛'이 흐르며, 계절은 대체로 겨울(내면의 겨울을 포함해)이 지속되는 중에 있다. 특별한 인칭이 없는 '비인칭의 시'(황현산)로 규정된 바 있는 최하림의 시에서, '눈'과 '빛'은 때로 진정하고 유일한 주체로까지 느껴진다. 이들이 다른 상징적 이미지들과 긴밀하게 연결되면서 최하림의 시석 사유의 원천이 되고 있는 까닭이다.

2. '눈(雪)' 과 '빛' 의 상상체계

최하림의 시에서 '눈' 과 '빛' 은 어둠, 바다, 나무, 새 등의 이미지와 길항하면서 시쓰기에 대한 강렬한 자의식을 수반한다. 청년 시절의 최하림은 자신이 처한 현실을 "막막한 江岸을 흘러와 쌓인 死兒의 場所. 몇 겹의 죽음./장마철마다 떠내려온, 노래를 잃어버린 신들의 항구"(「빈약한올페의 회상」, 조선일보 신춘문예, 1964)라고 현학적으로 표현한 바 있거니와, 그의 초기시는 죽음을 은닉한 현실의 '어둠' 을 노래하는 데 집중되었다. 최하림 시의 존재방식으로서의 질문은 일차적으로 현실의 어둠에 대한 거부에서 비롯된다.

보아라 칼 아래 잠든 밤이여

(……)

깊고 침침하게 흐르는 바다로 바다로 가

일대를 조용하게 할 질문의 소리를 들어야겠다.

먼 현실로 돌아가 내가 나일 수 있다면……

내가 나일 수 있다면……

— 「悲歌」(『우리들을 위하여』) 중에서

"일대를 조용하게 할 질문의 소리"란, "칼 아래 잠든 밤"의 현실에 대한 저항의 외침이다. 또한 "내가 나일 수 있"게 하는 정직한 내면의 육성이다. 최하림 시의 출발점은 이 둘이 따로 분리되지 않는 지점에 있다. 외부와 내부 세계의 두 방향성의 합일은 타오르는 '불' 의 상승력 및 '빛' 의 확산력, 지심(地心)에 스미는 '눈(雪)' 의 침투력이 공존하는 풍경으로 나타난다. 최하림은 시대의 '어둠' 에 항거하는 힘으로 '불/빛' 과 '눈' 을 나란히 맞세워놓는다. 바슐라르의 물질적 상상력의 편린을 엿볼 수 있는 최하림의 초기시에서 '불/빛' 과 '눈' 은 운동 방향과 온기가 다를 뿐 동일한 역할을 하고 있다. 역사와 현실의 부정성을 타파하고, 준엄하게 언어를 벼리는 시인의 자기 단련의 모델로서의 역할이 그것이다.

> 아아 불은 나를 태우고 너를 태우고
> 우리들이 가야 할 암흑의 산천을 태우는데
> 가자 가자 머리 위 버드나무잎과 물이랑이
> 수천 수만 빛으로 반짝이고 그 빛들은
> 우리가 걸어온 길의 울음소리와
> 울음소리 속으로 뻗어나간 길의
> 신난을 보이는데, 신난을 보이는데……
> ─「밤 강가에서」(『우리들을 위하여』) 중에서

> 칼끝을 걸어가는 아픔을 가지지 못한
> 언어는 칼끝에 결코 이르지 못한다
> 언어는 칼일 수 없다 녹아서 지심 깊숙히
> 스며들어 사물의 뿌리를 축이는 눈이여
> ─「눈」(『우리들을 위하여』) 중에서

현실과 자아의 부정성을 제거하는 정화의 '불' 은 "버드나무잎과 물이랑" 위에서 반짝이는 "수천 수만 빛"으로 변주된다. 이 '빛' 속에는 "우리가 걸어온 길의 울음소리와/울음 소리 속으로 뻗어나간 길의/신난" 이 오롯이 새겨져 있다. 울음과 함께 반짝이는 '빛' 은 역사와 내면의 고투를 합치시켜온 시인 최하림의 존재적 표상이며, 그 외화된 형태로서의 자연의 상징이다. 이 '빛' 은 "칼끝을 걸어가는 아픔"으로 "녹아서 지심 깊숙히/스며들어 사물의 뿌리를 축이는 눈"과 근본적으로 같다. 뜨거운 '불' 과 차가운 '눈', 사물의 외부를 비추는 '빛' 과 사물의 내부에 스미는 '눈' 은 사물과 세계의 본질에 육박하는 온몸이 에너지로 이루어진 존재이다. 이 '빛'과 '눈'의 육체를 빌려 고요하고 치열하게 본질에 접근하는 과정이 곧 최하림의 시쓰기 과정인 것이다.

'불/빛'과 '눈'의 시적 의미의 유사성, 이 두 상징물에 내장된 시쓰기의 자의식은 다음의 시에서 보다 확연히 드러난다.

> 눈이 지천으로 오는 밤에 시를 써야지
>
> 머리를 눈에 박고 써야지
>
> 눈 속을 걸어가는 사내 몇
>
> 불을 찾는 사내 몇
>
> 겨울까마귀 몇
>
> 죽은 자들도 이런 밤엔 불을 찾아
>
> 몇 날이고 몇 밤이고 언덕을 넘겠지 그들의 목소리가
>
> 벌판을 헤매겠지. 그들의 불을 찾으러? 꿈꾸는 불? 붉은 불? 그 불 속에
>
> 밤차가 달리고 겨울까마귀들이 공중을 떠돌겠지
>
> ―「詩」(『작은 마을에서』) 중에서

최하림의 시에서 눈이 내리는 풍경은 단순히 자연의 경치를 뜻하지 않는다. 이 시에서도 "눈이 지천으로 오는 밤"은 시인이 "머리를 눈에 박고" "시를 써야" 하는 밤이며, "죽은 자들도" "불을 찾아"가는 밤으로 독특하게 의미화된다. 눈이 오는 밤은 눈과는 정반대의 속성을 지닌 "꿈꾸는 불?"을 찾을 수 있는 예외적이며 마술적인 시간이다. 그리하여 최하림의 시에서 '눈(雪)'은 삶의 빈 공간을 채우는 자연의 실재이고, 시간의 균열을 메우는 섭리의 물질이며, 닿을 수 없는 절대의 외부이자 그 외부에서 불현듯 찾아오는 각성으로서 특별한 의미를 지닌다. 뿐만이 아니다. '눈'은 시인이 바라보는 대상의 차원에서 한 걸음 더 나아가 스스로 하나의 눈(目)을 지닌 주체가 된다. 어두운 밤 눈이 내리는 풍경을 보며 시인이 세계와 삶을 사유할 때, 눈(雪) 또한 시인을 말없이 지켜보며 그

를 따뜻하게 위무한다. 그러므로 '눈'은 자연의 질서를 현현하면서 인간을 지켜보고 있는 우주의 눈(目)이자, 시인의 내면에서 빛나는 존재의 눈(目)이기도 하다. 최하림 시의 '눈(雪)'은 이처럼 세계의 일부인 객관적 사물과 시인의 내면의 주관적 투영물이라는 두 가지 차원을 공유하고 있다.

세계의 본질을 밝히는 '눈'과 '불/빛'의 상징은 시인의 내부를 거쳐 다른 이미지로 파생된다. 주로 80년대에 씌어진 시들에서 '눈'과 '불/빛'은 역동적인 생명력을 지닌 '새'와 '나무'의 이미지를 산출한다. 그런데 이 '새'와 '나무'가 뿜는 강인한 생명력이란, "공포로 가득 찬 세상"(「베드로 2」, 『겨울 깊은 물소리』)과 "전율이 어둠에서 어둠으로/내에서 숲으로 시대의 공기를/비트"(「빛」, 『겨울 깊은 물소리』)는 역사에 대한 필사적인 항거의 몸부림에 다름아니다. "삶이 개만도 못한 無間地獄"(「嶺東」, 『작은 마을에서』)을 살아내는 동안 최하림이 지닌 내면의 표상이 곧 '새'와 '나무'인 것이다.

> 어떤 빛에도 드러나지 않고
> 어떤 놀에도 몸 붉어지지 않고
> 오로지 제 어둠으로 가는구나
> 멀리 멀리 그리운 불 밝혀두고
> 풀잎들이 한덩이로 뭉쳐 사운거리는
> 연산강 하구언을 지나서, 겨울새들이여
> ─「새」(『작은 마을에서』) 중에서

> 오오 보이지 않는 바람에 저리도 많은 날개를 흔드는 나무들이여
> (……) 어두운 나무들이여 산보다 깊은 海心에서 일어나는 나무들이여
> ─「어두운 골짜기에서」(『작은 마을에서』) 중에서

"오로지 제 어둠으로 가는" '겨울새'와 "산보다 깊은 해심에서 일어나

는" '어두운 나무'는 시인이 지향하는 내적 자아를 선명히 보여준다. 혹한의 하늘을 날아가는 '겨울새'와 해심(海深)에서 일어나 날개를 흔드는 '나무'는 강인한 인내와 비상 의지의 결정체라고 할 수 있다. 그러나 '새'와 '나무'의 가파른 자기 갱신의 운동이 탄탄한 성공을 예비해둔 것은 아니다. 폭력과 어둠의 시대는 "나무도 언덕도 마지막 날아간 새들의 그림자도" 빠르게 지워버린 후, 이 모든 노력을 절망으로 바꾼다. 이 견고한 부동의 현실 위로 무슨 계시처럼 다시 '눈'이 내린다.

시끄러운 시대를 끝내고 당신의 눈이 내리는 아침 남부지방의 예술가들은 사라진 친구를 부르며 어디로인지 가고 신경처럼 가느른 시간도 가고 있습니다 나도 가고 싶습니다 내리는 눈을 따라서, 눈은 시대이고 나도 시대입니다
　　　　　　　　　─「주여 눈이 왔습니다」(『겨울 깊은 물소리』) 중에서

죽음 속에서 눈이 내렸다. 나무도 언덕도 마지막 날아간 새들의 그림자도 보이지 않았다. 늠실거리는 햇빛도 보이지 않았다.

이제 벌판은 누구의 것인가
　　　　　　　　　─「11월에 떨어진 꽃이」(『겨울 깊은 물소리』) 중에서

"눈은 시대이고 나도 시대입니다"라는 시구는 눈과 시인, 시대의 일체화를 보여준다는 점에서 중요한 진술이다. '눈'은 세계의 풍경의 일부이거나 스스로 한 주체였는데, 이제 시인 및 시대와 한 몸을 형성한다. 일찍이 대지에 스미던 '눈'은 시인의 내부에 스며들어 시인의 자아보다도 더 최종적인 곳에 자리잡는다. 모든 것이 사라지고 '햇빛'조차 보이지 않는 현실에서 유일하게 움직이고(내리고) 있는 것은 '눈'이다. 그러므로 "이제 벌판은 누구의 것인가"라는 질문의 답은 '눈'이외에는 달리 있을 수

없다. 이처럼 황막한 현실은 '말'의 힘까지도 무력하게 만들어버린다. "말들은 이제 보이지 않는다. 사람의 집도 보이지 않는다"(「말」, 『겨울 깊은 물소리』), "말들은 운다 아니다 말들은 울 줄도 모른다"(「말」, 『울 깊은 물소리』)는 진술들은 최하림의 정신적 위기를 잘 보여준다.

　최하림이 자신을 '눈'에 투사한 것은 험난한 시대를 통과하는 존재적 차원의 선택이었다. 그는 '눈'에서 세상을 뒤덮는 섭리를 보았고, 자족적인 무한한 에너지를 보았으며, 모든 것의 소멸 뒤에도 남아 있는 움직임을 보았다. 무엇보다 최하림은 '눈'을 통해 자신의 믿음과 미래의 희망을 확인할 수 있었다.

> 살아 있으므로 우리는 보게 될 것이다
> 시간들이 가서 마을과 언덕에 눈이 쌓이고
> 생각들이 무거워지고
> 나무들이 축복처럼 서 있을 것이다
> 소중한 것들은 언제나 저렇듯 무겁게
> 내린다고, 어느 날 말할 때가 올 것이다
> 눈이 떨면서 내릴 것이다
> 　　　　―「가을, 그리고 겨울」(『속이 보이는 심연으로』) 중에서

　"소중한 것들은 언제나 저렇듯 무겁게/내린다"는 것, 그것을 "어느 날 말할 때가 올 것"이라는 것, 그리하여 "눈이 떨면서 내릴 것"이라는 믿음은 최하림의 현실 의식의 핵심을 이룬다. "떨면서 내릴" '눈'은 시인의 자아와 합일되어 있는 눈이며, 과거의 고통과, 현재와 미래의 희망을 하나로 융화하는 눈이다. 언젠가 그런 눈이 내릴 것이라는 최하림의 믿음은 "현대사라는 새가 리드미컬하게 경사를 그리며 달려내려가 날카로운 발톱으로 박종철을 채가고 이한열을 채가면서 포박과 비상의 균형을 이루는 그 생존과 질서의 반복!"(「새」, 『속이 보이는 심연으로』) 속에서도 훼

손되지 않는다. '눈'과 자신과 시대를 일치시킨 그는 그 믿음으로 장엄한 화해와 극복의 순간에 도달하기에 이른다.

사방에 무등산이 있었다. (……) 그런 무등산의 둥근 허리로 어느 날 춤추듯 눈이 내렸다. 눈은 뺨에 녹아내리고 이마에 녹아내리고, 눈썹에 녹아내리고, 눈은 눈 위에 녹아내리면서 쌓였다. 이제 산은 크고 허연 눈이었다. 결정의 얼음들이 나무마다 열리고, 햇살이 비쳐들자 얼음들은 구슬처럼 빛나면서 맑은 소리로 울었다. 그 소리들이 골짜기로 골짜기로 퍼져온 산이, 무등산이 쩌렁쩌렁 울고 있었다.
— 「무등산」(『속이 보이는 심연으로』) 중에서

'무등산'으로 상징된 한 시대의 비극적인 역사는 '산'이 "크고 허연 눈"이 되고, "결정의 얼음들이" '햇살'에 빛나며, "무등산이 쩌렁쩌렁 우"는 변화를 통해 치유의 단계에 접어든다. 이 장면은 '눈'과 '빛'이 동일한 기능의 상징임을 다시금 확인하게 해준다. 그러나 이를 정점으로 최하림의 시에서 '눈'과 '빛'의 역할은 변화를 맞이하게 된다. 『굴참나무숲에서 아이들이 온다』와 『풍경 뒤의 풍경』에서 '눈'과 '빛'은 시의 후면으로 물러나고, 시인의 자아인 '나'가 전면에 나서는 것이다. 시대의 '어둠'에 묻혀 있던 '빛'이 되살아나고, 그 '빛'에 조응하는 밝은 이미지의 '나무'가 등장한 것도 변화의 하나이다. 이와 함께 시인을 압박하는 대상도 달라진다. 인간의 역사 대신 존재의 시간이 문제되는 것이다. 최하림은 자신이 처한 실존의 시간을, "죽은 자들의 역사를 알리는 상형문자가 물위에 잠시 나타났다가 사라지"는 "비실재의 시간"(「소록도 詩篇 5」, 『굴참나무』)이자, "시간들이 비명을/지르"는(「겨울 내몽고 1」, 『풍경』) "무명의 시간"(「겨울 어느 날」, 『굴참나무』)으로 인식한다. 이제 이 시간을 통과하는 것이 최하림 시의 과제가 되는바, 그는 먼저 시간에 대한 두려움을 토로한다. "내 앞에서 아직도 검은 시간들이/뭉텅뭉텅 흘러가고

218

있다"(「황혼 저편으로」, 『풍경』)는 자각은 그의 내부에서 날것 상태의 목소리가 흘러나오게 만든다.

> 저는 혼자입니다
> 저는 떨고 있습니다
> 　　　　　　　　—「길 위에서」(『풍경 뒤의 풍경』) 중에서

> 나는 모두를 알 수 없다 나는 너무 멀리 있다 (……) 유리창 밖에는 유령처럼 내가 떠오르고 있다
> 　　—「나는 너무 멀리 있다」(『굴참나무숲에서 아이들이 온다』) 중에서

'역사'에서 '시간'으로의 초점 이동에 따라 최하림 시의 심층 화법은 '질문'에서 '해명'으로 바뀐다. 그 결과 1인칭 주어인 '나'의 고백과 진술이 시의 주된 내용이 되고, 비약과 모호성을 띤 표현들이 자주 등장한다. "나는 너무 멀리 있다"와 같은 '~로부터'의 필수 성분이 빠진 시구는 그 대표적인 예이다. 지난 시대의 최하림이 시대와 언어의 '심연'에 이르고자 했다면, 90년대 이후의 그는 시간과 존재의 풍경, 눈에 보이는 현실의 '풍경 뒤의 풍경'을 그리고자 한다고 볼 수 있다. 안타깝게도 이 노력은 처음부터 실패로 끝날 운명을 안고 있다. 어느 누구도 가시적인 풍경의 배후에 있는 실재(the real)의 풍경을 그릴 수는 없는 까닭이다. 그러니, 차라리 이렇게 고백하는 것이 나을 수도 있다.

> 나는 결코 눈길에 발자국을 남기지
> 못한다 눈은 나를 덮고 또 덮으며
> 종일 내려 쌓인다
> 　　—「아무 생각 없이 겨울 풍경 그리기」(『굴참나무숲에서 아이들이 온다』) 중에서

굴곡의 시대 속에서 시인과 하나가 되었던 '눈'은 다시 절대의 영역에 귀속된다. 혹은 "검은 새들이 은빛 가지 위에서 날고/눈이 내리고 달도 별도 멀어져간다"(「빈집」,『풍경 뒤의 풍경』)에서처럼 소멸과 죽음의 이미지로 채색된다. 여기에서 "제 어둠"의 힘으로 날던 '겨울새'가 "빈집에서 꿈을 꾸"는 '검은 새'(「빈집」,『풍경 뒤의 풍경』)로 변한 점을 눈여겨볼 필요가 있다. 강한 생명력의 표상인 '겨울새'가 죽음의 전령인 '검은 새'로 변하면서 '눈'의 상징적 의미도 변모했기 때문이다. 존재와 세계를 융화하는 섭리의 물질이었던 '눈'은 시간이라는 병을 앓고 있는 시인에게는 단절감을 느끼게 하는 타자적 존재가 된다. '눈'은 존재와 세계의 균열을 메워왔지만, 시간의 균열을 메울 힘을 갖고 있지는 못하다. 전과 다름없이 최하림의 삶의 공간에 "아직도 눈은 멈추지 않고 내리고 있"으나, 그렇게 쌓인 "눈 위로 함석집의 파동이 일어나"는 것을 아무도 "주목하지는 못한다". "파동은 모습을 드러내는 일 없이 아침에서 저녁까지 // 빈 하늘을 회오리처럼 울린다"(「다시 빈집」,『풍경 뒤의 풍경』). 파동을 만들어내는 것은 다름 아닌 시간의 힘이다. 모든 존재는 시간의 힘에 의해 생성되고 소멸한다는 것. 최하림의 깨달음과 절망은 이처럼 정확히 같은 뿌리에서 싹트고 있다.

잠시, 시간의 균열을 감당할 수 없는 '눈'이 사람이 떠나간 '빈집'에 쌓인다는 점에 주목하자. 빈집에 내리는 눈은 사람이 북적이는 세상에 떨며 내리던 눈과는 본질적으로 다르다. 차가운 물질 자체인 눈이 사람의 온기를 품은 눈과 같을 수는 없다. 최하림이 저 무심한 시간의 폭력에 고통스러워하면서도, 사방이 온통 "무통의 적막뿐"(「갈마동에 가자고 아내가 말한다」,『풍경 뒤의 풍경』)이라고 말하는 것은 우연이 아니다. 지금 그는 시간의 빈집에 거처할 수도 없이 하릴없이 내려 쌓이는 '눈'과 다를 바 없다. 시간의 균열을 감당하지 못하는 '눈'은 최하림의 또다른 내적 자아의 표상이다. 이제 그가 할 수 있는 것은 "가속적으로, 종일 無極의 시간을/달리"(「겨울 내몽고 2」,『풍경 뒤의 풍경』)는 것일 뿐이며, "그 이상

방 안에는 사건이 일어나지 않"는다(「손」,『풍경 뒤의 풍경』).

'눈(雪)'이 시간의 장벽에 부딪혀 힘을 잃자 최하림은 '빛'의 상상력을 다시 소환한다. 세계의 부정성을 추방하고 본질을 밝힌 동일한 시적 상징인 '눈'과 '빛'은 시간과의 관계를 통해 다른 의미로 분화된다. 그렇다면 시간과 시간 사이의 메울 수 없는 균열, 그 균열로 인한 삶의 의미의 증발은 '빛'의 힘을 빌려 회복될 수 있을까?

　　2

나는 햇빛 속을 가고 있다 강물 위인 듯, 진공 속인 듯, 나는 맨발로, 고개를 갸우뚱하고 조금씩 흔들리며 블랙홀 같은 시간 속을 가고 있다 (……) 한꺼번에 시간들이 쏟아질 것 같은 예감에 시달리며 나는 몸을 일으켜세웠다 그릇 위 햇빛이 번쩍거렸다

　　(……)

　　4

오늘 같은 날에는 덤벙대지 말고
조용히, 시를 생각하며,
시를
기다려야겠다
　　　　　　　　—「햇빛 한 그릇」(『풍경 뒤의 풍경』) 중에서

햇빛은 부서진 시간의 화합을 경험하게 한다. "나는 햇빛 속으로 가"면서 "블랙홀 같은 시간 속을 가고 있다"고 느끼며, "한꺼번에 시간들이 쏟아질 것 같은 예감"에 휩싸인다. "햇빛이 번쩍거릴" 때 시간들은 선율하며 하나가 되고, 존재를 분열시키는 시간의 균열은 자취를 감춘다. 그야말로 모든 시간을 빨아들이는 '블랙홀의 시간'인 것이다. 시간을 화해시

키는 빛은 지금 최하림이 갖고 있는 유일하고도 유용한 재산이라고 할 수 있다. 그는 이 시간을 "조용히, 시를 생각하며,/시를/기다리"는 일에 바치겠다고 말한다. 평생 동안 언어의 진정한 사용법과 시쓰기의 자세를 생각해온 노시인은 한 줌 햇빛 아래서 다시 시쓰기의 초발심을 생각한다. 이제 그에게는 깨끗한 흰 눈조차도 벗어버리고 싶은 무게이며 외피인지도 모른다. 질량도 형체도 없는, 오로지 대상을 드러냄으로써 자신을 드러내는 '빛'의 존재방식이야말로 40년의 시력(詩歷)을 거쳐 최하림이 갖게 된 가장 뜨거운 존재적 열망이라고 할 수 있다. 존재의 최대이자 최후의 적이 시간이라면, 최하림은 '빛', 그중에서도 '햇빛'의 존재방식으로 이 시간의 늪을 통과하고자 하는 것이다. 그 투명한 기록으로 시를 빚고자 하는 시인의 마음은 맑고 순연하기 이를 데 없다.

3. '빛'의 존재방식을 찾아서

초기의 최하림은 세계의 중심을 관통하는 '언어의 풍경'을 염두에 두었으나, 시간이 흐를수록 세계의 전모와 배후를 담는 '풍경의 언어'를 빚는 데 주력하고 있다. '언어의 풍경'이 비판적인 현실 인식을 내장한 언어와 시쓰기에 대한 강한 자의식의 산물이었다면, '풍경의 언어'는 언어와 시쓰기에 대한 자의식을 용해시킨 시간에 대한 사유의 산물이라고 할 수 있다. 불합리한 현실을 담아낸 '언어의 풍경'이 모순에 대한 질문으로 붉볐던 데 비해, 실존의 고뇌가 투영된 '풍경의 언어'에는 시인의 주관적인 진술이 많은 비중을 차지하고 있다. 인간의 역사에서 존재의 시간으로 시의 화두를 옮기며 최하림은 우리 시사의 발걸음과 대체로 일치하는 변화를 보여준다. 역사 · 사회적 인식과 개인의 내면의식의 갈등을 천착하는 과정에서 개인의 의식 쪽으로 기울게 된 것이다. 그러나 폭압적인 시대의 와중에도 두 세계의 조화를 지향한 최하림의 균형감각은 남다른 것이라고 할 수 있다.

이 가운데 '눈'과 '빛'은 최하림의 상상과 인식의 동력으로서 중요한 위상을 갖고 있다. '눈'과 '빛'은 시대의 어둠을 걷어내고 세계와 사물의 본질을 밝히는 동일한 기능을 담당했다. 특히 '눈'은 최하림의 삶과 내면을 비추는 존재의 등불로서, 어둠의 시대와 혼연일체를 이룬 역사적 실체로서, 자연의 섭리를 대변하는 아름다운 지표로서 시의 곳곳에서 다채롭고 중요한 상징이 되어왔다. '눈'은 풍경의 일부이자 스스로 하나의 주체로서 시적 주체와 끊임없는 조응을 이루어온, 최하림 시의 가장 중요한 상징이라고 할 수 있다. 그러나 90년대 이후 최하림이 시간과 실존의 문제를 탐구하게 되면서 '눈'은 '빛'의 이미지에 앞자리를 내주게 된다. '빛'은 시간 앞에 한없이 무력한 존재의 절망을 감싸주면서 가장 가볍고 자유로운 존재방식을 현시한다. 주체의 소멸과 무화(無化)를 두려워하지 않으며, "한꺼번에 시간들이 쏟아지"는 순간을 끌어안을 수 있는 용기와 포용의 방식이 그것이다.

'눈'과 '빛'은 사실상 '물'과 '불'의 변형된 계열 이미지이다. '물'과 '불'이 육체적이고 물질적인 속성을 지닌 데 반해, '눈'과 '빛'은 보다 깊은 정신과 내면의 차원에 관여한다. 최하림의 시에서 '눈'과 '빛'은 때로 동일한 기능을 하면서, 또 때로 상이하거나 어느 한쪽이 두드러진 역할을 하면서 독특한 상상체계를 형성한다. 이 상상체계가 가장 활발하게 작동할 때 최하림 시의 완성도는 높아진다. 그런 점에서 최근의 시에서 '눈'의 상징의 약화는, 그가 지나치게 자아 내부의 문제로 경사되고 있다는 우려와 함께 아쉬움을 갖게 한다. 존재의 뿌리에 스며들어 자아와 세계를 합일시키는 '눈'과 분열된 시간을 화해시켜 자아에게 포용의 존재방식을 깨닫게 하는 '빛'이 어우러진 풍경을, 최하림의 시에서 다시 볼 수 있기를 바라는 것은 이러한 이유에서이다.

'그 여자'의 오래된 말들
─ 강은교론

1. '그 여자'의 정체

　강은교의 시집들은 '그 여자'의 말들을 채록한 일종의 구술집(口述集)이다. 역사의 타자들인 '그 여자'의 이야기들은 비역사적이거나 심지어 무역사적으로까지 보인다. 시간과 공간적 배경도 구체성이 휘발된 경우가 많으며, 주인공은 고유한 이름조차 갖고 있지 않다. 성별만을 표시하는, 익명의 불특정 존재를 가리키는 '그 여자'가 주인공이 소유한 호칭의 전부일 뿐이다. 강은교의 시는 이렇게 역사 바깥의 역사, 이름(제도화된 언어와 질서) 바깥의 이름을 호출하면서 우리 시에 새로운 공간을 창조해왔다. 흥미롭게도 그 창조의 힘은 주술에 의지하고 있다. 주술이란, 그 요체를 생각해보건대, 훼손된 것을 되살리기 위해 인간의 내적인 힘을 발산하려는 노력에 다름아니다. 그리고 이 보이지 않는 힘을 자신의 몸으로 현시하려는 자가 주술사, 곧 무당이다. 무당은 기존의 세계에서

'그 여자'로 타자화된 여성들 가운데 가장 억압받았으며, 또 그 억압을 해체하는 데 앞장서온 여성이다. 강은교는 이 무당의 피를 이어받은 현대의 여성시인들 가운데 거의 맨 앞자리에 위치하고 있다. 치유와 재생의 언어, 몸과 마음이 합치된 언어인 무당의 언어를 현대적 담론으로 변용한 최승자 김혜순 김승희 박서원 김정란 노혜경 김선우 등의 여성시인들의 앞에는 강은교가 있는 것이다. 1970년대에 화려하게 주목받으며 등장한 강은교는 80년대와 90년대의 시단에 풍성한 수확을 가져다준 여성시인들의 전사(前史)에 해당한다.

지난 30여 년간 강은교의 시에는 지속적으로 '그 여자'가 등장하고 있다. '그 여자'는 이 땅의 어디에나 있고 어느 시간 속에나 있는 여자들, 즉 버려지고 상처받은 여자들이다. 즉 '그 여자'는 강은교 자신이자 그녀 주변의 여자들이며, 실재하는 여자이자 유추된 상상 속의 여자들이고, 특정한 여자이자 여자 일반으로서의 여자이다. 단수이자 복수이며, 대상이자 주체이고, 실물(實物)이자 추상인 '그 여자'는 독자적인 육체가 아닌, 무정형의 '살'과 '뼈'(강은교의 시에서 '뼈'는 허무의 뼈, 소리의 뼈 등의 무형의 존재성을 형상화한다)와 '피'로 떠돈다. 살과 뼈와 피는 생의 안쪽과 바깥쪽에 걸쳐 산재(散在)하면서 나무와 강물, 바람과 어둠, 뿌리와 눈(雪)과 별 등으로 수시로 모습을 바꾼다. 이들은 살아 있는 것, 흐르는 것, 보이지 않는 것들과 자유롭게 뒤섞이고 그 속에 용해된다. 독립된 몸의 개체성이 아닌, 살과 뼈와 피의 원형질로 존재하는 '그 여자'는 늘 타자에게 흘러들어갈 준비를 하고 있다. '그 여자'는 특정 시대와 현실의 공간에 귀속되어 있지 않으며, 역사의 테두리를 넘어 원초적인 세계와 깊숙이 연결되어 있는 것이다.

이런 관점에서 강은교의 시는 '살'과 '뼈'와 '피'의 원형적인 실존의 방식으로 혼돈의 세계를 살아내려는 의지의 산물이라고 할 수 있다. 무정형과 무형의 존재방식, 자유로운 변신과 흐름의 존재방식을 달성하려는 의지는 강은교 시의 기본 골격을 형성한다. 첫 시집 『虛無集』에서 근래의 『등불 하나가 걸어오네』까지 삼십 년에 걸쳐 출간된 강은교의 시집들[1]은 심층적 차원에서 하나의 일관된 주제를 탐구한다. 아직 독립된 육체를 이루지 못한, 살과 뼈와 피의 질료의 상태로 떠도는 존재인 '그 여자'의 운명이 그것이다. 강은교는 여성의 내면의 현상학과 부조리한 생에 처형된 인간의 존재론을 하나로 결합시키면서 여성시인만이 탐사할 수 있는 새로운 세계를 열어 보인다. 고대설화의 세계와 현대적 감수성을 적절히 조화시킨 것도 그녀가 이루어놓은 중요한 성과이다. 일찍이 고은은 "그는 우리들과 함께 시를 쓸 수 있는 유일한 여자인지도 모른다"(「虛無의 註」, 『허무집』 발문)고 말한 바 있다. 비록 남성우월주의에서 나온 왜곡된 발상이기는 하나, 감성의 테두리에 갇혀 있던 한국 여성시에 강은교가 불어넣은 새로운 활력을 단적으로 예시한다. 따라서 이제 문제는 그 활력의 실체를 밝히고 그 활력이 삼십 년간 어떻게 변화해왔는가를 짚어보는 일이 된다.

2. 바리데기의 탄생과 고난의 여정

살과 뼈와 피로 떠도는 '그 여자', 강은교는 자신의 정체성을 '바리데기'로 규정하면서 시의 출발점을 마련한다. 1971년에 출판된 첫 시집 『허무집』에 실린 「바리데기의 여행노래」 연작은 이 점을 분명히 드러내며, 고대의 서사무가를 연상케 하는 「황혼곡조」 연작, 「단가 3편」 「여행가」

---

1) 지금까지 강은교가 낸 시집의 권수를 명확하게 단정짓기는 어렵다. 순수하게 신작으로만 이루어진 시집은 『虛無集』(1971), 『貧者日記』(1977), 『소리集』(1982), 『바람노래』(1987), 『오늘도 너를 기다린다』(1989), 『벽 속의 편지』(1992), 『어느 별에서의 하루』(1996), 『등불 하나가 걸어오네』(1999) 등 8권이지만, 시선집인 『풀잎』(1974), 『붉은 강』(1984), 『우리가 물이 되어』(1986) 등에도 신작시가 일부 포함되어 있기 때문이다. 이 글이 씌어진 직후에 나온 『시간은 주머니에 은빛 별 하나 넣고 다녔다』(2002)는 이 글에서 다루어지지 않았다.

등의 작품도 강은교의 시적 지반을 충분히 확인하게 한다. 강은교가 바리데기 설화를 시에 차용하면서 얻은 효과는 상당히 컸다. '버림받은 여자가 (아버지의) 세상을 구원한다'는 메시지로 요약되는 고대의 바리데기 설화를 현대시에 부활시킴으로써 가부장제의 실체를 환기하고, 억압된 여성의 말을 본격적인 시의 담론으로 부상하게 만든 것이다. 특히, 이 말을 전하는 그녀의 귀기 서린 목소리는 독자들에게 선명한 인상을 남기기에 충분했다.

  강은교의 시에서 바리데기 설화는 시간차를 두고 되풀이해서 변주된다. 첫 시집 이후 25년이 지난 1996년에 출간된 『어느 별에서의 하루』에는 '바리데기, 가장 일찍 버려진 자이며 가장 깊이 잊혀진 자의 노래'라는 부제를 단 여섯 편의 시들이 연작 형태로 실려 있어, 바리데기 의식이 강은교의 내면에 지속적으로 흐르고 있음을 증서한다. 강은교의 시가 바리데기 의식에 뿌리를 두고 있음은 이미 많은 논자들이 지적한 것으로, 크게 새로운 견해는 아니다. 그러나 그 내적 필연성이나 시인의 삶의 체험과의 관련성 등의 세부사항들은 깊이 있게 논의되지 않았다. 이 점을 세밀하게 분석하는 데 좋은 참조가 되는 것은 그녀의 산문들이다. 강은교는 시뿐만 아니라 많은 산문으로 자신의 세계를 진솔하게 표현해오고 있다. 그 산문들 중 다음의 장면은 그녀의 바리데기 의식이 어디에서 연유했는가를 암시해준다. 강은교의 무의식적 강박을 촉발한 유년의 체험에서 가장 중심에 있는 것은 '아버지'와 '어둠'이며, 이 두 대상은 모두 시인의 의식에 '벽'의 이미지로 각인된다.

  기억 2
  큰 집을 팔아 우리는 보다 작은 집으로 이사했다. 정계에서 은퇴한 아버지는 내가 학교에서 돌아올 때쯤이면 대문 앞에 나와 기다리고 계시곤 하셨다. 골목을 돌면 하늘이 나타났다. 그 하늘 아래 아버지는 언제나 서 계셨다. 뒷짐을 지고, 한복을 입고, 그리고 먼 데를 보고 계셨다. 그래서 어떤 때는 내가 다가가도 나를 몰라보고 계속 하늘을 쳐다보고 계시는 때도 있었다. 아버지는 하늘의 어떤 곳을 보고 계셨을까. 그럴 때 나에게 아버지는 결코 닿을 수 없는 그 어떤 곳, 그곳의 나무라든가 아름답고 튼튼한 벽 같은 것, 그런 안타까운 것으로 보이곤 했다. 아버지의 등뒤에서 하늘은 언제나 희끄무레한 빛깔을 지니고 있었다. (……)

재생 2.1
그 이미지는 오랜 후 '가장 넓은 하늘은 그대 등뒤에 있다' 는 이미지로 나의 시를 이끌었다.

(……)

기억 4(……의 斷片)
6·25 피난 시절, 부산 관사에 살고 있을 때, 어느 날 밤 아주 큰 눈이 왔었다. 집 안의 불이란 불들은 전부 나가버리고, 그 때문에 형제들 중 가장 컸던 나는 양초를 사오는 심부름을 하게 되었다. 어둠 속에서 현관을 나서니 눈이 무릎까지 빠졌다. 아무것도 보이지 않았다. 어찌어찌 양초를 샀다. 그때 무릎까지 빠지던 눈과 눈에 아랫도리를 적시고 있던 나무들, 벽들, 캄캄한 어둠의 조각들, 내 안에 아주 깊이 각인되어버린 벽 또는 어둠이란 이름의 세상.
— 강은교 산문집,『젊은 시인에게 보내는 편지』, 문학동네, 2000, 197~201쪽(강조는 인용자)

"정계에서 은퇴한 아버지"는 하릴없이 먼 하늘만 보며 여생을 보내고, 딸은 그 아버지에게 "아름답고 튼튼한 벽 같은 것, 그런 안타까운 것"을 느끼며 성장한다. 권력을 잃고 무력해진 아버지는 바리데기 설화에 나오는 병든 아버지(병든 왕)와 같으며, 그 아버지를 보며 슬퍼하는 딸은 아버지를 구하기 위해 험한 길을 떠나려는 어린 바리데기에 해당한다. 아버지가 가장 권위 있게 다가오는 어린 시절에 목격한 아버지의 몰락은 딸의 의식에 깊은 상처를 입힌다. 그러나 딸은 이 상처를 아버지를 구원하고자 하는 열렬한 소망으로 전환한다. 몰락한 아버지에게 하강적인 동일시와 사랑, 자기 희생의 의지를 품게 된 것이다. 권위를 지닌 아버지는 부정과 극복의 대상이 되지만, 권위를 잃은 아버지는 연민과 구원의 대상이 된다. 또한 어린 딸은 아버지가 늘 바라보던 '먼 하늘'을 통해 절대적인 상실과 허무를 체득한다. 강은교가 존재와 생의 뒤편에 도사리고 있는 거대한 허무를 감지한 것은 이 무렵이었다. "떠나고 싶은 者/떠나게 하고/잠들고 싶은 者/잠들게 하고/그리고도 남는 時間은/沈默할 것//(……) //실눈으로 볼 것/떠나고 싶은 者/홀로 떠나는 모습을/잠들고 싶은 者/홀로 잠드는 모습을//가장 큰 하늘은 언제나/그대 등뒤에 있다."(「사랑法」)는 강은교 초기시의 진수는 이런 경로를 거쳐 탄생한다.

아버지의 몰락 이전에 강은교에게는 또하나의 결정적인 원체험이 있었다. 6·25 피난 시절 부산 관사에서 살 때(관사에 살았던 것으로 보아 아버지는 권력을 갖고 있었다), 정전이 되어 혼자 양초를 사러 갔던 일이 그것이다. 위 글에 이어 강은교가 직접 인용한 시에 따르면, 그때 그녀의 나이는 겨우 다섯 살이었다.

나는 그때 다섯 살이었어요/아무것도 뵈지 않았어요/대문을 여니 눈이 발목까지 빠졌죠/길이 없었어요/캄캄함이 사방에서 달려들었어요/나는 한참 동안이나 서서 내 뺨에, 허리에 달라붙는 캄캄함의 조각들을 떼어내고 있었죠/식구들은 어둠 길게 누운 방 안에서 나를 기다릴 거예요/양초를 사올 나를 말이죠/길고, 흰, 주홍빛 불꽃/그런데 내 앞에는 벽돌밖에 없었어요/튼튼히 늘어선 벽, 눈 속에 아랫노리를 파묻고/성차 여영차 세상을 밀고 있었어요

넓적다리까지 빠졌죠, 쯧쯧 이런/머나먼 나라를 향하여

　다섯 살의 '나'는 어둠 속에 있는 식구들을 위해 혼자 집을 나선다. 눈이 가득 쌓인 겨울밤, 아이가 혼자 마주한 세상에는 "길이 없었"고, "캄캄함이 사방에서 달려들었"으며, 무섭도록 "튼튼히 늘어선 벽"이 가로막았다. 다섯 살의 '나'는 그 벽에 맞서 "영차 어영차 세상을 밀고" 나간다. 이 시련은 짧고 단순한 것이지만, 온갖 고난과 죽음의 위협을 뚫고 부모를 살릴 약수를 구해오는 바리데기의 여정을 그대로 닮아 있다. 바리데기처럼 '나'는 식구들을 위해 "길고, 흰, 주홍빛 불꽃"을 갖고 집으로 돌아와야 하는 것이다. 하지만 '어둠'과 '벽'을 헤치고 길을 가기란 쉬운 일이 아니다. 세상의 어둠은 다섯 살의 여자아이가 '양초' 몇 개로 없앨 수 있는 종류의 것도 아니다. 이를 반증하듯, 위 시는 어린 '나'가 어떻게 집으로 돌아와 불을 밝히는지를 생략한 채로 끝이 난다. 어린 '나'의 마음에 새겨진 것은 불꽃이 아닌 '어둠'이며, 어둠이 불러일으킨 외로움과 두려움이다. 겨우 다섯 살의 나이에 대면한 세상의 어둠은 강은교의 내면에 짙게 착색되어 이후의 삶에서 다양한 의미로 변화된다. 존재를 둘러싼 위험, 단절, 죽음 등을 의미하는 '어둠'은 '벽'과 동일한 상징으로, 앞서 논의한 '허무'와도 긴밀히 연관된다. 어둠과 허무의 검은 심연은 강은교의 시에서 가장 강렬한 풍경으로 자리잡는다.

길이 멎고
앞선 江이 끊어진다.
몇 집이 공터에서 헤어져
바깥바다로 끌려가고
마지막으로
우리는 虛空에 도착한다.

―「旅行歌」(『허무집』) 중에서

1인의 어둠이 쓰러진다. 그 뒤로
2인의 어둠이 쓰러진다. 그 뒤로
3인의 어둠이 쓰러진다. 그 뒤로
 (……)
길은 어디에도 있고
그러나 어느 곳에도 이르지 않는다.
　　　　　　　　　　　　—「풍경제 — 길」(『풀잎』) 중에서

내 ˙살은 한때
허공이었네
(……)

아아, 한때
캄캄하던 나
아아, 한때
텅비어 있던 그대들
죽은 꽃처럼 눈 안 뜨는
바다로

나아가라 빛 속에 빛
열어라 암흑 밤 뿌리.
　　　　　　　　—「스스로를 기억하는 노래」(『빈자일기』) 중에서

가슴에 박힌 땅 우르르르
핏물로 범벅되어 일어서면
어화넘차 구름떼 달려오는데

숨살이는 숨에 넣어
뼈살이는 뼈에 넣어

오 진흙 위에 내리는
이 포도주
진흙 위에 내리는
이 살

— 「소리 11」(『소리집』) 중에서

강은교의 초기시는 이렇게 끊어지고, 헤어지며, 쓰러지고, 일어서는 고통의 몸부림으로 가득 차 있다. 많은 고난을 거쳐 그녀가 마지막으로 도착한 곳은 '허공'과 "어느 곳에도 이르지 않는" 끝없는 '길' 위이다. 바리데기의 운명은 이렇게 그녀를 끊임없이 방황과 모험의 길로 인도한다. 강은교의 내면을 점령한 어둠과 허무, 바리데기의 의식은 유년기의 원체험 뿐만 아니라 시대적인 상황과도 관련을 맺고 있다. 유신독재 하의 1970년 대에 본격적인 작품활동을 시작한 강은교는 시대의 어둠을 피할 수 없는 재난으로 인식하였고, 그 재난과 자신의 운명을 하나로 연결짓게 된다. "1인의 어둠이 쓰러지"면 "그 뒤로/2인의 어둠이 쓰러지"는 가혹한 시대 에 그녀는 자신을 희생하는 '바리데기' 운명과 부조리한 모더니즘의 세 계관을 한꺼번에 끌어안는다. 전통과 현대의 경계, 개인과 역사의 경계 를 무너뜨리면서 재통합한 것이다. 강은교는 세계의 죽음 앞에서는 "귀 신이 되어 울"(「黃昏曲調 二番」)며 "숨살이는 숨에 넣"고 "뼈살이는 뼈에 넣"는 부활의 굿을 펼쳤고, 일상의 부박한 실존 앞에서는 "날이 저문다./ 날마다 우리나라에/아름다운 여자들은 떨어져 쌓인다./ (……) /한 겹 씩 벗겨지는 생사의/저 캄캄한 수세기를 향하여/아무도/자기의 살을 감 출 수는 없다"(「自轉 1」)는 난해한 관념의 언어들을 직조하면서 어둡고 불행한 시대를 통과한다. 고전과 현대가 어우러진 이 이질적인 불협화음의 이중주는 조금씩 화음을 달리하면서 강은교의 시세계의 저변을 흐르게 된다.

3. 살과 뼈와 피, 바리데기의 존재방식

고독한 바리데기이자 허무주의적 모더니스트인 강은교는 죽은 세계를 구원하기 위해 본격적으로 세상에 대항하기 시작한다. 이 과정에서 그녀가 1970, 80년대를 관통한 사회·역사적 모순에 관심을 갖게 된 것은 자연스러운 행로였다. 특히 1980년대의 강은교는 민중문학 진영의 작가로 분류될 정도로 민중의 고통과 자본주의의 현실에 주목한다. 이에 따라 강은교 시의 숨은 발화 주체인 '그 여자'도 아침마다 생굴을 파는 여자(「그 여자 1」), 홍은동 언덕바지 철거 동네에 사는 여자 (「그 여자 2」), 피맺힌 손끝으로 뜨거운 사탕을 만드는 사탕공장의 김양(「그 여자 3」) 등 현실의 고통에 신음하는 하층민으로 변모하게 된다.

민중적 세계관을 형상화한 강은교의 시에 대해서는 긍정적인 평가가 많이 제시되어 있다. "섣불리 당위적 현실의 형상화를 시도한 80년대의 사실주의 시들이 좌초했던 민중시의 현장에서 그의 시가 오롯이 살아남을 수 있는 것은 사물의 존재성에 튼튼한 뿌리를 내리고"(이영섭) 있었기 때문이라는 호의적인 진단, "강은교의 민중의식은 그전부터 지속되어온 낮은 것, 작은 것에 대한 그녀의 각별한 애정과 연결된다"(이선영)는 부드러운 지적은 그 대표적인 사례이다. 강은교의 허무주의에 대해 "찰나간에 스쳐 지나가는 존재와 시간의 그림자를 거울처럼 투명하게 반사시키던 그의 허무는 살아 있는 것들의 통증에 뿌리를 둔 것"(이영진)이라고 해명하는 관점도 그녀의 시가 바람직한 민중의식을 형상화하고 있음을 간접적으로 시사하고 있다. 뒤에서 이야기하겠지만, 이러한 긍정적인 효과는 강은교의 독특한 시작 방법에 기인하는 측면이 강하다.

고통받는 민중의 현실과 정면으로 대면하면서 강은교의 바리데기 의식은 더욱 강화된다. 시대와 민중의 상처를 끌어안으려는 바리데기의 여정은 '살'과 '뼈'와 '피'의 존재방식을 육화하는 과정으로 나타난다. '살'과 '뼈'와 '피'란 육체를 이루고 있는 원형적인 질료들이다. 아직 육체를 이루지 못했거나 해체된 육체에서 떨어져나온 '살'과 '뼈'와 '피'로 존재하는 방식은 '상처를 사는(生) 삶'과 '치유하는 삶'의 경계를 넘나드는 강인한 생명력의 근원이 된다.

만리길 밖은
베옷 구기는 소리로 어지럽고
그러나 나는 시냇가에
끝까지 살과 뼈로 살아 있다.
　　　　―「바리데기의 旅行노래―三曲·사랑」(『허무집』) 중에서

정말 축하하시지요. 이 발뿌리 손뿌리 이뿌리 피뿌리, 덕분에 질기고 질기게, 어디로인가로 무궁 뻗어감을.
　　　　―「시드는 꽃노래」(『빈자일기』) 중에서

아, 이제 보이네요
벌판 따라 일어서는 길 저 끝으로
춤추며 반가운 아리라.*
피멍 맺힌 뼈
마디 마디마다
첨 보는 꽃들 웃으며 오고
한숨 수북 쌓여 있는 가슴께에선
신천지라 신천지라
잔물결 이는 소리.

(* 아리라 : 송화강의 옛 이름)

—「소리 1」(『소리集』) 중에서

들오소서 들오소서
흰 뼈들 펄럭펄럭 들오소서
정강이뼈 무릎뼈 데격데격
안개에 걸린 아래턱뼈들
먹구름에 앉은 두개골들
아아 여기가 바로 해동국이라네
조선팔도 반란강산이 눈앞에 펼쳐지는구나
일어서다 일어서다 발목 부러진 길
가다 가다 능지처참당한 길
돌아 돌아 끝내 오지 못하는 길
아아 여기가 아리랑 고개라네

—「아리랑 1— 혼맞이」(『바람노래』) 중에서

밤마다 그는 벽 속에 앉아
담배를 피운다.
(……)
그는 지난 낮의 길들을 생각한다.
길 위에 흘러내린 눈물들을 생각한다.
굶주린 땀들을 생각한다.
슬픔의 뼈마디들과
자본의 두꺼운 지느러미를 생각한다.

—「그의 조상」(『벽 속의 번시』) 중에서

존재론적인 허무와 어둠을 노래하며 출발한 강은교의 시가 민중적 정서로 무리 없이 이행한 데는 전통의 주술적인 가락과 상징적인 시어들이 중요한 역할을 했다. 생경한 시어나 이념을 도입하기보다는 그녀가 갖고 있는 시적 장치와 언어들을 그대로 유지한 채 비유적으로 노래했기 때문이다. 강은교에게 이 시기의 변화는 세계관의 변모에 따른 것이라기보다는 현실의 변화를 수용한 자연스러운 결과라고 할 수 있다. 이념에서 문화로 급속하게 선회한 1990년대에 이르러 강은교는 또 한번 시세계의 변화를 꾀한다. 마찬가지로, 새로운 것을 채택하는 방식이 아닌 그녀가 지닌 오래된 것을 다듬는 방식을 통해서이다. 『벽 속의 편지』 이후에 출간된 『어느 별에서의 하루』와 『등불 하나가 걸어오네』의 두 시집은 타자를 구원하려는 바리데기 의식을 견지한 가운데, 모던한 감수성과 감각적인 상상력을 자유롭게 펼쳐 보인다.

햇빛이 '바리움'처럼 쏟아지는 한낮, 한 여자가 빨래를 널고 있다. 그 여자는 위험스레 지붕 끝을 걷고 있다. 러닝셔츠를 탁탁 털어 허공에 쓰윽 문대기도 한다. 여기서 보니 허공과 그 여자는 무척 가까워 보인다. 그 여자의 일생이 달려와 거기 담요 옆에 펄럭인다. 그 여자가 웃는다. 그 여자의 웃음이 허공을 건너 햇빛을 건너 빨래통에 담겨 있는 우리의 살에 스며든다. 어물거리는 바람, 어물거리는 구름들.
　　　　　　　　—「빨래 너는 여자」(『어느 별에서의 하루』) 중에서

빗방울 하나가
창틀에 터억
걸터앉는다

잠시

나의 집이

236

휘청— 한다
　　　　　—「빗방울 하나가 · 1」(『등불 하나가 걸어오네』) 전문

「自轉」 연작과 같은 실험적인 경향의 초기시를 연상하게 하는 이 시편
들은 "그 여자의 일생"을 '담요' 한 장으로 압축하는 탄력적인 상상력과,
"빗방울 하나"가 "나의 집"을 "휘청—"거리게 한다는 초미립자적 감각을
발휘한다. 강은교는 시선을 극도로 확대하거나 축소함으로써 새로운 풍
경을 조형해내는데, 90년대에 쓴 시들에서 이러한 창작 방법은 보다 적
극적으로 활용된다. 이런 가운데 강은교 시의 주인공인 '그 여자' 도 역사
와 거친 노동의 현장에서 평온한 일상으로 귀환한다. 「빨래 너는 여자」에
서 보듯, '그 여자'는 '바리움(수면제)' 처럼 쏟아지는 '햇빛'의 감각적
이고 관념적인 세계를 '빨래'로 상징된 일상의 세계와 질 융화시키는 중
에 있다. 그렇다면 이제 강은교는 소박하고 따뜻한 일상의 세계로 귀환
해 안주하기에 이른 것일까? 그녀의 시가 들려주는 답은 '그렇지 않다'
이다. 구원의 소명을 짊어진 바리데기로, 세상 속의 수많은 '그 여자'로
30년의 세월을 떠돈 그녀는 놀랍게도 자신이 길 밖으로 "한발짝도 나가
지 못했다"고 이야기한다. 그리고 다시 길 떠날 채비를 하며, 차라리 스
스로 "길이 되"고자 한다.

　　너무 멀리 왔는가
　　아니다, 아니다, 우리는 한 발짝도 나가지 못했다.
　　그리움이 저 길 밖에 서 있는 한.
　　—「너무 멀리 — 바리 데기, 가장 일찍 버려진 자이며 가장 깊이 잊혀
　진 자의 노래」(『어느 별에서의 하루』) 중에서

　　이제 일어설까, 일어서 떠나볼까.
　　나의 허약한 아버지가 나를 부르고 있으니

가장 작은 지상의 것들이 나를 부르고 있으니

지상에서 가장 작은 불을 켤 수밖에 없는 이를 위하여,
눈물 하나가 끌고 가는 눈물을 위하여,
하루치의 그림자밖에 없는 이를 위하여,

(……)
그대여, 길이 될 수밖에 없다.
　—「새벽 바람—바리데기, 가장 일찍 버려진 자이며 가장 깊이 잊혀진 자의 노래」(『어느 별에서의 하루』) 중에서

"그리움이 저 길 밖에 서 있는 한" "가장 작은 지상의 것들이 나를 부르고 있"는 한, 강은교의 길 떠남은 계속될 수밖에 없다. 그녀는 아직 자신의 "허약한 아버지"를 온전히 되살리지 못했고, 오래된 어둠과 벽 앞에 여전히 곤혹스럽게 서 있다. 가부장제 질서와 근대세계의 그늘에 가려진 '그 여자'의 말들은 아직도 하나의 육체를 얻지 못하고 '살'과 '뼈'로 떠돌고 있다. 그러나 육체를 얻는 일은 그 자체로 이 세계에 종속되는 일이며, 자유로운 영혼의 여정을 마감하는 일이 될 수 있다. 따라서 역설적이게도 '살'과 '뼈'의 무정형의 실존을 고수하는 것이야말로, 강은교가 다섯 살 어린 나이부터 홀로 헤쳐나오기 시작한 세상의 어둠과 허무를 다스리는 비법이 되는 것이다. 그 오랜 여정의 후반부에서 강은교는 지금 다음과 같은 경지에 도달해 있다. '어둠'과 '절벽'이 '내 살'과 '내 뼈'가 되는 지점, 허와 무와 단절을 존재와 삶의 원리로 받아들이는 지점이 그것이다.

　— 하두 오래 어둠을 만지고 앉아 있었더니 어둠이 내 살 같아졌군요
　— 절벽 앞에 하두 오래 앉아 있었더니 절벽은 이제 내 뼈
　　　　　　—「세 여자」(『등불 하나가 걸어오네』) 중에서

4. 오래된 꿈

　강은교 시의 가장 큰 특색의 하나는 대부분의 시어들이 고유명사가 아닌 보통명사의 범주에서 채택되고 있다는 점이다. 살, 뼈, 피, 어둠, 길, 하늘, 바람, 구름, 강물, 바다, 새 등 강은교 시의 중요한 이미지와 상징들은 거의 예외 없이 구체어가 아닌 일반어의 형태로 등록되어 있다. 이 점은 강은교 시의 성공과 실패를 두루 관장하는 요인이 된다. 우선 성공적인 면을 보면, 평이하고 보편적인 언어가 비유와 상징으로 활용될 때 그만큼 의미의 진폭은 커지며, 읽는 이에게도 쉽게 스며들게 된다. 강은교의 시가 여러 의미로 해석되며 다양한 독자층에게 사랑받아온 것은 이 때문이라고 할 수 있다. 우리 시에서 이처럼 보통명사 차원의 이미지와 상징을 잘 활용한 대표적 시인으로는 조병화, 정호승, 안도현 등을 들 수 있다. 그런데 보통명사란 개별적인 고유명사들을 합산하여 개념화한 결과물이어서, 그 자체로 관념적이고 추상적인 속성을 지니게 된다. 다시 말해 한 걸음 떨어진 상태에서 현실과 접촉하게 될 가능성이 크다. 김정환과 같은 논자들이 강은교의 시에서 역사성과 구체성의 부족을 지적할 때, 비판의 화살은 이 지점을 향해 있다. 고유명사 차원의 시적 진술은 형상화되지 않은 관념을 단순하게 노출하거나, 자칫 경구와 잠언으로 흐를 위험을 안고 있는 까닭이다. 이런 유형의 시들이 자주 대중성의 혐의에 휘말리는 것도 같은 연유에서이다. 강은교 시의 아킬레스건도 이 부분에 있으며, 앞으로 강은교 시의 향방은 이 위험에서 얼마나 성공적으로 비껴나는가에 따라 좌우되게 될 것이다.

　강은교는 우리 시에 소중한 디딤돌을 마련해놓은 시인으로 오래 기억될 필요가 있다. 특히 여성시인이 귀했던 1970년대의 시단에 강은교가 불러일으킨 활력은 놀라운 것이었다. 오랜 세월 억압된 '그 여자' 의 말들이 우리 시에서 불을 뿜기 시작한 것은 강은교가 '그 여자' 들을 위해 자신의 몸을 발화의 통로로 사용한 덕분이었다. '허약한 아버지' 와 그 아버지들이 지배한 세계 또한 그녀에 의해 구원의 대상으로 떠오르게 되었다. 타자와 세계의 고통을 자신의 고통으로 상쇄하려는 강은교의 '강인한 바리데기'의 여정은 삼십 년의 세월 동안 변함없이 계속되고 있다. 그 사이 강은교는 허무주의에 침잠하기도 하고, 역사와 민중에 깊이 개입하기도 하였으며, 관념의 유희에 사로잡히기도 하였고, 일상의 세부를 찬찬히 들여다보기도 했다. 그러나 바리데기의 소망인 '치유의 꿈'은 한결같은 형태를 유지해왔다. 이는 최근의 시에서도, "요즘 들어 부쩍 나는 아궁이를 그리워하고 있다./ (……) /꽃불 속에서 요정들이 춤추며 나오던 아궁이 /황야를 들끓게 하던 아궁이/ (……) /상처란 상처마다 한 줌씩 희망의 재 발라주던 아궁이"(「아궁이에 대해서」 『등불 하나가 걸어오네』, 1999)와 같은 시구를 통해 확인된다.

바리데기는 자신을 치유하기 위해서가 아니라, 처음부터 타자를 치유하기 위해 길을 떠나는 존재이다. 이 버림받은, 보잘것없는 여자가 죽음의 위험을 통과해 구해오려 한 것은 생명의 정수이자 원동력이었다. 그 원동력은 강은교가 처음에 예감했던 것처럼 어둠과 허무의 본질에 맞닿아 있는 것이며, 생명의 살과 뼈, 허무의 살과 뼈는 그 심연에서 본래부터 하나로 이어져 있는 것인지도 모른다. 지금 강은교는 이렇게 초기의 존재론적 질문으로 회귀하면서 존재와 생의 본질에 보다 가까이 다가가고 있다. 우리로서는, 그녀의 회귀와 새로운 여행이 또 어떤 형태로 이루어질지 다시금 솔깃해지는 시점에 와 있는 것이다. 그 궁금증을 달래주기 위해 강은교가 미리 마련해놓은 대답은 이러하다.

아직도 나는 그를 기다리고 있다. 공허 속의 긴 뼈 하나를, 깊은 살 하나를, 맑게 출렁이는 피 일 그램을……
　　　　　　─「자서」(『貧者日記』─ 문학동네, 1996 재출간본) 중에서

황폐한 세상을 편력하는 순결한 영혼

— 이문재론

1. 존재의 정화와 떠남의 열망

　피와 암흑으로 뒤덮였던 1980년대에 황폐한 도시의 거리에는 순결하고 창백한 노래의 정령(精靈)들이 배회하고 있었다(적어도, 그 시대를 통해 성인이 된 나는 그렇게 믿고 있다). 어두운 역사의 후면을 떠돈 정령들은 아름다운 목소리를 돋우어 단 한 번도 생을 행복하게 노래해보지 못한 음유시인들이며, 상처의 관문을 통해서만 세상과 만날 수 있었던 가엾은 영혼의 주인들이다. '노래'와 '상처' 사이에서, '영혼'과 '역사' 사이에서 분열되었던 그들은 찢겨진 영혼의 틈으로 피문은 소리를 힘겹게 흘려내보내곤 하였다. 섬세한 영혼과 잃어버린 노래의 열망을 공유한 정령들은 어두운 시대에 대항하기 위해 하나의 공동체를 만들기도 하였다. 그러한 공동체 가운데 대표적인 예로 우리는 '시운동'을 기억할 수 있다. '노래'를 금지당한 시대에 정치적 이데올로기에 짙게 감염된 문단 풍토에서 『시운동』은 그 비정치적인 지향성으로 인해 이질적인 문학집단으로 분류되었다. 『시운동』의 동인들은 '노래할 수 없음'에 대해 노래하면서 풋것의 냄새가 나는 시심(詩心)으로 세상을 향해 자신들의 존재를 증명했다.

그중에서도 "나는 시인의 나라 백성"(「김씨의 인터뷰」)이라고 공표했던 이문재는 암울한 시대를 떠돈 순수한 정령들의 존재를 뚜렷이 증언해 주는 시인이다. 이문재는 『시운동』 동인들이 유사하게 지니고 있었던 신화적 상상력과 상징주의적 시문법을 바탕으로 시적 순결과 비애에 찬 내면세계를 아름답게 형상화하였다. 결벽에 가까울 정도로 정직한 내면을 소유한 이문재는 '노래'를 통해 시대의 아픔을 내면화하면서 자신의 시의 영토를 확보해나갔다. 그는 자신의 "전부에 달라붙은, 달라붙는 죽인 것들의 이름"(「우울한 악보」)과 싸웠고, 한 방울도 남김없이 "몸의 피를 바꾸고 떠나"(「방랑자여, 슈파……로 가려는가」)기를 열망하면서 내면의 염결성을 보존했다. 이문재는 존재의 정화와 떠남의 열망 속에서 자기 존재와 세상의 정화를 철저히 한 덩어리로 사유해온 것이다. 『내 젖은 구두 벗어 해에게 보여줄 때』(1988),[1] 『산책시편』 (1993), 『마음의 오지』(1999) 등 이문재가 지금까지 출간한 세 권의 시집은 그 은밀한 내면의 기록에 해당한다. 세 시집의 약사(略史)는 삶의 방식으로 분류하자면 '방랑 → 산책 → 정주(농업)'의 변화과정으로, 언어학적인 개념을 적용하자면 '형용사 → 부사 → 정중동(靜中動)의 명사'의 변모과정으로 압축될 수 있다. 20년이라는 결코 짧지 않은 시력(詩歷)을 쌓아온 이문재는 단 세 권의 시집으로 자신의 시세계의 전모를 보여주고 있다.

---

1) 이 글에서는 문학동네에서 2001년에 복간한 판본을 인용하였다.

2. 방랑 ― 형용사의 세계

첫 시집에서 이문재의 내면은 주로 '빛'과 '어둠'에 의해 지배된다. 이문재는 빛과 어둠의 절묘한 공존과 대립을 '봄'이라는 계절을 통해 각별한 의미의 상징으로 빚어낸다. 이문재에게 '봄'은 그가 지닌 '피'의 본질에 맞는 시간이다. '봄'은 그에게 폭압의 시대에 많은 시인들이 절실하게 노래했던 미래의 희망과는 다소 거리가 있는, 존재의 소멸과 죽음에 어울리는 진정한 시간을 의미한다. 역설적이게도 '봄'은 이문재의 몸 속의 모든 피가 '미친 듯' 들끓어 살아 있음의 노역을 온전히 감당할 수 있게 하는 시간이다. '봄'의 기운에 사로잡힌 정령(精靈)인 이문재는 죽음의 힘으로 자신의 삶을 절박하게 끌어안는다. 이처럼 극히 수고스러운 노역을 감당하고 있는 상태의 존재를 그는 '도보고행승'이라고 부른다.

> 나는 무덤이라도 커야 한다
> 무덤 하나라도 검은 나를 힘껏 껴안아주어야 한다
> 마른 봄 아침 길
> 아 이슬 맞은 어린 진달래라도 미친 듯 씹으며
>
> 길 위에서 죽지 않을
> 도보고행승은 얼마나 아름다운가
> 저녁 적벽으로 걸어가는 종소리
> 붉구나 너무나 붉구나
>
> ―「검은 돛배」중에서

이문재의 첫 시집 『내 젖은 구두 벗어 해에게 보여줄 때』는 자신의 '무덤'을 그리워하며 "너무나 붉"은 봄의 시간을 향해 가는 '도보고행승의 방랑기'라고 할 수 있다. 세상을 바꿀 수 없어 자신의 "몸의 피를 바꾸"기를 열망하며 "소리없이 거대해지는 한낮의 시간"의 밖으로 "떠나고 싶어 하"는(「방랑자여, 슈파……로 가려는가」) 도보고행승은, 이 말이 지닌 종교적 의미와는 달리 혼돈에 찬 영혼을 안고 괴로워하는 존재이다. 그는 끊임없이 세상을 떠돌아다니지만, 어디에서도 자신이 원하는 것을 얻을 수 없다. 도보고행승의 방랑은 변화 없는 순환의 쳇바퀴를 벗어나지 못하며, 몸의 피를 다 바꾸고 싶은 존재 전환의 열망은 세상을 향해 "숨기" 거나 심지어 "빼앗겨야 하는" 금기로 규정된다.

왜 세계는 나에게 아무런 말도 하지 않는 것일까 갑자기
저녁의 길은 겨울안개 속으로 풀어지고 거미줄을 치기
시작하였다 시간은 사방에서 나에게로 달려
오고 나는 나무에 밧줄을 매고 겨울을 나고 싶었다
(……) 두껍고 질긴 역마살
　　　　　—「돌은 움직이지 않으려고 얼마나 애쓰는 것일까」 중에서

아직 사람이 빠져 죽지 않은 우물이라면, 단지
너그러운 바위들이 너그럽게 나누어준, 풀잎들이 모아놓은 물이라면
내 피를 다 밖으로만 뽑아내고 뽑아내, 새로 채워넣을 것인데,
이미, 새벽인 것이어서 이렇게, 뒤헝클어진 혼들을 어디에다 숨기고
숨겨놓고, 나는 길 위로 둥실 뛰어올라
이 길 위로 지나갔던 모든 이들처럼, 지나갈 모든 이들처럼
여름 한낮 고스란히, 그림자를 땡볕에 빼앗겨야 하는 것이었다
　　　　　—「저문 길이 무어라 하더냐」 중에서

"두껍고 질긴 역마살"과 "뒤헝클어진 혼들"의 운명을 지닌 도보고행승 이문재에게 이제 세상의 시간은 여름이나 가을, 겨울이 된다. 죽음을 품은 삶의 빛나는 축제의 시간인 '봄'은 짧게 스쳐 지나가버린다. 그런데

이문재로 하여금 원하지 않는 "시간의 깊은 수렁 속으로 빠져들어가"(「죽음의 집의 이사」)게 하는 힘은 무엇일까? 시집 속에 암시된 정보에 의하면, 첫째는 "내 살던 옛집을 생각할 때마다" "조금씩 나는 죽음 쪽으로 허물어지고/나는 사랑 쪽에서 무너져나오"(「우리 살던 옛집 지붕」)는 어린 시절과 '옛집'의 소멸에 따른 상실감이다. 두번째는, "개처럼" "아버지에게 사육당"한 경험과 "나 때문에 죽은 아버지와 너의 활발한 아침 사이에서/나는 둥 둥 떠다니며 죽음의 냄새를 풍기"(「죽음의 집의 이사」)는, 아버지와의 불화에서 기인하는 불행한 자의식이다. 집과 가족을 잃은 시인이 정처 없는 방랑을 통해 생의 출구를 찾고자 했던 것은 필연적인 결과였다. 이 뜨거운 방랑의 에너지는 시 속에서 주로 '불'의 이미지로 형상화된다. 이문재의 시에서 '방랑'과 '불'은 동일한 내면상태의 다른 표현이다. '방랑'과 '불'의 이미지는 소멸과 죽음의 욕망과도 긴밀하게 맞닿아 있다. 이문재에 의하면, 소멸과 죽음의 욕망은 정지와 움직임의 속성을 동시에 지닌 형용사의 자질을 갖고 있다.

> 어렴풋한 세계는 나에게
> 없던 문을 만들어준다
> (……)
> 내 이마의 많은 피로도 그 문은 열리지 않는다
> 세계의 중심에 박혀 있는 생의 어떤 심지를 올리고
> 가을처럼 바짝 말라 타 없어질 수 있다면
> 한순간 나의 불빛으로 돌은 쉽게 모래가 되고
> 가을은 하얀 눈을 맞으러 일어설 텐데
> > — 「나의 생각은 석류처럼 익어간다」 중에서

오늘 햇빛은 왜 이렇게 푹신할까 아 나른하다
겨드랑이에 새알을 하나씩 끼워넣은 것이다 오늘 나는

불을 가질 것이다 그리고 금박의 노트에 몇 개의
형용사를 적을 것이다 어지러운, 피곤한, 막막한
고요한, 황금의 형용사들 황금의 문법들

사실 나는 새의 잔등에 나를 실어보냈다 그리고
태양의 입구에서 죽어가길 원했다

— 「나는 불을 가진다」 중에서

세계와 존재의 원천을 사유하는 신화적 상상력에 깊이 침윤된 이 시들
은 "태양 속에 나의 무덤이 있다"(「여름의 평일」)는 첫 시집의 핵심 전언
에 대한 주석으로 읽힌다. 위의 시에서 보듯, 첫 시집을 출간할 당시 이문
재에게 시쓰기란 "금박의 노트"에 "황금의 형용사들 황금의 문법들"을
적는 행위에 다름아니었다. 황금의 언어들을 찾는 일은 화려한 수사를
조형하는 일이 아닌, "태양의 입구에서 죽어가길 원하"는 아름다운 소멸
의 열망을 지닌 존재의 신성한 제의를 의미한다. 정결한 죽음의 열망으
로 삶을 통과하면서 이문재가 "금박의 노트"에 적은 '황금의 형용사들'
은 뜻밖에도 눈부신 종류의 것들이 아니었다. 그 목록은 "어지러운, 피곤
한, 막막한/고요한" 등의 어둡고 하강적인 세목으로 빼곡히 채워져 있
다. 이문재가 부패한 역사와 세계에 맞선 방법은 역설적이게도 "황금의
형용사들 황금의 문법들"을 창조하는 것이었으며, 이 "황금의 형용사들
황금의 문법"은 그 자체로 이미 하나의 역설을 함축한 것이었다. 이문재
는 내면의 죽음과 역설의 어법으로 어둠의 시대에 빛을 밝히는 시대적
소명을 성실히 수행하였다. 신화적 상상력과 상징주의적인 비유체계는
그 내면의 죽음과 극복의 가파른 경로를 섬세하게 보여주는 미학적 장치
에 해당한다.

그리하여 이문재의 첫 시집은 "사람이 가지 않는 한 길은 길이 아니다/
길의 속력은 오직 사람의 속력이다"(「길에 관한 독서」)라는 휴머니즘적

인 인식에 이르면서 완성된다. '사람의 속력'과 동일한 '길의 속력'을 갖기 위해 이문재는 도시인이 잃어버린 '산책'의 습관을 되찾을 것을 제안한다. 이 산책의 길에는 그가 새롭게 인식한 시대의 고통이 펼쳐져 있다. 자연과 인간, 자연적인 가치와 인간적인 가치가 남김없이 물화되고 파괴된 타락한 자본주의의 세계가 그것이다.

3. 산책―부사의 세계

이문재의 첫 시집의 세계가 역사의 고통을 내면화한 실존의 세계였다면, 두번째 시집의 세계는 물욕과 오염에 찌든 세기말의 현실세계가 된다. 이러한 변화와 맞물려 첫 시집의 존재적 동력이었던 '불'은 두번째 시집에서는 '게으름'과 '썩음' 등의 정지와 소멸의 상징이 된다. 시인의 존재의 내용물인 '피'도 두번째 시집에서는 "빠른 것은 부도덕해 //(……)//아, 이 미지근한 피 속으로 황사가 스며들어"(「타클라마칸―副詞性 5」)에서 보듯, 이물질이 섞인 '미지근한' 상태로 변화한다. 이문재는 '형용사'의 세계에서 그 자신이 명명한 개념인 '부사(성)'의 세계로 진입하고 있는 것이다.

수식의 기능과 행위의 능력을 함께 지닌 '형용사'의 세계를 지나 훨씬 좁고 왜소한 '부사(副詞)/부사성(副詞性)'의 세계로 진입한다는 것은 무슨 의미일까? 두번째 시집 『산책시편』에서 이문재는 「산책시」 연작과 「부사성」 연작을 통해 자신만의 시론을 겸한 시들을 써낸다. '부사'란 움직임의 능력 없이 수식의 기능만을 가진 문법적인 자질이지만, 이문재는 이 무력한 자원으로부터 존재와 세계를 가동하는 최대의 에너지를 추출하고자 한다. '부사(성)의 에너지화'는 그대로 그의 존재방식이자 시의 형성 원리가 된다.

副詞나 산책에 기대려는 자의 내면은 적막하고 쓸쓸하다. 그것은 희망과는 무관한 자멸을 닮아 있다. 저 무력하기만 한 副詞性으로부터 기어이 어떤 에너지를 추출하고자 하는 바람은 절망 이후의 더 큰 절망일 것이지만, 그럼에도 불구하고 나는 신앙하려고 한다.

—「자서」 중에서

이문재가 "무력하기만 한 부사성으로부터 기어이 어떤 에너지를 추출하고자 하는 바람"을 갖게 된 것은 대략 세 가지 이유로 설명될 수 있다. 첫째, 현재 인간과 자연의 위기는 물질문명이 양산한 에너지의 과잉에 연유하므로 정반대의 역학이 필요하다는 판단에 의한 것이다. 둘째는 자본주의의 증식체계가 인간을 무력화한 데 대한 자구책으로, 제로 혹은 마이너스의 에너지를 활용하는 방안을 찾기 위한 시도의 하나였다. 셋째는 한 시대의 정신의 표상인 시인의 한 사람으로서 새로운 삶의 패러다임에 대한 지적 탐구의 의지를 발휘한 결과였다. 이러한 문제의식과 기획 의도는 『산책시편』을 통해 대체로 쉽고 간결한 진술로 표현된다.

도시는 단 한 사람의 산책자도
인정하지 않으려 합니다 느림보는
가장 큰 죄인으로 몰립니다
게으름을 피우거나 혼자 있으려 하다간
도시에게 당하고 말지요
이 도시는 산책의 거대한 묘지입니다

—「마지막 느림보— 散策詩 3」 중에서

산책을 잃으면 마음을 잃은 것
저녁을 빼앗기면 몸까지 빼앗긴 것

—「저녁 산책」 중에서

隱者의 꿈 일찍이
부숴지고 말았으니, 산책은
산책로 밖으로 나아가려는
불가능인 것, 기어이 산책로의
바깥에서 주저앉는 무모인 것을

산책은, 산책로 밖에 있어야 했다
　　　　　　　—「산책로 밖의 산책 — 散策詩 8」중에서

　게으름과 은자의 정신에 기반한 '산책'은 도시의 삶의 방식과 정확히 반대의 지점에 위치한다. '산책'은 이문재가 자본주의의 파시스트적 속도에 대항해 '인간의 속도'를 하나의 삶의 방식으로 개념화한 것이다. '산책'은 산책의 주체가 자신과 세계를 거리를 두고 바라보는 '성찰'과 자신이 속한 세계의 외부로 나아가는 '바깥의 사유'를 위한 수단에 한정되지 않는다. 이문재에게 산책은 '사람의 속도'로 통과해야 할 '생의 속도'를 실제의 감각으로 체험하는 일이며, 존재의 리듬을 몸과 정신의 화음으로 향유하고 살아내는 일이다. 이렇게 볼 때, 산책이 결핍과 무력의 상태에서 생성되는 부사성의 에너지와 긴밀한 관계에 있는 것은 당연한 일이다. 결핍과 무에서 에너지를 만들어내는 유일한 주체는 '생명체'이기 때문이다. 산책은 생명체인 인간의 자기 실현과정의 상징이자, 부사성의 에너지를 동력으로 삶을 이어가는 생성의 행위이다. 이는 불탄 자리에 화전을 일구어 곡식을 재배하는 '농업'과도 본질적으로 같은 자리에 있다.

　길은, 언제나 길 속에 있다고
　말하던 네가 부시시 떠오른다, 한때

네가 능선으로 보인 적이 있어서
네가 그어대는 산과 하늘의 경계 앞에서
예감으로 달떴었거늘, 그 산 무너지고
나 여기 불탄 자리에서 식물들을
배우고 있다, 고랭지 채소들
火田이 문득 넓어지고 뭉게뭉게
뭉게구름 모여든다

　　　　　　　　　　—「火田에서의 며칠간— 副詞性 9」 중에서

　『산책시편』은 첫 시집 『내 젖은 구두 벗어 해에게 보여줄 때』의 신화적 상상력의 세계에서 세번째 시집 『마음의 오지』의 '농업'의 세계로 나아가는 중간 지대의 역할을 착실히 행하고 있다. 이 시집에서 존재와 세계의 정화를 동시에 꾀하는 이문재의 시적 지향점은 분명한 형태를 갖추기 시작한다. 자본주의가 양산한 욕망과 물질에 의해 오염된 자연의 현실에 주목하면서 이문재는 전시대의 비애에 찬 낭만성의 세계와 완전히 결별한다. 『산책시편』의 뒷부분에 실린 시들은 1982년부터 1988년까지 첫 시집을 내기 전에 씌어진 것이지만, 이문재가 생태의 위기를 '농업'의 위기로 인식하는 독특한 사유방식을 표면화한 것은 이 시집에서부터이다. 한 가지 아쉬운 점은 첫 시집 『내 젖은 구두 벗어 해에게 보여줄 때』가 간혹 현학적인 수사와 감정의 과잉에 치우치면서도 탄탄한 시의 밀도를 확보한 것과 달리, 『산책시편』은 사유와 인식의 무게는 높이 살 수 있는 반면 시의 미학성에서는 오히려 후퇴한 느낌을 갖게 한다는 점이다. 이는 이문재가 새로운 시적 인식을 창조하는 과정에서 나타난 일종의 삐걱임이라고 할 수 있는데, 이러한 시적 인식이 미적 균형감각을 획득하기 위해서는 세번째 시집 『마음의 오지』의 출현을 기다려야 했다.

4. 농업 — 정중동(靜中動)의 명사의 세계

이문재의 세번째 시집 『마음의 오지』는 '농업'을 사유의 테마로 삼는다. 농업의 세계는 '정주(定住)'의 삶의 방식과 '명사'의 존재방식을 내장하고 있다. 이 시집의 후기에서 이문재는 자신의 시에서 "농업은 은유"이며, "나는 '개인'이기 위하여, 개인을 옹호하기 위하여 시를 쓴다"(시인이 쓰는 시 이야기, 「미래와의 불화」 중에서)고 밝히고 있다. 이문재에게 "농업이 은유"인 이유는 그가 농업 자체를 새로운 시대의 대안으로 일차원적으로 활용하는 것이 아니라, '농업'에 함축된 자연적이며 인간적인 세계의 원리와 가치관을 재발견하여 삶의 전반에 적용시키고 있기 때문이다.

이문재의 시에서 '농업'은 문명의 파괴적인 속도와 반대편에 있는 '인간의 속도'를 원리로 하는 전통적인 삶의 방식이다. 이 점에서 농업은 앞의 시집의 '산책'과도 일맥상통하는 복원의 담론에 속한다. 농업은 자연의 질서를 따르면서 동시에 가장 인간적인 삶을 구현하는 원리로서, 오래된 과거의 것이자 미래의 세계가 지향해야 할 미완의 가치이다. 이문재는 파탄의 상태에 이른 현대문명을 비판하는 대항의 논리보다는, 이러한 문명을 구원하고 인간에게 새로운 길을 열어줄 대안의 논리를 계발하고자 한다. 과거의 산물인 농업이 미래의 지향점이 되는 역설은 이러한 탐색과 (재)발견의 과정에서 발생한다. 이문재는 그 낯익은 미완의 미래를 헬레나 노르베르 호지의 표현을 빌려 '오래된 미래'라고 부른다.

> 만일 지금 예수가 오신다면
> 십자가가 아니라 똥짐을 지실 것이라는
> 권정생 선생의 글을 읽었다
>
> (……)

농업박물관 앞뜰
나는 쪼그리고 앉아 우리 밀 어린싹을
하염없이 바라다보았다
농업박물관에 전시된 우리 밀
우리 밀, 내가 지나온 시절
똥짐 지던 그 시절이
미래가 되고 말았다
우리 밀, 아 오래된 미래

나는 울었다
　　　　　　—「농업박물관 소식 — 우리 밀 어린싹」 중에서

　"똥짐 지던 그 시절이/미래가 되"는 역설은 이 시집의 제목인 '마음의 오지'가 가장 넓은 '마음의 광야'가 되는 것과 같은 이치를 지닌다. 이러한 이치는 이문재가 시인으로서 자신의 목표가 '개인으로 존재하기'라고 선언한 것에도 똑같이 들어 있다. 개인으로 존재한다는 것은 문명과 자본의 팽팽한 관리체계에 예속되지 않는다는 뜻이며, 스스로 욕망하고 생각하고 판단하면서 자발적이고 자생적인 삶을 개척하겠다는 의미이다. 음험한 체계가 인간의 주체성을 말살하고 노예화한 시대에 개인의 독립성은 시인이 지녀야 할 보편성과 더이상 충돌하는 개념이 아니다. 오히려 인간의 보편성에 대한 뿌리 깊은 통찰력을 지녀야 하는 시인에게 '개인으로 존재하기'는 가장 절박한 실존의 조건이 된다. 개인으로 존재한다는 것은 진정한 인간으로 존재한다는 것과 동의어이며, 이러한 개인이야말로 진정한 시인이 될 수 있기 때문이다.
　한 곳에 정주하면서 자연적이고 인간적인 삶을 확보하는 '농업'과 진정한 인간으로 살아갈 수 있는 최소한의 조건을 확보하기 위한 싸움인 '개인으로 존재하기'는 첫 시집의 '형용사'나 두번째 시집의 '부사'의 속성과는 달리 '명사'의 속성과 결부된다. 독립성과 완결성을 지닌 '명사'는 자연의 유기적인 순환의 질서를 내재한 자급자족의 농업과, 문명의 폭력적인 체계로부터 스스로를 분리해내는 주체적인 개인의 본질을 정확히 상징한다.

이문재가 세번째 시집 『마음의 오지』에서 도달한 '명사'의 세계는 한 곳에 고정된 부동(不動)의 세계가 아니다. 이는 한 곳에 정주해 있으면서도 끊임없이 움직이는 세계, 게으름과 느림과 멈춤의 에너지로 새로운 생명을 창조하는 강한 폭발력을 지닌 생성의 세계이다. "살아 있음이 /살아 있음으로 화약처럼 작렬하"(「정면」)는 '명사'의 세계와 그 존재의 풍경을 보자.

> 나 도망가는 법 터득했다
> 집 떠날 필요 없다
> 파워 오프 ─
> 가만히 앉아서 모든 전원을 끌 것
>
> (……)
>
> 내 안에 조금씩 전기가 고이고
> 밤이 오고 아침이 온다
> 그러고 들여다보니
> 나 아주 오래된 수력발전소
> ──「만산홍엽 ─ 고독한 산책자의 몽상」 중에서

모름지기 그가 살아 있는 시인이라면 최소한 혼자 있을 때만이라도 게을러야 한다 게으르고 게으르고 또 게을러서 마침내 게을러터져야 한다 익지 않은 석류는 터지지 않는다 석류는 익을 때까지 오로지 중심을 향

하는 힘으로 부풀어오른다

　앞으로 가는 뒷걸음질, 중심을 향하여 원주 밖으로 튀어나가는 힘 ― 게으름이 지름길이다 시인은 석류처럼 익어서 그 석류알들을, 게으름의 익은 알갱이들을 폭발시켜야 한다 천지사방으로 번식시켜야 한다

― 「석류는 폭발한다」 중에서

　이문재가 『마음의 오지』에서 성취한 성과는 이 시들이 보여주는 것처럼 개인의 진정한 실존의 방식과 문명이 미래에 성취해야 할 세계, 파괴된 자연의 회복 방법, 시인의 아름다운 존재방식 등의 문제를 총체적으로 사유하면서 이를 하나로 관통하는 혜안을 발휘한 점에 있다. 문명의 플러그를 뽑고 자신이 생명을 발전하는 "오래된 수력발전소"였음을 깨닫는 개인, 게을러터져 "중심을 향하는 힘으로 부풀어올"라 "천지사방으로 번식"하는 시인은 분명 우리의 시대가 잃어버린 가장 소중한 '인간의 얼굴'인 것이다. 이문재는 이 따뜻하고 아름다운 인간의 얼굴을, 파괴와 폭력과 불화를 쉽게 해소하고 지우는 방식으로 되찾으려 하지 않는다. 그는 이 시대에 존재하는 온갖 불화들, 과거와 현재와 미래의 불화, 인간과 인간의 불화, 자연과 문명의 불화, 개인과 현실의 불화, 내면의 불화들을 그대로 껴안으면서 가치 있는 '오래된 미래'를 향해 나아가고자 한다. 그 나아감의 길에서 이문재가 재발견한 '산책'의 속도와 '농업'의 삶의 방식, '개인'의 독립적인 실존 등은 온갖 불협화음을 한 몸에 끌어안고 있는 '생명'이라는 절대적인 아우라의 밑그림을 형성하고 있다. 그 생명의 밑그림이란, 다름아닌 우주의 형성 원리로서의 '만다라'이다.

　나와 무수한 나의 불화
　불화끼리의 불화, 불화, 불, 화, 저
　이 모든 불화들이, 그런데
　아, 佛畵

만다라가 아닐 것인가

　　　　　　　　　　　　　—「겨울 부석사」 중에서

　이문재는 생명을 위협하는 모든 불협화음이 한 곳에 모여 창조와 생명의 '만다라'를 이루고 있음을 발견한다. 지금 그는 이 모든 인간적인 불화(不和)의 '만다라'를 짊어지고 다시 새로운 시간 앞에 서 있다. 이문재의 행보가 앞으로 더욱 주목되는 것은 그의 시세계가 어떤 변화를 보여 줄 것인가도 관심사이지만, 현재의 인간과 문명의 위기를 어떻게 타개할 수 있을지가 우리 시와 이 시대의 중요한 사안이 되고 있기 때문이다.

　이문재는 생태, 문명, 자연, 인간 등의 이 시대의 가장 핵심적인 문제들을 끌어안고 있는 가장 신뢰할 만한 시인으로 우리 곁에 있다. 이문재의 시는 생태시나 환경시의 범주를 훨씬 넘어서는 곳에 위치하고 있으며, 그의 시를 읽는 독자들에게 잃어버린 세계와 우리 자신의 생생한 숨결을 느끼게 해준다. 이런 점에서 이문재의 시가 바로 우리 시의 '농업'이고, '개인'이며, 오염되지 않은 순결한 '마음의 오지'라고 해도 지나친 말은 아니다.

삶, 무한 욕망과의 유한 경주
─ 유하론

1. 이야기 주체의 자의식과 시적 주체의 자의식

먼저 한 편의 소설에 관해 이야기하자. 움베르토 에코의 역작『전날의 섬』은 "살아남으려면 이야기를 해야 한다"는 하나의 문장에 대한 긴 주석이라고 할 수 있다. 소설의 주인공 로베르토는 날짜변경선 근처의 바다를 표류하면서 자신이 돌아가야 할 곳이 이십사 시간 전의 '전날의 섬'임을 알게 된다. 그가 떠나온 현실세계는 거리상으로는 얼마 떨어져 있지 않지만, 이십사 시간 전의 다른 시간대에 존재하고 있다. 그곳으로 돌아갈 수 있는 방법은 과연 있을까? 이 막막한 귀환을 꿈꾸며 로베르토가 현재의 삶을 견디는 방법은 끊임없이 이야기를 하는 것이다. 낯선 세계에 던져진 한 고독한 인간은, 파탄의 운명에 맞서 사랑하는 이에게 편지를 쓰거나 상상의 날개를 퍼덕여 소설을 쓴다. 이런 그에게 이야기란 과거/현재, 현실/상상, 삶/죽음의 경계에서 그 빗금을 지우고, 이야기 주체의 열망에 따라 세계를 재구성하는 욕망의 장이 된다. 『전날의 섬』은 이야기꾼이 탄생하는 계기와 현장을 생생히 보여주면서, 이야기가 삶을 지속시키고 죽음을 저지하는 힘임을 역설하는 것이다.

　본질적으로, 이야기 주체의 욕망과 기획이 투영되지 않은 이야기란 없다. 마찬가지로, 시적 주체의 욕망과 기획이 스며들지 않은 시도 존재할 수 없다. 에코의 소설이 확인시켜주는 것처럼 이야기 주체의 욕망의 뿌리에 '죽음'이 가로놓여 있다면, 시적 주체의 욕망의 심지에는 '생'이 스며들어 있다. 이야기의 주체가 죽음을 저지함으로써 조금씩 생을 확보해 나간다면, 시적 주체는 생의 결핍을 삶으로써 조금씩 죽음을 밀어낸다. 또한 이야기의 주체가 언제나 '영토'의 넓이를 염두에 두는 데 비해, 시적 주체는 '빈 구멍'의 깊이를 계속해서 의식한다. 이야기의 주체가 현재의 공간에 존재하지 않는 '전날의 섬'까지를 영토화하려는 욕망을 지니고 있다면, 시적 주체는 있음이 아닌 없음과 소유가 아닌 상실을 '누리며' 살고자 하는 욕망을 간직하고 있다.

　근래의 우리 문학에서 이야기 주체의 자의식과 시적 주체의 자의식은 서로 뒤섞이는 양상을 보인다. 신경숙 구효서 윤대녕 전경린 한강 등의 소설가들은 시의 호흡을 소설 속에 내면화하며, 김혜순 김기택 함성호 유하 김선우 등의 시인은 이야기의 입자를 시의 중력으로 흡수하고 있다. 이야기의 주체가 시의 '빈 구멍'을 들여다보고, 시의 주체가 소설의 넓은 '영토'를 배회하는 역전의 현상은 어제오늘의 일은 아니다. 지난 몇 년간 소설가들은 황폐한 세계에 촉촉한 습기를 주려 했고, 시인들은 그 세계에 거주하는 자의 텅 빈 존재감에 생생한 질감을 부여하고자 했다. 하지만 그 결과는 긍정적인 면보다는 부정적인 면을 더 많이 드러내고 있다. 전시대에 비해 소설의 영토는 오히려 축소되었고, 시의 빈 구멍은 때때로 잡다한 내용물로 채워져 안타까움을 자아낸다. 다시 에코의 화법을 빌리면, 오늘의 우리 문학은 욕망의 날짜변경선을 넘어 문학의 태생지인 '전날의 섬' 근처를 방황하고 있는 듯한 느낌을 갖게 한다.

이러한 문학 현실에서 유하의 존재는 각별한 의미로 다가온다. 유하는 이야기와 시의 혼혈이 강하게 나타나는 시인이며, 이야기의 자의식과 시의 자의식을 팽팽하게 견지한 작가이다. 그는 무림과 압구정동과 경마장을 떠돌면서 갖은 이야기를 쏟아내고, 하나대와 지중해와 추억의 장소 앞에서는 섬세하고 미려한 음률을 조율한다. 자본주의 문화의 본질이 욕망임을 간파하는 한편, 문화적 욕망의 반대편에 있는 자연과 사랑의 삶에 대한 갈망을 멈추지 않는다. 유하는 자본주의가 낳은 욕망의 문화와 문화적 욕망의 비판자인 동시에 향유자이다. 일찍이 김현이 유하를 두고 "키치 중독자이자 키치 반성자"라고 진단한 것은 앞으로 씌어질 모든 유하론의 기본 전제가 될 것이다.

유하의 공적은 '소비하는 인간'으로서의 현대인의 일상과 욕망을 낱낱이 드러낸 점에 있다. 그 드러내는 방식에 있어 유하는 소비사회의 언어와 풍광을 그대로 빌려온다. 더 정확히는, 그가 바로 욕망하고 소비하는 인간이기에 그 실상을 그대로 시로 옮기며, 이 과정에서 현실에 대한 비판적인 거리를 지속적으로 만들어낸다. 유하는 자본주의라는 거대한 '욕망의 풍차'[1]를 돌리는 한 줄기 '바람'[2]이자, 그 풍차에 대적하는 돈키호테라고 할 수 있다. 하지만 그는 반성하는 돈키호테이다. 그는 욕망의 극점을 향해 무모하게 돌진하는 듯 보이지만, 그 욕망에 함몰되지는 않는다. 욕망의 풍차는 그에게 이미지가 아닌 실체이며, 풍차와의 싸움은 한바탕의 혈전이 아닌 장기간의 대치전이 된다. 이 긴장의 본질은 욕망하는 자아의 욕망의 기원에 대한 통찰과 자기 부정이다. 욕망하면서 그 욕망을 경멸하는 것, 욕망의 점멸(點滅)과 함께 on/off를 반복하는 존재

---

1) 유하, 「압구정동에 관한 세 개의 글」, 『이소룡 세대에 바친다』, 문학동네, 1995, 140쪽.
2) '바람 부는 날이면 압구정동에 가야 한다'는 그의 유명한 에피그램에서 '바람'은 외부가 아닌 내부에서 일어난다. 바람이 부는 것은 존재의 실체를 찾기 위한 정신적 방황과는 거리가 멀다. 이는 한 개체가 이 세계로부터 학습하고 복사한 욕망이 그의 내부에서 활발히 작동하기 시작하는 모습을 의미한다.

의 의미를 성찰하는 것, 욕망이 존재와 삶을 어떻게 말살하는가를 끊임없이 발설하는 것, 이것은 유하가 지닌 이야기꾼으로서의 천품이다. 유하는 오랫동안 이야기를 위협해온 죽음[3]에 자본주의의 욕망이라는 덕목을 하나 더 추가한다. 자본주의가 양산한 잉여의 욕망들이야말로 진짜의 죽음에 맞먹는, 존재의 근거를 사멸하는 무서운 힘인 까닭이다. 자기 존재의 지속을 위해 바로 자신을 거는 이야기꾼의 운명은 흥미롭게도 우리 시단의 아웃사이더인 유하에게서 돌출한다.[4] 그는 "오직 죽음만이, 이 저주받은 이야기꾼의 운명을/정지시켜줄 수 있다"(「천일馬화─명마 포경선」)고 말한다. 죽음을 저지하면서 삶을 확보하는 이야기꾼의 운명은, 현대사회의 무한 욕망의 틀 속에서 그에게 '저주받은' 것으로 인식되기에 이른다. 유하는 죽음이 현실의 유일한 탈출구가 된 상황에서 저주받은 이야기꾼의 운명을 탄식하되 회피하지는 않는다. 더욱이 그의 내부에는 시라는, 끝내 도달하고픈 생의 매혹이 자리잡고 있어 이 참혹한 운명을 견디게 한다. 기발한 악담과 요설로 시의 정체성을 흔든 유하는 이야기꾼/시인의 2인 역할을 하며 이 세계의 음험한 배후를 폭로한다.

---

3) 이야기의 욕망이란 존재의 자기 실현의 욕망 즉 삶의 욕망이며, 이야기를 저지하려는 힘은 존재로부터 존재의 근거와 의지를 박탈하려는 살의의 욕망으로 해석할 수 있다. 이때 이야기의 주체가 대면해야 하는 죽음은 단순히 물리적인 죽음이 아니라, 존재론적 의미의 죽음, 즉 존재의 자립성과 창조성이 0도가 되는 상태를 의미한다.

4) 이는 진이정의 발문에 나오는 다음의 에피소드를 죽음/이야기의 관점에서 읽게 만든다. "1985년의 새 봄, 명실상부하게 건달이 된 그와 나는 일단 등단을 하기로 마음을 모았다. 우리는 그때 장난삼아 '시 비즈니스'라는 2인 동인을 결성하기도 했는데, 시를 함께 공부한다는 차원에서는 결코 장난이 아니었다. (……) 한번은 어느 선배가 우리를 보고, 뭘 그리 열심히 하느냐고 비꼬듯 물어본 적이 있었다. 그 선배도 한때는 문학청년이었다. '살아남기 위해서죠'라고, 유하가 뜻밖의 대답을 했다."(진이정, 「유하, 오래 오래 뒤돌아보는」, 『세상의 모든 저녁』발문, 민음사, 1993, 97쪽.)
여기서 진이정은 유하의 '살아남음'을 이 시집의 주제와 관련하여 죽음과도 같은 실연의 고통으로부터의 살아남음으로 해석하고 있지만, 보다 근본적인 관점에서 자기 존재의 소멸과의 싸움이라고 보아야 할 것이다.

2. 압구정동은 없다?

독자들에게 유하는 대체로 '압구정동'과 '하나대'의 양자의 이미지로 각인되어 있다. 압구정동의 이미지가 보다 우세하기는 하나, 이러한 분리는 유하의 시가 지닌 태생적인 이원성에 기인한다. 두 개의 공간 중 압구정동은 자본주의의 욕망 시스템이 효율적으로 작용하는 현재의 공간이다. 이곳은 현실 체제와 시의 권위를 함께 공략하는 전략적이고 상징적인 공간의 역할을 한다. 반면 하나대는 자연의 충일함으로 가득한 과거의 공간이며, 내면의 근원적인 처소이자 유하의 경험적인(선험적이 아닌) 유토피아에 속한다. 하나대는 유하가 끊임없이 되찾기를 원하는 '오래된 미래'라고 할 수 있다. 현실의 몸은 압구정동에, 시공을 넘어선 마음은 하나대에 속해 있는 분열의 양상은 유하가 지닌 이야기꾼과 시인의 면모를 그대로 드러낸다. 한쪽에는 무협지와 삼류 영화와 유행 상품 등의 '세속의 판타지'에 대한 갈증이, 다른 한쪽에는 채울 수 없는 영혼의 노스탤지어가 숨쉬고 있는 것이다. 이 분열을 뒤집으면 안쪽에는 의외로 '통합'이 박음질되어 있다. 농경사회와 산업사회를 함께 경험한 사람들에게 이 분열은 살아오면서 보아온 익숙한 두 개의 풍경에 다름아니다. 도시의 거리를 오가면서 하늘의 별빛을 동경하고, 상품과 유행에 목말라하면서 무욕의 자연을 갈망하는 것은 20세기 중·후반을 산 사람들의 모순되면서도 서로 충돌하지 않는 내면 풍경이다. 이는 특히 유하가 '이소룡 세대'라 칭한 60년대산 세대들에게 두드러지는 감각으로, 이들에게 이 이중적인 가치는 경험적으로 체화되어 있다.

유하는 '세속의 판타지'를 갈망할 때도 자연과 영혼의 음률을 잊지 않는다. 그는 자연과 영혼의 방랑에 한껏 매료될 수는 있어도(『세상의 모든 저녁』(1993), 『나의 사랑은 나비처럼 가벼웠다』(1999)), 무림이나 압구정동·세운상가·경마장에 자신을 통째로 내맡기지는 못한다(『무림일기』(1989), 『바람 부는 날이면 압구정동에 가야 한다』(1991), 『세운상가 키드의 사랑』(1995), 『천일馬화』(2000)). 유하에게 세속의 공간은 일상과 현실의 층위에서는 전체성을 획득하지만, 내면과 세계의 층위에서는 부분에 국한된다. 이러한 이중적인 세계 인식은 첫 시집 『무림일기』에서부터 뚜렷하게 나타난다. 유하가 파격적인 유희의 시인으로 이미지가 굳어진 것은, 그가 문화적으로는 널리 퍼져 있되 문학적으로는 철저히 소외된 대중문화의 세계를 처음으로 시에 등록했기 때문이다. 이는 대량소비사회의 복제기술이 낳은 소비적 예술을 반성하는 '문화적 현실주의'[5] 혹은 황지우의 풍자적 요설이 지닌 낭만적인 극적 제스처나 최승호의 문명 비판에 나타나는 비극적 전망보다 '훨씬 건강한 상식주의'[6]로 지칭된 바 있다.

유하의 시에 등장하는 무협지, 영화, 만화, 포르노 등의 키치적 언술은 항상 이면의 이야기를 지니고 있다. 유하는 키치를 즐기고 반성하는 차원을 넘어 키치적 언술 위에 이 시대의 역사, 정치, 사회적 의미를 겹쳐 놓는다. 유하는 키치를 키치 자체로보다는 당대의 세계를 효과적으로 드러낼 수 있는 상징적 장치로서 시에 유입한다. 유하의 재기발랄한 무협담이나 만화, 포르노에 관한 언술들은 현실의 풍경이 함께 부각되면서 하나의 선명한 몽타주가 된다. 유하의 키치시란, 정확하게는 키치의 어법을 빌린 상징적인 정치시이며, 사회비판의 풍자시인 것이다.

그 무렵 하남 땅에선 민초들의 항쟁이 있었다
아, 이름하여 하남의 대혈겁
광두일귀는 공수무극파천장을 퍼부어 무림잡배의 폭동을
무사히 제압했다고 공표 무림의 안녕을 거듭 확인했다
ㄱ날은 꽃잎도 혈편으로 흐드러졌고 봄비도 피비린내의 살점으로 튀었다

---

5) 김현, 「키치 비판의 의미」, 『무림일기』 해설, 143쪽.
6) 박철화, 「하나대와 압구정동 사이의 긴장」, 『바람 부는 날이면 압구정동에 가야 한다』 해설, 155쪽.

이 엄청난 혈채를 어디서 보상받아야 하는가
무력 19년 가을, 광두일귀는 숭산의 영웅대회에서 잔혼귀존 폭풍마독 등과
형식적인 비무를 거친 뒤 무림맹주의 권좌에 등극하였다
　　　　　　—「武歷 18년에서 20년 사이 — 무림일기 1」중에서

'광두일귀'가 '하남의 대혈겁'으로 "무림잡배의 폭동을/무사히 제압하"고 "무림맹주의 권좌에 등극하"는 과정은 광주 민주화항쟁을 무협소설의 화법으로 치환한다. 이 시는 무협소설의 문체를 빌려 역사의 비극을 낯설고 회화적인 모습으로 패러디한다. '무력 19년'은 독재정치의 연혁을, '광두일귀'는 5공화국 시대의 권력자를, '공수무극파천장'은 공수부대의 무력 살상을 비유하면서 독자에게 파행의 역사를 조롱하는 쾌감을 맛보게 하는 것이다. 이 시가 제시하는 무협소설과 광주항쟁의 몽타주 기법은 현실의 다른 영역에서도 효과적으로 활용된다. "단속반이 뜨면 헉헉대는 화면은 잽싸게/보도본부 24시로 바뀌지/오늘도 반복되고 있을 포르노와 뉴스/그 충돌의 몽타아즈"(「파리애마 — 영화사회학」)에서 보듯, 몽타주 기법은 두 개의 장면을 선명히 대비하면서 반응의 강도를 극대화한다. 포르노와 뉴스의 몽타주는 성과 정치라는 이질적인 영역이 모두 '주입'식의 억압적인 체제임을 실감하게 한다. 유하는 대중문화의 텍스트와 현실사회의 실상을 겹쳐놓는 패러디와 몽타주 기법을 통해 그가 생각하는 문학의 목적을 압축해서 이야기한다.

하지만 사형, 소설은 현실의 복사가 아니잖소? 절제가……
무슨 닭뼈다귀 같은 소리냐
무협소설은 무림을 그대로 드러내는 데 그 뜻이 있어
내일도 모레도 애꿎은 자들
몇백 명 더 죽어야 내가 쓰는 무협지가 끝이 날지……

　이 시로 미루어 "소설은 현실의 복사"이며, "무협소설은 무림을 그대로 드러내는 데 그 뜻이 있"다. 무협소설은 현실세계를 비추는 사실적인 거울의 역할을 하며, 무협소설의 상상적 무대인 무림은 오늘의 한국의 상황이 투영되는 순간 실제의 현실이 된다. 대학 입시에 혈안이 된 '무림고교'는 서양에서 온 '정통종합검법'을 가르치고(「정통종합검법」), 미모의 여검객 '홍낭자'는 "절륜한 면도검법"으로 퇴폐이발소를 운영하며(「중원무림 태평천하」), 혼탁한 '중원'에는 "愛夷酒 환자 일만명"(「오늘의 전서구— 무림일기 5」)이 불치병(에이즈)에 신음하고 있다. B급 문화의 텍스트와 실제 현실의 넘나듦은 무협소설에만 머물지 않는다. 만화영화 〈요괴인간〉의 주인공 '베라'는 은폐된 '진실(vera)'과 짝을 이루고(「태풍속보」), 정의의 사이보그 로보캅은 부패한 "사이비오그 경찰"과 대비되어(「로보캅— 영화사회학」) 현실에 대해 비판적인 기능을 수행한다.

　「무림일기」와 「영화사회학」 연작에 반영된 현실은 유하에게는 적대적인 타자로 인식된다. 폭력으로 점철된 한국의 현대사와 모순에 찬 사회상은 가차 없는 풍자의 대상이 되며, 대중문화의 텍스트는 이러한 세계의 부정성을 파헤치는 훌륭한 도구가 된다. 이와는 달리, 『바람 부는 날이면 압구정동에 가야 한다』에 실린 「압구정동」 연작에서 주체와 타자는 명확히 구분되지 않으며 폭로 또한 유쾌하지만은 않다. 소비사회의 욕망의 작동방식을 분해한 이 시편들에서 유하는 비판의 주체이자 대상이 된다. 자본주의의 욕망의 구조를 해체하면서 자신 역시 하나의 부품임을 깨닫는 일은 그에게 깊은 허무를 안겨준다. 유하는 "욕망의 통조림 공장"인 '압구정동'의 실체를 다음과 같이 요약한다. "롤링 미그트의 말처럼 대중문화가 욕망을 가르쳐주는 기계라면 압구정동은 욕망의 찌꺼기나 폐기물로 붐비는 쓰레기통"[7]이라는 것이다. 또한 그가 말하는 압구정동은 "협의의 압구정동이 아닌 광의의 압구정동"이라는 단서를 붙인다. 이렇게 볼 때, '압구정동'은 1980년대부터 한국에 본격화된 거대소비사회를 축소한 상징이며, 자본주의가 욕망의 전략을 통해 대중을 지배하는 권력 실현의 장이라고 정리할 수 있다.

압구정동은 체제가 만들어낸 욕망의 통조림 공장이다
국화빵 기계다 지하철 자동 개찰구다 어디 한번 그 투입구에
당신을 넣어보라 당신의 와꾸를 디밀어보라
(……)
걸어가면 만날 수 있다 오, 욕망과 유혹의 삼투압이여
자, 오관으로 느껴보라, 안락하게 푹 절여진 만화방창 각종 쾌락의 묘지, 체제의 꽁치통조림 공장, 그 거대한 피스톤이, 톱니바퀴가 검은 기름의 몸체를 번득이며 손짓하는 현장을
왕성하게 숨막히게 숨가쁘게
그러나 갈수록 쎅시하게
— 「바람 부는 날이면 압구정동에 가야 한다 2 — 욕망의 통조림 또는 묘지」 중에서

압구정성, 그 온갖 구매욕의 슈퍼마켓이 헉헉 내뿜는
현란한 바람의 향기가 온 천지로 휘몰아치며
온갖 잔잔했던 것들을 숨가쁘게 풍차 돌리는구나

죽음이라는 육신의 일시적 브레이크도
지칠 줄 모르고 미끄러져가는 저 가속도의 색혼들을
끝내, 멈추게 할 수 없으리라

---

7) 유하, 앞의 책, 146~147쪽 참조.

— 「바람 부는 날이면 압구정동에 가야 한다 9— 게으름의 찬양」 중에서

  '압구정동'이라는 욕망의 공장의 주인은 현대 산업사회와 자본주의라는 시스템이며, 공장은 욕망의 삽입을 반복하는 "거대한 피스톤"에 의해 가동된다. 피스톤의 압력은 가공할 만한 것이어서 이곳에서는 어느 누구도 "욕망의 통조림"이 되는 운명을 피할 수 없다. 심지어는 '죽음' 조차도 "일시적 브레이크"의 기능을 할 뿐이다. 압구정동은 욕망의 피스톤에 눌려 시체가 된 후 남의 살을 뜯어먹는 '좀비족'들로 북적이며(「시인 유보氏의 하루 2」), 이들이 탐하는 "불의 부패 색의 盛饌"은 날이 갈수록 더 성대해진다.(「바람 부는 날이면 압구정동에 가야 한다 4— 불의 부패」). 기꺼이 '욕망의 통조림'이 되려는 인간들이 끊임없이 "와꾸를 디밀"고 있기 때문이다. '압구정동'에서 '죽음'은 체제가 하나의 인간(제품)에 대한 가공과 사용의 과정을 마쳤음을 의미하는 것에 불과하다. 이 과정은 끝없이 반복되며 점점 더 빨라진다. 통조림의 원료인 인간은 무한하고, 공장은 쉬지 않고 가동되며, 욕망을 삽입하는 피스톤의 속도는 한계를 모르고 빨라진다.

  유하가 묘사하는 '광의의 압구정동'은 실제의 장소 압구정동과는 차이가 있다. 여기서 문제는 유하가 말하는 광의의 압구정동이 가공된 이미지에 가깝다는 데 있다. 유하는 압구정동의 '오렌지족'을 보드리야르의 저지 전략의 논법으로 해석하면서, 한국사회가 '오렌지족'에게 갖은 퇴폐상을 뒤집어씌우고 이를 사회의 건강성을 담보하는 기호로 활용하고 있다고 간파한다.[8] 동일한 관점을 적용하면, 유하 역시 '압구정동'이라는 상징기호에 우리 사회의 온갖 부정적인 면을 압축시킨 혐의를 갖는다. 압구정동은 인간의 이성은 물론 미세한 감각과 욕망까지도 조작하는 후기자본주의 사회의 전략이 전시되는 공간으로, 실제 생활세계보다 단

---

8) 유하, 앞의 책, 149쪽 참조.

삶, 무한 욕망과의 유한 경주 265

순하고 과장된 모습을 하고 있다. 무엇보다 유하가 그리는 압구정동에는 개인의 주체적 선택과 저항이 개입될 소지가 없다. 철저히 관리되는 왜소한 개인은 권력과 체제의 확대재생산에 강제투입될 뿐이다. 이처럼 원천봉쇄된 압구정동에는 어떠한 탈출구도 존재하지 않는다. 따라서 유하가 압구정동의 반대편에 '하나대'를 상정하는 것은 당연한 귀결이다. 압구정동은 하나대와 한 쌍을 이룰 때 비로소 '바깥'의 틈새를 갖게 되며 비판적인 반성의 대상이 된다. 뒤집어 말하면, 하나대가 더 아름답고 완전한 세계가 되기 위해서 압구정동은 더 악랄한 모습으로 묘사되어야 한다. 유하에게 압구정동은 추억 속의 하나대를 지키기 위한 저지 전략의 상징적인 기호가 되고 있는 것이다.

여기에 이르면, 압구정동과 하나대는 현재/과거, 안/바깥의 관계에서 현실/당위, 외부/내면의 관계로 바뀌게 된다. 압구정동은 하나대로 가는 길목에 놓인 방해물인 동시에 하나대에 대한 열망을 더욱 증폭시키는 발판이다. 현실과 기호가 결합된 압구정동은 유하가 만든 현대 소비사회의 모델하우스인 셈이다. 이 점은 유하가 끊임없이 다른 상징공간을 찾아나서는 데서도 확인된다. 압구정동의 상징공간이 현실을 충분히 담아내지 못했기에 유하는 보다 정밀한 상징을 찾을 필요성을 느낀다. 이 경우 가장 좋은 원천은 경험이다. 유하는 청소년기에 "한 편의 불량 비디오에 의해 미래가 바뀌길 바라"며 드나들었던 '세운상가'에서 욕망과 소비의 맹렬한 주체가 되었던 경험을 반추한다. 압구정동에서의 그가 구경하는 방관자에 불과하다면, 세운상가에서의 그는 이곳을 집 삼아 성장한 '세운상가 키드', 즉 거주민이었다. 욕망의 추억이 밀집해 있는 세운상가에서 유하가 확인하는 것은 "아무것도 저지르지 못한 삶, 난 언젠가 인생의 안전핀을 제거할 거"(「드루 배리모어, 장미의 이름으로」)라는 자조와 "내 몸의 내부, 어두운 욕망의 벌집이 웅웅댄다/그렇게 끊임없이 웅웅대다가 죽음을 맞으리라"(「세운상가 키드의 사랑 2」)는 두려움과 절망이다. 따라서 압구정동과 세운상가에서 유하가 도달하는 결론은 크게 다르지 않다. 이 두 개의 음울한 공간이 오히려 서정적인 세계에 대한 그리움을 일깨우는 것도 유사하다. 그러나 압구정동이 이미지와 기호로 포화된 공간이라면, 세운상가는 체험과 추억이 살아 숨쉬는 공간이라는 점에서 분명히 구별된다. 또한 압구정동이 자신과는 다른 타자들의 거리라면, 세운상가는 유하 자신의 내적 공간에 해당한다.

『세상의 모든 저녁』과 『나의 사랑은 나비처럼 가벼웠다』는 압구정동과 세운상가 사이에 놓인 일종의 완충지대이다. 이 두 권의 서정적인 시집에서 유하는 파탄의 현실을 벗어나 낭만적인 실존의 세계로 여행을 떠난다. 삶의 미적 순간을 찾아 끝없이 방황하는 낭만적인 자아에게 중요한 것은 여행과 기억, 사랑과 이별, 소멸과 죽음 등의 존재적 사건들이다. 이제 그에게 삶은 "소멸과의 기나긴 싸움을 끝낸 노을처럼 붉게 물들어/쓸쓸하게 허물어지는 것"(「세상의 모든 저녁 1」)으로 채색되며, 사랑은 처절한 고백과 함께 초라한 실체를 드러낸다. 사랑은, "죽음을 걸었던, 너를 향한 내 구애의 말들/덧없음이여, 나는 나 이외에/아무도 사랑하지 않았다"(「나의 사랑은 나비처럼 가벼웠다」)는 자기 부정의 증거가 되는 것이다. 부서진 존재의 비극은 현실과 일상을 넘어 내면과 기억, 먼 이국의 땅에서도 계속된다. 그렇다면 세계의 어디에서도 자유와 안식은 허락되지 않는 것일까? 비극적인 낭만성의 폐부를 거침없이 드러낸 두 권의 시집에서 유하는 그렇다고 대답하는 듯하다. 하지만 한계 없이 방황하고 절망하는 것, 방황과 절망이 그 자체로 미적 순간이 되는 지독한 카타르시스야말로 유하가 '욕망의 제국' 밖에서 찾으려 한 '무엇'이었는지도 모른다. 역설적이게도 이 도저한 절망과 허무는 존재의 존재감을 최대한 증폭시킴으로써 그에게 삶을 유지하는 힘이 되어준다. 자본주의가 양산한 죽음의 반대편에서 유하는 죽음이 부재하는 곳이 아니라, "죽음도 깃들이지 못하고 비켜가는 곳"을 발견한다. "정적이 정적을 잡아먹고/마침내 정적의 뼛속까지 후벼먹는"(「세상의 모든 저녁 2」) 이곳은 죽음보다 더 죽음으로 가득한 곳이며, 유 하의 낭만적 방황이 도달한 최종 지점이기도 하다. 여기에서 그는 다시 현실과의 싸움을 시작할 수 있게 된다.

3. 무엇에 베팅할 것인가? 이 '나' 를!

여섯번째 시집 『천일馬화』에서 유하는 다시 소비사회의 한가운데로 돌아온다. 그가 소비사회의 첨예한 상징공간으로 새롭게 선정한 장소는 '경마장' 이다. 말(馬/言)의 헛된 질주가 계속되는 경마장은 새로운 형태의 '욕망의 공장' 이며, 경마장의 트랙은 끝없이 돌면서 이익을 창출하는 컨베이어벨트이다. 겉으로 보기에 경마장에서 트랙을 질주하는 것은 말이지만, 실제로는 경마장의 트랙/컨베이어벨트가 빠르게 회전하면서 말을 달리게 만드는 것이다. 그런데 경마장의 말들은 무엇을 위하여 끊임없이 트랙을 질주하는가? 그 트랙은 어째서 한없이 이어지는 원형이며, 경마장은 궁극적으로 누구를 위해 존재하는 것인가?

이 문제에 대한 유하의 답은 명확하다. 첫째, 수많은 갬블러들의 '베팅' 을 위해서이고, 둘째, 가장 잘 베팅한 갬블러에게 가장 많이 '배당' 하기 위해서이며, 셋째, 다 잃을 때까지 베팅한 갬블러들의 돈을 결국 경마장이 긁어모으기 위해서이다. 경마장의 주인은 말도 기수도 갬블러도 아닌, 경마장 자체이다. 경마장의 질주는 경마장을 위해 계속되며, 경마장은 오로지 자기 자신만을 위해 존재한다. 경마장은 자기 조절과 증식의 시스템을 완벽히 갖춘 현대사회의 축소판이며, 개개의 인간은 이 체제의 무한한 증식을 위해 끝없이 질주하는 말이자 모든 걸 잃을 때까지 베팅하는 갬블러인 것이다.

「천일馬화」 연작은 말의 질주와 갬블러의 베팅, 경마장의 규칙을 통해 현대사회의 실체를 풍자하면서, 이 시스템이 그대로 시와 문학에도 적용된다고 이야기한다. 「천일馬화」 연작은 말(馬)의 천일야화이자 말(言)의 천일야화로, 그 속에 비극적인 결말을 내장함으로써 우리 시대의 말(馬/

言)의 서글픈 운명을 보여준다. 『아라비안나이트』의 왕비 세헤라자데가 죽음의 위협에 맞서 매일 이야기를 지어낸 것처럼 경마장의 말들은 죽음의 위협에 맞서 쉬지 않고 트랙을 달린다. 그러나 경마장의 말은 포악한 왕의 마음을 바꾼 왕비와는 달리 아무것도 바꾸지 못하며, 한 인간을 구원하는 것과 같은 숭고한 목적도 갖고 있지 않다. 오직 순위를 위해 질주하는 말은 경마장의 추악한 욕망에 봉사하는 하나의 도구일 뿐이다.

말은 황금 고래를 낳고 황금 고래는 말의 질주를 낳는다. 이곳은 거대한 경마장, 말은 달린다.
말은 멈추지 않는다, 아니 말은 멈출 수 없다.
당신의 도박, 거짓말, 아양, 허세, 투표, 잡문, 몽상, 매음, 위선, 인신공격, 자유 사상, 그리고
당신의 천 배당 꿈을 위하여, 당신의 무너진 게임의 규칙을 위하여
— 「천일馬화 — 걸리버 여행기」 중에서

요즘 나는 질주가 싫다. 일종의 직업병이랄까. 이 돌고도는 말의 원형 트랙 속에서, 가지 않은 길을 꿈꾸는 자는 불행하다. 세인들은 그를 똥말이라 부른다
— 「천일馬화 — 변마의 독백」 중에서

나는 말을 탄 기수,
지금 내겐 말 이외엔 아무것도 남지 않았다
하여 나는 한없이 지껄인다
말의 황금박스여,
말의 고애배당을 꿈꾸며
언젠가는 터질 거라 확신했던 靈感의 대박을 위하여
나는 오랫동안 후미 탐색만을 거듭해왔다

생의 부진마들을 사랑했다

아니 그렇다고 믿었다

—「천일馬화—경마장의 함정」 중에서

유하는 자신이 인간의 온갖 위선과 허영심을 위해 달리는 '말'이며, 대박을 꿈꾸며 소심하게 "후미 탐색만을 거듭"하는 '기수'라고 말한다. "말의 고액배당"과 "靈感의 대박"을 꿈꾸는 시인인 그는 자신이 경마장의 도박사들과 별 차이가 없다고 본다. 그가 자신에게 부여한 가혹한 별칭은 '똥말'이다. 질주를 싫어하고 경마장의 트랙 밖의 다른 길을 꿈꾸는 불필요한 '똥말'이라는 것이다. 경마장에서 '대박'과 '탈출'을 동시에 꿈꾸는 부진마인 '똥말'은 이 시대의 시인으로서의 유하의 서글픈 자의식을 단적으로 보여준다. 이와 함께 그는 현재의 문학 풍토에 대한 회의와 비판을 거침없이 제기한다. "이제 문학도 막판 경주 같지 않아요? 밑천은 떨어져가고 루머는 번성합니다. 뚜껑은 열리고 엉뚱한 말들이 배당판을 움직이고 있어요/自害냐, 해탈이냐? 이게 요즈음 나의 화두죠"(「천일馬화—1800M 1군 핸디캡 연령 오픈 일반 경주 발주 10분 전 경마 예상가 金馬氏를 만나다」). 김수영의 시의 한 구절인 "풍자가 아니면 해탈이다"를 오독한 김지하의 산문 제목 '풍자냐 자살이냐'를 패러디한 이 시에서, '자해'와 '해탈'의 극단을 선택할 것을 강요하는 막판의 현실은 극심한 혼란의 난장판이 되어 있다.

이토록 많은 사람을 욕망이 파멸시켰으리라 나는 생각지 못했다

끝없이 돌고도는 원형 트랙, 내 마음의 변마는 변마답게 진짜 斜行을 하고 싶어요

나는 가끔, 무한의 우주 공간 속으로 영영 사라져버린 보이저 1호를 생각한답니다

"서두르세요, 창구를 닫을 시간입니다"

마지막 경주, 불모지(33전 0/3)란 말을 놓고 한 구멍 박아버려요

"서두르세요, 닫을 시간입니다"

박 터진 당신, 義齒 값은 만들어야잖아요. 왜 이리 밀어, 이 씨발년이,
일단 찍어, 찍어, 찍으라잖아, 원래 막판은 이래요, 모두들 뚜껑이 열려 있
거든요

"서두르세요, 닫을 시간입니다"

— 「천일馬화—The Waste Land」 중에서

막판에 달한 세계는 'The Waste Land', 고갈되고 황폐해진 황무지로
표현된다. 이 광기에 찬 거대한 소모는 바타이유가 말한 비생산적이고
파괴적인 소모를 떠올리게 한다. 바타이유는 소비를 '생산활동에 필요한
소비'와 '소모 자체가 목적이 되는 파괴적인 소비'로 나눈 후, 사치 장례
전쟁 종교예식 도박 예술 등의 잉여의 범주를 무조건적인 소모에 필요한
'저주의 몫'으로 규정한다.[9] 바타이유는 인간 사회가 생산과 보존의 원
칙 못지않게 '파멸의 원칙'에 의해 유지된다고 주장한다. 일례로, 인간의
희생에 기초한 종교의식은 파멸을 통해 성스러움을 구현하며, 비극적 파
멸(실추나 죽음)의 상징적 형상화를 추구하는 시는 파멸에 의한 창조를
가장 극명하게 보여준다. 이런 관점에서, 유하가 포착한 경마장은 현대
사회의 파괴적인 소모가 대량으로 그리고 일상적으로 이루어지는 공간
이다. 이런 관점에서 보면, 경마장은 우리 사회가 파멸을 위한 '저주의
몫'으로 뚝 떼어놓은, 처음부터 예정된 'The Waste Land'이다. 그러나 이
곳에서 말과 갬블러들이 벌이는 소모의 게임은 경마장이라는 자본주의
의 체제를 살찌우는 일에 한 치의 오차도 없이 활용된다. 체제는 개인들
의 파괴적인 소비를 통해 '생산'을 달성하는데, 이 생산은 소모된 개인들
이나 사회 전체를 위한 것이 아니라는 점에서 지극히 위험하다. 체제의

---

9) 조르주 바타이유, 조한경 역, 『저주의 몫』, 문학동네, 2000.

유지와 강화에 봉사하는 생산은 파괴를 위한 소모보다 훨씬 더 많은 것을 파괴한다. 결코 파괴해서는 안 될 본질적인 것, 다름아닌 인간 자체를 파괴하는 것이다. 이 현장을 목격한 유하가 '인간'에 대한 간절한 그리움을 말하는 것은 따라서 자연스러운 일이다.

> 나를 움직이는 것은 기계가 아니라 인간이다
> 인간의 중심이 아니라 인간의 아웃사이더이다
> 아웃사이더의 서정이다
> 숲으로 난 길을 사랑하는 산책가의 몸이다
> 산책가는 누구를 추월하지 않는다
> 그러므로 나는 추억보다 느리게 간다
> ─「나는 추억보다 느리게 간다─자전거의 노래를 들어라 2」중에서

　유하는 경마장의 '똥말'과 '질주'에 '산책가의 몸'과 '느린 걸음'을 맞세운다. 하나대, 지중해, 사랑과 추억으로 이어진 시적 자의식의 계보는 이제 '자전거의 노래'라는 새로운 명칭을 얻는다. 유하는 '자전거의 노래'의 내용을 인간의 "아웃사이더의 서정"이라는 말로 설명하는바, 이는 인간과 숲이 '느림'을 통해 하나가 되는 시간을 지칭한다. 또한 '자전거'는 인간의 몸의 수고에 의해, 바퀴살들 사이의 "텅 빔의 에너지"에 의해 천천히 앞으로 나아간다.

> 텅 빔의 에너지가 자전거를 나아가게 한다
> 나는 언제나 은륜의 텅 빈 중심을 닮고 싶었다
> 은빛 바퀴살들이 텅 빈 중심에 모여
> 자전거를 굴리듯
> 네 상상력도 그 텅 빈 중심에 바쳐지길
> 그리하여 세속의 온갖 속도 바깥에서

찬란한 시의 月輪을 굴리기를, 꿈꾸어왔다

(……)

길이여, 나를 태운 은륜은 게으르되 게으르지 않다

무의 페달을 밟으며

내 영혼은 녹슬 겨를도 없이 自轉하리라

        —「無의 페달을 밟으며 — 자전거의 노래를 들어라 1」중에서

  포화된 욕망과 텅 빔의 에너지를, 미친 듯이 질주하는 말과 '무의 페달'을 함께 이야기하고 노래하는 유하의 시는 우리 시대의 시가 탐구해야 할 두 개의 극점을 한꺼번에 움켜쥐고 있다. 지금까지 유하는 그 먼 거리를 부지런히 왕복해왔으며, 시집 『천일馬화』에 이르러서는 현대사회의 파멸적인 구조에 대한 해부와 진정한 인간(성)의 실현에 대한 탐색을 더 깊이 있게 행하고 있다. 특히, '경마장'이라는 상징공간에 자본주의와 문학, 시인의 자의식의 세 가지 주제를 겹쳐놓고 동시다발적인 탐구를 행한 것은 상당한 시적 긴장이 요구되는 작업이었을 것이다. 다양한 화자를 등장시켜 주체와 타자의 목소리가 공존하는 장을 만든 것도 이전의 무림이나 압구정동, 세운상가의 세계에서는 볼 수 없었던 것이다. 그러나 경마장의 시편들은 시인 자신을 방치하는 듯한 냉소적 어조와 주어의 갑작스러운 교체, 어투의 잦은 변화로 인해 독자의 심적 거리를 오히려 벌려놓는 측면이 있다. 이로 인해 시의 전개가 산만하고 간혹 혼선을 빚는다는 느낌마저 갖게 한다.

  이에 비해 「자전거의 노래를 들어라」 연작에서 하나대에서 출발한 서정적 지향은 보다 부드럽고 따뜻해져 있다. 결과적으로, 유하의 제6시집 『천일馬화』에서 그가 견지해온 두 개의 극점의 거리는 더욱 멀어진 상태에 이르렀다. 하지만 이는 이야기와 시의 자의식을 동시에 소유한 유하의 기질적인 요인으로 환원될 문제는 아니다. 날이 갈수록 더 견고해지는 자본주의의 성채가 그 격차를 더 크게 만들고 있기 때문이다. 두 세계

사이에서 팽팽한 균형을 유지하려는 유하의 시적 싸움은 처음부터 거대한 균열을 안고 있는 것이었다. 유하는 이 균열이 점점 커질 수밖에 없다는 것을 각오했을 터이지만, 그의 앞에 펼쳐진 길은 결코 녹록하지 않다. 그가 노래했듯이, "무의 페달을 밟으며" 영혼이 "녹슬 겨를도 없이 자전" 하여야만 이 균열의 고통을 감당할 수 있을 터이다. 유희적인, 때로 지나치게 유희적인 유하의 시에서 가장 지독한 비애와 마주치게 되는 것은 이러한 까닭이다.

'생의 최후의 점거자'를 찾아서
─ 이수명론

1. '시간 이후의 시간'에 태어난 시

　많은 시인들의 시에는 크든 작든 '시간에 대한 위압감'이 들어 있다. 시간만큼 존재를 압도적으로 규정하는 것은 많지 않은 까닭이다. 세계에 대해 예민하게 반응하는 시인들은 일찌감치 시간의 위력을 간파했다. 시간은 존재를 세계 위에 들어올리고, 끊임없이 움직이게 하며, 기억과 망각·지속과 소멸 사이에서 갖가지 형태로 존재하게 한다. 존재를 '존재하다'의 동사형으로 만드는 것은 시간이라는 무형의 힘이다. '존재하다'를 '존재하지 않다'의 부정형으로 바꾸는 것 역시 시간이라는 말없는 주체이다. 이 숨은 주체는 존재가 쓰는 문장들, '삶'이라는 단어를 변용한 모든 문장들에 속속들이 스며 있다. 시인들은 그 문장을 산추려 재배열하면서 거기 드리운 시간의 육중한 무게를 절감한다.
　세계의 일차적인 재현을 거부하는 모더니즘 문학은 시간을 해체하면서 존재와 세계의 이면에 다각도로 접근해왔다. 모더니즘이 표방하는 불확실성의 사유와 미학적 전략은 시간의 균등성에 반발함으로써 시작된 것이다. 절대적인 사실을 숭배하는 과학이 측량한 기계적 시간은 시간의 보이지 않는 얼굴을 단순화함으로써 세계를 평면적인 공간으로 축소시켰다. 여기에 반해, 상대적 세계관을 지닌 모더니즘은 혼돈에 찬 시간의 얼굴을 포착함으로써 세계의 부조리성과 인간의 모호한 내면을 규명해왔다. 이를 모사한 모더니즘의 미학적 지도가 난해하고 기이한 형상을 하고 있는 것은 자연스러운 일이다. 인간 일반을 겨냥하는 리얼리즘과 달리 개인과 존재에 관심을 갖는 모더니즘은, '시간'을 단순히 존재의 무대가 아니라 존재방식 자체이며 의식의 밑그림으로 이해한다.

이수명의 시는 모더니즘의 생장 한계선에서 자생하는 극지식물에 비유될 수 있다. 이수명은 '시간의 종언'을 선언한 뒤, 그 '이후'의 시간을 시로 쓴다. 이것이 그녀가 파악하는 삶의 정체인 까닭이다. 시간이 종언된 이후의 시간이란, 한곳에 멈추어진 시간을 뜻하지 않는다. 그것은 끊임없이 흐르되 흐른다는 것의 의미가 탈색된 시간, 정지된 상태보다 더 남김없이 무로 환원되는 시간이다. 이수명의 시에서 시간이 흐를수록 드러나는 것은 단 하나, '시간의 무의미성'이다. 시간은 흐르면서 필사적으로 자신의 무의미를 증명하고, 시간의 속성이 휘발된 시간은 삶의 편차들을 무차별적으로 지워버린다. 그러므로, 어디에 존재하든 무엇을 하든 달라지는 것은 없다. 삶에는 단지 "시간을 헛디디는 일만 남아"(「시간을 미는 일만 남았다」) 있어 "어떤 일로도 아무 일도 일어난 것이 아니"(「뒷모습」)며, "나아가고 나아가고 나아갈수록 나는 나아가지 않"(「양파」)고 같은 자리에 서 있을 뿐이다.

이수명의 시는 시간성이 제거된 순수한 '사건'의 세계를 그린다. 그런데 이 진술은 모순이다. 사건은 시간의 계기적(繼起的)인 변화 없이는 일어날 수 없기 때문이다. 하지만 무와 정지를 현현하는 시간, 시간성이 휘발된 시간은 비록 내용은 없지만 매 순간 흘러가기에 수많은 사건을 출현시킨다. 그러나 시간성이 제거된 사건들은 단발마적이고, 부조리하며, 어떠한 의미 있는 맥락도 갖고 있지 않다. 이 사건들은 삶과 세계의 무상함을 보여주고, 의미의 완전한 몰락을 입증한다. 잠시 저 유명한 비유를 빌리자면, "이것은 파이프가 아니다"! 이것은 시간이 아니며, 사건이 아니다!

이수명의 시는 시간·사건의 실종과 삶과 세계의 무상성에 대한 철저한 확신을 바탕에 둔다. 불행하게도 이 확신은 거의 한 번도 흔들리지 않는다. 차갑게 발음되는 어휘들, 간결하고 완강한 문장, 금속의 기계음에 가까운 어조는 그녀의 확신의 강도를 뚜렷이 보여준다. 이수명이 삶에서 보아낸 일련의 '무(無)의 사태'는 시작도 끝도 없으며, 마침내 '나'의 실종을 확인하는 것으로 귀결된다. 한마디로, 이수명의 시는 아무 일도 일어나지 않았음에 관한 보고서이며, 무의미에 대한 증명서라고 할 수 있다. 그녀는 '없음'과 '무의미'의 증서─시(詩)─를 발급하는 일을 멈추지 않는다. 다르면서 같은 내용의 이 증서들은 삶과 세계에 대한 최소한의 저지선의 역할을 한다. 없음과 무의미에 관해 계속 말한다는 것은 그로부터 최소한의 거리를 유지하려는 의지를 반영한다. 지금까지 누구도, 이 문제에 관해 이렇듯 지칠 줄 모르고 냉정하게 말해온 사람은 없다.

2. 환각이 완성한 것

이수명은 새로움과 독특함의 면에서 일단 성공한 시인이다. 지금까지 그녀가 출간한 세 권의 시집 『새로운 오독이 거리를 메웠다』(1995)와 『왜가리는 왜가리놀이를 한다』(1998), 『붉은 담장의 커브』(2001)는 제목에서부터 도발적이고 신선한 상상력을 내뿜는다. 이수명 시의 새로움은 그녀가 그리는 세계가 철저히 '재구성'된 세계라는 점에 있다. 이수명은 현실의 사물과 상황, 거기에서 파생된 이미지로 시를 쓰지 않는다. 눈앞의 경험적인 현실은 그녀의 내면의 복잡한 미로를 거쳐 의식과 상상의 현실로 환치된다. 이로 인해 내면이 빚은 환각 혹은 환상이 거꾸로 현실을 설명하고 수식하는 역전이 일어난다. 이수명이 보여주는 환각의 이미지들은 현실의 사물과 관념에서 산출된 부산물이 아니다. 그 이미지들은 현실의 내용물이 아닌 시인의 내면에서 곧바로 추출된 것이며, 이미지가 그대로 실재의 차원으로 화해버린 것이다. 사과, 계단, 고양이, 왜가리 같은 평범한 사물과 이미지들은 이수명의 시에서는 전혀 다른 의미와 비중으로 '재영토화' 된다. 이러한 이미지를 해석하기 위해 현실적인 의미를 참조하는 것은 오히려 혼란과 오류를 초래할 뿐이다.

이수명은 왜 그녀가 사용하는 이미지의 의미를 처음부터 새로 만들어내는 것일까? 그처럼 기묘하고 당혹스러운 언어의 배치와 조합을 '저지르는' 이유는 무엇일까? 사실 이수명의 경우는 시를 쓴다기보다는 '저지른다' 고 말하는 것이 적절하다. 그녀는 새로운 방식으로 과감하게 시를 '저지른다'. 시간의 질적 변화를 부정하고 삶의 의미를 회의하는 이수명은 이 세계의 의미체계에는 관심이 없다. 그것이 텅 빈 허위라고 결론내린 그녀는 그 때문은 휘장을 걷어낸 자리에 자신의 방식으로 창조한 말들을 쏟아놓는다. 그 말들을 자유롭게 늘어놓고 또 연결하면서 새로운 의미를 '저지르기' 위해서이다. 현실의 시각에서 보면 이는 환각과 환상에 속하는 것이지만, 이수명의 입장에서 보면 현실을 알몸의 상태로 드러내는 일이 된다. 가루처럼 부서진 채 무의미하게 반복되는 현실은 맥락도 체계도 없는 비논리의 세계이다. 환각의 조합처럼 보이는 이수명의 실험적인 시는 실은 무의미와 비논리로 가득 찬 현실을 강렬히 환기하고 수식한다.

첫 시집 『새로운 오독이 거리를 메웠다』에서 이수명은 현실의 파편성과 그로 인한 절망을 짙게 표출했다. 이 시집에서 현실의 삶에 대한 시인의 감정적 반응은 비교적 직접적으로 드러나 있다.

슬퍼하지 말아라, 저쪽에서 보면 이 길도 우회로이다. 들키지 않은 허위들을 감당하면서, 우리는 자신의 인생에서만 배운다. 삶은 환기되지 않는 것이다.

—「슬퍼하지 말아라」 중에서

더 가느다란 호흡 하나를 뽑아들고 나는 어느 영토에서나 그곳이 빨리 마감되길 바랐다. 다른 이동이 있기를, 하지만 그 이동도 더욱 재빠른 과도기이길 빌었다. 핏발선 태양에서 못박힌 뭇별까지 시시해서 아, 시시해서 흥기가 되었던 매번의 그 마지막 자리들. 나는 그 자리들이 쉽게 탕진되길 바랐다. 나는 매번 내 손으로 산소마스크를 뽑아버리고 있었다.

—「더 작은 먼지의 나라」 중에서

나는 떠난다. 모험은 미숙한 자의 것이다. 용기는 가난한 자의 것이다. 나는 막 돌아왔고 성큼 떠나려 한다. 나를 돌아오게 하는 힘도, 떠나게 하는 힘도 애초에 아무것도 없었음을 이해하기란 얼마나 쉬운가. 나는 반복의 미덕을, 반복의 힘만을 소유하길 바라는 것이다. 내가 돌아올 때마다 앞서 달려와 가지런히 누워 있던 창틀의 반복처럼. 그 위에서 창은 열리지 않고 세계는 고요하다.

—「창」 중에서

"삶은 환기되지 않는" 불모의 것이다. 때문에 "나는 어느 영토에서나 그곳이 빨리 마감되길 바라"며, 오로지 "반복의 미덕을, 반복의 힘만을 소유하길 바"란다. 출구나 희망은 완전히 봉쇄되어 있고, 불만은 허락되지 않는다. 아무것도 기대할 것이 없는 삶은 '견딤'의 대상조차 되지 못한다. 힘들게 견디기에는 삶은 너무 부가지한 닭에 이수녕은 삶을 딘순히 통과하려 한다. 그녀가 "반복의 미덕을, 반복의 힘만을 소유하길 바라는 것"은, 삶을 통과하는 데 반복에 길들여지는 것 외에 더 필요한 것은 없기 때문이다. 삶은 이처럼 시인 이수명의 앞에서 철저히 모독당한다. 사실 이보다 더한 모독은 따로 없을 것이다. 삶이 너무 무가치해서 무심히 지나치겠다는 것, 두려움도 없이 "매번 내 손으로 산소마스크를 뽑아버"려 왔다는 가차 없는 선언은 삶을 일시에 왜소하고 초라한 것으로 만든다. 더 자세히 말하자면, 이수명이 이해하는 삶은 다음과 같다.

> 생은 우리에게 너무 비좁다. 한 인간은 다른 인간에게 격렬히 비좁다. 나는 더 많은 불가능을 기다리는 기다란 행렬이다. 기다리는 일도 하지 않아야 하는 기다림이다.
>
> —「이력서」중에서

> 너를 키워낸 대지는 너의 공개처형장에 지나지 않았다
>
> —「가시」중에서

첫 시집이 삶에 대한 절망을 주로 노래하는 반면, 두번째 시집 『왜가리는 왜가리 놀이를 한다』는 삶을 대신하는 환각을 섬세하게 기술한다. 첫 시집에서부터 시도된 비약적인 은유와 환유의 놀이는 이 시집에서 본격적으로 전개된다. 파격과 이질성을 지향하는 이수명 시의 특성상 큰 비중을 갖는 것은 환유이지만, 은유 또한 중요한 시적 방법이 된다. 『왜가리는 왜가리놀이를 한다』에서 「누군가」「이사」「얼음의 잠」 등은 은유의 원리에 기초하며, 「악어의 물결 무늬」「사과나무」「벌레의 집」「파리」, 「페인트칠」 등은 환유의 원리를 따르고 있다. 이 시편들은 대체로 은유와 환유의 정통 수법에서 크게 벗어나지 않는다. 그러나 은유와 환유가 뒤섞여 서로 굴절되는 경우에는 대단히 복잡한 의미의 골격이 형성된다. 결합의 수평축과 대체의 수직축은 곡선으로 구부러져 나선형을 이루고, 의미는 마주 선 두 개의 거울처럼 서로를 비추며 무한히 증식한다.

왜가리는 줄넘기다.
왜가리는 구덩이다.
왜가리는 목구멍이다.
왜가리는 납치다.

왜가리는 왜가리놀이를 한다.

테이블은 하나다.
테이블은 둘이다.
테이블은 셋이다.
테이블은 숲속에 놓여 있다.

손을 들고
숲이 출발한다.
테이블은 없다.

테이블 위로 왜가리는 도착한다.
걸어다니는 테이블 위로 왜가리는 뛰어든다.
테이블은 부서진다.
숲이 출발한다.

왜가리는 하나다.
왜가리는 둘이다.
왜가리는 셋이다.
왜가리는 없다.

왜가리는 숲속에서 왜가리놀이를 한다.

'왜가리'의 은유인 줄넘기, 구덩이, 목구멍, 납치 등은 함께 모여 매우 이질적인 환유의 사슬을 형성한다. 여기에서 은유적 환유, 환유적 은유의 전이가 동시에 일어나는 상황은 의미의 맥락을 오히려 차단하는 결과를 빚는다. 은유와 환유의 이중사슬은 다음 연에서 '테이블'과 '숲'의 출현으로 시 전체의 맥락과 다시 단절된다. 단절의 혁신은 계속해서 일어난다. 행마다 돌출하는 기이한 상황은 논리적인 맥락으로 이어질 길이 거의 없어 보인다. 실제로 이 시에서 중요한 것은 '왜가리'나 '테이블' 자체가 아니다. 어떤 이미지든 이 자리에 들어가 '왜가리'나 '테이블'의 역할을 대신할 수 있다. 이 시의 목표는 바로 고유한 의미의 폐기와 이질성의 충돌에 있다. 시는 마지막에 "테이블은 없다" "왜가리는 없다"의 '없다'와, "왜가리는 숲속에서 왜가리놀이를 한다"의 '한다'는 서술어를 부각시켜놓고 끝이 난다. 따라서 '왜가리'는 '없다', 그러나 '왜가리는 왜가리놀이를 한다'는 자기 부재의 실존적 모순이 이 시의 최종 전언이라고 할 수 있다. '없다'의 부재와 '한다'의 행위가 만나 이루는 환각의 풍경은 엉뚱한 느낌과 함께 존재의 비극을 환기한다. 환각이란 자신이 벗어날 수 없는 세계에 대해 존재가 제기하는 이의이며, 자신만의 세계를 향한 꿈이다. 슬프게도, 환각은 존재가 벗어나려는 세계에 대해 독립적이지도 자율적이지도 않다.

바다에 갇혀
바다를 그린다.
바다를 그리고 날 때마다
한 마리 물고기는 실종된다.
한 마리 물고기는
자신이 벗어나지 못하는 곳에서

자신이 보았던 환각의 각도를
완성한다.

　　　　　　　　　　　　　　—「물고기와 콤파스」 중에서

　"자신이 벗어나지 못하는 곳에서／자신이 보았던 환각의 각도를 완성하"는 '물고기'란, 시인 이수명 자신이며 자신만의 환각에 사로잡혀 있는 우리 모두이다. 이제 이수명 시의 두 가지 중요한 키워드를 정리할 때가 왔다. 하나는 시간／세계／삶의 무의미한 '반복'이며, 다른 하나는 세계 밖으로 뻗어나간 환각의 세계 안으로의 '환원'이다. 생각해보면, 반복과 환원은 다르지 않다. 무의미하게 닫혀 있는 세계 안에서의 이수명의 절망은 이 지점에서 완성된다. 살아 있는 한 반복과 환원을 피할 수 없다는 것, 어떠한 환각으로도 세계 밖으로 나갈 수는 없다는 것은 정녕 불행한 일이다. 이수명은 그 사실을 이렇게 비유한다. "너는 네 장미를 뽑아버린다.／그러나 꽃들은 방 안을 빙글빙글 날아다니다가／너에게 꽂혀다시 꼬불꼬불 피어난다".(「자서」) 냉정을 유지하지만, 이수명은 끝내 두려움을 감추지 못한다. "착륙이 환원이라면, 잔인한 재탈환이 환원이고, 이 행위의 유산들이 환원을 위한 것이라면"(「비둘기떼」), 정말 어떻게 해야 할까? 누구도 방법을 쉽게 찾을 수는 없을 터이다.
　반복과 환원은 이수명 자신의 존재방식으로 그대로 연결된다. 세계와 절대적인 불화상태에 있는 그녀의 자아는 여러 개의 개체가 아니라, 부분과 전체로 분열된다. 작은 일부와 전체로 분열된 자아는 한쪽이 다시 다른 한쪽에 편입됨으로써 재결합한다. 흥미롭게도, 이수명의 고립된 자아에 타자성이 끼어드는 것은 자아의 분열이 일어나는 지점에서이다. 자아의 분열이 자기 환원과 타자성의 유입을 동시에 유발하는 특이한 광경은 동화적이면서도 그로테스크한 분위기를 연출한다. 이와 함께 은유와 환유의 작동도 활발해진다. 그 특이한 장면들을 관람해보자. "나는 내가 사라진 사다리이다"(「마주 보는 거울」), "나는 (……) 내게 꽂힌 나보다 큰 주삿바늘이다"(「누군가」), "마침내 나는 내 잃어버린 슬리퍼를 신고 서 있는 해안이 되었다"(「상상 속의 슬리퍼」), "나는 나의 한쪽 눈을 떼서 그들에게 던졌다./그리고/그들의 긴 대열에 합류했다".(「살인자들」)

위의 예들에서 보듯 자아는 타자성과 '합류'하지만 완전히 섞이지는 못한다. 타자성은 잠정적으로 자아의 내부에 분리된 채로 저장된다. 세 번째 시집 『붉은 담장의 커브』에 실린 시 「밧줄」은 주체인 '나'와 타인인 '그'가 교묘하게 결합하고 분리되는 상황을 보여준다.

어느 날 그 건물 아래로 밧줄이 드리워지고 사람들이 하나씩 건물을 빠져나갔다. 밧줄은 아주 오래 매달려 있었다. 가느다란 외줄이 부르르 떨고 있는 것을 멀리서도 볼 수 있었다. 그후 그 건물이 완전히 철거되었을 때 밧줄은 사라졌다. 더이상 밧줄을 타고 내려갔던 사람들도 보이지 않았다.

하지만 나는 누군가 그 밧줄에 매달려 있는 것을 날마다 보았다. 움직이지 않고 딱정벌레처럼 등을 웅크린 채 그는 허공에서 이리저리 흔들리고 있었다. 나는 이 건물, 저 건물에 그 밧줄을 번갈아 걸었다. 밧줄은 시간이 흐르면서 점점 짧아졌다.

어느 날 새로 불 켜진 창에서 한 사람이 떨어졌다.

― 「밧줄」 전문

존재의 몰락을 다루는 이 시는 '그'를 행위의 주체로, '나'를 관찰자로 상정한다. 건물에 걸려 있던 밧줄이 사라진 뒤에 '나'는 밧줄에 매달려 있는 '그'를 본다. 철거된 건물에 드리워진 없는 밧줄에 매달려 있는 '그'는 사실 '나'의 환각이 만들어낸 타자이다. '나'는 환각으로 빚어낸 밧줄을 이 건물 저 건물에 번갈아 건다. 그렇다면, "어느 날 불 켜진 창에서" 떨어진 '한 사람'은 누구일까? '그'일까? '나'일까? 아니면 또다른 누군가일까? 답은 명확하지 않다. 누구든 가능성이 있으며, 주체와 타자의 경계는 이미 지워져 있기 때문이다.

3. '없는 출구'를 찾거나 만들기

이수명은 "네가 처음 생포된 곳을 너는 기억하지 못한다"(「푸른 외투」)고 말한다. 어쩌면 생의 비극은 모두 여기에서 비롯되었을 것이다. 유일한 '출구'는 기억에 남아 있지 않고, 세계는 한 치의 틈도 없이 닫혀 있다. 그 안에서 삶은 제자리에 멈춘 채 미친 듯이 흘러간다. 세계가 이루어놓은 기존의 질서를 받아들일 수 없는 이수명은 자신의 내면에서 새로운 언어와 이미지를 생산함으로써 그에 맞선다. 스스로 '의미'의 근거가 되고자 하는 그녀는 너무 독특해서 때로 해독이 불가능한 낯선 세계를 창조하기도 한다. 이수명의 '언어 개조' 혹은 '창조'는 문법이나 문장구조의 통사적 차원이 아니라, 감추어진 의미의 심층적인 차원에서 행해진다. 그녀의 시에 의미적 일탈이 빈번히 일어나지만, 통사적 일탈이 거의 나타나지 않는 것은 매우 특이한 현상이다.

'반복'과 '환원'의 힘에 일단 굴복(?)하고 있는 듯한 이수명의 현재 상황은 이 부분에서 해법을 마련할 수 있을 듯하다. 이수명의 시는 내용상의 파격과 달리 형식상으로는 매우 정제된 모습을 보여준다. 하지만 의미의 파격적인 실험과 틀에 맞춘 듯 단순명료한 어법이 항상 절묘한 대비의 효과를 발휘하는 것은 아니다. 현란하게 튀어오르는 의미들이 단순한 형식과 결합할 때는 자칫 답답함을 초래할 수도 있다. 더 중요한 것은, 기존의 질서와 의미를 근본적으로 해체하기 위해서는 언어의 구조적 해체를 동반하여야 한다는 사실이다. 언어의 규칙과 구조는 현실세계의 제도 및 구조와 분리될 수 없는 관계에 있다. 은유와 환유의 이중고리나 의미의 가로지르기만으로 이 구조를 해체하기란 어려운 일이다. 현실세계의 밖으로 뚫고 나가는 생산적인 환각은 이러한 언어적 혁신과 먼 자리에 있지 않다.

우리 시의 한 극단에서 의연하게 분투하고 있는 이수명은 누구보다도 미래의 행보가 주목되는 시인이다. 그녀는 이미 실험정신의 대명사로 우리 시에 뚜렷한 자취를 남기고 있기에 기대는 더욱 커진다. 더불어 이 기대는, '무의미'나 '반복'이나 '환원'이 아닌, 이수명 자신이 바로 그녀의 "생의 최후의 점거자"(「죽음의 산책」)가 되기를 바라는 마음과 정확히 같은 자리에 있다.

'거대한 시공의 이삿짐'을 나르는……

― 윤제림론

1. 근대적 세계와 고전적 세계의 역전

윤제림의 시는 근대를 추억의 반열에 올려놓는 지점에서 시작된다. 역사의 특정 단계로서 성찰의 대상이 되어온 근대는 윤제림에 와서 지나간 삶의 그리운 추억으로 화한다. 근대가 두 세기에 걸쳐 진행되고 있음에도 시인들이 편애하는 추억은 대체로 전근대적인 품목으로 채워져 있다. 실험적인 성향의 시인들도 종종 지나간 세계에 대한 그리움을 표하는 것은 드문 일이아니다. 초기의 윤제림은 육칠십년대 무렵의 산업화 시절을 따뜻하게 추억하면서 '인간적인 것'에 대해 이야기한다. 더 정확히는 근대적인 것과 인간적인 것이 충돌하기 전의 인간의 온기가 흐르는 시간에 대해 말한다. 이 소박한 시절의 근대는 생활세계의 풍경을 변화시키면서도 여전히 인간의 체온을 간직하고 있었다. 삼천리자전거, 브라더 미싱, 돼지가족 액자가 걸린 읍내 이발소 등으로 상징되는 초창기 산업사회에서는 기계들도 인간의 정성 어린 손길을 필요로 했다. 윤제림은 이 시기를 중심으로, 도시와 시골의 중간 지점인 소읍의 정서를 형상화한다. 소읍이란 "자동차로가 아니라 자전거로"(「다시, 삼천리호 자전거 3」) 달려야 하는 곳이며, "인력거나 소달구지가 아니라/자전거, 혹은 도보로"(「다시, 삼천리호 자전거 6」) 오가야 하는 곳이다. 이곳에서 성장한 윤제림은 근대를 자신이 경험한 삶의 일부로서, 즉 생활세계를 특징짓는 하위적 구성요소로서 이해한다. 일상적인 체험으로서의 근대를 이야기하는 윤제림의 시에 근대에 관한 거창한 이론이나 분석적인 통찰이 끼어들 틈은 그리 많지 않다.

일상에 유입된 근대적인 것에 대한 애정에서 출발한 윤제림은 생활세계의 다양한 세목에 관심을 기울이면서 시의 영역을 확장한다. 생활이란 각양각색의 사물과 사건으로 이루어진 집합체로, 잡다함과 너저분함을 속성으로 한다. 가령, 가득 쌓인 이삿짐이나 쓰레기 앞에서 느끼는 불쾌감의 정체는 삶의 내장(內臟)을 한꺼번에 들여다본 당혹감이라고 할 수 있다. 윤제림은 구불구불한 삶의 내장을 하나씩 들추어내면서 차분한 관찰의 시선을 보낸다. 그는 '삶의 이면의 현상학'을 기술함으로써 삶의 진정한 실체를 그려내고자 한다. 이 점에서 윤제림의 시는 특화된 품목만을 갖춘 전문점이라기보다는 다채로운 물품을 구비한 만물상에 비유될 수 있다. 그는 길거리의 점포에서 초현실적인 공간까지, 자본주의에 포섭된 소시민의 내면에서 종교적 열망에 이르기까지 다양한 세계를 넘나들며 우리 시대의 삶의 안과 밖을 해찰한다. 장자식으로 말하면 세상을 두루 소요(逍遙)하는 중이고, 루소의 표현을 빌리면 고독한 산책자가 되어 세계를 거니는 중이다. '황천반점'과 '청산옥'은 그 소요와 산책의 길에서 만난 독특한 경영방식을 지닌 '업소'이다. 밥을 팔고 잠을 재워주는 이 업소들은 지친 영혼과 육신을 위한 공간으로, 항시 수많은 익명의 사람들로 붐빈다. 윤제림의 시는 이러한 곳, 온갖 소란과 법석이 일어나는 삶의 한복판에서 태어나고 존재한다.

윤제림은 지금까지 『삼천리호 자전거』(1988), 『미미의 집』(1990), 『황천반점』(1994), 『사랑을 놓치다』(2001) 등 모두 네 권의 시집을 출간했다. 지

288

난 십여 년간 윤제림의 시를 이끌어온 동력은 '자전거'와 그 근원적 에너지인 '도보(걷기)'이다. '자전거'와 '도보'는 인간이 자신의 몸을 움직여 에너지를 만드는 방식이라는 점에서 기계를 동력으로 삼는 '자동차'와 다르며, 다른 생명체의 힘을 빌리는 '인력거, 달구지'와도 구별된다. 윤제림이 상정하는 '자동차—자전거(도보)—인력거, 달구지'의 계보는 '근대적/비인간적인 것—근대적/인간적인 것—전근대적/(비)인간적인 것'으로 풀이될 수 있다. '자전거'로 세상을 달리며 살고 싶어한 윤제림은 '자동차'가 군림하는 세상에서 '도보'의 시절로 되돌아간다. 이는 퇴행이 아닌 적극적인 선택으로, 윤제림은 소요와 산책을 통해 근대도 아니며 전근대도 아닌 세계, 현실과 상상이 결합된 세계를 구축하고자 한다. 불교적 색채가 짙게 풍기는 이 세계는 고전이 부활하여 현재를 설명하고 현재가 고전의 주석이 되는 세계이며, 시간과 의식의 축이 자유롭게 이동하는 세계이다. 이는 윤제림이 인간을 덧없는 존재인 '호모 불라(homo bulla, 인간은 거품이다)'라고 은연중에 규정하는 자리이며, 인간의 삶을 설명하는 거대한 알레고리의 공간이기도 하다.

2. 삶이라는 '거대한 시공의 이삿짐' 나르기

우리가 살고 있는 근대적 생활세계는 다양한 시공간의 병치와 공존을 특징으로 한다. 추상적인 개념이 아닌 현실 자체에 충실할 때, 근대는 근대적인 것뿐만 아니라 여러 이질적인 것이 뒤섞인 혼합물임을 알 수 있다. 서울을 예로 들어보자. 원시시대의 유적에서 조선시대의 궁궐, 일제시대의 적산가옥, 최첨단 빌딩에 이르기까지 여러 시대가 병존하고, 교회와 술집과 학교와 공장이 곳곳에 뒤섞여 있다. 거의 무차별적으로 혼재된 이 세계에는 오직 자본의 논리만이 힘을 발휘한다. 윤제림의 첫 시집 『삼천리호 자전거』와 두번째 시집 『미미의 집』은 근대화의 물결이 작은 기계를 통해 서민들의 생활에 스며든 시절을 회상한다. '삼천리호 자전거'와 '브라더 미싱'이 상 표가 아닌 보통명사로 쓰이던 이 시절은 배고픔의 해결이 삶의 과업이 되었 다. '삼천리호 자전거'와 '브라더 미싱'은 그러한 시대를 표상하는 기호이 자, 시인의 뭉클한 유년의 기억을 여는 열쇠로 기능한다.

흔들리는 두 다리만으로도 그것은 움직인다
아침도 변변히 못 챙긴 가비여운 몸
높다란 짐의 중량만으로도 나아간다
신새벽 고개를 넘어 읍내학교로 달리는
공복의 아이들 가녀린 휘파람만으로도
그것은 내닫는다
(……)
산울림이나 들녘의 외치는 소리로
내 어린 기억의 반환점을 돌아오는
삼천리호 자전거

—「삼천리호 자전거 1」중에서

우리네도 그런 기억이 있지
눈물 젖은 한 그릇 식사를 위해
온몸을 피땀 체인으로 굴려야 하는 그런 풍경
우리도 잘 알지 왜
어디로 갔을까 그들의 자전거는

—「삼천리호 자전거 4」중에서

어머니 시집올 제만 해도
일등혼수였다지 꽃님이 시집갈 때 브라더 미싱
요즘 미싱 해가는 처녀들은 없을걸 아마

청계천 어느 골목 주욱 늘어선 미싱집들
일자리 찾는 놈모양 기웃거리다보면
도는구나 브라더 미싱
돌리는구나 브라더 미싱

돌리는구나 쉬이 늙은 에미 애비를 위해
돌리는구나 더디 크는 어린 동생들을 위해
돌리는구나 나라를 위해

—「브라더 미싱」 중에서

　'삼천리호 자전거'와 '브라더 미싱'은 그 자체로 한 시대의 '생활'과 '경제'와 '문화'를 대변한다. 이 수동의 기계는 많은 사람들이 농촌에서 읍내로, 다시 도시의 외곽으로 편입한 시대의 삶의 방식을 선명히 보여준다. 그리고 세월이 흐른 지금은 한 개인에게 잊을 수 없는 '추억'이 된다. "내 어린 기억의 반환점"에 놓여 있는 향수 어린 기계들은 지나간 시절의 고난과 아픔을 증거한다. 윤제림이 산업화 초기의 '수동 조작의 시대'에 대해 강한 애정을 품고 있는 이유는 간단하다. 그 시절은 "늙은 에미 애비를 위하"고 "더디 크는 어린 동생들을 위하"고 "나라를 위하"는 공동체의 시대였으며, 기계가 인간의 온기를 나누어 가진 시대였던 까닭이다. 한편, 윤제림은 '자전거'를 몸으로 부딪치는 치열한 삶의 방식의 표본으로도 삼는다. '자전거'는 온전히 자신의 힘으로 건너가야 할 삶의 자세를 배우게 해주는 유용한 사물로, 오늘의 시대가 잃어버린 소중한 덕목을 깨우쳐준다. 그것을 윤제림은 '단단함'이라고 부른다.

　쌀가게나 얼음집 자전거로
　엉거주춤 가랭이 벌려 타고

무르팍 깨가며 정강이 찢기며
자전거를 배운 애비는

반대한다
도통 쓰러질 줄 모르는 저
이쁘기만 한 작은 자전거를

아름다움이기보다
단단함이었으면 싶다
너희들은

—「다시 삼천리호 자전거 3」 중에서

　'아름다움'과 '단단함'의 대립은 외형/내실, 의존/자립, 허약/강인, 편
리함/수고로움의 항목으로 세분화된다. 윤제림은 아이들의 세대와 자신의
세대를 차별적으로 분류한다. 그러나 "무르팍 깨가며 정강이 찢으며/자전
거를 배운 애비" 역시 세상살이가 어렵고 고단하기는 마찬가지다. 현재의
세상은 어린 시절에 배운 '자전거'로 거침없이 달릴 수 있는 곳이 아니다.
처자식이 딸린 월급쟁이의 삶은 소시민의 열악한 생활환경을 벗어나지 못
한다. 일상의 고단함은 실제적인 몸의 증상으로 나타난다. "따지지 않고/
대들지 않고 나서지 않았는데/오늘 하루 무사했"음에도 몸에는 "통증도 없
고 까닭도 없는/검붉은 피멍"이 맺혀 있고(「피멍」), "참는 만큼 단단해질
뿐인 똥"과 "참는 만큼 자랄 뿐인 환부"가 계속 쌓인다.(「치질」) "삶은 아름
다운 포물선이어야" 한다고, "왕수에도 녹지 않을 듯 반짝이는 슬픔/그것
도 힘이어야" 한다(「포물선의 꿈」)고 스스로를 위로해보기도 하지만, 그는
끝내

　마음이 아프면 집이 흔들리지

292

울음은 결국 더욱 큰 울음을 만들지

　　　　—「가마귀나 한 마리 키울까 우리」 중에서

라는 아픈 진실을 확인하게 될 뿐이다. 이 시점에서 윤제림의 시에는 '밥—
똥—집—별'의 존재의 생태학적 지도 내지는 우주적 질서의 모형이 만들
어진다. 구체적으로 설명하면, '밥'은 존재를 구성하는 내용물이고, '똥'은
그 하강적인 변형물이며, '집'은 모든 존재와 공간 자체이고, '별'은 존재의
지향성과 가능태인 것이다. 이들은 서로 몸을 바꾸고 긴밀하게 연관되면서
우주의 질서를 형성한다. 『황천반점』과 『사랑을 놓치다』에서 구체화되는
이 생각은 첫 시집에서부터 싹을 틔우고 있었다. 여기에는 시인을 둘러싼
현실적인 배경 또한 가로놓여 있다. 자본주의와 기계문명의 자동화된 질서
는 '자전거'로 표상되는 '수동 조작의 시대'를 빠르게 대체하면서 인간을
소모품으로 만들어버렸다. 급변하는 현실 속에서 지나간 시대를 연모하는
시인은 자신의 정체성을 크게 수정할 수밖에 없게 된다. 그 수정된 정체성
의 모습은 비애스러울 정도인데, 시인은 자신을 "밥주머니에 똥자루,/길게
누운 바지저고리"(「누워서 보다 — 황천반점에서 12」)에 불과하다고 단언한
다. 혹은 "누가 날 좀 오그려다고" "딸애가 갖고 싶어하는 미미인형만하게/
오그려다오 그만큼 쬐끄맣게 만들어다오"(「미미의 집 — 집 71」)라고 자조적
인 소망을 토로한다. 근대적인 것이 인간적인 것을 유린하는 상황을 용납할
수 없는 윤제림은 고전적인 가치와 불교적인 세계에 매료된다. 이제 윤제림
의 시에서 근대적인 경험은 추억이 되기를 멈추며, 시대의 특수한 정황 역
시 주된 관심에서 제외된다. 대신 이 자리를 메우는 것은 인간이 도달해야
할 고결한 내면이며, 우주의 신성한 질서를 이해하는 혜안이다.

　　그는 하루 두 끼의 식사를 했네
　　건건이랄 것도 없는 생각의 다반사
　　입성이 그러하듯 칙칙한 아침공양 저녁공양

먹고 난 그릇은 빛나게 닦아두었네

어느 날인가 우주는 한 개의 커단 밥그릇
닦지 않으면 어둬질 수밖에 없다며
먹은 거 없이 수국이나 바라보다
어허 그놈들 배부르게 피었네 어쩌구 하며
빈 그릇만 자꾸 문지르더니
이목구비 닫아걸고 잠이 들었네

—「발(鉢) — 입적(入寂)」 중에서

"먹고 난 그릇" "빈 그릇"은 청정한 삶을 살다 간 수도승의 몸과 마음을 비유한다. "먹고 난 그릇은 빛나게 닦아두"어야 하는 것은 "닦지 않으면 어둬질 수밖에 없"는 자연의 이치 때문이다. 자신을 맑게 비워낸 수도승은 마침내 그 자신도 '우주'라는 "한 개의 커단 밥그릇"에 담겨 깨끗이 비워진다. 이것이 바로 인간이 우주에 입적(入籍)하는 방식이며, 죽음이 인간에게 행하는 진정한 역할이다. 하나의 작은 밥그릇인 인간은 궁극적으로는 우주라는 "한 개의 커단 밥그릇"을 채우는 미미한 내용물, 그것도 언젠가는 깨끗이 비워져야 할 이물질이다. 비워서 무(無)가 되는 것이 우주의 지극한 이법(理法)이라면, 인간도 자신의 내부에 가득한 추한 내용물을 비워내야 한다. 이제 '밥—그릇'의 관계는 '똥—몸(인간)'의 관계로 전이되며, 똥을 누는 배설의 행위는 몸과 마음을 비우는 정화의 행위로 승화된다. 아이러니컬하게도, 윤제림의 시에서 가장 환하고 청결한 장면은 한 무더기의 똥을 시원스럽게 배설하는 장면이다.

어지간히 다사로운 햇살 만나면
볕 바른 양지쪽 골라 한나절
따뜻한 똥을 누고 싶네, 겨우내 참아온

294

불똥을 누고 싶네 큼직하게 한 무더기 보란 듯이

보란 듯이 좋은 봄날

—「봄날은 보란 듯이」 중에서

산새 발자욱 몇뿐인

대숲 뒤켠, 환장하게

그윽한 눈밭에 앉아

똥을 누었습지요

(……)

서늘한 오장육부 흔들며

靑松 白松 들어와 서고

청명한 뱃속 한가운데로

절 한 채 고요히

들어와 앉습디다.

—「산똥 절똥」 중에서

존재가 흡수한 내용물의 최종 형태인 '똥'은 삶의 적나라한 실체를 보여준다. 존재의 내부를 밖으로 방출해 그 본질적 의미를 반성하게 만들기 때문이다. 무엇보다 '똥'은 비움(空)의 진정한 의미를 몸의 생생한 감각으로 느끼게 한다. "청명한 뱃속 한가운데로/절 한 채 고요히/들어와 앉"는 느낌은 그 자체로 몸이 도달할 수 있는 하나의 경지이다. 윤제림은 '똥'의 의미를 상징적으로 변주하면서 역사적인 차원으로까지 확대한다. 맑고 고절한 시의 한켠에 위트 넘치는 시를 구사하는 윤제림은 옛 조선총독부를 기발한 방식으로 희화화한다. 박물관이 된 옛 총독부의 2층에서 일을 보면서 "一人糞의 타임캡슐을 묻는다"고 생각하는 시인은, 이 화장실이 재래식이었다면 "총독 위에 총리 위에 쌓아올리는/竪穴式 똥무덤"이 되어 "그 斷層 그대로 유리 한 장 해 끼우면" 희한한 "구경거리가 되"었을 것이라고 조소

한다. 총독부에 36년간 만들어진 '수혈식 똥무덤'은 일제가 조선인에게
"뺏어먹은, 받아먹은, 훔쳐먹은,/등쳐먹은, 발려먹은, 내먹은,/해먹
은……" 뒤끝인 "물똥 곱똥 피똥…… 금똥 은똥 돈똥"(「국립중앙박물관—
집 49」)들의 거대한 퇴적물이다. 이처럼 윤제림은 치욕의 역사의 본산지였
던 옛 조선총독부를 '똥의 집'으로 부르며 경쾌하게 조롱한다.
  옛 조선총독부가 똥의 집이라면, 중풍에 걸린 노인의 몸은 병의 집이다.
계집이 남자의 집이라면, 딸은 아버지의 집이고, 무덤은 죽은 자의 집이다.
『미미의 집』에 실린 총 79편의 「집」 연작시들은 이러한 무수한 '집'의 형태
를 탐구한다. 윤제림 자신이 어릴 적 살았던 양씨네 납작집은 물론, 농협 창
고, 동대문, 판문점도 하나의 '집'이 되며, 가구와 어머니, 심지어는 똥집,
맷집, 칼집까지도 '집'의 범주에 귀속된다. 그런데 먹고 자고 쉬는 곳이 집
이라면, 이 세상에 '집'이 아닌 곳은 없다. 가장 큰 '그릇'이 우주인 것처럼
가장 큰 '집' 역시 우주이며, 우주의 모든 존재는 "모두 한 방에서" 기거하
는 '식구'가 된다.(「따뜻한 옛날」) '집'에 관한 사유는 『황천반점』에 오면
"집만한 도량이 또 있으랴"(「家」)는 한 문장으로 압축된다. '집=도량'의
등식은 우주 전체가 정주와 출가의 동시적 공간이며, 세속과 탈속, 이승과
저승, 삶과 죽음이 다르지 않음을 암시한다. '황천반점'은 윤제림이 고찰해
온 '집'의 의미가 집결된 공간으로, 이 두 세계가 만나는 독특한 공간에 위
치한다. 그 독특한 공간이란 다름아닌 인간의 현실세계이다.

    더럽게 먹었구나
    주인은 오래도록 설거지를 한다
    깨끗이 비운다고 싹싹 핥았는데
    주인은 밤늦도록 설거지를 한다
    내 혀는 더럽고,

    내 귀는 어둡구나

296

개숫물에 양재기 부딪는 소리를
봄밤의 미풍에 살강대는
풍경 소리로 듣다니!

무서움도 잊을 겸,
내 가야 할 별이 어디메쯤인가
보아둘 겸,
비긋이 열어두고 들어앉은
解憂所 판장문 틈서리로
보이네

밤새 씻기는
세치 혀.

—「주막에 들다—황천반점에서 1」 전문

    황천반점의 주인은 '내'가 먹은 더러운 그릇을 밤새도록 닦는다. 그가 씻는 것이 양재기인 줄 알았더니, 풍경 소리를 내며 "밤새 씻기는" 것은 '나'의 입 속 "세치 혀"이다. '나'는 황천반점에 머물며 숙식을 해결하면서 "내 가야 할 별이 어디메쯤인가"를 함께 가늠해본다. 황천반점에 묵는 손님을 황천객(黃泉客)이라고 보면 이곳은 죽은 자들을 위한 집이겠지만(박해현), 여기서도 세속의 욕망은 들끓고 이상에 대한 열망은 자라난다. 그러므로, 거대한 '우주의 집'으로 가는 길에 있는 임시 거처인 '황천반점'은 거듭되는 윤회의 한 지점을 의미한다. 황천반점은 세속의 욕망과 탈속의 염원이 공존하는 인간의 현실 자체인 것이다. 윤회의 사슬을 끊지 못하는 한, 인간은 '황천반점'을 전전하는 나그네의 운명에서 헤어날 수도 없다. 이 가엾은 나그네는 "어디서 그렇게 취해 오셨댔소"라는 주인의 물음에도 대답할 수 없으며, "내가 뭐였"는지 "외양간의 소를 보"고 "마당 끝 감나무를 보"아도

아무 생각이 떠오르지 않는다.(「봄에 돌아오다—황천반점에서 14」) 윤회의
바퀴에 걸린 존재는 어느 곳에 머무르든, 그곳은 모두 하나의 '황천반점'인
것이다.

　세속과 탈속, 이승과 저승, 삶과 죽음이 공존하는 '황천반점'은 우주의
방랑객인 인간 존재의 숙명을 돌아보게 한다. 세속과 탈속이, 이승과 저승
이 본질적으로 어떻게 다른지를 알지 못하는 인간에게 두 세계의 구분은 사
실상 무의미할 뿐이다. 그렇다면, 평생 '황천반점'을 떠돌아야 하는 인간에
게는 어떠한 희망도 허락되지 않는 것일까? 혹, 인간의 시원(始原)에 대한
아름다운 기억 같은 것이 힘이 될 수는 없을까? 세상이, 인간 존재가 "생각
사록 기막힌" "빈집들"이라고 하더라도.

　　이제 곧 둥 둥 천둥 북이 울 게야
　　어이없도록 가벼이
　　검은 하늘 무너져내리고
　　생각사록 기막힌
　　우리 빈집들이 보일 게야

　　저물면 오르리
　　얼음으로 뜬 우리,
　　본시
　　별이었던 형제들.

—「언 강은 별로 뜬다」 중에서

　윤제림은 과거와의 연관 속에 현재를 이해하며, 과거의 창고에서 필요한
것들을 끊임없이 꺼내 쓰려 한다. 그것이 개인의 것이든 집단의 것이든 이
때 필요한 것이 바로 '기억'이다. 기억이란 의식으로 이루어진 무형의 실재
이자, 주체의 내면에서 일어나는 (무)의식적이고 능동적인 행위이다. 기억

을 통해 삶의 시간은 서로 연관되고 일정한 흐름을 형성한다. "모든 순간은 그 안에 과거의 흐름 전체를 지니고 있다"는 베르그송의 '지속성'의 개념은 기억 속에 흐르는 의식의 연속적인 작용을 지칭한다. '지속성'은 사라지는 과거의 물질과는 달리, 기억은 사라지지 않는다는 것을 의미한다. 지속성을 내장한 윤제림의 기억은 개인의 의식과 현실의 테두리를 뛰어넘어 자유롭게 확장된다. 그는 "삶이 그대를 속일지라도와 함께" "이발소 닫아걸고" 떠난 "희수 아버지"(「읍내 이발소」)를 기억하고, 일편단심으로 이도령을 "모질게도 기둘린" 춘향이를 기억하며(「춘향아 춘향아」), "모래벌 끝 노천주막에서/헛제사밥 한 그릇씩 비우"던(「늙은이한테 듣다─황천반점에서 5」) 죽음 이후의 행적까지도 기억한다. 한 가지 흥미로운 것은 인간은 "본시 별이었"다는 윤제림의 기억이 진짜라는 것을 증명하기라도 하듯, '황천반점'에서는 '별'이 자주 없어진다는 점이다. 황천반점의 투숙객들이 "별 하나씩 떼어내어 저만 아는 곳에다들 숨겨놓"(「혼자 중얼거리다─황천반점에서 13」)고 저마다의 꿈을 키우고 있기 때문이다. 윤제림의 시에는 '별'이 자주 등장하는 한편, 그 반대적 의미의 '바니타스(vanitas)', 즉 인간의 헛된 소망을 표상하는 세속의 덧없는 소유물들도 많이 나타난다. 대표적인 예인 '똥'은 그 역설적인 환기물이며, '황천반점' 역시 세속의 덧없음과 허상을 깨우치는 상징이 된다. 이러한 시적 전략에는 '죽음을 기억하라'는 '메멘토 모리(memento mori)'의 준엄한 전언이 깔려 있다. 세속적인 가치의 부질없음을 이야기하기 위한 전략의 주요 골자는 이러하다. "등불 하나 빌어서 下界를 보았네/석 달 열흘도 못 숨어다닐 손바닥만한 땅"(「사랑을 세다─황천반점에서 6」), 좁고 어두운 "까따 꼼베"!(「별을 보다─황천반점에서 3」)

윤제림의 네번째 시집 『사랑을 놓치다』는 인간 존재와 우주적 질서에 관한 한층 깊이 있는 사유를 펼쳐 보인다. 윤제림은 인간의 삶을 "거대한 時空의 이삿짐"('自序')으로 비유하면서, "죽는다는 것은/아무 빈 옛날로 들어가는 것"이지만 "나는 그런 시절보다 더 오랜 옛날로/돌아가고 싶다"(「무덤」)고 말한다. '청산옥'은 그처럼 죽음보다 더 먼 곳으로 가는 길에 있는 또하나의 '업소'이다. '황천반점'과 인접해 있는 '청산옥'은 정객(政客), 협객(俠客), 논객(論客), 가객(歌客), 식객(食客)(「손님들―청산옥에서 3」) 등의 각종 손님으로 문전성시를 이룬다. 윤제림은 본디 우주란 삼라만상을 대상으로 "천지팔황 요식업, 숙박업"(「밥값―청산옥에서 1」)을 경영하는 거대한 '업소'라고 이야기한다. 그 작은 분점에 해당하는 '황천반점'과 '청산옥'은 어리석은 인간을 위해 숙식을 제공하고, 그 대가로 인간의 욕망과 번뇌를 수납한다. 각자의 "몸으로 셈을 하"(「밥값―청산옥에서 1」)는 이곳은 '존재의 상행위(商行爲)'가 이루어지는 업소이자 성역이고, 속세의 집이자 출세간의 절이다.

'황천반점'과 '청산옥'은 본질적으로 동일한 의미의 시적 상징이다. 다른 점이 있다면, '황천반점'이 어두운 죽음의 세계를 환기하는 데 비해, '청산옥'은 밝고 서정적인 색채로 닿을 수 없는 이상을 투영한다는 점이다. '청산옥'은 세간과 출세간의 엄격한 거래가 이루어지는 곳이지만, 시인에게는 사랑하는 사람과 어긋난 애달픈 인연의 현장으로 남아 있다.

> ……내 한때 곳집 앞 도라지꽃으로
> 피었다 진 적이 있었는데,
> 그대는 번번이 먼길을 빙 돌아다녀서
> 보여주지 못했습니다, 내 사랑!
> 쇠북 소리 들리는 보은군 내속리면
> 어느 마을이었습니다.
>
> 또 한 생애엔,
> 낙타를 타고 장사를 나갔는데, 세상에!
> 그대가 옆방에 든 줄도
> 모르고 잤습니다.
> 명사산 달빛 곱던,

돈황여관에서의 일이었습니다.
　　　　　　　　　　―「사랑을 놓치다―청산옥에서 5」 전문

언젠가 한번은, 그대 모습 그대로의 생애를 살겠습니다.
　　　　　　　　　　　　　―「소―청산옥에서 6」 중에서

　'황천반점'이 윤회의 한 지점에 있는 인간 존재의 비애를 일깨운다면, '청산옥'은 윤회 앞에 속수무책인 인간 내면의 슬픔을 인화한다. 수많은 생을 거듭하는 동안 계속 어긋난 인연은 "명사산 달빛 곱던" 기억과 함께 치명적인 상실감으로 남아 있다. "언젠가 한번은, 그대 모습 그대로의 생애를 살겠"다는 소망 역시 기약없는 약속이 된다. 서러운 인연의 현장, '청산옥'의 별칭인 '돈황여관'은 생의 도처에서 시인의 삶에 개입한다. 그러나 "그대가 옆방에 든 줄도/모르고 잔" 기막힌 인연의 실타래를 풀 방법은 없다. "다 잊으니까 꽃도 핀다"고 썼다가, "아무것도 못 잊으니까 꽃도 핀다/아무것도 못 잊으니까,/강물도 저렇게/시퍼렇게 흐른다"고 다시 쓰는 것 외에는 별 도리가 없다(「강가에서」).
　이 쓸쓸한 생은 우주의 시공간 어디쯤에 존재하는 것일까? "무엇이 되어볼까, 궁리하는 새에/벌써 몇 세상이 떴다 지"(「구름―청산옥에서 13」)고, 수많은 생을 윤회해온 시인은 "나는 지금 내가 와 있는 곳을/설명할 방법이 없다"(「엽서」)고 말한다. 삶이란 "거대한 시간의 이삿짐"을 싣고 목적지도 모른 채 떠나는 일이어서, 그저 존재하는 것밖에는 다른 방도가 없는 것이다. 산다는 것은, 그리고 그 이음동의어로서의 죽는다는 것은 "못 가본 세상의 입구에서 손을 씻"으며 '황천반점'이나 '청산옥'에 잠시 체류하는 일인 탓이다.

나, 지금 못 가본 세상의 입구에서 손을 씻네.
팔 톤 트럭 가득 거대한 시간의 이삿짐들,

저 기나긴 아침 행렬 어딘가엔 자네도 끼어 있을 터.

(⋯⋯)

가진 것 다 내려놓고 한 손에 잡히는

깨끗한 물건 하나씩만 갖고 가라길래, 친구여

훔친 책들도 버리고, 때묻은 지폐도 버리고,

낡은 사진첩도 버리고, 흐린 거울도 버리느라

손톱 밑까지 까매진 손을 씻네.

빨래바위 닳도록 하얗게 문지르네.　　　　　　—「손 씻는 아침」 중에서

　윤제림이 이르러 있는 곳은 이곳, "못 가본 세상의 입구"이다. 그러나 여기가 윤제림 시의 막다른 기착지는 아니다. 그는 또다른 세상으로 가기 위해 부지런히 "거대한 시간의 이삿짐"을 꾸리고, "손톱 밑까지 까매진 손"을 하얗게 씻는 중에 있다. 앞으로 그는 '황천반점'과 '청산옥' 같은 우주의 '업소'를 더 찾아낼 수도 있고, 머무를 곳 없는 낯선 길을 끝없이 방황하게 될 수도 있다. 하지만 그 집과 길의 풍경은 윤제림만의 색채와 형상을 보여줄 것이 분명하다. 그 다른 세계의 풍경을 만나기까지 우리가 기다려야 할 시간은 그리 길지 않을 것이다.

3. 무한한 우주의 방랑객

　첫 시집에서 근대적 경험을 따스한 추억으로 형상화한 윤제림은 근대적 생활세계의 논리를 훌쩍 뛰어넘는 곳으로 나아간다. 그곳은 삶과 인간 존재에 대한 근원적인 사유가 발휘되고, 불교적 세계관과 우주 질서에 대한 독특한 통찰력이 시공의 경계를 가로지르는 곳이다. 윤제림은 세속과 탈속, 이승과 저승, 삶과 죽음의 자리를 하나로 통합하면서 '밥―똥―집―별'의 우주적 질서의 모형을 만들어낸다. 현실의 제한구역을 벗어나 우주의 무

한한 풍경을 엿보는 윤제림의 시에는 재현과 상상의 영역이 따로 존재하지 않는다. 그의 시에서는 옛 고전의 세계가 현재에 출현하고, 책 속의 인물이 현실의 그에게 말을 건다. 문자가 말이 되어 울리고, 상상의 음식이 목구멍을 타고 넘어간다. 월급쟁이의 신세 한탄이 흘러나오는가 하면, 무위와 해탈의 드높은 경지가 불현듯 눈앞에 나타난다. 윤제림 시에 등장하는 다양한 의식의 층위, 무수한 사물과 타자들은 그 자신이 이 세계에 속해 있는 한 껴안아야 할 숙명과 같은 것이다. 우리의 세계란 잡다함의 소용돌이로 출렁이는 곳이며, 이질적인 세계들을 한꺼번에 살아내야 하는 것은 이 시대를 사는 인간의 운명적인 조건이다. 윤제림은 그의 의식에 포착되는 이질적인 세계들을 통합적인 상상력의 자원으로 적극 활용한다. 무한한 우주의 방랑객에게 세속의 분별심은 필요한 덕목이 아니다. 윤제림의 시가 "시간과 공간의 주름에서 태어난다"(이문재)는 지적은 이런 맥락에서 이해될 수 있으며, "타자와의 거리를 둔 관심, 그 거리를 둔 사랑은 윤제림 시의 바탕을 떠도는 테마들 가운데 중요한 것"(임우기)이라는 진단 역시 그가 짊어진 '잡다함의 운명'에 대한 우회적인 수사라고 할 수 있다.

윤제림이 '황천반점'과 '청산옥'에서 삶과 우주의 본질을 사유하는 것은 '자전거'로 상징되는 '수동 조작의 시대'에서 '도보'의 시절로 이행한 것을 의미한다. 윤제림은 모든 만물의 처소인 우주의 벌판을 온전히 자신의 힘으로 걷는다. 현실세계를 넘어 "못 가본 세상"으로 가는 틈을 찾기 위해서이다. 우주적 상상력을 지닌 윤제림은, 인간의 삶을 "거대한 시공의 이삿짐"을 나르는 '존재의 대탈출(the exodus of existence)'의 행렬로 파악한다. 목적지도 없이 먼 이주의 길에 오른 존재들. 윤제림의 시는 고달픈 시공의 나그네들을 위해 아늑한 숙소가 되기를 꿈꾼다. 그러니, 그의 안내를 따라 '황천반점'이나 '청산옥'에서 잠시 쉬어가는 것도 나쁘지 않은 일일 것이다. 하지만 윤제림이 이야기했듯이, '황천반점'과 '청산옥'은 따로 있는 것이 아니며 주인 또한 정해져 있지 않다. 세속의 현실이, 우리가 속한 윤회의 지점이 모두 '황천반점'이며 '청산옥'이기 때문이다.

생활세계와 초월적 세계의 일원론을 말하는 윤제림의 시는 한때 정신주의로 지칭된 선적인 경향의 시들과는 차이점을 지닌다. 실존의 고뇌를 노래하는 시들과도, 일상성을 탐구하는 시들과도 다른 자리에 있음은 물론이다. 그러면서도 윤제림은 초월적인 사유를 전개하고, 인간의 존재론을 말하며, 세속적인 일상의 삶을 이야기한다. 그의 시는 상상이 현실을 대체하는 데서 한 걸음 나아가, 상상의 세계가 현실의 진짜 얼굴을 드러내는 곳에 존재한다. 세계의 이면을 속속들이 들여다보기 위해 윤제림은 실상(實相)과 본질만을 비추는 내면의 거울을 들이댄다. 그 거울에 비친 풍경이 곧 윤제림의 시이며, 그의 사유의 풍경이다. 그런데 혹, 그의 거울은 아직 전체적인 실루엣을 비추는 데 머물고 있는 것은 아닐까? 그 실루엣을 뚜렷한 형상으로 보기 위해서는 미망에 사로잡힌 존재들에게는 더 작은 거울이 필요한 것은 아닐까? 간혹 그의 시를 모호하게 느끼는 이들을 위해서라도 윤제림은 보다 구체적인 시의 영상을 보여줄 필요가 있다.

잃어버린 얼굴을 찾는 여행

― 박서원론

1. 공포, 황홀, 완전한 사랑의 힘

박서원의 (무)의식을 사로잡고 있는 것은 '공포'와 '황홀'이다. 타자에게 유린당하는 공포와 타자를 위해 희생하는 황홀은 둘 다 불우한 가족사와 여성으로서의 불행한 경험에서 비롯되었다. 무의식의 보호막으로도 은폐되지 못한 과거의 시간은 그녀를 극단적인 분열의 상태로 몰아넣었다. 박서원은 자신에게 이런 충격을 가한 세계를 '완벽한 세계'라고 부른다. 박서원의 언어사전에서의 '완벽한 세계'란 이 세계의 뭉툭한 언어로는 설명될 수 없는 장소, 그러나 바로 이 세계의 폭력적인 질서가 파생시킨 '거울의 뒷면'으로서의 장소를 뜻한다. 흔히 광기의 영토로 불리는, 인간의 내부에서 출현하고 융기하는 그 상소! 넛질을 빗거내기민 히면 바로 '지금 여기'의 현실세계임이 드러나는……

첫 시집 『아무도 없어요』(1990)를 출발점으로 박서원이 90년대 내내

행한 시작업은 '완벽한 세계'의 전모를 세상에 증언하는 것이었다고 할수 있다. 『아무도 없어요』(1990), 『난간 위의 고양이』(1995), 『이 완벽한세계』(1997), 『내 기억 속의 빈 마음으로 사랑하는 당신』(1998) 등 네 권의 시집은 "생의 물관 속으로 범람하는 파열과 분산과 착란의 모험들"(정과리), "가장 강렬한 해체의 욕망을 가진 시인들조차, '차마'라고 말하며 유지시키고 싶어하는 마지막 선까지 다가가 그것을 뒤흔드"(김정란)는 도저한 전복으로 설명되면서 우리 시단에 새롭고 강력한 시의 바이러스를 유포해왔다. 박서원은 보이지 않는 실재들이 이 세계 특유의현실적인 형태를 갖추는 '표면'을 뒤흔들어 이면의 잔여물을 고발하고,잘 정돈된 인간의 '얼굴'을 끔찍하게 구겨버린다. 박서원의 시를 읽을 때우리들은 실제로 자신의 얼굴이 일그러지는 느낌을 경험하게 된다. 못볼 것을 본 듯한 불쾌감, 무언가 잘못되었다는 불안감, 심지어 자신이 가해자일지도 모른다는 죄책감에 시달리게 되는 것이다. 중요한 것은 박서원이 보여주는 것이 제도와 금기의 인위적인 성형을 뜯어낸 상태의 원초적인 얼굴이라는 점이다. 이 얼굴은 최승자나 김승희, 김정란처럼 제도와 금기를 타파하라고 외치는 전사의 얼굴과는 다른, 제도와 금기에 의해 찢기고 피 흘리는 피해자의 얼굴이다. 이 점에서 박서원의 시는 다른여성시인들의 시와 일단 외형적으로 구별되며, 더 생생한 현장성을 지니고 있다.

박서원이 지금까지 발간한 시집들은 그녀가 '완벽한 세계'의 완벽한거주자임을 증언해왔다. 완벽한 세계의 거주자—실제로는 수감자(收監者)—인 박서원은 완벽하게 고독하고, 완벽하게 유린당하며, 완벽하게갇혀 있고, 완벽하게 여자로 존재한다(여기서 여성의 억압의 역사에 대하여 새삼스럽게 재론할 필요는 없을 것이다). 박서원은 부정적으로 완벽한세계에서 부정적으로 완벽한 생애를 구가하는 자, 즉 완벽한 희생의 제물이다. "나 태어남의 저주를 금박지처럼 / 오려 / 이마에 붙인다 / 다른 사람들과 구별짓도록 / 완벽한 생애를 위해 / (……) / 완벽한 희생, 완벽한 제물".(「중독자를 위한 밤노래」, 『난간 위의 고양이』) 완벽한 세계에서는 모든 것이 끊임없이 반복되며, 변화나 소멸이란 존재하지 않는다. 끊임없이 반복되는 완벽한 세계는 그 자체로 악몽이며, 박서원은 이 악몽의 제물이 된다.

불행한 기억과 환상이 반복되는 '완벽한 세계' 는 박서원이 스스로 만든 유폐의 공간이기도 하다. 여기에 예외적인 존재가 한 사람 있다. 아버지는 박서원의 고립된 내부에 들어가 그녀를 할퀴고, 심으며, 심지어 흐르게 할 수 있다(「꿈으로 내려가는 길」, 『이 완벽한 세계』). 적어도 박서원은 그렇게 되기를 소망한다. 그런데 왜 아버지일까? 박서원이 네번째 시집에 와서야 고백한 바에 따르면, 아버지는 이미 오래 전에 죽은 사람이기 때문이다. "폐병쟁이 목련꽃 내 아빠 얘길/해야겠어요/시인이 되었지만 배고프고 춥던 50년대/ (……) /꿈이 부서져서 폐병으로 서른일곱 스스로를/죽여야만 했던 내 아빠 얘기를요".(「아마데우스」, 『내 기억 속의……』) 죽은 아빠는 딸에게 더이상 권위적이거나 두려운 존재가 아니다. 오히려 그리움과 연민을 불러일으키는, 보상에 대한 타산적인 기대나 상처의 위험 없이 '내 기억 속의 빈 마음으로 사랑' 할 수 있는, 마침내 부재를 현존으로 바꾸고 싶은 유일한 타자이다. "나, 원하던 사람 있었어/꿈속의 하얀 아버지 같은/눈사람/꿈속의 히야신스 같은 눈사람".(「눈사람」, 『내 기억 속의……』) 딸의 무의식에는 어떠한 고난이든 다 감내하고 죽은 아빠를 되살리고자 하는 '바리데기 의식' 이 잠재해 있다. 희생을 대가로 죽음의 고통을 구원의 황홀경으로 바꾸고자 하는 바리데기 의식은 주지하다시피 강은교, 김혜순 등에 의해 이미 우리 시의 한 전통으로 자리잡고 있는 것이다. 이제 우리시에서 '바리데기 신화' 는 여성시인들의 독특한 사유를 내장한 정전(正典)의 지위를 누리고 있는 셈이다.

이런 관점에서 박서원의 시는 자신의 고난을 내가도 아버지의 부활을 이루려는 욕망의 산물이라고 할 수 있다. 죽은 아버지의 재생을 갈망하는 딸은 영락없는 바리데기이며, 더 확대하면 가부장제의 죽은 육체에 따뜻한 생명의 숨결을 불어넣으려는 여성성의 담지자라고 할 수 있다. 하지만 신화가 아닌 현실의 세계에서 죽은 아버지의 생명을 회복하는 일은 불가능하며, 가부장제의 파행성을 근본적으로 해결하는 일 또한 요원하기만 하다. 더욱이 딸은 남성중심사회와 거기에서 파생된 그림자의 공간인 '완벽한 세계'에 갇혀 있다. 그러나 딸은 기어이 탈출의 묘안을 발견한다. '완전한 사랑의 힘'을 획득하는 것이 그것이다. 완벽한 세계에 구멍을 뚫기 위해서는 완전한 사랑의 힘이 필요하며, 완전한 사랑의 힘을 갖기 위해서는 모든 고통을 홀로 견뎌내야 한다. "그래, 더 큰 고통을 가지고 와"라고 뜨겁게 전의를 불사르면서……

> 나는 독방으로 갑니다
> 완전한 사랑을 위해
> 바다에 나가 돌아오라고 아버지를
> 부르듯이 파도를 부르듯이
> (……)
> 난 냉기 속에서 표범처럼
> 완전한 사랑의 힘을 갖기 위해
> 나를 잠그고 기다립니다
> 　　　　　—「표범처럼 완전한 사랑」(『난간 위의 고양이』) 중에서

> 나는 사랑한다. 사랑한다. 천년 만년 빌어먹을 빌어먹을 예복을 입고 뿔피리를 불며 그래, 더 큰 고통을 가지고 와. (……)

> 그래, 더 큰 고통을 가지고 와. 내 사랑
> 　　　　　—「소명 1」(『난간 위의 고양이』) 중에서

> 고양이는 난간에 섰을 때

가장 위대한 힘이 솟구침을 안다
　　　　　　　　—「난간 위의 고양이」(『난간 위의 고양이』) 중에서

　그러나 가혹한 고통을 견딘다고 해서 적절한 보상이 주어지는 것은 아니다. 고통의 가장 지독한 속성은 이 점에 있다. 고통을 견디는 것만으로는 그 무엇도 근본적으로 해결되지 않는다는 점! "독방"의 "냉기 속에서" "나를 잠그고 기다"려도, "난간에 섰을 때/가장 위대한 힘이 솟구침을" 절실히 느껴도, 갈수록 "더 큰 고통"을 각오해도 세계는 미동도 하지 않는다. 설혹 "완전한 사랑의 힘"을 갖게 된다 한들 그 힘이 대상에게 전달되지 않는다면, 그 대상이 '지금 여기'에 부재한다면 소용이 없는 것이다. '아버지'는, 딸의 무의식에 입력된 호칭으로는, '아빠'는 결국 딸에게 돌아오지 않는다. 적어도 신화 속의 바리데기에게 죽은 아버지의 육신이 남아 있었다면, 박서원에게는 '아빠'에 대한 불분명한 기억과 환영이 출렁이고 있을 뿐이다.

　　……내 양들은 저 멀리 들판으로 나가 돌아오지 않았어…… 아빠,
　　물고기 한 마리로 오천 명을 먹이신 아빠 아빠는
　　어디 갔나
　　나는 보았나 술 취해 전봇대 들이박은 아빠
　　기어가는 아빠 짐승이 되고 싶은 아빠 오그라드는 아빠
　　　　　　　　—「어떤 황홀 5」(『이 완벽한 세계』) 중에서

　돌아오지 않는 것이 아빠만은 아니다. 박서원의 사랑의 욕망과 희생의 의지를 상징하는 '양'들도 돌아오지 않는다. 이 난국을 해결하기 위해서는 어떻게 해야 할까? 박서원은 차원의 비약적인 이동을 통해 이를 넘어서고자 한다. 죽은 아빠의 부재하는 육신을 형이상과 종교적 차원의 내용물로 채워넣는 것이 그것이다. 박서원은 보이지 않는 정신과 영혼을

본질로 하면서 그 구체적 현현태로서의 육신을 동시에 긍정하는 세계를 기독교에서 발견한다. 기독교에서 영(靈)과 육(肉)은 본래 하나이지만, 경우에 따라 분리와 결합과 대체가 가능하다. 예수의 죽음과 부활은 영육의 분리와 결합에, 예수의 육신을 대신하는 빵과 포도주로 성령을 영접하는 것은 영육의 대체에 해당한다. 박서원은 '죽은 아빠'의 부재하는 육신을 성스러운 살과 피로 새롭게 빚어내며 무의식에서 영혼의 차원으로, 남성 중심의 폭력적인 현실에서 신성한 종교의 차원으로 급상승한다. 박서원의 새 시집 『모두 깨어 있는 밤』이 시작되는 것은 바로 이 부분이다. 이 시집은 초기부터 나타난 기독교적 세계관을 본격적으로 전개하면서 '완벽한 세계'라는 이름의 닫힌 방에서 걸어나오는 '성장한 딸'의 모습을 그려 보인다. 지난 세계와의 결별, 의식의 비약, 새로운 떠남의 과정이 박서원의 다섯번째 시집의 뿌리를 이루고 있는 것이다.

2. 소멸과 회복, 성스러움에 대한 갈망

압바.*

지워버린 길이 동서남북 열린 문

제가 산양이었습니다
압바
제 모습이 사라졌습니다

당신의 눈물이 저를 채웁니다

친절한 사람들이 인사하는 아침

누군가의 입술에

빗방울로 떨어지는 나

(*초기 그리스인들이 하느님을 정겹게 부르던 히브리어 호칭. 우리말

로는 아빠라고 부른다.)

—「대회년에 뜨는 보름달」 전문

　시집 『모두 깨어 있는 밤』은 '하느님／압바'의 존재를 대전제로 한 시

적 진술의 묶음이다. 앞의 시집들이 박서원이 경험한 세계의 폭력에 대

한 증언이라면, 이 시집은 '압바'를 향한 고백의 말들이라고 할 수 있다.

위의 시가 보여주듯, 박서원의 시어사전에서 아빠, 압바, 하느님의 세 단

어는 동일한 의미의 계열을 형성한다. 죽은 아빠에게 고착되어 있던 어

린 딸은 이제 아빠의 초자아(superego) 격에 해당하는 '압바'를 통해 더

큰 세계로 나아간다. '아빠'에서 '압바'로의 변화는 억압의 현실에서 영

원한 본질의 세계로 향하는 박서원의 의식의 전환을 보여준다.

　'압바'를 향한 딸의 말들은 '압바'에 대한 외경심을 내재하고 있으며,

이전의 시에서는 볼 수 없던 순연함을 머금고 있다. "제가 산양이었습니

다／압바／제 모습이 사라졌습니다／／당신의 눈물이 저를 채웁니다"와 같

은 진술은 딸의 겸허한 순응의 자세를 드러내면서, '압바'의 위엄과 능력

을 환기한다. 오래 전 '양'을 잃어버렸다고 생각했던 딸은 자신이 길 잃

은 양이었음을 깨달으며, 죽은 아빠를 구원하는 주체에서 '압바'에게 구

원받는 대상으로 자리를 옮긴다. 죽은 아빠를 향해 비현실적인 열망을

지녔던 딸이 혼돈에 시달리는 미숙한 주체였다면, '압바'를 통해 절대적

인 구원을 희구하는 딸은 성숙을 갈망하는 주체라고 할 수 있다. 죽은 아

빠가 딸의 욕망과 환상이 투영된 상상 속의 타자라면, "누군가의 입술에

／빗방울로 떨어지는 나"를 실감하게 하는 '압바'는 기독교라는 사회적

인 공유의 담론을 배경으로 한 보편적인 타자이기 때문이다.

　이제 문제되는 것은 죽은 아빠가 아닌 딸의 구원의 가능성이며, '압바'

를 통해 획득하게 될 딸의 진정한 정체성이다. "누가 진정한 얼굴을 가지고 있습니까"?(「저 별들에게 차마」) 시집 『모두 깨어 있는 밤』의 문제의식은 이 한 문장으로 요약되며, 박서원에게 정체성의 문제는 주로 '얼굴'의 상징을 통해 형상화된다. 이번 시집에서 그녀의 얼굴은 주로 지워지고 없어진 상태로 묘사된다. 박서원이 자신을 지탱하는 타자를 '죽은 아빠'와 타인 등의 인간에서 '압바'라는 절대적인 신으로 전환하면서 일어난 내면의 변화이다. 분열된 자아 속에서 의식과 무의식의 경계를 위태롭게 넘나들던 박서원은 혼돈에 찬 자신의 얼굴을 소멸시킨 후에 더 큰 자아로 거듭나기를 열망한다.

> 내가 내 얼굴을 잊고
> 싶었네
>
> —「숯」 중에서

> 먼길이었던 내 얼굴 지워지고
> 정다운 도깨비 그림자 사라지는 새벽
> 나는 흰 눈이 되어 댓돌에 스며듭니다
>
> —「댓돌 신발 옆의 나」 중에서

> 기다리는 동안 없어지는 나
>
> 영혼은 부글거리고 또다른 영혼들은
> 나보다 또렷해
>
> (……)
>
> 살도 영혼도 될 수 없는 순간

—「부글거리는 영혼의 위로— 마음이 시간을 견딜 수 없을 때」중에서

  그 열망으로 인해 "영혼은 부글거리"지만, '나'는 아직 "살도 영혼도
될 수 없는 순간"에 있다. 부글거리는 영혼을 지닌 존재는 육체와 영혼의
사이, 세속과 신성의 사이, 버리려는 것과 얻으려는 것의 사이에 있다. 이
처럼 어중간한 상황을 종결시키기 위해 박서원은 과거의 자신을 더 많이
버리고 지우기로 한다. "얼굴을 잊"고 지우는 것에서 나아가 그 심층의
내용물을 제거하는 것이다.

  골수를 빼서 神께 바치는
  뚜껑 없는 항아리 저 여자

—「섬노루귀, 그 여자 1」중에서

  "골수를 빼서 신께 바치는" 행위는 자아의 정화와 성화(聖化)를 위한
내면의 의식이다. 그러한 여자의 몸을 박서원은 "뚜껑 없는 항아리"의 이
미지로 묘사한다. "뚜껑 없는 항아리"란 위로 열려 있는 자궁, 신성에 대
한 지향과 상승의 에너지를 지닌 자궁이다. 이 자궁은 육체를 낳는 자궁
이 아니라 영혼을 낳는 자궁이며, 분열된 자아가 거듭나는 신성한 장소
이다. '여자'의 몸 전체이자 존재 전체로 이루어진 이 자궁은 "쉬잇!/엄
마./구덩이에서 江이 구름처럼 피어나요"(「더 아파야 해, 엄마」)처럼 지
상의 강을 천상의 구름으로 만드는 '구덩이'나, 활활 불을 피우는 '아궁
이'의 이미지로 변주된다.

  성모 마리아가 낳은 건
  머리에 꽃 단 썩지 않는 해골

  내가 낳은 건

24시간 군불 지피는 아궁이

둘은 썩 잘 어울린다

사다리를 타고 내려오는 예수와
두레박을 타고 올라가는 인간

누가 서로를 못 박았을까

—「풍년」 전문

"성모 마리아"가 "머리에 꽃 단 썩지 않는 해골"을 "낳"음으로써 고통받는 지상에 강림했다면, 인간인 '나'는 "24시간 군불 지피는 아궁이"를 "낳"음으로써 하늘로 비상하고자 한다. 각자의 편에서 신성과 세속의 경계를 좁히고자 하는 이 "둘은 썩 잘 어울린다". 강림과 비상의 동시성은 "사다리를 타고 내려오는 예수와/두레박을 타고 올라가는 인간"에서도 나타난다. 그러나 신성과 세속의 행복한 결합은 그렇게 쉽게 이루어지지 않는다. "서로를 못 박"는 파탄의 비극이 역사를 뒤덮고, 이 비극은 억압적인 삶을 살아온 여자들에게 특히 가혹하게 적용된다. 위의 시에서처럼 '인간'은 "두레박을 타고 올라가"지만, "모든 땅의 반죽인 어머니"는 "올라가지 못한"다. 어머니는, 그리고 모든 여자는 "토하"고 '하혈' 하며, 지상에 있다.

모든 땅의 반죽인 어머니
올라가지 못하는 내 어머니

당신이 원하던 나라에 왔어요

"금간 유리잔에
광주리째 토해낼 맛나는 떡 있네"

이제야 도착한 땅에서 가무에 젖는
하혈
해바라기처럼 커지는 유방

레몬 같은 젖이 땅의 골을 타고
뜯어진 단추처럼 흐른다

—「섬노루귀, 그 여자 2」 중에서

  그런데 막상 어머니 "당신이 원하던 나라"는 천상이 아닌 지상에 있다.
이번 시집에서 박서원의 의식이 활짝 열리는 것은 이 부분이다. 박서원
은 '하느님/압바'에게 의존하는 데 머물지 않고, 자신의 의지로 구원의
길을 여는 방식을 택한다. 그녀는 저 높은 곳으로의 비상보다는 지상에
서의 재생을 통해 성스러움을 성취하고자 한다. "레몬 같은 젖이 땅의 골
을 타고" 흐르는 지상은 '하혈'이 계속되는 곳, 고통과 억압이 현재형으
로 존재하는 곳이다. 천상을 향해 열려 있던 '자궁'은 이제 "내가 내 어미
를 낳"는 역전적인 탄생을 통해 여성의 존재를 새롭게 변화시키고, 고통
의 피로 물든 땅을 재생의 장소로 바꾸어놓는다. 마치 나무처럼 천상을
향해 열린 자궁은 "단단한 호두열매"와 같은 지상의 생명체를 낳는다.

내가 내 어미를 낳았네
굵은 혈관이 돋은 뿌리로 노래하고
돌비석은 그렇게 제 어미 단단한 호두열매
맺어
열두 가마니…… 열두 가마니……

"어미를 낳"은 딸이란, 한마디로 자신의 기원을 수정하는 존재이다. 자신의 기원을 수정한다는 것은 자신을 최대한 소급해서 변화시키려는 의지적 행위에 다름아니다. "어미를 낳아" 자신의 기원을 수정한 딸은 분명 어미보다 성장한 딸이며, 차원의 상승이 아닌 존재 자체의 전환을 통해 삶을 변화시키는 딸이다. 이 지점에서 박서원은 다시 바리데기로 돌아온다. 본래 바리데기는 하늘로의 수직적인 비상이 아닌, 지상 위의 수평적인 편력을 통해 신성을 성취하는 존재이다. 신성은 지상의 끝 어딘가 가장 멀고 험한 곳에 있다. 이제 박서원은 죽은 아빠를 구하는 유아적 환상의 단계에서 세상의 고통을 직시하는 현실적 자아의 단계로 올라선다. 이 성장한 바리데기에게 이천 년 전에 세상을 구하기 위해 죽은 예수는 강력한 동일성의 존재로 다가온다.

비로소 만난 그대의 사형장
떨어지는 빗방울 울타리

이천 년 동안 그곳에 계셨어요?

이제야 왔어요. 저 고달프지 않았어요
어떤 살과 향부터 피울까요

(……)

온통 은빛으로 덮쳐오는 강물
조각배 안에 담긴 나 가로지르는 하늘
튼튼한 내 신발이 보였네

"이제 왔"음에도 "튼튼한 내 신발을 보"며 다시 떠나려는 바리데기는 '완벽한 세계'에 갇혀 죽은 아빠를 구하는 꿈을 꾸던 어린 딸이 아니다. 구체적이고 선명한 언어로 표현하고 있지는 않지만, 또 여전히 혼란스러운 분열의 어법을 구사하고 있지만(이번 시집에는 특히 앞뒤 맥락의 불필요한 어긋남과 문법적 일탈이 많이 눈에 띈다. 앞의 시집들처럼 광기에 찬 자아의 내면을 드러내는 유용한 기호로서 역할하지 않는 이런 표현들은 이번 시집이 지향하는 신성의 육화를 형상화하는 데 때로 마이너스의 요인이 되고 있다), 박서원은 타자와 세상에 대한 포용력을 통해 새로운 자신에 이르고 있다. 단호한 선언과 파괴적인 말들이 중심이 되던 어법은 어느새 "저 고달프지 않았어요"처럼 수용과 인내의 어조를 띠고 있고, 세상에 대한 공포와 극단적인 부정은 삭막한 세상의 끝까지 가보겠다는 삶의 의지로 변화되고 있다. 이에 따라 자신을 희생하는 만족감의 결과였던 사디즘적 황홀도 세상과 내가 서로를 비추는 조용한 성찰의 기쁨으로 바뀌게 된다. "길 끝 어딘가" 있을 "얼굴을 만질 수 있는 신들의 나라"를 찾아가는 바리데기는 이제 비로소 자신의 얼굴을 갖게 된다.

> 가도가도 날은 저물지 않았다
> 내 딸아, 네 어미의 자궁을 밟고 가는구나
> 피의 길을 따라가면 갈수록
> 내 피부는 우유 같아졌다
> 흰 꽃을 따서 먹었다
> 고통을 태양이 삼키고 있었다
> 이 길 끝 어딘가
> 얼굴을 만질 수 있는 신들의 나라가 있겠지
> 가는 동안 마주치는 이 없었다

넓어지지도 좁아지지도 않는 외길

목소리들의 나라까지라도 왔으면……

비탄과 갈증은 피가 가져갔다

어디쯤 왔나 묻는 건 부끄러웠다

바람 한 점 없는 피의 사막이었음을

알았을 때

피가 내 얼굴을 되비추었다

내 얼굴에 풍경이 있었다 황금빛 물이 흐르는

골짜기

나는 내 얼굴을 따라 걸었다

—「양들의 너른 들판」 중에서

"바람 한 점 없는 피의 사막"을 걷는 바리데기는 그 "피가 내 얼굴을 되비추었"을 때 "내 얼굴에 풍경이 있었"음을 발견한다. 피의 사막에 비친 얼굴 속의 풍경은 뜻밖에도 "황금빛 물이 흐르는/골짜기"이다. 풍요로운 생명력과 여성성, 빛나는 신성을 상징하는 "황금빛 물이 흐르는/골짜기"는 박서원의 최근의 내면 풍경을 보여준다. 이처럼 고요하고 평온한 풍경은 이전 시에서는 볼 수 없었던 것으로, 많은 고통을 겪어온 시인이 타자 및 세계와, 무엇보다 자기 자신과 화해하기 시작했음을 보여주고 있다. 모르는 길을, "내 얼굴을 따라 걸"을 수 있다는 것은 '존재적으로' 행복한 일이다. 내가 나를 인도하는 것은 모든 존재의 최대의 의무이자 난제이기 때문이다. 그러므로, 이제야말로 박서원은 '완전한 사랑의 힘'을 얻는 법을 터득하게 되었다고 말할 수 있다. 그 배후를 '부드러운' '숨쉬는' '부풀어오르는' 등의 온유한 형용사들이 감싸고 있고, "아무것도 묻지 않는 단호"한 삶의 자세가 고집스럽게 떠받치고 있다.

모든 창은 열려 있고

318

길은 모피처럼 부드럽다

나를 지치게 했던 손들, 골목길

골목길이 숨쉰다 부풀어오른다

사랑을 나눈 흔적들

부서진 모래알갱이들

이제 아무것도 묻지 않는 단호함

애초에 근육이었던 골목길에

나뭇잎들의 서늘한 그림자가 드리운다

—「첫 연인에게 경배하세」 중에서

3. 진정한 얼굴을 찾아서

박서원의 시집들은 제목만으로도 시세계의 변화를 어느 정도 감지하게 해준다. 단절과 부재의 상황을 비극적으로 표현한 『아무도 없어요』, 위태로운 자아의 곡예를 보여주는 『난간 위의 고양이』, 자아의 감금과 분열상태를 반어적으로 환기하는 『이 완벽한 세계』, 이인칭 타자 '당신'의 등장과 함께 사랑과 소통의 열망을 표출하는 『내 기억 속의 빈 마음으로 사랑하는 당신』, '모두'라는 보편적인 주체를 염두에 두며 조용한 성찰의 시간을 맞이하는 『모두 깨어 있는 밤』은 시집마다 조금씩 차별성을 보여온 박서원의 시세계를 상징적으로 함축하고 있다. 이를 간추리면, 박서원의 시세계는 '부재 → 존재(고독한 단독자) → 존재(당신과의 만남) → 존재(모두의 공존)'의 이행과정으로 정리될 수 있다.

이렇게 볼 때, 박서원의 시는 부재에서 존재로 나아가려는 숨가쁜 노력이며, 자아의 끊임없는 재탄생의 과정이라고 할 수 있다. 이 과정에서 박서원의 시는 그녀 자신이 말한 것처럼 다른 사람들에게는 지긋지긋하게 들릴 말들을 쉬지 않고 되풀이한다. 비명과 악담, 혼잣말과 하소연, 간절한 탄원과 평화로운 고백 등이 한 덩어리를 이룬 박서원의 시는 시 이전의 원초성과 시 이후의 휘발성을 모두 간직하고 있다. 신성에 대한 갈망과 충만한 은혜의 말들이 늘어나기 시작한 대신, 사람들을 경악시키고 지긋지긋하게 했던 신경증적인 언어들은 이번 시집에서는 많이 줄어든 상태에 있다. 비속한 세상과 신성한 세계 사이의 간극을 견디며, 고통받는 지상 위에 신성을 꽃피우려는 노력이 보다 단순하고 정돈된 사고와 언어로 귀결되었기 때문이라고 할 수 있다.

그러나 아이러니컬하게도, 이번 시집의 시들은 독자를 힘겹게 만든 초기시들보다는 파급력과 완성도가 떨어지는 상태에 있다. 시집의 마지막 장을 덮으며, 자아의 확산과 의식의 전환이 반드시 시의 완성도와 직결되는 것은 아니라는 사실을 확인하는 것은 안타깝다. 하지만 진정한 얼굴을 지닌 존재가 되고자 하는 노력은 그 자체로 가치 있고 아름다운 것이다. 하나의 얼굴이 하나의 표정만을 갖고 있지 않듯 시의 얼굴 또한 수많은 표정을 갖고 있으며, 그 표정은 생의 진실과 반드시 비례하지 않는다. 이 또한 박서원의 이번 시집이 확인하게 해주는 시의 진실이며, 생의 진실이다.

죽음과 부활의 기록
— 정인섭론

정인섭이 1980년대에 쓴 시들은 대체로 '난해시' 라는 코드로 해석되었다.(성민엽, 임우기) '난해시' 가 당시 문단의 논쟁거리 중의 하나였음을 떠올리면 그리 이상한 일은 아니다. 하지만 정인섭의 시를 자세히 읽어보면, 그의 시가 난해시인가에 대해서는 의문을 갖지 않을 수 없다. 때로 시적 주체가 모호해지고 상황의 비약이 돌출하기는 하지만, 정인섭의 시가 전달하는 메시지는 단순하고 명확하기 때문이다. 역사와 종교, 실존적 삶을 한 덩어리로 인식하는 정인섭은 당대가 환란(患亂)의 시대이며, 이를 헤쳐 나갈 무기는 '사랑' 과 '자기 희생' 이라고 이야기한다. 정인섭이 지난 연대에 펴낸 세 시집에는 정의(正義)에 대한 신념과 부정적인 현실과의 격차에서 발생하는 절망과 희망, 고통과 의지가 일관되게 뚜렷한 흐름을 형성하고 있다.

간단히 정의해서 난해시가 현대 사회의 분열상과 인간의 혼돈을 표현하기 위해 난해성을 유용한 장치로 활용하는 시라고 할 때, 정인섭의 시는 이러한 미학적 지향성과도 거리를 두고 있다. 난해시는 문맥의 외적 논리를 파괴하고 심층의 혼돈을 가시화하여 의미의 안정된 조직화를 거부한다. 의미의 혼돈과 과잉 자체를 시의 의미로 보유하는 것이다. 그러나 정인섭의 시는 미처 의미화되지 못한 발화들, 혹은 듬성듬성 말해진 언어들의 연쇄를 통해 의미의 과잉보다는 생략과 압축으로 기울어진다. 이러한 시의 특징 속에는 사태를 질서정연하게 이야기하기 어려웠던 폭압적인 시대의 상황이 가로놓여 있다. "누구라도 살아서는 나갈 수 없" (「평화에 대한 슬픈 예감」, 『어둔 밤』, 1987)는 봉인된 세계, "살아온 날들만큼 또 살아/어두운 밤을 넘어가야 하"(「어둔 밤 · 12」, 『어둔 밤』, 1987)는 고난의 역사는 정인섭의 내면과 시어를 굴절시키고 부분적으로 지워지게 했던 것이다.

정인섭의 시를 난해시의 코드로 해석하는 시각의 부적절함은 그의 시를 지탱하는 중심 이미지의 발전적인 변화를 통해서도 확인된다. '우물' 이미지는 이를 처음 분석한 김 현과, 정인섭의 세 시집의 해설을 쓴 김주연, 성민엽, 임우기가 공통적으로 지적한 것처럼 정인섭 시의 중요한 수원(水原)을 이루고 있다. 이들이 분석한 바와 같이, '우물'은 비극의 역사와 수난의 종교사, 민중의 강인한 생명력과 화합, 시인의 어두운 내면의 상징으로 다양하게 그려졌고, 어두운 지하에서 신성한 천상에 이르는 연결 통로로서 의미의 질적인 상승을 거듭해 왔다. 한마디로 말해서, 정인섭의 시는 중심 상징인 '우물'의 공간적 확산(수평/수직)과 시간적 확산(역사/초월)의 동시 전개를 통해 시세계의 영역을 확장해 왔다고 할 수 있다. 난해시가 의미의 분산과 이탈을 통해 의미의 '바깥'을 확보하려는 데 반해, 정인섭의 시는 의미의 응집과 변주를 통해 의미의 '안'을 팽창시키고 있다는 점에서 큰 차이를 보이는 것이다. 의미의 바깥과 안이란 그대로 우리가 속한 세계의 바깥과 안으로 치환될 수 있는바, 정인섭은 '천상'과 '시간 밖'으로의 초월을 감행할 때도 철저히 세계 —내적 논리에 바탕을 두고 있다.

1) 참담히 또 뜨는 해, 라고 쓴다

　　누가 갈 수 있는가

　　말「言」로 파는 우물에 기대어

　　젖은 말들을 재우는 밤

　　젊은 놈들이 야위고

　　벽들은 스스로 강대한 밤

　　나는 하늘에 눌어붙은 새들을 떼어준다.

　　움직이던 새떼.

　　날개 버리듯 다시 멈출 제

　　언 물이 떨어진다, 달이 넘어간다

　　혼자 내일, 하고 써본다 새들이

　　일제히 운다 내가 못 보는 저 울음.

　　말들은 스스로 말릴 수 없는 들꿈에 시달려

　　나와 함께 잠들 제

　　새들아, 떼를 이루어 하늘에

　　써보이며 너희 나를 깨우는

　　우리들 사랑.

　　　　　　　　—「향가 2」(『나를 깨우는 우리들 사랑』) 중에서

2) 한밤중에 들에 앉아

　　뒤집어진 우물물을 함께 맛보네

　　　　　　　　　　—「우물노래」, (『어둔 밤』) 중에서

3) 형제들아, 나는 너를 살 안나

　　닷새째 졸음아, 너도 안다 그들이

　　또 다시 시멘트 회벽에 내 몸을 갈아 바를 때까지는

나는 너희를 모른다 아니 잘 안다 모른다 아, 이 세상 두레박들아

　　　　　　　　　　　　―「두레박아」(『어둔 밤』) 중에서

4) 시간 밖에서 슬픔이 우리를 부르네

　　먼 땅 밑 우물의 나라에서

　　이 세상의 소리보다 더 많은 물기를 담고

　　예전에 보낸 그 짧은 시절을 보여주면서

　　기쁜가, 안 기쁜가, 하며 사랑의 숨결처럼

　　시간 밖에서 슬픔이 우리를 부르네

　　　　　　　　　　　　―「사랑의 숨결」(『무진일기』) 중에서

5) 역사랑 종교랑 오랜 사랑까지 저무는 바다에 던져

　　다시 당신을 불러낼 수 없다면

　　달이 되어 어두운 당신의 우물에 들겠습니다

　　　　　　　　　　　　―「사랑의 숨결」(『무진일기』) 중에서

　　정인섭이 '80년대에 펴낸 세 시집에 들어 있는 '우물'은 매우 다양하면서도 통합된 의미의 연쇄를 보여준다. 그 의미의 중심에 있는 것은 나라·민족·종교(구체적으로는 카톨릭)의 이름으로 하나가 되어 있는 공동체의 운명이다. 군부독재의 마지막 10년 간 정인섭은 짐승처럼 유린되고 도처에서 죽음의 위협에 노출된 공동체의 운명 앞에 사력을 다해 절박한 말들을 토해냈다. 그는 이 부당한 운명을 받아들일 수 없었기에 마치 신을 향해 처절한 기도를 올리듯 한 글자 한 글자 시를 써나갔다. 그 중에서도 정인섭의 제 2 시집 『어둔 밤』은 시집 전체가 한 편의 기도문이며, 어두운 시대의 고통스러운 증언록이라고 할 수 있다.

　　'우물'의 상징은 정인섭이 부당한 운명에 맞서 싸운 이러한 고투의 과정을 압축하면서, 그의 시적 사유가 뻗어온 여러 갈래의 길을 하나의 그

림으로 보여준다. 위에 인용한, 세 시집에서 선별한 5편의 시들은 그 그림의 가장 굵은 선들에 해당한다. 1)에서 "말(言)로 파는 우물"은 곧 정인섭의 시작(詩作) 행위와 그가 쓴 시들을 가리킨다. 정신과 영혼의 대리물인 진정한 "말로 파는" '시의 우물'은 암울한 역사를 뜻하는 "젖은 말들을 재우는 밤", 새들이 멈출 때 떨어지는 "언 물", 그 새들의 보이지 않는 '울음', 넘어가는 '달'과 일련의 이미지의 연합을 형성한다. 이 이미지들은 최종적으로 "나를 깨우는 우리들 사랑"으로 수렴되면서 '우물'이 공동체적 사랑의 원천임을 암시한다. 2)와 3)의 '우물'은 각기 환란의 역사와 박해받는 종교의 현장을 극화하면서 공동체의 시련을 비극적으로 함축하며, 4)의 '우물'은 "먼 땅 밑 우물의 나라"로 표상된 지하 · 죽음의 세계, 즉 '시간 밖'의 세계를 지칭한다. 5)의 '우물'은 시적 주체가 '달'이 되어 들어갈 "어두운 당신의 우물"로 변주되면서 희생과 부활을 통해 도달할 수 있는 천상의 절대적인 세계에까지 의미의 영역을 확장한다. 이와 같이 '우물'은 정인섭의 내밀한 내면 공간에서 역사와 신성의 공간, 급박한 현재의 시간에서 초시간적 시간에 이르기까지 그가 거쳐온 다양한 사유의 궤적을 압축하고 있다.

정인섭의 시에서 '우물'은 불합리한 세계에 대항하는 순결한 정신의 원천이자, 그 정신이 현실 속에서 스스로를 실현해 나가는 과정을 표상하는 발전적인 상징으로 기능한다. 정인섭의 시를 강력하게 지배하는 상징인 '우물'은 그의 시가 질서정연한 생성 원리를 갖고 있음을 반증하고 있다. 겉으로 복잡하고 모호해 보이는 정인섭의 시의 내적 질서를 파악하는 것은 그의 시를 이해하는 관건이며, 그의 시에서 '난해시'라는 부적절한 표찰을 떼어내는 복원의 작업이 된다.

때로 모호함이 명료함보다 더 명료할 때가 있다. 마찬가지로, 넝료함이 모호함보다 더 모호할 때가 있다. 정인섭이 『무진 일기』(1989) 이후 13년만에 펴내는 네 번째 시집 『꿈을 꾼 후에』는 이전에 비해 훨씬 명료하고 간결한 시를 선보인다. 앞의 세 시집이 모호한 표현들 속에 명료한 메시지를 담고 있다면, 반대로 이번 시집은 명료한 표현 속에 모호함과 의미심장함을 저장하고 있다. 그 사이 정인섭에게 일어난 일들을 구체적으로 짐작하기는 어렵지만, 과거 시집들의 무게 중심이 역사성과 현실성에 있었던 데 비해, 한 세대를 건너뛴 이번 시집에서는 보편성과 서정성으로 옮겨지고 있다. 지난 20여 년간 우리 시에 나타난 변화, 즉 시의 중심이 주체의 외부에서 내부로 이동하면서 의미의 표층보다는 심층이 두터워지는 양상이 정인섭의 시에도 그대로 나타나고 있는 것이다.

그러나 서정성과 보편성을 추구하는 일이 세계와의 화해와 직결되는 것은 아니다. 정인섭은 여전히 세계와의 불화로 인하여 고통받고 있다. 그간의 오랜 침묵 속에서 정인섭은 보이지 않는 내면의 고통 위에 무거운 고독과 피로를 수반하게 되었다. 이 고독과 피로는 본질적으로 같은 뿌리에서 자라난 쓰디쓴 열매들이다. 즉 오랫동안 정인섭의 내부에 중첩된 '피로'는 고독하게 세상에 맞서는 자에게 더욱 가중되는 생의 피로이며, 생의 무차별적인 질서가 그러한 개별 존재에게 부과하는 실존의 피로이다. 정인섭의 네 번째 시집은 이 고독한 피로감을 견뎌왔고, 앞으로도 견디기 위한 힘겨운 싸움의 산물로 요약될 수 있다. 그를 짓누르고 있는 피로는 개인적인 불행의 원인을 넘어 이 시대의 밑바닥에 가라앉아 있는 역사의 앙금과 지난 시대에 대한 부채의식들을 내용으로 한다.

정인섭은 지금 자신이 "떠도는 고독지옥"(「고독지옥」) 속에 있으며, "이 삶을 더는 지탱할 길 없"어 "지쳐 무너질 즈음"(「또 오후 세시」)에 있다고 고백한다. 그를 둘러싸고 있는 것은 하루에 세 번쯤 죽음을 생각하는 권태로운 나날, 등을 돌린 채 그를 질타하는 '옛사랑 역사', 치매와 욕창을 앓는 가엾은 어머니 등의 힘겨운 삶의 조건들이다. 정인섭은 자신이 처한 속수무책의 정황들을 낮고 음울한 목소리로 느릿느릿 이야기한다.

나는 지친 사나이

모든 일에 물려서 이 길목
저녁마다 굽어도네
구부러진 길 저쪽에는 공해처럼 무지개가 쌍으로 휘어
내 손 이끌 때
내 종교 외투가 다 낡아서 몸은 춥고
옛사랑 역사는 내 귀싸대기를 치며
넋에 울타리를 치는군
나 지친 사나이, 낭떠러지를 더듬더듬 가는 사람

　　　　　　　　　　　　　　　—「사람처럼」 전문

욕창도 새벽 두시
새눈깔처럼 벌겋게 열린
어머니 엉덩이 한쪽 모서리 상처 속으로

내 머리를 들이미네
상처 속은 세상없이 고요하고
죽었어도 살았네

　　　　　　　　　　　　　　　—「욕창시」 중에서

육신은 고문실과 같은 밝음 때문에
두 눈 감아야 할지도 몰라
이 방 저 방 신음소리 비명소리 울리는
세상의 오후 세시

　　　　　　　　　　　　　　　—「또 오후 세시」 중에서

삶은 오백 년도 더 된
무덤으로 난 자갈길 같아

드문 빗방울에도 묻어나는
지옥의 종소리

　　　　　　　　　 ―「지옥의 종소리 ― 김종삼에게」 중에서

　지난 시대에 정인섭이 쏟아낸 신을 향한 기도의 말들은 이제 상당 부분 탄식과 고백의 말들로 바뀌어 있다. 이는 발화의 중심이 '당신'과 '우리'에서 '나'로 변화되었음과 궤를 같이 한다. "나 지친 사나이, 낭떠러지를 더듬더듬 가는 사람"처럼 근래의 정인섭은 타자와 세계를 향해 자신의 속내를 직접화법으로 털어놓는다. 지난 연대에 정인섭은 세계를 인식하고 대응함에 있어 절대적인 두 개의 기준에 의지하고 있었다. 앞서 언급한 '역사'와 '종교'가 그것이다. 그러나 지금은 "내 종교 외투가 다 낡아서 몸은 춥고/옛사랑 역사는 내 귀싸대기를 치며/넋에 울타리를 치"고 있다는 탄식에서 엿볼 수 있듯이, 그는 역사나 종교와 썩 편안한 관계를 유지하지 못하고 있다. 말을 바꾸면, 정인섭의 새 시집은 역사와 종교의 아우라 바깥으로 나와 보다 직접적인 내면의 목소리를 들려주고 있다. 이는 정인섭이 역사와 종교를 부정하게 되었음을 뜻하기보다는, 보다 생생한 언어와 육화된 사유를 확보하게 되었음을 의미한다. 정인섭은 거대한 문제와 현실적인 인식을 시화해야 한다는 종래의 믿음을 수정하면서 소박하고 개인적인 일들에 관심을 기울인다. 이러한 이탈은 자연을 향해서도 뻗어나간다. 이번 시집에서 정인섭은 자연의 풍경을 간결하면서도 서정적인 언어로 형상화하는 데 힘을 쏟고 있다. 이는 지난 시대에 난해시라는 부적절한 명칭을 얻게 했던, 단절과 비약 속에 생략한 세세한 부분들을 복구한 하나의 결과로 해석될 수 있다. 이제 정인섭은 시의 조명을 한 단계 낮추어 자기 자신과 더 편안하게 소통하게 되었으며, 시쓰기의 행위를 어떤 '책임'과 '의무'에 봉사하는 일로 여기지 않게 되었다고 말할 수 있다.

　다시 강조하건대, 역사와 종교는 정인섭에게 변함없이 중요한 가치이며 세계이다. 정인섭은 정신의 죽음과 부패에 찌든 현재를 전 시대와 같이 역사의 모순과 종교적 시련의 맥락으로 이해한다. 그는 목전의 세상이 "고문실과 같은 밝음"으로 충만(?)해 있고, "삶은 오백 년도 더 된 무덤으로 난 자갈길"이거나 '지옥'이라고 단호히 선언한다. 정인섭의 사유와 언어가 근본적으로 역사적이며 종교적인 것임을 보여주는 장면이다. 정인섭은 지난 시대의 부정적인 현실을 '일시적인 상실'의 상태로 파악하였으나, 자본의 횡포가 심화된 지금의 현실은 회복되기 어려운 '요원한 상실'의 상태로 보고 있다. 그는 예수가 십자가에 못박혀 죽음에 이른 시간을 빌어, 세상의 혼돈과 어둠을 "세상의 오후 세시"라는 말로 표현한다. 이 시집에 자주 등장하는 구체적인 시간은 대부분 이 시간대에 집중되어 있으며, 이로써 묵시록적 종말의 위기에 처한 현실에 대한 각성을 촉구하고 있다.

　정인섭은 이 시대의 잃어버린 요원한 가치를 찾는 과정을 불가의 오랜 비유인 '심우(尋牛)'로써 표상한다. 독실한 카톨릭 신자인 그가 불가의 담론을 차용하는 것은 그만큼 그의 사유가 유연해졌음을 보여주는 하나의 증거이다. '십우도(十牛圖)'를 부제로 한 「심우」「견우」「견적」「득우」「목우」등의 연작시에서 정인섭은 그 회복의 가능성에 대해 매우 조심스러운 태도를 견지한다.

　한숨에 바싹 탄 그대 입술로
　사랑을 입맞추고 우물도 하나 파고
　먼 훗날 다시 메운다면
　녹슨 천국문 열 수 있을까

　우리 사랑 귀퉁이에 아름다운 풍경을 달 수 있을까
　그 맑은 소리 함께 앉아 또 듣게 될까
　　　　　　　　　　　　　　　　　　　—「목우— 十牛圖」중에서

'우물'을 하나 파서 "녹슨 천국문"을 다시 열고, "우리 사랑 귀퉁이에 아름다운 풍경을 달"아 "그 맑은 소리 함께 앉아 또 듣게 될까"라고 묻는 시인의 마음은 순수하지만 안타깝게 느껴진다. 시가 취한 질문의 화법이 암시하듯, 그 가능성은 높지 않기 때문이다. 그러나 바로 이러한 이유로 인해, 정인섭의 새 시집은 새로운 '우물'을 파거나 발견해서 이 세계에 '천국'과 '사랑'을 현현토록 하기 위한 생성과 발굴의 여정이 된다. '우물'이 정인섭의 시를 떠받치는 중요한 상징임은 앞에서도 확인했거니와, 이제 '우물'은 정인섭이 절망과 죽음의 세계에서 희망과 부활의 세계로 가기 위한 구원의 매체로서의 자격을 하나 더 얻는다. 정인섭은 우선 "지금은 없는 마른 우물가로/그림자 없이 그대를 찾아 나서"며(「그림자 없는 나무」), "우리가 팠던 하늘 밑 우물은/어디 있을까"(「새는」)라고 사라진 우물의 행방을 묻는다. 삶의 불행과 황폐한 실존의 피로감에 시달리던 정인섭은 공동체의 사랑과 생명력의 원천인 '우물'을 기억해냄으로써 다시 세상과 마주할 힘을 확보한다. '우물'은 그가 어두운 내면을 열고 세상을 향해 나아가는 내적 부활의 통로이며, 역사와 신성이 공존하는 공동체의 육중한 서사 공간이다. 어둠과 죽음의 상징인 '동굴'과 생명의 상징인 '물'의 이미지를 함께 소유한 '우물'은 '부활'의 가장 적실한 상징으로 조금도 손색이 없다.

　　이곳 우물에선 아직도 피가
　　철모 두레박에 담겨서 올라오네
　　내 꿈 속에 담긴 꿈처럼

　　조선에는 쌍무지개가 외악손쪽으로 꼬여서
　　지금은 우물이 다 말라
　　아무도 우물에 나가 물긷는다고 말하지 않지만

그래도 시를 쓰는 우물이
아직은 전라도 들에 오백쉰 개

—「전라도 우물 오백쉰 개」 전문

세상 한가운데로 파고 들어가
천지사방 쪼개맞추는 물길과 같이
땅에서 오래 묵은 내 넋에 몸 주었으니
우물이여, 이제는 땅에 누워
오래 내리지 않는 새와 손잡고
그대 생기 돋구고 싶네

—「땅의 생기」 중에서

　"전라도 들에" 있는 "오백쉰 개"의 '우물'은 "아직도 피가/철모 두레박
에 담겨서 올라오"는 비극의 역사를 간직하고 있다. 정인섭에 의하면 이
우물은 "시를 쓰는 우물", 즉 공동체의 서사를 온몸에 기록한 채 후세에
의해 읽혀지기를 기다리는 우물이다. 이 땅의 도처에 수없이 널려 있는
이 우물들은 "내 꿈 속에 담긴 꿈"이 의미하는 '부활'의 꿈을 실현하는
과정의 피할 수 없는 '과제'로 주어져 있다. 정인섭의 '우물'은 한 사람
만을 위한 좁고 깊은 공간이 아닌, "손잡고/그대 생기 돋구"는 화합과 연
대의 공간인 까닭이다. '우물'은 지난 시대에 그가 차가운 역사의 "하늘
에 눌어붙은 새를 떼어주"(「향가 · 2」)던 손으로 다시 파내려 가는 생성
적인 하강과, 그 "오래 내리지 않는 새와 손잡"는 역설적인 상승을 동시
에 달성하는 공간이다. 그리하여 "우물을 파면/산이/하나 무너지고//
마당 끝이 바다 되고//우물을 파면/하늘에 달 띄워/바다로 당신 몸 오
고"(「우물을 파면」 전문), 그렇게 "우물이 무덤보다 깊어지면/불맛 밝고
차가"워 "무덤들도 땅 밑으로 손잡고 있다"(「우물 무덤」)는 것을 마음으
로 볼 수 있게 되는 것이다. 이 '무덤보다 깊은 우물', '무덤들이 땅 밑에

서 손잡고 있는 그 아래로 흐르는 우물'은 이번 시집에서 정인섭이 도달
한 사유의 아름다운 극점을 보여준다. 청년 정인섭이 어느새 중년의 고
개를 넘어 발간한 새 시집에서 '부활'은 이렇게 감동적인 모습으로 성취
된다. '부활의 우물'은 무덤에까지 맑은 생명의 물을 공급하면서 삶과 죽
음의 고리를 잇고, 결국은 정인섭 자신을 새로운 모습으로 태어나게
한다.

> 그러고보니 오래 전부터 이 세상 속 또 다른
> 속에서 밖으로 나오려던 사람이 있었네
> 육화의 세월이 태를 열고
> 이 세상 밖에서 안으로 나오는 동안
> 계절이 천천히 자전해 바뀌네
> 그 사람을 기다리다가
> 아닌게 아니라 내 여태까지 한껏 태를 길렀네
>
> —「십이월」 전문

> 어디선가 철문 닫히는 소리가 났다
> 나는 자리에서 일어나 찬물로 오래 눈을 씻었다
>
> —「우물 무덤」 중에서

그 오랜 부활의 시간을 두고 정인섭은 '육화의 세월', 스스로 "한껏 태
를 기"른 세월이라고 지칭한다. "이 세상 속 또 다른 속에서 밖으로 나오
려던 사람"인 그는 이제 비로소 묵직한 절망의 "자리에서 일어나 찬물로
오래 눈을 씻"고 있다. 땅 속에서 손잡고 하나가 된 무덤들, 그 아래로 다
시 하나가 되어 흐르는 우물에서 길어올린 것이 분명한 이 '찬물'은 정인
섭의 삶에 생기를 불어넣고 새로운 시를 태어나게 하는 마르지 않는 생
명수가 아닐 수 없다. 그렇다면, 정인섭의 오랜 '우물 파기'는 이제 하나

의 마침표를 찍으며 완성되었다고 볼 수 있지 않을까. 그가 또 어떤 새로운 우물의 풍경을 보여주게 될지 예측하기는 어렵지만, 이렇게 오래 하나의 상징을 탐구하고 완성시킨 그의 끈질긴 노력은 이즈음의 시단에서 발견하기 힘든 귀하고 귀한 덕목임에 분명하다. 우리 시에서 '우물'이 보여주는 최대의 진경의 하나를 목도하기를 원한다면, 지금 정인섭의 시를 읽을 일이다.

살구나무에게 배운 것
─ 안도현론

1

안도현은 세계를 자신의 빛깔로 물들이는 염색공이다. 그는 갖가지 재료를 섞어 독특한 염료를 만든다. 살구꽃과 나무의 수액 같은 천연의 재료에 삶의 다양한 액체들, 뜨거운 국물과 소주와 눈물과 오래된 우물물 등을 섞는다. 그렇게 만들어진 빛깔은 진하면서도 맑고, 애잔하면서도 따뜻하다. 그가 염색한 존재와 사물은 그대로 읽는 이의 마음에 자리잡아 하나의 풍경이 된다. 풍경의 귀퉁이에는 '바닷가 우체국'이나 '살구나무 발전소' 같은 후미진 아름다움, 혹은 터질 듯한 환함이 무심히 자신의 몫을 다하고 있다.

안도현의 시의 염료로 채색된 존재와 사물은 오랫동안 빛이 바래지 않는다. 인위적으로 가공되지 않은, 천연에 가까운 빛깔이기 때문이다. 안도현은 가혹한 시대의 현실과 민중적 정서를 그린 초기시부터 유려한 시의 질감을 보여주었다. 많은 이들이 기억하고 있는 것은 안도현의 시가

334

뿜어낸 특유의 빛깔인 것이다.

1981년 대구매일신문에 「낙동강」으로 등단한 안도현은 첫 시집 『서울로 가는 전봉준』(1985)에서 "쇠죽솥 같은 앞가슴"(「빈 논」)으로 피폐한 현실에 맞서는 농민과 역사적 인물 전봉준을 진한 빛깔로 우려내었고, 『모닥불』(1989)에서는 곤궁한 삶의 현장에서 짙은 비애와 정감의 색을 추출하였다. 『그대에게 가고 싶다』(1991), 『외롭고 높고 쓸쓸한』(1994)에서도 안도현은 고달픈 현실과 자신의 시적 염료를 짙게 배합한다. "오래 시달린 자들이 지니는 견결한 슬픔을 놓지 못하여" "검은 멍이 드는 서해"(「군산 앞바다」), 밤새 철야작업을 하고 돌아와 "빨간 눈으로 연탄 불구멍을 맞추"(「겨울 밤에 시쓰기」)는 어린 노동자의 모습은 고통에 찌든 시대를 생생한 영상으로 보여주었다. 1990년대 후반에 나온 『그리운 여우』(1997)와 『바닷가 우체국』(1999)은 안도현 시의 새로운 페이지를 여는 시집이다. 서정적 풍경을 그린 짧은 시와 설화적 세계에의 그리움이 혼합된 『그리운 여우』는 '흰빛'으로 표상된 과거 지향의 낭만성을 시화한다. 대부분 기억과 상상에 의존하는 안도현의 낭만적 여정은 『바닷가 우체국』에서도 계속된다. 이 시집에서 그는 "바다가 문 닫을 시간이 되어 쓸쓸해지는 저물녘" "만년필로 잉크 냄새 나는 편지를 쓰"(「바닷가 우체국」)고, "풍경 속에 간이역을 하나 그려넣은 다음에/기차를 거기 잠시 세워두"(「이발관 그림을 그리다」)는 아름다운 호사를 꿈꾸며 사라지는 것들에 대한 애잔한 애정을 표현한다.

안도현의 시세계는 현실성과 낭만성의 비율에 의해 좌우된다. 『아무것도 아닌 것에 대하여』(2001)를 포함하여 지금까지 나온 일곱 권의 시집은 안도현이 현실성과 낭만성의 황금 비율을 찾는 과정이었다고 할 수 있다. 사실 낭만성과 낭만주의는 우리 시에서 편협하게 이해되고 있는 대표적인 대상이다. 현실의 무한한 외부를 상성하면서 세계와 사아의 확장을 꾀하는 낭만주의는 자주 몽환주의나 감상주의, 비현실적인 이상주의로 폄하되는 것이다. 안도현의 경우, 그의 시적 체질이 낭만성 혹은 낭만주의에 있음은 처음부터 나타난다. 80년대의 안도현이 거친 현실과 남도의 정한을 뜨겁게 녹여 독자의 가슴에 부을 때, 그 속에는 방황하는 자아의 낭만적 열정이 도사리고 있었다. 그 열정은 불의의 현실을 걷잡을 수 없는 비애와 더불어 세계에 반납하면서 그 빈틈과 바깥을 탐색하는 것이었다. 80년대의 안도현을 현실인식과 미학의 조화를 이룬 시인으로 기억하게 한 바탕에는 낭만적 열정이 중요한 역할을 담당했다. 안도현은 현실성을 전경화할 때는 호평과 찬사를 받지만, 낭만성에 기울어지면서 종종 부정적인 평가를 듣게 된다. 실제로 그의 시의 탄력이 『그리운 여우』와 『바닷가 우체국』에 와서 무디어진 것도 얼마간 사실이다. 뜨거움과 치열함에서 따뜻함과 소박함으로의 변화는 안도현의 초기시에 매료된 이들에게는 아쉬운 이탈로 비쳤다. 일각에서는 그가 대중을 얻은 대신 비평가를 잃었다는 비판을 내놓기도 했다.

하지만 문제의 핵심은 안도현의 변화 자체가 아니라, 그 변화의 내적 맥락과 의미일 터이다. 간단히 말해 안도현은 '낭만적 현실주의'에서 '현실적 낭만주의'로 변화해가면서 현실성과 낭만성의 함의를 함께 바꾸어가고 있다. 이는 시대의 변화와 밀접한 관련을 지닌다. 현실성과 낭만성이 비판과 혁명의 열정을 내포하던 시대에서 삶의 섬세한 발견의 기쁨을 지칭하는 시대로 바뀌면서, 안도현은 운명적 전환의 시점을 맞이했던 것이다. 안도현은 어두운 시대를 통과하는 동안 그의 내부에서 들끓던 낭만적 자아를 시의 표면으로 이끌어낸다. 이 친숙한 자아에 그는 사회 현실의 색채를 감하는 대신, 자연과 소박한 삶의 빛깔을 강화한다. 그렇다면 이 선택은 일부의 비판처럼 도피나 퇴행을 의미하는 것일까? 기억에 대한 집착과 낭만적인 환상 속에 안도현은 현실에서 점차 멀어지고 있는 것일까? 안도현의 일곱번째 시집 『아무것도 아닌 것에 대하여』는 이러한 우려에 대한 답변과, 그가 꿈꾸는 새로운 시의 출구로 우리 앞에 제시되어 있다.

2

하얀 꽃과 달디단 열매를 생산하는 발전소가 있다. '살구나무 발전소'
는 살아 있는 식물의 발전소이며, 물질을 생명으로 발전(發電/發展)하
는 곳이다. 생명과 장소가 결합한 이 독특한 생체공간은 생명 탄생의 비
밀을 한눈에 보여주는 표본실이자, 안도현이 생각하는 '시'의 은유적 상
징물이다. 안도현은 생명을 만드는 자연의 공장과 아름다움을 빚는 시의
공장이 같은 곳이며, 자신은 이 소중한 공장을 지키는 '아저씨'라고 말한
다. 생명과 시가 함께 피어나는 '살구나무 발전소'는 부지런한 자연과 시
인의 일터이며, 이들이 사는 어여쁜 집이다. 더불어 이들의 몸 자체이다.
발전소가 생산한 꽃과 열매는 세계를 풍성하게 할 뿐 아니라 발전소를
성장하게 한다. 살구나무 발전소는 세계와 자아가 함께 번성하는 생명의
장이며, 안도현이 추구하는 이상적인 시의 모델이다. 시집『아무것도 아
닌 것에 대하여』는 이 오랜 자연의 발전소를 현실의 굳은 시선으로부터
해방시킴으로써 시작된다. 누구나 수없이 보고 지나쳤지만 알아보지 못
했던, 푸르게 성장하는 발전소! 그 발전소의 문을 안도현은 살구꽃처럼
환한 상상력의 열쇠로 연다.

안도현은 작은 것에 대한 각별한 통찰력을 지니고 있다. 그의 섬세한
시선이 진가를 발휘하는 것은 '아름다운 깊이'에 가 닿을 때이다. 흐드러
진 살구꽃 속에서 생명의 동력장치를 찾아내는 시선은 상상력의 거듭된
연쇄를 촉발한다.

그 많고 환한 꽃이
그냥 피는 게 아닐 거야

너를 만나러 가는 밤에도 가지마다

알전구를 수천, 수만 개 매어다는 걸 봐

생각나지, 하루 종일 벌떼들이 윙윙거리던 거,
마을에 전기가 처음 들어오던 날도
전깃줄은 그렇게 울었지

그래. 살구나무 어디엔가에는 틀림없이
살구꽃에다 불을 밝히는 발전소가 있을 거야

— 「살구나무 발전소」 중에서

나무 속에
보일러가 들어 있다 뜨거운 물이
겨울에도 나무의 몸 속을 그르렁그르렁 돌아다닌다

내 몸의 급수 탱크에도 물이 가득 차면
詩, 그것이 바람난 살구꽃처럼 터지려나
보일러 공장 아저씨는
살구나무에 귀를 갖다대고
몸을 비벼본다

— 「시인」 전문

두 편의 시는 각기 일련의 비유의 사슬을 형성하고 있다. '살구나무=
발전소=나무(시인)=나' '살구꽃=알전구=사랑=시'의 고리가 차례
로 연결되면서 자연·인간·시의 유기적 관계를 동일성의 논리로 묶어
낸다. 살구나무 속에 "보일러가 들어" "뜨거운 물이/겨울에도 나무의 몸
속을 그르렁그르렁 돌아다닌다"는 상상은, 그 바탕에 생명에 대한 과학
적 인식과 미학적 사유를 함유하고 있다. 생명에 대한 미적 통찰력이 돋

보이는 이 시들은 현재 논의되는 생태문학(혹은 생명문학)의 이상적인 경지를 가늠하게 해준다. 생태문학의 궁극적인 지향점은 자연상태의 본질적 자아 · 현실적 자아 · 미적 자아가 분리되지 않고 어우러지며, 자연의 섭리와 인간의 삶의 원리 · 시의 원리가 하나로 융합되는 지점인 까닭이다.

이러한 합일의 순간은 안도현의 시에서는 "~ㄹ 거야"라는 짐작과 "내 몸의 급수 탱크에도 물이 가득 차면"이라는 가정 속에 존재한다. 안도현은 발견의 시선에 포착된 생명의 세계와 자신을 둘러싼 현실의 격차를 잊지 않는다. 그는 "살구꽃들이 낭비하는 조명탄을 고스란히 받"으며 그렇게 시를 터뜨릴 꿈에 부풀지만, 자신이 온전한 '살구나무 발전소'로 가동되기에는 부족하다고 느낀다. 안도현은 그 이유를, 자신을 사로잡은 자연과 시의 아름다움을 '헛것'으로 여겨온 때문이라고 설명한다. "저수지에 잉어 뛰던 소리"와 "우주의 이마를 가시로 긁으며 떨어지던 별똥별"을, 멀고 먼 '시의 나라'를 아름답지만 허망한 것으로 여겨 경계해왔다는 것이다.

내 문법 공책에 이제는 받아적어야겠다
그 동안 나는 헛것을 피해 여기까지 왔다
너의 눈을 재 속에 숨은 숯불의 눈으로 보지 못하고,
너의 말을 처마 끝에 달린 풍경의 귀로 듣지 못하고,
너의 허벅지를 억새밭머리 바람의 혀로 핥지 못하였다

그래 여우라면, 사람의 키를 훌쩍 뛰어넘어
혼을 빼고 간을 빼먹는 네가 여우라면 오너라
나는 전등을 들지 않고도 밤길을 걸어
그 허망하다는 시의 나라를 찾아가겠다
너 때문에 뜨거워져 하나도 두렵지 않겠다

—「헛것을 기다리며」 중에서

안도현은 '숯불의 눈'과 '풍경의 귀'와 '바람의 혀'를 지님으로써 '헛것'의 실체를 직시하고자 한다. 실제로는 헛것이 아닌 '본질'의 세계를 전등을 들지 않고도 밤길을 걸어 "찾아가겠다"고 다짐하는 것이다. 시집 『아무것도 아닌 것에 대하여』는 안도현이 그 내면의 '밤길'에서 만난 순연한 풍경으로 이루어져 있다. 사물의 내부를 독특한 시선으로 응시하는 안도현은 기발한 착상과 해학적인 유머로 물상의 의미를 산뜻하게 변형한다. 그는 먼저 삶의 주변에 있는 자연물을 바라본다. 그의 눈에 비친 '등꽃'은 "허공을 밟고 이 세상을 성큼성큼 건너가던 이가" 그에게 "들키는 순간" 남긴 '흔적'이며(「등꽃, 등꽃」)이며, 꽃은 때가 되면 피는 것이 아니라 "때가 되어야 허공이／나무에다 꽃을 매달아주는 것"(「산딸나무, 꽃 핀 아침」)이고, 목련꽃 위에 내린 3월의 눈은 "자글자글 햇빛이 끓는 봄의 냄비 뚜껑을／좀 열어보려다가" "신세 조지게 생"(「3월에 내리는 눈」)긴 참에 있는 것이다. 안도현 특유의 능청스러운 입담과 삶의 깨달음을 담은 아포리즘을 만끽할 수 있는 부분이다. 「벚나무는 건달같이」「석류」「가을산」「느티나무 여자」「장마」 등의 시에서도 유사한 느낌을 만날 수 있다.

자연에 못지않게 안도현에게 중요한 삶의 원질(原質)은 농촌의 일상과 전라도의 토속 정서이다. 질박한 웃음을 머금게 하는 그의 해학적 입담이 가장 잘 발휘되는 것은 이 부분에서이다. "거름더미에 뒹구는 햇살은 거름 냄새가 나고" "오줌통에 빠진 햇살은 오줌 냄새가 난"(「햇살의 분별력」)다는 실감과, "생각하면／전라도에 눌러앉아 살고 싶"은 '봄똥'을 솎아 된장에 쌈 싸먹으면 "텃밭가에 쭈그리고 앉아／정말로 거시기를 덜렁거리며／한 무더기 똥을 누고 싶어진"(「봄똥」)다는 갈망은 자연과 인간의 속살이 뒤섞인 정황을 질펀하게 보여준다. 특히 시 「논물 드는 5월에」는 농촌의 일상과 전라도의 풍광, 자연과 인간의 교감이 하나로 녹아 있

340

는 인상적인 작품이다. 이를 기능하게 하는 매체는 "金萬頃 너른 들"에 드는 싱싱한 '논물'이다.

> 부안 가는 직행버스 안에서 나도 좋아라
> 金萬頃 너른 들에 물이 든다고
> 누구한테 말해주어야 하나, 논이 물을 먹었다고
> 논물은 하늘한테도 구름한테도 물을 먹여주네
> 방금 경운기 시동을 끄고 내린 그림자한테도,
> 나는 어떻게 해야 하나 누구한테 연락해야 하나
> 저것 좀 보라고, 나는 몰라라
>
> 논물 드는 5월에
> 내 몸이 저 물 위에 뜨니, 나 또한 물방개 아닌가
> 소금쟁이 아닌가
>
> ―「논물 드는 5월에」중에서

　　논물은 하늘과 논둑과 경운기와 농부의 그림자에까지도 스며든다. 논물이 들어 싱그럽게 출렁이는 만경 들판은 생명을 발전(發電)하는 또하나의 '살구나무 발전소'이다. 청신한 들판의 장관은 바라보는 것만으로도 가슴이 먹먹해지고, 마침내 '내 몸'이 물위에 뜬 '물방개'나 '소금쟁이'가 되는 일체감을 경험하게 한다. 생명의 차원에서 세계와의 일치를 꿈꾸는 안도현의 행보는 일단 여기까지 이르러 있다. 다른 한편으로, 안도현은 생명과 자연 앞에서 자신이 '도둑'이라는 묘한 자의식에 시달린다. 도둑의 자의식은 열두어 살 무렵의 어느 날 밤, 초가집 처마의 새 둥지에 "잽싸게 손을 밀어넣었던"(「도둑들」) 일에서 비롯된다. 손에 잡힌 물컹한 살의 감촉에 놀란 그에게 자연의 생명체와의 첫 만남은 '거부'로 각인된다. 생명의 실체를 만져본 순간 '밀려난' 경험은 지울 수 없는 정

신적 외상(trauma)이 되며, 어린 그가 내려갈 수도 올라갈 수도 없이 서 있던 '사다리 위'는 지상과 허공 사이에 위치한 안도현의 내면세계를 상징하게 된다. 이는 인간과 자연, 상처와 생명, 자아와 타자 사이의 경계를 함께 의미한다.

> 네 몸 속에 처음 손을 넣어보던 날도 그랬다
> (……)
> 세상 밖에서 너무 많은 것을 만진
> 내 손끝은, 나는 너를 훔치는 도둑은 아닌가 싶었다
> 네가 뜨거워진 몸을 뒤척이며 별처럼 슬프게 우는 소리를 내던 그 밤이었다
>
> —「도둑들」중에서

두 세계의 경계에서 소년이 겪은 좌절은 성년이 된 후에는 사랑의 형태로 온다. 그는 "네 몸 속에 처음 손을 넣어보"고 "나는 너를 훔치는 도둑은 아닌가" 자문하면서 슬픔에 젖는다. '도둑'의 자의식은 "세상 밖에서 너무 많은 것을 만진" 자아의 훼손감각에서 발생한다. "생이 상처 덩어리"(「물집」)이므로, 그것은 만진 자아도 상처를 입는다. 모든 존재는 생의 상처가 부풀어올라 생긴 "터뜨리면 형체도 없이 사라질 운명의" '물집'이다. 안도현은 생의 상처를 입은 존재들을 두 가지 시선으로 바라본다. 다른 존재들은 연민의 눈으로, 자기 자신은 후회와 반성의 눈으로 보는 것이다. 감나무가 떨어진 풋감을 안타깝게 찾는다는 상상(「늦여름 저녁」)과 "등판부터 구멍이 숭숭 나 있는 런닝구"를 통한 아버지의 고달픈 삶에 대한 성찰(「아버지의 런닝구」)은 전자에, 마흔이 되기까지 자신이 한 일은 단지 "무게를 불린 일"이었다는 자조(「마흔 살」)와 "분노 앞에서도 핏발 서지 않는 눈"을 가졌다는 부끄러움(「내가 저 여린 싸리나무 가지 끝에 날아가 앉을 수 없는 이유를 아느냐」)은 후자에 해당하는 예이다.

비유적으로 말하면, 안도현의 이번 시집은 '살구나무 발전소'와 '물집'의 두 극점 사이에 위치한다. 아름다운 '살구나무 발전소'와 흉한 '물집'은 존재의 두 형상을 극단적으로 대비하면서 생명력 가득한 자연의 삶과 상처에 함몰된 현실의 삶을 뚜렷이 양분한다. 그러나 '물집' 역시 생명의 발전소의 한 부분이며, 물집이 있어 상처는 치유된다. 안도현은 '물집' 상태의 존재를 '살구나무 발전소'의 생명체로 바꾸기 위한 작업에 들어간다. 이 작업을 그는 '낭만주의'라고 명명한다. 한없이 먼 거리를 메우려는 무한한 열정과 수고야말로 낭만주의의 본질이 아니겠는가. 안도현은 바다에 버려진 '폐선'을 열정과 수고의 대상으로 택한다. 본래 뭍에서 자란 푸른 나무였던 '폐선'은 많은 사람들에 의해 잊혀진 '시'를 가리킨다. 시의 낡은 배들이 뭍으로 가고 싶어할 거라고 생각하는 시인은 정말로 배를 끌고 뭍으로 오른다. 그는 현실의 한세보다 꿈을 소중히 하는 무모한(?) 낭만주의자인 까닭이다.

　　　하지만 말이야, 배를 천천히 뭍으로 올려놓은 순간,
　　　그 어둡던 바다도 배도 단번에 환해졌단다
　　　그때 덩달아 끼룩끼룩 울어준 것은 갈매기들이었고

　　　너는 이해할 수 없다고, 바다만 바라보겠지
　　　나는 배를 데리고 갈 방도를 생각하느라
　　　20년 동안이나 끙끙대며 시를 쓴 것 같다
　　　배를 분해해서 옮기는 일은 재미가 없을 테고
　　　트럭 짐칸에다 배를 통째로 태우는 건 더 우스꽝스런 짓이지

　　　그래서 밀고 가기로 한 것이다
　　　귓불이 연하고 빨간 아이들이 조기떼처럼 재잘대며 배를 따라왔던 거야
　　　생각해봐, 여러 개의 손들이 한꺼번에 배를 민다고 생각해봐

배도 힘이 났던 거야

국도를 타고 가다가
지치면 미끄러운 보리밭으로도 가고……
시계를 들여다보며 핑계를 대거나, 미친 짓이라며 손가락질했겠지
나는 배를 잠시 멈추고 네 귓구멍이 뻥 뚫리도록 뱃고동을 울려주었을
거야

— 「낭만주의」 중에서

안도현의 시론(詩論)으로도 읽히는 이 시는 그의 시적 지향을 한눈에
보여준다. '낭만주의'를 제목으로 내세운 그는 동화적 색채의 알레고리
로 자신의 시의 내력과 지향점을 서술한다. 낡은 배를 산으로 데려가기
위해 20년간 끙끙대며 시를 써왔고, 배를 뭍에 올리자 배도 바다도 모두
환해졌으며, 배를 밀고 국도와 보리밭으로 갈 때 그를 비웃는 사람들에
게 "귓구멍이 뻥 뚫리도록 뱃고동을 울려주"겠다는 말들은 자신의 시가
퇴행이나 도피와는 다른, 무한한 꿈의 실현과정임을 암시한다. 몇 년 전
부터 그의 시에 가해진 대중성의 혐의를 의식하고 쓴 듯한 이 시는 대중
성과 낭만성은 동일한 것이 아니며, 시인이란 본질적으로 낭만주의자의
운명을 지닌 존재임을 은연중에 역설한다. 그의 말처럼, 시인은 '시계'의
합리성이 아닌 '미친 짓'의 무모함과 열광을 택하는 존재이다. 하지만 시
인의 '미친 짓'의 배후에는 합리적인 세계의 한계를 뛰어넘는 상상력과
인식이 꿈틀대고 있다. "수족관 속 도미"의 분홍빛 비늘을 보고 "이 지상
에는 없는 복숭아밭이 바닷속에 있"음(「도미」)을 짐작하고, "나보다 오래
살아온 느티나무 앞에서는/무조건 무릎 꿇고 한 수 배우고 싶다"(「나무
생각」)고 겸허한 마음을 갖는 속내에는, 현실의 한계 너머에 대한 열망이
잠재해 있다. 안도현은 이 열망으로 시의 '낡은 배'를 밀어 벌판을 지나
마침내 '산'에 이르고자 한다. 쓸모없고 불가능해 보여도 이것이 분열된

시대를 사는 시인의 길이라고 믿기 때문이다. 그리하여 안도현은 허황한 꿈처럼 보이는 것, 거친 현실에 비해 턱없이 연하고 보송보송한 상상이 시를 밀어가는 역설을 다시 '낭만주의'라고 명명한다. 그가 스스로를 낭만주의자라고 칭하는 것은 이런 의미에서이며, 그런 차원에서 정확한 호칭이라고 할 수 있다.

3

　『그리운 여우』 이후 안도현의 시는 소담스러운 언어미학과 소박한 삶의 풍경들에 대한 섬세한 시선을 선보여왔다. 하나의 시적 대상을 안도현만큼 평이하면서도 적절하게 묘파해내는 시인도 흔치는 않을 것이다. 그의 시에는 은은한 정겨움과 짓궂은 유머가 어우러져 있으며, 해맑은 언어와 전라도의 진한 사투리가 무리 없이 공존한다. 쉽게 읽히는 편안함 때문에 단순한 의미와 장치를 지닌 시로 오해되기도 하지만, 안도현의 시는 천천히 우러나는 깊은 맛을 쟁여두고 있다. 그는 순정한 시인에서 질박한 농사꾼, 건들건들한 건달에 이르기까지 여러 빛깔의 자아를 소화하며, 시에 대한 근본적인 질문에서부터 삶의 작은 발견과 고뇌에 이르기까지 다양한 관심을 표출한다.

　『아무것도 아닌 것에 대하여』에서 이러한 다양성은 앞서 『그리운 여우』와 『바닷가 우체국』에 비해 훨씬 다채롭게 나타난다. 생명의 원리에 대한 통찰과 자연에 대한 미적 인식, 농촌의 삶과 토속적 세계에 대한 애정, 꽃과 나무 등의 자연물을 묘사하는 새로운 시각, 시쓰기에 대한 자의식과 자아성찰 등 많은 주제가 어우러져 있는 것이다. 그중에서도 '살구나무 발전소'의 독특한 세계는 이번 시집을 돋보이게 한 중요한 성과라고 할 수 있다. 살구나무를 통해 자연과 인간과 시가 하나로 수렴되는 모습은 안도현의 상상력의 깊이와 따뜻함을 생생하게 느끼게 해준다.

'살구나무 발전소'는 우주의 섭리를 응축한 생명의 산실이며, 그와 같은 방식으로 탄생해야 할 시의 모태이다. 즉 생명력을 지닌 이 세계의 모든 존재이고, 그러한 존재의 하나이며 시인인 안도현 자신이다. 안도현은 자신의 시의 '살구나무 발전소'를 가동할 연료로 끝없는 시의 열정을 지목한다. 자연의 살구나무 발전소가 대지로부터 무한한 물과 양분을 얻는 것처럼, 그는 자신의 내부에서 영구적인 에너지를 이끌어낸다. 안도현은 추억과 절망과 삶의 환희가 모여 빚어진 시의 열정을 뜻하는 말로, 살구나무 발전소의 입구에 '낭만주의'라는 패찰을 달아놓는다. 이 낭만주의는 안도현의 말처럼 현실의 한계를 넘어서는 도저한 열정을 품은 것일까, 아니면 그의 변화를 우려하는 이들의 말처럼 따뜻한 감상주의에 머무는 것일까?

시집 『아무것도 아닌 것에 대하여』는 안도현이 얻은 대중적인 인기를 걱정스러운 시선으로 바라보는 이들의 우려를 완전히 없애기에 충분하다고 할 수는 없다. 안도현에게는 분명 이들의 우려를 씻어내야 한다는 과제가 남아 있다. 그의 시는 변함없이 잘 읽히며 호소력이 있는 언어로 대중의 감성을 겨냥하고 있기 때문이다. 그러나 이 시집은 안도현의 시적 열정과 진정성, 미래의 시의 지향점을 분명히 보여주면서 시력 20년에 접어든 그의 시세계의 새로운 도약을 예고하고 있다. 그것은 현실을 비켜가고 망각하는 것이 아니라 고양하고 충족시키는 길이며, 작은 것 속에 거대한 것을 담는 역설의 길이다.

안도현 시의 '살구나무 발전소' 안을 그렁그렁 흐르는 '뜨거운 물'이 그 내밀한 세계를 수많은 살구꽃으로 터뜨려 보여줄 것을 믿는다.

생을 주조하는 청동의 기억

― 김철식론

김철식의 첫 시집은 비루한 생이 주는 고통과 죽음의 유혹 사이에서, 아프다. 아픈 시집! 어둠 속에 묻힌 시집의 육체는 음울한 체취를 풍기고, "알지 못하는 바이러스"(「그날 한낮의 섹스」)들은 폐부 깊숙이 침투해 있다. 이 육체의 풍경을 들여다보노라면, 고통의 즙이 흐르는 '습한 간'을 꺼내 따스한 햇살 아래 잘 말리고 싶어진다. 이 병약한 육체의 주인은 시집 밖의 시인과 퍽 닮은 시집 안의 '나'이다. '홀로 외로된 사업'에 골몰하는 그는 흡사 고통과 외로움의 사제와 같은 얼굴을 하고 있다. 고통과 성찰의 끈질긴 반복, 이에 따른 고통의 심화는 그에게는 피할 수 없는 실존의 과업이 되어 있다.

김철식의 '병명'은 불화와 상실, 고립 등의 몇 가지로 나열될 뿐, 하나의 이름으로 명시될 수는 없다. 사실 명시될 수 없는, 불투명하고 부소리한, 그 감질나는 처절함과의 싸움이야말로 존재의 숙명이 아니겠는가. 기묘한 것은 고통에 빠진 자일수록 자신이 생의 변경에 속해 있다고 느긴다는 점이다. 고통의 중심에 있는 존재가 생의 중심에서는 추방되었다고 느끼는 실존의 딜레마는 김철식의 시를 뒤덮은 거대한 그늘이다. 생으로 인한 고통의 대가가 생으로부터의 소외일 때, 유혹처럼 다가오는 것은 죽음이다. 김철식은 청춘의 격정적인 통과의례로 죽음에 이끌리는 한편, 죽음을 자신의 전 존재를 걸 수 있는 절대적인 대상으로 설정한다. 고통 속에 모호해질 뿐인 생은 그에게는 실체가 없거나 무의미한 것에 불과하다. 생의 빈 구멍을 채울 수 있는 것은 더이상 생의 내부에 존재하지 않는다. 김철식은 생의 빈 구멍에 죽음과 죽음의 들러리들, 파괴와 전락과 자학 등을 채워넣는다. "밤마다 저승을 가고 오"(「매일 밤 저승 간다」)며 "더 불행해야 한다,/더 타락해야 한다"(「沙洪里—물의 사막」)고 스스로를 독려하는 자에게 생은 끝내 "전멸하기 위하여"(「沙洪里—숨어 있는 江」) 질주해야 할 일방통행의 파국이다. 역설적이게도 김철식에게 죽음은 생의 유일한 출구이며, 생이 사라진 어둠과 적요의 유토피아이다. 부재만이 가득한, 멸(滅)과 무(無)의 유토피아! 거기에는 '나' 또한 없으며, '내'가 없음으로 인해 진정 평화롭고 적막하다.

김철식의 시는 죽음의 힘에 제압되기 직전의 부서지고 허약한 생의 현장에서 씌어진다. 생과 자아의 치명적인 불균형 속에서 탄생하는 김철식의 시는 근래 보기 드문 도저함을 분출하고 있다. 이 시집에는 이십대와 삼십대에 걸친 긴 시작(詩作)의 여정과, 저 불꽃의 시대의 쇠멸과 함께 흘려보낸 청춘이 밑바닥에 가라앉아 있다. 정확히 김철식의 시적 출발은 화염의 시대의 잔해 위에서 이루어진다. 죽은 친구의 뼈를 강물에 뿌리고 다리 밑에서 돼지고기를 굽는 '우리들', 턱없이 젊고 무력했던 우리들은 친구의 장례식을 호각 소리 삼아 한 시대와 결별한다. 이른바 "봄을 매장하는 의식, 을 거행하"고, 각자의 초라한 내면으로 퇴각한 것이다. 마치 금기처럼, 시집을 통틀어 김철식은 그 시대에 관한 시를 단 한 편만 수록하며, 이 시에서만 유일하게 '우리'라는 주어를 사용한다.

그러니까 그때, 우리는 의식을 거행하고 있었던 것이다 봄을 매장하는
의식, 을 거행하는 데는 다리 밑이 적격이다 세상이 버린, 친구의 뼈가 강
밑바닥을 허옇게 적시고 있다 우리는 창우동 나루터 쓰레기 더미 옆에서
돼지를 굽고 있었다 (……) 우리는 버-려-지-고 싶다, 시인이 고기 한
점 없는 상추만 잔뜩 싸서 잎에 넣어주었다 이걸 먹으면 네 발에서 잎이
날 거야…… 우리는 알았던 것이다, 모두들 여기서는 부재하다는 것을
아, 아무 날도 사라지고 없다 사람들이 떼로 몰려오고 뼛가루가 벚꽃처럼
날리는 곳 결국, 가지 못한 곳이 있다

　　　　　　　　　　　　　　　—「결국, 가지 못한 곳이 있다」중에서

　　이 시의 전언은 세 문장에 담겨 있다. "우리는 버-려-지-고 싶다"
"아, 아무 날도 사라지고 없다" "결국, 가지 못한 곳이 있다". 끝 모를 자
괴감과 상실감, 불가능의 의식은 '우리'의 청춘을 난파시킨다. 누구도 완
전히 삶에 속해 있지 않다는 것, "모두들 여기서는 부재하다는 것"을 절
감하며 '우리'는 절망의 끝에 이른다. 이 시에서 보듯 김철식은 조각난
'우리'의 파편이 가슴에 박힌 386세대의 전형적인 의식을 소유하고 있
다. 역사의 광장에서 순식간에 실존의 방에 감금된 세대의 운명으로부터
김철식도 예외는 아니었다. 시대의 상처를 내면화하면서 개체의 고립을
감수하는 것은 파편화된 시대의 개인이 담당해야 할 이중의 과제였다.
김철식은 이 이중의 몫을 감내하며 고립된 내면의 균열과 내압을 언어화
한다. 그는 제어할 수 없는 것을 제어해야 하는 고통을 강렬한 시적 파토
스로 전환한다. 최근의 문학 풍토를 돌아볼 때, 김철식의 시는 문학적 진
정성과 고통의 밀도의 상관성을 진지하게 예시하고 있다는 점에서 각별
한 의미를 지닌다. 이즈음의 우리 문학은 많은 경우 이 불문율을 소홀히
하거나 망각하고 있기 때문이다. 김철식의 시에 가득한 고통의 진언은
문학의 초발심을 돌이켜보게 만드는 하나의 척도라고 할 수 있다.
　　부박한 실존 속에서 김철식은 '기억'과 '죽음'의 사이를 오간다. 때로

격렬한 감정을 위태롭게 분출하지만, 그는 고뇌의 대상을 회피하지 않는다. 그는 망각이 아닌 기억을 택하며, '고름'과 '생피'(「트라우마」)로 범벅된 생의 상처 속에서 끊임없이 죽음과 만난다. 하지만 이미 소멸한 것과 곧 소멸할 것들로 가득한 삶의 공간에서 그가 할 수 있는 일은 많지 않다. 쓸쓸히 지켜보거나, 고통스럽게 견디거나, 완강하게 부정하는 것 정도뿐이다. 김철식이 상상할 수 있는 유일한 미래는 죽음이며, 그의 현재는 온통 죽음의 전조들로 붐빈다.

> 곧 당신의 삶에서 잘려나가겠지요 바닥에 흐르는 눈물을 감추기 위해 내게도 껍질이 있는 줄 아셨나요? 과거가 아무 의미 없이 생겼듯이 나의 미래도 이유 없이 소멸하겠지요 (……) 내게도 生이 있을까요? 몸이 왜 이렇게 무거울까요? 이 둥글고 어두운 공간에선 죽음의 내력만이 말을 걸어오지요
>
> ─「무정란(無精卵)」중에서

> 창유리에 날벌레들이 달려와 부딪친다 검은색 피를 남기고 추락한다 어둠의 등을 타고 있는 동안은 지하철도 피를 흘린다 삶은 새어나가기만 한다 통로도 없이, 가둔 적 없는데, 에너지는 빠져나가고 죽음도 방전중이다
> ─「지하철을 타고 있는 풍경」중에서

> 이제 나 죽어야겠어요
> 그만 가야 해요
>
> 날 놔줘요, 어머니
>
> ─「사랑하지 못하는 이유」전문

김철식은, 생은 결국 죽음에 귀속된다는 확신을 통해 생을 모독하며,

그 모독의 힘으로 생을 지속한다. 김철식에게 생 자체보다 더 허약한 것은 생과 그 자신의 위태로운 관계이다. 그는 자신이 '곧' 생의 밖으로 이탈하게 될 거라는 확신 속에서 "내게도 생이 있을까요?"라고 질문한다. '생'이라는, "이 둥글고 어두운 공간에선 죽음의 내력만이 말을 걸어오"는 까닭이다. '죽음의 내력'으로 이루어진 생은 생성의 내용물도, 시간의 흐름도 갖지 못한 불구의 존재이다. 이러한 생을 김철식은 '무정란'이라고 부른다. 시간의 연속체인 생은 절망의 상황에서는 하나의 공간으로 화한다. 김철식은, 생은 둥근 껍질에 싸인 어둠의 공간이며, 그 속에 갇힌 자신은 부화할 수 없는 미완의 생명체라고 말한다. '무정란'의 메타포에서 보듯, 그의 의식은 불능(不能)과 무력(無力)의 증상을 앓고 있다. 과도할 만큼 그는 존재의 무의미와 생의 불가능성에 짓눌려 있다.

'무정란'은 알에서 깨어날 수도 비상할 수도 없다. 무거운 몸 속에 '정지'된 존재에게는 "과거가 아무 의미 없이 생겼듯이" "미래도 이유 없이 소멸"할 뿐이다. 아무것도 설명해주지 않는 생의 폭력은 시간의 질서와 삶의 의미를 흩어놓는다. 생의 활력을 박탈당한 존재의 내면은 죽음에 흡수되며, 무력한 사물과 자신을 동일시하게 된다. 아이러니컬하게도 김철식의 시에서 살아 있는 듯이 피를 흘리는 것은 '지하철'과 같은 기계적 사물이다. 미친 듯이 궤도를 순환하며 내부에 아무것도 저장할 수 없는 '지하철'은 시인을 상징적으로 대리한다. '지하철'은 어둠 속을 질주하며 피를 흘리고, 지하철 안에 있는 것은 모두 밖으로 유출된다. "통로도 없이, 가둔 적 없는" "삶은 새어나가"고, "에너지는 빠져나가고 죽음도 방전중"이다. 피 흘리는 기계인 '지하철'은 부화할 수 없는 생명체인 '무정란'과 한 쌍을 이룬다. '지하철'과 '무정란'은 모두 김철식의 텅 빈 자아와 고갈된 생의 의지, 생보다 죽음을 더 많이 품은 어두운 내면을 형상화한다.

생명력 희박한, 구멍난 자아의 존재 지수는 0을 향해 빠르게 하강한다. 그는 "이제 나 죽어야겠어요/그만 가야 해요//날 놔줘요, 어머니"라고 애원한다. 생에 대한 전면적인 부정은 단 하나, '어머니'에게서 걸린다. 누구든 자신의 존재를 부정할 수는 있지만, 기원을 부정할 수는 없다. '나'는 아무것도 아닐 수 있지만, 아무 곳에서도 오지 않았을 수는 없다. 견딜 수 없게도, '나'는 늙고 가엾은 '어머니'로부터 왔다. "내게도 생이 있을까요"? 자신의 생을 통째로 부인하여 어머니를 배신한 '나'는 어머니 앞에서 용서를 구하고자 한다. 그 '나', 김철식의 고백의 말들은 너무도 불온하여 큰 혼란과 충격을 불러일으킨다.

어머니 당신 얼굴에
내 정액을 쏟아붓고 싶어요
당신 얼굴의 주름을 지우고 싶어요

천 길의 갱도를 빠져나온 시간이
창 사이에서 넋을 잃었다
나는 길을 잃고 악취에 전 추억 속의 분비물,
내 눈을 차고 들어가면 깊은 곳에
부패의 물결이 출렁이고
폭력적으로 생의 변경을 꿈꾸던 추억은
알지 못하는 바이러스에 감염되어
죽음으로의 진화를 그리워한다
찬연했던 모성의 동토에도 별은 지고
밀어처럼 무성하던 유혹의 빛은 어둡다
어둠의 무표정 속에 갇혀 있던 양수가
한낮의 폐정(廢庭)으로부터 흘러내린다
오, 섹시한 상처의 여인이여
얼음처럼 슬픈 여인이여
모든 광란의 물살이 그대에게 덮칠 때

352

지옥으로 빨려드는 나의 그리움,
속도에 실려 일어서는 분노
내 상처 속에 신이 있다!

—「그날 한낮의 섹스」 전문

　"어머니 당신 얼굴에/내 정액을 쏟아붓고 싶"다니! 이 패륜의 주인공
은 어른이 되어 돌아온 오이디푸스란 말인가? 혹은 최초의 금기에 억압
받지 않는, 자기 검열을 깨끗이 삭제한 '욕망 해방'의 전사일까? 어떤 도
발적인 시인도 감히 발화하지 못한 이 말은 프로이트의 '억압받은 자의
귀환'을 증언하는 것인지도 모른다. 그러나 문제의 핵심은 "내 정액을 쏟
아붓고 싶"은 곳이 어머니의 '얼굴'이라는 점에 있다. 아들의 파렴치한
욕망의 진정한 목적은 얼굴이라는 '표면'을 통해 드러난다. "당신 얼굴
의 주름을 지우고 싶어요"! '정액'은 '주름', 즉 어머니의 고난의 삶을 치
유하기 위해 아들이 바치는 생명수와 같은 것이다. 그 증거로 아들은 어
머니를 향해 "오, 섹시한 상처의 여인이여/얼음처럼 슬픈 여인이여"라
고 예찬한다. 어머니의 '섹시함'은 상처와 슬픔을 내용으로 한다. 여기에
아들의 성적 욕망이 개입되어 있다 해도, 그것은 어머니의 '여성'이 아닌
'모성'을 향한 것일 수밖에 없다. 따라서 "정액을 쏟아붓는" 행위는 하나
의 메타포이며, 정액은 '정액(精液)'이 아닌 '정액(淨液)'으로 해독되어
야 한다. "그날 한낮의 섹스"는 치유와 보상의 행위이자, 상처를 통해 아
들이 어머니와 일체감을 이루는 과정인 것이다. "길을 잃고 악취에 전 추
억 속의 분비물"이 된 아들은 "찬연했던 모성의 동토에도 별은 져"버린
어머니의 고난의 삶을 자신의 것으로 육화한다. "상처 속에 신이 있다!"
는 마지막 행은 감정의 과잉이 거슬림에도, 상처의 '진가'에 대한 아들의
깨달음을 잘 나타내고 있다. 하지만 "상처 속에"서 '신'을 일으켜 세우기
위해서는 얼마나 많은 노력이 필요할 것인가. 무엇보다 상처의 심연으로
잠입해야 할 터인데, 그 길에서 김철식은 또다른 여성들을 만나게 된다.

나게 된다.

　김철식의 시에서 성적 이미지로 묘사되는 또하나의 대상은 '형수'이다. 어머니와 마찬가지로 '형수'를 겨냥한 성적 묘사는 형수의 힘든 삶에 대한 연민을 변용한 것이다.

　　형수는 내 유년의 비좁은 하수구로 들어온 밥풀
　　아들만 넷인 여물통 같은 집구석에서
　　에미보다 더 따뜻히 먹을 것을 주고
　　계집보다 더 홍근히 나를 젖게 한다.

　　　　　　　　　　　　　　　　　　　　―「형수」중에서

　어머니와 형수에 대해 김철식은 의도적으로 위악의 포즈를 취한다. 그가 두 여인을 시화함에 있어 성적인 화법을 사용하는 것은 연기(演技)의 차원이다. 김철식은 스스로를 '못된 자아'로 표방함으로써 그들의 희생에 대한 부채의식을 상쇄하고자 한다. 김철식에게 '집'은 서러운 자의식의 근원지였으며, 어머니와 형수는 따뜻한 바람막이였다. 시「옆집 대청마루가 보이는 은행나무집」은 시인의 쓸쓸한 유년을 잘 보여준다. "집엔 아무도 없었으므로 외로움도 무서움도 내 차지였다 어머니는 행상 나가서는 잠든 후에야 들어왔고 아버지도 다음날 깨어보면 술에 절어 있었다". 소년의 집에는 늘 가족이 없거나, 있어도 따뜻한 연대감을 느낄 수 없었다. 이로 인해 소년은 집 안도 밖도 아닌 텅 빈 '마당'에 속해 있으며, 성인이 된 후에도 여전히 이 적막한 공간에 머문다. "내 유년의 앞마당은 성스러운 세계, 세계의 전부, 거역의 세계, 서러운 전부였으니 그곳엔 아직 옆집 불 밝은 대청마루를 훔쳐보는 자라지 않는 아이가 있다". 빈집의 마당에서 자란 소년은 "옆집 불 밝은 대청마루를 훔쳐보"며 가난과 결핍을 배운다. 성장기 내내 남루했던 소년의 집을 지탱한 것은 아버지가 아닌 어머니와 형수였다. 어머니와 형수를 향한 김철식의 안타까움과 죄스러움은 유년의 불행한 자의식과 같은 뿌리를 지니고 있다.

김철식의 의식 속에 각인된 '집'은 "아무도 없는" 혹은 "여물통 같은 집"이었다. 그에게 집이 따뜻한 공간이라는 것을 처음으로 가르쳐준 사람은 "단 하나뿐인 그녀"이다.

> 죽음이 굴욕도 상처도 아닌
> 마음의 빈 틈새에 웃음으로 내려앉는
> 꽃잎처럼 만지면 접혀지는 것이라고 일러주던 집.
> (……)
> 집은 생의 가장 오랜 울창한 숲
> 계절이 굴곡지어 흘러가도 얽히지 않고 메마르지 않는
> 단 하나뿐인 그녀의 정릉 집.
> —「그녀의 정릉 집」 중에서

"그녀의 정릉 집"은 죽음마저도 환하고 부드럽게 만드는 곳이다. "죽음이 상처도 굴욕도 아닌/마음의 빈 틈새에 웃음으로 내려앉는" 정릉 집에서 생과 죽음은 아름다움(美)이라는 절대성의 지배 아래 놓인다. 아름다움은 죽음을 한 장 '웃음'과 '꽃잎'으로 흩날리게 하며, 생과 죽음을 은은한 화합에 이르게 한다. 김철식의 기억 속의 '집'은 "아무도 없"거나 "여물통 같은" 형상에서, "생의 가장 오랜 울창한 숲"이라는 행복한 풍경으로 바뀐다. "정릉 집"은 김철식에게 생의 가장 행복한 시절을 선사한 장소였던 듯하다. 그러나 이 집은 그가 아닌 '그녀'의 집이었으며, 이내 추억 속의 공간이 되어 자취를 감추고 만다. "투명하지만 꽉 찬 저 집의 기억"(「투명한 집」)은 마음속에 내용으로만 남아 있을 뿐, 어디에서도 실체를 찾을 수는 없다. 봉환석일 만큼 아름나웠던 "징릉 집"은 현실의 집이 되지 못한다. 그녀와의 '신혼길'에서 그는 나무와 꽃이 다 타버린 "불 탄 숲"을 거닐다가 "문득 서러워" "그이 손을 화끈 놓아버리"(「불 탄 숲」)

며, "오래 묵은 먼지들을 그대로 안고 너에게" 이사하지만(「이사」) "돌이
킬 수 없는 사랑"을 안고 그녀와 이별한다. 사랑을 잃은 시인은 독한 술
이 주는 위로와 환각에 탐닉하며, 아픈 기억과의 승산 없는 싸움을 벌인다.

> 잊은 적 없는 흔적의 끝에 술병이 서 있다
> (……)
> 그 너머 여자가 울고 있다
> 운다, 무적의 불빛처럼 소리없이
> 아, 어디로 건너가고 있는가
> 눈 아래 드리운 늪, 길게 흘러내린 늪
> 어디까지 뽑아낼 심사인가,
> 눈물이 가 닿는 기억의 끝
>
> (……)
>
> 술병 속에서 위험한,
> 불멸의 냄새가 피어나고 있다
> 무한까지 끌어당기는 내장의 수액
> 돌이킬 수 없는 사랑이여
> 나는 다시 음흉해진다
>
> —「신화는 술병 속에 갇혀 있다」 중에서

"무한까지 끌어당기는 내장의 수액"으로도 몸에서 "기억의 끝"을 "뽑
아낼" 수는 없다. '술병'은 도리어 지난 기억을 '불멸'과 '무한'에 이르
게 하는 통로가 된다. 시의 제목처럼 "신화는 술병 속에 갇히"고, 술을 마
시면 마실수록 시인은 "잊은 적 없는 흔적"의 '늪'에 빠진다. 지난 기억
과 극심한 불화상태에 빠진 김철식은 아무도 없는 '방'에 스스로를 유폐

시키기에 이른다.

> 나는 바람의 뒷전에서
> 파탄의 먼지를 뒤집어쓰고 홀로 춤을 춘다
> 연기 피우지 못하는 청미래덩굴 뿌리처럼
> 내 파탄의 중심에는 사랑도,
> 뜨거운 눈빛도 없다
> 누런 벽지에 얼굴을 대니 몸에서 썩는 냄새가 난다,
> (……)
> 굴할 수 없는 어둠의 살들이
> 거대한 전차(戰車)처럼 덮쳐오는 악몽의 도시에서
> 나는 파멸의 냄새를 피우면서
> 춤을 추고, 냄새에 갇혀
> 구들장 밑으로 숨고, 또 숨어든다
>   —「냄새의 방 2」 중에서

> 밤새, 날이 까무라치도록
> 하얗게 술을 먹고 쓰러지는 것
> 내가 꿈꾸는 세상은, 이렇다,
> 쓰러져,
> 짐승의 숨소리를 닮아가다가
> 잠들고,
> 질컹질컹 몇몇 살점을 뜯어 씹는 것
> (……)

> 나는,
> 끈질기게

냄새나는 방에 갇혀 있다

— 「냄새의 방 1」 중에서

　모든 시집이 저마다의 향취를 내뿜는다면, 김철식의 시집에서는 시향(詩香)이 아닌 시취(詩臭)가 난다. 부패의 악취와 불온한 살의의 내음은 한데 섞여 독한 냄새를 풍긴다. 김철식의 시에서 풍기는 시취는 때로 시취(屍臭)와 같은 착각을 불러일으킬 정도이다. 폐허가 된 존재의 내면, 상한 몸, 어두운 방은 죽음이 뿌리내리기에 적격인 장소이다. 시인은 "냄새나는 방에 갇혀" "누런 벽지에 얼굴을 대니 몸에서 썩는 냄새가 난다"고 환멸을 토로한다. 죽음을 '꽃잎' 처럼 흩날리게 하던 사랑은 떠났고, 텅 빈 방에는 "하얗게 술을 먹고 쓰러지는" 밤과 "짐승의 숨소리"만이 남아 있다. 빈 곳마다 죽음을 감추고 있던 쇠잔한 생은 "파탄의 먼지"와 "파멸의 냄새"가 되어 흩어진다. 김철식은 자신의 "살점을 뜯어 씹는" 자학의 방식으로 삶을 견딘다. 이런 그에게는 파탄이 곧 지속이며, 고통이 곧 위안의 역할을 한다. "냄새나는 방"의 진정한 주인은 그가 아닌, 파멸과 죽음인 것이다.

　독한 냄새의 진원지는 고립된 실존과 자폐적인 내면, 무너진 일상이다. 좀처럼 약화되지 않는 이 냄새는 감각적인 동시에 관념적인 특성을 지니고 있다. 냄새의 강력한 독성은 감각기관만이 아닌 정신과 영혼을 뒤흔든다. 현실과 격리된 '냄새의 방'에는 시인 외에도 다른 거주자들이 있다. 전갈, 코브라, 거머리 등의 맹독류와 거미, 달팽이, 개, 비둘기의 무리들이 그것이다. 이들을 소재로 한 시는 자학과 소멸, 자기 살해의 욕망을 직접적으로 노출하며, 욕망이 극대화될수록 시의 길이는 짧아지는 특징을 보인다.

　전갈은 기분이 나쁘면
　제 독침으로 제 머리를 찔러 죽는다

358

내 손끝에는 왜 독침이 없는가

─「독침」 전문

맹독 코브라도 제 혀를 깨물면 죽는다

내 혀는 왜 이리 단단한가

─「코브라」 전문

'전갈'과 '코브라'는 독으로 자신을 살해할 수 있다. 시인에게는 그런 능력이 없다. '독침'을 갖지 못한 대신 그는 식육(食肉)과 흡혈(吸血)의 무리들에게 살점을 떼어주고 뜨거운 피를 퍼부어준다.

내 두개골 속에는
뜨겁게 달궈진 뇌세포와 더불어
드글드글 거머리떼가 들끓고 있다

(……)

밤이면 나는
불구의 아비를 살해하듯
고것들에게 뭉텅뭉텅 살점을 떼어준다

그래도 움직임이 시원찮으면
발끝서부터 끌어올린 피 한 뭉텅
아낌없이 퍼부어준다

─「거머리떼」 중에서

먼 데서 객이 찾아와
큼지막한 거미줄 쳐놓았습니다

살 뜯기며 하늘 달 뜯기며
오래오래 달렸습니다

오늘 하루, 나는
가만가만 죽어 있었습니다

—「지하철 4호선」중에서

'나'의 '뇌세포' 속에는 '거머리떼'가 들끓고, 멀리서 찾아온 '객'은 '거미줄'에 '나'를 옭아맨 후 뜯어먹는다. 시인은 상상의 동거자들에게 밤낮으로 도륙과 린치를 당한다. 강박적인 의식을 혐오성 동물로 환치시킨 자해의 풍경은 끔찍하면서도 고요하다. 맹렬한 자해의 욕망에 관해 김철식은 이렇게 해명한다. "추억은 허약하고/상처는 해독되지 않으니"(「小雪」) "반란을 꿈꾸지 않은 날이란, 없었네"(「은행나무의 고백」). "먼 지처럼 이유 없이 날리는 살의가 편안하다/(……)/나를 괴롭힌 전부는 사람, 오 쥐새끼 같은 사람/(……)/나를 걷어차고 저 거리의 중심에서,/사람 사이에서,/황홀한 살육의 깃대로 꽂히고 싶다"(「나쁜 눈빛의 남자」). 추억은 의미를 잃었고, 상처는 난공불락이며, 무모한 살의만이 구원이 되었다. 삶의 모든 의미를 폐기하고 싶은 그의 욕망은 죽음의 열망을 폭발시킨다. "황홀한 살육"의 경지에 이르렀으니, 김철식의 파멸의 질주는 거의 최종 지점을 통과하고 있는 것이다. 그러나 무모한 파멸의 욕망이란, 순정한 영혼의 소유자만이 투신할 수 있는 결벽의 지향성인 것은 아닐까? 흠집과 훼손을 수락하기보다는 차라리 전멸을 택하는 것, 조금씩 몰락하기보다는 완전한 파괴를 원하는 것. 그 이면에는 순수와 완벽함에 대한 극단적인 집착과 애정이 가로놓여 있다. 파멸의 욕망이란 완벽한 보존의 욕망의 다른 이름이기 때문이다. 그러므로 파멸과 죽음의 사제를 자처하는 김철식이 몸을 웅크리고 이렇게 독백하는 것은 조금도 이상하지 않다. "다치지 않을 수는 없을까/완벽하게 영혼을 숨길 수는 없을까"……(「첫눈」)

완벽한 상태의 영혼을 갈망하는 김철식은 몰락의 바닥이 아닌 "몰락의 정상"을 노래한다. 몰락은 종결되어야 할 것이 아니라, 그후의 무언가를 위해 완성해야 할 대상이다. "몰락의 정상"에서 김철식은 타락과 파멸의 '절정'을 구가하면서 가히 악마적인 황홀을 체험한다. 김철식이 '몰펑' 이라 칭한 황홀의 순간은 타락과 파멸에 자신을 내어줌으로써 얻게 되는 새로운 생의 시간이다.

> 여기는 정상, 거미처럼 착 달라붙어
> 내 몰락의 정상을 소리 높여 노래할 수 있지
> (……)
> 전율에 떨면서
> 사랑이라는 混線의 물바람을 가르면서
> 몸 구석구석에서 타락을 꿈꾸는 섬모들이 길을 내주지
> 잊혀지지 않는 저녁의 어두운 시간들은 언제나
> 탑의 철침으로 먼저 와 꽂히고
> 순간의 몰펑으로 아우성치며 절정에 오르지
> 밀어내도 밀쳐지지 않고
> 배척해도 굴복하지 않는
> 시간의 고압선을 타고 終生을 향해 치닫지
> 아, 그러면
> 그제야 환히 보이는 것
> 일몰의 흔적들 뒤로 간절히 내게 구애하는 것

기억이 형질변화를 일으키며 내지르는 환희

비루한, 너무나 비겁한

—「몰핑」 중에서

　모든 혼돈과 절망이 한꺼번에 분출하는 "몰락의 정상"에서 김철식은 '몰핑'의 환희를 경험한다. "순간의 몰핑으로 아우성치며 절정에 오르"는 순간, 그의 의식은 "終生을 향해 치닫"고 "그제야 환히 보이는" '환희'의 정점에 도달한다. 그런데 김철식은 "비루한, 너무나 비겁한"이라는 말로 '환희'에 대한 심리적 저항감을 드러낸다. 여기에는 두 가지 이유가 있다. 하나는 삶의 환희에 도달하게 하는 '몰핑'이 자가발전(自家發電)의 시스템에 의한다는 것. "지금 난, 날 몰핑하고 싶을 뿐예요!"(「별곡—물과 어둠의 자력(磁力)」)에서 확인되듯 '몰핑'의 행위자와 대상은 모두 시인 자신이다. 김철식은 삶의 모든 에너지를 자신의 내부에서 충전하는 방식에 대한 서글픈 자의식을 "비루한" "비겁한"이라는 말로 대신한다. 또 하나는 '몰핑'이란 지극히 순간적인 해소책이라는 것. 격렬한 도취는 일시적인 몰입이나 마비로 끝날 뿐 지속적인 방식이 될 수 없다. 짧은 환희의 순간이 지난 후 곧바로 찾아오는 것은 명징한 각성의 시간이다.

　이 시에서 가장 주목해야 할 것은 "기억이 형질변화를 일으"킨다는 부분에 있다. "냄새나는 방"에 시인을 유폐시켰던 지난 '기억'은 "순간의 몰핑"을 통해 질적인 변화를 맞는다. "기억이 형질변화를 일으키"는 순간은 김철식에게 새로운 삶이 시작되는 지점이다. 이제 전멸의 기억은 "적멸의 기억"으로, 도취와 마비의 '몰핑'은 생명의 '수혈'로 전환된다.

언제부터 몸은 반란을 시작했을까

몸 속 피는 왜 이토록 소란스러워졌을까

유년의 어머니 억센 손등 힘줄처럼

결국, 마음 한자락이 조금씩 문드러지는

월악산 벗어나는 길

적멸의 기억 속에서 나는 소리쳐 불렀네
몸 속 墓穴 마디마디 흐르는
내 피가 내 피를 수혈해주기를

—「수혈」 중에서

"내 피가 내 피를 수혈해주"는 풍경은 "몰락의 정상"에서 스스로를 '몰핑' 하는 것과는 다르다. '수혈'은 충격 요법인 자가발전의 '몰핑' 과는 달리, 생명의 자기 증식의 원리를 바탕으로 한다. "내 피가 내 피를 수혈하"는 생명의 피드백은 죽음으로 가득하던 "몸 속 묘혈 마디마디"에 생의 온기를 불어넣는다. '몰핑'의 최대 효과가 감각의 환희라면, '수혈'의 최종 결과는 온몸의 부활이다. '수혈'은 김철식이 자신의 삶의 방식을 자폐적인 것에서 자생적인 것으로 상승시킨 질적 도약의 산물이다. 자기 수혈을 통해 김철식은 고립된 개인의 삶을 자립과 자생의 터전으로 바꾸어놓는다. 동시에 살점을 뜯고 피를 빨던 '식육'과 '흡혈'의 무리들도 사라진다. 생명의 '피'는 '피' 속에서 계속 만들어지며, 김철식의 내부는 자체의 힘으로 생성된다. 파멸과 죽음 속에서의 부활은 "쓰레기 무덤"과 "빛의 알"의 극단을 오가며 활발하게 진행된다.

날마다 구름 속 달의 비웃음을 물어뜯으며 속력을 내어본다 몸 속의 온기를 살려 두려움의 반대편까지 달리고 달린다 아, 너무도 빠르고 강한 통증이여 퇴화하는 이빨 사이에 씹히는 罪의 흔적
나는 쓰레기 무덤 안에서 밤마다 다시 태어난다

—「개의 자서전」 중에서

다 자란 춘향목의 가는 잎새가 떨어지는 저녁

빛의 알로 다시 태어나자

나는 죽지 않을 것이다
폭풍으로 오라 파도여
사랑과 죽음의 경계를 넘어 영원처럼 오라

                              —「테트라포드」중에서

　결과론적인 해석이겠지만, 김철식의 처절한 절망의 시간은 "다시 태어
나"고 싶은 의지와 만나는 긴 방황의 여정이었다고 할 수 있다. 쓸쓸한
적요가 감도는「沙洪里」연작은 그 방황의 근원을 기록한 시편들이다.
"송곳처럼 매섭게 내 청춘을 찔렀던 너" "계사(鷄舍)"와 "나의 어린 여
인", 아버지와 삼촌의 기억 등이 암호처럼 박힌 이 시편들을 논리적 의미
를 거부하면서 김철식의 내면의식의 계보를 펼쳐 보인다.「沙洪里」연작
은 김철식이 가장 편안한 심리상태에서 쓴 시들이다. 겨울강이 흐르는
'사홍리'에서 김철식은 지난 시간들과 화해하며 낮은 음성으로 '영원'과
'살, 아, 있'음에 관해 이야기한다.

　　1
　겨울강이 두 손을 열고, 숨을 쉬고 있다 (……) 얼음 속에 박혀 있는 나
뭇잎, 살얼음 밑에, 호흡 소리는 온전하지 않다 물의 열매가, 떨어지고 있
다, 지나간 연대의 껍질들이 투명하게, 씻기는, 영원의 순간이 있다

　　(……)

　　5
　沙洪里, 여기서 나는 살, 아, 있다
　기억이 먹물처럼 번져 있는 영혼들,

나뭇가지에 매달려

강 아래로 조금씩, 내려오고 있다

감은 눈을 뜨고 있다

—「沙洪里 — 숨어 있는 江」 중에서

　"나는 살, 아, 있다"고 한마디의 말을 하기까지 김철식은 많은 시간을
바쳐왔다. "길은 걸어가면 사라지고/사라질 때 길은 다시, 열린다"는 의
식의 탄력성을 얻기까지, "어디서부터 상처는 길이 되었을까"(「沙洪里
— 물의 사막」)를 따뜻하게 반추하기까지, 그는 오래 "냄새의 방"에 머물
러 있었다. 이제 '겨울강'에서 그는 "지나간 연대의 껍질이 투명하게, 씻
기는, 영원의 순간"을 체험한다. '겨울강'은 "기억이 먹물처럼 번져 있는
영혼들"이 영원으로 들어서는 터널이다. 수채화처럼 펼쳐지는 '겨울강'
은 아름다운 환상의 순간 속에 영원을 결빙시키면서 그 아래로 시인의
말라붙은 내면을 흐르게 한다. 세계로부터 자신을 격리시켰던 김철식은
겨울강의 청정함 속에서 세계와의 화합에 이른다. 많은 암유와 상징으로
가득 찬 김철식의 시에 마침표가 거의 없는 것은 무엇에도 고정될 수 없
었던 의식의 공백을 드러낸다. 그 공백은 '겨울강'에서 영원을 꿈꾸는 투
명한 '물의 열매'로 하나의 형상을 얻는다.

　'겨울강'은 김철식의 청춘의 거처였던 '냄새의 방'과 극단의 지점에
위치한다. '냄새의 방'은 시집의 끝에서 또다른 형태로 이미지화된다. 어
둡고 깊은 '청동의 숲'이 그것이다.

　자정도 넘어 몹시 어둑한 시간에 오랫동안 빌려 살던 청동의 숲을 빠져
나왔다 성한 두 다리건만 걸어나오지는 못하였다 나를 매달고 저문 하늘
아래서 끔찍한 적멸을 지키던 키 크고 검은 나무들, 구백 리 지름으로 거
대한 푸른 망막처럼 둘러싸고 있는 숲의 울타리 밖으로 몸에서 빛이 새어
나가는 모든 구멍들을 막고 나는 헤쳐나왔다 숲의 입구에서는 배웅하는

이 아무도 없었다 때로는 지상의 양식인 바람이 정찰하는 숲이었다가 때
로는 욕정의 숲이었다가 또 때로는 반역의 진딧물이 활자처럼 진득거리는
숲이었던 내 기억의 청동숲 그러나 용서로 그늘을 드리우지는 못했던 숲,
(……) 속 깊이로는 피멍을 씨앗처럼 움켜쥐고도 침묵만으로 무섭게 호흡
하는 나의 벌레들, 엷은 껍질을 바퀴처럼 굴리며 이제 나는 어디로 가는가
어디로 가서 내 청동의 녹을 닦고 성한 걸음을 옮길 것인가

—「청동숲」 중에서

　'청동의 숲'은 김철식이 통과해온 청춘의 시간이 그대로 보존된 기념
비적인 공간이다. 지나간 청춘에 청동의 쇳물을 부어 굳어버리게 하는
것은 그가 지닌 아픈 '기억'이다. 고통에 찬 기억이야말로 김철식의 존재
와 삶을 규정하는 견고한 주형틀이며, 삶의 푸른 잎을 청동으로 화하게
하는 무서운 힘이다. 김철식은 지금 기억과 죽음이 무성한 '청동의 숲'에
서 필사적으로 탈출하는 중에 있다. "몸에서 빛이 새어나가는 모든 구멍
들을 막고" 숲을 '헤쳐나오'는 그는 생의 빈 구멍마다 죽음이 깃들여 있
다고 믿던 자폐의 시절에 작별을 고한다. 마법의 공간과도 같은 '청동의
숲'에서의 탈주란, 파괴와 자멸의 기억으로부터의 탈주를 의미한다. 김
철식은 이 탈주를 통해 '욕정'과 '반역'의 '청동의 숲'을 온전히 과거의
영토에 귀속시키려 한다. 물론, 아직 그의 몸에는 '청동의 녹'이 잔뜩 묻
어 있다. 그러나 막 숲을 벗어난 그가 생에 대해 던지는 질문만큼은 어느
때보다도 절실하고 깊다. 어쩌면 그는 '청동의 숲'을 떠나 아름다운 '사
홍리'에 생의 집을 짓게 될지도 모른다. 이미 과거가 된 '청동의 숲'이 김
철식의 내면의 영토이듯, '사홍리'는 그가 꿈꾸는 마음속 미래의 영지이
기 때문이다. 첫 시집 가득 범람하는 자의식은 '사홍리'의 겨울강에서 결
빙의 시간을 거쳐 보다 정제된 형태로 거듭나게 될 것을 예감하게 해준
다. 그 해빙의 풍경을 보기 위해서 우리는 기꺼이 김철식의 두번째 시집
을 기다려야 한다.

시간을 연주하다
─ 김명인의 시세계

1. 생의 주법 ─ 자기 안의 허공을 울리기

울림의 부위로 말하자면, 김명인의 시는 존재의 명치끝에서 울려나온다. 생의 경험과 기억이 집약되어 있는 이 명치끝은 김명인에게 각별한 울림과 통증을 유발하는 장소이다. 존재의 치명적인 급소를 건드리며 울리는 김명인의 시는 삶에 대한 환상─희망이 아닌─을 갖지 않은 자의 텅 빈 내면을 덧없이 연주한다. 생의 덧없음을, 다시 그것을 노래함의 덧없음으로 응대하는 방식! 김명인의 시는 이 이중의 덧없음을 견뎌온 시간으로 가득하며, 이제 그 세월과 함께 자연의 속도로 풍화하고 있다.

김명인이 생의 덧없는 연주에 사용하는 악기는 몸 안의 허공을 반복적으로 좁히고 넓혀 소리를 빚어내는 '아코디언'이다. 그의 아코디언 주법은 존재의 내부를 끊임없이 조이고 풀며 울림을 만들어내는 '생(生)의 주법'을 그대로 따른다. 생은 자신이 존재하는 시공간의 허공을 울리고, 존재는 존재하는 자신의 내면의 허공을 울리며, 아코디언은 자기 몸 속의 주름진 허공을 울린다. 이 셋은 모두 동일한 방식으로 세계를 향해 자신을 표현한다. 생각해보건대, 존재의 내부를 울리지 않고 만들어지는 소리란 없다. 모든 존재들이 내는 실존의 소리는 자기 안의 한 줌 어두운 허공을 울림으로써 발생한다. 텅 빈 내부의 소리는 김명인의 시에서 '신음'과 '침묵', '이야기'와 '음악'에 걸쳐 넓은 음역을 형성한다. 김명인의 시는 이 다양한 생의 운율들의 넉넉한 보관창고라고 할 수 있다. 신음에서 침묵, 이야기에서 음악에 이르는 갖가지 소리들은 본질적으로 동일한 선율의 변주곡들이다. 그 하나의 선율이란 스스로의 내공(內空)을 울리는 존재의 가장 정확하고 정직한 발성, 즉 자아의 진정한 육성을 뜻한다. 이런 차원에서 보면 신음과 침묵, 이야기와 음악은 크게 다르지 않다. 최근 일곱번째 시집을 상자한 김명인의 시는 신음에서 침묵으로, 이야기에서 음악으로 이행하면서 더 깊고 아픈 소리를 내고 있다.

모든 존재는 자기 회귀의 운명을 지니고 태어나며, 생의 여러 경로를 거치면서 결국 자신의 텅 빈 내부를 확인하게 된다. 그리고 그 속에서 오직 자신만이 이해하는 소리를 듣게 된다. 김명인의 시는 그 쓸쓸한 울림에 대한 반향(反響)으로, 각기 고독한 생을 살아내고 있는 유약한 존재들에 대한 위로로, 어느새 30년의 세월을 우리와 동행하고 있다. 그 오랜 풍경을 보여주는 증거물인 『동두천』(1979)에서 『바다의 아코디언』(2002)에 이르는 일곱 권의 시집은 이제 만만치 않은 문학사적 두께로 우리 앞에 있다.

2. 더 아픈, 침묵의 음악

1973년 중앙일보 신춘문예에 「出港祭」로 데뷔한 김명인은 첫 시집 『동두천』에서 '갇힌 생'의 비극적인 공간을 그려 보였다. 동두천과 베트남, 고아원과 공사장과 궁벽한 바다 등 그와 동시대인을 가둔 참혹한 현실의 감옥이었다. 닫힌 공간에도 흐르는 것은 시간인 법이어서, "맨살로 끌려가는 진창길 이제 벗어날 수 없어도/나는 나 혼자만의 외로운 시간을 지나/떠나야 되돌아올 새벽을 죄다 건너가"(「東豆川 1」)는 시간의 탈주법으로 감금의 현실에 맞섰다고 김명인은 쓴다. '닫힌 공간'과 '흐르는 시간'의 모순—이 모순은 김명인에게 늘 역사적이면서 실존적인 것이었다—은 10년 뒤에 출간된 『머나먼 곳 스와니』(1988)에서 "마침내 위안 없이 걸어야 할/남은 시간이 마저 보인다"(「세월에게」)는 비장한 인식으로 귀결된다. 이어 김명인은 그가 지금까지 낸 가장 탁월한 시집이라 할 『물 건너는 사람』(1992)에 이르러 시간의 중심을 미래로 옮겨 현재를 응시한다. 이 시집에 깔린 '현재는 미래의 유적'이라는 허무의식은 생의 무의미를 압축하면서, 폭풍의 시대를 마감하는 고별사이자 불안한 실존의 고백록으로서의 이 시집의 위상을 대변한다. 그러나 이 시집은 여기에 머물지 않고, "내가 있고 없다는 것은/시간의 두려움과 쓸쓸함을 거쳐 마냥 가는 길"(「航跡」)처럼 '없음과 헛됨'을 삶의 본질로 수락하는 의연함을 확보한다. 생의 무의미를 힘차게 끌어안으면서 넘어서는 모습은 『푸른 강아지와 놀다』(1994)에서는 "질문을 넘어서" 날아가는 '새'(「새」)로, 『바닷가의 장례』(1997)에서는 "가혹한 허공의 길"에서 스스로를 불태우는 '불새'(「물의 길」)로, 『길의 침묵』(1999)에서는 "파란만장을 헤쳐가는 종이배 한 척"(「종이배」)으로 다양하게 변주되면서 김명인 특유의 강인한 내면세계를 축조한다.

『물 건너는 사람』을 기점으로 김명인의 시는 '신음'에서 '침묵'으로, '이야기'에서 '음악'으로 이행한다. 초기의 세 시집이 부정적인 현실에서 치욕적인 실존을 감내하는 자의 '신음'과 참담한 '이야기'로 칠칠된데 비해, 『푸른 강아지와 놀다』 이후의 시집들은 생이 가하는 모든 부당한 횡포를 이해하고자 하는 자의 '침묵'과 적막한 '음악'으로 채워져 있다. 이 침묵과 음악의 배후에는 시간이 만든 '생의 화석'인 부재와 소멸, '헛된 불멸'의 꿈들이 북적이고 있다.

> 내가 본 것은 금방 지워질 내 알리바이일 뿐, 비가 와도
> 달은 중천을 건넌다, 나는 이제 증명하지 않는다
> 살아내기에도 우리 인생 너무 벅찬 것이다
>
> —「비 오기 전에」중에서

> 하루의 빛을 낱낱으로 나누어도 등에 지기 힘든 것은
> 내 부재를 내가 살아왔다는 것,
>
> —「문패」중에서

> 분간이 안 될 정도로 길은 이미 지워졌지만
> 누구나 제 안에서 들끓는 길의 침묵을
> 울면서 들어야 할 때도 있는 것이다
>
> —「침묵」중에서

> 내 사랑, 그때 그대도 한 줌 재로 사함받고
> 나지막한 연기 높이로만 흩어지는 것이라면
> 이제, 사라짐의 모든 형용으로 헛된
> 불멸 가르리라
> 그대가 나였던가,
>
> —「다시 바닷가의 장례」중에서

김명인의 시세계는 전체가 하나의 거대한 '질문'에 해당한다. 살아가는 동안 끝내 납득할 수 없을 생의 의미와 존재 이유, '없음과 헛됨'으로 환원되는 세계의 목적에 대한 질문은 그의 시 전체를 뒤덮고 있다. 위에

인용한 대표적인 시구들에서 보듯, 김명인의 시는 질문으로 시작해 더 큰 질문을 남기며 끝난다. 질문을 하고 명확한 해답을 결론짓기보다는 더 치열하게 질문하는 것. 하나의 화두를 정성껏 들듯, 끝없는 질문을 통해 해답에 가까워지고자 하는 것. 이것이 김명인 시의 존재방식이다. 이를테면, '질문을 넘어서 날아가는 새'는 질문을 초월하는 것이 아니라, 더 큰 질문을 향해서 날아가고 있는 것이다.

현실의 구체적인 모순에서 생의 본질에 대한 탐구로 옮겨간 『푸른 강아지와 놀다』『바닷가의 장례』『길의 침묵』 등 세 권의 시집은 질문에서 질문에 이르는 기나긴 여정을 시화한다. 그 질문과 질문의 사이를 메우고 있는 것은 허공과 침묵과 음악이다. 최근 발간된 김명인의 일곱번째 시집 『바다의 아코디언』은 이러한 질문의 연속선상에서 깊은 현실의 고통을 끌어안은 침묵과 음악을 들려준다.

> 방파제 앞에서 엔진을 끄고
> 비로소 살아나는 파도 소리 속으로 한 발 들이밀면
> 느리게, 정지되는 바다의 질문이 되어
> 이마 높이로 내리는 갈매기 두어 마리.
> 포말 너머에서 또 대답한다.
> 잠시 머물다 떠날 때 정작
> 사방을 분간할 수 없는 눈을 만난다
>
> (……)
> 이 적막 속에 내가 다시 서 있지 않기를,
> 홀로운 생이 한계 너머로 뻗어 있으면 어쩌나.
>
> ─「봄눈」 중에서

어떤 저녁에는 병색 완연한 새 한 마리가

내 사는 일 기웃거리다 돌아가면

(……)

거기에는 언제 비었는지, 한 채

빈 소금막이 아직도 쓰러지지 않고 남아 있다.

시간의 무딘 칼날에 베여도 이제 더는

아프지 않도록

이 밤의 책들 다 사르리라, 나는

불꽃을 뛰어넘은 새벽의 사람이 되어서!

— 「새벽까지」 중에서

　　지난날 질문을 넘어서 날아가던 새는 지금 "느리게, 정지되는 바다의 질문이 되어/이마 높이로 내리"고 있다. 또한 "병색 완연한 새 한 마리"가 자꾸만 '나'의 주위를 기웃거린다. 자신의 한계를 갱신하며 비상하던 '새'의 하강과 쇠약은 김명인이 그 동안 추구해온 질문의 강도가 약화되었음을 보여준다. "어떤 학습은 필생을 걸더라도/내용이 없는 것"(「담배」)과 같은 단정적인 진술에서 보듯, 김명인은 애초부터 확답(確答)을 구하려 하지 않았음에도 그가 평생을 거듭해온 질문들이 성과 없는 무용지물이 되었다고 여기고 있다. 지금까지 김명인은 시간의 덧없음과 생의 허무에 사로잡혀 있으면서도, 그것을 탐문하는 자신의 노력 자체를 부정한 적은 거의 없었다. "읽히지 않는 페이지마다/울음으로 적신 책이 있다, 믿음을 다해 책장을 넘기자/여명 저쪽으로 한 길이 간신히 뻗어 있다"(「책」,『바닷가의 장례』)와 같은 필사적인 생의 의지가 그의 시를 지탱하고 있었기 때문이다. 이번 시집에 보이는 의지의 약화는 김명인이 처해 있는 개인적인 상황과 깊은 관계가 있는 것으로 보인다. 김명인은 이번 시집에서 두번째 시집인『머나먼 곳 스와니』이래 거의 처음으로 개인사와 가족사를 구체적으로 언급한다. 어머니는 돌아가시고, 형님은 그에게 자식을 맡기고 먼 앙골라로 떠났으며, 아내와 조카와 그 자신은 병을 앓고 있다. 여기에 경제적인 고통까지 겹쳐 그의 상황은 매우 난감하다. "마음은 빈자리라도 상처를 가라앉힐／삶의 연고가 바닥났다"(「모욕」)는 고백은 그의 심경을 정직하게 표현한 것이라고 할 수 있다.

현실의 고난에 위축된 시인은 "홀로운 생이 한계 너머로 뻗어 있으면 어쩌나" 하고 다가오는 시간에 대한 두려움을 감추지 못한다. 실제로, 시집 『바다의 아코디언』에는 초로의 나이에 접어든 시인의 인간적인 두려움이 짙게 드리워져 있다. 시인이 한 인간으로서의 나약함을 그대로 드러낸다는 점에서 이 시집은 글자 그대로 인간적이다. 하지만, 초월이 아닌 자기 갱신의 방식으로 인간의 한계를 넘어서려는 몸부림을 보여준 김명인의 시에서 이런 풍경을 발견하는 것은 어딘가 낯설다. 생의 허무를 정면으로 돌파하려는 김명인의 도저한 내면의 싸움에 매료되었던 이들은 적잖은 실망과 우려를 느끼기도 할 것이다. 그러나 한편으로 이 지점은, 김명인이 생의 허무가 주는 비극적인 황홀에 탐닉하면서 형이상의 육체로 날아올랐던 지난 10년간의 미학적인 허공에서 현실의 땅으로 복귀하는 지점이라고 할 수 있다. 이전의 시집에 비해 미학적 완성도가 떨어지는 것은 사실이지만, 『바다의 아코디언』은 김명인 시의 새로운 전환기가 되고 있다는 점에서 주목을 요하고 있다.

김명인의 시에서 내면의 미묘한 정황을 표출하는 데 자주 쓰이는 이미지는 '눈'과 '소금'이다. '눈'은 그의 마음의 정처 없음과 자기 소멸의 욕망을 상징하며, '소금'은 마음의 견고한 결정체와 변하지 않는 본질을 상징한다. 현재 김명인의 생의 벌판에 쌓인 '눈'은 "사방을 분간할 수 없"을 정도이지만, '소금'의 존재가 있어 그는 다시 일어날 힘을 얻는다. 길이 바다로 이어지는 곳에 "한 채／빈 소금막이 아직도 쓰러지지 않고 남아 있다"는 확신에 찬 발견은 그에게 가야 할 길에 대한 신념과 스스로에 대한 믿음을 회복하게 한다. "시간의 부딘 칼날에 베여도 이세 더는／아프지 않"겠다는 희망이 실현될 가능성은 희박하지만, 단단한 결기란 그 자체만으로도 의미를 지니는 것이다. 이제 김명인은 자신이 태어난 바다로 돌아와 시간과 존재의 허공을 들여다봄으로써 마음의 위안과 깨달음을 구한다.

> 파도는 몇 겹쯤 건반에 얹히더라도
> 지치거나 병들거나 늙는 법이 없어서
> 소리로 파이는 시간의 헛된 주름만 수시로
> 저의 生滅을 거듭할 뿐.
> 접혔다 펼쳐지는 한순간이라면 이미
> 한 생애의 내력일 것이니.
> 추억과 고집 중 어느 것으로
> 저 영원을 다 켜댈 수 있겠느냐.
> 채석에 스몄다 빠져나가는 썰물이
> 오늘도 석양에 반짝거린다
> 고요해지거라, 고요해지거라
> 쓰려고 작정하면 어느새 바닥 드러나는
> 삶과 같아서 뻘밭 위
> 무수한 겹주름들.
> 저물더라도 나머지의 음자리까지
> 천천히, 천천히 파도 소리가 씻어내리니,
> 지워진 자취가 비로소 아득해지는
> 어스름 속으로
> 누군가 끝없이 아코디언을 펼치고 있다.

—「바다의 아코디언」중에서

　인간의 끝없는 열망처럼, 그 열망의 잿더미인 절망과 후회처럼, 끊임없이 파도가 몰아치는 바다를 김명인은 하나의 거대한 아코디언이라고 상상하고 있다. 우주의 보이지 않는 손에 의해 연주되는 '바다의 아코디언'은 무수한 파도의 주름으로 음악 소리를 낸다. 그것은 공간의 주름이자 시간의 주름이고, 생성의 주름이자 소멸의 주름이며, 유위의 주름이자 무위의 주름이다. 나아감과 물러남이 합쳐져 끊임없이 무(無)로 환원되는 광경, "소리로 파이는 시간의 헛된 주름만/수시로 저의 생멸을 거듭하"는 광경은 생의 실체와 의미를 단적으로 펼쳐 보인다. 한마디로 말해 그것은 '헛됨과 무위'이다. 삶의 무수한 움직임들이 모여 끝내 '헛됨과 무위'를 이루는 고통스러운 진실을 김명인은 바다의 아코디언의 연주를 들으며 홀로 마주하고 있는 것이다. 그 텅 빈 음악 소리는 존재 내부의 허공을 울리고, 생의 허공과 우주의 허공을 울린다. 이 허공에 어울리는 언어란 '침묵'과 '음악' 외에는 달리 있을 수 없다. "고요해지거라, 고요해지거라"! 침묵은 차라리 주술의 어법을 닮아가고, 음악은 "천천히, 천천히 파도 소리가 씻어내"는 움직임에 따라 점점 무음(無音)에 가까워진다. 침묵과 음악은 김명인의 시에서 이렇게 한 몸이 된다. 사실, 허공을 울리는 침묵과 음악은 처음부터 같은 소리였던 것이다.

　음악이 힘을 잃는 지점에서 이야기는 시작되고, 이야기가 감당할 수 없는 자리에서 다시 음악은 시작된다. 시에서 운율과 산문이 갈라지고 다시 만나 서정성을 구현하는 방식은 이렇게 설명될 수 있다. 김명인의 시는 음악이 연주할 수 없는 이야기로 시작되어, 이제 이야기의 영역을 넘어선 음악의 세계로 편입된다. 강요된 침묵 사이로 흐르던 신음에서, 모든 소리를 무화시키는 침묵으로 나아가고 있는 것이다. 『바다의 아코디언』은 이야기의 중량이 너무 커진 자리에서 시작되는 '음악'이며, 이 음악과 동의어로서의 '침묵'이다. 이것조차 결국 헛됨과 무위에 귀속되겠지만,

　　지상의 모든 무덤들 제가끔 쑥굴헝에 파묻히너라노 너는
　　깊어지지 않고
　　외마디 노을로만 피어오르는 시간이라고

무슨 첫 경험 같은 느낌들, 나는 거듭 명치끝이 아프다.

—「구름 속으로의 移葬」 중에서

삶의 고통은 여전히 생생한 현재진행형으로 흐른다. 그 속에서 김명인은 "뜯어내면 철철 피 흘리는/천근 사랑 같은 것,/그게 암덩어리라도 볕볕 여름을 끌고/피나게 기어가 그렇게 스러질/너의 여름 위에 포개리라"(「저 능소화」)는 열정을 새삼 발휘하거나, 어디에라도 "부유의 끝자리는 있"(「부석사」)을 것이라는 체념 같은 예감에 자신을 맡긴다. 그로 하여금 "일생을 내팽개치게 한 필연의 벼랑"(「유적을 위하여」, 『물 건너는 사람』)은 이제 바닷가에 '시간의 헛된 주름'으로 펼쳐져 거듭 거듭 무위를 육화한다. 김명인의 내면에 서 있던 수직의 벼랑은 수평의 바다로 탈바꿈하여 다시 시간과 함께 헛된 풍화의 길을 가고 있는 것이다.

3. 시간과 화해하는 법

시간의 문제를 깊이 탐구했던 보르헤스는 "시간은 내가 만들어진 본질이다. 시간은 나를 휩쓸고 가는 강이지만 나 또한 그 강이며, 시간은 나를 태우는 불이지만, 나 또한 그 불이다"라고 이야기한 바 있다. 이 말은 김명인 시의 변화를 설명하는 데 좋은 참조가 된다. 지금까지 김명인에게 시간은 항상 탐구하고 극복해야 할 대타적인 대상이었다. 시간과의 불화와 화해, 시간에 대한 몰이해와 이해는 그의 시를 지배하는 핵심적인 사안이었으며, 시간과 어떤 관계를 맺는가에 따라 김명인은 행복하거나 불행했다. 새 시집 『바다의 아코디언』에서 이런 상황은 새로운 단계로 접어든다. 시간의 절대적인 전횡은 나약한 존재인 그에게 변함없는 두려움을 안겨주지만, 그는 조금씩 시간의 리듬과 자신의 내면의 리듬을 일치시키는 법을 배우고 있다. 이 새로운 학습은 바다가 끝없이 흐르는 시간의 '헛됨과 무위'를 연주하는 거대한 아코디언인 것처럼 각각의 존재 역시 하나의 아코디언이기 때문에 가능하다. 김명인은 '헛됨과 무위'가 우주의 근원적인 섭리일진대, 자기 안의 허공을 울림으로써 나는 모든 소리는 근본적으로 침묵의 음악이며, 개별 존재들은 시간의 타자인 동시에 시간의 몸 자체라는 것을 절실히 체감하고 있다.

지금 김명인은 바다에서, 나무에서("나무가 거기 서 있었는데 어느 사이/나무를 걸어놓았던 그 자리에/나무 허공이 떠다닌다"—「물푸레 허공」), 자신의 내부에서 허공을 발견하고 그 허공을 연주하는 법을 터득하고 있다. 그것은 그 자신이 '헛됨과 무위' 자체임을 직시하는 것, 그리하여 자신이 곧 시간의 일부임을 깨달으며 함께 흐르는 것이다. 다시 보르헤스에게 기대면, "시간과 물로 이루어진 강을 보며 시간은 또하나의 강이라는 것을 기억하는 것, 우리 또한 강처럼 흘러간다는 것과 얼굴들도 물처럼 흐른다는 사실을 아는 것"은 모든 존재가 언젠가는 마주해야 할 생의 진실인 것이다. 보르헤스의 말처럼 우리의 존재는 시간을 따라 흐르고, 심지어 얼굴조차 시간과 함께 흘러간다. 김명인이 최근 몇 년 사이에 부딪힌 현실의 격랑 또한 이 흐름의 일부임은 자명하다. 거친 현실의 소용돌이는 그에게 큰 상흔을 남겼고, 질문을 넘어서 날아가던 새가 추락하고 병든 광경은 생의 뜨거운 투혼이나 아름다움과는 거리가 있는 것이 사실이다. 이에 따라 이번 시집에서는 시가 현실의 고통을 상쇄시켜주는 완충지대로 역할하는 위태로운 풍경이 연출되기도 한다. 그러나 한 존재가 생의 물살을 헤쳐나가기 위해서는 비상과 추락을 반복하는 것은 필연적이다. '흐름'은 필연적으로 나아감과 물러남의 겹침을 통해 '주름'을 만들고, '주름'의 끊임없는 생성을 통해 '흐름'은 이어진다. 김명인은 '헛된 시간의 주름'을 수없이 접고 펼치며 스스로 하나의 '흐름'이 되고자 한다. 지금까지 그래온 것처럼, 우리에게는 그가 그 흐름을 어떻게 이룩해갈지 지켜보아야 할 의무가 남아 있다. 우리 역시 그와 같은 시간의 자식이기 때문이다.

4부

몸의 집과 영혼의 집
— 정끝별, 박라연의 시세계

1. '집' 을 짓는 여성들

2000년 후반기에 여성시인들이 펴낸 시집은 그리 많지 않다. 조금 아쉬운 일이기는 하나, 작품의 수량은 문학적 성과와는 무관한 것이어서 오랜만에 소수의 작품을 천천히 음미하는 즐거움을 누릴 수 있게 한다. 이중 시선을 끄는 것은 정끝별의 『흰 책』(민음사)과 박라연의 『공중 속의 내 정원』(문학과지성사) 등 두 권의 시집이다. 정끝별은 평론가로도 활발히 활동하면서 두번째 시집을 펴냈고, 박라연은 "드물게 아름다운 시" (김주연)라는 찬사를 받은 첫 시집 『서울에 사는 평강공주』(1990) 이후 네번째 시집을 상자하고 있다. 정끝별과 박라연은 시적 성향이 서로 다르지만, 이번 시십에서 모두 '집' 에 관해 맘구히고 있다. 이들의 '집' 은 시세계의 차이만큼이나 서로 다른 모양과 특성을 드러낸다. 날카로운 자의식과 분방한 햇살처럼 튀는 언어로 자신과 세계에 대해 비판적인 상상력을 발휘하는 정끝별과, 너무 멀리 있어 영혼에까지 사무치는 아름다운 마을(박라연에게는 '세계' 보다 '마을' 이 더 적합한 말이다. 작고 따뜻한 마을)을 찾아가는 박라연은 분명 태생적으로 다른 시성(詩性)의 소유자들이다.

굳이 들뢰즈의 논법을 빌리지 않더라도, 집은 한곳에 머무는 정착민의 세계를 표상한다. 집은 벌판을 떠돌며 사는 유목민에게는 일시적인 것이거나 필요치 않은 것이다. 이들에게는 벌판과 강가가 모두 집이기에, 집과 벌판과 우주의 경계는 존재하지 않거나 매우 희미하다. 이런 의미에서 유목은 온 세계를 전유한 자연의 유목민들이 전 생애 동안 즐긴 축제와 같은 것이었다고 할 수 있다. 그러나 수많은 바코드와 복잡한 체계 위에 세워진 현대세계는 자연의 유목민들을 멸종시킨 후 새로운 유목민들을 양산해냈다. 현대의 유목민들은 체계에 갇힌 채로 내면과 일상과 문명의 황야를 배회하는 불행한 개인들이다. 이런 점에서 현대인들은 진정한 유목민도, 진정한 정착민도 아니다. 현대인들은 진정한 유목의 삶과 정착의 삶 사이를 유목하는 점에서만 유목민이며, 유목의 본질을 상실한 불행한 유목민들이다.

정끝별과 박라연 역시 진정한 정착을 꿈꾸는 절반의 유목민들이다. 이들은 이미 반쯤 지어진 집을 갖고 있는데, 이들에게 진정한 집을 짓는 일은 세계를 떠도는 일과 별개의 것이 아니다. 자신이 속한 세계를 이해하는 것은 자신이 살 집을 짓는 일과 분리될 수 없다. 정끝별은 자신에게 꼭 맞는 집을 지으려 하며, 박라연은 자신이 궁극적으로 머물러야 할 집을 지으려 한다. 이들은 아직 길 위에 있으며, 이들의 집짓기는 일생의 수고를 아끼지 않아야 할 공사가 될 수도 있다. 정끝별과 박라연이 지으려는 것은 '자기만의 방' 이 아닌 '자기만의 집' 이며, 이 집은 설계자와 건축가와 거주자가 하나인 독특하고 유일한 공간인 까닭이다.

2. 썩은 떡갈나무 둥치, 내 몸, 내 집, 그리하여 '나' ─ 정끝별

정끝별의 『흰 책』은 '눈물' 이라는 명사를 형용사 '발랄한' 으로 변주해낸 즉흥환상곡과도 같다. 이 독특한 환상곡이 연주되는 동안 눈물은 사실 단 한 번도 흘러내리지 않는다. 눈물 대신 정끝별의 시에 넘치는 것은 그 반어적 변용으로서의 지적인 발랄함이다. 거의 천진스럽기까지 한 이 발랄함은 자신과 세계에 대한 연민에서 피어남과 동시에, 세계의 부조리에 깊이 상처받은 자의 자기 방어의지에서 싹튼다. 이 시집의 첫 장이 저녁 항구에 가까스로 돌아온 배의 "무사하구나 다행이야"(「밀물」)라는 서글픈 안도의 말로 시작되는 것은 이 점을 반증한다. 정끝별의 『흰 책』이 본질적으로 눈물과 연민의 시집임은 "나 한 집 눈물"(「한 집 눈물」)의 수사적 고백에서 가감 없이 드러난다. "생에 그늘이 될 만한 집 한 채"를 위해 "나 한 집"은 '눈물' 이 되어왔다는 것. 안식처가 되어줄 줄 알았던 가족과 제도와 현실의 집이 '나' 라는 자아의 집을 "옹골차게 등쳐먹은 잔인한 집"임을 깨닫기에 이르렀다는 것. 이로 인해 집에게 "내쫓긴 가엾은 나 한 집"인 시인은 "나 한 집시"로 자신의 정체를 수정한다. 정끝별에게 자아는 외형상으로는 '집' 의 정착성을, 내적으로는 '집시' 의 정처 없음을 지닌 이중의 존재로 인식된다. 그 틈 사이로 흘러내리는 것은 보이지 않는 그녀의 눈물이다.

눈물은 틈새에서 흘러내리면서 틈새를 메운다. 정끝별은 눈물을 밖으로 유출시키지 않고 끝까지 머금는 쪽을 택한다. 이때 그녀의 내부로부터 생생하게 감지되는 것은 몸이다. 정끝별에게 몸은 자아와 정신이 겉으로 드러나는 표면이나 형식이 아니다. 몸은 자아 혹은 정신과 동종동형(同種同形)의 쌍생아이다. 정끝별의 두번째 시집 『흰 책』에서 자아와 몸은 '집' 이라는 하나의 형식과 상징에 의해 관봉낭한다. 성끝별에 의하면, 자아/몸은 '아我집' / '아집' 과 '고집' '망집' '살집' '똥집' '모래집' '붙박이집' '불구덩이 집' 등의 천태만상의 집합체, 집(宙/執/肉)

의 합체이다. 이 집에는 엄마, 아내, 시인, 평론가, 대학강사, 일상인 등의 이름이 쓰인 수많은 문이 달려 있다. 정끝별은 온몸에 숭숭 뚫린 이 문들 사이로 같은 풍경이 끝없이 되풀이되는 "몸 속 전망"(「관망」)을 감상한다.

　　너의 첫 태동처럼 틱, 톡, 텍, 톡, 내 심장 한가운데를 지나 목덜미를 지나 손끝을 지나간다 지나가니 여전히 누군가를 만나 밥을 먹고 술을 마시고 웃고 울고 입을 맞추고 쌀을 사고 종이와 볼펜을 사고 모자를 사고 집을 산다 한밤중이면 더욱 크게 들려오는 틱, 톡, 텍, 톡, 소리를 잊기 위해 잠을 자고 사랑을 하고 아이를 낳는다 틱, 톡, 텍, 톡, 날카로운 구두 뒤축으로 나를 밟고 지나가는 그 소리보다 더 크게 틱, 톡, 텍, 톡, 기침을 하고 틱, 톡, 텍, 톡, 노래를 하고 틱, 톡, 텍, 톡, 싸운다 틱, 톡, 텍, 톡, 소리가 들리는 한 틱, 톡, 텍, 톡, 나는, 지나가는 것이고, 틱, 톡, 텍, 톡, 살아 있는 것이다 틱, 톡, 텍, 톡, 틱, 톡, 텍, 톡, 틱, 톡, 텍, 톡……
　　　　　　　　　　　　　　　　　　—「지나가고 지나가는 2」 중에서

몸 속에서 들리는 "틱, 톡, 텍, 톡" 소리는 삶의 무용한 반복에 길들여진 몸의 기계적인 리듬을 형상화한다. 시인은 일상과 삶의 자판을 틱, 톡, 텍, 톡 기계처럼 두드리며 살아가며, 그러한 자신을 그저 '지나가는' 존재라고 말한다. 그러나 이 소리는 몸이 내뱉는 불만과 항의의 표현이기도 하다. 틀 속에 응고된 삶에 대한 질타와 반성은 이미 몸 안에서 자동적으로 가동된다. 몸은 스스로 말할 줄 알며, 무엇보다 그 속에는 소리를 만들어내는 빈 공간이 있다. 끊임없이 들리는 "틱, 톡, 텍, 톡" 소리는 시인의 내부에 있는 '구멍'(「희망」)의 존재를 증명한다. 정끝별은 자아와 몸의 집을 온갖 '집'들의 전시장으로 묘사해왔지만, 그 진정한 실체는 '속 빈' 집(「속 좋은 떡갈나무」)임을 감지하기에 이른다. 속 빈 집, 속 빈 몸은 휑하니 텅 빈 구멍만을 품고 있다. 본디 구멍이란, 없음으로 가득한 공(空)의 장소이자 있음이 시작되는 생(生)의 장소가 아니던가. 정끝별의 시에서 자아와 몸의 구멍은 텅 빈 '허방'과 생명을 창조하는 '어미집'(「현 위의 인생」) 사이에서 공명(共鳴)한다. 이로 인해,

숨가쁜 나 한 세월
사랑에 주려 찌걱찌걱
입 벌려대는 나 한 집
집의 꽃똥

　　　　　　　　　—「한 집 사랑」 중에서

과 같은 말들은 읽는 이로 하여금 다시 연민을 불러일으킨다. 정끝별의 시집 『흰 책』을 읽는 내내 연민과 동행해야 하는 것은, '나 한 집'의 몸과 마음을 '사랑'으로 채우고 싶은 그녀의 희망을 묵묵히 지켜보아야 하는 점에 기인한다. 아직은 집에 이르지 못하고 길 위에서 서성거리는 그녀, 몸과 마음속에 이미 '집'을 가졌고 또 잃어버린 그녀에게 길은 오히려 집보다 더 멀리 이어져 있다. 길이 요원하다면 집 또한 멀리 있을 수밖에 없다. 따라서 정끝별이 부서지고 헛도는 몸과 마음의 집 앞에서 이렇게 중얼거리는 것은 필연적이다. "흠, 집이군, 그래도 그리워, 내 늙은 한 집이"(「그리운 한 집」).

　홀로 중얼거리듯, 때로 아이처럼 재잘거리듯, 단호하게 선언하듯 자신과 세상을 향해 악담과 농담을 번갈아 던지는 정끝별의 시는 그녀의 말처럼 "세상 모든, 농과 되풀이를 위하여"(「자서」) 바치는 헌사라고 할 수 있다. 이 헌사는 농을 비트는 농, 되풀이를 뒤집는 되풀이로 뒤덮인 불온한 헌사이다. 그렇다면 정끝별의 시는 반복되는 원환의 구조 속에 꼼짝없이 포획되어 있는 것일까? 시 속에서 그 답을 찾아보자. 어느 날 그녀는 숲을 거닐다가 썩은 떡갈나무 둥지에서 푸른 새순이 씩튼 팡경을 목격한다. 죽은 나무에서 자란 푸른 싹은 그녀에게 "끝의 끝에 알을 까는 죽음보다도 더 질긴 것들"(「떡갈나무 둥치와 숟가락」)이라는 끔찍한 경탄

을 불러일으킨다. 이 끝을 넘어선 끝, 죽음보다 더 나아간 생명이야말로 농(膿)과 되풀이의 세계를 터뜨리는 바늘이 될 가능성이 높다. 그 터뜨려 진 바늘구멍 같은 자리에서 생명은 다시 탄생하는 것이기 때문이다. 이 번 시집의 「동지 2」와 같은 시에서 탐구된 '어미집' '어미 몸'의 모성의 몸은 여전히 정끝별 시의 한 가능성으로 열려 있다. 이를 반증하듯, 앞서 숲속 장면에서 정끝별은 속이 빈 썩은 떡갈나무를 "내 몸이었다"라고 말 한다. 그런데 정끝별은 죽은 나무에서 자란 푸른 잎의 지독한 생명력에 "소스라쳐 숲을 나오"고 만다. 숲에서 나온 것처럼, 그녀의 의식의 일부 는 지금 그녀의 몸 밖에 머물러 있다. 숲의 바깥에 있는 것은 일상적인 삶 의 영역이다. 정끝별의 일상적인 자아는 너무 지독한 것들(그것이 생명력 일지라도) 앞에 소스라쳐 물러난다. 그러나 시인으로서의 자아는 다르 다. 시인으로서의 그녀는 썩은 떡갈나무처럼 온몸을 부수고 불살라 순정 한 생명의 빛을 잉태하기를 꿈꾼다.

> 내 살들이 무너지면 집인 줄 알라
> 내 뼈들이 부서지면 농인 줄 알라
> 두 전부가 엉겨 몸 부비며 타는
> 쓸쓸한 소리들
> 내 백태의 혀가
> 천 길 목젖 네 지옥불 속에서
> 순하디순한
> 세상 여명을 끄집어낼 때까지
>
> ─「시인의 일식」 중에서

"지옥불 속에서" 건져올린 "세상 여명"과 함께, 다시 정끝별의 시는 발 랄함을 추구한다. 현실의 무거운 실존에 짓눌린 자아/몸과 순한 빛으로 거듭나려는 시적인 자아/몸 사이를, 정끝별은 특유의 발랄함으로 드나들고 오르내린다. 하지만 전락과 비상이 끊임없이 되풀이되는 현실을 견디는 방식으로서의 정끝별의 발랄함은 때로 어떤 무거움보다도 무거운 여운을 남긴다. 결코 희지 않은 『흰 책』을 가득 메운 정끝별의 발랄함은 그녀가 세상에 무릎 꿇지 않으며 즐겁게 가하는 모독의 방식이자 스스로를 북돋우는 삶과 시의 전략이다. 그러나 『흰 책』은 다양한 소재와 상이한 질감의 시어들이 빼곡하게 배치되어 있어 주제의 집약성을 효율적으로 확보했다고 보기는 어려울 듯하다. 정끝별이 젊은 시인인 탓도 있겠지만, 동시에 여러 갈래의 시적 방향을 탐구하다보니 '단 하나'를 얻는 데는 실패하고 있는 듯한 느낌이 짙다. 시집의 전체적 완성도는 높이 살 만함에도, 탁월한 시 한 편을 꼽는 데는 망설이게 만드는 면이 있는 것이다. 그런데 이런 평자를 향해 정끝별은 이미 대답을 마련해두고 있는 듯하다. 무거운 몸과 마음을 가진 이들을 가벼이 튕겨오르게 하는 감탄사와 함께.

"가지 않은 길은 없는 거예요 겁도 없이 가던 길 끝을 넘어서요 햐-"!(「길섶 꿈속」)

3. 죽음을 넘어선 영혼의 집 ─ 박라연

박라연의 『공중 속의 내 정원』은 이전의 시집들에 비해 접근이 쉽지 않다. 딴은, 공중 속에 지은 고요한 정원에 그녀가 아무나 초대할 리는 만무하다. 이 정원에 들어가거나 풍경을 잠시 엿보기라도 하려면 시집에 가로놓인 형이상학의 미로를 통과해야 한다. 노출된 한자의 집약적인 의미를 해독해야 하고, 약간의 과학적 지식도 동원해야 하며, 보이지 않는 것에 대한 지적 상상력도 발휘해야 한다. 섬세하고 풍부한 감성을 뿜어올리던 박라연의 시는 이번 시집에서 지적인 코드를 새롭게 추가하고 있는 것이다.

'공중 정원'은 이미 박라연의 초기시에서부터 오랫동안 가꾸어져왔다. 첫 시집 『서울에 사는 평강공주』에서 '공중'은 신성과 순결한 영혼의 성소로 숭배의 대상이 되었다. 두번째 시집 『생밤 까주는 사람』(1993)에서 '공중'은 현실 위쪽의 다락방과도 같은 정신의 집이 된다. "공중의 모퉁이로 이사하던 날 아무도 모르게／슬픔의 문 하나 연다"(「공중의 집」)에서 보듯 박라연은 공중의 은밀한 거주자가 되어 있다. 첫 시집에서 자연 그대로의 풍광으로 묘사된 '공중'은, 두번째 시집에서는 사람의 손길이 닿은 정원의 모습을 갖추기 시작한다.

　　　내가 내 몸의 살점들을
　　　한점 한점 떼어내어 떨어뜨리면
　　　공중의 공중 속에서도
　　　하얗게 트이던 길
　　　그 길을 따라 공중새 한 마리
　　　날아, 날아, 날아간다
　　　　　　　　　　　　　　　　—「어느 슬픈 잠의 풍경」 전문

　　　내 죽어 한 그루 사과나무로 돌아와야 한다면
　　　더 높이 솟아오르기 위해 숨을 쉬는 나무들
　　　그들이사 짐작도 못 할 따뜻한 수액들을
　　　둥글게 둥글게 공중에 매달아두리
　　　　　　　　　　　　　　　　—「겨울 사과나무를 위하여」 중에서

　두 편의 시는 박라연이 공중 정원을 가꾸어나가는 방법을 보여준다. 그녀는 자신의 살점을 떼어 "공중의 공중 속에" 난 길을 날아가는 "공중새 한 마리"를 기른다. 나아가 자신의 죽음으로 공중에 매달린 사과알들의 수액을 가득 채우려 한다. 잔인하게도, 박라연의 공중 정원은 희생과 죽음을 통해서 비로소 무성해질 수 있다. 희생과 죽음은 정원의 주인인 박라연의 몫이다. 새가 날고 열매가 열리는 '정원'을 위한 죽음은 그러나 죽음 이상의 죽음이다. 이 죽음은 새로운 탄생을 위한 죽음이며, 그녀는 자신의 전 존재를 바쳐 새로운 세계를 여는 희생제의의 제물이 된다. 나무와 꽃, 달빛 등의 자연물과 뜨겁게 열애해온 박라연은 이번 시집에서 자신의 죽음(의 몸)을 통해 그들을 다시 낳기를 원한다. 그곳은 세상의 아름다움의 극한이 꽃피는 '공중'이며, 그 시간은 태양이 소멸하는 일몰의 때이다.

> 누구였을까
> 저처럼 아름다운 공중을 수태시킨 자.
> 무엇을 잃으면
> 저처럼 아름다운 죽음을 출산한
> 태양 속으로 빨려들어갈 수 있을까
>
> ―「신태인 일몰」 전문

　이 시는 "아름다운 공중을 수태"하는 일과 "아름다운 죽음을 출산하"는 일이 같은 것임을 보여준다. 아름다운 공중은 아름다운 죽음 속에서 황홀하게 태어나며, 이로 인해 박라연은 "무엇을 잃으면"('무엇을 얻으면'이 아니라) 저와 같은 아름다움에 이를 수 있느냐고 묻게 된다. "아름다운 공중을 수태시킨 자"는 스스로 죽음에 이른 자이며, "아름다운 죽음을 출산한/태양"은 그 죽음을 통과한 자이다. 이 둘은 같은 존재이며, 죽음을 넘어선 존재가 낳은 것은 죽음으로 이루어진 생(生)이다. 박라연의 표현을 빌리자면, 역설적이게도 "살아 있는 죽음"(「花石」)이다. 결국 박라연의 자기 소멸의 욕망은 자신이 희구하는 아름다운 세계를 낳고 싶은 소망에 바탕을 두고 있다. 그녀가 반짝이는 석양빛을 보며, "공중의 허리에 걸린 夕陽 / 사각사각 / 알을 낳는다 / (……) / 저 죽음의 황홀한 産卵"

(「공중 속의 내 정원 1―産卵」)이라고 묘사한 속에는 이미 따스한 생의 기운이 넘치고 있다. 그러므로 죽음의 알들은 곧 "무수한 生의 알"(「궁항」)이며, 박라연의 시집 『공중 속의 내 정원』은 죽음과 생의 밀애를 통해 잉태된 "희귀한 정신의 산란"(「靈龜庵 육체론 2」)과정이라고 할 수 있다.

　　죽음을 잉태하거나 죽음을 살아 있게 하는 데는 각별한 방법이 요구된다. 이 시집에 유독 '수혈'과 '채혈'이 자주 등장하는 것은 이 때문이다. "사람인 그녀는/풍경과 수혈中이다"(「질량 보존의 법칙 2―착시」)라거나, 고사목을 베어낸 자리에 "진달래 눈빛을 수혈한다"(「공중 속의 내 정원 1―植木」) 등의 장면이 그것이다. 수혈은 사람과 자연, 죽음과 생을 하나로 잇는 행위로, 박라연의 영혼의 '공중 정원'을 가꾸는 하나의 방법이 된다. 박라연은 자신의 영혼에 육체와 죽음을 수혈하여 가장 싱그러운 영혼의 상태에 도달하고자 한다. 그 공중정원에서 박라연은 "내 혼은 이제 오직 나 혼자만의 것"(「아름다운 시작」)이라고 자족하거나, 가장 선한 마음을 지닌 '어머니' 혹은 어머니 품속의 '알'이 되고 싶어한다.

　　　홀로된 새끼들

　　　졸며 풀어내는 毒, 쓸어주는 혀가 있는 곳

　　　요절한 새의 심장 다시 한번 뛰어 노니는 곳

　　　부귀영화 그림자 되어 내려앉는 곳

　　　만물의 마음속 악마가

　　　어느 한순간 화들짝 善해질 때

나타나는 초록 가지 사이로

알이 되어 스며들고 싶은 곳

—「어머니, 靈山」전문

　박라연의 '공중 정원'은 정원에 이르기 위한 희생의 이미지와 산란, 수태, 출산 등의 어휘에서 이미 모성적 분위기를 짙게 풍겨왔다. 여기에 덧붙여 위의 시 「어머니, 靈山」은 공중 정원이 어머니의 모성적 원리에 기반하고 있음을 분명히 보여준다. 또한 이 시는 공중 정원에 전통적으로 신성한 영혼의 장소로 추앙되어온 영산(靈山)의 이미지를 병치시킨다. 박라연이 지리산, 무등산, 감은사, 화순군의 옛 유배 가옥의 정원 등을 답사하는 것은 공중 정원의 풍광이 이 오랜 땅과 무관하지 않음을 시사한다. 그런데 박라연의 공중 정원 짓기는 "무참히 썩어 문드러진 수십 구의 魂 더미"를 "생의 열쇠"(「몸 속의 장미와 진달래의 묘지에서」)로 바꾸는 질적 도약을 얼마만큼 수행할 수 있을까? 이 정원이 영혼만이 홀로 거처할 관념의 누각인지, 삶의 온기가 밴 땅인지를 판단하기 위해서는 다음 시집을 기다려보아야 할 것이다.

지속과 변화에 대한 성찰

1. '삶은 오래 지속된다'

21세기의 첫 해는 20세기의 마지막 해와 크게 다르지 않았다. 문학의 경우, 갖가지 예측과 판단들은 역설적이게도 '삶은 오래 지속되는 것이다'라는 명제를 새삼 확인하게 해주었을 뿐이다. 언제나 문학은 지속되는 삶의 한가운데 존재한다. 미래를 내다보는 날쌘 사람들은 디지털시대의 문학을 이야기하고, 문학과 컴퓨터, 문학과 다른 예술·문화의 결합을 예견한다. 그러나 아직 많은 사람들은 자연의 풍경과 시골의 정취와 한 줄기 바람에 사로잡혀 있다. 느리고 미묘한 것에 먼저 마음을 주어버린 사람들은 빠르고 정확한 것에 쉽게 적응하지 못한다. 변화와 발전이 한 시대와 사회를, 무엇보다도 인간을 통째로 바꿀 수는 없는 까닭이다. 새로운 패러다임이 바꾸는 것은 주로 사회의 중심이나 선두에 위치한 부분이다. 주변부는 작은 힘으로나마 버티면서 과거와 현재를 지속시켜나간다. 시대와 사회는 중심부의 변화와 주변부의 지속이 공존하는 가운데 전개된다. 만약 변화의 속도가 매우 빠르다면 변화하는 부분과 지속되는 부분의 격차는 점점 커지게 된다. 오늘의 문학에서 글쓰기의 방식을 상기해보자. 문학적 감각이 디지털 코드로 전환되어 컴퓨터 자판을 두드리지 않으면 글을 못 쓰는 사람이 있는가 하면 여전히 미색 원고지에 손에 익은 만년필로 정성스럽게 한 글자 한 글자를 새기는 사람도 있다.

이처럼 사회의 변화는 지나가며 사라지는 것이 아니라, 그 사회와 삶의 방식 속에 차곡차곡 누적된다(물론 그중에는 변형되거나 완전히 사라지는 것들도 있다. 그러나 이 경우에는 역사·문화적/상업적 차원의 '보존 시스템'이 작동한다. 박물관, 인간 문화재, 천연기념물, 토속음식점 등). 특히 지난 한 세기 동안 한국사회가 경험한 근대는 '변화의 누적'으로 집약될 수 있다. 그 대표적인 예는 서울 강북의 거리 풍경이다. 종로의 큰길에는 휘황찬란한 첨단의 빌딩이 서 있지만, 그 사이의 골목으로 들어서면 80년대, 70년대, 50년대의 풍광이 차례로 나타난다. 산업화가 한창 진행되던 때에 무질서하게 들어선 가게도 성업중이고, 일제시대의 적산가옥도 옛 보습 그대로 남아 있다. 조선시대부터의 전통을 자랑하는 피맛골과 저만치 점잔을 빼고 있는 옛 궁궐도 목하(目下) 건재하다. 이런 관점에서 다시 한국문학에 초점을 맞추어보자. 한국문학, 그중에서도 시는 근대 한국사회의 '변화의 누적'을 선명히 보여주는 장르이다. 지금도 근대 초기의 김소월, 서정주, 이상, 김수영 등의 시는 현재진행형으로 지속되고 있다. 이들은 젊은 시인들의 시쓰기의 실질적 모델이며, 오늘날 씌어지는 대부분의 시들은 이들이 마련한 문학적 범주에서 크게 벗어나지 않는다. 하지만 소설의 경우는 사정이 많이 다르다. 이광수, 염상섭, 채만식, 손창섭 등의 전시대 소설가들은 문학적 위상은 평가받고 있지만, 더이상 소설쓰기의 모델이 되지는 않는다. 젊은 작가들의 소설은 심지어 불과 10여 년 전의 80년대와도 많은 부분에서 결별했다. 하지만 21세기가 된 지금도 시는 전통 서정에서 첨단의 실험에 이르기까지 역대의 변화를 전시하기라도 하듯 한꺼번에 펼쳐 보인다. 이렇다 할 중심이 없이 전개되어온 최근 몇 년간의 문학 사정은 이러한 양상을 더욱 두드러지게 했다. 2000년 한 해의 사정 역시 마찬가지이다.

한 가지 안타까운 점은 최근의 시에서 전위와 실험의 정신을 발견하기 어렵다는 사실이다. 80년대와 90년대 전반에 해체시, 도시시, 신서정시 등의 물결이 지나간 후 여성시가 새로운 출구의 역할을 했지만, 여성시는 여성(성)을 주체와 대상으로 한 시일 뿐 독립된 장르도 유파도 아니라는 점에서 하나의 단위로 보기 어려운 점이 있다. 이런 상황에서 90년대 중반 이후 시는 새로움보다는 안정 지향의 자세를 취해왔다. 최근의 시에서 이러한 경향은 조용한 성찰과 '작은 자연'의 서정으로 나타난다. '작은 자연'이라는 말은, 일상세계에 섞여 있는 자연이나 여행지에서 만난 자연, 혹은 추억 속의 자연을 지칭하기 위한 편의상의 용어이다. 이 글의 비평 대상인 2000년 가을 무렵에 발표된 시들은 대체로 '작은 자연'의 경계에서 그리 멀리 있지 않다.

2. 현실의 속도와는 '다른' 속도들

무의미와 부재를 언어로 쓰는 것은 어디까지 가능할까? 김춘수의 시는 마치 단순과 투명의 한계를 실험하는 것처럼 보인다. 「처용단장」 이후의 김춘수는 구석구석을 깨끗이 치우고 정히 필요한 것들만을 남겨놓은 생(生)의 집에서 산다. "세계의 끝"에 위치한 텅 빈 집에 놓인 몇 개의 소품들, 이것이 바로 황혼기의 김춘수의 시라고 할 수 있다. 그의 시는 실제로 단아한 소품처럼 소박하며 깔끔하다. 얼마 전 발표한, 죽은 족제비의 "죽어서도 눈이 가 있는/ 거기가 어딜까"를 생각하는 시 「눈의 기억」, "너무 어려서" "걷다 걷다/ 발가락의 티눈 보고/ 울어버린" 유년을 떠올리는 「티눈과 난로와」(『작가세계』 2000년 가을호)는 모두 김춘수 시 본연의 간결한 소품에 해당한다. 이 소품들은 김춘수의 다른 시들처럼 잔잔한 무조음(無調音)의 음률을 들려준다. 「葉篇 二題」(『시안』 2000년 가을호)는 보다 깊은 상징성을 드러내는데, 이 시에는 최소한의 언어로 최대한의 것을 말하고자 하는 김춘수의 시적 지향이 잘 나타나 있다. 김춘수의 시가 소품이라는 말은 이런 맥락에서이다. 덜어내고 덜어낸, 절제된 소품!

늪

眉壽 지난 이무기는 죽어서
용이 되어 하늘로 가고
놋쇠 항아리 하나
물 먹고 가라앉았다. 지금
개밥 순채 물달개비 따위
서로 삿대질도 하고 정도 나누는
그 위 아래.

산

그가 그려준 산은
짙은 옻빛이다.
그런 산은 이 세상 어디에도 없는데
볼 때마다 지그시 내 어깨를 누른다.
없는 것의 무게다.

—「葉篇 二題」 전문

이 시에서 '늪'은 이무기의 승천(꿈)과 놋쇠항아리의 침놀(일상) 사이에서 자잘한 풀꽃을 피운다. 또한 존재하지도 않는 '산'은 "없는 것의 무게"로 시인을 누른다. 풍경이 상상을 유발하는 것이 아니라, 상상이 풍경을 만들어내고 있는 중이다. 김춘수의 내면은 오래 전부터 목전의 세계를 압도한 상태에 있어왔다. 어쩌면 김춘수는 자신의 내면의 과잉을 다스리기 위해 더욱 간결한 시를 추구하는 것인지도 모른다. 김춘수의 무의미시의 실체가 '무대상시'라는 점을 환기하면 이러한 심증은 더욱 깊어진다. 단적으로 말해, 김춘수의 진정한 시적 관심은 단 하나, 자신의 '자아'에 있다고 할 수 있다. 세계를 지운 자리, 혹은 세계의 부재를 증명한 자리에서 그가 투명하게 드러내고 싶은 것은 바로 이것, 순수한 형태의 자아인 것이다. 그러나 "없는 것의 무게"를 느낄 때만 완전해지는 자아란 부서지기 쉬운 또하나의 '위험한 짐승'일 수도 있다. 김춘수의 시가 지향하는 투명함이 어디까지 나아가게 될지 새삼스레 궁금해진다.

고재종의 「방죽가에서 느릿느릿」(『작가세계』 2000년 가을호)은 청정하면서도 찰진 서정의 품새와 읊조림의 묘미가 뛰어난 시이다. 이 시에는 전통 서정의 새로운 틈새가 살짝 엿보이고 있다. "하늘의 청정한 것"과 "꿩꿩 장닭꿩"의 신비와 토속이 어우러진 풍경은 낯설면서도 친근하다. 시어 구사에서도 미래의 의지를 나타내는 어미 '~겠다'가 빚어내는 옹골차면서도 산뜻한 맛 또한 각별하다. 이 시를 읽다보면 "요요하겠다" "아득하겠다"라는 구절에서 숨을 잠시 멈추고, 그 똑 떨어지는 찰진 맛을 음미하게 된다.

하늘의 청정한 것이 수면에 비친다. 네가 거기 흰구름으로 환하다. 산제비가 찰랑, 수면을 깨뜨린다. 너는 내 쓸쓸한 지경으로 돌아온다. 나는 이제 그렇게 너를 꿈꾸겠다. 草露를 잊은 산봉우리로 서겠다. 미루나무가 길게 수면에 눕는다. 그건 내 기다림의 길이. 그 길이가 네게 닿을지 모르겠다 꿩꿩 장닭꿩이 수면을 뒤흔든다. 너는 내 외로운 지경으로 다시 구불거린다. 나는 이제 너를 그렇게 기다리겠다. 길은 외줄기, 飛潛 밖으로 멀어지듯 요요하겠다. 나는 한가로이 거닌다. 방죽가를 거닌다. (……) 나는 이제 그렇게 아득하겠다. 그 향기 아득한 것으로 먼 곳을 보면, 삶에 대하

여 무얼 더 바래 부산해질까. 물결 잔잔해져 氷心이 깊어진다. 나는 네게
로 자꾸 깊어진다.

— 「방죽가에서 느릿느릿」 중에서

자연의 생명력 앞에 무한히 숙연해지기만 하던 고재종의 시에서 이런
탄력을 발견하게 되는 것은 기쁜 일이다. 이 시에 묻어 있는 전통적인 해
학성, 쓸쓸함과 표연함을 함께 거느린 느림의 미학은 고재종 시의 새로
운 출발점이 될 수 있을 것으로 여겨진다.

마종하의 「문외한」(『시안』 2000년 가을호)은 마음의 깨달음을 그린 시
이다. 이 시에는 두 인물이 등장한다. "꿀벌 치고 찌개 끓이고/ 아이 기르
는" 소경 김씨와, 시장에서 수세미와 칼을 파는 귀머거리 양씨이다. 마종
하는 이들에게서 "틀림없고 어김없는 관음의 세계"와 "참으로 깊고 그
윽"한 "빛을 듣는 눈"을 본다. 소리를 보는 관음(觀音)과 빛을 듣는 청광
(廳光)은 불립문자(不立文字)의 경지에 속한 덕목이다. 소경 김씨와 귀
머거리 양씨는 문자의 세계를 넘어선 '문외한', 불립문자를 몸으로 실현
하는 사람들인 것이다. 마종하는 이들처럼 "눈감은 관음, 귀 열린 청광의
집"에 이르기를 소망한다. 그 역시 '문외한'이 되고 싶은 것이다. 이처럼
마종하는 관음과 청광의 경지를 높은 곳에서 찾지 않고 일상의 결핍 속
에서 발견한다. 이 발견은 끊임없이 육화되어야 할 과제로 그의 앞에 남
아 있다. 이 시에 형상화된 발견이 순간의 발견으로 그치지 않기 위해서
는 더욱 몸을 낮춘 일상과 세속의 시선이 요구된다.

천양희의 「썩은 풀」(『창작과비평』 2000년 가을호) 역시 성찰의 서정을
담고 있는 시이다. 성찰의 대상인 '썩은 풀'은 '썩은 흙'에서 자라 "반
딧불을 키운다". 자식을 위해 자신의 모든 것을 희생하는 모성이 연상되
는 장면이다. 천양희에게 '썩은 풀'의 모습은 '소신공양!'이라는 숭고
한 의미로 각인된다. 앞서 마종하가 눈과 귀가 먼 사람들에게서 불립문
자의 경지를 보았다면, 천양희는 너무나 보잘것없는 썩은 풀에서 불성

(佛性)을 찾아낸다. 문제는 인간인 '나'인데, 이 시에서 "속 썩은 인간으로 냄새를 풍기"는 '나'는 썩은 풀에 훨씬 못 미치는 무가치한 존재로 그려진다.

  썩은 흙에서 풀이 돋고
  썩은 풀이 반딧불을 키운다
  썩은 것이 저렇게 살다니
  썩은 풀의 소신공양!
  썩고 썩은 풀이여, 마음은
  너무 빨리 거름이 되는구나
  나는 아직
  속 썩은 인간으로 냄새를 풍긴다
  풀밭은 또 저만치서
  썩은 풀을 피운다

  나에게 썩은 것이 있다면
  썩지 않아도
  살 수 있다는 것이다

                              ― 「썩은 풀」 전문

  냄새만 펄펄 풍기는 인간인 '나'와는 달리, "썩고 썩은 풀"의 "마음은 너무 빨리 거름이 된"다. 다른 존재와 생명을 위해서이다. 이 부분에서 불성이 모성과 하나임을 읽어낸다면 지나친 해석이 될까. 반짝이는 반딧불이 '썩은 풀'의 집에서 자란다는 천양희의 전언은 생명과 아름다움이 어디에서 오는가를 돌이켜보게 한다. 하지만 2연에서 과도하게 의미를 비튼 진술은 1연의 평이한 진술의 미덕을 반감시킨 듯한 아쉬움을 남긴다.
  이윤학은 독특하게 '뱀딸기'를 향해 성찰의 시선을 발휘한다. 곱고 섬세한 감성의 이면에 짙은 허무와 자폐의 그늘을 지니고 있는 이윤학은 '혹독한 자기 부정'과 '자기로부터의 탈출'을 시의 화두로 삼아왔다. 바닥 없는 자학과 파괴의 위험성마저 보이던 이윤학의 시는 최근 일이 년간 더 차갑고 건조해진 감마저 든다. 이 점에서 「얼굴」(『문예중앙』 2000년 가을호)은 긍정적이고 따뜻한 느낌을 주는 반가운 작품이다. 자신을 통째로 부정하던 이윤학은 이 시에서는 '더럽고 부끄러운 안엣것들'만을 버리고 거듭나고 싶은 열망을 드러낸다. 전부가 아닌 버릴 것만을 버린 후 "텅 빈" "둥근 속"을 갖는 것, 동그랗게 오무린 뱀딸기의 빈 속을 들여다보며 이윤학은 존재의 방식에 대해 생각하는 것이다.

뱀딸기를 딴 적이 있었다.
뱀딸기의 둥근 속은
천장으로 달라붙어
텅 비어 있었다

(……)

더러워
부끄러워
안엣것들을 내다버린

뱀딸기 열매에서는
붉게 익어터진 부분에서도
하얀 즙이 나왔다.

까슬까슬
뱀딸기 열매에서는

무수한 사리(舍利)가 나왔다.

—「얼굴」중에서

'뱀딸기 열매'의 알맹이는 꽉 찬 속이 아닌, 텅 빈 외피이다. 이 뱀딸기의 외피＝알맹이는 붉게 익어 '하얀 즙'마저 흘린다. 이윤학은 '하얀 즙'을 가리켜 '무수한 사리(舍利)'라고 표현한다. 깨끗하게 속을 비운 텅 빈 존재는 이미 성스러움을 자아내기 때문이다.

장석남의 「살구를 따고」(『창작과비평』 2000년 가을호)는 미적 순간의 정점을 묘사한 작품이다. 그는 살구나무에 올라 살구를 따며 "이 세상에 나와서 내가 가졌던 가장 아름다운" "나무 위의 저녁을 맞"는다고 노래한다. 그 살구씨 속의 "노랫소리, 행렬, 별자리를 밟"고 땅 위에 내려왔을 때 "나는 이 세상을 다시 시작하고 있는 것은 아닌가?"라고 말하는 그는 질문이 아닌 감동을 풀어놓고 있다. 서정주의 심미주의적 어법을 닮아 있는 이 시는 살구를 따는 대단할 것 없는 행위를 통해 아름다움의 극한까지 비상한 후 다시 지상에 내려앉는, 천상 시인일 수밖에 없는 자의 내면 스케치라고 할 수 있다.

이윤학과 장석남의 시가 최근 시단의 한 흐름인 식물적인 상상력에 기대고 있다면, 젊은 신인 이영광의 시는 사물적인 심상을 주로 활용한다. 이영광이 주목하는 사물은 순수한 자연의 사물이다. 『문예중앙』(2000년 가을호)에 발표한 「빙폭(氷瀑)」은 얼어붙은 폭포를 통해 정신의 휘발성이 육체의 물질성과 일체화된 장면을 그려낸다. 정신의 휘발성을 뜻하는 '끓음'과 육체의 물질성을 뜻하는 '얼음'은 "끓으면서 얼어드는 폭포"에서 온전히 하나가 된다. "분명하다, 어떤 극한(極寒)은 화염(火焰)이고/어떤 물질은 정신인 것"이라고 단언하는 이영광은 물질과 정신의 화합을 극과 극의 통합으로 이해하고 있다. 데뷔 때부터 '폭포'를 정신적 의미로 형상화해온 이영광은 부드러운 성찰보다는 견고한 성찰의 방식을 택한다. 정신화된 육체와 육체화된 정신을 성취하기 위해 그가 선택한 것은 견인주의이다. 이 점에서 이영광은 조정권의 영향권 아래 있는데, 사물과 현상을 정신의 외화(外化)된 형태로 판독하는 작업은 격조와 기품을 얻는 대신 자칫 장엄한 경구나 논리로 화할 수 있음을 경계해야 한다.

성찰이 항상 풍요로움이나 내적 의지와 결합하는 것은 아니다. 신경림은 「떠도는 자의 노래」(『창작과비평』 2000년 가을호)에서 일생을 휘감고 있는 상실감을 이야기한다. 살아온 날들 내내 항상 "무엇인가를 놓고 온 것 같"고 "누군가를 버리고 온 것 같다"고 말하는 노시인의 모습은 그저 쓸쓸할 뿐이다. 그러나 신경림은, 장석주의 표현을 빌리면 "간장을 달이"듯 "생을 달이고 있는" 중에 있는 것이라고 할 수 있다. 간장 달이는 냄새에서 생의 냄새를 맡는 미세한 감각을 지닌 장석주 시의 원문은 이렇다. "간장 달이는 냄새가 진동하는 저녁이다 / 아직도 간장을 달여 먹다니! / 그렇게 제 생을 달이고 있는 자도 / 한둘쯤은 있을 터".(「간장 달이는 냄새가 진동하는 저녁」, 『작가세계』 2000년 가을호)

남도의 정서가 그야말로 뼛골까지 스며 있는 문병란에게 전라도는 고갈되지 않는 시의 광맥이다. "썩고 썩어도 썩지 않는 것 / 썩고 썩어서 맛이 생기는 것 / 그것이 전라도 젓갈의 맛이다 / 전라도 갯땅의 깊은 맛이다"로 시작되는 「전라도 젓갈」(『창작과비평』 2000년 가을호)은 마치 모진 세월을 견딘 전라도에 바치는 찬사처럼 느껴진다. 「곰내 팽나무」(『창작과비평』, 2000년 가을호)는 임진왜란의 역사적 유물인 '곰내 팽나무'를 두고, 조선의 역사 자체인 이 나무와 벌이는 황홀한 에로스와 접신의 순간을 노래한다. 수많은 "남편과 자식"을 잡아먹은 거대한 여성인 팽나무(역사)와, 이 역사와 혼연일체가 되고 싶은 웅대한 남성인 시인은 격렬한 교접의 행위를 통해 "눈부신 역사의 오르가슴"에 도달한다.

천하 장정들 다 오라
그 넉넉한 무당각시의 품을 열고

아랫도리 성한 왜놈들 한 부대쯤 모조리 삼키고
이 세상 남편과 자식 줄줄이 거느리고
그 수천 수만 개의 남근이 주렁주렁 매달리듯
저 용트림하는 장려한 나무의 풍만한 끼를 보라

내 나이 67세,
아직은 젊고만 싶은 수컷으로
열오른 이마 가까이 다가가 접신하니
신의 계시일까, 내 몸뚱이 속에
일진광풍이 회오리치고
내 어깻죽지 위에 이파리가 돋아나고
꿈틀거리는 아랫도리 속에 가지가 죽죽 뻗어
남해바다 용궁의 훈향내 한 줄기 풍겨나면서
6월 한낮의 눈부신 무지개가 피어올랐다
오 싱그러워라, 춤추는 곰내 무당각시나무
눈부신 역사의 오르가슴이여

—「곰내 팽나무」중에서

　　역사를 이야기하는 것이 지나간 유행쯤으로 취급받는 시대에 문병란의 시는 한 그루 거대한 팽나무로 우리 시단을 지키고 있다. 「곰내 팽나무」는 과거와 현재, 역사와 무속, 여성과 남성, 나무(자연)와 인간의 결합을 시도하는 가운데 장대한 시적 기상을 유감없이 발휘한다. 문병란의 시가 이 아름다운 장엄함과 거대함을 계속 이어나가기를 기대한다. 박영근의 「월미산에서」(『창작과비평』 2000년 가을호)도 6·25의 포화가 남아 있는 월미산에서 비극적인 역사를 다시금 되새긴다. 역사란 기억 속에 현존할 수 있는 것임을 반성하게 해주는 작품이다. 빚에 시달리는 농부들의 삶을 다룬 최하림의 「겨울 월광」(『창작과비평』 2000년 가을호)은 도

탄에 빠진 오늘의 경제 상황을 묘파한다. 최하림 특유의 담담한 어조가 현실의 비극성을 더 깊이 와 닿게 한다.

극히 사소한 일상 속에서 삶의 비의를 읽어내는 윤병무의 「음악 감상」(『동서문학』 2000년 가을호)도 주목해볼 만하며, 단풍이 물드는 산의 풍경을 그린 최창균의 「단풍」(『현대시』 2000년 10월호)도 묘사력이 음미할 만하다. 통사적 어법을 파괴하여 의미의 혼란을 야기한 김준규의 「지나가는 해」(『현대시』 2000년 10월호)는 상황과 이미지의 현란한 나열에 그친 느낌이 있지만, 시도는 참신하다고 생각된다. 이승하의 「생명의 질서 ─인간 유전자 지도(게놈) 프로젝트가 완성되던 날」(『동서문학』 2000년 가을호)은 드물게도 과학의 대혁신이 가져올 미래의 변화를 문제삼고 있다. 이승하의 진단은 희망보다는 절망에 가까우며, 그는 자신이 살아갈 미래에 대해 두려움을 감추지 못한다. 짐작하건대, 우리 문학은 당분간 변화하는 현실의 속도를 따라가기 위해 분주해야 할 듯하다. 과학의 속도가 감각과 정신의 속도를 능가해버린 지금, 아니 인간의 감각과 정신에 속도라는 새로운 틀을 부여한 과학의 놀라운 성과를 주시할 때 이승하의 두려움은 단지 그만의 문제로 남지 않는다. 현실에 대해 문학의 두 가지 역할인 '반영'과 '대응'은 디지털의 시대에도 계속 유효할 것이며, 또 그러해야만 한다. 시대를 선점하려는 젊은 시인들의 패기에 찬 시도는 지금보다 훨씬 활발히 행해져야 한다. 이미 시간이 많지 않으며, 미래의 시간은 더욱 빠르게 흐를 것이기 때문이다.

'거울'을 만드는 시인들

1. 거울의 역사

문학에서 거울만큼 다양한 의미를 지닌 상징은 많지 않다. 문학 자체가 사회를 비추는 거대한 거울에 비유되거니와, 거울은 수많은 작품 속에서 다채로운 의미로 변주된다. 만일 문학작품에 나타난 거울의 역사를 쓴다면 문학사 전체를 총괄하는 방대한 분량이 될 것이다. 거울의 문학적 기원은 신화시대부터 시작된다. 고구려 주몽 신화에서 거울은 완전성과 신의의 징표이며, 그리스 신화에서 메두사가 본 거울은 끔찍한 자기인식의 도구였다. 두 거울의 상징성을 좀더 자세히 살펴보자. 주몽의 거울은 온전한 자아의 표상이다. 그가 지닌 반쪽의 거울, 즉 불완전한 자아는 아버지의 것과 합쳐짐으로써 완성된다. 거울 맞추기는 아버지의 세계를 학습한 아들의 성장을 의미하며, 이를 통해 주몽은 왕국의 계승자가 된다. 해모수와 유화가 이별할 때 거울을 나눈 것 역시 거울이 자아의 표

404

상임을 시사한다. 메두사의 거울은 자기 반영과 성찰의 도구이다. 메두사가 거울에 비친 자신의 모습에 놀라 죽음에 이르는 것은 자기 성찰에 따르는 고통의 강도를 보여준다. 성찰의 거울은 가장 보편적인 상징으로, 중세와 현대문학에서도 이규보의 「경설」, 이상과 윤동주, 서정주 등의 시에서 무수히 발견된다.

거울이 지닌 반영의 기능이 확대되면, 거울은 이 세계와 마주한 다른 세계의 입구가 된다. 동서양의 문학작품에서 유령과 귀신은 종종 거울 속에서 출몰하며, 거울 속으로 들어간 사람들은 기묘한 세계를 여행한다. 이때의 거울은 현실에서 추방된 타자들의 거처, 정체를 알 수 없는 무의식과 환상의 공간이 된다. 더불어 거울에 대한 흥미로운 상상력을 보여주는 고전적인(?) 영화 한 편을 더 언급하기로 하자. 외계에서 온 사악한 초능력자들이 세상을 지배하려 한다. 이들을 영원히 감금할 수 있는 곳은 어디일까? 영화 〈슈퍼맨〉은 그곳이 거울이라고 말한다. 거울의 감옥은 존재를 완전히 흡수하여 순도 100퍼센트의 '반영된 상(像)'으로 만든다. 실체가 없이 반영된 상으로만 존재한다는 것은 무슨 의미일까? 현실의 표면으로 나올 수 없다는 것, 마이너스의 존재라는 것. 요컨대 이들은 존재하되, 존재하지 않는/못하는 것이다.

거울이 항상 진실을 드러내거나 존재를 포획하는 힘을 발휘하는 것은 아니다. 소설 「거울에 대한 명상」에서 김영하는 모든 거울은 가짜이며, 아예 "거울은 없다"고 말한다. 거울은 주체와 타자의 욕망이 전시되는 상상과 허구의 무대라는 것이 그의 요지이다. 반듯하고 투명한 리얼리즘의 거울, 내면의 형상에 따라 일그러진 모더니즘의 거울은 이제 존재 자체가 부정된다. 그러나 거울이 없다고 말하는 자는 이미 (내면의) 거울 앞에 서 있는 자이다. 그는 거울을 잃어버린 자신을 보고 있는 것이다. 타인이라는 거울이 모두 깨어져도, 단 하나의 거울만은 존재의 내벽에 변함없이 걸려 있다. 오직 한 사람만이 들여다보는, 투명하고도 견고한 내면의 거울이 그것이다.

침잠과 내핍의 계절 겨울은 거울과 잘 어울린다. 겨울과 거울은 모두 침묵과 성찰이라는 공통된 속성을 지니고 있다. 이런 연유에서일까? 이 달에는 거울을 다룬 시들이 많이 발표되고 있다. 거울의 형태와 빛깔도 다양하여 마치 거울이 빼곡히 진열된 거울가게를 방불케 한다. 이 거울 들은 앞서 살펴본 거울의 상징을 바탕으로 새로운 모양과 기능을 창조한 다. 자신이 만든 거울 앞에서 시인들의 시선은 어느 때보다도 안으로 깊 어져 있다.

2. 거울의 발명과 진화

최하림의 시 「수천의 새들이 날갯짓을 하면서」의 거울은 시간의 두께 를 지니고 있다. 이 거울은 시간으로 만들어진, 시간이 흐를수록 더 깊어 지는 '시간의 거울'이다. 시간의 거울은 "수천의 새들의 날갯짓"으로 상 징되는 존재의 움직임을 연속적으로 포착한다. 공간의 거울이 정지된 풍 경을 비춘다면, 시간의 거울은 움직이는 변화를 담는다. 시간의 거울은 생의 흐름과 세계의 변화가 펼쳐지는 자연의 거울이다. 그 모습은 한 폭 의 동양화처럼 정적과 여백을 거느리고 있다.

새들은 하늘 높이 올라갔다가 내려오고

하늘 속으로 들어가 멈추어 있다가

시간의 거울 속으로 빠져나가면서

거울과는 반대방향으로 날갯짓을 한다

406

하늘에는 수천 새들의 날개 소리로 시끄럽고

나뭇잎들이 우수수 떨어지고 요요마는 거울 속에서

거울의 부축을 받으면서 연극한다 황혼이 거울 속으로

몰아든다
                         —「수천의 새들이 날갯짓을 하면서」 중에서

어떤 존재도 시간의 거울을 비켜갈 수는 없다. 시간의 지배를 받으면서 시간에 저항하는 존재의 삶은 "시간의 거울 속으로 빠져나가면서 // 거울과는 반대방향으로 날갯짓을 하"는 새들의 역설적인 몸짓으로 비유된다. '요요마' 가 "거울 속에서 // 거울의 부축을 받으면서 연극하"는 것도 그가 연주하는 음악이 시간의 예술이기 때문이다. 최하림의 시간의 거울은 자연과 인간을 총괄하는 우주의 거울이다. 그는 시간에 '거울' 이라는 물질성을 부여하여 실체화하면서 시간이 존재의 궁극적인 성찰의 대상이자 매개체임을 보여준다. 평면의 거울은 시간을 통해 입체성을 획득하고, 여기에 생을 관조하는 시인의 유현한 시선이 두루 가 닿는다. 이 시 전반에는 생을 성찰하는 시인의 적막한 내면이 배어나고 있다. 하지만 풍경의 정밀감을 살린 시의 전반부와 달리, 후반부는 상징적 기교에 치우쳐 괴리감을 자아내 아쉬움을 남긴다.

조용미는 아주 오래된 거울 하나를 찾아나선다. 사람이 일생 동안 저지른 업보를 보여준다는 '업경대' 는 삶 전체를 돌이켜보게 하는 윤리적 성찰의 거울이다. 시 「거울 속의 산」에서 업경대는 수많은 은허문자가 숨겨진 산의 풍경을 보여준다. 조용미는 우리의 삶이 산을 오르며 은허문자를 해독하는 일, 즉 삶의 본질을 탐구하는 지난한 여정이라고 생각한다. 그녀는 업경대 앞에 이르기 전에 삶의 산에 새겨진 은허문자들을 다

읽어낼 수 있기를 소망한다.

> 나는 알고 있다 사람의 손이 결코 가 닿을 수 없는 그 유현한 길들을
> 산허리 마디마디에 수많은 은허문자를 숨겨놓고
> 업경대는 나를 기다린다
> 거북의 등이나 짐승의 뼈에 새겨놓았다는 산더미같이 쌓인 그 문자들을
> 거울 앞에 서기 전에 다 해독해야 한다
>
> ―「거울 속의 산」 중에서

업경대는 업보를 비추는 거울이면서, 지나온 삶을 한눈에 보여주는 삶의 거울이다. 업경대는 한 인간이 살아온 모습을 그대로 보여주므로, 업경대 앞에서 투명한 삶을 확인하기 위해서는 힘겨운 고투로 자신을 갈고 닦아야 한다. 조용미는 차분하게 삶의 의미를 탐색하면서 전설적인 공간과 현재의 세계 사이에 가교를 놓고자 한다. 폐허의 세계를 가로질러 삶의 충일성을 되찾는 것은 그녀의 시적 목표로서, 업경대는 그 전설적인 장비의 하나로 차용된다. 이 기회에 한 가지 지적해야 할 것은 조용미의 시는 의도가 앞서는 약점을 안고 있다는 것이다. 이로 인해 그녀의 시는 단조로워지거나 반대로 의미가 모호해지는 결과를 빚는다. 이 시 역시 업경대의 본래 의미에서 크게 나아가지 못하며, 업경대와 은허문자의 관련도 설득력이 약한 면을 드러낸다.

박의상의 「오늘 57살, 또, 거울 앞에서」 연작은 제목 그대로 거울 앞에 선 57살 시인의 마음을 날것으로 드러낸다. 그 1의 전문은 이렇다.

> 이게 나야?
>
> 이게?

아니 이게?

　흠.

　　이게.
　　　　—「오늘 57살, 또, 거울 앞에서 1」 전문

　흡사 다다이즘을 연상케 하는 이 시는 자신의 모습을 받아들이지 못하는 시인의 당혹감을 몇 마디의 독백으로 표출한다. "이게 나야?//이게?"라는 자기 부정의 거리감은 2편에서는 "이게 다야?//이게 다야?"라는 수긍할 수 없는 자기 확인의 서글픔으로 심화된다. 이 시에서 산발적으로 배치된 시어들은 일정한 효과를 겨냥한 것으로 볼 수 있다. 듬성듬성 흩어진 말들의 모양은 시인이 거울 속의 자신을 여기저기 눈으로 더듬는 모습을 떠올리도록 의도한 것이다. 두 편의 시로 연작의 전모를 파악하기는 어렵다. 그러나 이 두 편의 연작은 생생한 일상어를 활용한 신선한 시도와, 층이 얇은 유희의 혐의 사이에 모호하게 걸쳐 있다. 앞으로의 작업을 통해 박의상은 이 점을 분명히 해야 할 필요가 있다. 박의상이 마주한 거울은 그의 외형을 비추는 현재의 거울이다. 이 거울은 평범한 일상의 거울로, 매일 바라보는 습관적인 거울이자 어느 순간 자신의 변화를 깨닫게 하는 각성의 거울이기도 하다.

　황인숙의 「거미의 밤」에서 '거미'는 힘겨운 실존을 감내하는 강박적인 자의식의 상징이다. 검고 앙상한 형상, 몸체는 보이지 않고 긴 다리만 스멀거리는 거미는 '나'를 미끼로 사냥을 위한 거미줄을 친다. '나'라는 존재란 언제든 공격할 대상을 필요로 하는 스스로의 자의식의 '미끼'인 것이다. 사막 같은 삶의 공간에서 자의식은 이런 방식으로 '생존'을 영위한다. 황인숙은 황폐한 자의식의 상징인 거미를 "블랙홀이며 암흑 주머니"로, 거미가 쳐놓은 강박의 그물을 "흐린 거울의 공간"으로 바꾸어 부른다.

> 빨랫줄과 탁자 사이에
> 거미가 그물을 친다
> 나를 미끼 삼아
> 물것들을 노리는 거다
> 거미는 흐린 거울의 공간을 지어놓고
> 그 테두리에 숨었다
> 블랙홀이며 암흑 주머니,
> 한 번도 북적인 적 없는
> 시간인 거미
>
> 나는 후욱 흐린 거울을 불어본다
> 흐린 거울 속의 흐린 나무들과
> 흐린 불빛이 흔들린다
> (그런데 진짜
> 거미의 집은 어디일까?)
>
> 거미가 깊어간다
> 바람이 소슬, 거미줄을 흔든다
> 귀뚜라미 울음소리가 소슬소슬!
> 거미줄을 흔든다
> 나는 문득 쇠약해진다.

—「거미의 밤」전문

  자신에 대한 착취를 멈출 수 없는 '거미의 자의식'이란 어둡고 불행한
것일 수밖에 없다. 그러나 이 자의식의 그물을 벗어날 수 있는 가능성은

희박하기만 하다. 황인숙은 지나치게 각성된 자의식이 만드는 '흐린 거울'을 통해 "흐린 나무들과/ 흐린 불빛" 따위의 탁한 영상만을 본다. 거기에는 정작 그녀 자신의 모습은 비추어지지 않는다. 외관상 '흐린 거울'로 보이는, 그러나 실제로는 먹이를 노리는 정교한 그물인 자의식은, 바람이나 귀뚜라미 울음소리 같은 외부의 움직임이 개입되는 순간 팽팽한 긴장감을 일시에 상실하고 만다. 그와 함께 존재는 "문득 쇠약해지"는 무거운 피로감에 젖는다. 이 시는 일찍이 김수영이 노래한 '거미'의 이미지를 떠올리게 하며, 스스로를 묶는 예민한 자의식은 존재가 머물 집이 아니라 존재의 유형지임을 강조한다. 그러나 반대의 경우 또한 진실임을 부정할 수는 없다. 무릇 시인이란 자신의 앙상한 자의식을 뜯어먹고 사는 자학적인 천성의 소유자들이다. 그들이 살아가면서 이 천성을 버릴 수 있는 가능성은 거의 없다고 볼 수 있다. 그리하여 '나'와 '거미', 존재와 자의식의 치열한 접전은 전 존재의 '쇠약'을 담보로 계속된다. 너무 많은 것을 소모하는 삶이 존재의 내면에 '흐린 거울'을 만드는 것은 사실상 당연할 일이다. 적당한 거리가 없이 대상과 너무 밀착된 눈의 시야가 흐려지는 것은 자연스러운 이치이다. 황인숙의 강박적인 자의식의 '흐린 거울'은 현대인의 가혹한 실존의 풍경을 환기하게 만든다. 일상의 감각을 리드미컬한 언어로 노래해온 황인숙의 시는 이제 보다 본질적이고 내면적인 문제에 천착하기 시작한 것으로 보인다. 따뜻하지만 작고 소박했던 그녀의 시에 무거운 하중이 실리기를 기대해본다.

안정된 솜씨와 도발적인 화술로 주목받는 신예 김선우의 신작시는 그로테스크의 미학을 선보인다. 십대 소녀들의 낙태를 주제로 한 「우리 동네엔 산부인과가 다섯 개나 있다」는 모든 것을 감금하고 빨아들이는 거울의 감옥을 노래한다. 생명을 살육하는 일이 작은 동네에서 날마다 자행되는 일상이 된 세계는 모든 출구가 봉쇄된 절망의 공간이다. 이 세계는 서서히 입체성을 잃고 딱딱한 평면의 거울 속에 갇힌다. 김선우의 견고한 평면의 거울은 풍부한 두께를 지닌 최하림의 '시간의 거울', 깊이를 알 수 없는 그의 자연의 거울과는 정반대의 지점에 위치한다.

월요일이 거울 속에 갇힌다 화요일이 거울 속으로 들어간다 수요일이
목요일이 금요일 토요일 일요일이 차례차례 거울 속에 갇힌다 비명을 질
러대지만, 비명의 뿌리는 거울 속에 있다
　　금이 간 얼굴로

최○○산부인과 뒷골목에서 서성대던 여중생들. 잘게 씹은 면도날을 퉤
뱉으며 금속성으로 깔깔거리는 짧은 교복 치마가 거울 속에서 펄럭인다
(……)
　　금이 간 얼굴로

월요일에 태어난 아이가 거울 속에 갇힌다 화요일에 죽은 아이가 거울
속에서 식어간다 수요일의 아이가 목요일 금요일 토요일의 아이가 차례차
례 거울 속에 갇힌다 거울은 벨처럼 깊고 비명은 벨 밖으로 흘러나오지 않
는다
　　　　　　　　　　　　　　—「우리 동네엔 산부인과가 다섯 개나 있다」중에서

한 동네에 산부인과가 다섯 개나 있어 악행이 끝없이 되풀이되는 세계
에서 시간의 흐름은 무의미한 것에 불과하다. 월요일, 화요일, 마침내 모
든 요일이 거울 속에 갇히는 광경은 타성화된 시간과 끊임없이 살해당하
는 아이들의 행렬을 상징적으로 묘사한다. 살해자인 세계와 피살자인 아
이들은 한결같이 "금이 간 얼굴"을 하고 있다. 이들의 운명은 그리 먼 곳
에 있지 않기 때문이다. 영화 〈슈퍼맨〉에서 악당들이 거울에 갇혀 존재성
을 잃어버린 것처럼, 이 시의 시간과 아이들 역시 거울 속에 갇혀 모든 드
러냄의 기능을 상실한다. 세계 밖으로 던져진 아이들은 '비명' 조차 흘러
나오지 못하는 완벽한 단절의 상태에 있다. 이처럼 김선우는 이 세계가

폐기처분한 소중한 덕목들을 한 장의 거울에 집약시킨다. 이 거울은 우리가 아프게 들여다보아야 할 반성의 거울이자, 억눌린 존재들과의 따뜻한 소통을 위해 깨뜨려야 할 위선의 거울이다. 김선우는 여성의 자의식을 기저에 깔고 세계의 허위와 위선에 대항하는 다양한 실험을 행한다. 그녀가 지닌 시적 에너지는 다채로운 소재와 시적 발상으로 증명되고 있다. 첫 시집 『내 혀가 입 속에 갇혀 있길 거부한다면』(창작과비평사, 2000)에서 보여준 김선우의 활력은 세계와 더불어 자신을 남김없이 해체한 도저함에 있었다. 이 점은 김선우만의 색깔을 뚜렷하게 부각시키는 준거점이 된 바 있다. 그에 비할 때 최근에 발표된 시들에서 김선우의 색깔은 다소 희석되고 있는 듯한 느낌이 든다. 이 시 역시 그런 느낌을 배제할 수 없게 한다.

특별히 '거울'을 제재로 삼지 않더라도 자신의 현재와 자아의 실체를 성찰하는 시들은 이번 계절의 주된 흐름을 형성하고 있다. 그 가운데 미처 다루지 못한 인상적인 작품들 몇 개를 소개하면 다음과 같다. 먼저, 아득한 설원의 장엄한 한때를 노래한 허만하의 「슬픔이 의지가 되는 때」(『창작과비평』 2000년 겨울호)는 유장한 아름다움과 삶의 깊이가 돋보이는 수작이다. "그러면 이제 나는 누구인가"로 시작되는 마종기의 「추운 날의 질문」(『문학동네』 2000년 겨울호)도 진솔한 어법을 통해 잔잔한 감동을 불러일으킨다. 낚시질을 하며 담담하게 시인으로 사는 서글픔을 토로한 이지엽의 「마량에서 ─ 시인에게」(『작가세계』 2000년 겨울호)는 솔직함의 묘미를 느끼게 하며, 빈방의 풍경을 자아의 내면의 은유로 사용한 권혁웅의 「강박에 사로잡힌 시계」(『문예중앙』, 2000년 겨울호)는 이전에 비해 한층 세련된 미학을 제시하고 있다. 의식의 최종 지점을 집요하게 탐색한 김행숙의 「두 개의 전선」(『작가세계』, 2000년 겨울호)도 긴장을 지속시키는 방법이 예사롭지 않은, 눈여겨보아야 할 작품이나.

환상의 조형과 분해

1. 어두운 환상들

봄은 만물의 미각이 되살아나는 계절이다. 문학과 시를 중심에 둘 때, 봄의 미각(味覺)은 미각(美覺)으로 읽는 것이 더 적절할 듯하다. 이러한 해석의 욕망은 모종의 문학적 자의식에서 유래하는 것이지만, 봄이라는 생성의 계절이 시의 감성을 살아나게 하는 것은 어느 정도 사실인 듯하다. 실제로, 기계의 시간이 지배하는 현대에도 사람들은 자연의 리듬에 많은 영향을 받는다. 농경시대에 축적된 자연의 경험은 현대인의 의식 속에 깊숙이 갈무리되어 있으며, 자연의 사유는 여전히 존재와 삶의 총량을 가늠하는 척도가 된다. 자연은 인간의 삶을 내장한 원형으로서의 오랜 지위를 계속 누리고 있는 것이다. 겨울과 봄을 예로 들어보자. 우리는 다음과 같은 논법에 익숙해져 있다. 겨울은 은둔과 성찰의 시간이며 봄은 분출과 약동의 시간이다. 겨울은 절망과 죽음을 상징하고 봄은 희

414

망과 탄생을 상징한다 등. 이와 같이 의미화된 자연은 실은 이미 인간의 시선에 의해 재창조된 자연, 구획되고 분화된 '인간화된 자연'이다. 자연이 인간을 사로잡을 때, 인간 역시 나름의 시선으로 자연을 포획하고 있는 것이다.

그러나 다시 시작되는 봄은 '자연의 인간화'에서 '인간의 자연화'로 흐름을 돌려놓는다. 생명력이 넘치는 아름다운 봄날에 사람들은 다시 자연의 일부로 '환원'된다. 이 환원의 내적 유로는 미적 의지와 열망을 다시 살아나게 하며, 시와 시인은 그 가장 예민한 감각기관이 된다. 시의 혈관에는 뭉클뭉클 피가 돌고, 시인의 가슴 속에는 처음인 듯 풋풋한 맥박이 뛴다. 한껏 물이 오른 봄의 미각(美覺)은 묘하게도 환(幻)의 색채를 지니고 있다. 햇살이 녹아 흐르는 봄은 그 자체로 몽환적이거니와, 겨울에서 봄으로의 급작스러운 상승은 가볍게 부유하는 의식의 유영(遊泳) 상태를 촉발한다. 이 점에서 봄이 올 무렵의 시기와 시의 환상성 사이에는 깊은 관련이 있다고도 추측해볼 수 있다. 환상이라는 말의 포근한 감촉과는 달리, 최근의 시에서 환상성은 그다지 행복한 정황을 보여주지 않는다. 사실 우리 시에 형상화된 환상성은 대체로 비극적인 상황과 의식의 산물인 예가 많다. 이는 현대시에 환상성을 처음 도입했다고 볼 수 있는 이상에게서도 확인되는데, 이상은 굴절된 자의식을 통해 한결같이 무겁고 음울한 환상을 조형해낸다. 이상은 마음속에 자연스럽게 떠오른 환상을 시로 옮기는 것이 아니라, 의식적 조작을 거친 환상을 독특한 시적 형상으로 가공한다. "13인의 아해가 도로를 질주하"는, 혹은 "질주하지 않아도 좋"은 「오감도」한 편만을 떠올려보아도 이 점은 분명해진다. 대체로 어두운 환상의 계열에 서 있는 근래의 시인들은 암암리에 이상에게 크고 작은 영향을 받고 있다.

한 가지 언급할 것은, 최근의 시에서 환상성은 소설에 비해 훨씬 어두운 풍경을 보여준다는 점이다. 흑백논리식 어법을 감수하고 말한다면, 소설이 세련된 취향 내지는 육체적 욕망에 기초한 감각적인 환상성에 탐닉하는 데 비해, 시는 이 시대의 본질을 꿰뚫는 의지를 담은 비극적인 환상성을 창출해내고 있다. 최근에 발표된 시들은 이러한 느낌을 더욱 확인시켜 주는바, 환상의 내용과 성격은 다르지만 대부분 어둡고 단절적인 상황을 제시하고 있다.

2. 환상의 상상력과 그 효용

환상성을 흡수한 시들은 많은 경우 허무적이고 극단적인 세계관을 강하게 표출한다. 기형도의 『입 속의 검은 잎』(1989)을 필두로 널리 퍼진 그로테스크 미학과 환상적인 조형기법은, 황폐한 내면세계를 초현실주의 화풍을 닮은 풍경으로 재현해낸다. 그 속에서 존재와 사물은 생명력과 질감을 잃고 가짜 모형처럼 부자연스럽고 딱딱해진다. 기형도가 탐구한 딱딱함은 사실 견고함과는 거리가 먼 것이었다. 죽음의 대기에 노출된 모든 존재는 존재하는 동시에 산패(酸敗)해가며, 존재는 이 예정된 길을 미친 듯이 가야만 한다는 것. 압핀처럼 고정된 불가역의 운명은 생에 대한 기형도의 유일한 결론이었다. 그가 본 딱딱함은 죽음이 생의 도처에 피운 저승꽃이었던 셈이다. 죽음의 잉여에 불과한 생을 견디며 기형도는 자신만의 환상적인 이미지와 공간을 만들어낸다. 노랗고 딱딱한 태양, 푸른 유리병으로 된 공기, 검은 잎과 굶주린 구름, 신들의 상점과 숲으로 된 성벽 등은 상징주의의 핵심인 비의적 상징의 진수를 보여주면서, 한 폐쇄적인 존재의 내면에서 창조된 환상의 풍경을 들여다보게 한다.

『처형극장』(1996)이라는 인상적인 첫 시집을 출간했던 강정은 시 「벌거벗은 태양」에서 기형도의 발상법을 얼마간 전수하고 있다. 태양을 중심으로 자연의 원형적인 심상을 풀어놓는 이 시는 분출하는 시적 에너지와 고양된 어조의 면에서는 기형도와 차이를 보여준다. 그러나 죽은 / 낡은 태양, 극지의 백야 속을 어슬렁대는 자아, 지하의 정원이 허공의 내부가 되어 있는 풍경은 기본적으로 전대(前代)의 상징적 이미지와 허무적 상상력을 이어받고 있다.

> 날 낳고
> 내 촉수에 찔려 죽은 태양 뒤편 시인아,
> 저 낡은 태양 한복판에 짜디짠 오줌이나 누자
> 성기 속에 빨려들어온 정오가
> 회전하는 원심 그대로 지상에 둥근 그림자로 박힌다
>
> 수천 갈래의 역광으로 분화하는 빛의 그물 한가운데
> 땅 밑 것들과 통정해온 어둠의 살이 걸려 있다
>
> 진흙으로 빚은 정신이여,
> 천년을 내달리던 바람의 등뼈를 붙들어 갉아먹도록 하자
> 나는 먼 극지의 백야 속을
> 대낮에 잘못 나온 검은 별처럼 어슬렁댄다
> 태양을 빨아 마신 음부를 열어
> 은하의 流路를 풀어놓으니
> 아무도 이 허공에 지하의 정원이 떠 있는 줄 몰랐을 게다
>   ―「벌거벗은 태양」 중에서

이처럼 내면화된 자연의 심상은 실재하는 것이 아니라, 시인 강정의 내부에서 재구성된 것이다. 이 시는 구체적인 정황을 제시하기보다는 알레고리에 가까운 상징적 풍광들을 보여준다. 시의 상징적인 성격상 명료한 의미망을 거부하고 있지만, 시적 정황은 생명의 근원인 '태양'과 교접하려는 뜨거운 열망의 과정으로 요약될 수 있다. 원시적인 에너지가 넘치는 시의 정조는 매우 역동적이며, 중심 이미지인 '나'와 '태양'과

'시인', '빛' 과 '어둠', '허공' 과 '지하' 는 마치 서로 꼬리를 문 뱀의 형상처럼 얽혀 있다. 이 얽힌, 내부와 외부가 구분되지 않는 복잡한 곡선 은 그대로 시인의 내적 갈등의 경로에 해당한다. 그런데 "천년을 내달리" 는 기세를 지닌 이러한 고뇌의 구체적인 진상은 무엇일까? 저주받은 시 인의 운명일까? 근원을 상실한 존재의 끝없는 허기일까? 시의 주제는 분 명 이 언저리를 맴돌고 있지만, 전체적으로 주어가 생략된 '도저한 정 신' 은 '도저함' 자체에만 몰두하고 있다는 인상을 준다. 광범위한 시적 대상을 좁히고 응축시킬 필요가 있을 것이다. 강정은 거침없고 강렬한 상상력과 예리한 시정신 면에서 많은 기대를 갖게 하는 시인이다. 하지 만 폭발적인 시적 에너지에 적절한 제어가 가해지지 않을 때, 그 시는 화 려해질 수는 있지만, 자칫 '분위기의 시' 나 '이미지의 시' 에 그칠 수 있 음을 염두에 두어야 할 것이다.

주술적인 느낌마저 풍기는 강정의 내적 환상과는 달리, 맹문재는 극히 현실적인 환상을 제시하고 있다. 이 환상은 지나친 결핍과 생존에 대한 본능적인 욕구가 만들어낸, 가난하고 눈물겨운 환상이다. 맹문재는 소외 된 계층의 삶을 평이한 언어로 다루어왔는데, 「눈물점」 역시 담담한 어조 로 사실을 객관적으로 진술하고 있다.

3
몰래몰래 일기를 써온 그 아이는
마침내 집을 나와
봉제공이 되었다
양철 지붕에 시멘트 벽돌로 둘러싸인 지하에서
하루 종일 천을 박았다.
석유 그을음을 야무지게 마시는 날은
코피를 쏟았고
구불구불한 라면 줄기 속으로 빨려들어가는 환상에

418

손을 박기도 했다

—「눈물점」 중에서

　고아 출신의 아이는 지하공장의 봉제공으로 혹독한 착취를 당한다. 아이의 고된 노동은 "구불구불한 라면 줄기 속으로 빨려들어가는 환상"에서 정점에 달한다. 하지만 애처롭게도 아이는 자신의 환상에 대해서마저도 주인이 아니다. 굶주린 아이는 "라면 줄기 속으로 빨려들어가는 환상"에 힘없이 끌려다니며, 다시 그 "환상에 / 손을 박"는 이중의 비참을 겪는다. 돌이켜보건대, 90년대 이후 우리 문학은 소외된 이들의 삶을 차갑게 외면하는 과오를 저질러왔다. 소외된 이들에게 또 한 겹의 무거운 소외를 부과한 것이다. 이 점에서 가진 것 없는 사람들에 대한 맹문재의 변함없는 애정은 매우 소중하게 다가온다. 아쉬운 점은 그의 시가 평이함의 미덕에 충실하느라 때로 시적 긴장감을 놓쳐버린다는 것이다. 사회의 모순과 실상을 맹문재식의 독특한 그릇에 담아내는 것도 더 중점에 두어야 할 부분이다.

　김형술의 「헬리콥터가 떠 있었다」에서 '나'는 머릿속에서 헬리콥터가 뛰쳐나와 날아다니는 환상에 사로잡혀 있다. 김형술은 맹문재의 경우처럼 밑바닥의 삶을 사는 사람을 주인공으로 하는데, 환상의 주체 면에서는 차이를 보여준다. 앞서 맹문재의 시에서 환상은 '가진 것 없는 자'의 것이지만, 김형술의 시에서 환상은 그들을 목격한 관찰자의 것이 된다. 헬리콥터의 환상은 지하도에서 걸식하는 노숙자를 본 '나'의 머릿속에서 시작된다.

　고개를 돌려 그의 곁을 지나쳐 도망치듯 황급히 지하도를 빠져나왔다
헬리콥터 한 대가 눈앞에 떠 있었다 비닐봉지에 뒤섞인 붉은 심지와 찬밥
덩이 생선꼬리와 녹슨 숟가락, 깡통들을 자꾸만 취기 위로 쏟아부으며

헬리콥터 날개 위에 앉은 누군가의 퀭한 눈이 자꾸만 나를 내려다보고 있었다 헬리콥터 한 대가 정수리쯤에 더 나를 따라오고 있었다. 푸드득 푸드득 굉음을 내며 앞서거니 뒤서거니

—「헬리콥터가 떠 있었다」 중에서

'헬리콥터'는 처참하게 생명을 부지하는 노숙자에 대한 '나'의 번민과 갈등을 표상한다. 번민과 갈등은 차츰 커져 헬리콥터의 굉음과 추적, 그 "날개 위에 앉은 누군가의 퀭한 눈"으로 변주된다. '나'의 양심의 표상인 '헬리콥터'는 노숙자의 시선을 함께 탑재해 '나'로 하여금 그의 피폐한 삶을 더 깊이 투시하게 만든다. 헬리콥터의 환상은 사회의 모순과 타인의 고통을 직시하는 시인의 의식의 파노라마를 의미하는 것이다. 김형술은 독특한 환상적인 요소를 투입해 시의 리얼리티를 효과적으로 살리고 있으며, 「바닷가의 의자」「보일러, 보일러」(『현대시학』 2001년 2월호) 등의 시에서도 좋은 솜씨를 발휘한다. 존재의 안식처인 바다를 '의자공장'으로 비유한 「바닷가의 의자」에서는 존재론적 성찰을, "제 몸 속 한기로 무딘 온기를 벼리는 저 형형한 눈빛"의 '보일러'를 노래한 「보일러, 보일러」에서는 삶의 숨은 빛에 대한 탐색을 진지하게 행한다. 김형술은 환상과 현실을 융합하고 주제를 해석하는 힘이 느껴지는 시인이다. 그러나 시어의 구사에서는 다소 산만하고 거친 면을 노출한다. 동어반복으로 인해 문장이 흐트러지는 아쉬움은 「보일러, 보일러」 같은 감동적인 시에서 더욱 커진다.

이수명은 현실과 환상의 경계선을 따로 두지 않는다. 그녀에게 현실의 영토와 환상의 영토는 거의 동일한 공간에 존재한다. 이수명이 환상에 부여하는 자격과 권위는 환상이 현실을 흡수하는 전도된 관계로 발전한다. 그녀의 두번째 시집 『왜가리는 왜가리놀이를 한다』(1998)는 그러한 발전의 기록으로, 이 시집에서 이수명은 억압 없는 환상의 차분한 진술을 전개한 바 있다. "나는 누군가의 손에 박힌 못, 소음의 한 형식이다. 나

는 오르간의 뚜껑이고 내 부모의 뚜껑이고 내게 꽂힌 나보다 큰 주삿바늘이다"(「누군가」)라고 그녀가 담담하게 말할 때, 그녀를 둘러싼 현실의 고리들은 덜그럭거리는 소리조차 없이 간단히 해체되어버린다. 실제로 이수명의 시는 소리의 감각이 제거된 무음(無音)의 공간처럼 느껴질 때가 많다. 환상이 현실을 제압한 결과 나타난 일종의 '동반 효과'라고 할 수 있을 것이다. 새로 발표한 「벽지」에서 이수명은 이전의 시세계를 계승하면서 일상의 바닥으로 좀더 낮게 내려선다.

집에 돌아와 손을 벗었다. 열쇠 꾸러미 같은 손이 소파 위에 떨어졌다. 한올 한올 올이 풀리는 손가

락들, 손가락들은 집 안의 벽지를 뜯어냈다. 벽지에 잠들어 있던 물고기들을 깨웠다. 거꾸로 자라는

빛, 발톱이 없어 바닥에 서지도 못하는 빛을, 빛의 어깨를 나는 밟고 올라섰다. 불은 움직이지 않았

다. 물고기들이 눈을 뜬 채 모래 속으로 사라졌다. 나는 모든 실을 풀어버렸다.

　　　　　　　　　　　　　　　　　　　　　—「벽지」 전문

하루를 끝내고 집으로 돌아온 화자는 긴장과 압박감을 한 겹씩 벗어던진다. "한올 한올 올이 풀리는 손가/ 락들"로 가시화된, 가늘게 해체되는 육체의 환상은 '벽지' 위로 옮겨가 환유적 연쇄의 사슬을 형성한다. 환상은, 벽지를 뜯어내고 그 속의 물고기를 깨우고 그 물고기들이 눈을 뜬 채 모래 속으로 사라질 때까지 집요하게 계속된다. 그리고 마침내 "모든 실을 풀어버리"는 완전한 해체를 달성한다. 이 시에서 환상은 현실의 결핍을 대체하면서 화자를 억압이 없는 투명한 상태에 이르도록 한다. 그런 면에서 이 시는 현실에 대한 환상의 효용을 잘 포착하고 있지만, 내용면에서는 마치 자폐적인 내면의 드라마를 보는 듯한 느낌이 들게 한

다. 유폐된 공간에서 소멸의 형태로 완성되(어야 하)는 환상은 통로 없는 비극성의 위험을 안고 있다. 환상의 위험한 함정 중의 하나인 '유희'에서 일찌감치 벗어난 이수명은 지금 또하나의 위험을 넘어서야 할 시점에 있다.

이러한 위험으로부터 김혜순은, 현실의 결핍을 의지적인 미래형 화법으로 진술함으로써 비켜난다. 현실과 환상의 엉킨 실타래 같은 연접의 장을 구축해온 김혜순은 시 「나비」에서 앞으로 꿈꿀 미래의 환상을 이야기한다. 미래형의 환상은 더할 수 없이 아름답고 환한 꿈들을 마음껏 펼칠 수 있는 공간을 마련해준다.

> 환한 날개가루들로 네 꿈을 채워줄게
>
> 네 꿈속에 내 꿈을 메아리처럼 울리게 할게
> 귓바퀴 속에 두 소용돌이가 환하게 공명한다
>
> 너무나 얇아서 바람도 만질 수 없는 편지지에다
> 너무나 흐려서 들리지 않는 음악밖에는 될 수 없는
>
> 어쩌면 베토벤이 귀먹은 다음에 들은 것 같은
> 그런 편지를 내 왼쪽 귀를 다하여 쓸게
> 네 꿈속으로 들어가 혈액을 다정히 흔들어줄게
>
> —「나비」 중에서

환상적인 상상력이라는 말이 가능하다면, 김혜순이 개척한 환상적 상상력의 경지는 가히 독보적인 것이라고 할 수 있다. 여기에 섬세한 여성성이 조화를 이루는 풍경은 남성적인 사유형태로는 도달할 수 없는 곳으로 독자를 안내한다. 시 「나비」에서도 환상성과 여성성의 섬세한 조화는

"네 꿈속으로 들어가 혈액을 다정히 흔들어줄게"와 같은 구절에서 뚜렷이 확인된다. 의지적 미래 시제를 사용하는 이 시의 화법은 김혜순의 최근의 입지를 단적으로 예시한다. 2000년에 발간한 시집 『달력공장 공장장님 보세요』 이후 김혜순은 이전의 시에 비해 따뜻하고 발랄한 환상성을 추구하고 있다. 시적 대상과 관조적인 거리를 두는 것도 이러한 변화의 일단이다. 그러나 이 과정에서 현실과 현실에 연접된 환상, 자신이 빚은 환상의 이면까지를 분해하는 김혜순의 돌파력은 이전의 시에 비해 적잖이 감소되어 있다. 이 시대의 거짓 환상을 분해하는 김혜순의 '첨예한 환상 공법'이 더욱 발전되어나가기를 기대해본다.

정재학(『창작과비평』 2001년 봄호)은 가족사와 사진, 지하철 등의 일상적인 것을 소재로 논리적으로 연결할 수 없는 장면들을 부품처럼 조립한다. 이 조립을 통해 만들어지는 것은 기괴한 환상의 가설무대이다. "나는 할머니의 몸 속에 들어가 아버지가 되어 기어나왔다"(「아라베스크」), "멈추지 않는 지하철 안에 얼룩말이 달리고 있었다 (……) 자신의 손과 얼굴에서 흐르는 피를 핥아먹던 사람이 자전거를 붙잡으며 결벽증에 걸린 비누에 칼과 유리가 박혀 있었다고 고함을 질렀다"(「지하철」)는 장면들은 거부와 공포의 심리상태를 다양한 이미지로 연출한다. 정재학은 이상(異常) 심리의 변용으로서의 환상을 해체적인 수법으로 시화한다. 그가 새로 내놓은 세 편의 시는 전체적으로 안정감은 있으나, 심층적인 의미의 두께가 얇고 시인의 의도와 시적 정황이 단선적인 대응에 머물러 아쉬움을 갖게 한다.

문인수는 지금까지 다룬 시인들과는 시적 경향이 다른, 전통서정의 핵을 지향하는 시인이다. 이로 인해 그가 빚어내는 환상적인 풍경도 앞의 시들과는 사뭇 다른 향취를 뿜어낸다. 선적인 풍취가 감도는 시 「허공의 뼈」는 앞서 논의한 환상은 물론 눈에 보이는 모든 현상까지를 '허상'으로 규정하는, 아득한 깨달음의 경지를 노래한다.

산문 일대가 훤히 내려다보이는 이 바위 능선에 소나무 고사목 한 그루
가 바람 매서운 쪽으로 힘껏 두 팔을 내지르고 있다.

선각의 몸은 깡말라 있다.

저 흰 뼈가 그려내는 오랜 樹形, 그 카랑카랑한 말씀이 푸른 허공을 한
껏 피워올리고 있다.
그 높이 뛰어내리고 있다.

—「허공의 뼈」 전문

시의 제목과 내용을 연결하면, '허공의 뼈'는 바위능선에서 바람 매서
운 쪽으로 자라는 "고사목 한 그루"를 의미한다. 2연에서는 이 앙상한 고
사목의 형상에 깡마른 "선각의 몸"이 겹쳐지면서 수행자의 정신적 결기
를 드러낸다. 그러나 고사목과 선각의 몸은 '허공의 뼈'의 외형을 보여
줄 뿐, 실체를 현시하지는 못한다. '허공의 뼈'의 실체는 "카랑카랑한 말
씀", 곧 보이지 않는 불가의 진리이기 때문이다. 문인수가 한 그루 고사목
과 마른 선각의 몸을 통해 본 '허공의 뼈'는 일체의 환상을 버린 자만이
소유할 수 있는 궁극의 진리이다. 『동강의 높은 새』(2000)에 이르기까지
다섯 권의 시집을 내며 묵묵히 시의 날을 벼려온 문인수는 짙게 농축된
서정의 수액을 음미하게 해준다. 하지만 이 시는 군더더기 없이 깔끔함
에도, 그가 걸어온 서정의 묘미를 선적인 세계로 이월시키는 데 만족스
러운 느낌을 주지는 않는다. 말을 바꾸면, 범용한 사람들에게는 이 시가
동경하는 심오한 깨달음 역시 하나의 환상으로 존재하는 것은 아닐까 하
는 의문이 드는 것이다. 어쩌면 인간이 상상해낸 모든 진리는 절대의 낙
원을 꿈꾸는 아름다운 환상의 '현실적인 표현'인지도 모른다. 종교적 진
리는 아마도 그러한 환상의 최대치에 해당하는 것이리라. 그렇다면 이제
우리는 환상의 실현 여부와는 별개로, 환상이라는 '무한한 바깥'이 열어

줄 비전과 효용성, 가치의 측면을 따져보아야 하는 순간에 와 있는 것이다. 어떤 방식으로든 환상이 현재와 미래의 삶에 기여하게 하는 것, 이것은 환상이 범람하는 시대를 사는 우리가 수행해야 할 중요한 과제이다. 그 탐색의 전위에 서야 할 자는 단연코 시인이며, 소수의 기민한 감각의 소유자들은 이미 앞서 그 길을 헤쳐나가고 있다.

새로움과 독창성에 대한 단상
― 21세기 신예작가들의 시

　　이제 막 출발한 시인들의 시를 읽는 즐거움은 무엇보다 신선한 언어와 새로운 상상력을 접하는 데 있다. 『유심』 특집으로 기획된 11인의 신진 시인들의 작품을 읽는 즐거움도 여기에서 멀리 있지 않다. 시의 주제도 만물의 실상(實相)을 찾아나서는 선적(禪的)인 경향에서부터 디지털 시대에 대한 비판적인 담론에 이르기까지 다양한 층위를 포괄하고 있다. 독특한 언어와 상상력으로 자기만의 세계를 개척하고 있는 시인들은 물론, 기존의 전통을 충실히 계승하고 있는 시인들도 모두 각각의 영역에서 우리 시의 희망적인 미래를 예감하게 한다. 시적 성취의 높이와는 별도로, 성실하게 시의 대지를 일구어나가는 신진 시인들은 그 자체로 우리 시의 든든한 주춧돌이 되고 있다. 이 글은 신인들의 시가 아직 형성과정에 있다는 점을 감안하여 주로 비판적인 면에 초점을 맞추어 논의를 전개하기로 한다.

먼저, 이준규는 의식이 사물과 사건에 포위되어 증발하기 직전의 순간을 시로 포착한다. 한없이 바닥으로 추락하는 의식을 힘겹게 언어의 표면으로 끌어올리는 그의 시는 무기력과 무의미에 바치는 메마른 수사와도 같다. 이런 그의 수사는 난감하며 헛되다. 시간과 존재의 '없는' 의미를 자신의 내부에서 발견하는 중이기에 난감하며, 난감한 언어로 헛된 삶을 쓰는 일을 희망 없이 반복하고 있기에 헛되다. 이 난감함과 헛됨을 생의 본질로 받아들이느냐에 따라 이준규의 시에 대한 평가는 달라지게 될 것이다. 이준규가 읊조리는 허망한 생의 음률에 절실히 공감하기에는 시어의 밀도가 그리 촘촘하지는 않지만, 그의 생의 감각에는 특이한 바가 있다. 생의 "정면과" "배면에서 일제히" 생을 문제삼으려는 그에게 생은 극복해야 할 것이 아니라, 부단히 '시인'해야 할 무엇이다.

> 단어들이 장악한 낭만 표면만 있는 심연
> 그러고도 웃을 수 있을까
> 양버즘나무가 누추한 옷을 벗고 다시 입고
> 눈은 쌓이고 비는 지나가고
> 구름 사이로 숨은 비참한 태양은 붉은 강물의 자맥질을
> 시인하고
> 서러운 똥물 답답한 죽음
> 언덕 위에서 우리는 키스 없이 헤어졌다
> 각자의 없는 삶을 향해 걸었지
> 전철역의 입구에서 우리는 헤어졌다
> 각자 빗속에서 처참했다
> 해가 지다
> 해가 뜨다
>
> ―「흑백 35」중에서

"각자의 없는 삶을 향해 걷"는 것이 인간의 운명이라는 것, 이준규의 생에 대한 결론은 단호하다. 그는 이 세계의 주인이 "영원히 정지할 움직임을 연출하"(「방」)는 무정(無情)의 '물체'들이라고 생각하며, 존재와 사건조차 물체로 환원되어가는 세계를 상징적인 이미지의 연쇄로 그려낸다. 그에게 묘사는 대상에 거리를 둠과 동시에 자신의 의식을 객관화하는 방법이다. 하지만 그 거리가 적절하지 못할 때, 시는 "빛들을 단숨에 마시고 마비의 책상으로 향한다"(「방」)와 같은 관념적인 조형에 머물고 만다. 이준규의 생에 대한 비극적 관점이 강한 설득력을 얻기 위해서는 '수사의 창조'에서 '육화된 수사'로 진일보해야 할 것이다.

최영신의 「대추」는 집중의 힘으로 빚어낸 시이다. '대추'라는 특별할 것 없는 대상에 대한 집중은 이미지와 상상력과 사유를 계속 우려내면서 한 편의 시를 농익게 한다. '쐬주'에 담긴 마른 대추가 익어가면서 터질 듯이 부풀어오르는 모습은 시인에게 '두 번'의 '환생'이라는 특별한 의미로 각인된다. 대추는 부풀어오르면서 본래의 몸으로 환생하고, 몸의 환생과 더불어 몸 안에 감추어진 "오래 뙤약볕에 응집한 집념의 빛"도 다시 태어나는 것이다.

(……) 어느덧 바닥의 진물이 끈적이기 시작하고 대글대글한 몸뚱이가 열꽃들로 눈부시게 들이밀리다 빨간색 하나로 승화돼갈 때, 터질 듯한 욕망이 얼마나 붉게 피어오를지, 아무도 막을 수 없는 사실에 밤낮으로 부풀어갔어. 병 바깥쪽은 쐬주에 던져진 대추가 두 번 환생한다는 걸 전혀 몰랐던 거야. 그 오래 뙤약볕에 응집한 집념의 빛이 찌그러진 곳을 마냥 채우며 태어났어. 누군가 저 바깥에서 뚜껑만 연다면 요놈의 한 세상 칼칼하게 터질 절정이 긴장하고 있었지. 아름다운 빛을 떫게 바라보는 저 의외의 눈빛들 좀 봐. 대추처럼 술에 담겨서도 두 번 환생할 수 있을까?

쭈그러진 통제선으로 탱탱하게 솟구치는 상상!

한 알의 대추에 상상력과 사유를 집중 투하하는 이 시는 후반부에 드라마틱한 반전을 배치하는 이야기의 기법을 활용한다. 그 반전은 술에 담겨 부풀어오르는 대추가 그냥 대추가 아닌, 답답한 생의 "쭈그러진 통제선으로 탱탱하게 솟구치는" 도발적인 삶의 탁월한 모델이라는 점에 있다. 그러나 이 반전에 도달하기까지 대추의 전사(前史)는 길고 지루하게 나열된다. 친절한 설명이 정교한 묘사를 오히려 방해하며, 길고 장황한 수식어들은 간혹 군더더기의 차원으로 떨어지기도 한다. 진술을 배제하고 묘사를 집요하게 밀고 나가 깔끔한 사물시로 완성되었더라면 하는 아쉬움이 남는다.

현대사회에서 개인의 실존에 대해 고뇌하는 시인들이 피할 수 없는 시적 주제의 하나는 상처투성이의 분열된 자의식이다. 이는 흔히 부서지고 뒤틀린 내면공간을 비추는 '거울'의 이미지를 빌려 형상화된다. 박홍점 역시 '거울'을 훼손된 자아의 현장 증거물로 채택한다. 흥미로운 사실은 그의 거울이 온통 깨어진 조각들의 집합이며, 그 조각들에는 지나온 삶의 시간과 내력이 깨어진 채로 담겨 있다는 것이다.

그러나 그 언제든 거울은 깨지고 마는 것

(……)

깨지면서

조각조각 흩어지면서

피로 얼룩졌던 한때를

흩어지고 말 사랑을

다시는 짜맞출 수 없는 시간을

그 모두를 끝내 말하고 만다 와장창 일시에 쏟아내고 만다

치우고 또 치우고

파편들에게 시간을 **빼앗긴다**

스멀스멀 언제 기어나올지 몰라 마음 졸인다

위에도 아래도 옆에도 뒤에도 세상엔 온통 거울이다

걷지도 기어다닐 줄도 모르는 아이가

꼭 나 같은 한 아이가

사방이 거울인 방 안에서 혼자 옹알이를 하고 있다

— 「거울 앞에서」 중에서

지금까지 거울을 다룬 많은 시들이 거울에 비친 자아의 훼손된 형상을 보여주는 데 비해, 이 시는 거울 자체가 깨어져 산산조각이 나 있는 정황을 그려 보인다. 거울 속의 반영물이 아닌 거울 자체가 깨어져 있다는 것은 더 본질적이고 심각한 사태에 해당한다. 반영 자체가 불가능해진 세계, 사방을 뒤덮은 깨어진 거울조각의 더미에 자신을 비추어보아야 하는 세계는 "걷지도 기어다닐 줄도 모르는 아이" "꼭 나 같은 한 아이"를 만들어내는 완벽한 전락과 고립의 세계이다. 이 세계에서 시인은 의미 없는 '옹알이' 외에는 아무런 의사소통의 방법을 확보하지 못한다. 더불어 과거의 삶의 투사체인 거울은 '끝내' 깨어져 안에 담긴 내용물을 "와장창 일시에 쏟아내고 만다". 과거의 삶이 그대로 현재의 삶을 비추는 거울이 되었지만, '과거의 삶=거울'은 "다시는 짜맞출 수 없는 시간"들과 함께 무수한 '파편'이 되어 흩어지는 것이다. 이 '거울'은 과거의 기억과 현재를 마주 보게 하고, 그 위에 파편화된 생을 투영시켜 자아에게 직시하도록 만드는 가혹한 반성의 거울이다. 하지만 무수한 파편으로 조각난 거울은, 반성의 매개체를 상실한 자아 분열의 한 극점을 보여주면서 거울 본래의 모습과 기능을 완전히 상실한다. "위에도 아래도 옆에도 뒤에도 세상엔 온통 거울"이지만, 시인은 어디에도 자신의 진정한 모습과 삶을 비춰주는 거울이 없는 진공 상태에 빠지는 것이다. 그리하여 시인이 거울 앞에 서는 순간, 거울은 거기 비친 자아의 전락과 무의미의 '포화 상태'를 견디지 못하고 "와장창" 깨어지고 만다.

반영물을 거부하고 쏟아내는 박홍점의 '거울'은 보편적인 소재에 독특한 의미를 부여한 점에서 일단 성공하고 있다. 그러나 시적 긴장감을 팽팽하게 끌고 나가는 데는 다소 미흡한 면을 드러낸다. 이는 특히 '어떤 이'로 지칭된 타자들의 삶을 묘사하는 시의 초반부에서 두드러지게 나타난다. 진술의 논리적 연관도 보완되어야 할 점으로 생각되는데, 한 예로 "사방에 튀어 겨냥한다"와 같은 표현은 필연성이 크게 느껴지지 않는 문법적인 일탈이라고 할 수 있다. 행위의 주체가 모호하게 뒤섞이는 것도 지양해야 할 문제점으로 보인다. 구체적인 문제를 제기하자면, "와장창 일시에 쏟아내고 만다"와 다음 행에 이어지는 "치우고 또 치우고"의 주체는 같은 것인가, 다른 것인가? 같다면, 즉 '거울'이라면 '치우고'의 주체가 거울이 되기에는 무리가 있으며, 다르다면 이 급작스런 변화는 주체의 분열적인 상황을 반증하기보다는 오히려 시의 매끄러운 흐름을 차단하고 있어 역시 문제점을 남긴다.

유형진은 "폐쇄된 우물의 뚜껑"(「낡은 피아노와 우물에 관한 꿈」)을 열 듯 상상력의 뚜껑을 연다. 그 뚜껑에는 컴퓨터로 대표되는 디지털 시대의 마크가 찍혀 있다. 유형진의 시의 특징은 한 마디로 '모반의 상상력'이라고 말할 수 있는데, 이는 디지털 세계가 구축해놓은 획일적인 시스템에 대한 거부 반응에서 비롯된다.

불지 마 꺼질 것 같아//
상처 옆에 눈이 내린다 창문을 두드린다//
한밤중에 일어나 눈동자를 열고 꽃을 꺼낸다//
싱싱한, 맑은, 잘 여문 것으로//
너에게 줄게 아무것도 보지 마//
이것만 있으면 모니터 속 아이리스//
—꽃잎, 가장자리, 조금씩, 오므려지는—//

이슬보다 영롱한 0과 1//

샤갈의 마을에 내리는 눈은 녹지도 않고//

나의 모니터 속에 쌓인다//

눈보다 차가운 아이리스//

―천만개도 넘는 눈들을 달고 늘 살아야 되는 꽃―//

아, 수미산 꼭대기에 피어나고 싶어//

불지 마 거 봐 날아가잖아

―「모니터킨트― eyeless .jpg」전문

　'모니터 속 아이리스'는 "이슬보다 영롱한 0과 1"로 빚어진 영상의 꽃
이자, 거기 현혹된 눈이 없는 혹은 장님인 'eyeless'의 인간들, 즉 디지털
시대의 새로운 종족을 의미한다. 컴퓨터 모니터만을 보고 자란 이 신흥
종족은 밤마다 환영의 꽃을 피우고, 절대 녹지 않는 환영의 눈(雪/目)이
쌓이는 장면을 지치지 않고 보고 또 본다. 이들에게 세상은 오직 '보는'
것 속에서만 존재한다. "천만 개도 넘는 눈들을 달고 늘 살아야 되는" 모
니터킨트(시인의 주에 의하면, 아스팔트에서 자란 아스팔트킨트처럼 모니
터만을 보고 자란 아이들)들은 세상을 관(觀)함으로써 깨달음에 이르는
불교의 수행자에 비견될 만하다. 이런 맥락에서 디지털 시대의 꽃 '아이
리스'가 "수미산 꼭대기에 피어나"기를 꿈꾸는 것은 그리 이상할 것이
없다.

　'아이리스'의 중의적인 의미를 통해 디지털 문화의 본질을 꿰뚫는 유
형진의 발상은 비판적이고 참신하다. 환영의 범람과 주체의 상실을 우려
하는 그의 목소리는 담담한 진술을 통해 간접화되면서 더 설득력을 얻고
있다. 그러나 유형진의 비판이 사태의 진단의 차원에 머무르고 있는 점
은 분명히 지적해야 할 부분이다. 디지털 문화를 비판적으로 다룬 기존
의 시들이 갖고 있는 한계를 그 역시 반복하고 있기 때문이다. 이런 관점
이 이야기하듯, 정녕 디지털의 '바깥'은 없는 것일까? 우리는 디지털 문

화를 본격적으로 받아들이기도 전에 그 부작용에 압도당하고 있는 것은 아닐까? 디지털 문화의 파급력에 대한 세밀한 통찰과 함께 더 진지하게 고민해보아야 할 부분이다. 또한, 디지털의 핵심인 '보다'와 불교의 수행법 '관(觀)' 사이의 뒤집힌 연관은 크게 새로운 착안이 아니라는 점도 염두에 두어야 하겠다.

　최기순의 「자귀나무꽃」은 평이한 언어로 '자귀나무꽃'의 아름다움을 형상화한다. 꽃나무의 아름다움은 그 그늘이 사람들에게 가져다준 안온함과 평화를 통해서 우회적으로 표현된다.

> 물결 환하게 길이 열리네
> 폭염의 콘크리트 사막이 눈을 크게 뜨네
> 아기도 없는 유모차 끌고 오던 노인이
> 힘겹게 허리를 펴네
> 천 근 무게의 세월
> 거뜬히 실을 수도 있을 것 같네
> 고삐를 맨 낙타들도 잠시 그 그늘 아래서 숨을 고르네
> 다만 가벼이
> 가벼이 피어 흔들리는 것만으로도
>
> ──「자귀나무꽃」 중에서

　꽃의 아름다움이 평범한 일상의 한순간에 길을 열어주고, 다시 노인의 "천 근 무게의 세월"까지 감싸안는 장면은 잔잔한 감동을 전해준다. 이러한 일이 "다만 가벼이 / 가벼이 피어 흔들리는 것만으로도" 가능해졌다는 진술은 하나의 발견의 차원에 이른 것이라고 할 수 있다. 아내의 피아노 교습에 의지해 사는 실직한 아빠의 일상을 그린 「음표들의 집」도 담담한 어조와 소박한 비유가 안정감을 느끼게 한다. 큰 욕심을 부리지 않고 삶의 섬세한 속내를 담아내는 것은 최기순이 지닌 미덕이라 할 만하다. 그

러나 이에 못지않게 삶의 갈등을 날카롭게 포착하는 것 역시 중요함을 잊어서는 안 되겠다. 이는 시적 스케일이나 깊이의 문제와 직결되는 문제이기 때문이다.

김규진의 「실상사 가는 길 3」은 찻잔 속의 내용물을 '혼탁한 세상'에 비유한 뒤, 다시 마음 속의 집 '실상사'의 개체적 실상(實相)으로 전환한다. 「실상사 가는 길 1」에 비해 훨씬 구체적인 실감을 자아내고 있으며, 시선의 이동 또한 자연스럽다. 하루하루의 삶 속에서 깨달음을 구하는 마음이 소중한 것인 반면, 두 편의 시는 제목에서 예상할 수 있는 내용과 시적 결론을 크게 넘어서지 못하고 있다. 실상을 찾아 마음의 길을 떠나는 것은 사실 많은 시인들이 즐겨 다루는 주제이다. 「한라산」의 시인 이산하도 최근 같은 제목의 연작을 발표한 적이 있거니와, 실상을 찾는 자신만의 방법과 시각에 대해 김규진에게는 더 깊은 고뇌가 수반되어야 할 것으로 보인다.

한편, 박성우는 「망둥어」에서 망둥어살을 잘라 미끼로 쓰는 망둥어잡이와 회사의 구조 조정을 동일시하면서 우리 시대의 경제적 현실을 풍자한다. 시적 아이디어는 신선한 데 비해, 정작 시는 단조로운 소품에 머물고 만 인상을 준다. 이덕완은 흙과 더불어 사는 가난한 사람들의 이야기를 다룬다. 그의 정서의 밑바닥에는 시골의 정취와 샤머니즘이 혼재되어 시의 중요한 에너지원이 되고 있다. 시 「파꽃」은 연정으로 인한 김씨의 자살 사건과 무당의 작두춤이 하나의 풍경으로 섞여들면서 에로틱한 분위기를 연출한다. 과수댁에 대한 김씨의 욕망과 그 비극적 파국은 '파'의 이미지를 통해 거세의 모티브와 연결되면서 하나의 서사를 창출한다. 이 시는 밀도에서는 손색이 없다고 할 수 있으나, 과거적인 세계와 현실의 삶과의 연관이 부족한 탓에 각별한 공감을 유발하지는 못하고 있다. 이기인은 「열일곱 열여덟 바늘」에서 상처받은 여성성을 다루며, 「제비」에서는 보잘것없는 일상에서 추출한 비약적인 상상력을 선보인다. 환유의 원리에 근거하는 이기인의 상상력과 이미지는 돌출과 충돌의 전략을 구사한다. 그러나 돌출과 충돌의 시법에서도 의미의 내적 고리는 분명히 이어져 있어야 한다. 생경한 이미지의 창출에 함몰되지 않기 위해서라도 이기인은 이 점에 유의할 필요가 있다. 장이지의 「백하야선(白河夜船)」은 "사 자한과 뭄 타즈마할의 사랑 노래"에 대한 주석이라고 할 수 있다. 이 시는 죽음의 집이자 사랑의 성채인 타즈마할을 아름답고도 애절하게 복원하려 한다. 이 시에서 발견하기 힘든 것 역시 타즈마할에 대한 독창적인 해석이다. 요즘 들어 거의 유행이 되다시피 한 이 소재를 차용하기 위해서는 특히 더 섬세한 해석이 요구된다고 할 것이다. 손정순은 「청령포 부근」과 「선운사 동백」에서 애잔하고 가슴 시린 정서를 보여주고 있다. 감정을 절제하려는 노력이 돋보이는 반면, 시적 아이디어는 단선적인 차원에 그친 아쉬움을 남긴다. 이 아쉬움은 두번째 시 「선운사 동백」에서 더 크게 남는다.

신진 시인들은 선배 시인들의 시세계에 의식적으로든 무의식적으로든 영향을 받으며, 항시 그 영향에 대한 불안을 느낀다는 것은 해롤드 블룸의 말이다. 이 말을 부정하기는 매우 어려운데, 어떤 시인도 당대의 문학적 전통에서 완전히 자유로울 수는 없기 때문이다. 그러나 문제는 선배 시인에 대한 '수정주의적 모방'의 욕망에서 자유로운가 그렇지 않은가에 달려 있지 않다. 그 영향을 자기식으로 흡수하고 소화하는 일이 훨씬 본질적인 문제인 까닭이다. 이번에 발표된 신예 작가들의 시는 이 점에서 공감과 한계를 동시에 느끼게 한다. 아직 자기만의 목소리와 풍부한 음역을 갖추기에는 어려운 단계이지만, 해석의 시각과 표현의 기법에 있어서 보다 참신한 감각이 요구된다는 느낌을 지울 수 없다. 한 편의 시를 안정적인 미학과 해석으로 일정 수준에 올려놓는 일도 중요하지만, 신예 작가들에게 더 중요한 것은 문학적 패기와 폭발적인 상상력이라고 알 수 있다. 아직 많은 수확을 거둔 일이 없는 검고 비옥한 땅에서 새로운 종류의 식물과 열매들이 탄생하기를 기대해본다.

백일몽과 악몽 사이에서 피는 소설의 꽃
─구효서론

1. 소설쓰기의 백일몽과 악몽

구효서의 소설은 90년대 이후 우리 소설의 미니어처 박물관이다. 그의 소설에는 '개인'과 '내면'으로 집약되는 시대의 소설적 관심이 다양하게 진열되어 있다. 만일 구효서적인 것이 무엇인가라고 묻는다면, 이 질문에 대답하기 위해서는 먼저 다양성의 근원을 들여다보아야 할 것이다. 그 속에는 김원일, 이문열, 박영한, 무라카미 하루키 등과 80년대 리얼리즘의 유산도 보관되어 있다. 90년대 중반 감성적인 신세대 소설가로 평가받던 구효서는, 첫 창작집 『노을은 다시 뜨는가』(1990)에서는 정통 리얼리즘의 영토에서 거의 한치도 벗어나 있지 않았다. 이후 그는 종횡무진의 눈부신 필력으로 소설의 다양한 경계를 누빈다. 구효서의 작품은 한 작가의 것이라고는 믿기 어려울 정도의 이질적인 요소들로 북적거린다. 작품의 양에 있어서도 놀랍기는 마찬가지이다. 1990년부터 2001년

초까지 만 십일 년간, 그는 다섯 권의 창작집과 열두 편의 장편소설을 발간하는 엄청난 '괴력'을 발휘한다. 짐작이지만, 한국소설사상 일정 기간에 발표한 작품 수에 있어 열 손가락 안에 꼽히는 기록일 것이다. 이중 장편소설의 절반 가량은 두 권으로 이루어졌다는 사실도 함께 덧붙여져야 한다.

유형별로 분류하면, 구효서의 소설은 역사와 현실을 정치하게 반영한 리얼리즘, 은폐된 과거와 진실을 재구성하는 초역사적이고 신비주의적인 지향성, 지고의 사랑과 불멸의 실재를 찾아 헤매는 낭만주의, 현대인의 황폐한 내면세계와 관계의 어긋남을 탐사하는 모더니즘 등 당대의 문학적 지반을 두루 흡수하고 있다. 이것은 바람직한 일이기도 하고 그렇지 않은 일이기도 하다. 다양한 문제의식과 주제를 섭렵하는 구효서의 열정은 높이 평가할 만한 것이다. 한 작가의 작품세계에 이처럼 많은 세계관이 공존하는 풍경은 드물다. 그러나 다양성이 필연성을 동반하지 않을 때, 그 작품세계는 중심이 취약하다는 비판을 면할 수 없다. 지난 십년간 빠르게 전개되어온 구효서의 소설쓰기는 이제 응집력과 일관성이라는 덕목을 추가해야 할 절박한 시점에 와 있다.

구효서의 소설세계는 전업작가의 이력과 따로 떼어 생각할 수 없다. 소설쓰기가 필생의 과업이며 '노동의 의무'이기도 한 작가에게, 창작이란 매일 반복해서 꾸는 백일몽인 동시에 악몽일 것이다. 실제로 구효서는 작품 속에서 소설쓰기의 절대적 의미와 괴로움을 끊임없이 호소한다. 글을 쓰는 일이 생의 절대적 가치이자 숙명이라는 것. 동시에 글을 쓰는 일이 긴박한 호구지책이라는 것. 구효서의 소설쓰기는 '작품'과 '상품', 자발성과 타의, 유희와 노동 사이에서 동요하며, 이 갈등의 과정을 다시 소설에 담음으로써 창작의 피드백을 구축한다. 작품 지향과 상품의 강박은 무리 없이 화해하기도 하지만, 간혹 이질성과 방만함이 나열된 광경을 초래하기도 한다. 서사와 문체의 다양성이 전체적인 일관성의 부족으로 다가오는 것은 이 부분에서이다. 작품의 편차가 심한 것 또한 이와 관련된 문제이다. 하지만 구효서는 글쓰기에 대한 각별한 자의식과 긴장감을 유지하기 위해 부단히 노력한다. 그가 자신을 소설 속에 직접 개입하는 자아와 그것을 대상화하는 자아로 분리하는 것은 글쓰기의 비자각적인 자동화를 경계하기 위한 방법의 일환이다.

구효서의 소설에는 세계 인식과 글쓰기의 자의식 사이의 미묘한 관계가 가로놓여 있다. 그는 '나는 쓴다. 고로 나는 존재한다'는 신념과, '세계는 씌어졌다. 고로 세계는 부재중이다'는 의혹 사이에서 고뇌한다. 그에게 글쓰기란 세계가 어떻게 구성되어왔고, 그 세계에 의해 '나'는 어떻게 존재/부재해왔는가를 밝히는 탐문의 작업이다. 이 탐문에 의하면, 세계는 하나의 허구이며, 그 안의 안도 밖의 밖도 허구의 무한한 연속일 뿐이다. 구효서는 수없이 늘어선 허구의 거울들 앞에서 자아의 진정한 실체와 처소에 관해 묻는다. 질문의 방식은 각양각색이다. 현실의 이면을 낱낱이 뜯어보기도 하고, 역사의 시공으로 훌쩍 날아오르기도 하며, 불가해한 사랑의 심연에 몸을 던지기도 한다. 그에게 세계와 자아의 실체를 추적하는 일은 글쓰기의 의미를 탐구하는 일과 동일한 작업이 된다. 글과 세계의 관계에 대한 구효서의 시각은 대체로 다음과 같은 아우트라인을 갖고 있다.

첫째, 구효서에게 글이란 명백히 '현재적인' 양식이다. 구효서는 글이 세계를 기록하는 장치라는 것을 인정하지만, 글이 지닌 과거 보존 기능이나 사실성 여부에 대해서는 깊은 불신을 표한다. 주인공이 아버지와 생모의 과거를 추적하면서 상반된 언술에 점점 더 혼돈의 늪에 빠지는 과정을 그린 『늪을 건너는 법』(1991), 불교를 중흥한 전륜성왕으로 기록된 아소카왕의 사악함을 파헤친 『비밀의 문』(1996), 의적 임꺽정을 지독한 전쟁광으로 뒤집어 해석한 『악당 임꺽정』(2000), 죽은 병사에 대한 주변인들의 다른 시각을 열거한 「확성기가 있었고 저격병이 있었다」(『확성기가 있었고 저격병이 있었다』, 1993) 등은 모두 '기록된 것은 음모이며 가짜이다'라는 작가의 신념을 피력하고 있다.

둘째, 이러한 신념은 기록의 집적물인 역사와 과거, 종교에 대한 '삐딱하게 보기'와 그 배후의 권력에 대한 비판을 낳는다. 이를테면, 구효서는 보드리야르의 "세계는 하나의 거대한 허구적 서사"라는 관점에 동의한다. 구효서의 권력 비판은 현실의 질서와 방식을 통째로 부정하고 순수성과 원시성, 본질적인 자아에 귀의하려는 의지로 발전한다. 그 예로, 장편 『라디오 라디오』(1995)는 1960년대 휴전선 근방 사람들이 이데올로기와는 아무 상관 없이 살아가는 모습을 통해 기록된 역사와 실제 삶이 얼마나 다른가를 역설한다. 유사한 맥락에서, 불륜을 다룬 『낯선 여름』(1994)은 제도와 관습을 거부하는 '보경'과 '효섭'의 본래적인 자아에 대한 열망과 현실 일탈의 의지 사이의 넘을 수 없는 간극을 형상화한다.

셋째, 구효서에게 글쓰기란 허구적인 세계의 실체에 대한 '드러냄'과 '바로잡기'의 역할을 한다. 그에게 진정한 글쓰기란, 권력화된 글(과거, 역사, 종교, 세계)을 무너뜨리는 글을 쓰는 일이다. 하지만 구효서는 자본주의 메커니즘이라는 괴물과의 싸움에서 고전을 면치 못한다. 진실을 찾는 글쓰기는 아름답고 신성한 백일몽이 되지만, 생활과 연결되는 순간 글쓰기는 끔찍한 악몽이 된다. 세계의 질서를 거부하는 방식으로 세계에 편입해야 하는 작가적 고민은 작가 자신이 작품의 주인공이 되는 현상을 낳는다. 구효서의 많은 소설이 그 자신이 주인공인 '소설가 소설'의 형태로 되어 있는 것은 이 때문이다. 대표적인 예로, 소설집 『깡통따개가 없는 마을』(1995)은 구효서가 겪은 글쓰기의 압박감과 환멸을 적나라하게 서술하고 있다.

넷째, 구효서는 초기의 정치적 성향에서 비정치성의 정치성으로 이동하며, 반사회성과 개인주의를 모토로 삼는다. 이러한 경향은 자주 허무주의적 존재론과 극단의 낭만성으로 변주된다. 구효서는 현실과 역사의 가짜 이데올로기(그 강력한 지원병력이 곧 '글'이다)에 항의하며, 개인을 억압하는 사회적 기제에 반발한다. 사회구조와 체제에 대한 비판은 전면적인 파괴의 욕망으로 나타나기도 한다. 개인의 실존적 삶에 대한 성찰은 실체의 부재와 불가능성의 확인으로 이어지는데, 구효서는 타인의 간섭을 거부하고 독자적인 삶을 추구하는 인물을 내세워 삶의 부박함에 대항한다. 『노을은 다시 뜨는가』(1990), 『늪을 건너는 법』(1991), 『확성기가 있었고 저격병이 있었다』(1993), 『비밀의 문』(1996) 등은 역사와 현실과 종교적 이데올로기의 허위성을 다루며, 『깡통따개가 없는 마을』(1995), 『라디오 라디오』(1995), 『남자의 서쪽』(1997), 『도라지꽃 누님』(1999) 등은 반사회성과 개인성을 미학적 차원으로 끌어올린다. 이 두 흐름은 지난 십 년간 구효서 소설의 전반기와 후반기의 차이이기도 하다.

서사와 미학의 행복한 화합은 모든 소설가들의 열망의 내용이다. 구효서 역시 예외는 아닌데, 그의 소설은 주제의 성격에 따라 둘 사이의 균형이 좌우되는 특징을 보인다. 단적으로 말해, 구효서는 '서사의 미학' 보다는 '미학적인 서사' 쪽에서 탁월한 능력을 발휘한다. 사건의 구성력보다는 독특한 분위기와 화법, 문체의 마력이 구효서 소설의 중심 기둥을 형성하고 있는 것이다. 이런 관점을 바탕으로, 구효서의 방대한 작품 세계의 분포도를 살펴보기로 하자.

2. '증거 보존'과 '탐색'의 글쓰기

구효서의 첫 작품집 『노을은 다시 뜨는가』(1990)는 6·25부터 80년대까지의 현실을 충실하게 재현한다. 이 작품집에는 전쟁, 분단, 광주, 군대, 노동운동 등의 역사적 비극과 사회적 모순이 꼼꼼히 필사(筆寫)되어 있다. 구효서는 과거와 현재의 유기적인 관계 및 과거의 생생한 현재성에 주목한다. 과거는 어떤 식으로든 현재 안에 보존되어 현재를 계속 움직이는 탓에, 과거의 탐사는 현재를 재발굴하는 고고학적 작업이 된다. 구효서의 데뷔작 「마디」는 과거와 현재의 관련성을 6·25와 광주의 교묘한 연접을 통해 보여준다. 주인공 '나'는 이 연접의 나사못에 해당한다.

육 년만에 고향을 찾은 '나'는 길에서 '꽃바람'을 만난다. '꽃바람'은 80년 여름, 가출한 어머니를 찾으러 간 '내'가 개울가에서 겁탈한 미친 여자로, 지금은 정상이 되어 여섯 살짜리 아들과 산다. '나'는 그 아이가 나의 아이일지도 모른다는 불안감에 시달리며, 자신 역시 6·25 때 어머니가 겁탈당해 낳은 자식임을 알게 된다. 소설은 이를 암시로 처리하지만, 인민군의 겁탈로 태어난 '내'가 다시 광주의 상처를 지닌 여성을 겁탈하는 악연의 연쇄를 통해 역사의 비극을 뚜렷이 양각(陽刻)한다. 6·25의 피해자인 어머니와 광주의 희생양인 꽃바람, 그 씨앗인 '나'와 아이는 비극적인 역사의 쳇바퀴 속을 돌고 있다. 이 소설의 이중적인 구조와 등장인물의 긴밀한 연관, 개인의 운명에 대한 역사적 결정력 등은 다른 소설에서도 그대로 계승된다. 전쟁중에 신도들이 국군에게 집단학살을 당하자 목을 맨 '땡중'과 회사의 노조 탄압에 맞서 분신자살을 기도한 '조기사'가 대비되는 「노을은 다시 뜨는가」, 주인공이 수양어머니인 '장단 아주머니'의 묘를 팔 년 만에 이장하면서 6·25가 그녀에게 입힌 상처를 이해하게 되는 「이장」, 열성적인 노동운동가였던 '박형(朴亨)'의 죽음을 그린 「공무도하가」, "체제가 부여한 폭력"에 굴복할 수 없어 고문관 행세를 하는 고일병의 이야기인 「고문관」 등은 모두 현실을 재현하는 리얼리즘의 본도를 따르고 있는 작품들이다.

세계에 대한 충실한 서술자로서의 구효서의 입지는 첫 장편소설인 『늪을 건너는 법』(1991)에서 전환점을 맞게 된다. 『노을은 다시 뜨는가』가 사회 역사적 현장의 구체성을 기록하는 보존의 서사라면, 『늪을 건너는 법』은 기록과 기억의 이면을 추적하는 탐색의 서사라고 할 수 있다. 안타깝게도 이 탐색은 실패로 끝난다. 정체 모를 팩스를 받고 아버지와 생모의 과거를 찾아 강화도로 간 '나'는, 엇갈린 진술과 옛 기록 속에서 "실마리를 찾아 들어가면 갈수록 더욱더 미궁으로 빠져들"(68쪽)게 된다. 삶의 실체와 개인의 진실은 시간과 언술의 누적 속에서 형체 없는 '늪'으로 화해버린 것이다. 이 '늪'은 언어의 늪이자 실체의 늪이며, 사회 역사의 늪이자 개인의 늪이기도 하다. 현재의 세계가 한낱 허구의 산물이라면, 과거의 역사와 자아의 정체성도 동일한 의혹의 대상이 된다. 이 문제에 관해 구효서는 크게 다음과 같은 세 가지의 방향성을 탐구해 왔다.

우선, 눈앞의 현실에 대해 최대한의 의혹을 발휘하는 것. 권력 시스템에 대한 비판 및 기록된 '문서'의 음모를 폭로하는 행위가 여기에 속한다. 단편집 『확성기가 있었고 저격병이 있었다』(1993)에서 현실에 대한 의혹은 소설적인 실험 정신과 결합하여 특이한 풍경을 만들어낸다. 이 소설집은 실제 문서와 컴퓨터 파일, 방송의 대화를 날것으로 제시하면서 세계의 '진짜 얼굴'을 드러낸다. 저격사고 보고서의 형식을 빌린 단편 「확성기가 있었고 저격병이 있었다」는 그 예리한 단면도이다. 통제 권력의 상징인 '확성기'를 혐오하던 '정길훈 일병'은 자신을 적으로 오인한 동료에 의해 사살당한다. 이 엉뚱한 저격사건의 보고서는 '확성기'로 표상된 독재 권력의 언술을 그대로 받아 적은 답안의 형태를 띠고 있다. 내무반원들의 진술서, 피격자의 전투력 측정기록부 등으로 된 보고서는 한 병사의 삶과 죽음을 군대의 논리로 왜곡시킨다. 언어에 의해 권력은 비호받고, 개인의 진실은 말살되는 것이다. 단편 「아이 엠 어 소피스트」 역시 보고서의 형식으로 되어 있다. 이 소설은 No. 3840087로 분류된 1958년 9월 25일생 '박상의'의 신상 파일로, 학력, 직장, 애인, 심지어 "호두 두 개를 가지고 다니는" 버릇까지 모든 것을 망라한다. 이 일차 정보가 모종의 이차 정보로 활용될 것이라는 예감은 숨은 '배후'에 대한 두려움을 촉발한다. 문제 학생에 대한 교사의 관찰기록인 「죽은 시인의 사회」, 사체검안서인 「아래 문건을 기각함」 등도 기록된 세계와 실제 세계 사이의 분열을 사례 예시를 통해 보여준다. 이 작품들은 한결같이 '글'이 권력의 도구이자 권력이 실현되는 장소임을 역설한다. 권력의 지배하에 놓인 글은 허위를 축적하고 진실을 증발시킨다. 『확성기가 있었고 저격병이 있었다』에 실린 소설들은 그 증발의 현장에서 건진 증거물들이다. 구효서는 초박피의 사실성과 해체적인 기법을 혼합해 증거물들을 원형 상태로 보존한다. 글과 권력의 관계에 대한 통찰은 「영혼에 생선가시가 박혀」 「子公, 소설에 먹히다」 등의 작품에서는 소설쓰기의 왜곡된 풍토를 풍자하는 우화적 수법으로 변용되기도 한다.

다음으로, 구효서가 세계의 진상을 밝히기 위해 행하는 방법은 초역사적인 정신의 모험이다. 이 모험은 신비적, 초월적인 색채를 지닌다는 점에서 『확성기가 있었고 저격병이 있었다』의 증거 보존의 방식과는 성격이 다르다. 오히려 『늪을 건너는 법』의 과거 찾기를 이어받고 있는 이 모험은 풍부한 상상력의 힘을 빌어 '잃어버린 세계'의 진실에 접근한다. 그 입구에 있는 '비밀의 문'은 '글'로 만들어진 문이다. 장편 『비밀의 문』(1996)은 네 겹의 화자와 서사 구조로 된 복잡한 설계의 소설이다. 가장 안쪽에는 2400년 전 인도의 재상 시수팔라가 아소카왕의 폭정과 불교 탄압을 기록한 『아육왕상전』이 있다. 두번째 틀에는 『아육왕상전』을 번역하다 실종된 최윤석의 노트인 『언어는 화석을 남기지 않는다』, 세번째 틀에는 사라진 최윤석과 비밀집단 '회좌'을 추적한 류인범의 기록, 네번째 틀에는 류인범에게 이 기록을 얻은 작중 소설가의 경위 설명이 배치된다. 소설 속에서 시수팔라, 최윤석, 류인범은 역사와 현실에 대한 증인이자 탐정의 역할을 한다. 이들은 "내 세계, 혹은 내 정신의 영토가 뭔가에 의해 초토화되던 광경들"(1권, 295쪽)을 목격했으며, 그 '뭔가'의 정체를 폭로하기 위해 글을 쓴다. 하지만 『아육왕상전』이 조선 중종 3년(1508년)에 불교 탄압을 위해 관찰사 '박후정'이 지어낸 허구임이 밝혀지면서 그 실체는 산산이 부서진다. 『아육왕상전』 때문에 소설을 버렸던 최윤석은 "어느 쪽도 진이 아닐 수 있다는" "사고의 기화현상"(2권, 29쪽)을 겪으며, 허구를 폭로한 문헌이 더 기만적인 허구임을 알게 된 후 비밀조직 '회좌'에서도 탈퇴한다. 언어와 이성, 문명을 거부하는 '회좌'는 "전혀 혁명적인 새로운 세상"(2권, 181쪽)을 주창하지만, 기존의 세계와 똑같은 오류를 저지르고 있기 때문이다.

없는 듯하지만 있었다. 언어나 문자를 일절 사용하지 않는다지만 그들 집단에선 그게 넘쳐흘렀다. 없다고 하지만 분명 있었다. 테두리가 있고, 규격이 있으며, 색깔과 형태가 뚜렷한 기호의 상징물이 그들이 모이는 곳 어디에나 빠짐없이 내걸려 있었던 것이다. (2권, 54쪽)

'회좌'는 일체의 기호와 이데올로기에 대한 거부를 표방한, 또하나의 기호[1]이자 이데올로기이다. 그들이 신봉하는 "이미지 수행"은 "나와 '추구하는 바'의 합일"(2권, 166쪽)을 내세워 환각제를 마시고 자아를 몰각하는 일이며, 비밀 회합은 원시적인 혼음난무와 광기의 카니발에 다름 아니다. 최윤석은 『아육왕상전』과 '회좌'의 두 겹의 허구를 통과해 현실로 귀환한다. 이와 함께 언어와 소설에 대한 그의 인식도 새롭게 탈바꿈한다.

류인범은 최윤석의 성찰적 자아에 해당한다. 류인범은 최윤석의 뒤를 좇아 『아육왕상전』의 진상과 '회좌'의 내부를 파헤치면서 전체적인 평가를 담당한다. 『아육왕상전』은 파행적인 권력과 글쓰기의 유착의 산물이라는 것, '회좌'는 "'전체적 질서'와 '존재의 궁극'"(2권, 263~264쪽), 유전자공학에 의한 "아름다운 형질의 색다른 인간 창조"(2권, 322쪽)를 기도했지만 방법론에 문제가 많았다는 것, 사회적으로 소외된 회좌의 맹원들은 "사적인 원한과 복수"(2권, 272쪽)에 함몰될 수 있다는 것

---

1) '회좌'는 그들의 접속수단인 컴퓨터 통신방법에서 단적으로 드러나듯 이 세계에서 '기호'의 형태로 존재한다. 더구나 '회좌'는 현실을 거부하면서 허공에 부유하는 기호, 인간성이 탈색된 실체 없는 기호이다. 이들은 세계의 은폐된 실체를 복원하는 것이 아니라, 또다른 기호와 이데올로기로 인간의 의식을 조작한다. 즉, '회좌'는 비인간적, 반인간적인 지향성의 집합체에 불과한 것이다. 이는 류인범에게 메시지를 전달하는 자의 글에서 잘 드러난다. "박창조(BHAR), 알려고 노력해도 소용없을 거예요. 난 이 세상에 하나의 실체로 존재하는 인물이 아니니까. 내 존재는 지금처럼 푸른 바탕에 흰 기호로 찍히는 존재가 전부예요. 즉 나는 기호일 뿐이지요. 당신에게 하나의 메시지를 전달하는 역할로서의 내가 있을 뿐, 기타 다른 인간적인 캐릭터를 갖지 않는 거예요. 이해하시겠습니까?"(2권, 133쪽)

등이 그의 결론이다. 그러나 류인범의 가장 중요한 임무는 최윤석의 소설에 대한 해석과 가치 부여에 있다.

오염과 타락을 치료하고 증발시켜 추출해낸 희디흰 소금과도 같은 언어. 이제 그 어떤 불순한 기도(企圖)와 침입도 허용하지 않는 언어를 최윤석은 다시 얻은 게 분명했다.

(……) 어떤 것에도 예속되지 않고, 어떤 것도 강제하지 않는 글, 그러면서도 인간으로 하여금 끊임없이 존재의 의미를 스스로 음미케 하고, 불순한 도발에 저항하게 하며, 항상 자유를 꿈꾸게 하는 유일한 글을, 그는 소설적 언어라고 생각했을 것이다. 아니면, 이제부터라도 소설적 언어란 모름지기 그러해야 한다는 결론을 얻은 것 같았다. (2권, 329~330쪽)

이 말은 그대로 구효서 자신의 것으로 해석된다. 『비밀의 문』의 궁극적인 주제는 "소설적 언어"의 조건과 소설쓰기의 진정한 의미에 있다. 즉, 참된 소설의 언어란 "신과 진리와 권력에 의해 오염되고 타락하기 시작한 시대 이전의, 본연의 언어, 자연의 언어, 순수의 언어"(2권, 329쪽)이며, 진정한 소설쓰기란 세계에 즐비한 가짜 거울들 위에 진짜 거울을 세우는 일이다. 소설의 거울은 조작된 허구를 밀어내고 자신의 몸에 참된 허구를 비춘다. 참된 허구라는 말은 허위의 사실을 붕괴시키는 상상의 진실을 뜻한다. 이 역시 실재는 아니지만, 구효서는 세계의 외형이 아닌 내부를 공략하며 반영이 아닌 파괴를 통해 실체에 근접한다. 허구의 소설이야말로 이 세계의 허구를 격파하는 유용한 방법이라는 것, 그럼에도 소설이 세계의 겹겹의 허구를 완전히 관통할 수는 없다는 것. 구효서는 문학의 오랜 명제를 반복하는 동시에 교정한다.

마지막으로, 구효서가 기록된 글과 역사의 허위에 노선하는 방법은 실제 경험의 정밀한 실사(實寫)이다. 체험의 실사는 허구의 위험에서 벗어나는 가장 안전한 방법이다. 이 계열의 작품으로는 『라디오 라디오』

(1995)와 『오남리 이야기』(1998)가 있다. 『라디오 라디오』(1995)는 1957년 강화 태생인 작가의 성장기로, 열한 살 소년 '강병태'와 무당 '묘선'이 주인공으로 등장한다. 전통 농촌에 문명의 '라디오'가 들어와 생긴 갖가지 해프닝이 소설의 줄거리이다. 작품의 초점은 라디오의 역할에 있다. 구효서는 〈서문〉에서 휴전선 접경 마을의 사람들에게 라디오는 단지 일상의 훌륭한 소도구였을 뿐이라고 강조한다. "양쪽 권력자들은 모두 라디오를 종종 아주 훌륭한 통치 수단으로 이용하려 했지만 우리는 연속극에만 빠져들었다"는 것이 요점이다. 이데올로기란 순박한 사람들에게는 그저 '마이동풍'에 불과하다. 그들은 천성과 자연의 욕망을 따라 살 뿐, 매일 울려퍼지는 대남·대북방송에 귀를 기울이지 않는다. 대학생 '선우'에게 권력의 음모에 관해 들은 후에도 사람들은 그저 무덤덤하기만 하다.

요컨대 선우의 말은, 한내 마을 사람들로부터 평양방송을 차단하기 위해 국가에서 오래도록 스피커라는 유선 통신망을 관리해왔다는 것이었습니다. 그럴듯한 말이었습니다. 그러나 그럴듯한 말이긴 해도 별로 신통한 얘기 같진 않았습니다. 우리는 이미 말을 알아듣던 시절부터 저들의 방송을 귀에 못이 박히게 들어왔고, 글을 깨친 뒤로는 저들의 삐라를 낱낱이 읽을 수 있었으니까요. 누가 관리한다고 해서 쉽게 관리되지는 않았다는 말입니다, 우리들은. (……) 귀는 줄창 뚫려 있는 거니까 안 들을 수는 없는데, 그렇다고 다 듣는 것도 아닙니다. 이제 마이동풍이다 그런 말입니다. (138~139, 밑줄 인용자)

거대 권력에 대항하던 구효서는 유년의 고향에서 가장 강력한 지원군을 얻는다. 마을 사람들은 통제에 반발하는 것이 아니라, 아예 통제의 영향권에서 벗어나 있다. 그들은 "관리되지 않"으며, 관리의 효력은 처음부터 그들에게 미치지 못한다. 사람들에게 '라디오'는 정치적 메시지를 전달하는 기계가 아닌, 단지 기막히게 재미난 연속극을 들려주는 이야기 보따리일 뿐이다. 이와 같이 실제 경험의 세계는 조작된 허구의 세계를 보기 좋게 무력화시킨다. 기록의 함정은 구체적인 경험의 실사(實寫) 앞에서는 힘을 쓰지 못한다. 『라디오 라디오』에 와서 글쓰기와 권력에 대한 구효서의 회의는 상당 부분 희석된다. 『오남리 이야기』(1998)도 같은 계열에 속하는데, 옥중에 있는 김하기에게 쓴 편지를 묶은 이 작품은 체험적인 수필에 더 가깝다. 오남리라는 시골에서 창작에 전념하는 구효서는 자신의 일상과 '보라아파트' 사람들의 삶을 세밀히 소묘한다. 담백하면서도 유머러스하게 그려진 서민들의 생활상은 박영한의 『우묵배미의 사랑』이나 양귀자의 『원미동 사람들』의 세계를 떠올리게 한다. 『오남리 이야기』에서 현실과 소설의 거리는 거의 구분되지 않는데, 이에 대해 구효서는 "아무리 나이를 먹어도 나는 소설과 현실을 잘 분간 못 하는, 분간하려 하지 않는 나의 이 오랜 맹증을 고치지 않을 것이다"(6쪽)라고 말한다. 현실의 실사가 곧 소설이 되는 순간이 그에게는 가장 평온하고 행복한 글쓰기의 순간이라는 의미일 것이다.

3. 사랑의 심연과 본래적 자아의 행방

'사랑'은 구효서가 가장 섬세하게 접근하는 주제이다. 그의 소설의 독특한 미학은 대부분 사랑을 다룬 소설에서 뿜어져나온다. 구효서는 초기의 장편소설 『추억되는 것의 아름다움 혹은 슬픔』(1992)과 『낯선 여름』(1994)에서 이미 사랑의 본질과 파괴적인 속성에 주목한 바 있다. 구효서의 사랑의 담론이 독특한 색깔을 갖추는 건 단편집 『깡통따개가 없는 마을』(1995)에 와서이다. 여기 실린 단편소설의 주인공들은 대개 삼십대나 사십대 초반의 고독한 개인들이다. 이들은 외로운 삶과 황폐한 일상을 문화적 감각으로 세련되게, 혹은 처절하게 무마하면서 살아간다. 음악,

미술, 연극, 잡지, 외국문학, 음식 등에 대한 등장인물들의 안목과 취향은 이국적인 분위기와 감각적인 묘사에 힘입어 소설의 장식적 효과를 극대화한다. 그러나 아무도 사랑하지 않거나, 극히 지독한 사랑의 열병을 앓고 있는 사람들의 내면은 황량하기 그지없다. 물고기를 기르며 혼자 사는 중년의 여성은 "삶을 알기" 위해 아무것도 "알려고 하지 않"으며, 세상과 격리되기를 원하는 남자는 "삶 자체를 포기할"까(「테라스에 앉은 조라」) 고민중이다. 한쪽 손이 마비된 마흔두 살의 독신 여성은 추억의 환상을 지키기 위해 평생을 사랑한 '그'가 찾아온 날 집을 비운다(「덕암엔 왜 간다는 걸까 그녀는」). 외로움과 사랑의 결핍, 텅 빈 일상에 감금된 이들은 몸에 감긴 쇠사슬과 잠긴 문을 부수고 탈출하는 '탈출사'(「깡통따개가 없는 마을」)를 꿈꾼다. 그러나 탈출의 꿈은 이룰 수 없는 사랑과 마찬가지로 아득하기만 하다.

사랑의 불가능성은 이 작품집의 가장 아름답고 뛰어난 소설인 「카사블랑카여 다시 한번」에서도 재연된다. 연극배우 지망생인 이혼녀와 연극배우 출신의 부랑자인 독신 남자는 허름한 아파트 단지에 사는 이웃이다. 이들은 연극 「카사블랑카여 다시 한번」을 함께 연습하면서 연극 속의 주인공들처럼 사랑에 빠진다. 소설은 두 사람의 상황과 연극 속의 '린다'와 '알란'의 상황을 겹쳐 놓으면서 극적인 분위기를 한껏 고조한다. 그러나 두 사람의 사랑은 연극의 대사를 빌린 우회적인 고백으로 그친 채 남자의 자살로 파국을 맞이한다. 어린 아들의 죽음으로 인해 삶을 포기했던 남자는 사랑하는 여자를 갖게 된 순간 죽음을 실행한다. 사랑의 시간이야말로 죽음을 향해 떠나기 좋은 최적의 시간이기 때문이다.

완전한 정점을 향해 치닫는 사랑, 죽음을 통해 완성되는 사랑은 낭만성의 정수를 구현하는 사랑이다. 구효서는 사랑이 인간의 실존을 어디까지 밀고 갈 수 있는지를 시험한다. 그의 사랑의 항해는 예외 없이 완전한 난파나 끝없는 표류 가운데 어느 하나가 된다. 『남자의 서쪽』(1997)에서 안정된 생활을 가진 마흔다섯 살의 남자는 서른두 살의 미모의 여성과 사랑에 빠진 후 가정도 사랑도 아닌, '떠남'을 택한다. 남자가 여자를 사랑하면서 느낀 것은 "그녀를 만나는 순간만큼은 나라는 존재를 규정하는 이러저러한 조건과 환경들로부터 자유롭게 놓여나"(90쪽)는 해방감이었다. 남자와 여자는 사랑을 통해 서로 상반되는 모습으로 변화된다. 그 결과는 매우 아이러니컬하다. 독자적이고 도발적이었던 '허경주'는 사랑을 소유하고 싶어 현실에 투항하고, 안정 지향적이던 남자는 사랑의 구속을 피해 현실을 탈출한다. 여기에 환상적인 '하노이'의 풍광이 겹쳐지면서 남자의 탈출은 '남자의 서쪽'이라는 본원적인 공간을 향한 떠남으로 마무리된다. 이 소설에서 사랑은, 지극히 평범한 한 남자를 일상에서 환상으로 날아오르게 하는 낭만적인 에너지가 된다. 하지만 그의 날아오름이 비상이 아닌 비현실적인 '비약'으로 느껴지는 것은 이 소설이 지닌 뚜렷한 한계라고 할 수 있다.

사랑을 통한 자아찾기의 여정은 『내 목련 한 그루』(1997)에서는 카톨릭 신부를 사랑하는 마흔다섯 살의 유부녀에 의해 계승된다. 신부를 향한 '에디따'의 사랑은 불꽃같은 열정과 시간의 풍화를 견디는 견고함을 지니고 있다. 에디따는 인간의 질서와 신의 질서에 대한 이중의 도전 속에서 지나온 삶의 허위를 깨닫는다. 사랑은 그녀에게 존재와 삶에 대한 근원적인 성찰을 가져다준다. 에디따의 사랑은 숨이 막힐 듯한 '매혹'의 사랑이며, 매혹된 그녀의 시선은 그 사람의 심상한 부분도 그냥 지나치지 않는다. '사로잡힌 영혼'인 에디따는 "당신의 어깨"와 같은 특별한 것 없는 곳에서도 "당신이 체념한 사랑의 슬프고도 장대한 언어들이 허망한 금욕의 관(冠)과 함께 순장되어 있"는 광경을 본다. 『내 목련 한 그루』에는 『남자의 서쪽』의 멋스러운 '포즈'가 사라진 반면, 미적 탐닉이 부각된다. 신부 역시 자신을 사랑하는 것을 확인한 후 돌아서는 에디따는 자신의 사랑을 "하세월 지우려 해도 지워지지 않는 멍자국 같은 것이 함께 흰빛을 이루는, 그런 목련"(187쪽)이라고 표현한다. 신과 겨루는 운명적인 사랑을 '목련 한 송이'로 견디는 방법은 이 소설의 미학적 거점과 현실적 토양을 선명히 보여준다. 청결하지만 깊은 '멍자국'이 있는 사랑은 사랑의 환희보다는 절망을, 공감보다는 위태로움을 느끼게 한다. 이 가냘픈 사랑은 내면의 온실에서 자란 것이기에, 현실의 땅에서의 생장력은 미지수로 남겨지게 된다.

구효서가 그리는 사랑은 현실적으로는 패배한 사랑이다. 구효서의 소설에서 사랑의 주인공들은 "충만한 마음으로 텅 빈 세계에 거주"(샤또 브리앙)하는 낭만주의의 인간보다도 더 비극적인 운명을 안고 있다. 이들은 "텅 빈 마음으로 텅 빈 세계에 거주"하는 존재들이다. 때문에 이들은 텅 빈 마음을 '사랑'으로 가득 채워도 결코 사랑을 성취할 수 없다. 이같은 맥락에서 「나무 남자의 아내」(『도라지꽃 누님』, 1999)가 도달한 생명력 넘치는 포용의 사랑은 경탄을 자아내게 한다. 창녀 출신인 여자는 자신이 만나는 남자에게 언제나 "최선을 다해" 왔다. 또한 지난 십 년간은 6·25의 상처를 지닌 '나무 남자'의 아내로 살면서 그의 폭력적인 요구를 기꺼이 받아들였다. 여자의 사랑은 보상의 욕구나 희생의 의식조차도 갖지 않은 무색 투명의 사랑이다. 그녀는 원시성을 느끼게 할 정도의 강인하고 순수한 내면으로 사람들의 상처를 끌어안는다. 이성(異性)을 넘어 인간에 대한 애정에서 우러나는 여자의 사랑은 정확히는 연민에 가깝지만, 그녀 역시 소외되고 상처받은 존재라는 점에서 경이로움을 느끼게 한다. 사랑보다 개인의 실존이 선행되던 구효서의 사랑관은 「나무 남자의 아내」에 와서 자아의 실존보다 타자를 우선하는 새로운 경지를 넘본다. 그 주인공은 야성과 모성을 함께 지닌 자족적이며 건강한 여성이다.

4. 타인의 기억 속에서 건져올린 사랑 — 『며별』의 세계

구효서의 장편소설 『며별』(2001)에서 사랑은 과거로 떠나는 시간여행을 통해 '발견된다'. 발견된 사랑이란 당사자인 '민서현' 조차도 몰랐던,

칠 년 동안 타인의 기억 속에 묻혀 있던 사랑이다. 자신의 것도 아닌 타인의 기억 속에서 건져올린 사랑이란 무엇인가? 한때 구효서는 기억이란, 또 그것의 기록이란 왜곡에 불과하다고 주장하지 않았던가? 사랑의 발견은 '박선생'이 '서현'에게, '강선생'이 그녀를 사랑했었다는 짐작을 말함으로써 시작된다. 서현과 강선생의 사랑은 당사자가 아닌 제삼자를 통해 사실의 표면 위로 떠오른다. 죽은 강선생의 무덤가에서 자신의 사랑 이야기를 듣는 서현은 스스로에게 무지한 '타자'이자, 그 이야기를 듣는 최초의 '청자'이다. 동시에 그녀는 사랑의 '검증인'이라는 절대적인 위치에 서 있다. 그녀가 바로 사랑의 당사자이며 그 사랑의 유일한 생존자인 까닭이다. 서현은 박선생이 제공하는 기억의 조각들을 자신의 기억에 덧붙여 하나의 그림을 완성한다. 불완전한 두 개의 기억은 퍼즐처럼 맞추어져 온전한 형태를 갖추고, 이를 통해 죽은 '강선생'은 현재의 서현의 내면에 되살아난다. '서현'은 자신의 사랑의 현장에 여행객으로 갔다가 뜻밖에도 주인공이 된다. '서현'이 존재 여부조차 알지 못했던 과거의 사랑을 엄연한 사실로 승인하는 것은 그녀 또한 '강선생'을 사랑하고 있기 때문이다. 구효서가 오랫동안 집착해온 과거의 불명료성과 기억의 왜곡은 이제 현재 속의 주체의 '반향'을 통해 화해의 국면에 접어든다. '박선생'과 '서현'의 두 기억의 상호 보완 작용, '강선생'과 '서현'의 시간의 경계를 넘어선 상응과 반향은 과거와 현재, 존재와 존재가 화합하는 아름다운 장면을 연출한다. 이 상호성의 원리는 과거를 실체를 알 수 없는 타자로 이해하던 이전의 세계에서 한 단계 나아간 것이라고 할 수 있다. 이제 기억은 은폐와 죽음의 장소가 아니라, 발견과 반향, 존재와 생명의 장소가 된다. 아이를 낳지 못하는 서현이 여행에서 돌아와 아이를 입양한 후 생일을 강선생의 기일 다음날인 '7월 23일'로 정하는 것은 그 뚜렷한 결실이다.

'메별'은 "소매를 잡고 이별함"의 뜻이지만, 정작 소설 속에 눈물겨운 이별의 장면은 없다. 오히려 아련하고 담담한 이별이 있을 뿐이다. '메별'은 팔 년 전 강선생의 학교로 농활을 갔었던 서현이 여름만 되면 느끼는 불안감 속에 잠재해 있다. 서현의 불안감은 "만져지지도 보여지지도, 심지어는 잘 느껴지지도 않"지만, 그 움직임만큼은 "너무도 바쁘고 왕성하고 절박하고 치열"하다. 이 불안감은 서현이 강선생을 칠 년 만에 다시 찾은 7월 22일이 강선생의 기일이라는 사실로 구체화된다. 칠 년 전, 강선생은 강물에 빠진 박선생의 조카를 구한 뒤 익사하고 말았던 것이다. 박선생은 두 사람의 사랑의 매개자이지만, 수영 못 하는 강선생을 죽게 했다는 혐의를 받고 있다. 이 혐의의 연원은 6·25 당시 인민위원장을 살해하고 자살로 위장했다는 그의 아버지에게까지 거슬러올라간다. 타살의 의혹이 사십 년의 세월을 넘어 아들에게 대물림되고 있는 것이다. 하지만 소설의 구성상 강선생의 죽음이 먼 과거의 6·25에까지 연루될 필연성이 있는가는 다소 의문이다. 강선생의 죽음의 피고이며 사랑의 증인이기도 한 박선생은 그 사랑에 관해 다음과 같이 증언한다.

늘 해바라기가 그려진 시집에 눈이 가 닿곤 했던 것만 봐도 강선생의 울증은 서현씨로부터 촉발된 건 분명한데, 그렇다고 해서 함부로 연정이니 뭐니라고 단정할 수는 없었습니다. 서현씨를 보고 난 뒤 자신의 존재와 정체성에 대해 전에 없이 맹렬한 반추랄까, 아니면 응시를 하기 시작했을지도 모른다고 말하는 게 차라리 옳을지도 모르지요.(134쪽)

농활 이듬해 서현은 강선생을 찾아갔다가 해바라기가 그려진 시집에 글을 남긴 적이 있었다. 해바라기의 '노란색'은 두 사람의 사랑을 상징하는 빛깔이다. 농활 도중 강선생은 서현과 친구들이 '노린재'를 징그러워하자, 벌레 역시 아름답고 경이로운 생명체임을 깨우쳐준다. 짝짓기를 하는 '노린재'의 "등 한복판에 샛노란 하트 문양이 명료하게 찍혀 있"는 것을 보고 서현은 감탄을 금치 못하는데, 노린재의 '샛노란 하트 문양'은 서현과 강선생의 사랑을 강하게 암시한다. 노란색의 소품은 소설 전반에 걸쳐 계속 등장한다. 강선생의 집 근처에는 눈부실 만큼 노란 ‘쑥갓꽃’이 피어 있고, 강선생의 무덤에도 노란 ‘쑥방망이꽃’들이 만개해 있다. 서현이 파양의 상처가 있는 아이를 고집한 것도 그 아이가 노란색 ‘천인국’을 들고 있었기 때문이다. 한편 노란색은 고아 출신으로 삶의 허무와 서현에 대한 사랑으로 괴로워하던 강선생의 ‘울증’을 의미하기도 한다. 노란 해바라기 그림의 시집은 울증으로 자살한 고흐를 반추하게 하면서 이를 은연중에 드러낸다.

강선생의 죽음은 농활의 어느 날 서현이 ‘관격’을 일으킨 시점에서 이미 예견된다. 어머니를 관격으로 잃었고, 자신 또한 관격으로 목숨을 잃을 뻔했던 강선생은 서현이 관격을 일으키자 아무런 조치도 취하지 못한다. 그는 사관을 트는 응급조치가 오히려 죽음을 불러올 수 있음을 어머니를 통해 알고 있다. 하지만 그는 정작 자신이 관격을 일으켰을 때는 사관을 거부하지 않는다. 까닭을 묻는 서현에게 그는 나즈막한 음성으로 읊조린다.

“쓸쓸했기 때문이었겠지요……”
저는 걸음을 멈추었습니다.
“…… 난 줄곧 언제든 내 인생에서 퇴장하고픈 고달픔과 허망함에 시달려온 사람이었습니다. 그러는 건 내게 낯선 일이 아니었습니다.”(75쪽)

강선생의 죽음은 “인생에서 퇴장하고픈 고달픔과 허망함”이 누적된 결과이다. 그의 익사는 타살이 아닌 자살이었음이 분명하다. 비록 자살로 생을 마감했지만 강선생은 누구보다도 자연의 비의와 생명의 환희를 잘 이해한 사람이었다. 서현이 일 년 만에 강선생을 찾아가 “물빛과 햇살과 바람과 초록의 풍경들” 속에서 “천연덕스럽게 머리를 감”았던 것도, 그날의 시간이 “낯익고 편안한 비현실”로 기억되는 것도 강선생의 존재와 삶의 공간이 발하는 ‘눈부심’에서 비롯된다. 서현이 도시의 딸이라면, 강선생은 자연의 아들이다. 강선생과 함께 한 농활의 시간이 서현에 게 '농촌 활동'이 아닌 '농촌 체험'으로 각인되는 것도 그가 보여준 생 명력에 기인한다.

　열두번째 장편소설인 『메별』에서 구효서는 사랑의 상호 반향과 현실 적인 지속에 관심을 갖는다. 서현과 강선생의 사랑은 이별과 죽음에 흡 수되는 절대적인 사랑(「카사블랑카여 다시 한번」, 「테라스에 앉은 조라」, 『남자의 서쪽』, 『내 목련 한 그루』)이나, 한쪽의 전폭적인 포용에 의한 사 랑(「나무 남자의 아내」)과는 다른 자리에 있다. 이 사랑은 삶(서현)과 죽 음(강선생), 과거와 현재, 타인과 자아의 소통을 통해 발견되고 완성되는 사랑이다. 서현이 입양한 아이는 고아였던 강선생을 대신하면서, 서현의 사랑이 현재형과 미래형으로 지속될 것을 예고한다. 구효서의 사랑의 서 사는 이 신작 장편소설에 이르러 안정된 품격과 절제력을 얻고 있다. 일 탈과 환상에 탐닉하면서 비약적인 면모를 보이던 이전의 장편과는 달리, 『메별』은 정감 있는 문체와 탄탄한 구성으로 독자를 끌어들인다. 그러나 보일 듯 말 듯한 '음영'으로 존재하는 이 사랑 역시 환상적이고 미학적인 색채로 물들어 있는 것은 사실이다. 이는 강선생의 죽음의 내적 동기가 설득력이 약하게 처리된 점에서 도드라진다. 강선생을 죽음으로 몰고 간 허무주의는 도시의 일상 속의 황폐한 개인들에게서 발견되는 것이다. 생 명의 아름다움과 신비를 육화한 존재로 그려진 그가 구효서 소설의 도시 형 인물과 내적으로 닮아 있는 것은 이해하기 어렵다. 강선생과 서현의 사랑의 '거리' 또한 지나치게 멀다는 느낌을 지울 수 없다. 이 먼 거리는 자칫 소설 전체를 몽환적인 추억이 되게 할 위험이 있다. '박선생'의 가 족사에 첨가된 6·25의 후경(後景)은 이러한 위험을 피하려는 구효서의 의도적인 장치였을 것이다. 이 후경은 결국 전경이 되지 못함으로써 구 성의 필연성의 문제를 제기한다.

　몇 가지 아쉬운 점은 있으나, 『메별』은 구효서가 절대적 사랑과 현실의 결합이라는 새로운 방향을 탐색한 첫 성과라고 할 수 있다. 지금까지 그가 분리해왔던 세계들은 이 소설에서 상응과 반향, 지속의 새로운 관계 속으로 편입되기 시작한다. 『메별』을 기점으로, 다소 방만한 구효서의 소설 박물관은 보다 정제된 모습을 갖출 것으로 기대된다. 주인공 '서현' 처럼 구효서는 지금 "어떤 절박하고 맹렬한 예감"에 사로잡혀 자신의 소설의 근원을 찾아가는 중에 있는 듯하다. "소설이란 온몸으로 피어 있는 꽃"(나의 소설론—「온몸으로 피어 있는 꽃」)이라고 그는 정의한 바 있다. 이 아름다운 명제를 증명해 줄 첫번째 증인은, 그가 온몸으로 피울 미래의 소설의 꽃들일 것이다.

문학동네 평론집

풍경 속의 빈 곳
ⓒ 김수이 2002

초판인쇄 | 2002년 11월 23일
초판발행 | 2002년 11월 28일

지 은 이 | 김수이
책임편집 | 김현정 조연주 장한맘
펴 낸 이 | 강병선
펴 낸 곳 | (주)문학동네
출판등록 | 1993년 10월 22일 제22-188호

주   소 | 136-034 서울시 성북구 동소문동 4가 260번지 동소문빌딩 6층
전자우편 | editor@munhak.com
전화번호 | 927-6790~5, 927-6751~2
팩   스 | 927-6753

ISBN 87-8281-607-0 03810

www.munhak.com

.